Eduardo

Al lector

SOLAMENTE LA REALIDAD es capaz de superar en hechos y situaciones el más apasionante de los relatos de ficción.

La primera noticia de lo que aquí voy a referir llegó a mis oídos de forma casual y, en un principio, apenas concedí crédito a cuanto mi amigo me decía, a saber, que los califas andaluces, aquellos que yo siempre tuve por soberbios exponentes de la raza árabe, es decir, de tez morena, perfil aguileño, ojos oscuros y profundos, aquellos califas, digo, fueron rubios, blancos, de ojos azules, en una palabra, ¡eran vascones!.

Tiempo después, cayó en mis manos un viejo libro de historia en el que, de pasada, se hacía referencia al origen vascón de los califas de Córdoba y, esta vez, picada por la curiosidad, comencé a rastrear, a hurgar, a recrear todo cuanto ocurrió en aquel lejano siglo X, hermanando Andalucía y Navarra.

Que lo que sucedió entonces fue fantástico, mágico y novelesco da fe este libro y, si así no lo parece, atribúyalo el lector a mi impericia como autora, que no a los hechos que allá se produjeron.

También califico de mágica, sobrenatural, ultraterrena la ayuda que, sin saber cómo ni de dónde procedía, noche tras noche, a través de visiones y singulares sueños, vino en mi socorro, esclareciéndome situaciones de las que nada hablaban los documentos y textos que consulté, revelándome sentires y pensamientos de los hombres y mujeres protagonistas.

Gracias a ello, supe de la trayectoria vital de la vascona Oría, que fue madre del tercer califa de Córdoba, Hisham, y esposa de al-HaKam, hombre cultísimo, gobernante prudente y sabio que gustaba de la ambigüedad en sus amores, así como también supe de la singular llegada al al-Andalus de esta mujer, del relevante papel que desempeñó en el futuro del califato, escenario de las más sutiles y virulentas luchas por el poder, de su relación con el temido Almanzor, de sus amigos Mayus, Malik, al-Tamayib y la gata Silofa y de su heroica muerte. Era como si la sultana me hubiese elegido para escapar de las sombras del olvido, quizás debido a mi origen baztanés o navarro y quién sabe si por un, desconocido para mí, parentesco con tantas brujas como poblaron esas tierras del norte, parentesco del que, acaso, ella también se beneficiaba.

Tan reales y veraces me parecieron, y aún hoy me parecen, las imágenes que entonces se me representaron, que todo cuanto por ellas me fue descubierto lo conceptúo igual de cierto que los asuntos fielmente documentados por los historiadores. Júzguese si no, tras la lectura de las páginas que a continuación ofrezco a la consideración del lector.

El primer capítulo del libro está dedicado a situar históricamente los hechos, después comienza el relato.

Introducción histórica

VASCONIA: EL REINO de Pamplona, allá en la segunda mitad del siglo X, se extendía al norte de la Península Ibérica por tierras de los vascones y de los várdulos. En el al-Andalus conocían a los habitantes de ese territorio con el nombre de Baskunis. Vasconia, en aquel entonces, ocupaba la Navarra actual, pero abarcaba además la parte oriental de Guipúzcoa que, junto con la otra mitad más occidental de esta provincia, había servido, desde el siglo I, de asentamiento a tribus várdulas, constituyendo así la Vardulia. Hacia el oeste, Vasconia limitaba con Alaba wa-l-Qila, Álava y sus castillos. El condado de Álava comprendía las tierras de Álava propiamente dicha, Vizcaya y también la Guipúzcoa occidental. Los pobladores de Vizcaya habían sido los autrigones y los karistios. Los primeros habitaron desde Castro Urdiales hasta el río Nervión, lindando al oeste con los cántabros, en el norte de Burgos con los turmódigos y, ya en la Rioja, con los berones, y los segundos se afincaron desde el río Nervión hasta las riberas del río Deva, alcanzando por el sur parte de la llanada alavesa. Vitoriaco, la población más importante del condado alavés, fue plaza estratégica del ducado de Cantabria. Desde el siglo VIII hasta el año 950, momento en el que el conde Fernán González logra de facto la independencia de Castilla y de Álava, tan extenso condado estuvo unido al reino asturiano. Fernán González se convirtió en señor de estos territorios a partir de su matrimonio, en el año 931, con Sancha, hija de los reyes de Pamplona y viuda del conde de Lantarón y de Álava con el que se había unido en segundas nupcias una vez muerto el rey Ordoño II de León, primer esposo de la infanta. Hacia el este, el reino de Pamplona limitaba con las tierras de Leire y Aragón, cuna de los Glaskiyun para los islamitas. El vascuence, la lengua de los vascones, se hablaba en gran parte del condado alavés, en la Rioja alta y en las tierras de Burgos. Los habitantes de las zonas montañosas de Vasconia hasta donde apenas alcanzó la romanización, tierras pobres, acostumbradas a las hambrunas y pobladas de gentes fieras las más de las veces dedicadas al bandidaje, sólo entendían esa lengua.

En el norte del reino pamplonés, en la cuenca alta del río Bidasoa, entre montañas y bosques, se abría un hermoso valle, dulce en su verdura, poblado de prodigiosos seres, atravesado por senderos misteriosos, arroyos escondidos y regado por el río Baztán. Las pequeñas aldeas que componían aquel claro, al igual que todas las restantes poblaciones próximas a los montes Pirineos y a diferencia de aquellas otras situadas en las tierras llanas del reino, carecían de una agricultura floreciente y en ellas escaseaban también los pastos para el ganado. Sin embargo, los montes que ceñían esas aldeas eran ricos en espesura y en sucesos portentosos.

Por estas fechas, la organización social de todos los territorios cristianos comenzaba a ser análoga. En Vasconia, los descendientes de los antiguos buruzagis o jefes cuasitribales habían pasado a convertirse en señores feudales propietarios de tierras y de gentes. Los buruzagis o aide-nagusiak, los parientes mayores, hijos, según ellos, de las primeras familias pobladoras del país, durante los turbulentos años que siguieron a la caída del Imperio Romano, a las invasiones de godos y de árabes, lograron hacerse amos de las tierras, beneficiándose de la urgencia de protección militar que padecían por entonces unas gentes aterradas. Poco a poco, va surgiendo, pues, lo que más tarde se convertirá en una poderosa aristocracia. Además, junto a los grandes señores feudales aparecen también los señores solariegos, propietarios más humildes que los anteriores pero que como aquellos dispondrán de un castillo o casa torre y del consiguiente predio. Más abajo en la escala social, estarán los infanzones o hidalgos, simples campesinos que acaban disfrutando de la condición de hombres libres y siendo los dueños de sus campos. Después, los infanzones de abarka, a este núcleo primitivo se incorporan más tarde siervos, vasallos, mezquinos, collazos o ruanos, cuando, una vez libres y ennoblecidos, constituyen la llamada infanzonía de carta.

En el misterioso valle del que hablaba al comienzo habitaban unos cuantos señores solariegos que poseían propiedades y castillos. Estas casas torre, planta cuadrangular, tejados a cuatro aguas, paredes de piedra, que estaban coronadas por una torreta defensiva de madera, se levantaban orgullosas en medio de los modestos caseríos, edificados en su mayoría mediante troncos obtenidos en los cercanos bosques, que poblaban el valle. A los habitantes de aquel llano esas construcciones nobles les parecían suntuosas y soberbias. Los señores tenían puestos sus bienes y su fortuna al servicio del rey de Pamplona. Dueños de los campos y de las gentes, en ocasiones, cedían a los campesinos el uso de pequeños terrenos a cambio de los correspondientes impuestos y servidumbres. Las "terra indominicata", de disfrute exclusivo del amo, eran trabajadas por siervos o por aldeanos que saldaban de este modo el débito inherente al disfrute de pequeñas huertas o plantíos cedidas por aquel. También los molinos de agua para la molturación del grano y las pocas herrerías que existían en el valle estaban adscritas a las tierras solariegas. Tiempos después a todos los habitantes del valle del Baztán se les otorgaría la infazonía, concesión que elevó a cuantos allí habitaban a la categoría de hombres libres, sin embargo, por ahora, no faltaban siervos en el valle. La vida de los baztaneses, a mediados del siglo X, transcurría monótona y placentera, siempre acorde con los ciclos de la naturaleza. Noviembre, azilla o gorotzilla, era el mes del abono o del estiércol. Diciembre, lotazilla o negilla, el de la germinación o del invierno. Enero, ilbeltza, el mes negro. Febrero, otsailla, el de los fríos. Marzo, epailla, el de la poda. Mayo, ostoilla, el de la hoja. Junio, garagarrilla, el de la cosecha de cebada. Julio, garilla, el mes de cosechar. Septiembre, garoilla, el del helecho. Octubre, bildilla, el mes de la recolección. Apenas alcanzaban los varones siete años de edad, iniciábanse ya en los quehaceres del adulto, el pastoreo, la labranza. Las mujeres se encargaban de las no poco laboriosas tareas que una parca economía exigía para sacar el mayor provecho posible de las escasas existencias. Empero, la belleza del entorno y el clima, manso y apacible de que disfrutaban, permitían el solaz y el contento. Allá en las montañas la vida era más dura. La soledad y la precariedad de las casas de los pastores, las bordas o kortak, las más de las veces confeccionadas a base de matas y de desmochos del bosque cercano y de ramajes y hojarascas que constituían la techumbre, hacían que el ulular del viento y los estrépitos de las tormentas fueran confundidos con extraños mensajes y con avisos infernales. La cuatrería era práctica común entre los siervos, los villanos e, incluso, también entre los señores. Muchas eran las ocasiones en que los pastores veían sus rebaños pellizcados y empobrecidos.

Las gentes de este lugar estaban orgullosas de sus orígenes y se mostraban exigentes con la limpieza de sangre de cuantos extraños iban a afincarse allí. Entre Ordoki y Errazu, separados de Arizkun por el río Bidasoa, vivían los agotes. Esos hombres y mujeres, según comentaban los más ancianos y sabios del Baztán, eran descendientes de aquellos godos, diábolicos y malignos, que asolaron en tiempos pasados estas tierras y que en su gran mayoría fueron luego aniquilados. Había también quien afirmaba que los gaffos provenían de satánicos comercios sexuales entre leprosos y que aún podían trasmitir la enfermedad maldita. Los lugareños soportaban pacíficamente la presencia de los agotes siempre que se mantuvieran circunscritos a las tierras que ocupaban, pertenecientes éstas a las que más tarde constituirían el señorío de Ursua. Sin embargo, a los cagots, nombre con el que aquellos eran conocidos al otro lado de los Pirineos en donde también existían pequeños núcleos de población de tan singular raza, no les estaba permitido mezclarse con los restantes aldeanos, ni participar en las fiestas y celebraciones con que se saludaba en el valle la llegada de una nueva estación del año. La fiesta de invierno servía para expulsar a los espíritus malos que se acercaban a las aldeas atraídos por los fríos y las heladas. El verano era recibido con el fuego de innumerables hogueras que ese día salpicaban de luz los pueblecitos y los montes, asegurando a quienes fueran capaces de brincarlas y a las familias de los saltaembancos el privilegio de verse libres de maleficios, males de ojo y también del influjo de algunos animales dañinos como el perro o la culebra. El Erregiña ta saratsak era, allá por el mes de mayo, la fiesta de la reina y los sauces. En esa fecha se elegía a la joven más hermosa de los contornos. La Karrika dantza, que se danzaba en la plaza de Arizkun, tenía fama de ser el baile más popular.

Los agotes, debido a un extraño designio sin duda pergeñado por espíritus malignos para confundir a las gentes sencillas, eran rubios, zarcos, de engañosa hermosura que escondía su natural perverso, avaricioso, pérfido y jactancioso. La mayoría de ellos eran hábiles músicos, buenos pescadores y aparentemente muy trabajadores, encargándose de aquellas tareas consideradas viles por el resto de la población.

En las fechas a las que me refiero, llegaban ya con frecuencia predicadores procedentes de las tierras llanas de Vasconia a cristianizar estas tierras. En Urdax, pequeño pueblo del valle, hacía muy poco que se había abierto, bajo la protección de la casa real, un hospital regido por canónigos de San Agustín. Los señores solariegos cedían a los monjes terrenos para la edificación de las iglesias que quedaban de este modo adscritas a las posesiones del noble, produciéndole rentas, inmunidades inherentes a las propiedades eclesiásticas y un mayor predicamento sobre sus siervos y vasallos. El surgimiento, aquí y allá, de estas edificaciones religiosas estaba dando lugar a la formación de una verdadera red de parroquias rurales. Los grandes monasterios, de los que dependía en lo espiritual aquella nueva organización, eran auténticos centros de cultura. En ellos se guardaban los manuscritos que habían podido ser rescatados de las tierras conquistadas por los moros y se realizaba una importante labor de copia y conservación de originales. La cultura, por tanto, tenía un marcado carácter eclesiástico y diferenciador. Sólo a unos pocos privilegiados les estaba dado acceder a ella. En el reino de Pamplona, el año 931, el rey García Sánchez había fundado en la Rioja Alta el monasterio de San Millán de la Cogolla, situado en el valle del río Cárdenas, afluente del Najerilla. Este monasterio con el tiempo se convertiría en uno de los centros más florecientes del saber. Ahora, en esta segunda mitad del siglo X, poseía sus propias técnicas de trabajo y se beneficiaba de la presencia del famoso copista Eximeno. Frente al esplendor cultural del al-Andalus, urbano y mercantil, los reinos cristianos, por tanto, contaban con una sociedad ruda, iletrada y primitiva, siendo el conocimiento privativo de clérigos y monjes, en consecuencia, los religiosos que se acercaban a aquellos valles tan próximos a las montañas poco podían hacer en contra de las creencias de las gentes. Así, las brujas, los curanderos y los saludadores, hombres y mujeres que fueron el séptimo hijo de sus familias o que nacieron con cruces y señales bajo la lengua y en el paladar, mantenían todo su predicamento. El orzuelo no era sino signo de avaricia, mentira o amor de una mujer por un viudo. Los zumbidos de oído eran producidos por un gusano que habitaba en el interior de la oreja y al que se calmaba administrándole leche tibia. Muchas enfermedades, eri, eran producidas por deseo de los enemigos o de los agotes. El agua y el rocío tenían efectos benéficos y curativos. Los chopos, fresnos y espinos, protegían de las tempestades. Los helechos, las verbenas, las rudas y el apio preservaban de los malos espíritus. El astro sol, la abuela, debía ser saludado cada mañana. A los animales domésticos había que llevar la noticia de la muerte del amo y todas las familias poseían sus amuletos, kutun.

Era la madrugada del 3 de marzo de 963. El rey de Pamplona, García Sánchez, hijo de Sancho I Garcés, primer monarca de la nueva dinastía Jimena muerto el 10 de diciembre de 925, y de Dª Tota o Toda, fallecida hacía sólo tres años, dormía un sueño complacido. La dinastía Jimena, que, en el 910, el poderoso Alfonso III de León aupó en detrimento de la hasta entonces reinante, la de los Arista, con el único fin de que el padre de García Sánchez, deudor del asturiano por aquella maniobra quc le había permitido acceder al trono, se aprestase a servir con sus tierras de barrera defensiva frente al empuje musulmán a beneficio del reino de León, había sabido burlar el papel de útil comparsa que Alfonso le tenía reservado y, desde hacía unos años, Pamplona era arbitro en los litigios internos que se traían entre manos castellanos y leoneses y que habían acabado con la unidad del gran reino asturiano. La práctica de una inteligente política matrimonial, que García Sánchez aprendió de su madre, la gran Tota, había puesto punto final a los enfrentamientos habidos en los últimos tiempos con el belicoso Conde Fernán González, que desde el 951 se había independizado de facto del reino de León. La balanza del poder se inclinaba ahora a favor de Vasconia. Urraca, la hija de García Sánchez, había contraído matrimonio con el conde castellano y Sancho II Garcés, el heredero del reino de Pamplona, había desposado, a su vez, con la también Urraca, hija de Fernán González. A la muerte del conde, todos los territorios, que aquel había aglutinado bajo su bandera y rebañado al reino de León, irían a parar, por tanto, a la monarquía pamplonesa. El condado de Álava y el de Castilla, constituído este último a su vez por tres condados, el de Castrojeriz y Roa; el de Burgos, Clunia y San Esteban de Gormaz; el de Lantarón, Cerezo y Osuna, pasarían de aquí a unos años a engrosar el reino de Pamplona, que ya en vida de Sancho I Garcés, con ayuda del asturiano Ordoño II, se había anexionado la Rioja Media y Alta tras arrebatársela al moro. Por otra parte las incursiones islamitas tampoco le quitaban el sueño a García Sánchez. El 16 de octubre de 961 había muerto su primo carnal, Abd al-Rahman al-Nasir lidin-Allah, el que combate victoriosamente por la religión de Dios. El sucesor, al-Hakam al-Mustansir billah, el que busca la ayuda victoriosa de Dios, sobrino segundo de García, tenía fama de hombre pacífico y, a diferencia del padre, más aficionado a las letras que a las armas. Sin embargo, hacía unos días, le habían llegado noticias a García Sánchez avisando de una aceifa que el nuevo Califa preparaba contra su reino y contra el de León en pago al incumplimiento del pacto firmado por estos dos reinos con el fallecido Abd al-Rahman III, según el cual, a cambio de la ayuda que prestarían los ejércitos califales a Sancho el Craso, sobrino de García Sánchez, en la disputa que mantenía con Ordoño IV por el trono de León, Sancho y él mismo cederían al al-Andalus diez fortalezas estratégicas. Pamplona estaba interesada por razones de influencia en que fuese el Craso y no Ordoño el vencedor de la pugna. Pero muerto Abd al-Rahman y reinando ya Sancho en León, quién se acordaba de lo prometido. En cualquier caso los ejércitos del nuevo califa, aún bisoño en este tipo de lides, pronto serían derrotados.

Capítulo I

EL 25 DE Mayo de 963, en aquel valle rodeado de montes oscuros y no muy lejano a los encrespados picachos de los Pirineos, llamado Baztán, la luz de una luna quieta, turbia, embozada en hilillos de nubes tristes, vigilante, malvada, fina como un cuchillo, bajó hasta las copas de los árboles, rieló en el río y en los arroyos que lo alimentaban, se escondió, luego, dejando el valle negro y solo, atravesó silenciosamente las rendijas del maderamen de las casas e hizo aullar a los lobos y aletear a los pájaros que corrieron a esconderse. El Alkurrunz, el Otsondo, el Gorramendi, el Autza, el Sayo y el Belate parecían, recortados en el horizonte, gigantes enormes bajo aquella luz. Nada se movía en el valle. La hierba fresca y húmeda, ahora negra, se extendía callada. Nogales, avellanos, castaños, manzanos y perales, ciruelos, robles, fresnos, abedules, olmos, hayas y carpes, todos, fraternos y tribales, esperaban como hiertos el amanecer.

De lejos, llegó un retumbar de cascos de caballo que fue a morir en los firmes muros de piedra de la torre del señor. Enseguida, volvió el silencio. Entonces, la luna iluminó la ligera y airosa torreta de madera que coronaba la pesada estructura de la casa noble y aquella luz, muerta y fría, convirtió la mansión en un cíclope ciego y solitario. Tártalo estaba cerca, la noche negra, los destellos rojos, que, de vez en vez, relampagueaban tras Otsondo, eran signos del terrible cazador que se alimenta de hombres. Desde días atrás, contaban los pastores haber visto y oído, en la soledad de las montañas, inquietantes presagios, extrañas apariciones, turbadoras voces, amenazadores crujidos en el interior de grutas y cuevas, perturbadores vientos que dejaban quieta la hierba y las hojas de los árboles. Se decía que, a medianoche, el ganado hablaba, que las abejas, sabias como eran, habían abandonado los panales para ir a refugiarse muy lejos de allí. De Belate llegaron noticias anunciando que los moros iban a asolar el valle porque los caffos, capots, cassots, bisigots, leprosos, lazarinos, gaffets, gafos, godos, malditos, los agotes rubios y zarcos, lascivos, dulces, disimuladores, malolientes, cuellirojos, avariciosos, peguiorejudos, que se apiñaban en sus casas miserables en el gueto creado para ellos en Ordoki, les habían llamado a través de satánicos mensajeros para que degollasen a los pacíficos habitantes del Baztán.

Durante todo el día de aquella noche las gentes se habían mostrado nerviosas e irritables. Hubo quien quiso hacer burla de augurios y retó a los moros a grandes voces, tan seguro estaba, según decía, de que sólo le oían los pájaros y los árboles. Sin embargo, un desasosiego singular se hacía sentir en las aldeas. Quizás, por eso nadie abrió puertas o ventanas cuando el retumbar de cascos de caballo fue a morir a la torre del señor, cuando los brillos de alfanje relampaguearon en la cima de Otsondo, cuando un silencio tremendo y unas capas muy blancas ondearon al viento entre las ramas de los árboles y cuando aquellos raros diablos se precipitaron desde la noche, profiriendo aullidos salvajes y sonidos extraños, para quemar, destruir, saquear, arrasar, ayermar, abismar y marchitar todo lo que en sus manos caía.

Al-Moadhjir formaba parte del ejército que al-Hakam II, aquel año del 963, enviaba a luchar contra el rey de León, Sancho el Craso, contra el rey de Pamplona, García Sánchez, y contra el Conde Fernán González. El viernes anterior al día señalado para la partida, como exigía la tradición oriental, formaron las columnas ante la Gran Mezquita Aljama de Córdoba. El Califa debía hacer solemne entrega a los jefes de sus huestes de las gloriosas enseñas y estandartes que servían de emblema a los ejércitos de los Omeyas. La mayor parte de las tropas califales pertenecían a los cuerpos de caballería. al-Hakam llamó, uno a uno, a sus caudillos que recibieron con unción las banderas y luego las anudaron en sus lanzas. Después, el monarca contempló emocionado a aquellos hombres, Los vestidos protectores de gruesas tiras de cuero y reforzados con placas metálicas, las cabalgaduras ricamente aderezadas, las cotas de malla que les cubrían hasta los pies, los oscuros yelmos con que se protegían, las ligeras adargas de cuero, las lanzas y hachas de doble filo. Allí estaban también los escuderos, sujetando mulos o zámilas, cargados con todo lo necesario para los días duros que aguardaban. Más lejos, la infantería de maza y pica, protegida por gravosos escudos con hirientes púas de hierro. Y, al fondo, los camellos, soportando el material más pesado. Muchos de estos hombres morirían en la contienda y el Califa oró en silencio allí mismo a Allah para que protegiese a sus huestes. Las oraciones del cadí, clamando por la victoria, se confundieron entonces con la plegaria del monarca. Córdoba entera escuchó reverente la palabra sagrada. Cuando el cadí finalizó el rezo, el blandir de las lanzas adornadas con las blancas banderas Omeyas, los gritos y los vítores de los hombres y mujeres que, orgullosos de su ejército, allí se congregaban, pronosticaron el triunfo. El pueblo, enardecido ante el espectáculo militar, olvidó aquella mañana los rumores que corrían sobre el carácter excesivamente pacífico de al-Hakam así como las noticias que hablaban de la inminencia de una ofensiva cristiana hasta el mismo corazón de Córdoba. El Príncipe de los Creyentes se dirigió entonces a las tropas. Las palabras del soberano fueron firmes, confiadas en el éxito, vehementes, emocionadas. Después, antes de partir, el ejército desfiló por las calles de la capital. No hubo hogar en que sus moradores no se asomaran a las ventanas y a las azoteas para homenajear a las huestes y desearles un rápido y glorioso retorno.

El soldado al-Moadhjir, aunque participó en la solemne ceremonia de la entrega de banderas, aunque escuchó el conmovedor y vigoroso discurso de al-Hakam, aunque vio a las gentes emocionadas y ansiosas de una gran victoria, partió a la guerra abrigando en su corazón un único deseo, la captura de los grandes tesoros que, según le había revelado un esclavo vascón, se encontraban escondidos en las profundidades de las montañas y en el interior de las cuevas de aquellas misteriosas tierras del norte en las que, se decía, los hombres vivían desnudos y ofrecían sacrificios humanos al sol, su dios. Era al-Moadhjir de carácter vanidoso, soberbio y dominante, de genio querelloso, pendenciero y camorrista y, además, carecía de talento. En muchas ocasiones la avaricia había obscurecido su entendimiento, ya de por sí menguado, convirtiéndole en presa fácil de timadores y sacacuartos. La ceguera y credulidad que al-Moadhjir manifestaba no bien creía visolear la oportunidad de obtener riquezas del modo más precipitado y cruel, procedimiento este que daba satisfacción a sus instintos sanguinarios, eran conocidas por todos sus parientes, amigos y vecinos. Nada tiene, pues, de particular que el esclavo pagano idease calentar la sesera de aquel codicioso, picando su curiosidad con el cuento de los tesoros que escondía la tierra vascona hacia la que el incauto iba a marchar en breve. Durante varias semanas, el pícaro se trabajó a al-Moadhjir diciendo ser poseedor de un fantástico secreto que, de desvelárselo, le convertiría en el hombre más rico de la tierra. Mas, día a día, cuando el moro creía estar a punto de que le fuera revelado el enigma, el vascón enmudecía alegando que, si se aventuraba a descubrir aquel sustancioso misterio, caerían sobre él grandes desgracias. Después el cautivo, entre lloriqueos, dolíase del terrible contratiempo que le acarreaba tamaña prohibición, pues, ni él podía beneficiarse de sus sapiencias, estando, como estaba, tan alejado de aquellas tierras a las que pensaba ya nunca iba a volver, ni tampoco le era dado obtener ningún provecho mediante la venta de una información que cualquiera, con dos dedos de frente, estaría dispuesto a comprar, transacción que le haría dueño de una bonita suma con la que acaso lograría la manumisión o, en su defecto, suavizaría su cautiverio. Con estas y otras razones el vascón alimentó astutamente la avaricia de al-Moadhjir hasta que, al fin, se dejó convencer por el moro, tras no pocos ruegos y amenazas, para que, en justa correspondencia a la bien nutrida bolsa que aquel le iba a entregar, adelantase el relato que permitiría al soldado hacerse con magníficos tesoros.

Esto fue lo que contó el granuja al avaricioso al-Moadhjir, confiando en que la necedad y violencia de aquél le encaminarían a una muerte segura en el primer combate, pues tan cierto como la existencia de fantásticas riquezas en los vientres de la tierra era la guarda vigilante que los genios, en especial Mari, desplegaban sobre ellas, hecho este que convertía en imposible para los humanos la posesión de los tesoros.

La tierra es la madre del sol y de la luna. Ella, en su vientre enorme como el de una mujer pronta a parir, guarda todo cuanto necesitamos para nuestra existencia, del mismo modo que el inmenso vientre de la madre almacena sustancias y energías indispensables para el desarrollo de la criatura que lleva dentro. El interior de la tierra contiene, por tanto, agua, fuego, luz, simientes, semen de hombre y de animal, óvulos de mujer y de bestia, rayos de amor y de odio, genios amistosos y genios perversos, duendes que dan vida y otros que dan muerte. Estos espíritus participan de todas las pasiones de los hombres y viven rodeados de riquezas en los dentros de la tierra. Las montañas se forman allí donde los duendes acumulan tan grandes cantidades de oro que, a causa de la presión que ejercen sobre la superficie que las cobija, terminan por elevarla, desarrollándose así un gigantesco grano bajo el que se esconden caudales sin cuento. Los hombres sólo pueden acceder a estas fortunas a través de las grutas y de las cuevas, que son las ventanas por las que la tierra ve. Ocurre con frecuencia, cuando el sol camina por el cielo dejando a oscuras el interior de su madre, que los genios, amantes de los destellos que engendra la luz en las joyas y en el oro, se asomen a las cuevas para, iluminados por el sol de la mañana, deleitarse contemplando sus tesoros. Si, absortos en la admiración de las riquezas, les sorprende la noche, porque el sol ha ido a recogerse ya en el tierno regazo materno y sale la luna al cielo, luz de muertos, vacía de fulgencias, corren los espíritus al fondo de la tierra, alumbrado de nuevo por el sol, y olvidan en la gruta las riquezas que poco antes contemplaban. Por eso en las cavernas de Vasconia pueden encontrarse tesoros, que no son otros que los abandonados por los dioses. Eres afortunado al-Moadhjir pues, si abres bien los ojos, en los montes, en los prados, en los antros, en los ríos y arroyos de mi tierra serás testigo de grandes maravillas. Hay hadas que peinan sus cabelleras doradas sentadas desnudas al sol en la orilla de los ríos, los peines son finísimos, los espejos, en que se miran, son dignos de una sultana. No hay harén ni aquí ni en Oriente que guarde mujeres tan bellas. Mari, es la gran diosa, se cubre de ricos vestidos y, a veces, descubre su cuerpo elegante como una palmera, lleva en sus manos de nácar un pequeño palacio todo él labrado en oro o en plata, como hecho de ligerísimo encaje de metal precioso. Ella suele cruzar los cielos envuelta en llamas ardientes, se refresca en los arroyos, dejando al aire sus pechos, pequeños y redondos, mientras oculta las piernas dentro de una ondulada cola de pez plateado. Hay dioses que pueden transmitir toda la sabiduría de los cielos y de la tierra, hacerte erudito en las más áridas materias, docto en las más diversas disciplinas, experto en las más avanzadas técnicas, conocedor de cuantas lenguas existen, pueden también afinar tus sentidos, hacer sensible tu corazón a la música de las estrellas.

Al llegar a este punto, al-Moadhjir, siempre impaciente e iracundo, hizo callar al cautivo que, poco a poco, se iba poniendo nostálgico y, entregándole una bolsa de oro, echó a andar en medio de grandes carcajadas lascivas y de exclamaciones soeces. Por eso no pudo escuchar las últimas palabras del vascón. Escucha al-Moadhjir, Mari y las lamiak son tentadoras y perversas, nunca te sientes ante ellas por más que te lo supliquen, sal de las grutas y espeluncas en la misma posición en que entraste aunque esto exija que para ello tengas que andar marcha atrás y ¡ay de ti, miserable! si se cruza en tu camino Errolan o Gaueko, la fuerza del primero será capaz de desmembrar tu cuerpo de un único manotazo y Gaueko es el dios de la noche, eguna egunezkoentzat eta gaua gauezkoarentzat, es el diablo, es el silencio, la oscuridad y la muerte, "los días para los del día, la noche para los de la noche". Al-Moadhjir estaba ya tan lejos que no le escuchaba, pero el cautivo, avivada la añoranza de su tierra y lleno de melancolía, continuó hablando para sí de Etsai, el gran maestro, de Odei, rey del trueno y las tormentas, de Maide, arquitecto de dólmenes y cromlechs, de Inguma, el estrangulador, del antropófago Torto o Tártalo, de Basandere, la señora de la selva, de Beigorri ... y, así, habló y habló durante largo rato. Luego, con los ojos llenos de lágrimas, recogió la bolsa de monedas y comenzó a andar. De pronto, escapó de su garganta una enorme carcajada porque se dio cuenta de que al espíritu grosero y vil de al-Moadhjir le estaban vedadas para siempre las delicias y los horrores de aquel mundo fantástico y le imaginó buscando desesperadamente los tesoros que para él nunca existirían.

Fuese al-Moadhjir a la guerra soñando con su vuelta a Córdoba cargado de joyas y monedas de oro y rodeado de un poblado harén de mujeres, mitad pez, mitad niña, de extraña belleza. Primero las tropas cordobesas atacaron Castilla, tomando la importante plaza de San Esteban de Gormaz. El Conde Fernán González se vio obligado a solicitar una tregua, aunque ésta no duró mucho tiempo, lo que, conociendo al gran Conde, no causó ninguna sorpresa ni al general Galib, liberto de Abd al-Rahman III, ni al Califa. Luego, Galib logró una gran victoria en Atienza, plaza situada al noroeste de Guadalajara, a pesar de ser el terreno montañoso con abundantes pinos, encinas y matorrales. En el norte, Abd al-Rahman ibn Yhayá ibn Muhammad al-Tuyibi, gobernador en Zaragoza, lanzó una razzia contra las fronteras del reino de Pamplona, sitiando y tomando la ciudad de Calahorra. En el reino de León, los islamitas se adentraron por los que fueron sus confines más orientales, es decir, por el condado de Álava, llegando a estar próximos al interior de Vasconia. Al-Moadhjir, como era de esperar, se las compuso para ser asignado a las fuerzas que atacaron esta última zona. Y ahí lo encontramos, ansioso por dirigirse él solo hacia las montañas y seguir las instrucciones que antes de partir le dio el cautivo vascón.

No bien se hubo asentado el destacamento en tierras fronterizas con Álava, al-Moadhjir importunaba machaconamente a Abu Salama, el capitán, y a sus compañeros, mostrándose irritable y nervioso a causa, según decía con exaltados términos entremezclados de tabernarias exclamaciones, de la inactividad a la que se veía obligado estando aquellas montañas, que a lo lejos se divisaban, infestadas de salvajes. El motivo de tamaños alardes de histerismo patriótico era, bien lo sabemos, su desmedida avaricia, alimentada ahora por la presencia de peñascos y picachos que para el soldado no consistían sino en alacenas de inconmensurables riquezas. En los días anteriores, a medida que el ejército avanzaba, este hombre, grosero y vano, pensó que hacerse con los tesoros de los que el vascón le había dado noticias iba a ser harto sencillo, pues había comprobado que la confusión reinante en los combates era de tal calibre que le resultaría bien fácil, una vez se hubieran adentrado en Vasconia, escabullirse en mitad de la refriega y dar con alguna de las cuevas tesoreras. Entonces, llenaría las alforjas, que para tal efecto se había agenciado, de oro, alhajas, en fin, de todo lo que allí encontrase, y volvería a la lucha como si nada hubiera ocurrido. Calculaba también que, de poder realizar esta operación en cada contienda, a su vuelta a Córdoba sería un hombre riquísimo. Además, aquella estrategia le iba a permitir llevar a cabo él solo el sabroso apaño, evitándole por consiguiente la necesidad de buscarse un socio con el que se vería obligado a compartir ganancias. Respecto a las mujeres-pez, las doncellas que dijo el cautivo habitaban en esas tierras, decidió, no sin pena, renunciar a su compañía, pues así como las riquezas se le antojaban fáciles de ocultar, no sucedía lo mismo con una especie de mujer tan rara cuya presencia, opinaba, no le traería sino disgustos y preguntas indiscretas de sus compañeros, quienes, al ver a semejantes seres, deducirían sin duda la existencia de otras maravillas e, incluso, bien pudiera ocurrir que alguno buscase el darle muerte en combate con el fin de adueñarse de los tesoros, pues quien iba a saber después si había muerto en manos de moros o de cristianos. Así que al-Moadhjir estaba* contentísimo del cariz que iban tomando los acontecimientos y galopaba siempre a la cabeza en los avances de la tropa. Pero héte aquí, que llevaban ya siete días acampados en tierras fronterizas con Vasconia, que las montañas le llamaban con sus guiños de oro y que, a lo que parecía, era posible que no se adentrasen por aquellas tierras, frustrándose así todos sus planes. De ahí su ansiedad, los insultos, el importunar al capitán y a los compañeros con simulados deseos de matar paganos.

Llegaron las baladronadas de al-Moadhjir a tales extremos en sus manifestaciones de sed de sangre enemiga por amor al Califa, al al-Andalus, al Profeta y a Allah, que Abu Salama y todos los demás guerreros acabaron hartos de las ristras de crueldades que aquel sanguinario decía, a cada paso, querer obrar en el primer hereje que se cruzase en su camino. El avaricioso soldado gustaba de describir de manera detallada el surtido de muertes que brindaría a los enemigos de la religión y de la patria, inspirándose para ello en los muchos y exquisitos platos de la cocina cordobesa, de gran fama en todo el al-Andalus no sólo por lo sabroso de las materias primas que constituían su base culinaria sino también por las imaginativas combinaciones de adobos, salpimentaciones y nutrimentos de que hacían alarde sus cantineros y marmitones. Así, unas veces pormenorizaba una deliciosa "harisa al vascón" compuesta de un fino picadillo de carne de la cobranza misturada con trigo cocido en la grasa del pagano, que previamente le era extraída al infeliz mediante prolongadas cocciones de las distintas partes que habían sido descuartizadas de su cuerpo. La cabeza, las manos y los pies del suculento hereje eran reservadas para el aderezo final del plato. Se servía éste moldeando la papilla en una artística simulación de la silueta de una serpiente cuya cabeza, que sujetaba pinturera una ramita de perejil, no era otra que la del alimenticio cautivo. Las manos y los pies, en recipiente aparte, se ofrecían como guarnición. En otras ocasiones se inclinaba por la preparación de jubayz, suculentos pastelillos, confeccionados a partir de los tramos blandos del enemigo, los cuales, una vez troceados, lavados y escurridos, eran rebozados en huevo y, luego, fritos. O bien los isfany, buñuelos de harina y agua de sabor extraordinario, a los que al-Moadhjir añadía la sorpresa de esconder en su interior un ojo del adversario, lo que convertía en muy costosa la elaboración del dulce pues para agasajar a un grupo sólo mediado de compinches era necesario capturar, al menos, la sección de una compañía de paganos. En fin, eran tantas y tan variadas las recetas de postres y frituras que el hombre iba pregonando por el campamento, eligiendo, borracho de orgullo por lo que él consideraba una perfecta simulación de valentía y fervor religioso, los momentos del rancho, al ser éstos los de mayor audiencia, que llegó un momento en que los estómagos de sus compañeros se cerraron como las margaritas al anochecer y, no bien comenzaba a extenderse por el aire el olorcillo de la colación diurna o nocturna, las huestes eran atacadas de bascas, gargantonas, arrojamientos y espadañadas, los unos, de mareos, tarantas, aturdimientos y congojas, los otros, con lo que, poco a poco, la guarnición perdía vigor, debilitándose a pasos agigantados.

Cuando se dio cuenta el capitán, hombre de juicio sereno, de lo que allí estaba ocurriendo, llamó a al-Moadhjir y, maliciosamente, dijo estar pensando en enviarle como explorador a aquellas montañas, pues se había percatado del hambre de lucha, de la valentía y del loable odio hacia los politeístas, según los árabes los cristianos adoraban a tres dioses, el Padre, el Hijo y el Espíritu Santo, que animaban su generoso espíritu ya que, al decir de los demás guerreros, no abría los labios sino para suspirar por la acción y la batalla. Abu Salama pensaba que al-Moadhjir, como tantos petulantes y fanfarrones, escondía su cobardía exagerando relatos sobre imaginarias hazañas y que, ante la perspectiva de tener que aventurarse él solo por las tierras de unos hombres de los que se contaban historias terribles de salvajismo, el soldado olvidaría su afición culinaria al condimento de payus o paganos y los estómagos de sus guerreros recuperarían el buen funcionamiento, retornando las huestes a disfrutar de fuerza y de capacidad de lucha. Pero cual no fue la sorpresa del capitán cuando aquel hombre, que le resultaba repugnante y nauseativo, comenzó a dar grandes muestras de agradecimiento por la oportunidad que le brindaba de demostrar su valor y, arrebatándole una mano, comenzó a besarla con tal fruición, que temió el caudillo que las aficiones y los gustos culinarios de este degenerado no se detuviesen ante alimentos crudos y, en aquel instante, corriese un serio peligro de perder el miembro. Entonces, Abu Salama le apartó de su lado con bruscos y agitados empujones. Al-Moadhjir, un tanto extrañado del nerviosismo que de repente había acometido a su jefe, sin dejar de mostrar su agradecimiento por haberle elegido para aquella magna empresa, rogó le fuese permitido llevarla él solo a cabo y suplicó que nadie le acompañase. El capitán tentado estuvo de ceder a esta petición y alejar de una vez a aquel enfermo del campamento, mas él era un hombre íntegro y, aunque, siendo sinceros, poco iba a importarle que los salvajes paganos se alimentasen de aquel soldado, se detuvo en sus pensamientos, últimamente le perseguían obsesionantes referencias gastronómicas, no podía enviarle solo a inspeccionar las montañas, así que le anunció que, al día siguiente al amanecer, partiría pero llevando a dos hombres, que el mismo al-Moadhjir elegiría, en su compañía. Luego le ordenó marchar. Salió al-Moadhjir de la tienda entre exageradas inclinaciones de respeto. Abu Salama contemplaba pensativo cómo aquel se perdía por el campamento, cuando, de pronto, una idea cruzó por su cabeza al tiempo que el gusanillo del desasosiego le roía el espíritu, pues, tontamente, se le ocurrió que el monstruo bien podía volver de la excursión cargado de raras vituallas humanas y querer festejar luego su regreso agasajando a los hombres con alguno de sus tan cacareados guisos. El estómago del capitán, llegadas sus reflexiones a este punto, comenzó él también a revolverse y, por un momento, pareció iba a descargar en oleadas hasta la última gota de lo que en su interior contenía. Al fin, con gran esfuerzo, logró alejar de la cabeza aquellas ideas repugnantes y salió a la noche estrellada que, con el airecillo fresco, le ayudó a recuperarse y a olvidar al carnicero al que, acaso, con un poco de suerte, ya no volverían a ver. Estaba arrepentido por haber sucumbido a las exigencias de la integridad y por haber caído en la tentación de no dejarle partir solo.

Al-Moadhjir, como ya he dicho, dejó a su jefe y se dispuso a recorrer el recinto militar en busca de dos compañeros idóneos para la aventura. Iba maldiciendo y escupiendo a cada paso por verse obligado a compartir su suerte con alguno más. Allá estaban las enormes montañas que se recortaban a lo lejos en la noche, eran para él de oro purísimo. Allá también, los abultamientos rocosos, dibujados en los oscuros perfiles de los montes, que no eran sino preciosas erupciones provocadas por las rebosaduras del henchido vientre de la tierra, todo él colmado de ágatas, aguamarinas, amatistas, calcedonias, circones, crisoberilos, diamantes, esmeraldas, granates, jacintos, jades, ópalos, rubíes, topacios, turmalinas, turquesas, zafiros, onix, corales, perlas, ámbar, oro, plata, marfil y nácar. El moro andaba y buscaba malhumorado quién habría de acompañarle. Deberían de ser dos tipos fuertes que pudiesen transportar en un santiamén los pesados sacos del tesoro, pues en el nuevo plan éste iba a ser recogido en una sola atacada. También era necesario que se beneficiasen de una corta mollera para que, una vez estuviese la preciosa carga en su poder, le resultase sencillo y fácil engañar y burlar a sus forzados acompañantes. Pensó, entonces, que, finalizada la recolección, lo más producente sería darles muerte y volver triunfante ante Abu Salama con las cabezas irreconocibles de aquellos miserables que le servirían como botón de muestra de su modo de gastárselas con los paganos. Al-Moadhjir se admiró de su inteligencia y advirtió de pronto las indudables ventajas que una compañía de las características entrevistas en sus reflexiones iba a proporcionarle. Ya, más alegre, siguió deambulando entre las tiendas de campaña mirando fijamente la cara de los guerreros, tan absorto en sus pensamientos, que no se percataba de la náuseas y ascos que su visión provocaba a cuantos se topaban con él. Durante un buen rato caminó y caminó sin dar con el tipo de hombre que andaba buscando. Los ojos y la expresión de los que veía le parecían astutos, unos, codiciosos, otros, honrados, los demás. Hasta que al fin, descubrió en un rincón escondido a unos, a su entender, retardados que se entretenían puerilmente jugando con unas piedrecillas. Eran éstos, dos mozalbetes de corta edad que desde su salida de Córdoba no se separaban el uno del otro, conscientes de la inferioridad de sus entendederas entre tan avezados guerreros y siempre asustadizos y temerosos de las pesadas bromas que los demás hombres pudieran brindarles, buscando en el cariño y en la comprensión del otro escapar a la soledad y a la carencia de amigos que hasta tan lejanas tierras les había llevado. Uno de los muchachos era Lubb ibn Lupo, hijo de un renegado de Toledo afincado en Córdoba y muy propenso el padre a los ataques de ira, el cual, siendo Lubb un infante, le propinó tales golpes por una fruslería propia de la edad que el chiquillo había cometido, que él mismo creyó haber atontado a la criatura para siempre. Este hombre, al conocer la expedición que se iba a lanzar contra los cristianos, vio una manera patriótica y honrada de desembarazarse de aquel infeliz y le alistó en el ejército, asegurando que si el cacumen del muchacho era escaso no sucedía lo mismo con su capacidad para soportar la sed y el hambre, capacidad esta tan enorme como la fuerza de sus músculos, por consiguiente no dudaba del buen servicio que su vástago iba a procurar a las tropas islamitas. Lubb, cuando conoció la noticia del alistamiento, se sintió encantado de la decisión adoptada por su iracundo padre, pues así lograría perder a aquel de vista por algún tiempo. El chaval sentía pánico en su presencia y aquella aceifa le daba la oportunidad de escapar de la casa paterna al tiempo que le permitía ser útil al glorioso ejército de la patria, posibilidad que le llenaba de orgullo. El otro era un raterillo, también como Lubb de aparente pocas luces y desmañado juicio, del que nadie sabía el nombre, pero muy entendido en zámilas o mulos con los que llegaba a departir en especialísimo lenguaje durante horas y horas. El cadí cordobés, harto ya de tener que juzgarle, un día sí y otro también, por pequeños hurtos y nimias tropelías, le ofreció, a modo de remisión y porque al menos allí cobraría una soldada, la posibilidad de formar parte del ejército que iba a marchar a tierras cristianas. El prudente cadí tentó al mozo anunciándole que quedaría integrado en el grupo de jovencitos que conducían los mulos de carga, trabajo de no poca responsabilidad pues los animales, cumpliendo fielmente con su condición tozuda, no era extraño que, en ocasiones, se negasen tercamente a caminar, a cruzar un arroyuelo o a obedecer cualquier orden que por caprichos misteriosos consideraban irrealizable, momento en el que, de producirse, él debería intervenir, convirtiendo su peculiar arte de charlista mular en una acción meritoria y de provecho para la patria. El ratero, no teniendo en perspectiva ninguna oferta mejor, aceptó gustoso el ofrecimiento del cadí. Y así fue como se encontraron estos dos amigos.

Se acercó, pues, al-Moadhjir a los dos infelices quienes, nada más verle y sin haberse puesto de acuerdo, intentaron la huida pues a ellos las bravatas culinarias de aquel les producían enorme canguelo amén de los consiguientes desarreglos estomacales. Viendo nuestro hombre que estos acémilas se le escapaban, les gritó en tono tan histérico y desmedido que ambos quedaron paralizados. Después, se sentó junto a ellos y, controlándose, intentó tranquilizarles. Cuando conocieron los muchachos que Abu Salama, a quien admiraban y querían, les ordenaba partir con el cocinero sangriento para una misión muy especial, se sosegaron un tanto y escucharon en respetuoso silencio la sarta de mentiras que el hombre comenzó a contarles. Una vez que al-Moadhjir tuvo la certeza de que los mozalbetes se habían serenado y estaban prestos a participar en la empresa, fijó la hora de la marcha para el amanecer del día siguiente, ellos sólo deberían ocuparse de tener dispuestas diez mulas y cuantos sacos y alforjas fuesen capaces de encontrar, él se encargaba del resto de los preparativos. Desde aquel mismo momento, Lubb y su amigo Alí, con este nombre bautizó al-Moadhjir al mulero por estar el apodo, decía, relacionado con el anterior oficio de ratero del muchacho, se aplicaron con gran seriedad a cumplir las instrucciones que el guerrero les había ordenado y, varias horas antes del amanecer, estaban ya dispuestos para la partida. Serían las cuatro de la madrugada cuando su nuevo jefe, silencioso y siniestro, fue a buscarles. Al-Moadhjir, entonces, inspeccionó las mulas, revisó la gran cantidad de sacos y de alforjas, que gracias a las torpes mañas del ratero habían logrado juntar los dos muchachos, y, luego, sin dirigirles una palabra de alabanza por el buen trabajo realizado, ni dedicar un gesto de aliento a los dos inocentes que, apretados el uno al otro, intentaban darse ánimos, partieron. No fue poca la sorpresa de Abu Salama al saber a quiénes había elegido por compañeros aquel desaprensivo, negros presagios rondaron por su cabeza durante todo el día, tentado estuvo de salir en su busca, sin embargo, cuando se enteró, hacia ya horas que habían abandonado el campamento y la razón le decía que no era cosa de arriesgar más hombres por aquel desequilibrado, así que se dispuso a esperar su vuelta, rogando a Allah que protegiese a aquellas dos criaturas.

Era 13 de abril, sin que apenas se dieran cuenta de en qué momento se inició el tránsito, el cielo de un azul oscuro, como las aguas de los zafiros que tanto anhelaba Al-Moadhjir, se tornó en difusa aguamarina para pasar a ser, al poco, turquesa intensa y bellísima. Las tres figuras cabalgaban en los briosos corceles que el moro verrugo había elegido con cuidado de entre los muchos que en el campamento había. Alí y Lubb estaban orgullosos de su importante misión y, más aún, de las magníficas cabalgaduras en las que iban caballeros. Marchaban a buen paso, pues las mulas galopaban con alegre trote después de las palabras que antes de salir les dirigió el parlanchín mulero en su misterioso idioma. La cabalgata formada por los tres hombres, capas blancas, altos qalansuwas en la cabeza a la moda de siria, avanzaba tierra alavesa adentro y así continuaron sin detenerse hasta que las montañas, que Al-Moadhjir contemplaba durante aquellos días, estuvieron muy cerca. Entonces, nuestro hombre ordenó detenerse a la comitiva y, ante la sorpresa de los dos muchachos, extrajo de una de las alforjas unos ropajes extraños e hizo que los jóvenes y él mismo cambiasen las galas omeyas por aquellos atuendos singulares. Estaban compuestos éstos de un kapusai o prenda de abrigo, hecho con tejido pardo de pelo de cabra, unas medias de lana tosca y gruesa que se sujetaban a las piernas por medio de tiras, también de lana, un curioso calzado de cuero, abarkak, ligero y cómodo, una kurkubita o calabaza con agua y un zurrón, zurro, de piel. El aspecto de al-Moadhjir vestido con estas prendas hubiese dicho que resultaba cómico de no ser por la expresión de su rostro y la mueca de su boca, que, aun así ataviado, resultaban brutales y desagradables. Lubb y el raterillo Alí parecían pastores ridículos, pues no de otra cosa les había querido disfrazar su compañero mediante aquellas vestiduras desproporcionadas a su talla y que, unidas a su físico un tanto desencuadernado, les deban un aspecto tan peculiar que a punto estuvieron las mulas de hacer un alarde de su porfiado carácter. El moro, antes de retomar la marcha, les explicó que, a partir de aquel momento, entrarían en tierras paganas, que el motivo de ir así vestidos era no llamar la atención ya que estos eran los ropajes utilizados por los salvajes que allí habitaban, detalle del que había sido informado gracias a la amabilidad de los agentes de espionaje del campamento, los mismos que le habían proporcionado la indumentaria, que nada dijesen, que con nadie hablasen, de lo contrario, y aquí comenzó una de sus descripciones sobre los gustos gastronómicos de las gentes del lugar, sustituyendo la base del manjar, hasta ahora siempre un hereje, por los cuerpos de esos inocentes que le escucharon aterrorizados. Para terminar, al-Moadhjir les indicó que, si alguno de ellos avistaba una gruta o antro, o bien sospechase de su existencia, diese tres largos silbidos, pues estos lugares eran el motivo por el que se había organizado la expedición.

No voy a detenerme en los varios días que pasaron los tres hombres en frenética cabalgada, sólo diré que nunca supo al-Moadhjir cuánto debía agradecer al pobre mulero sus habilidades, habida cuenta que, de no ser por él, haría mucho tiempo que las mulas hubiesen tomado la decisión de clavarse en aquellas tierras y convertirse en estatuas. Cruzaron montañas rocosas y en sus grutas no hallaron nada. Se intrincaron por bosques frondosos y sombríos, destrozando cabañas y profanando cuevas, pero nada encontraron. Recorrieron montes y colinas abrigados de tierna hierba y nada vieron. Hasta que un día, el balar plácido de unas ovejas les dio aviso de la cercanía de un pastor.

Al-Moadhjir, entonces, tenso y nervioso, les indicó con gestos brutales que no hablaran y, paso a paso, se dirigieron hacia donde parecía estar el hombre. Los dos muchachos estaban pálidos de terror por los signos que a cada poco les dedicaba su terrible jefe, llevándose en piña los dedos de la mano a la boca y haciendo al unísono castañetear los dientes, como si él mismo fuese a fagocitarse su propia extremidad. Llegaron, en medio de tales ajetreos, donde el pastor se encontraba y el natural les miró no sin extrañeza por el aspecto que ofrecían los curiosos personajes. Además, sin saber a santo de qué, los jinetes le traían a las mientes a la guardia del señor del condado, cuando, con ocasión de algún malestar o descontento entre las gentes, era enviada a mezclarse con los lugareños por ver de obtener alguna información, la cual difícilmente conseguía debido a que las trazas y las hechuras de aquella avisaban al punto de su especial procedencia. El pastor les vio llegar y, como era hombre de pocas palabras y de talante discreto, se guardó mucho de hacer ningún comentario sobre la apariencia tan sospechosa que ofrecían, por otra parte, no bien se fijó en la actitud cuitada y temerosa de los dos jovencitos, creyó haberse equivocado en sus apreciaciones, así que les vio raros y estrafalarios, pero no se inquietó.

La charla que tuvo al-Moadhjir con aquel hombre es difícil de relatar. El romance que el moro barbulló estaba aromatizado por todas las arenas del desierto. El pastor, al oír aquello, a punto estuvo de perder los sentidos por el estupor y el susto, pues, aunque su propio romance dejaba mucho que desear, la lengua de estas tierras era el vascuence, pronto se dio cuenta de que tenía ante sí a unos enviados de Mahoma, perspicacia por otra parte nada extraña ya que el soldado se enorgullecía tanto de ver que aquel natural le entendía, que exageró los movimientos de sus manos, haciendo un alarde de soltura ante los dos infelices inocentes y descubriendo al pastor el enorme alfanje que escondía bajo el kapusai. Aquel hombre, desde que vio y escuchó todo lo que al-Moadhjir le decía, pensó que lo más sensato era no darse por enterado de la arábiga condición de los visitantes y contestar a cuanto se le preguntaba con la mayor cortesía. Y así hizo. Viendo que el que le hablaba parecía interesado por grutas y espeluncas, con astucia encomiable dadas las circunstancias, indicó a los moros que el mayor antro de cuantos en esas tierras había se encontraba atravesando aquellas montañas, tras un monte llamado Belate, el cual se asomaba a un valle llamado Baztán y que, una vez hubieran cruzado éste, debían continuar por la montaña que viesen enfrente para después descenderla y, allí, a poco que indagasen, darían con la gran cueva de la que él les hablaba. Para sus adentros se dijo, la más lejana de todas las que conocía. Al-Moadhjir dio las gracias al pastor e iniciaron la marcha hacia la gran gruta. Por eso corrió la voz en el valle del Baztán de que por Belate venían los moros, por eso se dijo que los agotes zarcos les habían llamados, pues azules eran los ojos del hijo del renegado de Toledo, por eso abundaron los presagios en aquellos días, por eso hubo ruidos de cascos de caballo que fueron a morir a los muros de la torre del señor de la aldea.

Los tres moros consiguieron encontrar la lejana cueva que les indicó el pastor sin ser vistos ni oídos, el empeño de al-Moadhjir parece que alumbró el cacumen de éste. Acaso alguien oiría al raterillo hablar con las mulas y ese pudo ser el origen de las historias que circularon sobre el don de habla que en los últimos días disfrutaba el ganado. Lo cierto es que llegaron a una enorme y misteriosa cueva que abría su gigantesca boca en medio del paraíso, que no otra cosa les pareció a los dos amigos aquella verdura espléndida, aquellos torrentes cristalinos, aquel suave lamer de los arroyuelos que por doquier manaban. Nunca habían visto los infelices nada tan hermoso y allí les dejó su jefe, absortos en aquella paz, mientras él penetraba en el gran ojo de la tierra.

Nadie supo jamás lo que ocurrió en el interior de la cueva. Sólo puedo decir que era ya de noche cuando la gran boca devolvió al moro junto a los dos muchachos, a quienes halló agarrados el uno al otro, llenos de miedo, porque aquella naturaleza hermosa y tranquila, poco a poco, se fue haciendo negra, terrible y salvaje y porque, desde el interior de la gruta en que al-Moadhjir se había internado, escaparon, durante horas y horas, horrendos chillidos, imponentes gritos, tenebrosos aullidos, espeluznantes cánticos, torvas palabras y espantables susurros. Cuando al-Moadhjir se presentó ante ellos, tenía el rostro desencajado, las manos y el zurrón de fuego, la mirada desorbitada, la lengua seca y estropajosa, el andar vacilante, el cabello erizado y eléctrico, el resuello arrítmico y destemplado. Apenas se hubo recuperado un tanto, les indicó con esperpénticos gestos que corriesen a las cabalgaduras y los tres, seguidos de las mulas, se alejaron del lugar y trotaron hasta un pequeño claro. Allí, los jóvenes vieron como las manos y el zurrón de su jefe, antes de un rojo encendido, se iban volviendo negros como el carbón, vieron su mirada extraviada por el odio, vieron salir de su boca una baba verde y espesa de sapo y, apenas le entendieron, cuando les ordenó con una voz sorda que cambiasen las vestiduras por sus ropas islamitas mientras él a su vez se iba desprendiendo a tirones del kapusai, las medias y las abarcak. Después, sacó el alfanje y cortó las riendas de las mulas a las que azuzó con horrendos gritos. Luego, corrió montaña abajo perseguido por los muchachos que, contagiados por el espanto, gritaban tras él enloquecidos. Unas capas blancas ondearon entonces en Otsondo. Brillos de alfanje refulgieron entre los árboles aquella noche. La luna estaba pálida, turbia, embozada en hilillos de nubes tristes, vigilante, malvada, fina como un cuchillo, rielaba en el río y en los arroyos que lo alimentaban, se escondía, a veces, dejando el valle negro y solo, atravesaba silenciosamente las rendijas del maderamen de las casas, hacía aullar a los lobos y aletear a los pájaros que corrían a esconderse.

Devastaron, saquearon, ayermaron y marchitaron el pueblo que los recibió dormido. Los habitantes de aquella aldea no se dieron cuenta de lo que sucedía, confundidos como estaban al verse arrollados por unas mulas, hombres de blanco que se precipitaban gritando, caballos que todo lo pisoteaban. La luna, empujada por una fuerza misteriosa, en aquel instante, se ocultó. La oscuridad era total. Descontrolados por el terror, los dos jóvenes imitaban a al-Moadhjir en su afán destructivo. Sólo durante un instante Alí recobró su torpe cordura al descubrir, en mitad de la refriega, a la joven más hermosa que jamás había visto. Era blanca y rubia, lloraba quedamente acurrucada en un rincón que en aquel momento, como por encantamiento, iluminó la luna. Las lágrimas de sus ojos eran más bellas que las perlas de Oriente. Las manos eran de alabastro. Las mejillas de marfil. La boca como una fresa. La cintura ¡ay, su cintura!. El raterillo no pudo contenerse y agarró a la muchacha que cayó desmayada ante el espanto de verse atrapada por aquel monstruo. La luna de nuevo se apagó y al-Moadhjir, exhausto y ya vengado, inició la retirada seguido de sus dos compañeros.

Se sabe que la extraña comitiva llegó al campamento al cabo de algunos días. Que un oculto poder parecía protegerles, pues a nadie vieron y nunca erraron los caminos. Que la muchacha permaneció dormida a pesar de las caricias de Lubb y de las tiernas palabras de Alí que tanto deleitaban a las mulas. Que al-Moadhjir apenas habló ni se ocupó de la muchacha, a no ser para levantarle las faldas y mirar con sorpresa sus pies. Y que en este estado de aturdimiento fue trasladada la joven a Córdoba para ser ofrecida como esclava al Califa, pues el capitán de los moros vio que esta sería una buena manera de congraciarse con el nuevo sultán de quien ansiaba obtener el traslado a una plaza, ahora vacante, a la que hacía tiempo le había echado el ojo.

La campaña de al-Hakam fue todo un éxito. Sancho El Craso de León solicitó la paz en el 966. García Sánchez de Pamplona, que se arrepintió muchas veces de su boba credulidad y confianza en el talante poco belicoso de su sobrino segundo y en los chismorreos que catalogaban a éste como poco entendido en armas, envío también emisarios a Córdoba para llegar a un pacto con el Califa. Muchas fortalezas cristianas, próximas a las fronteras islamitas, fueron desmanteladas. Poco tiempo después, Sancho, que había logrado someter una insurrección en Galicia, fue envenenado con una fruta y murió camino de León. Pero el nuevo rey, Ramiro, que apenas contaba cinco años y su tía monja, Elvira, a quién fue encomendada la regencia, no pensaron en iniciar una nueva guerra contra el al-Andalus, ya eran de por sí grandes las dificultades por las que atravesaba el trono leonés. En el 970 moría Fernán González y la amistad volvió a reinar entre sus condados y el Califato de Córdoba. El periodo de paz, que tras esta campaña se logró, fue duradero y al-Hakam pudo, al fin, cumplidas las promesas que los reyes cristianos hicieran a su padre y habiendo alcanzado él, tras la victoriosa campaña, fama de hombre enérgico, luchador e inteligente estratega, dedicarse al solaz de sus libros y al engrandecimiento y mejora de su reino. Por sus muchos conocimientos, su basta biblioteca y su prudente talante pasaría este Califa a la historia como el más sabio y mesurado de cuantos reinaron en el al-Andalus.

¡Qué ajeno estaba el monarca cordobés a los nuevos acontecimientos que iban a producirse en su vida y que, de no haberse llevado a cabo esta guerra, nunca hubiesen tenido lugar!

Capítulo II

ORÍA QUE ASÍ se llamaba la muchacha a la que Alí, trastornado por los misteriosos y extraños sucesos que les rodearon aquella noche, raptó con la gallardía y la apostura de un bravo y bello guerrero islamita, llegó a Córdoba sin saber adónde llegaba, aturdida aún por el susto, atormentada también por febriles delirios y consumida por una terrible agitación frente a la que nada pudieron las caricias de Lubb y el dulcísimo parloteo caballar de Alí.

El mismo día de la arribada a Córdoba, ordenó el capitán que la muchacha fuese trasladada a su propia casa, en donde, gracias a los cuidados de sus mujeres y a un buen descanso, recobraría, sin duda, la salud del cuerpo y del espíritu, la belleza que, aún ahora tan maltrecha dejaba intuir poseía, y el raro encanto de extranjera al que él, Abu Salama, no era en absoluto ajeno. El capitán aseguraba que, si sus remedios surtían el efecto apetecido, poco tiempo después podría ofrecer al Califa, como presente y en recuerdo de la victoriosa campaña habida contra los cristianos que con tanto éxito se había culminado, una joven espléndida que poco tendría que envidiar a Kalam, famosa danzarina vascona de la corte de Abd al-Rahman II que supo cautivar al emir, tal era la belleza, tal la vastísima cultura y tales las habilidades musicales que le adornaban, hasta el extremo de convertirse en Umm Walad, madre del heredero al trono. El guerrero bromeaba que, de ocurrir lo mismo con su cautiva, cosa no tan extraña pues era capricho harto conocido la debilidad de los Omeyas por las esclavas vasconas, acaso él tuviera ocasión de encumbrarse en el ejército y acabar siendo consejero de Ghalib ibn Abd al-Rahman, antiguo esclavo de Abd al-Rahman III, hoy liberto y uno de los generales más prestigioso del al-Andalus. Sin embargo, el capitán no tardaba en concluir que no aspiraba a tanto, se conformaba con que el Califa, agradecido por el presente, aceptase los informes favorables referidos a su próximo ascenso, que los superiores de Abu Salama habían tenido a bien presentar al soberano, y le eligiera a él para ocupar la plaza de comandante del Alcázar de Córdoba, destino muy próximo a su morada y, por ende, alejado de los trajines cuartelarios, pues a su edad, casi cincuenta años, la brega diaria con la tropa le resultaba terriblemente enojosa.

Residía el militar en una hermosa vivienda, que sin ser opulenta como las munyas que embellecían las riberas de uno y de otro lado del Guadalquivir y, mucho menos aún, que los espléndidos palacios que en el noroeste y en el mediodía de Córdoba se alzaban agazapados tras setos, portones, tranqueras, lebreles y guardianes, era confortable, sólida y de una cierta elegancia. Allí Abu Salama mandó que Alí y Lubb condujesen a Oría.

Hacía calor. El cielo estaba azul, obsesivo y entero sobre la ciudad de Córdoba. Un sol redondo y ardiente clavaba fija la mirada en las azoteas blancas, en el río que discurría callandito, curva a curva, hacia Sevilla, en el trajinar de los cordobeses. Lubb y Alí, con el amor y la torpeza que les eran propios, transportaron a Oría en unas angarillas hasta el hogar del capitán. Llegaron. A sus voces, las mujeres de la casa, rezongonas y desaboridas, abrieron la puerta. La penumbra del vestíbulo fue un alivio para Oría y sus caballeros que la llevaron en andas por el estrecho pasillo en codo, laberinto camuflador de los entresijos familiares, que iba a morir a un hermoso patio. Este claustro doméstico estaba todo él orillado de sencillas columnas de mármol sobre las que se apoyaba el techo de la galería, pavimento, este a su vez, del segundo piso. La alzadura en dos plantas de la casa del capitán no dejaba de ser un privilegio exclusivo de las clases acomodadas ya que la mayoría de las viviendas cordobesas constaban de una sola altura y disponían de un número escaso de habitaciones en donde se hacinaban mujeres, niños y parientes, siendo el corral el único respiradero de la populosa jaima. En el centro, una alberca cuadrada de un solo surtidor decoraba de frescor con sus borbotones el patio sepultado por el sol en aire caliente y seco. Media docena de chiquillos, que jugaban a mojarse, corrieron a ver a la extraña con gritos y atropellos, mientras las mujeres, las más jóvenes silenciosas y veladas tras los arcos de la galería y las de más edad parlanchinas y mandonas, les dejaban hacer recelosas, porque aquella muchacha de pupilas azules parecíales un singular antojo blanco del guerrero, su amo, y curiosas, porque Oría estaba pálida, desmadejada, frágil, tenía los labios ardientes y febriles, la mirada turbia y cansina y musitaba, según ellas, un jeroglífico de voces raras y de misteriosos susurros. Entretanto, la cautiva soñó que se ahogaba. Lubb y Alí, que se percataron de los agobios que aquella padecía, apartaron a los chiquillos a manotazos y, dirigidos por una matrona vieja y gruesa, subieron las empinadas escaleras que, desde el ángulo izquierdo del patio, conducían a la gurfa, habitaciones de las mujeres, en donde, a indicación de la anciana, acostaron a la muchacha en una cama blanda con dos colchones superpuestos cubiertos de una fresca sábana de raso. La mujer mandó entonces traer paños húmedos que aplicó a la joven en la frente, procurándole un claro alivio, pues, enseguida, cayó en un sueño tranquilo. Después, con autoridad, desalojó de la habitación a los muchachos y a las demás mujeres que observaban a Oría como sombras silenciosas. Luego cerró la puerta con una llave que guardó en el bolsillo interior de su albornoz. Y allí quedó la vascona, solamente iluminada por dos pequeñas ventanas con celosías que dejaban pasar la luz del patio convertida en menudos rombos luminosos.

La matrona llevó a Lubb y Alí a la cocina y les ofreció pan horneado aquel día, higos, pasas y vino. Todos los intentos llevados a cabo por los cadíes, y hasta por emires y califas, para que se cumpliese la prohibición coránica del consumo de bebidas alcohólicas, habían resultado inútiles. En varias ocasiones fue cerrado el mercado de vinos que el gobierno tenía arrendado a un mozárabe en Secunda, barrio o rabad situado al otro lado del Guadalquivir, y clausuradas también las tabernas en que se vendía rubb, mosto cocido, inicialmente de escasa graduación, que se adulteraba mezclándolo con vinos y aguardientes de graduación más elevada, pero fueron tan grandes las protestas callejeras y eran tan altos los dividendos que el tesoro público obtenía de su venta y consumo que pronto se acabó por permitir de nuevo el uso y el abuso de aquel. Además, los caldos andaluces eran de calidad y en los ambientes cultos y refinados de la corte se decía que el vino transportaba el espíritu hasta las exquisitas mansiones del alma en donde habitan el amor ideal y el conocimiento de Dios. Los dos jóvenes, pues, aceptaron muy agradecidos el refrigerio y comieron glotonamente mientras contestaban a las mil y una preguntas que la matrona les iba enjaretando. Las otras mujeres, azuzada su curiosidad por el recelo, se asomaban en tropel a la puerta y a los ventanucos del patio y escuchaban aquella conversación en silencio. Una vez que estuvieron convencidas, por lo que Lubb y Alí contaban, de que la muchacha no iba a permanecer en la casa del capitán sino que Abu Salama pensaba ofrecerla al Califa, poco a poco, abandonaron a los jóvenes y su charla y se fueron sentando, agazapadas del sol, formando un corro en la sombra de la galería, en donde durante largo rato permanecieron olvidadas de todo lo que no fuera la compasión por la joven enferma, los comentarios imaginando la vida que le esperaba en el harén califal del que se oían terribles historias de intrigas y celos, parloteando sobre las ropas que aquella traía, fantaseando el país en donde decían los muchachos haberle encontrado, su soledad....

El capitán acertó con la botica que administró a la cautiva. Pocos días después de su llegada a la casa, Oría, bien sea por los cuidados que a porfía le dedicaron las mujeres de Abu Salama, bien porque su naturaleza era joven y fuerte o bien gracias a la singular medicina que muy pronto vino en su socorro, despertó del aturdimiento, curó de fiebres y sanó del espíritu. Pues ocurrió que el esclavo vascón, el mismo que supo enredar a al-Moadhjir en la historia de los tesoros y que era conocido con el nombre de Mayus, pagano, debido a su origen, no tardó mucho en enterarse de la presencia de Oría en Córdoba así como del profundo abatimiento que padecía. El buen Mayus revivió, entonces, con lacerante realismo las tristezas y nostalgias de que fue preso en los primeros días de su cautiverio y sintió una gran lástima hacía la muchacha que tan cruelmente había sido alejada de todo cuanto amaba. Ahora, pensaba el cautivo, la joven debía sentirse confinada en el peor y más negro de los calabozos, abandonada a la más implacable de las soledades, pues que nada entendía ni de nadie podía hacerse entender, y prisionera en un mundo ardiente del que habían desaparecido, como por encantamiento, las lluvias, los montes y los prados. Mayus, que era hombre sagaz, de verbo fácil y engatusador, no tardó en convencer a su amo, un próspero comerciante amigo del capitán, de lo beneficiosa que podría resultar su presencia junto la vascona, no sólo porque ésta permitiría a la esclava abrir su corazón a alguien capaz de comprenderle y consolarle en su propia lengua, sabido es que las penas compartidas son menos penas, y liberarse, al fin, de las congojas y angustias que tan atrozmente le atenazaban, sino también porque él sabría ponerle al corriente de las costumbres de su nueva patria e, incluso, le iniciaría en algunos rudimentos básicos del idioma del profeta, de este modo, continuó Mayus, el presente destinado al Califa ganará en calidad, Abu Salama obtendrá más fácilmente lo que se propone y tú, mi amo, por haber sido yo el artífice de aliños y perfeccionamientos, harás del capitán un deudor ansioso en restituirte el favor. Pareciéronle al amo sabias las palabras del esclavo. Habló con el capitán, su amigo, quien, aunque en un principio consideró imprudente la ocurrencia de que un hombre de pelo en pecho, es decir, sin la mansedumbre que su peculiar fisonomía confería a los eunucos, fuese el enfermero de la joven, concluyó después que la condición de paganos, a la que ambos pertenecían, y las circunstancias tan especiales, que éste caso parecía ofrecer, convertían en sensato lo que de otro modo hubiese sido a todas luces un despropósito. Así que aceptó la oferta y el vascón fue a parar con sus huesos a la casa de Abu Salama.

La primera realidad que cató Oría, cuando su cabeza y su cuerpo estuvieron en disposición de inspeccionar el lugar en que, por azares del destino y el noble apetito de aprehender la belleza que aquella noche mágica asaltó a Alí, se hallaba, fue, si nos olvidamos del rostro rubicundo y tierno de Mayus, que como una madre veló los sueños, las agitaciones, las pesadillas, los llantos desesperados, los gemidos y los suspiros de aquellos días, y de las suaves sábanas de raso con que le cubrieron, la habitación estrecha y larga de ventanas cegadas con celosías en donde a su llegada fue acostada por Lubb y Alí. Las paredes de esta alcoba estaban cubiertas por paños de seda y de lana fina, recamados con hermosos dibujos de flores de colores brillantes. Esparcidos por el suelo, había almohadones de cuero y una fresca estera sobre la que dormía el vascón. En un rincón, a mano, se guardaba el candil de barro cocido que tan bien les vino para iluminar la habitación en aquellas noches de enfermedad.

A Oría este entorno que saludó su despertar le pareció, por extraño que resulte, de una belleza exquisita y, a no ser por el lógico miedo que sentía al saberse en un lugar desconocido y que le impedía el contento, su corazón se hubiera alegrado en la contemplación de aquellos objetos que para ella eran de una suntuosidad y riqueza jamás vista. Mayus se dio cuenta, al punto, de las contradictorias sensaciones por las que estaba atravesando su amiga y, con gran delicadeza, le preguntó por su casa, los quehaceres que en ella realizaba, sus aspiraciones, su familia, en fin, por todo aquello que consideraba el esclavo le iba a permitir hacerse idea de las condiciones de vida de que disfrutaba Oría allá en su pueblo. La casa, por más que la muchacha adornó el relato, en parte porque la lejanía convierte en hermosos los lugares que abandonamos, en parte por orgullo, no quería aparecer ante el vascón pobre y miserable, dedujo Mayus era un caserío fabricado con humildes maderas y compuesto en su interior de una sola habitación en la que convivían, apenas separados por una cortinilla, los hombres, las mujeres e, incluso, si se terciaba, el ganado. El esclavo conocía muy bien aquella suerte de habitáculos por haber nacido él mismo en uno semejante. Pocos objetos delicados había podido poseer Oría, cuando los escasos ingresos que se obtenían del cultivo de los campos y del pastoreo iban a parar al señor solariego, dueño de la tierra. Acaso los padres de la muchacha, superado el inicial pesar por su pérdida, se habrían visto aliviados al tener una boca menos que alimentar. Sí, eran bellos, armónicos e idílicos los montes, los prados, los arroyos y los ríos de Vasconia, mas el futuro que esperaba allí a su amiga, dada la condición de siervos de la familia de ésta, era oscuro e infortunado, él sabía lo que se decía. En consecuencia Mayus, con cuidado y tacto, fue instruyendo a Oría en una filosofía particular a la que se había visto abocado, obligado por la necesidad y las apreturas de la vida, y que, hasta ahora, le había proporcionado un buen pasar, teniendo en cuenta que esclavo hubiese sido siempre en Vasconia y en Córdoba, y que, puestos a elegir, se quedaba con esa última por disfrutar la ciudad y sus ciudadanos de los beneficios de la civilización y de la cultura, ventajas aún muy lejanas en el horizonte cristiano. Así que el vascón, una vez que la muchacha pareció estar en condiciones de poder sopesar todos los sucesos que hasta aquí le habían ocurrido y una vez que fue capaz de hacerse la composición de las nuevas circunstancias en que se hallaba enredada, con habilidad y delicadeza le habló de los beneficios que, acaso, gracias a la dolorosa separación de sus tierras, a partir de entonces podría disfrutar, adelantándole también la inutilidad del llanto y de la melancolía en situaciones que, como aquella, eran irreversibles y en las que solamente es aconsejable agarrar el toro por los cuernos y sacar el mayor provecho a eso que el destino nos ha reservado. Varios días empleó el esclavo en aquellas sugerencias que, aunque espinosas, no andaban lejos de la nueva realidad a la que debía de enfrentarse la joven. Y, una tarde, considerando que poco más quedaba por decir, Mayus concluyó sus sermones, ahora era ella quien debía inclinarse por arrastrar una existencia de lamentos y jeremiadas u optar por obtener el mayor jugo posible de la realidad. Medita tranquila Oría, yo creo sinceramente que no todo aquello que con atroz crueldad te han obligado a abandonar era bueno, ni siquiera por ser tuyo, como tampoco es verdad que aquí sólo te aguarden amarguras y sinsabores, aprende, pues, a sortear el destino con astucia y con prudencia. Tengo oído que, una vez te recuperes, vas a ser entregada como esclava al Califa, Oría con los ojos anegados en lágrimas miró espantada a su amigo, no, no te asustes y escucha atentamente, al-Hakam es un hombre delicado y culto, en su harén y en sus palacios encontrarás provechos, antes, inimaginables para ti y que te permitirán gozar de beneficiosos privilegios. Si eres astuta, inteligente y sabia, podrás, pues, disfrutar de una vida complacida. Así que seca tus lágrimas y reflexiona despacio sobre cuanto te acabo de decir, aún tenemos tiempo, con mis mañas y debido al aprecio que sienten hacia mí Abu Salama y mi amo, lograré que permanezcas unos días más en esta casa, aunque, gracias a Dios, tu color y tu apetito muestran a las claras que ya estás sana. Durante este tiempo voy a procurar instruirte en aquello que te va a ser de utilidad cuando llegues al harén. Después, Mayus le dejó sola so pretexto de tener que hacer un pequeño encargo para su amo, dándole así tiempo para que pudiese discurrir a sus anchas. Partió el vascón y Oría sopesó en soledad todos y cada uno de los extremos que en los últimos días había tratado con el esclavo. Luego de un tiempo, acaso porque la filosofía de Mayus le pareció la única posible dadas las circunstancias, la joven tomó la determinación de, a partir de ese instante, poner fin a lamentos y nostalgias y enfrentarse a la vida tal y como le había enseñado su amigo.

Serían las seis de la tarde cuando Mayus volvió de su supuesto encargo. Al entrar, dedicó un par de bromas a las mujeres que estaban en el patio peleando con la chiquillería. Sin detenerse, se dirigió a la cocina en donde sabía iba a encontrar a la gran matrona, jefa del minúsculo harén del capitán, organizando los sencillos preparativos de una cena de diario. El vascón saludó a la mujer desde la puerta y, en un árabe fluido y popular, entabló con ella una cordial discusión que debía girar, a juzgar por los gestos, exclamaciones, rezongos y refunfuños de la mora vieja, en torno a un tema doméstico relacionado con Oría, pues en varias ocasiones el esclavo pronunció este nombre y en otras tantas ella intentó imitarlo con éxito mediano, articulando una R de vibraciones arábigas que lo convertía en un ronroneo exótico. Al cabo de un rato de dimes y diretes, el vascón, no sin dificultades, cogió a la matrona por la cintura y la levantó en andas cariñosamente, acción que, por meritoria, debió otorgarle la concesión de lo que solicitaba, ya que, una vez de depositada en el suelo, la mora se asomó a la puerta y llamó a voces a las otras mujeres mientras despedía, entre risas y gritonas protestas, a Mayus que se encaminó con rostro satisfecho a la habitación en la que su nueva amiga se encontraba.

Entró el esclavo en la alcoba y fue recibido por una Oría de mirada decidida y de expresión relajada. Mayus, contento al comprender que la actitud de la muchacha había cambiado, antes desvalida e indefensa, ahora determinada y firme, sin preámbulo alguno le comunicó que había llegado el momento de salir de la celda protectora, en la que llevaba muchos días enclaustrada, y de encararse a nuevas situaciones. En primer lugar, era absolutamente necesario limpiar aquel hermoso cuerpo de toda la sucedumbre acumulada no sólo por la tan sabida refracción del mundo cristiano a lavados y enjuagues sino también porque esta suciedad cotidiana se había visto aumentada por los calores y trajines del viaje hasta Córdoba y por las resudaciones y sofocamientos habidos en la enfermedad, lo que, todo unido, provocaba una marea de efluvios sumamente nauseabunda. Las mujeres, pues, estaban preparando un deliciosa pila de agua caliente en la que Oría, toda entera, sería puesta a remojo hasta que su cuerpo alcanzara la blancura original. El rostro de Oría se tiñó de pánico al oír las palabras de su amigo ya que por tradición y por falta de medios jamás se había dado un baño del calibre que indicaba el vascón y no dudó, entonces, que sus días iban a terminar en una bañera morisca. Pero, fiel a su nueva personalidad retadora y valiente, alejó aquellos temores instintivos y dejó que la razón hablara, Mayus, su querido amigo, nada iba a proponerle que pusiera en peligro su vida, así que con gesto resuelto se dispuso a obedecer.

Al abrir la puerta de la habitación, la vascona se encontró con la baranda de madera de la galería que se asomaba al patio de la casa. Una bocanada de calor y de luz le dio en el rostro como una bofetada. Abajo, la alberca rebosaba de agua. La joven miró con recelo la fresca tina pensando que acaso fuera allí en donde iban a sumergirle. Mayus le tomó, entonces, de la mano y suavemente le arrastró hacia las escaleras que conducían a la planta baja. En el último peldaño fue recibida por la matrona y las otras mujeres que, decidoras y divertidas, les estaban esperando. Entre todas condujeron a Oría a una pequeña habitación contigua a la cocina. Allí, había un hogar en el que se calentaba una enorme perola de cobre que dos mujeres apartaron del fuego con esfuerzo y volcaron en un recipiente muy grande situado en el centro de la estancia, mientras otras iban añadiendo el agua fría que recogían del surtidor del patio en cubos y baldes para acarrearla luego hasta la rústica bañera. La muchacha llamó a Mayus, pero él le indicó que no era decoroso que estuviera presente en aquel acto, sin embargo, iba a permanecer sentado tras la puerta y, desde allí, charlaría con ella suavizándole el trance.

Las mujeres desnudaron a la cautiva en un santiamén y, sin miramientos, le empujaron dentro de la pila hasta que estuvo sumergida en ella cuan larga era. No tuvo ni tiempo de sentir pudor al verse sin ropa. Después, con maestría, una de ellas enjabonó el agua y, luego, salieron todas, riendo y parloteando, para dirigirse a sus quehaceres. No bien éstas se hubieron perdido por el patio, la cocina, y las habitaciones de la casa, Mayus dijo a su amiga que se dejase relajar por el agua, cosa que Oría ya estaba haciendo pues, a los pocos segundos de la inmersión, una gran dejadez e indolencia se apoderó voluptuosamente de todos sus miembros y sólo pudo contestar a las palabras del esclavo con un gruñido placentero. Viendo Mayus que iban surtiendo efecto los beneficios del agua caliente, se dispuso a dar la primera lección sobre usos y costumbres a su ignorante amiga.

En el mundo de los islamitas, Oría, la limpieza es una obligación religiosa. Antes de cada una de las cinco oraciones diarias todo musulmán debe de realizar sus abluciones o lavamientos. Es costumbre de los moros lavarse las manos y enjuagarse la boca antes y después de cada comida, hábito que tú misma deberás adquirir. En Córdoba hay seiscientos establecimientos de baños públicos para que los cordobeses puedan asearse y solazarse en ellos. Las casas ricas suelen disfrutar de abzan o bañeras, que en algunos casos son antiguos sarcófagos de mármol como los que se dice utiliza el Califa en Madinat al-Zahra, y disponen también de sus propias termas o instalaciones por las que circula agua caliente a través de tubos de barro. Este sistema evita las engorrosas operaciones de calentar y acarrear agua que han hecho aquí, tras no pocas protestas, las mujeres, empeñadas en enviarte al hammam o baño público a pesar de que la calidad de tu zurrapa no lo aconsejase en absoluto. Tal ingenio permite también en el invierno caldear las mansiones, ahuyentando el frío propio de esa estación. El hammam, prosiguió el vascón, es utilizado por las clases medias y el pueblo sencillo. Las mujeres, que solamente pueden acudir a él por la tarde, son asiduas a los baños en donde dedican muchas horas a embellecer su cuerpo, a aplicarse afeites, ungüentos y cremas, a depilarse las piernas, los brazos e, incluso, sus partes más intimas, a adornarse el cabello, a maquillarse el rostro y a charlar despreocupadamente con las amigas. Tras recorrer un estrecho vestíbulo, los parroquianos o las parroquianas pasan a una sala provista de cabinas, bayt al-maslaj, en las que, luego de desnudarse, guardan la ropa. A continuación, se dirigen al frigidarium o sala fría. Esta sala con frecuencia está adornada con antiguas estatuas de mármol procedentes de las ruinas de Mérida o Itálica y, en su centro, tiene instalada una alberca en donde aquellos que lo desean pueden sumergirse en la frescura de sus aguas. La sala contigua es el tepidarium o sala templada, estadio intermedio que ahorra al cuerpo insalubres cambios bruscos de temperatura y, por último, llegan al caldarium o sala caliente. Esta consta de una habitación en la que el visitante se enjabona y, además, de dos salas provistas de los bancos de piedra indispensables para las sesiones de masaje. Junto al caldarium, suele instalarse una noria de la que se obtienen los cubos de agua caliente necesarios para el baño final. Te diré Oría que en el hammam hay masajistas, mozos de baño que llevan como única prenda un taparrabos, vendedores de batán, barro muy codiciado para el aseo de los cabellos, barberos, peluqueras, maquilladoras, alquiladores de toallas y batas de baño, adivinadores, vendedores de fruslerías, entendidos en pócimas mágicas, herboristas, echadores de cartas, aguadores, lamineros..., en sus salas, bajo la luz tamizada que dejan pasar los ojos de buey abiertos en la bóveda en donde se encuentran empotradas las tuberías de barro, se cierran negocios, se inician idilios, se comparten secretos, se extienden rumores, se saben noticias, se fraguan intrigas, se planean venganzas, se orquestan celos, se alientan amores, se narran aventuras, se proyectan viajes y diversiones... Hacía ya un rato que Mayus no oía chapotear el agua de la bañera. Llamó a Oría y la muchacha no contestó. Así que, olvidándose de las normas obligadas por la decencia, entró en el improvisado hammam y le encontró profundamente dormida, la tibieza del agua y el monocorde sonido de su voz tras la puerta habían producido el mismo efecto que una hierba adormecedora. Aprovechando la favorable coyuntura que aquel sueño le deparaba, el esclavo se detuvo a contemplar el cuerpo de la joven, la cabeza reclinada en el borde de la pila, el cabello largo y rubio extendido por el agua, pudoroso y suavísimo, los pechos frescos, la cintura breve, las caderas opulentas, los muslos duros y rectos, las piernas tan perfectas que hasta el rubio vello que las cubría, realmente un tanto excesivo, le pareció ser de oro. Mayus admiraba a una lamía. Pero héte aquí que, de pronto, apareció la matrona y nada más verle, tan absorto como estaba, prorrumpió en tales gritos de desaprobación que despertó a Oría con sobresalto, sacó a Mayus de sus ensoñaciones, que salió de la estancia con expresión culpable, y alertó a las demás que se presentaron al punto. La vieja mora consideró que el tiempo de reblandecimiento de las antiguas y nuevas mugres que cubrían a la esclava era ya más que suficiente, así que con arte y maña refregó a la joven desde la cabeza hasta los pies, dejándola toda ella limpia y reluciente, colorada y brillante. Luego sacó de la bañera a Oría, muda de la impresión, y, ayudada por las otras, le frotó, restregó y friccionó hasta que no quedó ni una gota de agua en su pelo y en su cuerpo. Después, mientras salía de la habitación secándose ella misma las manos y llamando a Mayus para seguir con la reprimenda, abandonó a la muchacha en manos de las mujeres que estaban encantadas con su papel de Ziryab, el que fue gran maestro de la moda y de la etiqueta, allá por el año 822, en la corte de Abd al-Rahman II.

La esclava vascona cuando vio que una bandada de manos como ramas de sarmiento, morenas, uñas afiladas y puntiagudas, caían sobre ella, no opuso ninguna resistencia y, con la resignación y el abandono de quien se sabe perdido, les dejó hacer sin que de sus labios escapara una palabra de protesta. Sin embargo, como ella misma reconocería más tarde, no le resultaron ingratas las manipulaciones a las que fue sometida. Primero, las mujeres cepillaron y peinaron con todo cuidado la cabellera, desenredándola de tal forma que parecía un manto dorado. Muchas fueron las exclamaciones de admiración que aquellas dedicaron a su pelo, todas lo tocaban, acariciaban y se sorprendían de que la maraña parduzca, que poco antes lucía la joven, tratada sólo con jabón, se hubiese convertido en algo tan hermoso. Cuando ya vieron que ni los peines ni los cepillos alteraban en nada la perfección de la melena, perfumaron ésta con esencia de rosas. Oría sintió un grato aturdimiento. Después, con mucho cuidado, depilaron las cejas, perfilando una línea perfecta y airosa y limpiaron de pelusilla el labio superior, cuidando de dejar un delicado bozo, muy al gusto de los hombres del al-Andalus. Luego, realzaron además los ojos con sulfuro de antimonio, mostrándose entonces aquellos de un azul intenso por contraste con la oscuridad del maquillaje. Dieron también color a las mejillas e hicieron más rosas los labios, tratándolos con raíces de nogal. Pulieron las uñas y las pintaron con alheña. Suavizaron la piel con un fresco ungüento. Derramaron gotitas de almizcle, misk, detrás de las orejas, en el cuello, entre los pechos, tras las rodillas y en los tobillos de Oría. Limpiaron sus dientes con brío ayudadas de un pequeño cepillo y unos polvos blanquecinos. Le dieron a mascar una goma llamada mustaka para perfumar el aliento. Vistieron a la muchacha unas largas calzas, que ataron en la cintura con un cordoncillo de seda, sobre las que revistieron una larga y blanca camisa de lino.

Encima de la camisa colocaron una túnica fresca de algodón en tonos azules y verdes como sus ojos. Un velo transparente y largo, lifafa, escondía el cabello. Una gasa ligera, jimar, también azul, le cubría el rostro por debajo de los ojos. Le calzaron sandalias sin talón, adornadas en el empeine con una flor muy sencilla. Adornaron los brazos con brazaletes de ágatas verdes, los lóbulos de las orejas, que perforaron sin que apenas se diera cuenta, con vistosos zarcillos y los tobillos con una finísima cadenita de plata. Luego le observaron entre envidiosas y ufanas de lo que habían creado y dejaron que la joven se contemplara en un gran espejo de cobre pulido, quedándose ella misma tan agradablemente sorprendida con su imagen como sus compañeras.

El sol hacía rato que se había escondido por el horizonte, dejando un rastro de luminiscentes nubecillas rosas que flotaban en las orillas de la noche cercana, anunciada por azules intensos. Aquí y allá diminutos brillantes, las estrellas. La muchacha, acompañada de las mujeres, salió al patio en donde la fuente sonaba oscura y Abu Salama y Mayus porfiaban sin terminar de ponerse de acuerdo. La mora vieja encendía los candiles para iluminar la noche. Fue entonces cuando vieron a Oría.

Grande y grata impresión causó en ambos hombres la visión de la joven acicalada según los gustos del lugar. La matrona abandonó las bujías y le contemplaba satisfecha mientras daba pequeños toques en los pliegues de la túnica, la caída del largo velo blanco, aseguraba el velo corto del rostro. Abu Salama, por un instante, pensó en disfrutar de la esclava antes de enviársela al Califa, pero la mora, que pareció leer en su pensamiento, le cuchicheó en la oreja la condición de virgen de aquella con lo que, dada la calidad del presente, aseguraba aún más la obtención de la plaza a la que aspiraba. Suspiró el capitán y dijo a la mujer que para celebrar la curación de la cautiva dispusiese la cena en el patio, quería gozar de la noche, de la contemplación de la joven vascona, eso sí le estaba permitido, y saborear una rica cena amenizada con la música y la danza de sus mujeres, que a una orden suya marcharon en busca del buq, una flauta muy sencilla de sonidos agudos, y de las panderetas. Mayus fue invitado a participar en aquella pequeña fiesta de bienvenida.

Por más que porfió el vascón con el capitán para que, al día siguiente, le permitiese mostrar la ciudad a la muchacha, Abu Salama no dio su consentimiento. La aparición de Oría en el patio había puesto punto final a las argumentaciones de Mayus que, sin embargo, no dio la batalla por perdida. Sería medianoche, cuando el amo de la casa, adormecido por el vino de la cena y el cansancio del día, decidió dar por terminada la velada, momento que aprovechó el esclavo para lograr obtener del capitán, auxiliado por los efectos balsámicos que sobre el talante, aún guerrero, de aquel había tenido la frescura de la noche, la visión de sus mujeres, la sabrosa cena y la música, la autorización que tanto apetecía. Inició, pues, Mayus un largo discurso preñado de argumentaciones pedagógicas, peroratas, razonamientos, alusiones a nuevas filosofías, anecdotarios de hombres santos, máximas a seguir por la perfecta esclava, en fin, un torrente tal de palabras, su malicia le inspiraba una elocuencia insoportable hasta para una mente despierta y la pobre cabeza de Abu Salama andaba muy lejos de estarlo, que el capitán, más por alejar de sí aquel suplicio sonoro que por estar de acuerdo con lo que el vascón le proponía, otorgó por fin el consentimiento, recomendando, eso sí, una gran discreción, de lo contrario el esclavo probaría los rigores de la ira cuartelaria. Después, ya casi dormido, dijo a la vieja mora que tuviese todo dispuesto muy de mañana, al día siguiente salía de maniobras con la tropa, y la fiesta terminó para todos.

El aire de aquella mañana, con su tempranera tibieza, prometía un día muy caluroso. La casa de Abu Salama estaba frontera con el barrio residencial que se extendía desde la Mezquita Mayor hasta las murallas, disfrutando en su modestia de la misma tranquilidad que reinaba en las ricas munyas que orillaban el río al igual que de las ventajas de hallarse a pocos pasos de la madina, el corazón de Córdoba. Con frecuencia soñaba el capitán en el día en que ocupase la ansiada plaza del Alcázar, casi vecino a su propiedad.

Mayus, deseoso de cumplir al pie de la letra las recomendaciones de discreción insistentemente exigidas por Abu Salama, tuvo una rocambolesca idea que no dudó en poner en práctica pues participaba cumplidamente de su gusto por lo fantasioso y novelero y de la reserva que le había sido advertida. Fue ésta que, antes de salir a recorrer la ciudad, vistió a Oría de muchacho con una larga túnica provista de capucha, a fin de esconder su rostro en caso necesario, y disimuló los cabellos bajo un amplio bonete de fieltro, sasiya, de color verde. Unas sandalias frescas de suela de corcho completaron la indumentaria.

Salieron y, enseguida, doblaron a la izquierda por una calle que iba a desembocar, a través de una puertecilla abierta en las murallas, al paseo que, paralelo al muro de fortificación, bordeaba el río y que tan concurrido se veía a otras horas. Oría lo miraba todo con la curiosidad y la desazón que pueden producir en nuestro ánimo las novedades que nos son extrañas y con las que sabemos estamos condenados a convivir. La avenida estaba silenciosa y sola. Amortiguado por la distancia, llegaba un ronroneo de voces y de barullos desde los lindes del parque. El esclavo y su amiga recorrieron la distancia que los separaba del ajetreo cordobés, disfrutando de los árboles, del sosiego y de la luz nueva con la que se iniciaba la jornada, mientras Mayus informaba a Oría de la organización de la ciudad en un barrio central, decía, dedicado al comercio y a los negocios, y en el que fundamentalmente iba a centrarse el paseo; dos barrios orientales, el de Sabular, al pie de una loma a la orilla del río, y el de Furn Burril, al norte del Guadalquivir; otros dos barrios occidentales, el de Masyid al-Sifa o de la Mezquita de Sifa, así llamada en recuerdo de la famosa concubina Sifa de Abd al-Rahman I, y el de Hammam al-Ilbiri o Baño de Elvira que hacía referencia a un personaje, hoy desconocido, de la cora de Ilbira, Elvira, cerca de Granada; y, además, el arrabal por antonomasia, el popular rabad de Secunda, al otro lado del río, que un siglo antes al-Hakam I ordenó arrasar, castigando de este modo a los cordobeses que osaron sublevarse contra su autoridad, pero que luego fue reconstruído. Los judíos ocupaban un rabad en el muro occidental de la muralla y otro al norte de la madina, en tanto que los mozárabes se habían asentado al este de la metrópoli. Extramuros, aquí y allá, día a día iban surgiendo nuevos barrios en los que se amontonaba una apretada multitud. Los cementerios, la maqburat Umm Salma, la maqburat Qurays, la maqburat Banu Amir, la maqburat al-Yahud o de los Judíos y otros más, así como las leproserías o Rabad al-marda estaban situados en las afueras de Córdoba. El número de mezquitas, hammam y escuelas con que contaba la urbe era incalculable, había quien afirmaba existían en ella hasta 3.837 templos, fuera o no cierta esta cifra, Mayus aseguró que los cordobeses estaban orgullosos de tan cumplidos servicios. Tampoco faltaban en la madina amplias explanadas, llamadas fahs o campos, que eran utilizadas tanto para usos civiles y deportivos, como religiosos o militares. Las más famosas eran la Musara, el estadio, situada extramuros, cerca del río, en el costado occidental de Córdoba, de carácter preferentemente religioso por encontrarse allí la musalla, el oratorio al aire libre más importante de la capital, y la conocida como el Fahs al-suradiq, al norte del Guadalquivir en el extremo oriental de la ciudad, dedicada a las mahalla o maniobras y paradas militares. Llegaron, entonces, a Bab al Qantara o Puerta del Puente. Era esta una de las siete puertas que permitían el acceso a la metrópoli a través de las murallas. Bab al-Qantara o al-waldi, o al-Yazira al-jadra, o al-Sura, La Puerta del Puente; Bab al-Hadid o Saraqusta, La Puerta de Hierro; Bab Ibn Abd al-Yabbar o Tulaytula, o Rumiyya; Bab Talabira o Luyun, o al-Yabud, o al-Huda, La Puerta del León o de los Judíos, o de Talavera; Bab Amir al-Qurasi; Bab al-yawz o Batalyaws; Bab al-Attarin o Isbiliya, La puerta de Sevilla o de los Especieros, eran bocas enormes de las que partían vías que confluían en la madina y que diariamente engullían, para regurgitarlas después, multitudes atraídas por las ventajas y oportunidades que ofrecía la gran metrópolis que entonces era Córdoba. Mayus y Oría navegaron no sin dificultad entre aquel tropel de mulos, burros de carga, jinetes, gentes y más gentes que por allí transitaban, hasta que, desde un pequeño claro que lograron abrirse en medio de la muchedumbre, se detuvieron a contemplar las hermosas curvas de agua que hacía el Guadalquivir y la alzadura del puente romano que comunicaba con la orilla izquierda del río, allí se extendía el arrabal de Secunda. Internáronse luego los dos amigos por la mahayya uzma, la Calle Mayor que unía el puente con el corazón de la madina. El vascón agradeció aquellas aglomeraciones, pues ellas evitaron que Oría tropezase con los ojos despavoridos, las largas lenguas y las teces amoratadas de dos tristes cabezas, que, apuntaladas sobre lanzas, flanqueaban la entrada a la ciudad y, aunque siempre es aleccionador el espectáculo de la punición merecida, Mayus pensó que, de momento, era más conveniente para la joven, a la vascona le aguardaban aún muchas novedades, permanecer ajena a este tipo de espectáculos que tanto divertían a la población. Congratulóse también de la ausencia de crucificados aquel día, ya que un ajusticiado de cuerpo entero era muy difícil que pasase desapercibido. Al hilo de esas reflexiones de las que nada dijo a la muchacha, el cautivo contó a ésta que Córdoba disponía, junto a mezquitas, hammams y escuelas, de un mutbaq o prisión subterránea en el Alcázar de la ciudad, la residencia Califal, allí eran encerrados los reos de alcurnia y aquellos otros culpables de graves delitos, mientras que para los sentenciados por quebrantamientos de poca monta existía la al-Duwayra, la Casita, nombre con el que comúnmente era designada la cárcel en el al-Andalus. Hacía ya calor. Las calles estrechas y tortuosas formaban un arabesco singular. Callejuelas que parecían ir a conducirles sin rodeos hasta el zoco, tras un brusco giro, morían en plazuelas minúsculas, en pequeñas mezquitas o en ciegos callejones. Dejaron atrás La Casa de Correos, Dar al-burud o Dar al-burudiyya, a la entrada del Zoco Grande. Poco a poco, a medida que se iban acercando a las proximidades de las calles que constituían el suq o zoco de la ciudad, se poblaron éstas de viandantes. Negros y negras sudaneses, que causaron una gran impresión, no exenta de temor, en la muchacha, transitaban tranquilamente por las calles, ellos, guerreros, esclavas, ellas. También hombres de cabellos rubios, cutis blanquísimo, complexión atlética, a quienes Mayus llamaba "mudos" o jurs porque, según explicó, desconocían el árabe igual que la joven, se mezclaban con los anteriores, la mayoría de estos, le dijo, formaban parte de la guardia del Califa. Moros y moras, unos ricos, con costosas túnicas de brocado, elegantes gorros adornados de valiosas joyas, seguidos de esclavos y criados, y pobres los más, acompañados de burros o llevando ellos mismos sacos y alforjas sobre los hombros, abigarraban la madina. Estos últimos, al decir de Mayus, eran campesinos que se acercaban a la ciudad para vender, comprar o abonar el diezmo al propietario de sus tierras. Mujeres perfumadas cubiertas de velos y sedas, mujeres gruesas rodeadas de chiquillos, escondido su abandono entre largas faldas y amplios mantos, formaban parte también de aquella población. Mozárabes o musta'rib, cristianos y cristianas arabizados, muwalladun, cristianos y cristianas convertidos al Islam, judíos, quienes a juzgar por sus vestimentas eran en su mayoría comerciantes, pasantes y escribientes, iban de aquí para allá, ajetreados en sus obligaciones. Además había grupos de muchachos que se peleaban en guerra de bandos, blandiendo palos y piedras, y ocupaban, bullangueros y gritones, las callejuelas de esta Babel en la que unos hablaban árabe clásico, otros árabe dialectal, otros más rumaniya o romance, aquellos lenguas europeas desconocidas, estos raras lenguas africanas, los de más allá gallego, italiano y hasta, incluso, vascuence o basquiya como era el caso de Mayus y Oría. Apenas pudo la muchacha recuperarse de la sorpresa de este guirigay cuando, enseguida, de izquierda y derecha, saliendo de pequeños comercios y talleres protegidos por toldos, aparecieron hombres charlatanes que se les acercaban, tiraban de las mangas de la túnica de Oría, le acariciaban, le invitaban a entrar con reverencias, exclamaciones, invocaciones a Allah y que, no bien se daban cuenta del desconcierto del mozalbete por la cara de no entender nada con que éste les miraba, saltaban sobre Mayus quien apartaba a los monsergueros a manotazos y sin contemplaciones. Habían llegado a las calles de los artesanos, anunció el esclavo a la joven. En estas callejas estaban reunidos los obradores que laboraban en un mismo oficio, por eso cada callejuela era conocida por el nombre de una profesión. Eran menestrales humildes o de pasar mediano los que allí se agrupaban, pues, los otros, los más ricos, disfrutaban de una situación privilegiada en la qaysariyya o alcacería, guarecidos del populacho pobretón en patios espaciosos situados en lo más profundo del zoco y rodeados de pórticos a los que abrían sus tiendas con las mercancías más caras. Aquí vieron, herreros, fabricaban herrajes para puertas y cofres, clavos, cadenas, cuchillos, tijeras. Zapateros, alpargateros y fabricantes de sandalias de corcho, chancletas hoy muy a la moda que hacían la competencia al calzado tradicional. Estereros y trenzadores de esparto, palmito y junco, ofrecían cestos, esteras, cedazos, escobas, serones, papeleras, sombreros. Guarnicioneros, talabarteros y tafileteros, trabajaban el cuero confeccionando cinturones, gualdrapas, almohadones, sencillas pellizas. Sastres y vendedores de telas corrientes. Humildes fajadores de cobre. Sencillos plateros. Modestos ceramistas. Tablajeros, carniceros, curtidores, tintoreros, aceiteros, alfareros, ladrilleros, fabricantes de tejas, de tierra jabonera, mozos de cuerda y chalanes eran obligados a ofrecer sus productos y servicios fuera del zoco central por ser estos oficios malolientes y desagradables.

Así fueron internándose en las callejas del mercado entretenidos en el ojeo de aquellos variados objetos producto de la laboriosidad pública de esos artesanos humildes. Si antes, en un abrir y cerrar de ojos, los darb o callizos se poblaron de un amplio surtido de viandantes sin que Oría pudiera decir cómo y por dónde habían llegado, otro tanto ocurrió ahora. Distraída como estaba fisgoneando las pequeñas tiendecillas artesanales, no se dio ni cuenta de que el número de transeúntes se había multiplicado y transmutado en jaranera muchedumbre. Mayus cogió a la esclava de la mano y, a grandes voces a causa del barullo, fue comentando todas las curiosidades que por allí había.

Funámbulos, faranduleros, equilibristas, prestidigitadores, ventrílocuos, escamoteadores, exhibidores de monos, bufones, cuentistas y magos de sombras chinescas eran rodeados por corros de gentes entusiasmadas y divertidas. Grandes colas de clientes esperaban su turno en los quioscos de los astrólogos, adivinos y echadores de buenaventura, capaces de leer el futuro en las líneas de la arena, en la posición que adoptaban unas piedrecillas que para tal efecto utilizaban, en las aguas de los líquidos y en las aguas de los espejos, prohibidos estos últimos por el muhtasib, el inspector del zoco, a causa de los incendios provocados por los rayos de sol al proyectarse sobre ellos. Sentados en el suelo, fabricantes de tablillas de cañaheja para fracturas, elaboradores de triaca contra las mordeduras venenosas y de los más variados ungüentos competían con herboristas y boticarios que se rodeaban de sus propios preparados, pastas, electuarios ricos en jarabe, miel o azúcar, y balsámicas pomadas disimuladoras de abscesos, manchas, lunares y motas. Sangradores, sacamuelas, practicantes y médicos, partidarios siempre de los tratamientos sencillos y naturales, el higo blanco para aliviar los males de riñón, la ciruela pasa para evacuar la bilis, la pera contra la debilidad de estómago, la violeta para adormecer y sosegar, el melocotón contra la fiebre, el azúcar de rosas para calmar la acidez, el clavo y los granos de saúco para prevenir el catarro, la albahaca contra las diarreas y la mostaza para curar la gota, ofrecían allí también sus servicios. Vendedores de cosméticos, polvos dentales, colirios, cremas depilatorias, desodorantes, aceites de rosa, camomila y laurel alentaban vocingleros a los clientes. Aquí y allá, surgían funduq, almacenes en los que se amontonaba el grano a la espera de que fuera subastado, y que se ofrecían como hospedería a los viajeros y sus caballerías.

Borrachos, homosexuales profesionales, prostitutas, locos, deficientes, enfermos, mendigos, simuladores de lepra, de ataques epilépticos, de pústulas y de tumores, alternaban con fulleros y chavales a la gresca, con los jugadores de dados, con los jugadores de damas, con los poetas mendigos y con los músicos que tañían flautas, panderetas, laúdes, caramillos, bandolas, castañuelas, tamborcillos y tamboriles. El muhtasib o almotacín, shib al-suq o zabazoque y el amiri controlaban y arbitraban litigios entre los vendedores de dátiles, higos y pasas variados, entre los vendedores de cascajo, nueces, almendras, avellanas, castañas, bellotas y piñones, entre los vendedores de frutas, entre los vendedores de leche de almendra y horchata, entre los vendedores de conejos, pichones y ocas, entre los vendedores de queso de búfala, entre los vendedores de aceitunas, pepinillos, calabazas y cebolletas, entre los vendedores de pescado salado, entre los vendedores de comidas preparadas, salchichas, frituras, albóndigas, cabezas de cordero y pasteles, entre los vendedores de flores y entre los vendedores de pájaros, tórtolas, ruiseñores, estorninos y mirlos.

Mayus propuso entonces detenerse a comer algo aprovechando la proximidad con los puestos de comida. Oría aceptó con gusto la invitación. Tenía la cabeza, la vista y el estómago necesitados de descanso y reparación. Ofrecióle su amigo, como curiosidad, una tajada de queso de búfala que ella suavemente rechazó, no sólo por el excesivo exotismo del alimento sino también porque, siendo el queso condumio frecuente allá en sus tierras, se sintió más tentada por los dulces de almendras y piñones, tostados y mezclados con miel, que tan golosos parecían. Comieron con apetito y alegría en medio de aquella marimorena. Bebieron grandes vasos de horchata fresca y, ya repuestos, continuaron el paseo.

Poco les quedaba por ver en aquellas callejuelas y plazas del mercado a no ser la qaysariyya o alcacería, en donde los mercaderes más prósperos y acaudalados ofrecían sus costosos artículos y hacia allí se dirigieron.

Era la alcacería un espacioso recinto porticado que abrigaba un comercio selecto. Por las noches quedaba cerrado y protegido. La joven jamás pensó que existiesen tales maravillas en el mundo y que además pudieran comprarse. Allí había telas doradas de Almería. Sedas polícromas de Granada. Túnicas de

Málaga bordadas en oro. Tapices. Alfombras. Filigranas de oro y plata incrustadas de piedras preciosas. Perlas finísimas, rosadas, grises y negras que componían aderezos, arquetas, aves paradisíacas, brillantes insectos, diademas principescas. Peines y cepillos marfileños. Sola, en una vitrina, descansaba una joya singular, que dejó a Oría aturdida y embelesada. Era un camello erguido apoyado en una esbelta palmera, todo él trabajado en oro y plata. En su abultado perfil tenía engastada una enorme esmeralda verde, transparente, con apenas los jardines necesarios para mejor apreciar su limpidez y rareza. El único ojo de aquel camello era una perla negra y suave. La palmera, muy alta sobre la cabeza del camello, abría sus hojas en forma de abanico cuajadas de brillantes purísimos y de rubíes de Birmania. Mayus tuvo que arrancar a la muchacha de aquella visión que le volvía indiscreta, tal era el palpitar de su corazón que el pecho le asomaba a la túnica de mozuelo, y, alegando que aún quedaban cosas por ver, le empujó a hacia otras contemplaciones. Pieles de ardillas, de comadrejas, de suntuosos zorros blancos y de doradas martas cibelinas se exponían en las tiendas de los peleteros. Platos dorados, ánforas y fuentes esmaltadas, en las de los ceramistas. Esbeltas copas, frágiles búcaros y delicados frascos, en las de los vidrieros. Finos trabajos de ataujía y cincelado, exponían los armeros y costosos pergaminos elaborados con pieles de ternera aprestadas y raspadas, junto con novedosos trabajos del papel, los pergamineros. Oría ya no era capaz de contemplar nada, tan grande era el cansancio que tras las horas de callejear le dominaba y tan grande también el pasmo en que le había sumido la alhaja solitaria, del que no podía ni quería recobrarse. Mayus pensó, entonces, que este era el mejor momento para cambiar de marco y anunció a la muchacha que emprendían el camino de la Mezquita.

Faltaba escasamente una hora para que los almuédanos o muezzines llamaran a la oración, cuarta del día, y coincidente con la puesta del sol. El calor parecía, él también, haberse serenado después de las apreturas de la jornada. Oría, fuertemente asida a la mano de su amigo, remontó tras él la corriente humana que continuaba fluyendo hacia el corazón del zoco. Las inmediaciones de la Gran Mezquita Aljama estaban tan concurridas como las callejas y plazuelas que, en laberíntico trazado, confluían en aquel templo. Llegaron a una puerta. La atravesaron. Se hizo la paz.

Aquel año 963, aún no se habían llevado a término las obras de ampliación que el Califa al-Hakam, el mismo día de la muerte de su padre, Abd al Rahman III, había dado orden se iniciaran: "En el nombre de Allah, el Misericordioso, el Clemente. Confiesa ante Allah que ciertamente no hay otro Dios sino Él. Los ángeles y los que invocan la sabiduría eterna y la justicia, repiten también, no hay otro Dios sino El, el Omnipotente, el Sabio. Lo que decreta Allah se cumple. No hay fuerza y poder sino en Allah. La bendición de Allah sobre Mahoma, último de los Profetas y Príncipe de los enviados. Reverenciado sea en el Universo. Mandó el Imán, siervo de Allah, al-Hakam al-Mustansir billah, Príncipe de los creyentes, sucesor en su fe, vicario suyo entre sus siervos, guardador de sus preceptos, defensor de sus prohibiciones y agradecido por sus beneficios...". Sin embargo, tras los muros almenados que la rodeaban, abiertos a lo largo de sus cuatro frentes en portadas a cual más fastuosas, aquella fortaleza de la fe pareció a Oría una inexpugnable isla de paz, sola, única, frente a la ciudad aglomerada.

Estaban en un patio, adornado de olivos, de cipreses y de laureles y abrigado del sol por un gran toldo. Mayus le indicó una fuente que descansaba a la derecha sobre una pilastra visigoda. En ella realizaron las abluciones rituales antes de entrar al templo que ofrecía su vientre fresco, como el interior de un botijo de barro, a través de las arcadas que se abrían a aquel huerto.

Se descalzaron.

Entraron.

La sombra de mil palmeras solitarias cobijó a los amigos. Un hombre, sentado sobre una estera a los pies de una columna acanalada de alabastro, les miró entrar y les dio la bienvenida con las palabras del Profeta: la ilaha illa llah.

Mayus inició entonces un lento deambular seguido de la vascona, sobrecogida y atónita, ante aquella armonía.

Y zigzaguearon entre fustes de columnas de mármol rosado de Cabra, otros de granito gris, otros de color azul, perseguidos por los rostros y señales que habitaban en las vetas de tantos soportes y protegidos por las dobles series de arcos de herradura con dovelas alternantes de amarillenta piedra caliza de Córdoba y de ladrillo rojizo que trepaban por los aires abrazados en bicromía.

La luz. Un millón de diminutas columnitas luminosas partían de los grandes ventanales del fondo de las naves orientadas al mediodía y de las apretadas celosías de los muros laterales. Descendían inclinadas en difícil equilibrio. Caricias de Dios en la penumbra. Y en lo profundo, se desplomaba el sol por tres cúpulas de conchas, abovedadas, que escuchaban reverentes la palabra de Dios hecha luz en el mihrab, símbolo de su presencia luminosa en el corazón del hombre, recuerdo de la ciudad sagrada del profeta, altar del temor y respeto ante lo excelso, al hayba, nicho herido por la manifestación de Dios, el clemente y misericordioso, Él es el Dios, no hay más dios que El, el Rey, el Santo, la Paz, el Fiel, el Protector, el Glorioso, el Victorioso, el Excelso, El está por encima de cuanto ellos le asocian.

Un hombre había entrado en el templo. Extendió la esterilla que llevaba bajo el brazo sobre el terrizo, lejos del mihrab en donde se encontraban Oría y Mayus. Buscaba la soledad. Se postró. Apoyó en tierra las palmas de la mano hasta el codo e inclinó la frente hasta tocar el suelo. Luego se sentó sobre las rodillas para orar. Y allí, en donde el hombre oraba, un nuevo mihrab, centro del mundo, corazón de Dios, se hizo. Porque siempre que un creyente inicie una plegaria, el aire, el viento, la tierra y el mar, al contacto de su frente, se constituirán en templo. Así lo indica el Libro Sagrado y así ocurrirá a través de los tiempos. Por eso el suelo de la Mezquita era anchuroso y grande como el poder omnipresente del Excelso y sus techos eran tan vastos y rasos como el azul del cielo.

Los dos vascones se sentaron al pie de dos columnas. Originarios de unas tierras casi paganas, sus espíritus eran sensibles a la presencia de Dios en cualquiera de sus manifestaciones y, arropados por la tenuidad, el frescor, la eternidad de pilastras, el vacío de imágenes extrañas, la sola y única cara del Omnipotente, dejaron que El les irrumpiera, les penetrara, les asaltara, les conquistara, les desbordara, les capturara, les dominara, les inundara, se apoderara de ellos.

Las lámparas de azófar o latón dorado con vasillos de vidrio para las candilejas de aceite, que pendían de cada uno de los arcos de la Mezquita, estaban siendo encendidas para la oración de la tarde. Las tres turaias de plata del antemihrab, con sus más de mil cuatrocientas candilejas, brillaban ya sobre los artesonados dorados del techo, los mosaicos bizantinos y los suelos de plata. Oría y Mayus despertaron de sus sueño de Dios y, alarmado el esclavo por lo tardío de la hora, iba a comenzar ya la oración, apresuró a Oría y se encaminaron hacia los arcos del patio. Al pasar junto al sabio recostado en la columna acanalada de alabastro, éste le preguntó a Oría su nombre, Mayus, rápidamente, improvisó uno, Zobh, Subh, Aurora, pero, de pronto, quedó en suspenso al darse cuenta de que su amiga iba vestida de muchacho, y, tras unos segundos de vacilación, pidió disculpas al anciano por no haber entendido la pregunta y dijo que el joven tenía por nombre al-Djafar. El sabio exclamó tres veces: ¡Oh Djafar!, ¡Djafar!, ¡Djafar!. Oría y Mayus le dejaron allí con sus palabras que llenaban el recinto de forma extraña y marcharon rápidos hacia el huerto de la entrada.

Entonces, la sombra de un hombre se escabulló por uno de los pasadizos interiores de la Mezquita.

El crepúsculo azul intenso y el canto de los muezzines llamando a la oración desde los alminares con hermosas inflexiones melódicas de voz: "Dios es más grande, Dios es más grande ¡Venid a la oración! ¡Venid a la salvación! Doy testimonio de que no hay más dios que Dios. Doy testimonio de que Mahoma es el enviado de Dios. Dios es más grande. No hay más dios que Dios", les acompañaron en su vuelta a casa. Cruzaron, pues, ante la puerta de Dar al-qawama, la casa de los vigilantes y administradores de la Mezquita. Pero, de pronto, Mayus, aún a riesgo de recibir una reprimenda de Abu Salama, decidió acercarse al Alcázar. Mientras se dirigían a aquel, el vascón describió a Oría la riqueza y la hermosura de los muchos palacios que adornaban Córdoba. Algunos de estos eran propiedad del Estado y se utilizaban para el alojamiento de prestigiosos huéspedes o de rehenes de alcurnia. Dar al-rahn, la Casa de los Rehenes, cerca de la Puerta del Puente, el palacio de Yusuf ibn Ali ibn Sulayman, el de Qasim ibn Yais, el de Ibrahim, el de Banu Ganim, el de Muhammad ibn Walid ibn Ganim, el de Umar ibn Ganim, el de Ibn Umayya y el de Banu Hasim, eran elegantes construcciones que prestigiaban la capital.

Llegaron al Alcázar. Este hermoso recinto fortificado, tan

próximo a la Mezquita que desde la época del emir Abd Allah había contado con galerías subterráneas que permitían a los monarcas pasar de uno a otro edificio sin ser vistos, se elevaba soberbio y austero. Hasta que Abd al-Rahman III trasladó la corte a la nueva ciudad de Madinat al-Zahra, el Alcázar acogía entre sus muros la casa real y los cuarteles de la guardia. En el exterior, se abría la fortaleza a una amplia explanada en la que solían llevarse a cabo pomposos desfiles y paradas militares. Oría y Mayus recorrieron los lienzos de sus muros, formados con sillares irregulares de piedra y atravesados por caminos de ronda que servían para comunicar cada una de las torres que remataban sus murallas. Desde allí los centinelas custodiaban el castillo entre almenas y saeteras. Varias puertas daban acceso a la fortificación, Bab al-sudda, la Puerta de la Azuda o Zuda, Bab al-Yinan, la Puerta de los Jardines, Bab al-Wadi, la Puerta del Río, Bab al-Yami, la Puerta de la Mezquita, y otras más. El vascón explicó a la joven que el ruido de torrente que escuchaba estaba producido por un novísimo artilugio capaz de elevar las aguas del río, aprovechando la fuerza de su propia corriente, y de conducirlas a través de un canal hasta el mismo palacio en donde eran utilizadas para los baños reales y para el riego de los jardines, que, en contraste con la hechura militar del edificio, adornaban los patios interiores. Muchos eran los salones y pabellones que, al decir del esclavo, poseía este palacio, al-Mukarram, el Honrado, al-Kamil, el Perfecto, al-Muyaddad, el Renovado, qasr al-hair, el Alcázar del Parque, al-Rawda, el Jardín, al-Zahir, el Brillante, al-Masuq, el Amado, al-Mubarak, el Bendito, qasr al-Surur, el Alcázar de la Alegría, al-Badi, el Peregrino. Entre estos muros estaba enterrado el primer califa de la dinastía Omeya, Abd al-Rahman III.

Oría ponderó la robustez y brío de la fábrica pero, eran tantas las cosas que aquel día había visto y tan grande su cansancio, que sus palabras fueron fruto de la cortesía más que del entusiasmo. Mayus, dándose cuenta de la fatiga de su amiga, inició el regreso a casa que, por otra parte, se encontraba próxima. Pero, poco antes de llegar, cogió a la muchacha por los hombros y mirándole a los ojos dijo a la joven vascona: Oría has conocido la ciudad, sus templos y sus fortalezas. Pronto serás una más en el harén del hombre que reina sobre estas tierras. Cerca del poder habitan siempre la crueldad, la infamia, el servilismo, la deslealtad, la traición, la injusticia, el abuso, la hipocresía, la envidia, la arrogancia y la fatuidad, también, la holgura, la abundancia, la fortuna, la opulencia, el lujo, el esplendor, la magnificencia y la riqueza y, además, el vicio, el escándalo, la corrupción, el veneno, la depravación, el desenfreno y el pervertimiento. Ten respeto por ti misma. Piensa siempre con la cabeza fría, afilada, no con el corazón. Sé prudente, perspicaz, profunda y docta. Lucha por salir adelante y ser feliz, pero no olvides la generosidad, la rectitud y el amor

Las palabras de su amigo y la solemnidad con que éstas fueron dichas causaron en Oría una impresión profunda. Aquello era una despedida y las lágrimas le impidieron hablar. Mayus le besó paternalmente en la frente y Oría se abrazo a él, desgarrada por inconsolable llanto. El vascón poco faltó para que uniese sus lágrimas a las de la joven pero, sobreponiéndose con virilidad, entre bromas y caricias, desdramatizó aquel duelo y consoló a la muchacha prometiéndole hallar el modo de poder visitarle en el palacio califal.

Entre risas y llantos llegaron los dos amigos a la casa de Abu Salama, que les recibió indignado por la tardanza y aún se indignó más al ver a Oría con el rostro desencajado y los ojos enrojecidos. Mayus salió de allí perseguido por las amenazas e incriminaciones del capitán.

Al día siguiente Oría partía para Madinat al-Zahra, acompañada de su amo, para ser ofrecida al Califa al-Hakam II

Capítulo III

MAYUS AMIGO MÍO:

Hace ya más de doce meses que pertenezco al Gran Califa al-Hakam al-Mustansir billah, el que busca la ayuda victoriosa de Dios. Hace ya más de doce meses que me vi alejada de tu compañía, la que sirvió a mi espíritu de albergue, la que llenó mi corazón de tierno afecto. En cuántas ocasiones a lo largo de estos meses me he preguntado qué hubiera sido de mí de no haber estado tú para aliviar las soledades en que me hallaba prisionera, de no haberte tenido a tí que con tu palabra supiste evocar, fantasear y convertir en cercano aquel mundo del que con crueldad atroz fui arrebatada. Hoy, antes de iniciar el relato de todo cuanto me ha sucedido desde que nos separamos, quiero agradecerte la delicadeza con que me hiciste ver las miserias que, por ser hija de siervo, me aguardaban allá en Vasconia y de las que, gracias al rapto, me había librado, las ventajas que, atendiendo a tu visión tan particular y realista de la vida, podía depararme mi singular presencia en tierra de moros, también los sutiles caminillos que recorren las profundidades del alma humana, siempre en lucha la posesión con la rectitud, la vanagloria con el recato, y, por último, el aliento escondido de la gran urbe, que es Córdoba, alimentado por las esencias más caras y por la fetidez de la pobreza más piojosa. De no suceder el milagro de tu presencia, sé que nadie hubiese prodigado su afecto y derrochado su tiempo en la pobre e ignorante vascona que yo era, una cautiva muda, enferma y asustada no mueve a la misericordia, y ahora pienso probable que, abandonada de todos, me hubiese dejado morir en la casa de Abu Salama. He sabido por las mujeres del harén que existen organizaciones de almas caritativas dedicadas a la liberación de esclavos, pero los honorarios son altos e inalcanzables para mí y, aún en el caso de que algún día lograra arrebañar la suma exigida, mi vuelta a casa supondría una carga más para mis padres que se lamentarían amargamente de su suerte miserable, capaz de ofuscar la alegría del rencuentro con aquella hija, cuya pérdida un día lloraron con los ojos y cuya ausencia agradecieron con las tripas, al arrimo de la tristeza que cría amorosamente la necesidad. Mi retorno, pues, llevaría al corazón de mi padre la congoja de saberse desvalido y huérfano para sacar adelante a una familia y mi madre difícilmente podría soportar la angustia y el pesar de verse con las manos vacías y a sus hijos hambrientos. Pienso también, sin miedo a engañarme, que el rencor terminaría por fructificar en el ánimo de mis hermanos al considerar mi presencia allí la causa de tantos males y un día, como antes el moro, me desterrarían de mi casa y de mis campos. Mayus fuiste tú quien me enseñó en aquellos atardeceres de la convalecencia cuán dura es la vida. De ti aprendí que con sabiduría, cordura, y amor debemos hacerle frente y sacar provecho de lo que el destino nos depara. Y en eso tengo puestos mis empeños.

No creo que puedas hacerte idea de con cuánto regocijo imagino tu estupor al leer estas líneas escritas de mi puño y letra. Tu sabia magistratura y el valimiento que tu persona me merece han sido los artífices. Pero a modo de ejercicio, para este mi temperamento siempre proclive a la precipitación y al atropello, voy a narrarte cuanto aconteció desde aquella mañana en que dejé Córdoba, paso a paso, exigiéndome sobriedad en los juicios y mesura en las interpretaciones.

Del camino hasta Madinat al-Zahra nada puedo decirte pues la melancolía y los temores que embargaban mi ánimo eran tales que la mula torda en la que iba caballera, el azul del cielo, la ondulada sierra y el propio Abu Salama, que me precedía silencioso, evolucionaban ante mis pupilas cual si fueran imágenes de una linterna mágica que nada tuvieran que ver con mi realidad de aquel momento. El mundo y yo pertenecíamos a mundos distantes y distintos. Por eso no pude darme cuenta de que la vertiente meridional de la sierra por la que ascendíamos se hallaba cobijada de los vientos del norte, de que sus colinas sobrevolaban la ciudad con protector vuelo, de que villas romanas, munyas árabes, parques floridos, construcciones fantásticas surgían, aquí y allá, para disfrute y regocijo de los aristócratas y los altos funcionarios que en ellas moraban. Tampoco mi espíritu se liberó del extraño sopor que lo tenía atenazado cuando Abu Salama, rompiendo el silencio en el que iba sumida, giró sobre su montura y, extendiendo el brazo y el dedo índice, dijo a grandes voces, articulando con exageración para mejor hacerse comprender por mí: Madinat al-Zahra. Y así continuó por un tiempo ya que la inexpresión de mi rostro daba a entender bien a las claras que yo no descifraba sus vocablos o, al menos, eso pensaba él, y no le culpo, pues bien sabe Dios que casi estaba en lo cierto mi esforzado capitán. Sin embargo, yo le había comprendido. Mas comprender y ser atacada por hormigueantes sudores, que pusieron en actividad mi ventrecillo y mi estómago, fue todo uno. Por consiguiente, cuando estaba sin fuerzas para hacer algún signo indicativo de que mi sesera había hallado la manera de dar interpretación a sus voces, ante mis ojos surgió como por encantamiento, y digo por encantamiento pues el nerviosismo me impedía fijar la mirada en el lugar señalado por el dedo de Abu Salama y, aún hoy, es para mi inexplicable que con aquel bailoteo pupilar el cerebro fuese capaz de aprehender visión alguna, surgió, digo, el enorme rectángulo doblemente amurallado de la ciudad califal en la que ahora habito. Tres grandes terrazas componían su estructura, pobladas cada una de ellas por palacios, cuarteles, dependencias administrativas, albercas, jardines, villas burguesas y, alejada hacia el sur, casi en el llano, la mezquita. ¡Que Allah tuviese piedad de mí!

No bien hubimos atravesado Bab al-Cubba, la puerta de las tres bóvedas que cobija una figura de mujer, y hubimos recorrido los jardines que conducen hasta un nuevo recinto amurallado, el cual protege de la curiosidad y, por qué no decirlo, de posibles sublevaciones de la canalla las dependencias califales, Abu Salama fue preso de gran confusión y azoramiento, tornándose su espíritu guerrero y duro, forjado por la lucha en tantas razzias y aceifas, tímido y apocado. Yo, en viendo la desorientación y el cohibimiento en que mi amo se hallaba y dándome cuenta, a pesar de las zozobras que velaban mi mente, que no muy lejos de donde nos encontrábamos funcionaba un mercado de esclavas cuyos encantos y virtudes eran aireados por el tratante sin tapujos ni ocultaciones pues que todas estaban in púribus, decidí alejar melindres y tomar el papel que le correspondía a mi amo, no fuera a ser que éste, acoquinado por las magnificencias de la corte y considerándose estúpidamente indigno de ofrecerme como presente al Califa, se dejase llevar por la cómoda tentación de venderme en el mercado en la misma guisa que aquellas infelices, evitándose así los sentimientos que ahora le humillaban y las situaciones, aún más azarosas, con que su bravura podría ser puesta a prueba si atravesábamos la Puerta de la Azuda, Bab al-Sudda, la sublime puerta, ante la que permanecíamos parados en actitud bobalicona. Y como puestos a ser esclava, tú así me aconsejaste, prefería serlo del Califa ante el que, si mi juicio no erraba, nunca iba a ser mostrada de esas vergonzantes formas habida cuenta que, siendo su harén tan nutrido y mi persona un obsequio, sería aceptada sin examen exhaustivo alguno, simulando que caía de la mula torda, di con mi cuerpo y con todas las fuerzas de que fui capaz en aquella hermosa puerta, que se abrió al punto.

Dos elegantes centinelas, con aljubas bordadas y gorros adornados de crespas pieles, se presentaron ante mis ojos y los del capitán, ahogando con su aparición la ristra de imprecaciones que comenzaban a salir de la boca de éste afeando mi torpeza. Por no dejar resquicios a la timidez de Abu Salama, mientras mi amo contestaba a las preguntas que aquellos dos guapos mozos le dirigían, me colé en el recinto, como dando por hecho que ese iba a ser mi nuevo hogar, aunque no perdía de vista la mercaduría de esclavas y compadecime entonces de la muchacha que llevaba ya largo rato sobre la palestra sin que nadie mostrase interés en su compra, indiferencia que, a pesar de los pesares, debía de herir su orgullo.

Abu Salama, hasta ahora hombre de discreto juicio y claro verbo, sin duda viéndose revueltas sus facultades por el enturbamiento que le ofuscaba la mente, enmarañó tanto su discurso ante los guardianes, que la mirada orillada de pieles de estos, a pesar del empeño que parecían poner, mostró, junto con los gestos que el uno al otro se dedicaban, encogimiento de hombros y cuello, elevación del labio inferior sobre el superior con frunces y arrugas de perilla, arqueo de cejas, expresión bovina, que aquellos no lograban entender cuál era el motivo que nos había llevado a mi amo y a mí hasta el regio recinto privado y, acaso los dos plantones nos hubiesen dado con la puerta en las narices pensando que se encontraban ante un provinciano de visita en la capital, o, en el peor de los casos, ante dos fulleros o lunáticos, si continuando en mi papel de capitana no me hubiera acercado a otros dos hombres de elegantes atavíos que departían amigablemente a pocos metros de la puerta. Su porte, sus maneras y el desparpajo con el que se movían me hizo sospechar que me encontraba ante unos altos dignatarios, luego supe que mi intuición, aun mermada por las circunstancias, no me había llevado a engaño, pues se trataba del eunuco y gran fatá, Yafar ibn Abd al-Rahman al-Siqlabi, gran chambelán, jefe de la Casa Civil del monarca, y del también gran fatá y eunuco, Faiq al-Nizami, sahib al-burud y al-tiraz, gran maestre de guardarropa y tapices, ambos al servicio directo del Califa que los honraba con su afecto y protección. Así que, rogando a Allah para que mi atrevimiento no fuera castigado, me acerqué a ellos y, tirándoles de las vistosas mangas de sus vestidos, llamé su atención al tiempo que les señalaba a mi amo quien seguía inmerso en complicadas explicaciones. Los dos eunucos, no sé si porque la timidez y humildad de que hice gala les resultó encantadora o, simplemente, movidos por curiosear lo que en la puerta estaba ocurriendo, se me olvidó hablarte de sus voces aflautadas, de sus ademanes delicados y hasta femeninos, se aproximaron con rapidez hasta aquel singular trío, lo que provocó el engrandecimiento de la incoherencia del pobre Abu Salama, que introdujo resoplidos y ruidos extraños en su perorata. Sin embargo, los castrados, hombres de mundo, consiguieron sosegar a mi capitán y, poco tiempo después, pude percibir, a tenor de la fluidez con que se desenvolvía, que éste había recobrado la justeza, austeridad y precisión de verbo por las que era conocido y admirado en los cuarteles. En varias ocasiones el capitán señaló mi persona a aquellos altos dignatarios, que me examinaron sin discreción. Después, se inclinó ante ellos y les hizo entrega de unos pliegos que los otros aceptaron. Al fin, entre reverencias, desapareció el mi, hasta entonces, amo. Su marcha me dejó triste. Apenas me dirigió una caricia, una sonrisa, o unas palabras de adiós.

A partir de aquel momento en que, escoltada por aquellos benefactores, fui conducida en presencia de nuestro gran Califa, las más grandes bellezas, que jamás nadie haya imaginado, se fueron sucediendo ante mis ojos, los cuales sanaron de las lágrimas amargas que, tras la hosca despedida de Abu Salama, les impedían la visión y quedaron prendados, llenos de estupor y de admiración, en tanta magnificencia y hermosura como allí se les ofrecía. Te diré, aun a sabiendas de que no hay palabras capaces de reflejar, ni siquiera cual vaga sombra, toda aquella maravilla, que la sublimidad, el esplendor, la elegancia, la amenidad. Y la excelencia, la gracia, la lindura, la proporción. Y la llenura, la exuberancia, la grandiosidad, la majestad. Y el brillo, el centelleo, el fulgor, la refulgencia. Y los soles, los planetas, los satélites, las estrellas, los cometas y los luceros se encontraban conviviendo en aquel lugar y componían la más perfecta de las armonías. Mayus, yo creo que nuestras lamiak y nuestros duendes reinan en cuevas y antros semejantes a lo que yo entonces vi.

Primero atravesamos una gran explanada, tan anchurosa como toda Madinat al-Zahra, llamada al-Mumarrad. Mientras cruzábamos su extensión, sentí cuán vano es el orgullo humano y qué ridículo debe de parecer a los ojos de Dios, ya que si los espadones y yo nos volvíamos diminutos, tres minúsculos puntitos en movimiento, en comparación a aquella gran planicie, cuanto menos debíamos de ser, contemplados en la inmensidad, del universo. A medida que avanzábamos por esa vasta llanura, reflexioné, quizás para darme ánimos, que, acaso, el gusto de los reyes y monarcas por tan soberbias construcciones, en mi pueblo la torre del señor era también la edificación más grande de la aldea y, a su sombra, aun los más viejos se sentían sobrecogidos, es debido a oscuros temores de los gobernantes que hallan en semejantes alardes arquitectónicos la manera de engañar a los súbditos haciéndoles creer que su omnipotencia y fuerza son tan grandes como sus palacios. Tal vez te parezca esta última consideración atrevida y sacrílega, pues no en vano allá donde voy me enseñan que aquel que ministra lo hace en nombre de Dios, mas como tú conoces mi buena fe y no tengo nadie a quien contar esta clase de pensamientos que podrían ser mal interpretados y como mi natural femenino sólo sabe aliviarse confiando sus más secretos sentires, me he permitido desahogar en ti las cavilaciones, un tanto perturbadoras, que entonces me hice. Pues bien, atravesada la explanada, nos internamos en uno de los tres grandes edificios que, orientados al mediodía, sobre ella se alzan. La estructura exterior del real sitio al que me condujeron hacía pensar en una composición de varias naves, eran más de una las bocas por las que el palacio se abría a al-Mumarrad, pero yo únicamente pude admirar una enorme sala central. En el corazón de ésta, Mayus, se elevaban, igual que un inmenso roble, cuatro grandes pilastras construidas con sólidos sillares que sustentaban una hermosa bóveda lucernaria, abierta sobre nuestras cabezas como la copa frondosa y espléndida del carvallo. Al fondo, sobre riquísimas alcatifas y alfombras, descansaba un trono real, todo él de marfil y de oro, adornado con cojines y tapices preciosos. Si no llega a ser por lo incierto del destino que me aguardaba, mis risas hubieran caracoleado en lo más alto de la cúpula, a cuya sombra nos encontrábamos, al ver a mis dos acompañantes prosternarse una y otra vez ante aquella silla vacía, sin embargo, mi ánimo no estaba para bromas y mi cuerpo, por los muchos sobresaltos habidos, se hallaba tan fatigado que apunto estuve de derrumbarme en los blandos cojines de aquel trono y recibir con majestad las reverencias de los eunucos, cosa que lógicamente no hice. Poco estuvimos en aquella magnífica sala, rodeada de columnas que sustentaban esbeltas arquerías y contigua a un patio de arena cálida y dorada, nimbado éste de estancias. Enseguida, vi aparecer en la sala dos enormes gigantes. El uno era tan blanco como la leche, sus músculos tan firmes como los de un brioso corcel, el otro era tan negro como una noche de invierno, sus piernas semejaban firmes columnas de ébano, los ojos del primero eran tan azules como las turquesas, los ojos del segundo brillaban como dos escarabajos de metal a la luz de la luna. Ambos iban adornados con espadas damasquinadas y cinturones dorados. Llevaban cubrecabezas de plata bruñida de las que escapaban rebeldes rizos morenos y finos hilos de oro. A una señal de los eunucos giraron sobre sus talones y, custodiada por tan airosa guardia, fui conducida a la nave dorada o del trono.

Entramos en el salón y nos recibió una gran soledad. Yo me mantuve discretamente en un rincón a la espera de acontecimientos que, gracias a Dios, tardaron en producirse, demora que me permitió admirar a mis anchas tantas maravillas como allí había encerradas. Aquellas contemplaciones fueron bálsamo y miel para mi dolorido espíritu que, olvidado de todo, quedó enredado en la suave perla del tamaño de un huevo de paloma que pendía de una hermosa cúpula, en las ocho puertas con marcos trabajados en marfil y ébano incrustados de piedras preciosas, en las paredes de tornasolados mármoles y jaspes transparentes como el cristal, en los techos abovedados revestidos de mosaicos dorados y tejas de oro y de plata, en la pila rebosante de mercurio que expandía los reflejos del sol a las alturas haciendo girar los techos de la estancia, en el pequeño estanque de bronce dorado esculpido en bajorrelieves con figurillas humanas y en las misteriosas columnatas y arquerías que proyectaban mágicas sombras por los ángulos y los horizontales suelos del salón. ¡Oh, Mayus, Mayus!, ¡cuanta hermosura!

Y, de pronto, apareció el Califa, al-Hakam al-Mustansir billah, hijo de Abd al-Rahman al-Nasir lidin-Allah, biznieto de Abd Allah.

Pues bien Mayus, ¡el Califa es rubio!. Su cabellera y su barba son muy semejantes a las tuyas, doradas y rojizas como las toronjas que vendían en el gran mercado de Córdoba. Tiene los ojos negros y la nariz aquilina. Su tez es muy blanca, como la de los hombres del norte. La voz fuerte y poderosa. El cuerpo grueso. Las piernas cortas. Los antebrazos largos. Y la mandíbula superior sobresaliente. La claridad de su pelo y piel, la hechura de su cuerpo, la prominencia de su nariz hicieron que su fisiología se me figurase cercana, conocida, con un no sé que de ya visto.

Yafar y Faiq recibieron a al-Hakam reverentes y ceremoniosos, las cabezas y los cuerpos inclinados, la mirada humilde, la respiración contenida y las manos y los pies reposados. El Califa, rodeado de sus hermanos, se dirigió a un diván, todo él enriquecido con almadraques, cojines y almohadones de terciopelo, seda y brochados, en donde dejó caer su corpachón un tanto desmañadamente, desgarbo que hizo que los espadones corrieran a bien aposentarle y evitar así una mala postura al gran monarca. Una vez que estuvo reclinado con comodidad, el blanco y el negro que antes nos escoltaron, seguidos de media docena de iguales cada uno, los hermanos y otros tantos altos dignatarios cuya función era para mí desconocida se situaron a la derecha, a la izquierda y por detrás, del triclinium real. Al-Hakam parecía fatigado y melancólico. Saludó a Yafar y Faiq y, catándome con fijeza al darse cuenta de mi presencia, me envolvió con su mirada que se me antojó un manto oscuro, suave y doliente para luego volverse ajena, perdida y sola. El soberano entonces inquirió a sus eunucos a santo de qué estaba allí aquella mujer, o, al menos, eso deduje yo, pues ambos a porfía, siempre con grandes manifestaciones de respeto, le mostraron apresurados los pliegos de papel que Abu Salama les había hecho entrega momentos antes de su fría despedida, en los que, sin duda, daba cuenta de mi calidad de cautiva vascona apresada en la última campaña tan exitosa para el al-Andalus, suplicaba también se me aceptase como presente en prueba de reverencia, pleitesía y devoción y rogaba, al abrigo del regalo, le fuese concedido ese destino en el Alcázar que bien sabes. El Califa, después de escuchar a sus servidores, hizo una seña para que me acercara hasta el trono y así lo hice, pero, como desconocía las normas de cumplimiento que regían en la corte, quedé allí quieta ante al-Hakam, pendiente de sus gestos ya que nada entendía de su lengua. Debías de haber escuchado, Mayus, la chillería que organizaron entonces los eunucos cuando, entre envites y empellones, dieron con mi cuerpo en tierra. ¡Debo al propio al-Hakam el haber salido con bien de las crueles embestidas que los dos dignatarios me propinaron sin la menor piedad!, pues el Califa, molesto con la escena, les ordenó abandonaran aquella actitud y me condujesen a las dependencias de las mujeres. Y así, humillada, dolorida y maltrecha, ni siquiera el monarca exigió que me fuesen retirados los velos para poder contemplar mi rostro y mis cabellos, fui conducida al harén en el que desde entonces me encuentro y desde el que ahora te escribo.

Pero te preguntarás, querido amigo, qué sortilegio, qué hechicería ha producido el milagro de alumbrarme en el arte de la escritura, en el de la interpretación de los signos y en el del conocimiento y manejo del árabe coloquial y el árabe culto, pues que en el aprendizaje de ambos me afano y esto sin perder de vista el romance o latiniyya, tan necesario en el mundo en el que nos movemos y a cuyo estudio pienso dedicarme en breve.

Pues bien, te diré que mis primeros días de estancia en estos palacios fueron duros y difíciles. La ignorancia de la lengua y las costumbres, el desconocimiento de las reglas y normas que rigen este universo de varonas, la incultura sobre las diferentes castas que lo pueblan, sobre las jerarquías, rangos y parentescos que dentro de él habitan, me mantuvieron condenada a la soledad y hundida en amargo abatimiento. Un escuadrón de eunucos intendentes velan por el buen orden y avituallamiento del enjambre, pero difícilmente podía yo seguir las indicaciones que, con muy buena disposición todo hay que decirlo, ellos me dirigían, siendo como eran para mí sus palabras tan indescifrables como el más complicado de los jeroglíficos. Las otras mujeres reían con descaro mis torpezas, remedaban abiertamente mis maneras y hacían chufla de mis tímidos intentos por comunicarme en esa lengua cuando me esforzaba en la repetición de algún término que, con harta dificultad, lograba aislar de aquellas cadenas de sonidos aspirados y guturales. Creo que la causa de esta animadversión era debida a mi condición de vascona, habida cuenta que, según he podido saber, los Omeya, dinastía a la que pertenece el Califa, sienten una enfermiza atracción por las esclavas de mi raza, hecho este que, sin yo saberlo, me convirtió en el blanco de las envidias y los enconos de las mujeres que aquí moran. No voy a detenerme ahora contándote las miserias, ruindades, egoísmos, tristezas y sufrimientos, que, como galerías subterráneas, discurren por lo más profundo de esta vistosa comunidad fundada para solaz del soberano. Tiempo habrá para ello.

Retomo, pues, el relato de cómo ocurrió la adquisición de ésta mi nueva condición de letrada. Deambulaba una tarde por los jardines reservados para las mujeres, los cuales adornan con su hermosura muchos de nuestros patios y claustros. Luchaba en soledad por hacer frente a la desesperación que de mí se iba apoderando con el paso de los días. Redivivía tu figura, tu voz, tus palabras, inventando el único diálogo que estaba a mi alcance pues que para los demás era muda. Y, mientras así charlaba contigo, era tan real tu presencia junto a mí en aquel teatro o era tan imperiosa la necesidad que sentía de escuchar mi propia voz platicando que apenas me di cuenta de que un tercer personaje había aparecido en escena e interfería nuestro coloquio con sus preguntas, comentarios y hasta su risa. Sí, ciertamente estaba oyendo hablar en mi lengua. Y era una mujer. Lubna.

Un llanto quedo en sus comienzos y espléndido al poco, no faltó gemido que ahogara mi garganta, ni sollozo que no escapara de mi pecho, ni nunca existió torrente tal de lágrimas como las que se precipitaron por mi rostro en loca carrera, arrojó las angustias y congojas de aquellos días al más profundo y oscuro de los aljibes del al-Andalus. La mujer me contemplaba un tanto inquieta por el sorprendente efecto que su cortesía, al dirigirse a mí en basquiya, había causado en mi ánimo e intentaba sosegarme, pero no tuvo éxito, pues yo, superada la sacudida inicial, sentí tan gran alivio con el lloro y eran tan tiernas y cordiales las caricias que Lubna me prodigaba en su afán de volverme a mi ser que decidí aprovecharme, durante el mayor tiempo que me fuera posible, de aquel consuelo y de aquellos mimos resarcidores de tanta aridez como llevaba vivida los últimos tiempos. Al fin, se hizo la calma y Lubna, sin dejar de abrazarme, me condujo a una pequeña alcoba abierta al patio a través de un delicado arco y cubierta en su interior de almohadones, taburetes y blandos tapices. Me acomodó en ella y, luego, con autoridad envidiable y airoso y elegante desparpajo, llamó a uno de los eunucos que escuchó reverente lo que Lubna le ordenaba. Poco después, tres sirvientas depositaron sobre las mesitas de ébano, que por allí había esparcidas, dulces, tortas, golosinas, frutas deliciosas, refrescos y vino.

¡Cómo comí, Mayus, cómo comí!. Mi protectora, si antes quedó perpleja por el estrepitoso llanto, no lo estuvo menos al ver mi apetito y voracidad. Pero, ¡me sentía tan feliz!. Cuando ya el estómago estuvo harto y el espíritu sereno, a requerimiento de mi nueva amiga, improvisé el relato de mi vida hasta su encuentro en el jardín. ¡Cuánto se indignó al saber de mi soledad y mis sufrimientos en aquella casa!, ¡cómo afeó la conducta de aquellas mujeres a las que tildó de insensibles, envidiosas y desalmadas!, ¡con qué hondura se compadeció de mi!, ¡qué caricias no me prodigó!. Entonces, viendo yo su buena disposición para conmigo y enterada por sus palabras de su condición de poetisa y secretaria de la gran biblioteca que el Califa posee en el Alcázar de la capital, le rogué que fuera ella mi maestra, le supliqué me iniciase en el conocimiento de su idioma que tan necesario me era como había quedado demostrado en el relato de mi vida, invoqué la común condición femenina que, gracias a la sensibilidad y delicadeza que le son propias, aligeraría el aprendizaje y aceleraría los progresos en las materias, le hablé de la calificación y elegancia de estilo que podría adquirir con su magistratura, siendo ella como era una finísima poetisa y una de las mujeres más doctas de Córdoba, en una palabra, utilicé todos los argumentos que puso a disposición mi pobre ingenio para lograr obtener de mi benefactora la ayuda de que tan necesitada andaba. Al fin, Lubna, que desde hacía un rato, influida, sin duda, por el sopor y abandono que provoca la abundancia de vino y manjares, exageraba un tanto las caricias, navegando sus manos por mares lejanos y prohibidos, aceptó el papel que yo le asignaba y dijo que, al día siguiente, solicitaría del Califa me fuera permitido asistir cada día a sus lecciones, las cuales me serían impartidas en el Alcázar de Córdoba con el fin de no descuidar su labor de bibliotecaria por idas y venidas a Madinat al-Zahra. Una vez que obtuve el sí a mis pretensiones, dejé que Lubna continuase con sus caricias el tiempo necesario para no parecer descortés e interesada. Luego, pretextando un tremendo cansancio debido a tantas emociones y sin dejar de agradecer a mi amiga la torrentera de favores que sobre mí derramaba, inicié con suavidad la despedida hasta el día siguiente en que, si Allah y el Califa tenían piedad de mi, principiaría mis estudios. Lubna, que se dio cuenta de que sus últimas muestras de cariño me resultaban embarazosas, con elegancia exquisita, me indicó que era ella la más necesitada de descanso, que yo permaneciese allí, aún quedaban golosinas que saborear, y que, como al-Hakam, a no dudar, otorgaría el sí apetecido, su talante de hombre culto y amante de toda suerte de ciencias así lo certificaba, nos veríamos muy pronto en calidad de discípula y maestra. Y allí me quedé yo, dichosa y emocionada por la ventura de haberle encontrado, saboreando los restos de aquella deliciosa merienda con tal glotonería que a punto estuve de poner en peligro la asistencia a la primera lección, pues toda la noche la pasé sufriendo las protestas de mis dentros, que, quejosos por la desmesura de lo engullido, provocábanme los harteros una insaciable sed que me obligó a la ingesta de grandes cantidades de agua para facilitarles así su precepto digestivo.

Y al-Hakam, esta carta lo testimonia, dio el consentimiento. A partir de entonces he viajado todos los días hasta Córdoba muy de mañana en compañía de dos eunucos principiantes y escondida en un rico palanquín. Puedes imaginarte cómo he escrutado, día a día, en estos recorridos las calles y las gentes, tras las celosías de seda del transportín, por ver si te veía, pero todo ha sido inútil hasta antes de ayer, en que, por caprichos del azar, mi mula sufrió un ataque de tozudez no muy lejos de la gran Mezquita Aljama, despertando con su empecinamiento la desesperación de los eunucos que me sirven, pues los aflautados gorgoritos con que le hablaban, en sus intentos de alentar al animal a retomar la marcha, parecían redundar en la terquedad de su sólida naturaleza así que aquella, al compás de tan blancas voces, clavaba más y más las cuatro patas en el suelo con extraño antojo. Y ya estaban los dos eunucos dilucidando qué hacer, cuando alguien de entre las gentes espectadoras de la escena comentó saber de un raterillo ducho en el arte de camelar mulas. Mi corazón trotó entonces emocionado, pues nadie sino Alí se beneficiaba de tal privilegio. Y así fue, al poco, apareció mi raptor puesto sobreaviso por aquellas buenas gentes y en un santiamén la terca caballería emprendió el paso. Yo me las agencié entonces, solapada por el barullo que mula y eunucos habían provocado, para llamar la atención de Alí, exigirle discreción, pues ya iba a vocear mi hallazgo, y hacerle entender que tú o él deberéis estar mañana a la misma hora en el lugar del suceso. Y aquí me ves escribiéndote una carta, ya que no nos va a estar permitido otra forma de comunicación, y, aun ésta, ¡sabe Dios cómo lograré entregártela!

Pero continúo. Si mis comienzos como esclava del Califa fueron prueba e infortunio, la vida de educanda, sin embargo, me ha deparado, desde los primeros días, disfrute y regalo. La biblioteca de al-Hakam es gigantesca, una friolera de casi cuatrocientos mil volúmenes se guardan aquí. Códices, manuscritos, legajos, pergaminos descansan por miles en estanterías y mesas. Sólo el catálogo de lo que ella contiene está recogido en cuarenta y cuatro registros de a cincuenta folios cada uno. Imaginarás el desánimo que me embargó al ver tan cumplido almacén de sabiduría, pues creí, en mi ignorancia, que, sin duda, el aprendizaje iba a consistir en la lectura y memorización de todos y cada uno de esos escritos de los que la sola visión de su gruesa hechura y el solo vislumbre de los pequeños trazos que los componían dábame idea de las dificultades que para mí entrañaría su aprehensión. Lubna, que allí se encontraba en su elemento, adoptó desde el inicio, acaso porque pensase que no son buenas para el magisterio las relaciones de amistad y camaradería entre alumno y maestro, una actitud muy distinta a la mostrada la víspera así es que me recibió solemne y autoritaria y, ya desde la puerta, tuve conciencia de que las lecciones habían comenzado. En primer lugar, fui conducida a las estancias, templos del saber, en donde se encuentran depositados, con todo tipo de precauciones para evitar su deterioro, los volúmenes y ejemplares de que antes te he hablado. El orden era exquisito, la pulcritud esmerada, un gran número de epígrafes verdes, este color descansa la vista y tranquiliza el espíritu, objeto, ellos también, de estudio pues que debería terminar por descifrarlos como ahora lo hacia Lubna, aquí medicina, estos, zoología y botánica, estos otros, farmacología, aquellos, matemática, astronomía, lexicografía, gramática, historia, geografía, literatura, ¡qué sé yo la de indicaciones que contenían!, estaban distribuidos por los anaqueles. Después de la visita de iniciación, mi maestra me presentó a Tarid, el eunuco administrador de aquel funduq de saberes, a Abul Fadal, el Siciliano, jefe de copistas, a Zafr al-Bagdadi, el caligrafo mayor, así como a todo el personal encargado de las mil y una tareas que el buen funcionamiento de esta biblioteca, alojada por piruetas del destino en un recinto fortificado de clara hechura castrense, exigía. Fue entonces cuando conocí a Fátima y Aixa, grandes calígrafas, elocuentes disertadoras y también poetisas de gran prestigio dentro de los ambientes cultos cordobeses, que, tras dedicarme los obligados saludos de cortesía, volvieron a enfrascarse en sus labores con tal concentración y deleite que suscitaban envidia y, al verlas, aún agradecí más a Lubna los trabajos que conmigo iba a tomarse y que le mantendrían apartada durante el tiempo en que durase el aprendizaje de las ocupaciones que tanto amaba, prometiéndome que iba a ser tal el celo, el aprovechamiento y la diligencia con que iba a emplearme en las tareas, que mi amiga y maestra volvería en plazo muy breve a sus ilustrados menesteres.

Y así ha sido, Mayus. Con una rapidez, que me ha hecho merecedora de los elogios de estas mujeres sabias, he dominado el arte de la lectura y de la escritura. Mis progresos en el estudio de las buenas letras me han sorprendido a mí misma y han confirmado la excelencia de mi maestra. Lubna me ha hecho inteligibles las poesías preislámicas, las misceláneas, las monografías lexicógrafas y las curiosidades filológicas que son las bases en que se fundamentan esta suerte de estudios. Gracias a sus enseñanzas ya puedo disfrutar de los placeres insospechados e inagotables que encierran los libros. Sé que me aguardan horas de profundo disfrute y que mi soledad nunca más podrá ser tan sola como hasta ahora ha sido. ¡Cuán sabio fuiste, Mayus, en aquellos primeros días de cautiverio, haciéndome comprender que no todo lo que dejamos es bueno sólo por ser nuestro!, este mundo del saber en el que ahora me inicio, en Vasconia o en los demás reinos cristianos, siempre me hubiese estado vedado, pues si ya es inaccesible para casi todos los varones, ¡cuánto más no iba a serlo para una mujer!. Así que la visión de todas esas obras que reposan en las estanterías a la espera de ser leídas, hace que el corazón se me ensanche gozoso.

Lubna está encantada con mi voracidad lectora y me ha proporcionado una lista de manuscritos que considera indispensables para mi formación y que servirán de alivio para el aburrimiento doméstico del harén, incluso, está dispuesta, harta ya de súplicas, a incumplir la prohibición del Califa referida a préstamos de libros, por lo que si, tras esta carta, encontramos el modo de estar en contacto, una vez los haya leído yo, te los pasaré a ti.

Valga esta lista como muestra de los tratados que me han sido recomendados:

—El florilogio poético del sirio Tammam.

—Los poemas cortesanos de Mutannabi.

—Las colecciones poéticas de Abul-Ala'al-Ma'arri.

—Kitab al-Agani (libro de Canciones) de Abul-Faray al-Isfahani.

—Kitab al-Amali (libro de dictados) y El libro de las rarezas del lenguaje (diccionario de ¡4.500 folios!) de Abu Ali al-Qali.

—Estudios de gramática y filología de Ibn al-Qutiyya.

—Compendio del diccionario de al-Jalil (sigue el orden de los órganos utilizados en la pronunciación de las letras, comenzando por las guturales "a'yn" para terminar por las labiales) de Abu Bakr al-Zubaydi.

Aunque por aquí los que me rodean no consideran todavía prudente iniciarme en la lectura de unos relatos muy originales que reciben el nombre genérico de maqamat, voy a procurar hacerme con alguno de ellos para mi solaz y, si Allah lo permite, también el tuyo. Te preguntarás quienes son esas gentes que tanto velan por mis conocimientos, pues te diré que, tras los primeros meses de lecciones durante los que la admiración y la reverencia que sentía por cuantos laboraban en la biblioteca me inclinaban a una enfermiza timidez que me volvía muda y distante, luego, tanto los eunucos como las tres sabías calígrafas y también poetisas de las que te he hablado han sido mis maestros al alimón con Lubna. Pero continúo, estas historias que te digo, so pretexto de alejar al lector de caminos licenciosos, muestran las conversaciones habidas entre un hombre letrado, de espíritu recto y piadoso, y un rufián, siempre pícaro, que, a veces, es criado, otras, mendigo y otras, ladrón o farsante, el cual va relatando sus aventuras y bribonerías con gracia y desparpajo.

Por el momento, todos parecen más partidarios de los Adab, género que recoge el compendio de conocimientos que debe de adornar al hombre culto y cuya finalidad es instruir a la par que distraer. De entre ellos, hay uno que ha alcanzado gran fama. Se trata de 'Iqd (El collar) de Ibn 'Abd Rabbir. Consta éste de veinticinco libros, cada uno de los cuales está subdividido en dos partes que llevan por título el nombre de una piedra preciosa, recibiendo por lema el treceavo: la joya central. En ellos se habla de la guerra, de la generosidad y de los regalos, de las ceremonias de la corte, de la religión, de la risa excesiva, del arte oratorio y del epistolar, de los proverbios, del gobierno, de la poesía...

Te gustará también, aunque sólo he tenido acceso a algunos fragmentos he podido apreciar su belleza, el poema de Abd al-Rahman I El Emigrante escrito en rayaz, medida y modo de construir estos versos, y consagrado a la palmera de su patria, Siria. Las qasida preislámicas y los diwan, recopilaciones líricas de poetas neoclásicos, son asimismo composiciones de gran belleza.

Muchas son las obras de historia que deberé leer para perfeccionar mi educación. Entre ellas:

—La gran historia del al-Andalus de Ahmad al-Razi, que al parecer está siendo completada por su hijo 'Isa, el hoy historiógrafo oficial de nuestro Califa.

—Al-Ajbar maymu'a (colección de tradiciones) de autor anónimo en donde se relata la crónica de la conquista árabe de la Península hasta el reinado de Abd al-Rahman III.

—La historia del al-Andalus desde la conquista hasta el fin del emirato de Abd Allah, escrita por Ibn al-Qutiyya, al que llaman "el hijo de la goda", por ser descendiente de Sara, la nieta de Witiza, el que fuera rey visigodo.

—La continuación de Los Anales de Tabari hasta los tiempos de Abd al-Rahman III de 'Arib b. Sa'd, actual secretario de Al-Hakam.

Siento una gran curiosidad por conocer las descripciones y estudios geográficos que se recogen en las obras clasificadas como al-Masalik wa-l-mamalik, libros de las rutas y de los reinos, pues tengo entendido que las pinturas que en ellos se hacen de las particularidades y modos de vida en nuestras queridas montañas son harto divertidas y fantásticas en ocasiones, tildándonos de seres animalescos que muestran sus cuerpos desnudos y adoran el fuego. Otros, como un sabio de la época de los antiguos romanos llamado Strabón, dicen hablando de nuestros antepasados: "beben agua y duermen en el suelo. Llevan el cabello largo y suelto y utilizan una venda para sujetarlo en combate. Comen macho cabrío tres cuartas partes del año y con las bellotas de roble hacen el pan. La cerveza de cebada es la bebida ordinaria. El vino escasea y el poco que hay lo beben en convites familiares a los que son muy aficionados. En vez de aceite utilizan manteca. Se sientan a comer según la edad y la dignidad. Corren los manjares de mano en mano. Sin interrumpir la bebida, los hombres se ponen a bailar en corros al son de la flauta y la trompeta, ora brincando uno por uno, en porfía de quien da el brinco más alto y cae después con mayor gracia sobre las rodillas. Las mujeres bailan mezcladas con los hombres, enfrente de su pareja, a la que, ahora sí, ahora no, dan las manos. Todos los hombres visten ropas negras y puede decirse que no se quitan los sayos, y los tienden, para dormirse, sobre las camas de paja seca. Estas capas, como las de los keltas, son de lana burda o pelo de cabra. En cuanto a las mujeres sólo llevan capas y vestidos de color y floreados. Peñas arriba no usan de moneda; el comercio es de cambio, o cortan a pedacitos una plancha o lámina de plata y ellos son el dinero. A los criminales condenados a muerte los despeñan y a los parricidas los apedrean, pero lejos de la frontera. Exponen los enfermos al público, como los asirios por aconsejarse de quienes hubiesen padecido enfermedad análoga... Hasta la expedición de Bruto usaron abarcas de cuero...".

Los estudios realizados por el geógrafo Ahmad al-Razi, que describe la Península dividiéndola en una porción oriental y otra occidental de acuerdo con la dirección de los vientos y del curso de los ríos y salpicando la obra con múltiples elementos de geografía humana, me han sido muy encomiados.

La ciencia astronómica ha cobrado ahora un nuevo auge tras

la creación de la Escuela de Astronomía, auspiciada por al-Hakam, gran amante de esta ciencia. Este saber está siendo prestigiado gracias a la fuerte personalidad y la erudición del astrónomo y matemático, Maslama b. Ahmad al-Mayriti, un cordobés de origen madrileño que ha introducido la famosa enciclopedia titulada "Epístolas de los hermanos de la pureza", cuyo destino es divulgar la ciencia contemporánea bajo el prisma del neoplatonismo y el pitagorismo. Su tratado sobre el astrolabio y sus obras de magia y matemática práctica presiento que pueden ser de gran interés aunque, sin duda, no exenta para mí de dificultades su comprensión.

Respecto a la medicina he conocido, aunque someramente, el Al-yami'fil-adwiya al-mufrada de Ibn-Samayun, en el que se enumeran los cuerpos simples siguiendo el orden alfabético del semítico antiguo, se describen las plantas y sus propiedades medicinales y se cita textualmente al eminente Galeno y al oriental Abu Hanifa al-Dinawari.

La carne de víbora, dicen los tratados, continúa siendo el antídoto por excelencia, recomendándola para cualquier suerte de veneno, y el dicho del profeta: "el estómago es la cámara del mal y la dieta el principio del tratamiento" es la mejor prevención contra las enfermedades. Para ahuyentar o controlar la peste, se sigue recomendando, hoy como ayer, las fumigaciones que sanean la atmósfera, los vapores medicamentosos de incienso y mirra, tan beneficiosos para ancianos y mujeres, y las esencias de rosas, sándalo, alcanfor y madera de áloe. Las casas deben de oler a mirto y hojas verdes de caña de azúcar, mezclados con agua y vinagre. Médicos como ibn Yulyul, Hasday ibn Saprut y Muhammad ibn al-Kattani han realizado prestigiosas traducciones y valiosísimos tratados.

Junto con el conocimiento de la lengua, la literatura, la matemática, la historia, la geografía, la astronomía, la medicina y todos aquellos saberes necesarios para adquirir una vasta cultura, no descuido, como bien puedes imaginar, los estudios religiosos, en los que Lubna es muy exigente. El al-Muwatta del imán Malik, en la recensión de Yahya b. Yahya al-Layti, es mi libro de cabecera, teniendo prohibido cualquier escrito o alusión a Muhammad b. Abd Allah ibn Masarra, del que algo he logrado saber a hurtadillas, picada por la curiosidad que en mí ha provocado tan tajante proscripción. Este Masarra fue un eremita que habitó, hasta el año 931 en que murió, en una pequeña ermita cercana a Córdoba. Para algunos era un hombre piadoso consagrado a las devociones y a la elaboración de un sistema filosófico y teológico de gran novedad frente a las creencias clásicas. Consistía éste, principalmente, en la explotación de una teoría neoplatónica, atribuida al Pseudo-Empédocles en las Enéadas de Plotino, que estaba fundamentaba en una concepción cosmológica del universo así como en la doctrina del libre albedrío. Esta última idea provocó no poco escándalo en la corte por las amenazas que, sin duda, entrañaba para el malakismo oficial, de ahí que, muy pronto, se tachase la tal doctrina de heterodoxa. Para alcanzar la liberación y la purificación del alma, Masarra predicaba la mortificación, la pobreza, la observancia del silencio, la práctica de la humildad, el perdón de la ofensas y el amor a los enemigos. Sin embargo, hay quien sostiene que, bajo la inocencia de sus teorías y la bondad de sus preceptos, se ocultaban, como un lobo disfrazado con la blanca piel de una oveja, concepciones panteístas de Dios y se daba pábulo a los librepensadores. Abd al-Rahman III no titubeó en considerar estas creencias peligrosas y enemigas, mandando quemar y destruir todos los escritos que a ella se referían, aunque al-Hakam se las ingenió para librar alguno de esos manuscritos del olvido. Sospecho que la pretensión real de hacer desaparecer por completo cualquier referencia a esas ideas revoltosas no obtuvo el éxito apetecido, pues, por cuchicheos que capto en este mundo de eruditos, sé que hoy hay jóvenes partidarios del masarrismo.

En fin, Mayus, y esto no es ni la millonésima parte de todo lo que quiero conocer y aprender.

Hablando de comadreos y curiosidades, ¿recuerdas cómo te he comentado en esta carta, que ya ha dos días que me mantiene desvelada hasta el amanecer, cómo, no bien vi a nuestro Califa, su hechura y aspecto se me hicieron familiares y conocidos?, esta mañana he sabido la causa de aquella corazonada que de pronto me asaltó y que entonces atribuí al nerviosismo propio de las circunstancias

Al-Hakam al-Mustansir billah, el que busca la ayuda victoriosa de Dios, y su padre, Abd al Rahman al-Nasir lidin-Allah, el siervo del Misericordioso, el que combate victoriosamente por la religión de Dios, son vascones, Mayus, ¡son vascones!, ¿te das cuenta?, por eso el instinto no me engañó. Claro que su hechura y porte se me hicieron sabidos y evocadores, ¿acaso su barba y cabello no son del tinte y la textura que abundan en nuestras tierras?, las líneas de su perfil ¿no se curvan y ondulan como nuestros picos y montes más amados?, la blancura de su tez ¿no es muy similar a nuestra propia blancura, que aún se antoja más lechosa en estas tierras morenas?, la voz profunda y penetrante ¿no evoca canciones, francachelas de hombres solos que entonan romanzas juntos protegidos por la luz de la luna?, el cuerpo rechoncho y fuerte, las piernas cortas ¿no le hermanan con muchos de aquellas tierras?, ¿a cuántos ankamotz no conocemos?. De ahí, esa tan comentada debilidad de los Omeyas por concubinas vasconas que, sin duda, responde a escondidas nostalgias, a soterradas llamadas de la sangre. Pensarás, Mayus, que estas últimas consideraciones no son sino fruto de mi propia añoranza y soledad, que soy yo, y no los califas, la necesitada de imágenes familiares, que enterada de algún amorío real con una vascona, ¿y quién no lo tendría siendo como es el harén de un monarca Torre de Babel en que conviven las más diversas razas, pues que la mayoría de las mujeres llegaron allí rapiñadas en victoriosas campañas por muy distintos países?, he elaborado una de esas historias tan del gusto y la sensibilidad del cacumen femenino, siempre fantaseador e infantil.

Pues te equivocas, Mayus. Voy a relatarte cómo ocurrió esta singular circunstancia sin apartarme ni un ápice de los hechos, basándome solamente en los testimonios y documentos que aportan los tratados de historia a los que hoy he tenido acceso.

En el año 860, durante el reinado del emir Muhammad I en estas tierras del al-Andalus, emprende éste una campaña contra los reyes cristianos, quienes, beneficiándose de la amenaza vikinga a las costas andaluzas, habían ampliado sus fronteras en detrimento de las islamitas, sabedores de que el ejército cordobés no podía responder a sus ataques ocupado como estaba en la defensa del reino frente al peligro de un avance normando. Por aquellas fechas, el entonces rey pamplonés, García Iñiguez, había aliado sus fuerzas con el monarca asturiano Ordoño I, el cual corrió en su ayuda cuando los crueles vikingos que habían iniciado el periplo devastador por la Península en tierras de nuestra amada Vasconia, capturaron a aquel y exigieron una cuantiosa suma por su liberación. Yo recuerdo haber oído en mi infancia cuentos de vieja y también cantares que relataban estos hechos, aunque bien es cierto que en tales historias nuestro pueblo apresaba al sanguinario jefe de los normandos y sus llorosos vikingos, entre súplicas de clemencia y grandes alabanzas a la fuerza y al valor de los vascones, entregaban toda clase de tesoros porque su caudillo fuera puesto en libertad. Muhammad, una vez que vio con alivio que aquellos bárbaros piratas se alejaban de sus costas camino de Africa, pues eran estos guerreros hombres de mar que tras la rapacería y el saqueo abandonaban las tierras y retornaban a sus naves para continuar con la singladura de terror que, como una peste, tenía estremecido a medio mundo, quiso dar un ejemplar escarmiento a las fuerzas paganas y mostrar al tiempo que la potencia muslim no había sufrido merma alguna en su lucha con los diablos extranjeros. Y así fue como un poderoso ejército, dirigido por el emir en persona, se puso en marcha contra tierras cristianas.

Y efectivamente, las milicias islamitas se adentraron con furia en los reinos enemigos, resarciéndose el monarca de aquel triste periodo en que nada pudo hacer por contrarrestar las incursiones de los reyes politeístas en territorio del al-Andalus. Muhammad ya en esta razzia, primera de otras muchas que se sucedieron durante varios años, tomó Carcastillo, capturando allí al futuro rey de Pamplona, Fortún Garcés, y a su hija, Dª Iñiga, Enneka u Onneka. Los prisioneros fueron, entonces, conducidos a Córdoba, en donde, como lo atestigua la historia, iban a residir durante veinte largos años.

Los primeros días de su estancia en la capital del emirato, puedo imaginar, sin llevarme a engaño como bien puedes suponer, que no fueron fáciles para los reales cautivos a pesar de las consideraciones que les prodigó el emir, respetuoso con la elevada dignidad de éstos. Dicen que Dª Iñiga paseaba su melancolía por entre las flores del al-Andalus, cuentan también que la tristeza adornó su rostro con exquisita dulzura y tornó su talle más frágil que el tallo de una flor. Un día, en que la doncella languidecía por aquellos vergeles, tropezó con un hermoso joven de su misma edad. Allí mismo y en aquel instante ambos muchachos quedaron prendados el uno del otro con el ardor y la vehemencia propios de sus pocos años. A partir de aquel momento Dª Iñiga fue para Abd Allah, este era el nombre del muchacho, Durr, Perla, pues su belleza sólo era comparable a tan delicada joya. Quiso el destino que aquel guapo mozo, que tan súbitamente encandiló el entristecido corazón de la vascona, fuera uno de los hijos del emir Muhammad I, habido con la esclava Ushar. Enterado Muhammad del idílico suceso, no vio con malos ojos estos amores entre Abd Allah y una cristiana de elevada alcurnia, pues pensó que acaso pudieran resultar beneficiosos para sus guerras y para su reino. Fortún Garcés tampoco hizo ascos a las tiernas relaciones iniciadas por su hija, considerando que, de alcanzar la condición de consuegro del emir, esta abreviaría el tiempo de su cautiverio o, en el peor de los casos, haría aún más llevadera aquella obligada estancia en Córdoba. Así es que, con el beneplácito de los augustos padres, poco tiempo después se realizó el casamiento entre el moro y la cristiana. Si con ese matrimonio no obtuvo Fortún Garcés la libertad en el breve plazo que esperaba, sabemos que permaneció en Córdoba durante veinte largos años, no es menos cierto que las riquezas que acumuló durante el cautiverio y que le permitieron volver rico a Pamplona, así como, finalmente, su puesta en libertad debió agradecerlas a la constante intercesión de su yerno ante el emir Muhammad. De esta unión entre Dª Iñiga y Abd Allah nacieron, el año 864 y el 866, dos hijos, Muhammad y al-Mutarrif.

No sabemos luego qué fue de esos amores con el paso de los años. Acaso Durr, apaciguada la pasión primera y viendo a sus hijos crecidos, sintió añoranza de las tierras vasconas. Acaso fue él quien encontró otra joven perdida y nostálgica, lo cierto es que con el apoyo de Muhammad, el emir, y el del propio Abd Allah, hacia el año 880, los navarros vuelven a su reino. Allí Dª Iñiga contraerá nuevas nupcias con Aznar Sánchez, de las que nacerán varios hijos, entre ellos la futura gran reina Tota o Toda de Pamplona, hermanos estos, por tanto, de los olvidados Muhammad y al-Mutarrif que dejó en Córdoba.

Muhammad creció, pues, junto a su padre Abd Allah, quien a la muerte de Muhammad I el 4 de agosto de 886, intrigó contra su hermano al-Mondhir con el fin de hacerse con el trono. Abd Allah era consciente de que su hermano debía morir antes de que los herederos de éste tuvieran edad suficiente para sucederle, pues, en caso contrario, él nunca alcanzaría el poder. Pero en junio de 888 se presentó la ocasión propicia que satisfaría su ambición. Encontrándose al-Mondhir necesitado de una sangría, Abd Allah buscó la forma de comprar al cirujano que la iba a llevar a cabo, el cual, a instancias del que pronto iba a ser futuro emir si nadie evitaba aquel crimen, punzó al incauto al-Mondhir con un fleme de oro envenenado, que instantáneamente le provocó la muerte. Abd Allah sucedió, entonces, a Muhammad I en el emirato.

El primogénito de Abd Allah, Muhammad, en aquellas fechas, bien porque la joven fuese de una gran belleza, bien porque la figura de aquella remembrase la de la madre que se alejó para siempre, bien por un escondido deseo de imitar en sus preferencias y gustos al padre, a quien admiraba, se enamoró de una cautiva vascona llamada Muzna. De esta unión nació un varón, al que pusieron por nombre Abd al-Rahman. Pero Muhammad pudo disfrutar por poco tiempo de la paternidad ya que su hermano al-Mutarrif, como antes hiciera el padre de ambos, Abd Allah, con el fin de evitar que a la muerte de éste el emirato recayera en su hermano, asesinó al primogénito y hay quien asegura que con el consentimiento del emir. Tristes fueron por tanto los destinos de este príncipe vascón. Abd Allah, acaso arrepentido del crimen, tomó bajo su protección al pequeño Abd al-Rahman, hijo del asesinado, más vascón que árabe puesto que vascones fueron su padre, Muhammad, y su madre, Muzna, favoreciéndole de entre sus restantes nietos por el afecto y los cuidados que le prodigaba. A la muerte de Abd Allah, será ese joven quien ocupe el trono por expreso deseo del emir que lo prefiere a cualquiera de sus descendientes. Abd al-Rahman III, que así pasará a la historia, biznieto de Fortún Garcés de Pamplona, nieto de Dª Iñiga, sobrino de Dª Tota, hijo de vascones, iba a convertirse en el primer Califa del al-Andalus. Su hijo, nuestro monarca al-Hakam, también de sangre vascona, heredará de él, la talla, la tez, el color de los cabellos, que su padre por remilgos raciales teñía de negro cuidadosamente, la nariz y las piernas cortas. No así los ojos negros, iguales a los de su madre, Murchana, Coral, pues los de Abd al-Rahman eran tan azules como el cielo.

Como ves Mayus no he exagerado la singularidad del descubrimiento. Sin embargo, aunque mi condición de vascona podría hacerme alimentar esperanzas de llegar a ser la preferida del Califa, continuando así la tradicional debilidad de los Omeyas por las hijas de nuestra tierra, puedo asegurar que esto nunca va a constituir una tentación que me aparte del camino que me he trazado, a saber, ser una de las ciento setenta calígrafas elegidas, por su destreza y por la pulcritud y la belleza de sus caracteres, para reproducir manuscritos destinados a las más grandes bibliotecas de Córdoba, pues he sabido, a raíz de los comentarios de Lubna, Fátima, Aixa y del eunuco Tarid, que al-Hakam ya está enamorado. Parece ser que un día de verano, estando el monarca en el Alcázar entretenido en sus libros, sintió de pronto un extraño deseo de acercarse él solo a la Mezquita. Fueron inútiles las argumentaciones de mis amigas y del eunuco intentando disuadirle de aquel capricho que podía resultar peligroso, ya que, a pesar del amor que el pueblo le profesa, siempre puede haber un loco o un fanático asesino. Pero al-Hakam, haciendo caso omiso de aquellas razones, se encaminó a la Mezquita utilizando uno de los pasadizos secretos que comunican ésta con el Alcázar. A su vuelta, que esperaron todos con ansiedad, su rostro estaba pálido, sus manos temblaban de emoción. Según contó, como antes ocurriera con su antepasado Abd Allah y Dª Iñiga, la bella cristiana, el Califa, a sus cuarenta y siete años, se acababa de enamorar como un colegial de un joven misterioso que oraba en el templo y del que sólo pudo saber que respondía al nombre de Djafar. Bien sabes tú, Mayus, que este tipo de relaciones, me refiero a aquellas en que los amantes son ambos los dos varones y hacia las que, por cierto, el monarca debe sentirse bastante inclinado, nada tienen aquí de reprochable. Desde entonces, el soberano, y de eso hace ya un año, vive ensimismado y triste, de ahí que cuando le fui presentada no mostrase ningún interés por ver mi rostro ni se detuviese a valorar el presente que Abu Salama le ofrecía. Así están, pues, las cosas.

La noche palidece ya por el horizonte y veo su espesura teñirse de azul. Un nuevo día se acerca. Sobre mi mesa, el candil de bronce está muerto también como la noche. El cálamo, duro y firme, me ha hollado los dedos después de tantas horas de escritura. El tintero apenas contiene tinta de madad, se ha consumido igual que la luz. Pero creo que ya no queda nada por decir. Ahora quiero verte, tocarte, sentirte cerca, estar contigo. Durante estas madrugadas, a medida que iba escribiendo, he imaginado tu cara, tus comentarios, tus bromas, era otra vez un diálogo como el día dichoso en que encontré a Lubna en el jardín. Sin embargo, desde nuestra despedida, ha pasado más de un año largo y lento. Cuando llegué aquí, las uvas y los melocotones estaban maduros. Se recogía la alheña y las nueces, cernían las bellotas. Luego, vi ennegrecer las aceitunas y crecer el mirto. Un tiempo después, en los jardines del harén nacieron rosas tan blancas como mi melancolía. Pasaron los días. Se cosechó el azafrán y comenzaron las lluvias. Lloraba, llovía, lloraba, llovía, alimento de estanques y de cisternas, del miedo y de la soledad. Los narcisos se miraban. Transcurría el invierno. Pero, como un milagro, un día fue primavera. Y supe dar nombre a las violetas, a las rosas y a los gusanos de seda. Quise plantar palmeras y leer versos. Ordené a los eunucos y sirvientes que perfumasen mi alcoba con albaricoques, ciruelas y manzanas tempranas. Las abejas fabricaron la miel. Y otra vez, hoy, el calor es tan grande como en los días de mi llegada a Córdoba.

Dentro de unas horas, si Alí ha podido darte aviso, estarás ahí en la esquina del mercado grande. Te daré la carta. No quiero pensar en no encontrarte, pero, si esto ocurre, ahora que me siento poderosa y segura porque he sido capaz de aprender, de transformarme, idearé la manera de poder verte. Sé que hay metros y metros de alcantarillas que surcan las profundidades de Madinat al-Zahra y caminan, más allá de Córdoba, limpiando de detritus y corrupciones la ciudad, por ellas, de ser necesario, enviaré flotas de cartas que navegarán presurosas hasta los arrabales, creciendo a la luz como las rosas de otoño hasta que un mendigo, un leproso, un loco, un amigo las haga llegar hasta ti. O adiestraré palomas. O amaestraré loros. ¡Ojalá estés, Mayus!.

Que Dios te bendiga.

Oría

Capítulo IV

MAYUS, MUY SORPRENDIDO, dobló la larga carta de la vascona. Había transcurrido un año largo y, en ese tiempo, la muchacha escribía, con arte y habilidad, en un árabe que se le antojaba al amigo rico, culto, refinado, digno del más excelso de los poetas. El trazado de los signos, opinaba, era pulcro, estilizado, enérgico y generoso. La suave tonalidad amarilla del papel en que la misiva estaba escrita, conseguida gracias a tintura de azafrán, mostraba la viveza de Oría para hacerse con las elegantes maneras y gustos de las damas de la corte. Mucho se dolió Mayus de los trances duros por los que tuvo que atravesar su amiga, pero considerando que aquello que no mata engorda, concluyó que éstos, a buen seguro, habrían servido para reforzar el carácter de la joven, rearme éste siempre de suma utilidad para capear con éxito las muchas traperías que nos juega la vida y, más aún, en gentes que, como ellos, se habían visto arrojados a un mundo extraño sin otra panoplía que su propio valor e inteligencia. El esclavo estaba orgulloso. Nunca hubiese sospechado que él, hombre, según decía, avezado, cínico y acostumbrado a la soledad, pudiese caer prisionero de un nerviosismo tal como el que le acometió tras conocer la noticia, ciertamente que no sin dificultades pues el atropello de Alí, acompañado de los gritos y jaculatorias de Lubb, hacían intraducible el ya de por sí abstruso idioma del ratero y su amigo, de que a la mañana siguiente, a esa misma hora, podría ver a Oría después de tantos meses. La tarde y la noche de aquella jornada, el vascón las pasó cavilando sobre cuál iba a ser la manera más discreta y zorruna de detener, sin levantar sospechas, la pequeña comitiva que venía de al-Zahra.

Despuntaba el alba y cantaba el gallo, cuando, entre las muchas malicias que en tiempo tan dilatado Mayus había podido pergeñar, decidióse por la última que le vino a la cabeza, juzgándola ingeniosa, fina y ponderada. Luego se durmió como un bendito. Por la mañana, un barullo vocinglero le despertó del complaciente sueño en el que se regodeaba. Los causantes de aquel vocerío no eran otros que Lubb y Alí, quienes, inquietos por la tardanza del amigo, habían corrido a casa del comerciante, el amo de aquel, por ver a qué se debía tan inoportuna demora y organizaban un gran escándalo porfiando con los siervos del mercader que les impedían la entrada creyéndoles dos pícaros embaucadores. Mayus, pues, despertó sobresaltado por un guirigay infernal, percatándose al punto de lo tardío de la hora y reconociendo a un tiempo, a través de los muchos gritos que hasta su alcoba llegaban, las voces de los dos muchachos que habían ido allí en su búsqueda. Corrieron, al fin, los tres al lugar de la cita, mientras el ratero y su amigo, entre resuello y resuello, acompañaban la carrera con calificativos de esta índole que dirigían al vascón, a saber: necio, calabaza, percebe, zote, lila, sinsubstancia y zampabodigos, así como otros reproches que aquel admitió sin rechistar, pues tales insultos y muchos más consideraba que le estaban muy merecidos por su simplona y tonta dormida. No bien alcanzaron la esquina del mercado indicada por Oría, el esclavo se acercó al reloj de agua, que gracias a una complicadísima técnica era capaz de señalar las horas del día con exactitud, comprobando con alivio que, a pesar del contratiempo, habían llegado holgados al lugar señalado para el encuentro. Así que, todos más sosegados, se dispusieron a esperar. Y los minutos fueron pasando muy despacio hasta que vieron aparecer la comitiva que aguardaban. El palanquín, en el que presumiblemente viajaba la joven, conducido por dos eunucos, se dirigía hacia ellos ligero y trotón. El plan que había concebido Mayus era teatral y bullero, aunque a él, tras el cansancio de las lucubraciones nocturnas, al alba, se le figuró discreto y sutil. Consistía la urdimbre en simular una discusión con Alí a cuenta de su misteriosa y animalesca capacidad comunicativa, obstaculizando con la reyerta el paso de la caravana, y, al amparo del alboroto en el que Lubb también intervendría saliendo en defensa de Mayus y aumentando con sus amenazas e improperios la confusión de la riña, el vascón se deslizaría como una serpiente bajo las ricas sayas del escondido asiento, logrando de esta forma hablar con la muchacha. Sin embargo, nada de aquello fue necesario, pues no bien, la joven hubo divisado a sus amigos a través de las transparencias de las sedas que la ocultaban, rogó a los eunucos con acento tan encantador y delicado que se detuviesen, pues quería agradecer a Alí su meritoria acción de la víspera, que éstos, muy lejos de sospechar nada, así lo hicieron y permitieron que Oría hablase con Lubb, que le miraba embelesado, con Alí, al que, en prueba de gratitud, tendió la mano en la que llevaba escondida la carta, y con Mayus, a quien indicó en lengua vascona que acababa de hacer entrega al ratero de un escrito. Mayus, mientras Oría emprendía la marcha de nuevo, quedó admirado de lo hermosa que estaba la joven y de la sencillez y el candor con el que había logrado lo que se proponía, enrojeció al recordar el tiempo dedicado la noche pasada forjando el plan para detener el minúsculo cortejo y se arreboló, aún más, al considerar la simplicidad y campechanía con que se había realizado el encuentro, sin los golpes, los ruidos, las amenazas, los deslizamientos, las arterías y las novelescas acciones que a él tantas horas de vigilia y reflexión le habían costado. El vascón pensaba ahora que la joven podía enorgullecerse tanto de los nuevos conocimientos adquiridos en caligrafía, sermones, oratoria, elocuencia, declamación, prosodia, cantos y otras muy diversas materias como de sus talentos en gramática parda cuyo busilis e intríngulis dominaba con soltura, bien lo demostró el día de su llegada a Madinat al-Zahra y bien lo había demostrado también en el lance de la mañana.

El relato de la partida de Córdoba, del camino hasta Madinat al-Zahra y de la llegada a la ciudad califal, que Oría contaba en la carta, resultó superfluo para su amigo. La joven ignoraba que, aquella mañana, un escolta invisible le protegía, dispuesto a lanzarse en su ayuda al menor indicio de peligro. Tampoco Mayus las tuvo nada consigo durante el tiempo que duró la indecisión de Abu Salama frente a la Puerta de la Zuda o Azuda, la Sublime Puerta, y, temiendo que el capitán optase por la cómoda solución de la venta de su amiga en el mercado de esclavas que tan próximo se encontraba, se situó en una posición que consideró estratégica y desde la que la liberación de la cautiva, caso de tener que lanzarse al rescate, se pudiese llevar a cabo de manera sencilla y segura. Pero, como ya sabemos, la viveza de Oría convirtió en innecesaria tan temeraria y audaz actuación que, por otra parte, de resolverse con éxito, hubiese obligado a nuestros amigos a sufrir las penalidades de una huida larga y difícil y, de resultar fallida, hubiese dado con Mayus en el más profundo de los calabozos del al-Andalus y hubiese arrastrado a la muchacha al modo de esclavitud más abyecta.

Durante los primeros meses, después de que Oría fuera entregada al harén califal, Mayus recorrió, siempre que le fue posible, las populosas calles de la ciudad cortesana, sus avenidas de cipreses, los bosquecillos de laureles, se parapetó tras los arrietes de nardos y azucenas de aquellos cármenes, escaló muros rematados de jazmineros, se ocultó entre las hojas y ramas de tantas plantas exóticas venidas de lejanos países como allí había, en intentos, que resultaron vanos, de tener noticias de su amiga para poder seguir protegiéndola aun dentro de aquellos muros. En el tiempo que duraron esas excursiones, no hubo dama a la que no escudriñó a riesgo de ser acusado de inmoral y concupiscente, no hubo eunuco a quién no importunase con sus preguntas, no hubo soldado ni guardia que se librase de su acoso. Aquella temporada, fueron tantas las idas del esclavo hasta al-Zahra, que, según él, trabó amistad con los peces que habitaban los dos grandes estanques paralelos y las numerosas albercas que ornaban la madina del Califa, puso nombre a las aves que poblaban las jaulas y las ricas redes de aquel paraíso, con su sola presencia, de tan conocida y familiar, se apaciguaban los leones de Africa y Asia que recorrían majestuosos los recintos para ellos reservados, también el lant y el okapi, las jirafas y los elefantes, las cebras y las avestruces, los camellos, los halcones y los gerifaltes. Lo cierto es que, sin caer en exageraciones, Mayus fue un habitual del zoco, de los baños públicos, de la mezquita y de las escuelas de la hermosa urbe. Los empleados de la Ceca o Casa de la Moneda, de la fábrica de tiraz, los criados y sirvientes de las más de cuatrocientas villas, habitadas por ministros, generales, altos funcionarios, familiares del Califa, poetas y mawlias que allí residían, le consideraron amigo. Sin embargo no logró saber nada, un destino pícaro enredó las cosas para que, durante las horas en que el vascón se empleaba en estas pesquisas, la joven estuviese en Córdoba casi al lado de la casa del comerciante en la que el esclavo habitaba y que, por el contrario, cuando él retornaba allí, era la muchacha la que recorría el camino inverso, siendo probable que en más de una ocasión, entre tanto ir y venir, cruzaran sus pasos, pero, como las mentes de ambos situaban al otro en escenarios muy distintos a aquellos, jamás sospecharon la proximidad del amigo. Y así pasaron los calurosos meses de la siega y trilla, de la siembra de habas, nabos y espárragos. Llegó septiembre y granadas y membrillos estuvieron en sazón. En los meses siguientes las lluvias abundantes sofocaron los calores, se cosechó el azafrán, fueron plantados ajos, calabazas y adormideras. Transcurrió enero que trajo el invierno frío, húmedo, y, al ser predominante en esta época del año el elemento agua y su correspondiente humor corporal, la flema, ante la que no parecen aconsejables los paseos e intemperies, Mayus espació sus visitas a Madinat al-Zahra durante esos meses en que las mujeres escondían en los pechos los huevos de los gusanos de seda a la espera de la primavera, las grullas emigraban a las islas fluviales y los hombres se sometían a sangrías y medicaciones que podían ser administradas sin perjuicio. El vascón, acaso picado por el alarde de erudición que hacía Oría en su carta, echaba ahora mano, para sus reflexiones, del almanaque que un año antes el obispo mozárabe Rabí b. Zayd, el que fuera emisario de Abd al-Rahman III en la corte de Oton I, había obsequiado a al-Hakam y en el que se exponían, de forma sabia y pormenorizada, cada una de las labores agrícolas a realizar a lo largo del año solar, se refería la presencia de las constelaciones más importantes, se anunciaba los cambios de tiempo previsibles por la comparecencia de éstas, se indicaba el momento idóneo para la siembra y cosecha de plantas y de frutos, se daba cuenta de la conducta cíclica y temporal de los animales domésticos y salvajes, así como de la alimentación más adecuada para el hombre. Este manuscrito, sobre el que, por cierto, la esclava no hacía ningún comentario, era una de las obras por entonces más cotizadas en el califato. Mayus había tenido acceso a ese compendió de útiles saberes gracias a su amo que, hábil comerciante, se había hecho, por sabe Dios qué vericuetos, con una copia del mismo que el vascón, siempre curioso, leía a hurtadillas por las noches. Pero un día, como un milagro, fue primavera. Florecieron las primeras rosas, los árboles echaron hojas, los esturiones y las alosas abandonaron el mar y remontaron el río. En mayo, los olivos y la vid tenían fruto. Las abejas elaboraban la miel. Manzanas, peras, bayas, albaricoques, cerezas y pepinos estaban maduros. Los brotes de fumaria, apio, eneldo, siempreviva, adormidera negra, mostaza, berros amargos y de los taratit, se ofrecían gustosos para ser recogidos. Y otra vez, hoy, pensó Mayus, el calor es tan grande como en los días en que conocí a Oría.

Sin embargo, no todo había resultado estéril en los meses transcurridos durante aquel largo año. Precisamente, a consecuencia del trajín de viajes entre Córdoba y Madinat al-Zahra, Mayus tuvo una ocurrencia, que, con la decisión que le era propia, no tardó en poner en práctica y, o mucho se equivocaba, o en un tiempo razonable gracias a aquella revelación, podría cumplimentar al amo la cantidad necesaria para su manumisión, hacerse con una casa digna y lograr reunir un harén cariñoso. Pues ocurrió que, muchos de aquellos días de traslados, sufrió los no pocos quebraderos de cabeza que la carencia de mula propia le ocasionaba, hecho que le puso en el atolladero de tener que solicitar favores a gentes poco dispuestas a olvidar el servicio y muy pedigüeñas a la hora de cobrarlo. Era también frecuente que una vez en camino a lomos de la mula prestada, ésta, ajena a los negocios de los hombres, prefiriese disfrutar del airecillo de la sierra antes que trotar por el polvoriento rumbo y que, sin encomendarse ni a Dios ni al diablo, detuviese la marcha y se sentase a descansar en las verdes veredas de la colina. Otros días, en que el transporte de Mayus mostrábase razonable, se cruzaba éste en el recorrido con desgraciados cordobeses que por más que tiraban de las bridas de sus caballerías y por más que les imprecasen con denuestos y anatemas, los unos, con lágrimas e imploraciones, los otros, con tiernas y amorosas frases, los de más allá, cada uno según su carácter y condición y al dictado de la urgencia del asunto que por aquellas sendas les había llevado, ellas permanecían impasibles en su empecinada actitud, provocando embotellamientos y obstrucciones nada saludables. Todo esto, unido al constante tráfico, hacía que la comunicación entre las dos capitales fuese penosa, lenta e incómoda, sin contar los días de desfile o salida de tropa en que las rutas quedaban impracticables. Y fueron esas casualidades las que alumbraron el chirumen de Mayus, suministrándole la idea de montar un negocio que, amén de lucrativo, ofreciera a una población tan densa un servicio de suma necesidad.

Mayus reflexionó que, siendo tan constante el ir y venir de ciudadanos desde Córdoba a Madinat al-Zahra y desde Madinat al-Zahra a Córdoba, a causa de las muchas gestiones de carácter administrativo, comercial o empresarial que debían solventarse a caballo entre las dos madinas desde que Abd al-Rahman III tuvo la feliz ocurrencia de trasladar la corte, con su enjambre de ministerios y funcionarios, a la vertiente meridional de la sierra, no sería mala cosa organizar un medio de transporte colectivo que aligerase la sobrecarga de tránsito que ahora soportaban las carreteras de ambas urbes, lo que supondría una agilización del tráfico y constituiría también una gran innovación, pues por un módico precio cualquier ciudadano, carente de mula propia o, aun poseyéndola, poco aficionado a lo engorroso de su manejo, podría trasladarse de una a otra madina con comodidad y rapidez. Para poner en práctica el ingenio, el vascón echó cálculos, bastaba con dieciséis mulas y cuatro carretas acondicionadas a tal efecto, es decir, que dispusiesen las de los hombres de asientos entoldados, con el fin de preservar a éstos del exceso de sol y de otras inclemencias, y las de las mujeres fuesen protegidas con un gran palanquín que mirase por la intimidad de aquellas. Al comienzo se estrenaría con tres transportes, coincidiendo éstos con las horas punta de más tránsito, así una carreta de hombres y otra de mujeres saldrían, tanto de Córdoba como de Madinat al-Zahra, a primeras horas de la mañana, tras la oración del mediodía y antes de la plegaria de la puesta del sol. Si el invento se veía favorecido por el éxito, entonces era la ocasión de plantearse ampliar los servicios e, incluso, organizar salidas especiales en días señalados, la Fiesta de la Ruptura del Ayuno, id al-fitr, allá por el mes de julio, y la Fiesta de los Sacrificios, id al-adha, en septiembre. Como sucede en cualquier iniciativa, para poner en marcha este proyecto era necesario realizar una inversión inicial. Mayus contaba con algunos ahorros, que, tras la aventura con el mezquino y menguado de al-Mondhjir, se habían visto engordados, pero, al no ser éstos suficientes debido a la envergadura de aquella industria, consideró la oportunidad de requerir la ayuda de su amo que, como buen comerciante, se dijo, no tardaría en percibir el rico tufillo del oro en eso que su esclavo proponía. El vascón, en sus cábalas, no se olvidaba tampoco de las destrezas comunicativas de Alí y de la fuerza, más bien bruta, de Lubb, quienes junto con dos rapazuelos más podrían ser los conductores de la flota, colaboración que permitiría a los dos jóvenes cobrar un sueldo digno y , en consecuencia, liberarse, el uno, de hurtos y, el otro, de la obligada sumisión a su cruel padre. Y en estos tejemanejes andaba metido el esclavo cuando llegó Alí, tan alborotado, con nuevas de Oría.

Mientras doblaba la carta de la muchacha parsimoniosamente, algo bullía en la noble cabeza del vascón, pues, no bien hubo guardado los pliegos amarillos, inició una frenética actividad. Así, fue recorriendo, una a una, las alcobas y salas de la casa. El objeto de su búsqueda, al parecer, era de gran importancia, pues revolvió en las arquetas, baúles y nichos que eran utilizados en Córdoba a modo de armarios, trasegó en divanes, levantó tapices, alfombras y colchones, se filtró en la despensa, siempre vigilada por el amo, y escarbó en todas y cada una de las tinajas de barro vidriado en que se guardaban las provisiones del año, volqueando, también, las grandes ollas y cestos de esparto de la cocina. Pero no daba con lo que buscaba. Parecía ya declararse vencido, cuando, de pronto, salió disparado hacia una mísero cobertizo, que en la trasera de la casa se destinaba a guardar utensilios y cachivaches más o menos inservibles. Allí estaba. Hizo un lío con las ropas cuyo hallazgo tanta felicidad le había proporcionado y él mismo lavó, adecentó y hasta recosió aquel tesoro. Una sonrisa enigmática le acompañó en sus tareas.

Mayus no se equivocó al pensar que su amo, hábil negociante, olisquearía bien pronto la vaharada a dinerillo fresco, a sabrosa talega, que su ocurrencia viajera despedía. Desde el momento en que le habló del asunto, el hombre se sumergió en el estudio del mercado, coste inicial del negocio, trayectos posibles, capacidad de consumo de la población, minuciosos balances generales con sus correspondientes activo y pasivo, en una palabra, se pasaba el día entre el ábaco y la mesa de arena que, a modo de una pizarra, era utilizada por entonces en Córdoba cuando de complicadas operaciones aritméticas se trataba y no lo eran poco las cuentas que el proyecto de Mayus exigía según la experiencia del comerciante. Aquel día Malik ibn Muhammad, que así se llamaba el rico amo del vascón, se había encaminado hacia los funduq del mercado grande para recabar información y parecer de los mercaderes, que allí se hospedaban, sobre los entresijos del negocio de las mulas y que aquellos, por su constante viajar, conocían bien. Mayus, pues, enterado del paradero del amo, se dirigió hacia el zoco sin prisa, absorto en las misteriosas cavilaciones que la carta de Oría le había sugerido y a las que seguía dedicando aquella maliciosa sonrisa.

Las calles, como cualquier día a esa hora, estaban habitadas por multitudes. Al fondo, el alminar de la gran Mezquita Aljama se izaba, enhiesto y altivo, cielo adentro. Muy cerca, el alqasr o Alcázar y la joven vascona. Mayus la sabía aplicada y estudiosa entre tanta sabiduría. Se internó por las calles comerciales. Le fue preciso recorrer varios funduq hasta dar con el amo. Y, al fin, allí estaba el astuto negociante rodeado de media docena de mercaderes. Preguntaba. Escuchaba. Anotaba. Mayus se acercó al grupo y suplicó a su patrón tuviera a bien dedicarle unos momentos pues debía contarle algo de sumo interés. Malik ibn Muhammad, pidiendo disculpas con todas las florituras exigidas por la cortesía, se levantó y se alejó con el esclavo.

Durante un buen rato los dos hombres parlamentaron con acaloramiento. Luego el amo despidió a Mayus y volvió a la mesa en donde el grupo de mercaderes, que había seguido con atención las gesticulaciones de ambos, le aguardaba. Malik tomó asiento con expresión de estarse preguntando a santo de qué hacía él caso de un vascón medio loco, que, a mayor carnavalada, era su propio esclavo. Pero, como opinaba que para obtener un provecho sabroso del ingenio que le había propuesto el siervo era necesario saberse con soltura los entresijos del tinglado, prefirió continuar la charla con los mercaderes y dejar para más tarde otro tipo de consideraciones. Un tiempo para cada cosa y cada cosa a su tiempo.

Mayus salió de la alhóndiga y encaminó sus pasos hacia Bab al Yahud, Puerta de los judíos, también conocida por Bab Liyun o del León. En aquella parte de la urbe se arracimaba un núcleo de la comunidad judía que, por su densidad, se había visto obligada a buscar acomodo en otra zona de la madina, alejada ésta de la que tradicionalmente habitaban entre la calle Mayor del Puente, el Alcázar y el muro occidental de la metrópoli. Los dimmies o judíos habían dado así nombre a la puerta de acceso a Córdoba, allí abierta, y al barrio que creció a su sombra. El vascón iba reflexionando sobre los comentarios de Oría en relación a la raza y a los antecedentes norteños de los Califas. Lo que para la muchacha había supuesto un cálido hallazgo, que parecía hacerle menos extranjera en aquella tierra, era algo muy sabido por la población cordobesa y que a Mayus, en sus años de cautiverio, no le había proporcionado ninguna ventaja especial, de igual modo que imaginaba que los muslims retenidos en tierras vasconas no se verían favorecidos con tratos de privilegio simplemente por el hecho de ser su Califa sobrino de la reina, en tiempo de Abd al-Rahman III, y , ahora, sobrino segundo del monarca navarro. La predilección de los Omeyas por las cautivas vasconas, eso ya, vaya usted a saber a qué respondía, acaso, como aventuraba la joven, tuviera su origen en el remoto rumor de la sangre que, uterino y misterioso, atraía a aquellos, arcano y escondido, acaso al hecho de que en la variedad está el gusto y, siendo muchas las morenas y oscuras que poblaban los harenes, se encaprichaban los soberanos de mujeres blancas y de claros cabellos, o también pudiera ocurrir que, constituyendo un componente del enamoramiento y de la atracción, la semejanza, fuente en que se satisface el gusanillo narcisista que todos llevamos dentro, la piel alba de las esclavas, sus cabellos dorados, proporcionaban a los Califas el sutilísimo placer de acariciar un alter-ego femenino y sumiso, cuando era a aquellas cautivas a las que acariciaban. En cuántas ocasiones, pensaba Mayus, el corazón del hombre se muestra, en sus apegos y apetencias amorosas, laberíntico y arcano, de ahí que si, a veces, es la similitud entre los amantes la rectora de esta clase de inclinaciones, otras, sin embargo, sea la disparidad en rasgos y talantes la que une a los enamorados. Así el amor entre tintos y nacaradas, espigadas y chicos, corpulentos y menudas obedece a este capricho. Ni que decir tiene que los espíritus de los hombres se atraen y se repelen de iguales modos y maneras que sus cuerpos por lo que es frecuente hallar en combinación arrogantes con faroleras, magnánimos con filántropas, austeros con sobrias y los viceversas, envaradas con dóciles, espléndidas con logreros y frugales con abundosos.

Un sol redondo y caliente perseguía obstinado los juicios de Mayus y su caminar por la ciudad, que anunciaba ya la proximidad con el barrio de los dimmies tanto por los nombres de algunos establecimientos como por la guisa de los transeúntes que se cruzaban con el meditabundo vascón. Y continuó Mayus reflexionando que un hecho de la historia cercana, del que Oría no hacia mención y que éste también sólo podía explicarse buscando los móviles en soterradas y ocultas vivencias infantiles de los personajes reales, era la ejecución de Abd Allah, segundo hijo de Abd al-Rahman III, ordenada y consumada ante la mirada de su propio padre, ante la presencia del primogénito, al-Hakam, el actual Califa, y también ante todos los altos dignatarios de la corte. Aquel suceso conmocionó Córdoba. Sin embargo, Abd al-Rahman, el primer Califa Omeya, el de la rubia barba, el de los ojos zarcos, el biznieto del rey de Pamplona y sobrino de la gran reina Tota, asistió sin pestañear a la decapitación de su vástago. Mayus rememoraba ahora el día en que la reina navarra, fue en el 58, llegó a esta madina confiando en que la ciencia de los médicos cordobeses sería capaz de curar la dolencia que su nieto Sancho padecía y que le invalidaba para ocupar el trono de León. Abd al-Rahman III recibió a su tía con toda pompa, ya que la presencia de aquella en el Califato, buscando remedio, no hacía sino confirmar la superioridad de la cultura islamita frente a la cultura cristiana. El nieto, obeso y botijo, incapaz de cabalgar tales eran los untos y tocinos que le envolvían y la abulia y el abandono que le aquejaba, se sostenía, craso y reblandecido, gracias a los brazos de su abuela. Fue Hasday ibn Shaprut, el médico judío en quien confiaba Abd al-Rahman, el único que logró sanar a aquel de semejante deformidad. Sancho, pues, volvió curado a León y ciñó la corona de ese reino, cumpliéndose así el anhelo de Dª Tota que, muy anciana, temía morir sin poder ver asegurado el futuro de su nieto preferido. Pero volviendo al filicidio, creía Mayus que las razones que explicaban éste y la frialdad antinatura de que hizo gala entonces Abd al-Rahman había que ir a buscarlas en las sórdidas historias familiares de los Omeyas, pues ya Muhammad, padre del Califa, murió asesinado, como bien explicaba Oría en su carta, en manos de su propio hermano al-Mutarrif, ansioso el segundón de hacerse con el trono. El emir Abd Allah, abuelo de Abd al-Rahman y padre a su vez del asesinado y del asesino, no execró el crimen entre sus hijos, a caso por haber sido él mismo autor de una atrocidad similar para adueñarse del emirato. Abd al-Rahman III, por tanto, desde muy niño, tuvo que aprender a vivir con la conciencia de que aquel a quien llamaba abuelo fue cómplice en la muerte de su padre. Es muy posible, pues, que la ponzoña, el odio y una profunda culpa anidaran en el corazón del que iba a ser el primer Califa Omeya, acrecentándose estos sentimientos cuando se vio favorecido por Abd Allah, el emir también filicida, que, sin duda, intentando reparar la muerte que sobre él pesaba, le eligió como sucesor al trono del al-Andalus, y cuando el propio Abd al-Rahman, siervo de sus ansias de soberanía, aceptó aquella ofrenda, sin rechistar y con gesto agradecido, de manos del victimario. Por eso, Abd al-Rahman, enterado de las maquinaciones que Abd Allah, su hijo, urdía en el intento de procurarse la corona de su hermano al-Hakam, el primogénito, vio con horror que la macabra historia se repetía de nuevo y, entonces, su voz no tembló al dictar la sentencia, él nunca iba a consentir un asesinato como hiciera su abuelo, además aquel castigo serviría para liberar a su sucesor, al-Hakam, de atávicas tentaciones encaminadas a apañarse el poder antes de lo conveniente. Y aquí, pudiera estar el origen del amor que el actual Califa mostraba por la paz, así como su profunda abominación de la sangre y de la guerra. Ser testigo de la decapitación del propio hermano, ordenada ésta por el padre común, pienso yo, se dijo Mayus, que debe marcar con huella profunda.

Mayus, tras las últimas reflexiones, siguió su camino por aquellas torcidas callejuelas, intentando dar con la humilde vivienda de su amigo al-Tamayib. No tardó en encontrarla, pues un tabalear de castañuelas guió sus pasos tras la sinagoga que esquinaba el callizo. Al-Tamayib era un singular personaje de origen misterioso. El decía ser un revuelto alquímico de perfectas propiedades hábilmente repartidas en las desiguales proporciones y tamaños que fabricaban los pedazos de su cuerpo. Este, aseguraba, era el fundamento de su nombre. Tenía la cabeza crecida como correspondía al abarrotado almacén de ideas y sabidurías que en ella se apiñaban, los ojos chicos para mejor poder enfocar y concentrar los rayos, que, según él, despedían éstos en ocasiones, los cabellos un tanto escasos proporcionaban a su mágico cerebro la aireación que requería tan gran bullebulle de ingenios, los pulpejos o aurículas grandes y con zoológicos atributos pues que se orientaban hacia el menor zumbo o rumor en singular gimnasia, siendo de gran fama el bailoteo orejil con que acompañaba los compases de sus castañuelas, el tronco, de la envergadura de un gigante, las piernas cortas y prensiles, y el falo, verga o pistolón de hechura tal que crecía varios metros siempre que las circunstancias así lo exigían, robusteciéndose y cuajándose hasta adquirir una apretada dureza que perduraba mucho tiempo después de rematados los magreamientos y hurgaciones que la provocaron. Estos rumores, que el curioso personaje no se paraba a desmentir, Mayus sabía bien, por aventuras vividas en común, no eran sino invenciones fantásticas. El músico, en lo que al último extremo se refiere, disfrutaba de hermanas atribuciones a las del ordinario de los hombres, es decir, que ante una real moza dispuesta a trasvolar los misterios de la noche en deleitosa cabalgada, aquel culebrón, que decían poseía, recobraba sus habituales dimensiones con presteza mayor de lo que hubiera sido deseable. Al-Tamayib, más allá de estos alardes, la Kalamara, la Bermeja y otras putillas del zoco parece que corrieron con las voces, era un sabio en astronomía, herboristería, percusión y mundología. Decía haber nacido en las estrellas, aunque Mayus, que le conoció al poco de llegar al cautiverio, afirmaba que el origen de su amigo era entre vascón y salmantino. Colaboró con Hasday ibn Shaprut, el médico judío de Abd al-Rahman III, en la reinvención de la triaca, infalible antídoto contra venenos cuya composición se había perdido pero que Hasday y al-Tamayib supieron recuperar a pesar de las dificultades que la adivinación entrañaba, pues la mixtura, así lo indicaban los tratados, estaba compuesta de la combinación de sesenta y una sustancias. Este logro, que tranquilizó los ánimos de un Abd al-Rahman siempre temeroso de ponzoñas y filtros, le dio nombre en Córdoba, atribuyéndole la devoción popular la originalidad de añadir a la mezcla cuatrocientos gramos de vino templado con miel de saúco, ribete este que fue muy aplaudido por el Califa, tan aficionado a los caldos en sus últimos años. También existía la creencia de que el soberano, queriendo agradecer sus servicios, preguntó al alquimista por un deseo que ansiase cumplir, contentándose el brujo con la humilde casa que habitaba en aquel barrio en donde tenía grandes amigos, a pesar de no ser él de esa raza y religión. Mayus entró y halló a su amigo tañendo. El brujo saludó parcamente, no era hombre que mostrase sus emociones, es más, tenía fama de áspero y solitario, reputación que le gustaba alimentar. El vascón, haciendo caso omiso de la frialdad del recibimiento, el profundo afecto que se profesaban era recíproco aunque sus encuentros fuesen espaciados, expuso a al-Tamayib sus deseos de entrar en el Alcázar o en Madinat al-Zahra, relatando antes todo lo que hasta aquí conocemos, y suplicó luego a su amigo diese con una fórmula que le permitiera ver cumplidos sus anhelos. El sabio astrólogo escuchó en silencio a Mayus. Después, repiqueteó sus castañuelas durante un buen rato. Al fin, habló. Al parecer, en Málaga, vivía un infante dotado de inteligencia, razón y desarrollo inusual en una criatura de tan corta edad, pues el pequeño en cuestión tenía sólo cinco años. Se decía, en las tertulias que al-Tamayib frecuentaba, que realmente era de escuchar la justeza de las respuestas con que aquel niño contestaba a la más enrevesada de las preguntas y, puesto que la muchacha a la que Mayus quería visitar se codeaba con sabias y calígrafas y puesto que la autorización al invento que facilitase la cita deseada debía darla el propio Califa, sin par amante del saber, nada mejor que la estrategia a emplear tuviese que ver con las luces y el conocimiento. Mayus meditó las palabras de su amigo pareciéndole acertadas y gatunas, además, la existencia de un niño sabio entusiasmaría a su negociante amo, que no tardaría en echar cuentas de las suntuosas sumas que la exhibición de aquella criatura en zocos, palacios y escuelas le podría aportar. El vascón estaba encantado y, tras informarse de cómo podría dar con el paradero del muchacho sabio, se levantó e inició la despedida. Pero al-Tamayib le detuvo con un seco tabaleo de su castañuela derecha. El pedía algo a cambio de la valiosa información. En los últimos meses, las estrellas, que tan bien conocía, anunciaban nuevas en el mapa astral del Califa, una extraña lucecita, blanca y menuda, se paseaba con guiños y silencios por el firmamento real y, como no dudaba del buen hacer de Mayus que lograría lo que se había propuesto, es decir, entrar en el palacio califal de Madinat al-Zahra, deseaba participar en aquella aventura, pues sólo la mano del Califa, tan aficionado por otra parte a pronósticos y adivinaciones, podía esclarecer el significado de aquella luz. Mayus estuvo conforme y, de nuevo, la sonrisa enigmática, que le rondaba desde la lectura de la carta de su amiga, apareció otra vez en su rostro, él había puesto buen cuidado en no mencionar al amigo el asunto que le llevó a rebuscar el lío de ropas que luego lavó, remendó y adecentó.

Y así fue como un día del mes de du-l-qa'da, hacia finales de agosto, se extendió la noticia de que un niño de un pueblo del iqlim de Cártama, en la cora de Rayyu (Málaga), nacido en du-l-hiyya del año 349, según nuestro calendario entre noviembre y diciembre del año 58, iba a ser traído a Córdoba con el fin de que el Califa, toda la corte y los cordobeses en general pudiesen admirar las dotes excepcionales, tanto físicas como mentales, que a una edad tan temprana le adornaban. Oría conoció la nueva de la llegada del fenómeno por boca de las mujeres sabias del Alcázar, quienes mostraron no poco escepticismo y mordacidad en sus comentarios sobre la prodigiosa criatura, no así Tarid, el eunuco, el cual, por ser gran amante de maravillas y ensueños, estaba encantado con el suceso. Poco podía sospechar Oría que tras aquel descubrimiento de un lumbrera se encontraba la mano de su queridísimo Mayus del que desde el día de la entrega de su carta nada sabía.

Malik ibn Muhammad, puesto en antecedentes por Mayus del nuevo negocio, aunque arguyó la poca oportunidad de la empresa en un momento en el que se hallaban inmersos en la organización del asunto de los transportes, fue ganado una vez más por las sensatas argumentaciones de su industrioso esclavo y concluyó que tenía razón el vascón cuando sostenía que las ganancias indubitables que el prodigio les iba a proporcionar servirían para la financiación sin acreencias del proyecto viajero, así es que los tres hombres, Mayus, Malik y al-Tamayib, se dispusieron a dar los pasos necesarios para traer a la capital a aquel sin igual párvulo, así como a extender la noticia de su llegada con el fin de que la fama precediera a la venida, lo que redundaría en los beneficios a obtener.

Lubb y Alí fueron los encargados de propagar la novedad entre mozos, gañanes, rodrigones y maleteros. Mayus habló con esclavos, sirvientes, cocineras y criadas. Malik avisó a comerciantes, fabricantes, artesanos y demás gremios. Abu Salama, a quien Mayus, cuando todo este asunto acabase, había jurado obsequiar con unas cuantas palabras por su torpe comportamiento con Oría en Madinat al-Zahra, propaló la noticia entre militares, cadíes y demás castas milicianas y religiosas. Y, por último, al-Tamayib, avisándose con castañuelas, pregonó la venida del singular infante por todo el barrio judío. Confiaban los tres en que, con semejante alarde propagandístico, pronto se conocería el hecho en la corte, siempre ansiosa de espectáculos y de distracciones, solicitando, a buen seguro, los nobles la anuencia del Califa a una demostración de la criatura en palacio para solaz y divertimento de chicos y grandes.

Y así fue, a los pocos días de prédica, un enviado real se presentó en casa de Malik ibn Muhammad, cabeza visible de aquel tinglado, manifestando los deseos califales de conocer personalmente la rareza. Todo marchaba, pues, a pedir de boca.

El día señalado, el niño llegó a Córdoba en compañía de su abuelo paterno, Jalaf ibn Yahyá ibn Araqin ibn Jalaf ibn Muntaqim ibn Abd Allah ibn Badr ibn Nasih al-Farras, mawlá del emir Abd al-Rahman ibn Mu'awiya. Abuelo y nieto fueron recibidos por Malik, Mayus y al-Tamayib, que dedicó a la criatura un cariñoso redoble de palillos a modo de bienvenida. Pero entonces ocurrió que el tabaleo del músico provocó en el dotado chiquillo una mueca de desagrado y, enseguida, para sorpresa de todos, tras soltar un exabrupto, ordenó alejasen de él aquel irritante ruido, al tiempo que de un manotazo daba en el suelo con una de las castañetas. Este hecho fue muy alabado por los curiosos, que se habían sumado al recibimiento, por considerar tanto el palabro como el mandoble prueba irrefutable de la singularidad de la criatura, alabanzas estas que fueron acogidas con amplia sonrisa beatífica por el abuelo materno y con grandes palmas por parte de Malik y de Mayus que veían que tales manifestaciones no redundarían sino en beneficio de sus arcas. Pero al-Tamayib cayó, desde aquel percance, en un pertinaz mutismo en el que el comerciante y el vascón no repararon de momento, hasta que, no bien se ausentaron nieto y abuelo para cumplimentar con las exigencias de alguna necesidad perentoria, el sabio alquimista, dándose de cabezazos contra un árbol que allí había, inició una sarta de juramentos y maldiciones, afirmando con nitidez, entre unos y otros, que aquel monstruo tenía más años que su bisabuelo, que él no pararía hasta catarle las criadillas a las que sospechaba cubiertas de tantos pelos como florecían en su propia barba y que nadie nunca había osado proferir juicio semejante sobre sus sones, por lo que hacía promesa allí mismo de vengar tamaño escarnio. Y así continuó cada vez con mayor acaloramiento, cuando Mayus, harto de tales manifestaciones y haciendo un alarde de elocuencia y de sano juicio, logró serenarle, aduciendo que poco les importaba a ellos si el muchacho era un niño aventajado o un hombrón enano, el negocio tenía trazas de ser sustancioso, al-Tamayib podría culminar sus adivinaciones en la mano del Califa y él satisfaría sus deseos de hablar con Oría, en consecuencia era mejor olvidarse de pundonores y otras mandangas. Al-Tamayib pareció enfriarse un tanto tras estos sabios razonamientos y, más tranquilo, se separó del grupo para tabalear sus ultrajados crótalos no sin antes mascullar algo entre dientes que los demás dejaron pasar por no añadir más leña al fuego.

La visita al palacio real de Madinat al-Zahra estaba fijada, por expreso deseo del Califa, para dos días después. Así que nuestros hombres no desaprovecharon las jornadas anteriores al encuentro real y organizaron exhibiciones del superdotado. La primera de ellas tuvo lugar en la calle Mayor, coincidiendo con uno de los desfiles de exóticas fieras que eran traídas de tierras lejanas para ornato de Madinat al-Zahra. Estos desfiles se sucedían con frecuencia en la Córdoba califal, la más magnífica metrópoli de cuantas en el mundo había, provocando siempre la admiración, el asombro y el regocijo de las gentes que se amontonaban a su paso seducidas por el singular espectáculo. Malik, con su fino instinto de mercader, comentó a sus socios que sería buena cosa montar al infante raro en uno de los gigantescos elefantes que aquel día constituían la atracción principal de la comitiva, al tiempo que Mayus y al-Tamayib, caballeros en dos avestruces del cortejo, irían anunciando, con acompañamiento de crótalos, la gran demostración del niño prodigio que iba a tener lugar esa misma tarde en la explanada del Alcázar cedida magnánimamente por el Califa al-Hakam al-Mustansir bi-llah, ¡proteja Allah a aquel a quien confió la protección de sus criaturas!. Él, a su vez, animaría a los concurrentes a asistir a un acto insólito en Córdoba.

Todo estaba dispuesto. El comerciante, sabedor de las propiedades milagreras del oro, había agasajado holgadamente a los alimañeros y domadores, encargados del traslado hasta la ciudad califal de tan singular ganadería, que se prestaron a echar una mano en la primera mostración de la eminencia. Mayus y al-Tamayib, no sin aversión, estaban ya jinetes en sus aves. Los primeros elefantes iban calle Mayor arriba. Malik voceaba a grito pelado la sorpresa que guardaba el cortejo, ¡ya está en Córdoba el niño portento!. Pero hete aquí que la criatura, hasta entonces sonriente y solícita con cuantos se acercaban a tocarle y a escudriñarle, no bien se percató de las grandes proporciones del paquidermo para él destinado, comenzó a gritar enloquecido que él ni por cuatro cutos se encaramaba a aquella bestia y, cuando Malik y su abuelo, partidario también de la procesión, le amarraron de brazos y piernas para auparle sobre el animal, Umar ibn Araqin ibn Jalaf, que así se llamaba el infante, se contorsionó de tales modos y maneras que logró liberarse de los firmes brazos del abuelo y de su patrocinador, a los que, sin ningún miramiento y con hercúlea potencia, propinó mamporros, descalabraduras, papirotazos y varapalo sin cuento. Entretanto, las avestruces de Mayus y al-Tamayib, que sin queja alguna soportaban la carga de los hombres una a cada lado de la fiera estrella sobre la que iba a mostrarse al superdotado, asustadas por los gritos de aplauso o abucheo que los espectadores dedicaban a la escena según fuesen partidarios del chaval o de sus protectores, se lanzaron a la carrera, espoleadas por un ataque de terror, sin esperar al elefante, que, dada su altura y corpulencia, contemplaba el incidente con el aplomo propio de la superioridad de que gozaba, emprendiendo entonces los pájaros un trote tan ligero con sus largas piernas que el trajín obligó a Mayus y al-Tamayib a desfilar ante las gentes engarfados sin decoro a las plumas de estos animales, los cuales no paraban de soltar agudos chillidos, no se sabe si a cuenta de los sustos o del dolor que el vascón y su amigo les provocaban con aquellos abrazos despavoridos. Malik pensó que no andaba descaminado el de las castañetas al afirmar que aquel monstruo hacía mucho que había cumplido los cinco años y juró, como antes al-Tamayib, que el lumbrera no marcharía de Córdoba sin que él le visolease los testigos y que, de ser como él los suponía a tenor de los mandobles recibidos, iba a cobrar el mozo más tortas que una estera.

Sin embargo, como es frecuente en los escándalos, este suceso no vino sino a aumentar la fama y las dotes del singular infante, pues pronto se corrió la voz en Córdoba de que aquel niño de cinco años era realmente un fenómeno, capaz de vencer a dos hombres hechos y derechos como eran su abuelo y el mercader. El éxito de la exhibición, que tuvo lugar esa misma tarde en la explanada del Alcázar, fue sonado. A tal efecto habíase habilitado una enorme carpa con capacidad para un centenar de personas. Una vez se completaban las localidades, Umar salía al ruedo y se sometía a las preguntas del público, Malik y al-

Tamayib tuvieron que reconocer que el muchacho no carecía de gracia, rapidez y soltura en las contestaciones. Luego, realizaba algunos ejercicios de fuerza y se hacia pasar al grupo siguiente. Las ganancias en los dos días que duraron estas actuaciones fueron cuantiosas.

Y amaneció el miércoles, jornada dedicada a la corte califal, Mayus estaba nervioso e irritable, temía que el encuentro con Oría no se produjese, a pesar de haber tomado la precaución de pasar una nota a su amiga ayudado por Alí que, el día anterior, había esperado pacientemente la llegada del palanquín de la esclava y, después, rogado a los eunucos le dejasen besar la mano de aquella dama que con tanta dulzura le había mostrado agradecimiento. Desde muy de mañana la criatura fue conducida al hammam para adecentarla y ser presentada en la corte con la dignidad que la alcurnia de aquel público requería. Luego, salieron todos para Madinat al-Zahra. Mayus apretaba celosamente un lío de ropas bajo su brazo.

No voy a relatar la vivísima impresión que causaron los jardines, estanques, munyas y construcciones de la primorosa madina en el muchacho malagueño y en su abuelo. En la Puerta de Azuda, la Sublime Puerta que ya conocemos, fueron recibidos por el jalifa y sahib al-burud y al-tiraz Faiq, gran maestre de guardarropa y tapices, el mismo que, junto con Yafar, primer chambelán de la corte, presentó a Oría al Califa. Faiq condujo al niño, junto a sus acompañantes, a la residencia del sahib al-madina, Muhammad ibn Aflah, gobernador de la ciudad, donde les fueron ofrecidos a todos cinco clases de manjares distintos, a cuál más exquisitos, que el muchachito comió con no menor voracidad que sus acompañantes, lo que admiraron mucho el eunuco Faiq y el gobernador, que asistieron al refrigerio. Cuando se hubieron saciado, el gran maestre anunció que ya el Califa y toda la corte les aguardaban, así que, muy nerviosos, Mayus manoseaba el envoltorio que le acompañaba desde Córdoba con manifiesta agitación, se dispusieron para el gran momento. La recepción iba a tener lugar en Dar al-Mulk, la casa real, también llamada Dar al-Uzara o Casa de los Visires por reunirse en ella los ministros para los consejos habituales, y hacia ella se dejaron conducir los huéspedes.

Los visitantes, guiados por el gran eunuco, rumbearon hacia el camino central del recinto para ascender desde allí a la terraza meridional, bordeando luego la magnífica fábrica de Dar al-Rujam, la Casa de mármol, a cuya espalda, separado por una gran alberca que como un inmenso espejo reflejaba los dos soberbios palacios, se levantaba Dar al-Mulk.

Cinco grandes naves conformaban la espléndida construcción. Faiq les condujo hasta el amplio vestíbulo abierto al estanque en exquisita columnata rematada en arcos de herradura. Luego, a indicación del gran maestre, precedidos del eunuco que llevaba al niño de la mano, entraron en la nave central. El claroscuro de la gran sala, en contraste con el espléndido sol de aquella mañana, se hallaba poblado de una apretada concurrencia. En el centro, el Califa estaba sentado con gran majestad en un trono todo él urdido mediante materiales preciosos. Al fondo, tras el soberano, se abría una puerta de vano ciego, acicalada con bellísimas arquerías y rematada por paneles de piedra hechos encaje gracias a la talla del hom sirio o árbol de la vida que había conseguido transformar la dureza de la piedra en ola, caracol y movimiento. Este mismo motivo, axaraca, se repetía en los paneles que cubrían las paredes del salón, combinándose las ramas, los tallos y las flores del árbol del Paraíso con inscripciones no menos ligeras y gráciles que contenían alabanzas al Califa. Junto al monarca se encontraban, a la derecha, los Hermanos, el hermano uterino Abu-l-Asbag Abd al-Aziz y, por bajo de él, Abu-l-Mutarrif al-Mugira, a la izquierda, al-Asbag Abu-l-Qasim, a continuación, a ambos lados, los visires, dejando amplios espacios vacíos según la costumbre, luego, el zalmedina de la ciudad, Muhammad ibn Aflah, a quien ya conocemos, el caballerizo mayor, Ziyad ibn Aflah, hermano del anterior, los descendientes Omeyas, las familias nobles y un nutrido grupo de mujeres, eunucos y servidores, que asomaban aquí y allá entre las columnas. Aquel día, por lo singular de la recepción, el Califa ordenó que los niños disfrutaran de un lugar de preferencia y, sentados sobre las alfombras y tapices que cubrían el suelo de blancas losas de mármol, un montón de chiquillos ocupaban la primera fila a los pies del soberano. Diversos cuerpos de jurs o mudos, con testinas plateadas, recamadas con caprichosos dibujos, y espadas con engastes de piedras finas, cerraban el vestíbulo a cualquier curioso.

Ni que decir tiene que los visitantes quedaron cohibidos e intimidados ante tanta magnificencia. Mayus, a quien estos alardes de grandeza no afectaban en demasía, escrutaba a aquella muchedumbre por ver de localizar a su amiga, pero el empeño del vascón resultaba difícil en tan abigarrada corte.

De pronto, la algarabía que reinaba en la sala enmudeció. El Califa había hecho un gesto. Abuelo y nieto fueron conducidos al centro del salón. La escena que a continuación iba a desarrollarse daría muestra de la bondad y la delicadeza del sabio al-Hakam.

El silencio, como un velo invisible y mágico, cobijó a Jalaf y Umar cuando estos se prosternaron ante el Príncipe de los Creyentes. Al-Hakam les hizo señas para que se levantaran y ordenó acercasen dos escabeles a sus invitados. Luego, dio la palabra al abuelo.

El hombre, tras breve carraspeo, inició su relato. La madre de aquel niño soportó un largo embarazo, pues que lo tuvo a los diez meses de la concepción y no a los nueve como ocurre en el mortal ordinario. Un murmullo escapó de entre las arcadas donde se enracimaban las mujeres. El 25 de Noviembre del 958, la criatura salió, al fin, del vientre materno deslucida y pellejosa. Sin embargo, pronto, aquel retoño enteco y reblandecido comenzó a crecer y a crecer, sus huesos se endurecieron a la velocidad de los de un potrillo, sus carnes tornáronse tan firmes como las de un ternero, tenía en los ojos la viveza e inteligencia de un mozalbete avispado y el pelo crespo y firme como el de un varón florido. Al año de su nacimiento, su nieto ya andaba con la soltura y convicción propias de edades más avanzadas y, por esas fechas o incluso algo antes, podía comunicarse con sus padres y hermanos, aunque bien es cierto que en una lengua de trapo. Su apetito, desde que fuera tierno infante, era voraz, causando éste no pocos quebraderos de cabeza a la madre que no hallaba la forma de saciarlo, y, aún hoy, el jalifa y el al-madina, les buscó con la vista y se inclinó respetuosamente hacia el lugar en donde aquellos se encontraban, podían dar fe de sus palabras ya que habían sido testigos de la tragonería con que el chiquillo había celebrado los manjares que por la benevolencia, santidad, perfección, ejemplaridad, beneficencia del Califa, el Bueno, el Benigno, el Apacible, el Virtuoso, el Compasivo, el Indulgente, su cabeza se inclinaba más y más a medida que loaba al soberano, alguna risita sofocada se escapó de los niños de la primera fila, el Pródigo, el Clemente..., al-Hakam, juraría yo que con cierta sorna, ordenó que continuase,... pues bien, decía, que estos altos dignatarios, nueva inclinación, han visto con sus propios ojos el hambre y la rapidez con que Umar ha dado buena cuenta de las viandas con que nos habéis obsequiado, dejando chico hasta al hombre de los crótalos que nos acompaña, cuya fama de tragaldabas es conocida. Risas generales, mirada feroz de al-Tamayib. En fin, ¡qué más podría deciros!. A los veintidós meses tenía seis palmos de estatura. Acaso, empujados por la hambruna de alimentos sólidos e intensos, sus dientes de leche cayeron a fines del citado año, creciéndole en su lugar los colmillejos que ahora luce. Agarró entonces a Umar por la boca con ambas manos y, abriéndose paso entre la chavalería allí sentada, arrastró al niño hasta el Califa, acercando aquellos dientes al rostro del monarca, quien, de un gesto brusco, lo disimuló hábilmente con un cambio de postura, apartó la cabeza de esa boca que, cual hediondo pozo, despedía torpes vaharadas, residuos de la colación de entremeses aliñados con salsas picantes y avinagradas, tan del gusto cordobés, que antes de la audiencia había yantado. Mi nieto, continuó, supera en altura y desarrollo a todas las criaturas, incluido su propio hermano, cinco años mayores que él. Y, si tan aventajado es en cuanto a cualidades físicas y de crecimiento se refiere, no digamos nada de su intelecto, listeza y clarividencia, Vos mismo y toda vuestra corte podrá comprobarlo en las atinadas respuestas con que contestará a cuanto os dignéis preguntarle.

Una vez que el Califa hubo escuchado estas palabras, ordenó que, allí mismo y en aquel momento, ofrecieran al nieto y al abuelo ricos presentes, largueza que fue acogida con grandes muestras de agradecimiento por parte de Umar y Jalaf y con gran contento de la corte. Luego, el soberano indicó a los nobles, especialmente a los niños, que interrogasen a la criatura sobre cualquier aspecto o tema que se les antojase de interés.

Malik contempló complacido el final de esta escena, goloseándose de antemano la suculenta bolsa que, de seguro, le sería entregada como promotor del niño lumbrera ya que el simple relato del abuelo había sido merecedor de tan opulentos obsequios. Al-Tamayib, exceptuando el momento del embarazoso comentario del abuelo sobre su persona, no había perdido de vista las palmas del Califa, ansioso por terminar con aquella fantochada y ser recibido por el monarca, como Faiq le había prometido, para poder leer el significado de la inquietante luz en los trazos de las manos regias. Mayus se desesperaba viendo que la audiencia avanzaba y no había rastro de Oría, los ojos de Al-Hakam le parecían tristes y errantes y aquella tristeza, sin saber por qué, le hacia daño.

Un silencio entre tenso y divertido acogió la invitación del soberano. Umar, puesto en pie, miraba retador a la concurrencia. Fueron los niños los primeros en abrir brecha. Sus preguntas eran cándidas, las más, pícaras, algunas y otras, de dudoso gusto. El hijo del cadí mayor, Mondhir ibn-Said-Bobluti, investigó sobre el tamaño y proporción de los entresijos del infante malagueño, lo que provocó no pocas carcajadas en los más pequeños, sonrisas en los mayores y gran disgusto en el padre del muchacho que se lamentó de aquel carácter del hijo siempre ansioso por hacerse notar. La respuesta de Umar fue seguida con atención por Malik y al-Tamayib, incrédulos, tras los sucesos de los días anteriores, del fenómeno que ellos mismos, junto con el vascón, habían cubierto de fama. Sin embargo, Umar respondió con gracia y cortesía a pesar de que la pregunta se prestase al deslizamiento de algún término o comentario soez. Lo mismo ocurrió cuando uno de los espectadores más pequeños, creo que hijo o pariente del poeta Tahir ibn Muhammad al-Bagdadi, solicitó información sobre la cantidad, hechura, olor y color de las deposiciones del niño prodigio. Umar esperó tranquilo a que cesaran las risas y chanzas que esta nueva curiosidad había suscitado y su respuesta fue humilde, técnica y razonada, poniendo en relación aquéllas con la calidad y medida de los alimentos ingeridos. Más allá de este interrogatorio desenfadado y frecuente entre criaturas, algunos sabios de la corte formularon cuestiones más peliagudas encaminadas a deducir la edad real del muchacho, entre ellos, Lubna que abominaba de infantes superdotados, perros bailarines, monos charlatanes y demás atracciones de feria por parecerle que todas aquellas infelices criaturas se sometían a crueles adiestramientos con el fin de simular lo que no eran, beneficiándose de ello las arcas de los amos y parientes, nunca los protagonistas del malabarismo. Malik y al-Tamayib comenzaron a ponerse nerviosos cuando vieron al muchacho trabucado y cohibido en una de las respuestas solicitadas por aquella mujer mientras buscaba ansiosamente la mirada de su abuelo, que, con disimulo, le hacia gestos de calma. El tirante parlamento continuó durante largos minutos. Umar tenía los ojos llenos de lágrimas. Los espectadores estaban callados e incómodos. Ningún niño reía. Ante la última pesquisa, el muchacho permaneció mudo. Pero ya Lubna sonreía triunfante, cuando, antes de que sucediese algo irreparable, al-Hakam se levantó y dio por terminado el interrogatorio. Luego, felicitó al muchacho por sus desarrolladas aptitudes y ordenó que trajesen dulces, refrescos y frutas para todos. Entonces, el abuelo se acercó al soberano y con gran sencillez y modestia suplicó al Califa le permitiese realizar un ruego. El monarca le indicó que hablara sin miedo. Se trataba de un impuesto que debía pagar en el pueblo en el que habitaban y, siendo su familia numerosa y sus rentas escasas, imploraba del Príncipe de los Creyentes le fuese rebajada la suma exigida. A lo que al-Hakam respondió no sólo reduciendo el impuesto sino dispensándole por entero de su pago. Y, para que aquel hombre marchase tranquilo a su casa y agradecido a su Califa, hizo acercarse a un escribiente al que dictó una orden para el gobernador de las tierras de Jalaf en la que comunicaba su voluntad de que el anciano fuese exonerado de esa carga. Lágrimas de agradecimiento corrieron por las mejillas de aquel hombre, que llamó a su nieto y, ambos a porfía, besaron las manos del soberano y entonaron alabanzas a Allah por ser súbditos del más piadoso, compasivo y magnánimo de cuantos reyes pueblan la tierra. Y la corte les acompañó en sus alabanzas.

Enseguida entraron por las hermosas arcadas del vestíbulo, abriéndose paso entre los jurs o mudos de testinas plateadas que custodiaban los accesos al magnífico salón, un centenar de esclavos, sujetando enormes bandejas colmadas de golosinas, delicias y fruslerías así como de vasos, copas y jarros de cristal finísimo, manjares y vasijas sobre los que se precipitaron niños y mayores. Un barullo alegre se preparó entorno a tanto deleite. Faiq, entonces, se acercó a Malik, que aún no se había repuesto de aquel mal rato por culpa de la mujer sabia, y le entregó una bolsa de oro bien cumplida. Luego indicó a al-Tamayib que en breves minutos sería recibido por el Califa, lo que llenó de satisfacción al alquimista. Mayus, sin embargo, estaba pálido y taciturno. Oría no aparecía.

El gran salón en el que tuvo lugar la inusitada audiencia, se extendía a ambos lados en dos naves extremas separadas con muros y abiertas por una única puerta. Eran alcobas destinadas para aposento de huéspedes reales. Remataban sus techos hermosas cúpulas de piedra.

De una de estas naves surgió una figura sin ser notada. Se aproximó a Mayus con levísimos pasos y, como él no se percatase de aquella presencia, tan grande era su tristeza, le rozó con los dedos suavemente la mejilla. Luego, tirando con brío de la manga del vascón, que parecía entontecido, le arrastró hasta una de las puertas laterales y las dos figuras fueron engullidas por la oscuridad.

En el ángulo derecho de la gran sala, no lejos del trono del Califa, una Lubna enfurruñada se explayaba con su amiga Aixa. Estaba profundamente indignada por la intervención del monarca que le había impedido desenmascarar a aquellos farsantes como se merecían. En aquel momento un esclavo se acercó a Lubna e indicó que el Califa deseaba hablarle. Lubna, aún dolida, se presentó ante el soberano y éste, con su ronca y cálida voz, le reprendió su malhumor y, dándole ejemplo de comprensión y entendimiento, hizo ver a aquella mujer que él sabía cuán poco le faltaba al mozalbete para ser útil al ejército de la patria, sin embargo, había considerado que la valentía y la originalidad, de que habían hecho gala abuelo y nieto inventando aquella historia para intentar salir de la miseria, bien merecía un premio y que mudase el gesto hosco de su rostro, pues, últimamente, los ánimos del Califa no andaban muy allá y aguantaba mal el descontento de los demás.

Fue en ese momento, cuando el gran poeta Muhammad ibn Mahamis rogó silencio y entonó una larga poesía que comenzaba así:

Dios es el que vela por el Califa al-Hakam,
eligiendo para él lo mejor y defendiéndolo,
porque él busca la ayuda de Dios, y Dios lo guarda
y le socorre, derribando a quien le resiste.

Capítulo V

AL-TAMAYIB, NO BIEN comenzó el poeta Muhammad ibn Mahamis su salmodia laudatoria, esta opinión le merecían al arúspice los piropos ditirámbicos a los que tan aficionados son todos los soberanos del mundo, sabedor por Faiq de que el Califa no tardaría en recibirle, prefirió alejarse del barullo de la recepción y buscar un lugar apartado donde preparar debidamente su ánimo, solo y en silencio, para la sesión quiromántica que le aguardaba y donde rogar a Allah le iluminase en la tarea. Entonces, no hallando sitio en la sala al que retirarse, se abrió paso, ayudado del son de sus castañetas, por entre la muralla de mudos que cerraban el acceso al salón, quienes, al ser en su mayoría originarios de los lejanos países que se aprietan en el norte de la tierra, desconocían aquel repiqueante instrumento y le dejaron salir al exterior sorprendidos y curiosos.

El agua del gran estanque, fronterizo entre Dar al-Rujam y Dar al-Mulk, estaba tan quieta y queda que parecía invisible. Todo lo que en ella se reflejaba, palacios, colores, nubes y cielo, se diría pertenecer a las honduras del geoide en el que habitamos los mortales, que, así, boca abajo, ofrecíase tentador y apetecible. Al-Tamayib depositó con cuidado los crótalos en el borde de la alberca y, guiándose hacia oriente, se dispuso al recogimiento y a la oración.

Llegada la hora del auspicio no le fue fácil a Faiq dar con el alquimista a quien encontró, al fin, enfrascado ante aquel mihrab tejido en naturaleza, después de que el dignatario hubo peregrinado, por ver si le veía, entre todos los corros de cortesanos que se entregaban al parloteo y engulle del sabroso tentempié con que les había obsequiado el Califa y tras preguntar sobre el paradero del quiromante a Malik y Jalaf, el abuelo, que, alejados de aristócratas relamidos, daban buena cuenta de la copiosa merienda que se habían agenciado. Al-Tamayib entonces recogió sus palillos y se dejó guiar por el eunuco.

Faiq condujo al singular astrólogo a través de una gran explanada hasta el palacio más oriental de cuantos se alzan en la terraza intermedia de Madinat al-Zahra. Al-Hakam, por considerar de buen augurio la orientación de ese edificio, se había habilitado allí un beit al-menan o dormitorio. Mayalis al Xarki o al-Munis, el Precioso, nombres por los que era conocida esta construcción, disfrutaba de un emplazamiento privilegiado, pues su alzadura en escorzo permitía admirar en lontananza la ciudad de Córdoba y sus alrededores.

Faiq y al-Tamayib entraron en la nave central de la fábrica compuesta, igual que la mayoría de las dependencias califales, por cinco regios recintos. La pequeña pila siria de mármol verde, festoneada de preciosos animalillos alegóricos y que tan mágicas propiedades le atribuía el Califa, hacía y deshacía sus rumorosos chorros solazando a la guardia negra y espléndida que custodiaba el palacio. El eunuco condujo al percusionista hasta las estancias más orientales de aquella oriental fábrica. Y allí aguardaba al-Hakam al-Mustansir billah.

El Califa, que tenía el cuerpo abandonado y la mirada desmayada, reposaba sobre un rico diván mullido por un sinfín de almadraques y cojines todos ellos tejidos en ricos paños. Primorosas alcatifas cubrían el suelo del salón. Al-Tamayib se inclinó ante el Príncipe de los Creyentes en profunda reverencia.

Al-Hakam inició enseguida la charla con suma delicadeza. Dijo conocer la excelente fama de que disfrutaba el mago entre las gentes del zoco y los dimmies de Córdoba. Rememoró también la colaboración del salmantino con el eminente Hasday ibn Shaprut en la reelaboración de la famosa triaca, aludida ya por Galeno en "De antidotis", y que tanto había tranquilizado en los últimos años el receloso corazón de su anciano padre. Y alabó con gracia la ocurrencia, atribuida al geomante, de añadir vino a aquella mixtura. Al-Tamayib se complació con las palabras del Califa y agradeció en su fuero interno el profundo conocimiento del ánima humana que mostraba el soberano, pues con aquel preámbulo ligero había tranquilizado el lógico nerviosismo que le acometía y había creado a su vez la atmósfera propicia, sosiego y confianza, indispensable para la sesión de adivinación. Luego, tras invitar al músico a contemplar el paisaje cordobés y la ciudad que se recortaba en el horizonte, pidió a al-Tamayib explicase las causas de ese interés suyo por examinarle la mano, al tiempo que llamaba a un sirviente para que le acercara un asiento, sin embargo el adivinador prefirió acomodarse en el suelo sobre la blandura de los tapices que lo cubrían.

Al-Tamayib, pues, comenzó relatando al Califa la existencia, desde hacía tiempo, de una extraña lucecita blanca que, con brillos y silencios, parecía hacer guiños en el mapa astral del soberano. Al-Hakam se sorprendió ante la noticia y preguntó al sabio desde qué fecha había observado aquel fulgor, a lo que respondió al-Tamayib que tres días después de la Fiesta de La Ruptura del Ayuno de Julio del pasado año. Entonces el Califa, esfumándose el desmayo que tronchaba su cuerpo, perdido también el abandono de su mirada que se tornó vivaz y diligente, miró al geomante mudo de asombro y de admiración e inició en ese momento una emocionada confesión de la melancolía, la tristeza y el mal de amor del que se veía preso, casualmente, desde la fecha indicada por el agorero.

Pues sucedió, de esto hacía un año, que un atardecer del mes de julio, poco antes de la oración vespertina, estaba él en el Alcázar solazándose en la lectura y clasificación de un correo de libros enviado por su agente en Alejandría y disfrutando de la compañía del administrador Tarid y de la amena charla, siempre mordaz e ingeniosa, de Lubna, la mujer que había puesto en aprietos al pobrecillo Umar el prodigioso, cuando el azogue y la inquietud, que durante toda la jornada le habían rondado, el día había sido sofocante y a esto había atribuido él su desazón, prosperó de manera súbita a la vez que una idea se fijaba en su pensamiento: Debía acercarse a la Mezquita. Recordaba que Lubna, Tarid y las sabias Aixa y Fátima pusieron el grito en el cielo cuando les comunicó que algo extraño, magnético y poderoso le empujaba a encaminarse al templo en total soledad. Los argumentos voceados por aquellos, la visita constituía una imprudencia, que recordase los asaltos sufridos por reyes y monarcas de todas las cortes a lo largo de toda la historia, corrían rumores del resurgimiento de organizaciones masarristas, que el calor era sofocante, que mirase al menos por su salud, en fin, ninguna de estas razones sirvió para disuadirle y, seguido por el runrún de los calígrafos, se dirigió, no sin antes ordenar a la guardia que no osase escoltarle, al pasadizo alto o sabat que comunica el Alcázar con la Mezquita, el que fuera construido por el emir Abd Allah y cuyas obras de demolición iban a comenzarse en breve para sustituirlo por otro más monumental. Al-Hakam, antes de continuar con el relato, removió su corpachón en el diván buscando postura. De una mesita de ébano adornada lindamente con marqueterías tomó un gran vaso de agua de limón y bebió a sorbos largos y sonoros como queriendo apagar el recuerdo del calor de aquella jornada.

Y prosiguió. La Mezquita estaba oscura y solitaria, sumergida en un vapor umbrío, satinado y refulgente. Entré silencioso como un gato. Parecía transportado por los ángeles y por el Profeta. De pronto, el palmeral de firmes columnas de mármol se hizo traslúcido para mí y mis ojos atravesaron aquellos cuerpos serenos, limpiamente, con la fuerza de la luz de una estrella. Entonces vi que no estaba solo. Un joven, recostado en una columna, parecía meditar junto a su amigo. Sus ojos eran dos palomas celestes, de su humilde casquete de fieltro escapaba algún bucle cual cabrilla dorada que ondula mi serranía, sonrió al compañero y sus dientes eran perlas mellizas lavadas por la risa del mar y cobijadas en una ostra fértil y nacarada, sus labios un rubí encarnado, sus mejillas una luna de milgrana, su cuello un alminar engalanado con blancas enseñas Omeyas. Y me robó el corazón. ¡Qué hermoso era, Dios mío!, ¡qué hermoso era!. Al-Hakam tenía los ojos humedecidos y la voz trémula. Dejó caer las manos, eran dos lágrimas gigantes sobre el regazo cubierto de rica túnica, y un profundo sollozo, seco, tan vigoroso como el viento del desierto, batió su pecho doliente. ¡Qué hermoso era, Dios mío!, repetía, ¡qué hermoso era!

Al-Tamayib se dio cuenta de que el Califa había entrado en un género de rapto amoroso frecuente en los duelos por la ausencia del amado y con un atrevimiento, que en otra circunstancia le hubiese acarreado la imposición de un castigo, ciertamente no ligero, por insolente, azotó con dulzura pero con firmeza las regias mejillas barbadas del soberano, instándole a que volviera a su ser e iniciar entonces la exploración quiromántica que acaso les revelaría el paradero de aquel misterioso joven del que nada sabía el Califa. Al-Hakam, más confortado tras las atenciones del adivino, dijo que la visión del muchacho apenas había durado unos minutos ya que éste y su amigo, al poco tiempo, salieron del templo sumiendo al monarca en mortal congoja pues que todo desconocía de aquel que le había enajenado el corazón en lo que dura un suspiro, pero, en ese momento, un anciano de caballeroso porte, que se encontraba orando junto a una de las columnas de fuste acanalado, preguntó a los dos hombres, que pasaban presurosos a su lado, por el nombre del más joven de entre ellos, a lo que contestó con suave acento extranjero el más maduro diciendo que el joven respondía por Djafar y, enseguida, el anciano, empujado por un misterioso aliento, proclamó por tres veces aquel nombre que voló entre las arcadas de la Mezquita hasta venir a clavarse en mi corazón.

Al-Tamayib guardó silencio tras las últimas palabras del monarca. Una Córdoba atardecida pintaba el horizonte en la lucerna de la alcoba abierta en silueta de arco. El aire tibio del anochecer perfumó aquel silencio del que el mago pareció aspirar el soplo necesario para comenzar su tarea. Así que tras los segundos de quietud, tomó las manos del Califa y volvió sus palmas para leer en ellas.

Las manos del monarca eran serenas y tranquilas como su carácter. Sus articulaciones dúctiles. Al-Tamayib posó ahora los dedos en cada una de las líneas principales. La línea de la vida se detenía en los umbrales de la vejez, la línea de la cabeza era firme y clara, acaso un tanto deteriorada por los últimos acontecimientos, la línea del corazón generosa y la línea saturnina mostraba bien a las claras el gobierno seguro y afortunado de que disfrutaban el reino y su persona. Al-Hakam le dejaba hacer entre interesado y escéptico. Pasó luego el astrólogo a los montes planetarios. El monte de Júpiter, como correspondía a un hombre piadoso de serena ambición y felicidad, se extendía por un carnoso dedo índice de vigor sosegado, el de Saturno era prudente y afortunado, el del Sol generoso en inteligencia y placer, moderado en gloria, el de Mercurio afinado por el amor a la ciencia y al trabajo, el de Marte valeroso, el de Venus sensual, sensitivo y gozador y el de la Luna, ¡ay, el de la Luna!, se marchitaba de melancolía, se oscurecía de abatimiento, su tacto era taciturno, laxo y atormentado. Al-Tamayib acarició las palmas con sus palmas, la mirada perdida en el infinito. Y, de pronto, se detuvo. Allá estaba el misterioso fulgor, el guiño luminoso, la menuda estrella. Brillaba entre la línea del corazón y la de la fortuna. Cosa extraña, anunciaba fertilidad y abundancia. Estaba próxima, real y presente, reavivando la piel del cuarentón que era el Califa y tornándola joven y con tersura. El quiromante suspiró con alivio y, sonriente, devolvió sus manos al soberano que aguardaba las palabras del mago lleno de ansiedad.

Pues bien, dijo al-Tamayib, tras permanecer en silencio durante unos segundos que al monarca parecieron siglos, y es que el tocador de castañetas, después de la lógica tensión soportada durante la consulta por el hecho poco frecuente de ser las manos del Califa las escrutadas, había recobrado su natural talante apasionado por los gestos teatrales y farandúlicos y quiso adornar la respuesta rodeándola de la espectación y de la intriga que, a su entender, prestan a estos actos la conveniente vistosidad y el propicio ambiente de milagroso hallazgo. Por fin, al-Tamayib habló.

Grandes sucesos os aguardan, mi Califa, que colmarán vuestra vida de felicidad y de bendición. Aquel a quien amáis está cerca. Siento su aliento correr en vuestra búsqueda por las estancias y salones de Madinat al-Zahra. Os esperan días venturosos propios de los años floridos de la juventud. El os está acechando. Arrojad la melancolía muy lejos de vuestro espíritu, pues acaso sea ella la culpable de que el encuentro, por el que con tanta ansia suspiráis, no se haya cumplido y, ciego y sordo por las celadas que os tiende esa taimada, hayáis apartado al bienamado sin reconocerle. No cerréis vuestro corazón ante nada ni ante nadie, no sea que, ofuscado por la pasión, confundáis lo que es por lo que no es. Yo os aseguro que vuestros días de triste penar han terminado. Sois afortunado, al-Hakam, pues en los tiempos venideros encontraréis el amor misterioso, sutil y delicado que durante tantos años habéis buscado inútilmente.

Las palabras de al-Tamayib, que el Califa creyó a pie juntillas no sólo porque los hombres somos siempre dados a considerar ciertos los augurios que nos son favorables sino también porque el alquimista pareció a al-Hakam serio y experto, llenaron de gozo su alma. Bien es verdad que el adivino calló otros sucesos funestos, especialmente para aquel reino, que se anunciaban en las manos del monarca, pues consideró que éstos eran ajenos al mal de amores que entonces importaba al Califa y que, además, ocurrirían en tiempos aún lejanos, por lo que no era cosa de penar hoy por trabajos de mañana.

Al-Hakam mostró su agradecimiento al sabio agasajándole con ricos presentes que inmediatamente ordenó traer a unos servidores y en estas estaban Califa y brujo, departiendo amigablemente a la espera de los regalos, cuando Faiq, sacudido y trastornado, entró en la estancia. Al parecer Malik y Jalaf, que hasta entonces charlaban complacidos, se encontraban ahora enredados en una terrible trifulca que los niños de la corte seguían animadamente, ya que los insultos, improperios y juramentos que uno a otro se lanzaban eran tan subidos de tono que sonrojaban hasta a la guardia palatina, indecisa, sin saber qué hacer con aquellos huéspedes del monarca. Por eso, Faiq suplicaba al soberano tuviese a bien personarse en el salón, su sola presencia calmaría ánimos y terminaría con aquella escena de diálogo escandaloso. Al-Hakam, que tras las nuevas anunciadas por el quiromante se encontraba de un humor excelente, muy divertido, tranquilizó a su eunuco y decidió ir a ver lo que ocurría. Al-Tamayib siguió al soberano y al noble Faiq con preocupación y vergüenza, imaginaba el espectáculo que el comerciante, al que conocía bien, y el abuelo, de talante muy similar al de éste, estaban ofreciendo.

También corrieron al gran salón, alertados por los gritos, risas sofocadas, ruidos, carreras y golpes, Mayus y Oría, que no era otra aquella misteriosa dama que con maneras tan delicadas había conducido al esclavo hasta una de las alcobas extremas del palacio.

El encuentro entre los dos amigos fue tierno y emocionado. La dama había arrastrado a Mayus a una estancia adornada con divanes, almohadas y almadraques a cual más ricos y provista de veladores con todo un surtido de golosinas. Allí, la joven se desprendió de los velos que le ocultaban y se mostró espléndida al amigo. ¡Cómo se abrazaron entonces los dos!, ¡qué besos no se dieron!, ¡qué caricias no se prodigaron!, ¡qué palabras tiernas no musitaron los dos vascones!. Luego, aún trémulos y palpitantes, se acomodaron en aquellos divanes. Durante largos minutos se contemplaron el uno al otro en silencio, dedicándose aún caricias y afecto. Después Oría, más serena que su amigo, asaeteó a éste con preguntas encaminadas a conocer los sucesos acaecidos en la vida del esclavo durante aquel prolongado año, la muchacha, a diferencia de Mayus, no había recibido carta alguna que le ilustrase sobre las andanzas de aquel en tan dilatado periodo de tiempo. Así que, con curiosidad, Oría se interesó por lo ocurrido a Mayus tras su marcha, quiso saber la opinión que le merecía al esclavo su nueva condición de letrada, preguntó por Abu Salama, por las mujeres del capitán, por Lubb y Alí, en fin, que eran tantas las cosas sobre las que ansiaba tener noticias que apenas daba tiempo, entre una y otra pregunta, a que Mayus, que le miraba embobado y complacido, respondiera a una sola de aquellas. Luego de un rato, el vascón pareció despertar de su embeleso y, recordando la gravedad del asunto que hasta aquí le había traído, hizo guardar silencio a Oría y tomó la palabra, el tiempo apremiaba y aún tenía él mucho que decir. De lo que hasta ese día le había acontecido sólo haría un somero relato. Contó cómo la mañana de la marcha él acompañó a la joven, sin ser notado, hasta Madinat al-Zahra, narró también cómo vigiló a Abu Salama junto a la Puerta de Azuda, temeroso de que el capitán decidiese venderla en el mercado de esclavas y dispuesto a rescatarla si esto llegaba a suceder, y relató cómo durante días y días volvió a la hermosa ciudad por ver de tener noticias de ella. Oría escuchó, emocionada y agradecida, las palabras del vascón. Mayus después continuó hablando a grandes rasgos de los negocios en que se había aventurado y que, acaso, podrían reportarle la suma necesaria para su manumisión, explicó luego la ingeniosa manera ideada para entrar en el palacio de Madinat al-Zahra mediante la exhibición del niño prodigio y describió las rocambolescas situaciones que a la llegada de éste se habían producido. Oría estaba admirada de la inteligencia y del ingenio de su amigo y no ahorró alabanzas a carácter tan despierto. La joven entonces, no abrigando ninguna duda sobre el éxito con que se verían secundadas aquellas iniciativas, con ingenuidad, instó a Mayus a que, una vez fuera hombre libre, solicitase su compra al Califa, e imaginó, a continuación, la ventura de una vida juntos en Córdoba en una casa no lejos del río, él dedicado a las operaciones mercantiles, ella mimándole, sin coartar su libertad, y aplicada a trabajos de copia, redacción y lectura de documentos que, según tenía entendido, eran tareas muy bien remuneradas y con frecuencia realizadas por mujeres.

Mayus calló su discurso al escuchar estas palabras. Y, apelando al buen sentido de su amiga del que en tantas ocasiones ésta había dado prueba pero que ahora, ante las últimas novedades, parecía haberle abandonado, le habló sobre el origen de los gineceos y las consecuencias sociales emparejadas a su existencia. La poligamia del pueblo islamita, explicó, tenía por fundamento el desamparo en que, con harta frecuencia, veíanse las mujeres y los niños en una sociedad que comenzó siendo nómada y guerrera. Con el tiempo este principio, necesario y justo de origen, se había olvidado y corrompido. Dentro del mundo árabe la mujer, en cuanto ser humano, disfrutaba de prerrogativas similares a las del hombre, de ahí que la cultura y el saber no le estuviesen vedados, sin embargo, en cuanto hembra y en recuerdo de ese desamparo histórico del que antes le hablaba, estaba sometida al macho. El harén, aquel hogar protector de los tiempos guerreros, se había convertido hoy en un signo externo de poder y de opulencia. La variedad, número y rareza de las mujeres que en él se guardaban eran índice de la categoría del señor, su amo, así como un regalo para sus apetitos. Esta concepción del serrallo, hasta cierto punto moderna, había sido incorporada las costumbres de no pocos reyes y nobles cristianos que gozaban de nutridos gineceos. Atendiendo a todo esto, la venta por parte del Califa de alguna de sus esclavas y, más aún tratándose de una vascona siempre cotizadas entre los Omeyas, podría dar lugar a torcidas interpretaciones e, incluso, a grandes embrollos políticos, pues semejante transacción haría suponer a los malintencionados que el despilfarro del soberano era de tal calibre que debía desprenderse de sus mujeres para sanear sus arcas. Por tanto, nadie puede comprarte, Oría. Y continuó, otra cosa es que al-Hakam libere voluntariamente cierto número de esclavos entre los que acaso pudieras encontrarte, pero, si optas por tal contingencia, no olvides nunca que el anhelado evento pudiera ocurrir de aquí a muchos años, cuando te encuentres ya sin fuerzas ni ganas de mudar una existencia a la que es muy posible que hayas terminado por acostumbrarte. Claro que también está en tu mano conquistar su corazón y engatusarle luego para que te conceda la libertad, sé que no te faltarían mañas ni arte para lograrlo. En cuanto al taller de las calígrafas del que me hablabas en tu carta, debes saber que, del mismo modo que Lubna, Aixa y Fátima, tus amigas y maestras, esas mujeres consagran sus vidas al saber y, en consecuencia, a la castidad. Como te decía antes, una vez que la mujer trabaja y se desenvuelve en otros medios que no son los de la maternidad, ésta alcanza las prerrogativas de los hombres pero pierde al mismo tiempo todo aquello que para el islamita es fuente de amor entre el varón y la hembra.

La amada para el musulmán es inaccesible, misteriosa y cuasi divina, de ahí que la unión con una mujer sabia, con la que poder compartir los avatares de la vida de forma no muy distinta a como se comparten, se valoran y sopesan éstos con un amigo o un compañero de la infancia, sea la relación que más se aleja del amor y de la pasión. Aquí los poemas amorosos no describen jamás el rostro de la amante, pues, de hacerlo, convertirían a ese ser mágico en algo tangible y cotidiano. La mujer, por tanto, es sueño, paraíso, ideal. La ciencia y el conocimiento transforman a la hembra en un ser semejante al varón pero le arrebatan sus misteriosas esencias. Así que Oría debes plantearte con calma, serenidad y sensatez tu futuro próximo, sabiendo que sólo se puede elegir entre lo posible y que, las más de las veces, lo posible no es, o en ese momento así nos suele parecer, lo más deseable.

La vascona suspiró. Estaba visto que no había forma de dejarse arrastrar blandamente por la vida, de viajar por las aguas mansas de la existencia como un blanco patito plácido y dichoso, arrullado por la naturaleza, acariciado por el sol y acunado por las estrellas. El relato de las últimas iniciativas de su amigo le había llenado de ilusión, había creído posible vivir a su lado, disfrutar de un trabajo, de sus libros, en una palabra, rodearse de amor, delicadeza y sabiduría. Pero Mayus tenía razón. La venta de una esclava por parte de un Califa se hubiese considerado un hecho inusual y de dudosa interpretación. Las posibilidades de atraerse con sus encantos el corazón del soberano, por muy vascona que fuera, eran también escasas, pues que al-Hakam vagaba por los salones como alma en pena, suspirando por aquel Djafar, el jovencito a quien nadie en la corte conocía y que en pocos minutos, según contaban los más allegados, le había arrebatado el corazón. Y por último, las perspectivas de entregar su vida a las artes de la buena escritura, siendo en sí mismas apetecibles, le planteaban el terrible escollo de tener que renunciar a su vida de mujer y, ciertamente, ella no estaba por aquel sacrificio. Otro suspiro aún más profundo cerró estas últimas reflexiones de la joven que, anhelando no empañar aquel encuentro con intricadas cuestiones que era mejor sopesar despacio, cambio de tercio la conversación llamando la atención del vascón sobre el bulto que aquel llevaba en la mano. Mayus, que casi había olvidado con la perorata la noticia que tenía que comunicar a Oría, recordó de golpe el motivo de su visita.

En aquellos momentos llegaron las primeras voces del alboroto organizado por Malik y Jalaf, que, como sabemos, terminó en franca pelea. El jaleo hizo apresurarse a Mayus que temió no tener tiempo de poner en antecedentes a la muchacha de aquel importante asunto que hasta allí le había llevado, así que, sin más dilación, el esclavo se dispuso a apurar los últimos minutos de la manera más provechosa.

Y el vascón fue al grano.

Una túnica, un bonete verde de fieltro y unas sandalias aparecieron ante los ojos de la joven. Oría sonrió nostálgica y olió la ropa, que, a pesar del lavado y adecentamiento que Mayus le había procurado, aún conservaba la fragancia, decía, del almizcle y del agua de rosas con que fue perfumada aquel día por las mujeres de Abu Salama. Entonces el amigo preguntó, ¿te acuerdas de nuestra visita a la gran Mezquita Aljama?. Oría asintió un tanto extrañada por el tono inquiridor de Mayus que no sabía hacia dónde quería conducirle. ¿Y te acuerdas del anciano que preguntó por tu nombre?. Pues sí, respondió Oría. ¿Recuerdas cuál fue el que entonces improvisé?. Naturalmente que lo recuerdo. En el harén, cuando al fin comprendió que las gesticulaciones de los eunucos iban encaminadas a saber cómo se llamaba, ella sólo pudo decir Zobh o Subh, el único nombre que conocía por habérselo oído a Mayus y por parecerle hermoso su sentido, significaba: Aurora. Mayus rió, no sabía que su amiga era conocida con el sobrenombre que él aquel día le impuso precipitadamente. No Oría, no, me refiero al otro nombre que di al anciano. Entonces la joven, molesta con tanto misterio, respondió no tener ni idea. El vascón ahora guardó silencio y, enseguida, empleando un tono serio, con un dejecillo de amargura, exclamó: Oría, Djafar eres tú.

La muchacha quedó muda ante semejante revelación. ¿Cómo podía ser ella el joven que tan honda impresión había dejado en el corazón del Califa, el muchacho aquel que había trastornado hasta tal punto el ánimo sereno del monarca?, ¿pero si la mirada del soberano apenas se detuvo en la nueva esclava cuando ésta le fue presentada, a no ser unos segundos, y entonces aquellos ojos parecieron envolverle como un manto oscuro, suave y doliente, para luego volverse ajenos, perdidos y solos?, ¿si ni siquiera ordenó que le retirasen los velos y, si en alguna ocasión se habían encontrado en el Alcázar o por las estancias de Madinat al-Zahra, al-Hakam le había obsequiado con una indiferencia fría y helada?. ¡Pobre Mayus, las locubraciones de negocios y las maquinaciones para entrar en el palacio califal parecían haberle trastornado!.

El alboroto en el salón, en donde había tenido lugar la recepción del niño prodigio iba en aumento. Cuatro chiquillos entraron corriendo entre risas y sustos en la alcoba en la que se encontraban los dos vascones y, al verlos, desaparecieron con gran vocerío.

Entonces, Mayus tomó a Oría por los hombros como la noche de su despedida en Córdoba y, haciendo ver que el tiempo del encuentro podía darse por terminado, le aseguró que cuanto acababa de contarle era cierto, que guardase aquellas ropas y que la decisión de utilizarlas o no debía ser tomada sólo por ella, que repensase sobre todo lo que habían hablado y que él rogaría a Allah para que le iluminara en el camino correcto. Luego los dos amigos se fundieron en un abrazo. Y Mayus, sin poderlo evitar, acarició con sus labios los labios de la muchacha y, a su aliento, el corazón de la joven se llenó de valor y su mente se clarificó, preparándose para la decisión que en breve debería tomar. Enseguida, dejó allí a una Oría emocionada y corrió al salón, en donde, por los gritos que de él provenían, cabía pensar que las cosas se estaban poniendo feas.

Oría permaneció inmóvil y pensativa aún unos segundos tras la precipitada salida del vascón. De estar Mayus en lo cierto, debería de calcular las ventajas que el favor del Califa podría suponerle y quien sabe si, poco después, no alcanzaría la emancipación y podría correr a vivir con su amigo, dedicándose al saber sin sacrificios crueles. Verdad era que de optar por ese camino se vería obligada a someterse a los caprichos del monarca durante una larga temporada, pero esta circunstancia era cosa que podía ocurrir en cualquier momento, no en vano tenía por condición la de cautiva en un harén. Por otra parte, según las mujeres del serrallo, gracias a la terrible melancolía que aquejaba al Príncipe de los Creyentes, Oría se había librado de las grandes fiestas palaciegas a las que las esclavas asistían para solaz y deleite de los invitados y del propio Califa, hecho que implicaba el sometimiento no solamente a un hombre sino a muchos, en su mayoría embrutecidos por los licores de la fiesta que les llevaban a apetecer caprichos y fantasías poco recomendables. Oría pensó que, antes de tomar una decisión definitiva, era conveniente obtener de Lubna el permiso para trabajar por algún tiempo en el taller de las calígrafas, no fuera a ocurrir que el ambiente y la libertad que en él reinasen bien merecieran la entrega de toda una vida. En fin, que no era tarea sencilla la que tenía por delante. Después de estas reflexiones, la joven, con sumo cuidado, se cubrió el vientre con la túnica que trajo el vascón, se descalzó de sus ligeras chinelas, que, junto con el casquete de fieltro, no le fue difícil esconder bajo la túnica, y se calzó las sandalias de corcho que quedaron ocultas por la largura de la falda. Luego, sin que nadie le viera, se escabulló hasta el salón, en donde una escena singular estaba teniendo lugar.

El tiberio que reinaba en aquellos momentos en la estancia principal de Dar al-Mulk era de proporciones tales que el suceso fue comentado en Madinat al-Zahra durante muchos meses. Oría vio como los presentes habían formado un gran círculo en torno a Malik y Jalaf en el centro de la estancia. Estos, por su parte, se lanzaban el uno al otro desvergüenzas y provocaciones que rubricaban con un escupitiñajo dirigido al rostro del contrincante. La hinchazón de carrillos y los briosos movimientos de cabeza, encaminados gestos y meneos a favorecer la fuerza de propulsión en el disparo del babazo, eran de tal embergadura que diríase iba a salir expelido, junto a la gargozada, el músculo lingual de cada uno de los impulsores, tan grande era la saña y la furia con que realizaban esa operación. Los nobles cortesanos asistían a la escena con visible complacencia, apostando sumas sabrosas a favor de aquel contendiente que, a juicio de cada cual, lograría hacer antes diana, a favor también de aquel que emitiría el reniego más atrevido o pujando por el tiempo que tardarían aquellos en llegar a las manos. Mayus, que se había interpuesto entre ambos hombres, era abucheado por la aristocracia, temerosa de que el vascón diera al traste con la juerga, y sus brincos de uno a otro, orientados a terminar con el escándalo, sólo servían para encolerizar aún más a los luchadores y para hacerse él mismo acreedor de más de una de aquellas invectivas y de la mayoría de los gargajos, que, atraídos por aquel blanco, próximo y sumiso, iban a aterrizar indefectiblemente en la faz del buen esclavo.

No fue pequeña la sorpresa de Oría cuando observó que el niño Umar, con desparpajo y frescura, azuzaba a la corte en las jugadas, convertido en avisado corredor de apuestas. De pronto, un wa-llah u olé, rotundo y unánime, sacó a la joven de la estupefacción por la que se hallaba paralizada tras la contemplación de aquellos hombres iracundos, un Mayus vapuleado, el niño rufián y una corte encanallada. El motivo de tal expresión de entusiasmo era que Malik, con una ágil cabriola, había arrebatado la testina plateada a uno de los centinelas o plantones que custodiaban la entrada al salón y que presenciaban boquiabiertos la escena, disfrutando de la holganza e inactividad que su jefe, al ver el entusiasmo de tan altos y encumbrados dignatarios por los sucesos que se desarrollaban, les había ordenado. El comerciante, envalentonado ante el fervor de que daban muestra los espectadores, lanzó el casco en dirección a Jalaf con tal gracia que el yelmo realizó por tres veces un afiligranado caracoleo hasta ir a parar sobre la cabeza del abuelo, quedando allí un tanto ladeado y logrando que el aspecto del anciano tuviese un aire pícaro o, lo que hoy llamaríamos, arrabalado, chulapón o matasiete. Jalaf no se arredró ante el éxito obtenido por el comerciante y, menos todavía, cuando se percató, durante aquellos segundos en que con la sorpresa de verse coronado permaneció inmóvil, del provecho que su nieto estaba obteniendo con la pelea, así que, muy digno, se descubrió del casco y, dedicando una reverencia a los concurrentes, lo proyectó, de sobaquillo y con un hábil giro de muñeca, sobre Malik, logrando que el tan traído y llevado almete se posase justamente a la inversa sobre la testa del mercader, dándole a éste un aspecto mucho menos airoso y lucido del que antes tuvo su contrincante, es más, diría yo que el gesto y la actitud de Malik, cejas, ojos, boca, rostro en fin, levantado en su afán de calibrar el garbo y el donaire que le prestaba la celada que sobre su coco acababa de deslizarse, era claramente pánfilo, colonio y alcornoque. Los nobles, igual que antes jalearon a Malik, ovacionaron ahora con olés o wa-llah este alarde de pericia. Mayus, durante el tiempo en que duraron estas dos últimas hazañas, continuó con sus brincos y sus intentos de hacerse con el dichoso crestón, encontrándose el esclavo, a estas alturas, jadeante, vejado e iracundo. Y, en éstas estaban, cuando el Califa, precedido de un Faiq histérico y seguido por un al-Tamayib receloso de lo que pudiera estar pasando, irrumpió en el salón. El silencio fue enorme. Umar, en un santiamén, guardó todo el dinero rebañado en las apuestas. Malik persistió en su necia actitud. Mayus, por fin, agarró la testina y se la devolvió a su aún boquiabierto dueño, luego, mientras se reponía de los gimnásticos vuelos, buscó a Oría con la mirada. Y Oría observaba a al-Hakam como si viera a un duende, un genio o un gnomo.

El Califa tomó asiento y con voz de trueno, quizás deliberadamente exagerada, ya dije que las últimas noticias habían cambiado el humor del soberano, llamó a los causantes de aquella trifulca. Jalaf y Malik, humildes y asustados, dieron unos pasos hacia el monarca. Todo era silencio.

Al-Hakam preguntó, entonces, qué suceso había ocurrido para que se organizase semejante zarabanda. ¿Acaso no os he tratado como a huéspedes distinguidos?, ¿no habéis sido largamente recompensados por vuestra exhibición?, ¿no os he dado de comer y de beber como a uno de mis hermanos?. Hablad, pues, antes de que mi ira caiga sobre vosotros, ordenó el soberano. Y Malik, con semblante avergonzado, explicó, sin omitir ningún detalle, las razones que les habían conducido a un comportamiento tan indigno. Y eran éstas que, estando departiendo amigablemente con el abuelo Jalaf, había recaído la conversación en la largueza con que les había regalado el Califa y, sea porque ya era mucho el vino ingerido durante el refrigerio, sea porque el corazón del hombre es siempre envidioso, cuando Jalaf, después de enumerar todos los presentes que él y su nieto habían recibido gracias a la magnanimidad del soberano, "¡Vive para el Islam con salud, el mayor tiempo posible, creciente tu gloria y tu buena estrella en el orto!" como canta el poeta, osó reclamar la mitad de la bolsa que a través de Faiq al-Nizami, sahib al-burud y al-tiraz, me habíais entregado tan generosamente, yo monté en cólera por considerar injusta la petición, habida cuenta que la cantidad a él otorgada era más cuantiosa que la mía. Entonces, se inició la disputa entre ambos que no hubiese llegado a mayores de no ser por la intervención de tus nobles, quienes, pienso yo que también algo achispados, han espoleado nuestros ya irritados ánimos, abriendo una puja sobre cuál de los dos saldría vencedor. Y Malik, realmente achicado por el sucedido, principió un rosario de sentidas disculpas que el Califa cortó de un gesto, al tiempo que llamaba buen hombre al comerciante lo que tranquilizó un tanto al turbado mercader.

Pero el rostro de al-Hakam, tras escuchar aquellas razones estaba encendido de rabia. ¿Era posible que aquellas gentes nobles, parientes Omeyas, unos, altos dignatarios, otros, servidores y esclavos que formaban parte de la gran familia califal, ellos que debían ser ejemplo de virtud, de excelencia e integridad, hubiesen caído en acción tan baja y mísera?, no podía creerlo y, antes de emitir un juicio, prefirió escuchar las palabras de aquellos cortesanos. Sin embargo, no bien ordenó a la corte que hablara, recibió la callada por respuesta y no tuvo más remedió que admitir que el comerciante había hablado con verdad. Se decía el Califa que los nobles nunca se hubieran atrevido a organizar semejante trapatiesta durante el mandato de su padre y le dolía pensar que estos cortesanos, a poco que se descuidaba, confundían talante conciliador, abierto, culto y liberal con debilidad y flaqueza, aunque reflexionó que, quizás, también era él culpable del suceso, en los largos meses que llevaba obsesionado con aquella historia amorosa, había descuidado en demasía las diversiones de sus allegados. Mas, concluyó, fuese esto cierto o no, en cualquier caso lo que allí había sucedido merecía un escarmiento. Entonces fue llamando a todos los nobles y afeó uno a uno su conducta hasta hacerles marchar con los rostros enrojecidos y abochornados. Luego mandó a los presentes, incluidos Malik y Jalaf, que hicieran un montón en el centro de la estancia con cuantos dinar darahim, dinar de dirham que equivalía a doce dirhames, tuviesen en aquel momento. Cuando ya nadie quedaba por hacer entrega de las monedas de oro, ordenó a Faiq que dividiese todo aquello en dos montones iguales y entregase uno a cada uno de sus litigantes huéspedes, los cuales aún quedaron más sofocados si cabe por la benevolencia del monarca. Después, de su propio pecunio, entregó a al-Tamayib, en agradecimiento a su labor adivinatoria, una cantidad idéntica a la recibida por Malik y Jalaf, hecho lo cual, despidió a los invitados. Sin embargo, antes de partir, al-Tamayib solicitó de la generosidad del monarca que se le concediera también a Mayus una bolsa de dinar darahim similar a la por ellos recibida, al fin y al cabo, él había sido el artífice y el alma de la exhibición del niño prodigio y, por otra parte, era, entre todos, el más necesitado de aquel pago con el que podría lograr emanciparse del comerciante, su amo. Al-Hakam alabó los buenos sentimientos del arúspice, que no olvidaba a su amigo, y dictó le fuesen entregados los dirhames al vascón. Luego, hizo partir a estos invitados. Oría pudo acercarse a Mayus antes de su marcha y, mientras apretaba la mano de aquel entre las suyas, disimulado el encuentro en el ir y venir de las gentes que abandonaban la sala, rogó a su amigo que, al menos una vez al mes, detuviese, bajo cualquier pretexto, el palanquín en el que ella viajaba, así seguirían en contacto y podrían comunicarse cualquier nueva que viniese a ocurrir. Mayus acarició el brazo de su amiga y, enseguida, todos partieron.

Oría quedó muy sola y confusa tras la marcha del vascón. Ensimismada en sus pensamientos, cruzó sus pasos con los del Califa que, sin que ella se percatara, le dirigió una profunda mirada, pero la muchacha estaba ansiosa por recogerse en la intimidad de su alcoba y, evitando la cháchara de la mujeres que no cesaban de comentar cuanto aquella tarde había sucedido, corrió a esconderse para poder meditar con tranquilidad sobre el camino a seguir. Esa noche fue muy larga para Oría que no pegó ojo desvelada por las cavilaciones. No quería precipitarse. El descubrimiento de su identidad a al-Hakam entrañaba el riesgo de que, sabiéndola éste mujer y no un muchacho como sugirió su apariencia en la Mezquita, la repudiase por el engaño y, una vez perdido el anonimato, perdiera con él las ventajas que ahora disfrutaba. Además era virgen y las primeras relaciones con un hombre, que acaso pudieran tener lugar si se ofrecía al Califa, no dejaban de causarle un cierto temor por muy soberano que fuese el elegido. Por otra parte, si se mantenía en la sombra, era bien cierto que ella misma se negaba los indubitables privilegios reservados a las predilectas de los monarcas, que en este caso, al ser al-Hakam sabio, instruido y culto, equivalía también a renunciar al mundo del saber y del conocimiento. De todos modos, no había que precipitarse y sí, en cambio, conservar la cabeza fría. Antes de una toma de decisión que comprometiera su futuro, tenía que conocer la vida en aquel taller de calígrafas de reconocido prestigio. Hablaría con Lubna por la mañana y rogaría de su amiga y protectora el visto bueno para llevar a cabo la experiencia. Después, tiempo habría para dilucidar qué hacer, la vida en el harén, calma, monótona y desquehacerada, favorecía los rumios y reconcomios. Amanecía ya cuando Oría cayó en un sueño profundo.

El palanquín trotaba ligero aquella mañana camino de Córdoba. Zobh cabeceaba al ritmo del trote dominada por un terrible cansancio. Una vez en el Alcázar, fue torpe en las lecciones, distraída en las tareas, descuidada con los manuscritos. El sueño y las preocupaciones le hacían parecer abstraída y en Babia. Lubna se preguntaba qué podía ocurrirle a la muchacha. Al fin, la sutil poetisa, picada por la curiosidad y aburrida del aire ausente de la alumna, abordó directamente a Oría, que, animada con la iniciativa de la maestra, solicitó el permiso que ya conocemos. Entonces, Lubna, considerando que no era mala cosa para perfeccionar el aprendizaje de la esclava que entrase ésta en contacto con un trabajo real y exigente, concedió la autorización, extrañada de que petición tan juiciosa hubiese llevado a aquella a tal grado de alelamiento, pero, como a veces ocurre que las agitaciones que habitan la cabeza de una joven son difícilmente explicables para quienes disfrutan de la sensatez que se alcanza, con hartos trabajos, a la edad madura, sin indagar más en las causas que motivaban el aletargado talante de que daba muestras la vascona esa mañana, anunció que, al día siguiente, ella misma le acompañaría al laborioso palacio.

En efecto, a la mañana del otro día, Lubna esperó a Zobh, instalada ya en su palanquín junto a la puerta del Alcázar, así que, en cuanto llegó la esclava, no perdieron un solo instante y se encaminaron al obrador femenino. Estaba éste situado en un arrabal cercano al corazón de la madina. A su llegada, Walada, igual que Lubna poetisa de renombre, les estaba aguardando a la entrada del edificio. Walada saludó a Lubna con grandes muestras de afecto que a la joven se le antojaron un tanto exageradas y bajo las que le pareció intuir rivalidad y una cierta animadversión. La poetisa, a quien Oría fue presentada por su maestra con insistentes recomendaciones de atención y elogiosas alabanzas sobre su capacidad y buen hacer, recibió a la muchacha distraída y fría. Luego, tras despedir a los eunucos y ordenarles que recogieran a la esclava antes del crepúsculo, entraron las tres en el taller.

Una enorme galería muy similar, pensó la vascona, al corredor occidental del Patio de la gran Mezquita Aljama en donde daban sus conferencias los doctores o ulemas, giraba en torno a un amplio huerto, sembrado de flores que no entorpecían con sus ramas el paso de la luz y adornado con una hermosa fuente de siete elevados surtidores. En aquel triforio trabajaban, sobre esteras y en atriles, un centenar de mujeres, las cuales recibieron a la gran Lubna entre exclamaciones de alegría, unas, indiferentes, otras, apenas levantaron la vista del papiro, del pergamino o del papel sobre el que faenaban, y ostentosamente esquinadas, algunas. Walada, sin desatender a las visitantes, daba órdenes, escudriñaba trabajos, rectificaba trazos, dejando patente su poderío sobre aquella tribu. Entraron luego en el interior de la construcción y Zobh se admiró de la magnífica iluminación de que disfrutaban las grandes salas en que aquella se hallaba distribuida, tan perfectamente lograda gracias a enormes bóvedas lucernarias abiertas en los techos, que apenas se diferenciaba la luz y la claridad del patio con ésta de las naves interiores. Aquí, de modo semejante al acomodo de las trabajadoras en las arcadas del exterior, grupos de mujeres ocupaban esteras y atriles y se afanaban en sus tareas. A la llegada de Lubna, Walada y Oría, dos jóvenes de rostros indigestos, la prohibición de entrada a los varones permitía que las amanuenses se liberasen del velo y laborasen así con comodidad, se disputaban una estera acaso algo mayor que las que por allí había esparcidas y disponibles. Las muchachas no abandonaron la discusión ante la presencia de las recién llegadas y, mirando de reojillo a Walada con el fin de comprobar si las aparatosas muestras de su descontento hacían mella en la jefa, acudieron hasta la tarima en donde una tercera, que parecía pertenecer a un rango superior a las anteriores, se atareaba. Esta escuchó, con mucho abrir y cerrar de ojos, con cabeceos y suspiros de comprensión y con sonrisa suficiente, las razones que una y otra exponían, luego, se acercó a Walada, sus meneos eran marisabios y ajetreados, y, tras un brevísimo saludo a las visitantes indicativo de que el asunto que en ese momento se traía era tan peliagudo que no estaba como para detenerse en frivolidades de buena educación, cuchicheó en el oído de la directora una serie de bisbiseos de los que se escapó, pienso que deliberadamente, el nombre de Zobh por el que Oría era conocida. Terminado el murmujear, que Walada recibió con rostro tieso, la funcionaria dedicó a Lubna y a Oría una sonrisa disecada y volvió, siempre con jaleo de movimientos, junto a las muchachas, las cuales, mientras esto sucedía, se daban la razón la una a la otra, apoyadas por dos o tres más que se habían añadido al grupo alertadas con los rezongos de las primeras. Walada, a quien satisfacía cumplidamente este oficio de repartidora de premios y castigos, dijo entonces a Zobh, con amabilidad un tanto empalagosa, que dejase sus libros y utensilios en la estera de la discordia y, elevando la voz para hacerse oír por las empleadas, anunció, no sin cierta sorna, que la nueva aprendiza pertenecía al harén califal. Después, sentó a Oría en aquella estera, cuya ubicación cerca de un gran ventanal era privilegiada, y miró a a las funcionarias con sonrisa cómplice. Zobh, ciertamente sin hacer mucho caso de todo cuanto allí estaba sucediendo, se instaló donde Walada le indicó. Mientras Oría organizaba el instrumental, el grupo de muchachas, que antes habían protestado, le saludó amablemente. Lubna le veía hacer en silencio. Cuando ya tuvo todo en orden, su maestra y amiga se acercó para despedirse y Oría dio comienzo a aquella nueva experiencia con ilusión, a pesar del pequeño incidente ocurrido.

La labor realizada por estas mujeres merecía toda la consideración de la sociedad cordobesa, en la que existía una gran demanda de libros debido no sólo al elevado nivel cultural de la población, al-Hakam abrió escuelas en los barrios a expensas de las arcas del estado con el fin de que hasta los cordobeses más desfavorecidos económicamente tuvieran acceso a la cultura, sino también al brillo social que una nutrida biblioteca prestaba a su propietario en una corte en la que el Califa era un gran bibliófilo. Oría se dispuso, pues, a la realización de una tarea delicada y dirigida a un público exigente.

Sobre su estera tenía ya un manojo de cañas duras de la mejor calidad, los cálamos o qalam traídos directamente de las marismas de Babilonia que esperaban para ser cortados por el extremo más delgado y tenue al modo de una pluma de ganso. También, organizados en perfecto orden, descansaban media docena de tinteros de cobre conteniendo diversas tintas, tánato de hierro, sepia, oro, plata, tinta negra de agalla o hibr y tinta de hollín o madad. Otra media docena de frascos, llenos de agua para desleír en ella cuidadosamente las tintas añadiendo arena azul, se alineaban cerca de los tinteros. Tampoco faltaban la plancha de madera de castaño y el huevo de cristal, necesarios para preparar adecuadamente el papel en el que se iba a realizar la copia, así como el hilo de seda y la regla, que servían para pautar la hoja antes de dar comienzo al escrito. Al fondo de la estancia, apilados en estanterías, había papiros de varias calidades, hieráticos, los obtenidos de la parte basal de la corteza de la planta de la que nacían, y leneóticos, pertenecientes a zonas más epidérmicas, siendo éstos de cualidad inferior. En otros anaqueles próximos se guardaban pergaminos elaborados con distintas naturalezas de piel, carnero, cabra, asno y ternera. Y, por último, al lado de la puerta, estaban almacenadas las hojas blancas de papel. Todo esto, junto con reservas de tinteros, de cálamos, dc tintas, en fin, de la variada gama de materiales que allí se utilizaban, era celosamente custodiado por un mujer cuarentona que vigilaba la justa utilización del preciado instrumental y realizaba periódicos informes a Walada sobre cualquier abuso observado en el consumo de éste, bien fuese el talante despilfarrador de algunas calígrafas, bien la falta de destreza de otras que se veían obligadas a repetir las tareas, bien los hurtos que no eran poco frecuentes, los causantes del gasto.

Oría o Zobh, por indicación de Lubna y siguiendo una tradición frecuente entre personas cultas, iba a iniciarse en la copia de un Corán que luego dedicaría a su uso personal. En primer lugar, a imitación de aquellas mujeres, colgó un tintero de cobre del cinturón de su túnica. Así pertrechada, se sintió importante y carismática. Después se sentó en la estera, adoptando la académica postura que Lubna le había enseñado, haciéndole ver la indispensabilidad de este rito inicial del que dependía la calidad de los trazos. Luego tomó una blanca hoja de papel, la extendió sobre la plancha de madera de castaño y comenzó a frotar la lámina con el huevo de cristal, una vez, otra vez, sabía que ésta debía quedar tan rutilante y lustrosa como el alabastro, como un espejo. Y mientras frotaba, sentía el corazón alegre por encontrarse en aquel lugar, rodeada de trabajadoras que tan expertas parecían a la aprendiza. Frente a ella una mujer dibujaba meticulosamente las líneas angulosas y rígidas de la escritura cúfica empleada en las inscripciones y que, en este caso, iba a servir de modelo para los acuñadores de la Ceca o Casa de la Moneda, la calígrafa perfilaba con sumo cuidado las líneas de las leyendas circulares que rodearían un nuevo tipo de dirham. Otras copistas delineaban las letras iniciales de los manuscritos con entrelazados de terminaciones florales en bermellón, cinabrio o sanguina. Las amanuenses de más allá elegían pergaminos, pautaban papiros o, simplemente, copiaban y copiaban. Oría frotó con más ahínco la superficie del papel, ansiosa por comenzar la escritura.

Y así pasaron más de siete jornadas. El ambiente de aquella casa no era muy del agrado de la joven. Las calígrafas no cesaban de criticarse unas a otras, pero siempre por la espalda y en ausencia de la interesada. Los insalubres efectos de una castidad no por elegida menos forzada, la excesiva jerarquización que reinaba en el taller y la desmedida ansia de mando de las que no mandaban, junto al ridículo mangoneo de las que ostentaban algún poder por pequeño que éste fuese, parecían ser las causas de tanto desabrimiento y malos modos. A Zobh le disgustaban sobremanera las hipócritas muestras de afecto que parecían prodigarse aquellas y las acusaciones con que a la vuelta de la esquina se desprestigiaban. La atmósfera allí era fría, los afectos arraqueros e interesados, las relaciones groseras y desconsideradas, las envidias perversas y desacreditadoras. A pesar de todo, Oría intentaba convencerse de que aquel clima no era tan malo, que, quizás, tras la maestría en la copia, llegase el momento de crear sus propias obras y alcanzar fama y honra, y aún hubiese podido continuar así mucho tiempo, queriendo creer que ella estaba hecha para aquel mundo, cuando un acontecimiento inesperado vino en socorro de la cautiva.

Pues sucedió que al-Hakam, recuperado su buen talante tras la sesión adivinatoria con al-Tamayib y preocupado por lo sucedido entre Jalaf, Malik y los cortesanos, hecho éste que fue atribuido por el monarca a la ausencia de diversiones en el dilatado periodo de su enfermedad amatoria, decidió organizar una gran fiesta en palacio. Este tipo de festejos solía destinarse al solaz de los hombres de la corte, estando prohibido a las mujeres, salvo a las esclavas que participaban como danzarinas, cantantes y animadoras, la asistencia a tales saraos. Aquel atardecer cuando Oría, cansada y con el ánimo deprimido, volvió a Madinat al-Zahra, se le acercó una de las muchas esclavas del serrallo, anunciándole que, en siete días, iba a celebrarse una gran fiesta y que el eunuco intendente le andaba buscando para mostrarle los vestidos con que debía ir adornada e indicarle también cuál era el grupo de odaliscas del que ella formaría parte. Ese día, la jornada en el obrador había sido mortificante, una muchacha, que lloraba ruidosamente, rechazó los consuelos de Zobh, menospreciando a ésta por ser una de las cautivas del Califa y, según aquella, estar allí por recomendaciones y chanchullos. Walada peroró sobre la poca habilidad de que habían dado prueba muchas de las protegidas que pasaron por el taller e hizo befa y burla de algunas de ellas, recordando sus desmaños y peculiaridades. Otra funcionaria, a la que Oría llamaba la Amarga y que vomitaba a cada paso comentarios ácidos, muy celebrados por el resto de sus compañeras, que parecían desprenderse como flores de la dolencia de estómago que decía padecer y que el color violáceo de su cara demostraba era cierto, lanzó, para jolgorio de las presentes, un sardónico sermón sobre los quehaceres de las esclavas de palacio y sobre las humillaciones a las que debían de someterse aquellas antes del logro de cualquier prebenda, por ejemplo, la de ser admitida como aprendiza en un prestigioso taller caligráfico. Así que la noticia de la fiesta, en la que, si eran verdad las historias que se contaban en el gineceo, las danzarinas estarían al albur de los caprichos de los invitados, aumentó la congoja de la joven que se dirigió en busca del intendente para convencerle de que, dadas sus obligaciones, ella no podía participar en el festejo.

Pero, fueron inútiles los ruegos y las súplicas que Oría realizó ante el gran eunuco del serrallo, de poco sirvieron las alegaciones de la muchacha fundamentadas en el ímprobo trabajo del taller que le dejaba rendida y debilitada. Los quehaceres intelectuales, respondió el castrado que procedía de la célebre fábrica de infecundos o espadones de Almería y se conocía al dedillo todas las historias de la corte Omeya, no impidieron a Kalan, la docta, laboriosa y cultivada, la favorita de Abd alRahman II, cumplir con las tareas de odalisca, llegando a ser tan excelsa en danza y canto como lo era en sapiencia, dicho lo cual, muy irritado con la actitud díscola de aquella vascona, giró sobre sus talones y dejó a Oría hecha un mar de lágrimas. Al día siguiente, Zobh recurrió a la ayuda de Lubna, pero ésta, con gran sentimiento, dijo a su discípula que en los últimos días sus relaciones con el Califa, desde el altercado con el niño prodigio, andaban un tanto deterioradas y que su intervención, opinaba, no sólo iba a resultar ineficaz sino que, incluso, podría ser contraproducente. A Oría sólo le quedaba Mayus que, aunque poco iba a poder hacer un humilde esclavo por salvarle de la humillación de verse expuesta en aquel sarao, con su buen criterio y astuto talante acaso fuera capaz de sugerirle algún ardid para zafarse de tan imprevisto contratiempo. Ella, después de conocer la noticia que le trajo el amigo, aún no había decidido qué camino seguir. Inmersa como estaba en la experiencia del taller caligráfico, había pospuesto cualquier toma de decisión a la espera de valorar lo que supondría dedicarse por entero a la copia de manuscritos y compartir su vida con las mujeres amanuenses. Pero, ahora, el asunto de la fiesta precipitaba los acontecimientos. Así que los días siguientes, con la sola intención de procurar avistar a Alí o Lubb y comunicarles su necesidad de hablar con Mayus, rogó a los eunucos que le acompañaban hasta el taller que, aún a sabiendas de que lo que les solicitaba significaba dar un rodeo en el camino, siguieran utilizando la misma ruta que en los tiempos en que se dirigían al Alcázar, trayecto aquel al que los afroditas no opusieron ningún inconveniente pues esos garbeos por las cercanías del mercado, siempre tan pintoresco y curioso, les encantaban. Sin embargo, se sucedieron dos jornadas sin rastro de amigos en el ir y venir del taller a Madinat al-Zahra y esta fue la última oportunidad que se le brindó de ponerse en contacto con Mayus, pues a la mañana del tercer día, por orden de aquel capón, tuvo que permanecer en palacio adiestrándose en danzas y otras habilidades imprescindibles al perfecto desarrollo y brillo de la gran fiesta. Los ensayos fueron terribles para la muchacha que, aunque no carecía de gracia en sus movimientos espontáneos, las piruetas giratorias, como un trompo al modo de las danzas persas, que el eunuco consideraba de una elegancia hechicera, eran irrealizables para Oría que terminaba toda enredada en las amplias mangas y en las larguísimas faldas de las túnicas con que se danzaba este baile. El intendente, desesperado por el desmadejamiento de aquella criatura, probó a instruirle en canto y esto, si no excelente, resultó aceptable, así que Zobh quedó integrada en el grupo de las cantarinas.

Estaban a un día de la gran fiesta.

Capítulo VI

A SÓLO UN día de su presentación como odalisca, la congoja, el nerviosismo y la desesperanza atormentaban el corazón de Oría. Atrapada tras los muros del palacio de Madinat al-Zahra, la muchacha se consumía, impotente, al no hallar modo de librarse de aquella reclusión que le imposibilitaba correr en busca de Mayus y procurarse consejo y consuelo. El eunuco mayor había establecido un régimen cuartelario en el gineceo, decidido a no abandonar ningún detalle a la improvisación, terco en la observancia de un estricto horario y porfiado en la consecución del éxito del que dependía su prestigio de director de danza o bastonero después de los largos meses de aflicción y aburrimiento que había soportado la corte. Las otras mujeres, es decir, las esposas, las hijas del Califa, las esclavas más viejas o las ya marchitas, observaban todos los preparativos, celosas unas, altivas e indiferentes las otras, nostálgicas y tristonas las demás. Zobh estaba muy asustada. Las historias que esos días narraban las matronas del harén, espoleada la truculencia y morbosidad, siempre presentes en los cuentos y en las rememoraciones de éstas, por la proximidad de la fiesta de la que ellas estaban descartadas, se complacían en el terror que provocaban, vengándose así las damas de la juventud de las odaliscas que, como una bofetada, les escupía en pleno rostro esplendor y frescura. Estos relatos poblaban de crueles fantasmas el ya debilitado cerebro de la muchacha a causa de las inútiles maquinaciones y ardides que tejía y destejía en su afán de encontrar la manera de salir de aquella trampa. La imagen de la joven esclava condenada a lenta y cruel degollación por hacer ascos a los requerimientos de un sultán invadía a fogonazos sus imaginaciones. Allí está ella junto al verdugo, la frente del matarife perlada de sudor tales son los esfuerzos que el hombre invierte en cortar la pobre garganta de Oría, aumentando la porfía entre el justiciero y la naturaleza, que se rebela, el suplicio de la esclava esquiva. O aquella otra danzarina, que admiró sin querer a uno de los hombres que componían el séquito de su amo y fue brutalmente desfigurada, mil cuchillitos hienden la tersura de su cara, mil caminos despedazan sus carnes, las cuencas, vacías de los paisajes que antes las habitaron, miran fijas llorando sangre, la boca vocifera en mueca de grito sin lengua y sin voz, la vida será larga, dicta la refinada sentencia eternizando de esta manera el suplicio. Oría unía, al terror causado por las fabulaciones de las viejas, el susto de saberse virgen, cualidad muy cotizada, y que, según comentaban las marchitas entre carcajadas groseras, perdería aquella misma noche, hurto que no dejaba de producirle un gran temor, pues estas maduras y baqueteadas hablaban de desgarros, dolores y derramamientos. La joven se sentía enferma y sola. Al atardecer obtuvo permiso del eunuco, realmente descontento con el aspecto mustio, ojeroso y enfermizo de la esclava, para, en compañía de dos mujeres de confianza, salir a airearse y entretenerse un poco por las avenidas y parques de Madinat al-Zahra. El maestro, que atribuía el malestar al nerviosismo propio de la primera participación de aquella en tan importante acontecimiento, juzgó conveniente el garbeo. Oría vio aquí la oportunidad de encontrarse con Alí y Lubb, caso de que estuviese ya en funcionamiento el negocio de carretas y palanquines del que le había hablado su amigo, y, también, la última ocasión que le restaba de enviar un angustiado mensaje a Mayus. La joven, escoltada por las dos guardianas, salió de palacio y rogó a éstas dirigiesen el paseo hacia los recintos de fieras cuyos rugidos y evoluciones resultaban siempre un divertimento, sugerencia a la que las carabinas no opusieron ningún inconveniente. Zobh sabía que el zoológico se encontraba cercano al zoco, desde donde, según comentarios del esclavo, iban a partir los singulares convoyes organizados por el vascón y su amo, así que la muchacha, rogando porque éste, su postrer intento de comunicar con aquel, fuese un éxito, apretó el paso arrastrando con ella a las dos centinelas. Mas todo fue inútil, allí no había ninguna cara amiga y una noche tan oscura, como la del lejano día del rapto, cayó sobre la vascona que, febril y atormentada, de vuelta a palacio fue a esconderse en su alcoba. Al día siguiente de estos sucesos Oría amaneció realmente indispuesta. El eunuco, alertado por las otras mujeres, corrió hasta el aposento de la joven y, después de examinarla detenidamente, prescribió un jarabe de violetas azules para tranquilizar el agitado ánimo de la enferma y una infusión de melocotón, cuyas propiedades antipirética ya eran conocidas en Córdoba, para aliviar la calentura, ordenando que, no bien hubiese desaparecido la fiebre y el espíritu se hubiese serenado, le fuera servido un almuerzo respetable. El maestro de cantos y danzas había achacado tan repentino malestar a debilidad y endeblez, y en esto no andaba desencaminado el hombre, pues, como sabemos, la imaginación de la muchacha, ya de por sí calenturienta y proclive a las enormidades, unida a las atroces visiones alimentadas por las ancianas y al natural temor a una desfloración no deseada, no hay que olvidar tampoco que Zobh desde unos días atrás veía ante sí la urgencia apremiante, forzada por los acontecimientos, de decidir sobre su futuro, habían hecho que la esclava apenas hubiese probado bocado durante ese tiempo. Pero el eunuco no estaba por la labor de renunciar en su espectáculo a una odalisca adornada de un perfil racial tan cotizado entre los Omeyas y el jarabe, la infusión y el almuerzo surtieron el efecto deseado, después le dejaron descansar para que a la hora del festejo se encontrase fresca y recuperada.

Aquel mediodía un sosiego especial reinaba en palacio a la hora de la siesta. El Califa prefirió apretar sus audiencias y obligaciones por la mañana y dedicar la tarde al solaz y descanso, quería mostrarse ante la corte, tras la prolongada ausencia de festines y holgorios, espléndido y animado, así que, luego de departir con todos los visires, comunicó a Yafar que se retiraba a sus habitaciones y que mirase porque su descanso no fuese importunado. Enseguida fue dada la orden en todo el palacio de guardar silencio y quietud.

Zobh estaba en su alcoba. La inminencia del baile había mermado el ya de por sí magro abanico de alternativas con el que creyó poder burlar las miserias a las que se veía condenada debido a su condición de cautiva. Con resolución, los alimentos habían fortalecido su ánimo, se desnudó de túnicas y velos. Luego, tomó las ropas que Mayus le entregó aquel día. La dulzura del perfume del que aún estaban impregnadas pareció debilitar por unos segundos la decisión que la muchacha había tomado. Se irguió para ahuyentar la flaqueza. Después, vistió aquella indumentaria y, sin hacer ruido, dejó la alcoba.

Nada se escuchaba en ese mediodía por los pasillos y los corredores de Madinat al-Zahra cuando Oría se dirigía hacia su destino. Las mujeres, los niños y los guardianes sesteaban contagiados por el sopor de la hora. Un silencio somnoliento acompañaba el sosiego caliente que traía el aire. Sólo el agua de las fuentes y acequias, que refrescaban los patios y los claustros, se dejaba oír cantarina y monótona. Djafar se deslizó sigiloso por las grandes explanadas arenosas del recinto califal. Era el único habitante del mundo. El ojo ardiente y redondo del sol espiaba sus pasos. En la puerta del palacio oriental de Mayalis al-Xarki, en donde al-Hakam se abandonaba ahora a las ensoñaciones del amado, fue detenido por la guardia negra que custodiaba la entrada. Solicitó ver al Califa y había tanta autoridad en su voz y en su mirada que los oscuros plantones corrieron a avisar a Yafar.

El jefe de la casa Civil del soberano se acercó molesto e irritado a la entrada del palacio. Nadie podía extorsionar al monarca. Se extrañaba de que aquellos fieles gigantes fuesen incapaces de despachar al intruso. Cuando vio al muchacho en la puerta, aún entendió menos la actitud de la guardia. Con voz de trueno ordenó que arrestasen al joven insolente. Entonces Oría, antes de que aquellos hombrones le apresasen, dijo simplemente: soy Djafar.

Yafar el eslavón, en cuanto escuchó las escuetas palabras que aquel joven pronunció con voz clara y tranquila, sintió que un estremezón le recorría el cuerpo. Miró a Djafar entre desconfiado y perplejo, pues habiéndole confiado el Califa las adivinaciones de al-Tamayib, que a él le habían olisqueado a simples floreos y zalamerías del alquimista, en viendo ante sí a un muchacho que decía ser el deseado, no sabía a qué carta quedarse. La irritación provocada por los africanos al perturbarle en la siesta le inclinaba a retener en uno de los calabozos a quien de seguro era un impostor, la posibilidad de que el joven fuese realmente el amado le predisponía a informar a al-Hakam y que fuera él quien decidiese lo que se debía hacer. Por otro parte, aquellos ojos o acaso su expresión le resultaban conocidos, pero su cerebro, apenas despabilado del torpor de la dormida en la que hasta hacía solamente unos segundos se solazaba a pierna suelta, andaba a medio gas y no terminaba de poner nombre o dar con la circunstancia en la que había conocido aquella mirada. Se secó el sudor, ¡qué fuerte era el calor este mediodía!, y Yafar, prudente, optó por contar al monarca lo que estaba sucediendo y liberarse de este modo de una tonta responsabilidad, pensándolo mejor, las iras del soberano nunca se enriscarían sobre él por anunciarle que un joven, que decía ser Djafar, solicitaba audiencia y, sin embargo, si por un quiebro del destino el muchacho no mentía y él le encerraba en la prisión, era mejor ni imaginar las consecuencias que de tamaño error podrían derivarse para el chambelán. Entonces se internó en la fresca umbría de las arquerías palaciegas y fue en busca de su señor.

Djafar esperó la vuelta del mayordomo sin perder el temple ni el halo misterioso que el hecho de haber adoptado tan drástica resolución confería a su rostro. Los centinelas morenos, quienes, a pesar de proceder de tierras ricas en calores tórridos no bien desapareció Yafar se resguardaron del sol en el sombrajo de las columnatas del vestíbulo, miraban aturdidos al blanco ser que se mantenía impertérrito a la intemperie del calor del mediodía. Al poco reapareció Yafar y ordenó a Djafar que le siguiera. Mientras se dirigían a los aposentos del monarca, el gran mayordomo no dejó de mascullar por lo bajini en los oídos del joven todas las penalidades que le aguardaban de no ser cierta su condición, así como una larga serie de comentarios referidos a la mala educación de las gentes que van a importunar los pocos momentos de descanso de que pueden disfrutar los altos dignatarios. Y en estas llegaron a la alcoba regia.

No hace falta describir la emoción y la nerviosidad que acometió al Califa cuando escuchó las palabras de su chambelán. El rostro del soberano, que a la entrada de Yafar mostraba el embobecimiento propio de quién es despertado bruscamente de un sueño profundo o de una dulce ensoñación, al escuchar las noticias que traía el mensajero, se arreboló como una amapola para luego palidecer de tal manera que el eslavón se temió, ante aquellas repentinas mutaciones de la tez regia, un desmayo del monarca. Partió Yafar en busca del amado y al-Hakam corrió hasta el bruñido espejo de bronce de la alcoba frente al que se atusó la barba, compuso más mal que bien los cabellos, los nervezuelos volvían sus movimientos chapuceros y atolondrados, y se remiró un par de veces, encontrándose cada una de ellas el más feo y malencarado de los hombres. Luego tras un suspiro de resignación, derramó un chorro cumplido de su esencia preferida sobre la túnica, produciéndose al instante, a causa de la proporción exagerada de perfume que había empleado, una tufarina tan densa que cualquiera que no tuviese las pituitarias distraídas en otros asuntos, como era el caso del Califa, hubiera creído perder el aire. Después se sentó para esperar a Djafar del modo que le pareció más viril y atractivo .

Entró el chambelán en los reales aposentos y anunció la presencia del misterioso joven. Enseguida se apartó de la entrada y dio paso a Djafar. El mayordomo, astutamente, no abandonó la estancia a la llegada del muchacho y, simulando esperar órdenes de su señor, permaneció escondido al abrigo de la penumbra que refrescaba la sala. Ardía en deseos de fisgonear la escena que estaba a punto de desarrollarse.

Y Djafar se ofreció a al-Hakam.

Jamás mirada alguna expresó tanto amor como aquella con la que el monarca cubrió al amado cuando aquel se mostró ante su presencia. El mismo Yafar, que tan ajeno estaba a cualquier sentimiento que no fuese la satisfacción de su curiosidad, se descubrió conmovido y envidioso por no ser él el causante de pasión tan profunda. Djafar, de pie junto a la puerta, estaba turbado y cohibido delante de aquel mirar que le abrigaba, le envolvía, le hacía pequeña, muy suya. Inclinó la cabeza con timidez y al enamorado le pareció aún más bello. El Califa entonces pronunció su nombre, ronco, emocionado y, tomando entre sus manos las manos del efebo, le condujo suavemente hasta el diván en el que descansaba cuando él entró. El mayordomo contemplaba la escena tan cautivado que no oyó al monarca, el cual se percató entonces de la presencia del dignatario, despacharle indignado. Tres veces ordenó el soberano al eslavón que abandonase la estancia y ninguna de ellas éste, encandilado como estaba con lo que allí sucedía, hizo el menor gesto de cumplir con aquel mandato. Por fin el Califa, hirviendo de cólera y atónito ante la desobediencia del eunuco, despabiló de un grito al siervo que, avergonzado y corrido, se apresuró a abandonar los aposentos reales farfullando disculpas. Esta escena hizo que Oría recordara el motivo de su presencia allí y, procurando no dejarse embelesar por el amoroso ardor del monarca, no bien estuvieron solos, se sentó junto a al-Hakam e inició un embrolladísimo relato.

Djafar, alentado por el amor que le manifestaba el soberano, del que pensó que ningún mal podía sobrevenirle, inició el relato de su vida, mezclando, a causa del nerviosismo de verse ante el Califa y de la turbación que la notoria idolatría de aquel le provocaba, emociones y sucesos de manera tan intricada y absurda que ni aún la mente más clara, más serena y la más empeñada en desentrañar aquel maremagnum hubiese podido entender semejante disparate de discurso. Habló de sus miedos a la desfloración, de las disyuntivas que le ofrecía la vida, del festejo, del eunuco intendente, de sus angustias tras el rapto, de Vasconia, de los negocios de Mayus, de Lubna, de las calígrafas, introdujo refranes en basquiya, algún que otro término en rumaniya y, todo ello, a la velocidad de un galgo. Al fin, tras una pausa, rogó al monarca, esta vez con claridad diamantina, que le permitiese no asistir a la fiesta. Al-Hakam estaba sorprendido, no entendía nada y, pensando ser él el culpable de tanta confusión, pues, embelesado con la hermosura del efebo, sin duda había perdido el quid de todo aquel barullo, ya más sereno, atemperada la emoción del encuentro ante semejante retahíla de razones que tanto parecían preocupar al muchacho, detuvo a éste sellando sus labios delicadamente con un gesto de la mano. Djafar intentaba explicar los motivos de su repugnancia a participar en el baile de la noche, cuando el monarca, tomando las riendas del asunto, decidió ir por partes.

El efebo, entonces, a petición del soberano, reinició de nuevo el relato con más calma y, esta vez, al-Hakam escuchó con atención la historia desde el comienzo. Sin embargo, el Califa, a quien le resultaba encantador que el muchacho se refiriese en todo momento a sí mismo en género femenino así como sus delicados y naturales gestos de doncella que introducían un si es no es de perversión en aquel derroche de candor, tampoco ahora llegó a comprender bien la perorata. Y, al fin, renunciando a buscar toda la lógica del discurso, hizo callar al joven y se dispuso a hablar. Respecto a la desfloración, Djafar podía estar tranquilo, él no era un bruto y las cosas llegarían a su debido tiempo y sin forzarlas. No entendía con claridad a qué se debía la participación en la fiesta de aquella criatura que nunca hasta hoy había pisado el palacio califal, ni qué papel desempeñaba el eunuco mayor del harén en esta historia pero, si tanto le repugnaba la asistencia al sarao, desde aquel momento se podía considerar libre de esa obligación. Le emocionaba que fuese vascón por motivos obvios y alabó el carácter de ese pueblo al que él también pertenecía, elogiando la laboriosidad y el ingenio de Mayus como correspondía a un buen exponente de tal raza. Se enorgulleció de su afán de saber y auguró horas de felicidad para ambos, juntas sus testas sobre libros y manuscritos. Le extrañaba no haberle visto en el Alcázar y que Lubna no le hubiese hablado de su presencia en la biblioteca. Y le suplicó, por último, manifestase cualquier deseo, por pequeño que éste fuese, permitiéndole así darle pruebas de lo inconmensurable de su amor.

El monarca, después de este discurso tan tranquilizador para la muchacha, inclinó la cabeza sobre el regazo del amado, sorprendiéndose y admirándose de cuán mullido era aquel pecho para ser de varón, lo que hizo que instintivamente dirigiese las manos hasta la extrañeza. Y allí quedaron las regias manos boquiabiertas, pues los pechuelos del efebo nada tenían que envidiar a los cumplidos senos de una oronda esclava. Oría, que le dejaba hacer, estaba sorprendida por atrevimiento tan súbito sin que antes hubiera mediado algún gesto o alguna caricia que lo precediera y avisara. Mas como el asombro de las manos fuese acompañado con exclamaciones de deleitoso estupor, cayó en la cuenta del porqué de aquel enredo y era éste que la vascona iba vestida de Djafar, aunque el nerviosismo del momento hubiera hecho que lo olvidara. La umbría de la habitación, todo era sombra y húmeda oscuridad, también había contribuido a alimentar aquel revoltillo, así que Zobh, advirtiendo que no había osadía en la conducta de al-Hakam pues el tórax de los varones puede tocarse sin que el tañedor sea tachado de impertinente y de fresco, sonrió en la penumbra y atrajo hacia sí el corpachón de su enamorado que, mecido por aquel cúmulo de emociones, encuentro del amado perdido, hermosura de su silueta hermafrodita, cerró los ojos y se deslizó en dulcísimo sueño.

La vascona contempló luego al Califa que se acurrucaba indefenso en sus brazos. La primera mirada del monarca la había turbado profundamente. Observó aquella cabeza de rubios cabellos, recorrió con los dedos la marcada curva de su nariz potente, sopesó el cuerpo rechoncho de aquel estrechándolo aún más contra su pecho, reparó en la cortedad de las piernas y le imaginó vestido con kapusai, medias y abarkak, concluyendo en el innegable origen vascón del soberano. Oría pensó entonces que este hombre no merecía recibir en pago a su amor la simulación de una pasión que ella no sentía y, depositando cuidadosamente al soberano en el diván, inició la retirada, confiando en encontrar algún método mejor para solucionar su futuro, dispuesta también a utilizar todas sus argucias en salir de aquella fiesta sin los descalabros que auguraban las marchitas y divertida con la confusión del monarca en relación a su sexo, enredijo que partía sin deshacer. El Califa roncaba plácidamente. Oría depositó un tierno beso en la frente real y escapó de aquel palacio con sigilo.

Cuando al-Hakam despertó y no halló a su enamorado junto a él, llamó a Yafar a grandes voces pensando que el mayordomo le daría razón del paradero del joven, mas como éste le asegurara que nada sabía, que él les hacía juntos a los dos, fue acometido por una repentina demencia para caer al poco en mortal abatimiento. Yafar, que aún recordaba su indelicado proceder a la llegada del muchacho, ansioso por recobrar de nuevo la amistad de su señor, se estrujó los sesos pensando en dónde y en qué circunstancias había visto él al jovencito y, sea porque la necesidad azuza el ingenio, sea porque una estrella afortunada habitaba en las mansiones astrales del monarca y vino a iluminar el cacumen del eslavón, de pronto, éste recordó el día en que conoció a la muchacha y, tomando respetuosamente por los hombros al soberano, le instó a tranquilizarse, él sabía en donde podía estar aquel a quién amaba y prometió a su señor entregarle al efebo, a más tardar, en la fiesta que se iniciaba al cabo de unas horas. El chambelán aconsejó entonces al monarca que dejase todo en sus manos, que confiase en él y que ahora disfrutase de un buen baño que sosegaría su espíritu y le permitiría prepararse debidamente para la gran noche que le aguardaba.

Yafar salió de la estancia secándose el sudor que perlaba su frente eslavona. Acababa de salvar al Califa de la más negra de las enfermedades, la terrible melancolía que aqueja a los amantes desafortunados y que el chambelán, hombre curioso, sabía de sus síntomas y estragos por lecturas y conversaciones escuchadas a médicos y filosofos. Si al-Hakam se había librado mal que bien durante aquel largo año de la terrible afección gracias a la esperanza de encontrar de nuevo al muchacho, ahora que lo había hallado, su pérdida sería un golpe cruel que terminaría con el precario equilibrio de espíritu apenas mantenido por el monarca. El sabía bien lo que se decía, pues no en vano muchos en la corte habían sido los aquejados de tan delicada enfermedad. Los tratados de medicina y filosofía dedicaban abundantes páginas a esta dolencia inmemorial.

El mundo, contaban los libros, está compuesto de cuatro cualidades naturales: el calor, el frío, la sequedad y la humedad. Estos cuatro caracteres se emparejan entre sí constituyendo: el Fuego, que participa del calor y de la sequedad; el Agua, que disfruta del frío y de la humedad; La Tierra, que comparte el frío y la sequedad y, por último, el Aire, en el que conviven el calor y la humedad.

Todas estas propiedades están presentes también en el cuerpo del hombre, manifestándose en cada uno de los órganos de que éste se conforma en proporciones diversas y siendo aquellas a su vez impulsos naturales hacia la Expansión: placer, alegría o, más exactamente, ensanchamiento; la Contracción: miedo y angustia; la Disolución: el alma se hace líquida, es decir, adquiere la capacidad de asimilar toda clase de formas; la Solidificación: el alma queda esclava de una única manifestación.

El hombre, así configurado, participa de una serie de facultades distribuidas en tres grados, de menor a mayor: Grado ínfimo, a él pertenecen los impulsos hacia la alimentación, crecimiento y procreación, equiparándonos en esto a las plantas. Grado medio, lo forjan la percepción y la actividad, las cuales habitan en los órganos sensoriales y también en los miembros. Estas nos igualan a los animales. Grado supremo, constituido por nuestra capacidad de pensar, de la que el hombre es el único poseedor en la naturaleza.

Las cualidades, los impulsos y las facultades, dependiendo de sus mezcladuras, dan lugar a las diferentes Fuerzas, que se pueden clasificar en: Fuerza física, elaborada mediante calor, frío, humedad y sequedad. Fuerza Orgánica, en la que colaboran la extensión, la contracción, la disolución y la solidificación. Fuerza síquica, amasada de alegría, angustia, relajación y rigidez o, lo que es lo mismo, amor, odio, receptividad e inmovilidad.

Por encima de todos estos elementos y combinaciones se encuentra el Espíritu Puro. El Espíritu es superior a la razón y, a diferencia de ella que se mueve a través de los moldes que le ofrece el pensamiento, el Espíritu es capaz de intuir sin mediación de nada.

Cualidades, impulsos, fuerzas y Espíritu se organizan sobre cuatro posibles talantes, que con preponderancia de unos sobre otros según nacimiento y ocasión, estructuran nuestra forma de ser y, en consecuencia, nuestra forma de actuar. Estos temples básicos son: Sanguíneo, equiparable a la propiedad Aire, por influencia de Júpiter es activo y extrovertido. Colérico, hermano del Fuego, dominado por Marte, es irritable y guerrero. Flemático, semejante al Agua y en la órbita de la Luna, es tranquilo y aletargado. Melancólico, pertenece a la Tierra, es triste, enfermo y condenado a mísero destino.

La salud, pues, no es otra cosa que el perfecto equilibrio de todos los humores y cualidades que integran nuestro organismo y la enfermedad el rompimiento de dicha estabilidad. Cuando la armonía en la proporción de compuestos se rompe, nuestra salud se quebranta. Pero no hay que pensar que la enfermedad es sólo un mal corpóreo, pues el alma también enferma, asegurando los sabios que los padecimientos que este mal procura son, en ocasiones, superiores a los causados por las dolencias del cuerpo y, a menudo, más difíciles de sanar. Una vez que el desequilibrio elemental se produce, tanto si el origen de la desarmonía está localizado en alguna parte de nuestro cuerpo u oculto en lo más profundo del alma, la dolencia no permanece inactiva, contagiando el espíritu, que cae enfermo, si se inició el mal en el cuerpo, o dañando nuestro cuerpo si la causa maligna se inició en el alma.

La preponderancia del humor melancholicus, según el tratado de Rufus de Efeso allá por el siglo II de los politeístas, es frecuente en hombres amantes de los quehaceres del intelecto, de genio sutil y perspicaz y abundosos en imaginaciones y premeditaciones, características éstas no ausentes en el talante del Califa. Los espíritus de gran finura, calidez y agilidad, como el de al-Hakam, son propensos a encenderse y a caer en estados de manía que desembocan en la depresión y en el letargo. Cuando estos espíritus logran atemperarse, brillan espléndidos y son capaces de realizar obras magníficas. Los más grandes hombres de la historia han disfrutado y padecido esta clase de templadura que les hace propensos a la combustión y a la demencia, a los más excelsos sentimientos, a los más sublimes disfrutes, al éxtasis, a la locura divina y a los dones proféticos.

Si el monarca, ya por constitución, se beneficiaba y se dolía de tan particular temperamento, la pérdida del amante hallado tras largos meses de añoranza podía conducir a aquel regio espíritu a un terrible quebranto de consecuencias imprevisibles, pues no había que olvidar, se decía Yafar, que el amor no es sino una enfermedad de muy difícil cura y que solamente hay un tratamiento capaz de acabar con la dolencia, hallándose éste en los ojos, en la boca, en las manos del amado. El beso es el mejor remedio para este mal. Así como cualquier sobreesfuerzo, según los médicos, puede conducir a la melancolía, la prolongada ausencia de aquel a quien amamos o sus constantes muestras de desamor nos arrastran a ese mismo abismo y, estando, como está, el amante sediento del espíritu del amado y no habiendo otras aguas que calmen esa sed, la cual le consume y le destierra al más ardiente y seco de los desiertos, que la dulce presencia del enamorado, el beso es el único oasis en el que puede satisfacerse el alma doliente, bebiendo, de la boca y de los labios del amado, el aliento de aquel. Tan dulces sorbos del alma, el aliento es la sustancia del cuerpo que habita en contacto más directo con el espíritu del hombre, colman el corazón del enamorado quedando así ahíto y curado el que antes penaba.

Por eso tenía que encontrar a la muchacha, porque era una muchacha el jovencito que decía llamarse Djafar, de lo contrario, su señor sufriría no sólo en el alma sino también en el cuerpo todos aquellos males que describen los sabios. El eslavón recordaba ahora el "Problemata Física" atribuido a Aristóteles. En él se dice que el humor melancólico, más allá de las causas que lo hayan provocado, genera aire y, en consecuencia, flatulencias y desórdenes abdominales, aumentando todo ello la tristeza y languidez del enfermo. Los enamoramientos y todas las caricias que los amantes se prodigan, incluyendo por supuesto el abrazo supremo, incuban también aire, siendo ésta la causa primera de que el pene del varón se infle y crezca de tamaño así como de que el semen, que sembrará a la mujer, parta con fuerza del miembro rey pues que es propulsado por el aire que contiene. Todos aquellos que padecen de melancolía son lujuriosos y amantes de los vinos oscuros, la naturaleza de unos y de otros es similar y lo prueba el hecho de que el vino pueda volver melancólicos temperamentos que no lo son en sí mismos. Al-Hakam, sin distinguirse por una inclinación desmedida hacia estos caldos, como le ocurrió a su padre en la vejez, tampoco se podía afirmar que les hiciera ascos, contribuyendo catas y degustaciones a la predisposición hacía aquella enfermedad. La piel firme y las abultadas venas del monarca, abundosas en aire y no en sangre, indicaban bien a las claras su humorada melancólica.

Yafar pensaba que, de enfermar el Califa después de aquel largo año soportando mal de amores, ni siquiera la música, medicina entonces muy aconsejada por los sabios para sanar el alma, iba a resultar un tratamiento eficaz a pesar de la quinta cuerda que añadió el músico Ziryab al laúd y a la lira con el fin de lograr una simbolización perfecta de los humores que reinan en el espíritu de los hombres y aprovechar al máximo las propiedades curativas de estos instrumentos: la cuerda amarilla, la bilis; la roja, la sangre; la blanca, la flema, pituita o mucosa; la negra, la bilis negra, atrabilis o melancolía y la quinta cuerda, intercalada entre la segunda y la tercera y teñida de rojo, la respiración, el aliento vital, el nafas, el puente entre el alma y el cuerpo. Del mismo modo desconfiaba el eslavón de los fármacos, que habían alcanzado un gran desarrollo tras la traducción de Hasday b. Saprut de la "Materia Médica" de Dioscórides, tratado que el basileus bizantino Constantino VII Porfirogeneta regaló a Abd al-Rahman III. Sólo había un remedio para el mal que amenazaba ahora al monarca, se decía Yafar, y éste era el ayuntamiento con el amado pues que semejante unión pacifica, refrena la soberbia de los austeros, ayuda a los melancólicos y mitiga los furores.

El chambelán había llegado ya al serrallo y, con la firme intención de procurarle este remedio a su señor, se dispuso a buscar allí a Oría.

Los recintos privados del gineceo no le estaban vedados a Yafar, al que su condición de eunuco y la alta alcurnia del cargo que ostentaba como jefe de la Casa Civil del soberano, sólo al alcance de aquellos en quienes el Califa depositaba su más alta confianza, le permitían internarse en aquel mundo alindado sin necesidad de permisos ni de limitaciones. No bien cruzó las fronteras del gineceo, llamó a voces al eunuco mayor de aquel mujeril universo, que, avisado por la tropa de esclavos de la vocinglera presencia que alborotaba sin pudor la paz de su gallinero, corrió en busca del gran Yafar. El maestro de danza y canto, que también realizaba las funciones de supervisor del harén, andaba para esa hora con los nervios alterados por la tensión de los preparativos finales del festejo, así que, después de unas cuantas tacañas ceremonias de bienvenida, preguntó al mayordomo por la causa de sus voces, recomendándole, un tanto airadamente, bajase el tono pues no estaban los ánimos para gritos y sobresaltos. Yafar hizo poco caso de las sugerencias que aquel siervo le proponía y, sin moderar la encaramadura de su discurso, ordenó trajese ante su presencia a una esclava vascona que haría un año poco más o menos que se integró al harén, aquella que fue enviada como presente por un capitán tras la última campaña contra los cristianos, una de ojos azules y tez blanca. El intendente, que cayó enseguida en la cuenta de que era a Zobh a quien el dignatario buscaba, lanzó varios alaridos agudísimos que cortaron en seco la descripción de Yafar, perplejo el eslavón ante la inarticulada respuesta que obtenían sus palabras. Entonces, el eunuco mayor aprovechó el sorprendido silencio del chambelán para manifestar que no le faltaba más que eso, que llevaba una hora tras aquella esclava y que nada, ni rastro, que estaba harto del comportamiento de la joven, que las cantarinas hacía un buen rato que habían finalizado el ensayo general y la otra no había dado señales de vida, y el llanto y los hipidos se mezclaron con los últimos ayes y exclamaciones del pobre maestro de danzas y de música. Yafar, irritado con los lloriqueos de aquel hombre, hizo saber al desconsolado eunuco que la joven había estado con el Califa. El maestro secó su llanto al instante y se dispuso a conocer nuevas tan sabrosas. Y el eslavón continuó diciendo, la muchacha debe estar ya de vuelta en el serrallo y me urge hablar con ella, así que empleate en su búsqueda con la ayuda de cuanta servidumbre sea necesaria pero has de encontrarla inmediatamente. Zobh, ¿ese es su nombre?, no formará parte de los grupos de esclavas que participarán hoy en la fiesta. Vendrá conmigo al baile. Vete, pues, a por ella y luego te diré cómo deberá ir ataviada. El eunuco, entusiasmado con tantos misterios, dejó allí a Yafar y marchó con su gente en busca de Oría.

Djafar, Zobh u Oría, efectivamente, volvió al serrallo tras el encuentro con el Califa. Aquella mirada tan llena de amor con la que fue recibida por el soberano había causado hondísima impresión en la joven y, antes que pagar con falsa moneda la pasión del monarca, que le halagaba y enternecía, decidió, como sabemos, arreglárselas mediante el uso de otras armas. Esta decisión había tranquilizado no poco los ánimos de la vascona que tachó de infantiles y exagerados los temores anteriores así como de precipitada la urgencia de una toma de decisión sobre su futuro. Ahora, sintiéndose investida de sensata madurez, resolvió dar tiempo al tiempo, no arrugarse ante el fantasma de un porvenir negro y ocuparse de momento en salir airosa del sarao, que ése sí estaba a la vuelta de la esquina. Cuando llegó al harén, escuchó los cánticos de sus compañeras y los chillidos perfeccionistas del maestro de canto pero, no encontrándose con ánimos de participar en aquel enervado ensayo, escapó a su alcoba para descansar un poco antes del jolgorio en el que, si hacía caso de las marchitas, tendría que echar mano de todas sus argucias. Y entonces se durmió tranquilamente.

Así dormida, le encontraron el intendente y sus eunucos que despertaron a Oría sin contemplaciones y le arrastraron, más que condujeron, en presencia de Yafar. El eslavón sonrió satisfecho por el hallazgo de la muchacha. Enseguida dio orden de que les dejaran solos. Luego, con muchos miramientos y muestras de delicada cortesía, condujo a la esclava a una de las alcobas más cercanas y , una vez allí, rogó a Oría que tomara asiento, acomodándose él también a un tiempo.

La conversación entre Yafar y la vascona se desarrolló en un clima de confidencia y entendimiento. Zobh desde un principio fue sincera con el mayordomo al que narró, con más sosiego y coherencia que al Califa, los motivos de su inesperado comparecimiento ante el soberano. Yafar, hombre sutil, experimentado y culto, entendió a la perfección las razones y sentimientos de aquella y confesó a la joven que su conducta no carecía ni de juicio práctico ni de honestidad, pero, con franqueza, a su entender, y admitía que éste no postergaba los propios intereses del mandatario siempre al quite de aumentar su prestigio a los ojos del Príncipe de los Creyentes, se decía Yafar para sus dentros que la verdad en ocasiones, y esta era una de ellas, solía ser más convincente que los artificios y fullerías, no veía él, prosiguió, por qué no podían satisfacerse, sin menoscabo para ninguno de los tres protagonistas de aquella historia, las concernencias de su señor, las de Oría y las suyas propias. Como la muchacha expresase con un gesto entre incrédulo y burlón estar interesada en la fórmula para tan feliz componenda, el chambelán expuso los fundamentos de su lógica. Entendía el encumbrado eunuco que la calidad de esclava, a la que la vascona pertenecía, no daba para muchas estampas y florituras. Si se empecinaba en su actitud de esconderse del Califa en aras a evitar daños al sufriente corazón del monarca, con tan loable conducta, no lograría sino abismar al soberano en la melancolía más negra, pues, luego de procurarle la golosina de su presencia, se la arrebataba cruelmente. Ella, por otra parte, debería resignarse a ocupar el último puesto en la plantilla de esclavas del serrallo, ya que, de participar en cualquier baile o acontecimiento, único medio para las odaliscas de obtener prebendas y privilegios, sería sin duda reconocida por al-Hakam, sobreviniendo, lo que ahora evitaba, acaso tarde, mal y a deshora. Por supuesto, tanto las escapadas a la biblioteca como la posibilidad de una brillante carrera en el taller de las calígrafas, desde aquel momento, pasarían a engordar los recuerdos de un pasado feliz, pues el intendente mayor, sin temor a yerro, no iba a distinguir con un trato de favor a una cautiva que le permitía tan poco juego, ni en el taller estarían dispuestas a admitir a una joven tan limpia de padrinos y de recomendaciones. Por último, él, Yafar, tras su promesa al Califa de encontrar a Oría aquella misma tarde, realmente no recibiría parabienes a su llegada de vacío, lo que unido a la estulta actitud que mantuvo durante la entrevista de la esclava y el soberano le iba a resultar muy poco beneficioso. Pero, en fin, Zobh era la que decidía, no sería la primera que en un acto, a su parecer intransigente y equivocado, se condenaba de por vida a vagar por los claustros y galerías de aquel gineceo. Luego, tras una pausa, continuó, cosas muy distintas sucederían de aceptar la muchacha volver con al-Hakam, por supuesto, que no le malinterpretase, cuando le aconsejaba la vuelta junto al regio enamorado, en modo alguno pretendía empujarle a la simulación, con oscuros fines, de un amor que en buena lógica no podía sentir, apenas había visto al monarca y, si nada tenía de extraño que la juventud y la galanura de ella hubiesen encandilado a un casi cincuentón como al-Hakam, era una edad peligrosa en los hombres, no ocurría lo mismo con las hechuras de su señor, que, ciertamente, no estaban para causar estragos de ese calibre. En definitiva, Yafar le proponía beneficiarse de los provechos que la fortuna le deparaba, evitando a un tiempo caer en la deslealtad y la falsía, y ambas disposiciones quedarían emparejadas si, con sencillez y afecto, exponía al soberano la verdad de sus sentimientos, la nobleza de sus aspiraciones y la probidad que le animaba. El era de la opinión que el Califa, aún doliéndole en el alma la sinceridad de la esclava, se conformaría con la presencia y la compañía de ésta, pues no es raro en los varones que, llegados a esa difícil edad frontera con la inexorable decadencia de la vejez a la que estamos condenados si hay suerte y vivimos para verlo, pierdan la cabeza por un cuerpo hermoso y joven, ocurriendo que muchos de los que en su juventud pagaron desdén con desdén mudan con los años la dignidad, de que antes hicieron gala, en sumisión y mansedumbre frente al amado. Además, bien pudiera suceder que, siendo al-Hakam un hombre culto y exquisito, Zobh acabara también por enamorarse, no eran pocas las mujeres que encontraban en el amor de un maduro la protección y el sosiego que un día les prodigó su padre.

Oría escuchó con verdadero interés las argumentaciones de Yafar. Ciertamente su situación no era para andarse con mojigaterías y sentimentalismos. El chambelán tenía razón. La vida pasa deprisa y negarse a los beneficios que podría aportarle el favor del Califa era, cuando menos, de necios. Si desde un principio ella ponía las cartas boca arriba, obraba con lealtad. También podía ocurrir que el soberano, abusando de su poder y sucumbiendo a la prepotencia que le brindaba su dignidad, decidiese gozar de la esclava sin importarle ni poco ni mucho los sentimientos confesados por la joven, sin embargo, la mirada, las palabras de al-Hakam le hacían confiar en su caballerosidad y bonhomía. Le daba en el corazón que él sabría respetarle. Y soñó Oría con su vuelta a la biblioteca, a los libros, guiada ahora por el sabio monarca. Y fantaseó con la manumisión en unos cuantos meses. E imaginó también la enriquecedora amistad que, acaso, pudiera nacer entre ellos.

Yafar esperaba silencioso y tranquilo junto a Zobh el término del largo mutis de la cautiva. Los minutos pasaban y la muchacha continuaba ensimismada y pensativa. Grande era el dilema. Tenía que elegir y deseaba que esta elección fuese sabia y afortunada. La vascona recelaba del gusanillo de complacencia que roía su corazón no bien reconocía cuerdos y sensatos los razonamientos del mayordomo, temía que el juicio favorable que éstos le merecían estuviese dictado más por el regalo y las vanidades que la propuesta del gran eunuco sigilaba, que por una valoración equilibrada y fría de la situación. ¿O acaso no era ella capaz de procurarse un futuro más halagüeño que el pintado por aquel hombre, sin tener que deber nada a nadie?. Le estarían prohibidas las visitas a la biblioteca y el trabajo en el taller, pero también había libros en Madinat al-Zahra y muchas mujeres ansiosas o, cuando menos, necesitadas de instrucción y conocimientos. Esta era una de las tareas a las que podría entregarse. Oría estaba ya buscando acomodo óptimo para su singular escuela, cuando Yafar, harto de esperar, le despertó de sus ensoñaciones y le exigió una respuesta aquí y ahora. La joven miró largamente al eslavón. Después, las palabras manaron desde su corazón tranquilas, dulces. El laboreo de la razón, con su trabazón de lógicas y proyectos, había resultado falso. La respuesta no sorprcndió al gran cunuco, pucs Zobh, contrariando las últimas reflexiones, contestó al chambelán que lo expuesto por éste le parecía acertado, que, pensándolo bien, nada de malo había en disfrutar de la amistad del soberano, que de ahora en adelante confiaba en su ayuda y consejo y que, en fin, esperaba sus instrucciones. Dicho esto suspiró. Se admiraba la joven de lo historiados y laberínticos que a veces pueden resultar nuestros deseos.

Bien, exclamó Yafar satisfecho, no te engaño si te digo que tu decisión es sabia, algún día comprenderás con claridad la prudencia de mi consejo. Y ahora preparemos el reencuentro. En primer lugar hay un pequeño malentendido que es preciso desembrollar. Como sabes, el Califa se prendó de un muchacho llamado Djafar que ha resultado ser una joven vascona. No se te escaparán las preferencias de nuestro soberano por los exquisitos y delicados misterios que se ocultan en la ambigüedad y que tan a las claras muestra su enamoramiento. Muchos espíritus selectos han participado de este tipo de inclinaciones o, al menos, han comprendido su arcano atractivo. Pues bien, si el monarca te amó disfrazada de efebo, no veo por qué no seguir complaciéndole en las formas pues que le vas a causar no poco dolor confesándole, desde el comienzo, la verdad de tus sentimientos, decisión que, como ya dije antes, alabo y comparto. Así que voy a llamar a los eunucos para que te acicalen y adornen como al más hermoso de los adolescentes, yo, entre tanto, adelantaré a al-Hakam todas estas nuevas y le descubriré tu verdadera condición. Luego vendré a buscarte. Entrarás en la fiesta de mi mano y yo mismo me honraré guiándote hasta el soberano.

Oría asintió a todas las palabras de Yafar. A decir verdad, mantener el equívoco sobre su sexo no le seducía demasiado pero, una vez que había sucumbido a la propuesta de aquel, le pareció que la ocasión no era la más propicia para andarse con denguerías y remilgos, así que con el sosiego de quien, tras debatirse en la confusión y la duda, se resuelve por un camino, equivocado o no el tiempo lo diría, esperó tranquilamente la llegada del intendente mayor y su tropel de siervos.

Pronto se extendió por el harén la noticia del feliz hallazgo. Los comentarios fueron para todos los gustos. El origen de la esclava actualizó viejas historias de Omeyas y vasconas. Las mujeres corrieron a la pequeña estancia en donde Oría aguardaba. Conocían a Zobh y ahora querían ver a Djafar. Pero apenas tuvieron tiempo de zocotear a su gusto porque enseguida apareció el intendente del serrallo, secundado de una estela de sirvientes molidos por revoltillos de atavíos a cual más ricos. El eunuco mayor despachó con prisas a las curiosas y a los acarreadores, él personalmente realizaría la delicada tarea encargada por Yafar.

Y Oría mientras el maestro de danza elegía la túnica que mejor armonizaba con el color de sus ojos, que más resaltaba la clara tonalidad de su piel, que se amoldaba con más gracia a la complexión de su cuerpo, recordó aquella tarde en que las mujeres de Abu Salama, divertidas y alborotadas, lavaron y vistieron a una extraña y sucia vascona. El eunuco se había decidido al fin por un manto de seda cruda al dictado del mítico Ziryab, pajizos, blancos y dorados, en verano, purpurinos, pavonados, naranjas y limones, en primavera, trigueños, agamuzados y tordos, en otoño, mates, quebrados y pálidos, en invierno. Su primera vestimenta mora, en cuanto a la factura, no fue muy distinta a esta otra de ahora, en Córdoba apenas existían diferencias entre la indumentaria de los hombres y de las mujeres, pero sí, en cambio, en cuanto a la suavidad de la tela, la riqueza del tacto, el brío de los pliegos, la elegancia del corte y la distinción de la hechura, todos ellos lujosos y de gran opulencia. Oría, sin saber por qué, se sintió tan vieja como si hubiesen trascurrido mil años desde entonces.

El intendente contempló con gestos aprobatorios el efecto que causaba la esclava en la nueva indumentaria. Luego, se detuvo en el trajín y, hablando consigo mismo de forma audible para la joven, expresó sus dudas sobre el peliagudo asunto de la cabellera. Antes de la llegada del poeta Ziryab, los hombres peinaban sus cabellos, que mantenían siempre largos, abiertos mediante una raya que dividía la cabeza en dos mitades iguales y dejando caer los mechones, por encima de las orejas, sobre las sienes, pero, luego de las revolucionarias pautas que importó el excelso vate desde Bagdad, la moda mutiló las melenas del varón en un peinado corto y redondeado que graciosamente dejaba al aire las cejas, la nuca y las orejas y, aquí estaba el escollo, la pelambre de la vascona era tan larga y abundante que el hombre no sabía como arreglárselas con tanto pelo. Probó de recogerlo tras la nuca mas, amén de prestar a Zobh una facha, según él, de calva que no de efebo, eran tantos los alfileres empleados que la cabeza parecía sometida a cruel y sutilísima tortura. El eunuco se desesperaba con aquellas guedejas y, temiendo Oría que el maestro optase por una solución drástica e irreparable, cercenar de un tajo todos los cabellos que en opinión de aquel sobraban, acordándose del modo en que, en un periquete, su amigo Mayus supo vestirle de muchacho, dio con una solución de compromiso que expuso al intendente y que éste, sin mucha fe, aceptó ensayar. Y era ésta ocultar la hermosa melena bajo un elegante uqruf, gorro cónico de terciopelo, bordado e incrustado de pedrerías. La muchacha señaló al esclavo uno muy bello que allí había, era de color azul, salpicado del verde purísimo de las esmeraldas que lo adornaban. Cuando el intendente se apartó un poco para observar mejor el efecto que Zobh causaba así tocada, quedó maravillado de la armonía, gracia y elegancia que el uqruf prestaba a la figura de la esclava. El azul del terciopelo resaltaba las pupilas de Oría, también azules, y las glaucas esmeraldas pintaban aguas verdes en su mirada, además los cabellos que escapaban del tocado enmarcaban el rostro, libres las orejas y la nuca, en un corte perfecto. El resultado era realmente espléndido. Satisfecho, dio los últimos toques a la indumentaria, añadió un leve tono a los labios, arreboló un sí es no es las mejillas y profundizó la mirada con unos toques de colirio de sulfuro de antimonio. Por último perfumó a la joven con ámbar natural.

Entonces entró Yafar, él también ricamente engalanado para la ocasión. Oría saludó sonriente al chambelán, que dejó escapar una exclamación admirativa, no muy ortodoxa, de la que enseguida pidió disculpas. Pero es que el joven estaba hermosísimo. Después, dirigiéndose al artífice de la transformación, alabó su buen gusto y maestría, el detalle del uqruf era muy ingenioso. El eunuco agradeció los cumplidos del gran Yafar sin esconder la satisfacción que sentía. El primer mayordomo, entonces, ofreció su mano a Oría, que la tomó entre las suyas intentando darse ánimos, pues, de pronto, era presa de un terrible nerviosismo. Luego, se despidieron del maestro de danza, al que verían en la fiesta, y partieron. El maestro, por su parte, corrió a organizar la salida de las danzarinas y cantantes.

Aquella noche había luna nueva. Oría, de la mano de Yafar, atravesó las avenidas y explanadas que los separaban del salón oriental del Alcázar de al-Zahra, el que da sobre la Azotea superior y se asoma a un jardín maravilloso. Era una noche tibia que, como un ancho manto de terciopelo azul intenso todo él recamado de brillantes y de estrellas, abrigaba bajo sus alas el sosiego de los árboles, el de las flores, el de los pájaros, el de las fieras y el de los hombres de Madinat al-Zahra. Las arañas de bronce del salón iluminaban con mil bujías los escondidos recovecos de la estancia y de la noche. El jardín se ofrecía oscuro e íntimo al claror de las velas. Los sones del buq y la pandereta indicaron al eslavón y a la vascona que la fiesta ya había comenzado.

Al-Hakam al-Mustansir billah, el gran Califa, estaba sentado en el mihrab de la estancia. Su poderosa testa, adornada con el suntuoso rubí reservado para ocasiones singulares, se mantenía atenta a la entrada de los invitados. Los ojillos negros del soberano bailoteaban por el salón, buscones y avizores. En la cabecera, junto al monarca y según costumbre, estaban los hermanos. A la derecha el hermano uterino Abu-l-Asbag 'Abd al-'Aziz, por bajo de él, Abu-l-Mutarrif al-Mugira, y, a la izquierda, al-Asbag Abu-l-Qasim. A continuación los visires, a uno y otro lado, dejando como siempre sendos espacios vacíos. Acompañaban al Califa por la derecha, el visir zalmedina de Córdoba, Ya'far ibn `Utman, por bajo de él, el mawlá del Califa y zalmedina de al-Zahra, Muhammad ibn Aflah, por la izquierda, el visir sahib al-hasam Muhammad ibn Qasim ibn Tumlus, y por bajo de él, el caballerizo mayor Ziyad ibn Aflah, seguidos de los ashab al-surta al-'ulya y al-wustá, los ashab al-majzum, los tesoreros, los urrad y las demás clases de funcionarios con arreglo a sus diferentes categorías. Estaban también presentes, el cadí Mayor, Mondhir ibn-Said-Bobluti, que asistiría a la primera parte de la fiesta, pues, hombre experimentado, sabía cómo terminaban aquella clase de jolgorios que él, tanto por carácter como por exigencias de su condición, desaprobaba, los hukkam, los ashab al-surta al sugrá y al-radd, los descendientes de los Omeyas, los mawlás de familias nobles, los mawlás militares y los habitantes más distinguidos de Córdoba.

Yafar condujo a Oría a un diván estratégicamente situado, desde donde el Califa pudiera verle y en donde debía aguardar se cumplimentasen cada uno de los mil y un protocolos exigidos por la rigurosa etiqueta de la corte. La muchacha lo miraba todo, cohibida e interesada, el boato y brillo de aquellos cortesanos, sus túnicas, brocados y pedrerías, la riqueza de las alcatifas, de los tapices y de los almadraques que, aquí y allá, decoraban el salón y daban acomodo a tantos invitados, también la abundancia de exquisitos manjares y la profusión de olorosos caldos. Una orquesta formada por tres hombres y tres mujeres interpretaba en el centro del salón una delicada melodía tejida por los sones de dos laúdes pentacordes, hábilmente tañidos con plectros confeccionados con garras de águila, por la música dulce de tres buq de ébano y por la suave charanguilla de una pandereta. Cuando la orquestina finalizó su deliciosa interpretación, se dio paso a poetas y oradores que principiaron una artística competición, improvisando abundantes y finos discursos y recitando excelentes poemas de elogio al gran Califa. Abrió esta floral pugna el decano, Tahir ibn Muhammad al-Bagdadi, conocido por al-Muhannad, que declamó un largo poema de su inspiración. Los invitados aplaudieron mucho aquellos alardes de ingenio y creatividad y el soberano hizo grandes elogios de sus vates de los que dijo sentirse orgulloso y hueco. Terminada la elocuente contienda, una gran orquesta al estilo iraquí saturó de músicas la sala mientras los cortesanos charlaban entre ellos y degustaban las sabrosas, variadas y abundantes viandas que eran ofrecidas por los esclavos. El cadí Mayor aprovechó estos momentos de solaz y esparcimiento generales para despedirse del Califa. Y como si ésta fuera la señal esperada por el maestro de danza para dar paso a las bailarinas, un manojo de preciosas odaliscas hizo su entrada en el salón, siendo recibidas con gran alborozo por todos los asistentes. Las muchachas iban adornadas con curiosos atavíos. Cada una de ellas llevaba prendidos a las finas sayas de seda transparente, que dejaban adivinar la perfección, tersura y juventud de las carnes, unas figuras de caballos, primorosamente guarnecidos, tallados en madera muy liviana y pintados de vistosos colores. Tres esclavas morenas de cimbreñas cinturas y senos generosos hicieron sonar el qadib, antiguo instrumento de percusión, con un ritmo cálido y obstinado. Al punto, las esclavas y sus caballos dieron comienzo una danza sensual y exótica al terco ritmo de aquel primitivo instrumento. Las odaliscas, simulando estar caballeras en tan fantásticas monturas, fingían luchar entre ellas, se atacaban, huían, se perseguían, pirateaban casi enlazadas, resollaban, caían vencidas para izarse de nuevo y reanudar el baile con más brío. Muy del gusto de aquellos encumbrados varones debían de ser estas evoluciones pues que no se oía en el salón ni el vuelo de una mosca, sólo los jadeos y sudores de las danzarinas encendían el aire y la noche. Oría, que a la entrada de sus compañeras se olvidó de las razones que hasta allí la habían conducido y de la guisa de efebo en que se hallaba, admiró primero la gracia y originalidad de los atuendos de las danzarinas al tiempo que reconocía la excelencia de los cuerpos que las vistosas gasas multicolores dejaban entrever. Luego, envidió la agilidad de movimientos, la elasticidad en las evoluciones, la viveza, expresividad y franqueza de gestos, hasta que el ardiente silencio que reinaba en la sala y los rostros bovinos de tan altos dignatarios, miradas concupiscentes, bocas abiertas, sonrisas cómplices, mejillas arreboladas por el vino y por la contemplación de aquellos cuerpos, hizo que recordara a las marchitas y juzgase los comentarios de éstas no muy alejados de la realidad. Dirigió entonces la joven un ojeo al Califa y, si bien aquel mantenía una actitud decorosa, no por ello escondía la complacencia que la danza y las saltarinas parecían procurarle. Oría buscó entonces a Yafar. El chambelán no quitaba ojo al soberano, deleitándose en el deleite de su señor. En una esquina, el gran maestro de baile, el eunuco intendente, seguía las evoluciones de sus muchachas marcando el ritmo y haciendo gestos reprobatorios cuando alguna de las figurantes realizaba un paso torpe o algo inseguro, pero podía estar tranquilo, nadie se daba cuenta de los pequeños deslices cometidos por las jóvenes. De pronto, terminó la saltación y fueron tan grandes las muestras de entusiasmo de los asistentes que el maestro bastonero salió al ruedo para agradecer los elogios y ordenó a las odaliscas la ejecución de una nueva pantomima. Otra vez un silencio caliente acogió las rítmicas piruetas. Estas vez las esclavas ni luchaban, ni huían, ni se perseguían, ahora triscaban, potreaban, correteaban y traveseaban, pero los efectos sobre los invitados resultaron ser los mismos que en la danza primera. Al-Hakam mantenía también la misma actitud de contento. Oría pensó que aquello no iba a tener fin y, ansiosa como estaba por hablar con el monarca, comenzó a mordisquear con evidente nerviosidad los dulces y delicias que había a su alcance así como a probar de todos los caldos que servían los esclavos. Terminado este último baile, que fue acaso más aplaudido que el primero, el maestro anunció ahora la interpretación de unos molinetes al modo persa que iban a ser acompañados por los cantos de cincuenta esclavas del harén, siendo tan populoso coro una novedad pues nunca hasta entonces sarao alguno había sido amenizado con una presencia tan nutrida de cantantes. Oría, que de no haber concurrido todas las circunstancias que ya conocemos, hubiese formado parte de aquel tropel de cantarinas, comenzó a pensar si no habría sido un error toda la zarabanda que había montado, pues el espectáculo que en aquellos momentos se desarrollaba ante los varones de la corte tenía la sencilla ingenuidad de las danzas ancestrales, unas muchachas giraban como trompos embutidas en amplias y castas túnicas mientras las otras cincuenta entonaban cánticos que hablaban de ovejas y pastorcillos. Sin embargo los invitados, a pesar de la inocencia de aquel teatro y, sin duda, avisados de algún secreto que Zobh desconocía, parecían más lujuriosos e incendiados que antes. La joven no comprendía la causa de aquellos alborotados ardores. Por fin, calló la música y descansaron las giradoras. A continuación, todas las muchachas que habían participado en aquel acto ocuparon el centro de la sala y, a la cabeza de ellas, se situó el eunuco mayor del serrallo. En aquel momento, la muchacha observó con sorpresa que cada uno de los convidados elegía a la odalisca que más le satisfacía, poniéndolo en conocimiento del maestro de danza que controlaba rigurosamente aquella selección con el fin de evitar embrollos y las consiguientes disputas. Fue entonces cuando Yafar se acercó a Oría.

Ella había sido la elegida por el Califa.

Oría, la joven vascona que una noche los moros arrancaron a los montes verdes y de los verdes valles de la lejana Vasconia, iniciaba, aún sin saberlo, un capítulo nuevo en el libro de la vida. Y, como ocurre tantas veces en las historias de los hombres, aturdida como estaba por las novedades de aquel día, pasó página, inconsciente de que aquella hoja nunca podría volverse atrás.

Capítulo VII

SEIS MESES HABÍAN transcurrido desde el último encuentro entre Mayus y Oría a la sombra de los acontecimientos que se sucedieron tras la visita a Córdoba del niño portento. El vascón, durante tiempo tan copioso, nada había sabido de su amiga, a no ser las parlerías que se escuchaban en el zoco y en Madinat al-Zahra sobre la milagrosa aparición de aquel Djafar, por el que tanto suspiraba el Califa, y que Mayus, con justo criterio, reconoció tratarse de la joven vascona. El industrioso esclavo, al enterarse de las nuevas que se relataban sobre el hallazgo del amante perdido, a quien la inventiva popular imaginaba prodigioso e, incluso, ultraterreno, se confirmó en que, a la postre, Oría se había determinado a utilizar la vestimenta que, con no pocos apuros, él le había hecho llegar y, entonces, alabó la resolución adoptada por la muchacha, considerándola la más sabia entre las posibles. La gente decía que Djafar era un extraño ser dotado de músculos magníficos y espléndidas caderas, mágica combinación creada, sin duda, por algún poder oculto para deleite del soberano, afirmando algunos que los días de luna llena podía verse una esbelta figura sobrevolar los jardines de al-Zahra y encaramarse hasta las estrellas, era Djafar que visitaba la sideral mansión de la que había descendido atraída por la pasión del Califa, que, un día, soñando, se enamoró de la hechicera.

La noche era fría y el vascón apretó el paso. Los callizos y plazuelas estaban solos. Un viento tiritón y helado bajaba de la sierra. Mayus se encogió en su pelliza buscando abrigo. Pero ya se divisaba la sinagoga que hacía esquina en la calleja de al-Tamayib y el esclavo, sin entretenerse en reflexiones, la ganó con prisa. Después de la mutua colaboración en el negocio del fenómeno, la amistad entre los dos hombres se había estrechado y era frecuente, al anochecer, ver a Mayus encaminándose hacia la humilde vivienda del singular personaje. Por entonces, los comercios del vascón y su amo iban viento en popa. Las sumas obtenidas con la exhibición de Umar habían sido cuantiosas y la invención del transporte fue tan bien acogida desde sus comienzos que la flota burreña pudo ser ampliada, ocurriendo que muchos comerciantes de otras nahiya o regiones y de diferentes coras o provincias se acercaban hasta Córdoba con el fin de informarse sobre los entresijos de la novedosa y lucrativa ocurrencia para luego llevarla ellos a cabo en sus tierras. Gracias al éxito de estas empresas, Malik ibn Muhammad había concedido la manumisión a su espabilado esclavo al que, ahora ya socio, ayudaba en la búsqueda de una vivienda cómoda y tranquila pero que no estuviese muy alejada de la de su antiguo amo porque la distancia no debía entorpecer el buen funcionamiento de las comunes industrias y también porque Mayus amaba el sosiego de aquel barrio, cercano al río y tan próximo a su vez al corazón de la madina, en el que durante tanto tiempo había habitado. Este tipo de relaciones entre amos y esclavos era frecuente en la Córdoba califal. Muchos de esos libertos establecían lazos tan profundos con las familias de sus anteriores dueños que, incluso, adoptaban el patronímico de aquel principal y en ocasiones sucedía que, al abrigo de la protección de quienes fueron sus amos, algunos de entre ellos conseguían alcanzar posiciones económicas desahogadas y hasta sobresalientes, este era el caso, por ejemplo, de Galib ibn Abd al-Rahman, antes esclavo de Abd al-Rahman III, hoy liberto y uno de los generales más competentes del Califa al-Hakam II. Por su parte, Lubb y Alí, libres, gracias a la saneada soldada de que disfrutaban en pago a su diario batallar en el trasiego de los palanquines, el uno de su despiadado padre, el otro de las servidumbres a las que obliga el hambre, se habían instalado en una pequeña casita cuya ubicación estratégica, a mitad de camino entre Córdoba y Madinat al-Zahra, les permitía vigilar las carreras y correr a cualquiera de las dos ciudades siempre que las circunstancias así lo requiriesen. A su vez, al-Tamayib había empleado los beneficios, que le correspondieron por la participación en la empresa del niño prodigio, proveyéndose de los últimos adelantos en astronomía, magia y curanderiles remedios y adquiriendo un caprichoso surtido de crótalos de peregrinas hechuras, los había con apariencia de corazón, de ostra, de nenúfar, de pera, de caracol y también unos, especialísimos, que el quiromántico hizo construir, ex profeso, con la forma y las exactas dimensiones de sus propias orejas. Por último, Malik no cabía en sí de gozo ante los óptimos resultados obtenidos con los rentables tejemanejes y repartía su tiempo entre la acogida a los mercaderes que, como sabemos, se acercaban a Córdoba con el fin de recabar información sobre el ingenio, interesándose él a su vez por posibles iniciativas puestas antes en marcha en otras provincias, y el bosquejo de novísimas creaciones a las que el liberto ponía freno, pues Malik, hasta entonces de talante sensato y precavido, parecía algo trastornado con los últimos y sabrosos pergeños.

Entró Mayus en la casa de su amigo y sólo fue recibido por la gata que, desde el otoño, compartía mesa y cama con el adivino. Era ésta de pelaje pardusco, salpicado de canas, como si en sus lomos se hubieran dado cita los más dispares cruzamientos, sin embargo sus ojos eran hermosos y despiertos, de un azul tan noble como el de un gato siamés. Según al-Tamayib la inteligencia y dones de la felina eran portentosos, asegurando que la singularidad del bicho no estaba en que sus entendederas fuesen capaces de descifrar el lenguaje de los humanos, lo que por otra parte no era moco de pavo, sino en que ella misma experimentaba los mismos afectos, pasiones, humores y emociones que anidan en el corazón del hombre, sabiéndose aprovechar además de esas cualidades, realmente poco frecuentes en el común de los mininos, morrongos o micifuces, empleándolas en descubrir los más escondidos sentimientos de cualquiera que pusiera los pies en la morada de su amo. Al-Tamayib afirmaba que sólo la zapirona de un santo sufí, retirado en una gruta de la Peña de Francia y a quien el brujo conoció en la juventud, gozaba de virtudes tan exquisitas. Silofa, la michina del astrólogo, era, al parecer, hija del animalito de ese eremita y tenía una edad aproximada de cincuenta años, pudiendo acontecer, caso de seguir los pasos de su madre y trazas no le faltaban, que llegase a sobrepasar la friolera de los ciento cincuenta. Por último, hay que añadir que los primorosos instintos con que se adornaba esta criatura habían salvado de no pocos peligros al mago, pues, tras un olisqueo, la gata saltaba afilada a los ojos de aquellos en quienes intuía perversión o maldad y, por el contrario, se mostraba mansa, ronroneadora y mimosa ante aquellos otros a quienes, desde el primer guipo, catalogaba como buenos. Silofa, pues, recibió al vascón con claras muestras de contento, se enroscó en sus piernas, refrotó cariñosamente los larguísimos y blancos bigotes en su túnica y trazó varios círculos, alegremente, alrededor del recién llegado, luego, al comprender que Mayus manifestaba extrañeza por no ver en la estancia a su amigo y al no escuchar tampoco ruidos o tabaleos que le delataran, la micifuza miró a Mayus con expresión burlona e, izando la cola y balanceándola con gracia e ironía, emprendió la marcha, asegurándose de que el vascón le seguía.

El nuevo liberto, guiado por la inteligente minina, descendió al sótano de la vivienda y, en efecto, allí se encontraba el brujo. Tres cerillos, cuidadosamente situados en figura de triángulo, iluminaban la bodega. La escena se le antojó a Mayus espectral y fantasmagórica. El diminuto cuerpo de su amigo, encorvado ahora sobre círculos de cartas, montoncillos de arena y mapas astrales, se aupaba a la luz de las velas, agigantándose en las sombras de las paredes. Un olor dulzón a incienso y a esencias varias espesaba el aire de la cripta. Al-Tamayib no se percató de la presencia del vascón, absorto como estaba en su laboreo. El adivino, muy entretenido, pronunciaba sin cesar extraños palabros y exhalaba misteriosos sones en cadencias regulares. De pronto, agarró un crótalo de los que por allí había esparcidos y lo hizo cantar por tres veces sobre uno de los cirios que se onduló sinuoso para despedir después un humo negro y erecto. Repitió la operación con las dos candelas restantes las cuales bailaron de igual modo que la primera y aún despidieron un humo más negro y más erecto si cabe. Hecho esto, cayó, entonces, desmadejado en la esterilla que le servía de asiento y, esta vez, con meridiana claridad, exclamó: ¡no hay duda!, ¡así será!. Luego, tras pronunciar tan enigmáticas palabras y secarse el sudor que bañaba su cabezón, a pesar de los húmedos y helados alientos que ventilaban la cava, se levantó, fue en ese instante cuando distinguió la presencia de Mayus y de su felina. Al-

Tamayib saludó al amigo con la vaguedad de quien continúa inmerso en una visión o ensueño que le tiene atrapado. Su mirada, abismada en lo más profundo de los diminutos pocillos que le servían de cuencas, despedía adivinatorios destellos, que, por provenir de tan lejanas regiones, tardaban en hacerse perceptibles para Mayus y Silofa aún cuando el chasquido que generaban al ser propulsados hacía rato que había retumbado en la bóveda de la catacumba. El liberto miraba atónito a su amigo ante aquellas mágicas manifestaciones. La minina, sin embargo, haciendo gala de un envidiable talante, pues mantener el equilibrio en tales circunstancias era cosa ciertamente meritoria, se acicalaba a lametadas su descolorido pelaje, al parecer, familiarizada con aquel tipo de emisiones. Ni que decir tiene que las aurículas del músico, no bien recibían el retumbar de salida de los rayos, iniciaban un bailoteo o, mejor, una serie de acrobacias y volatines de crédito indiscutible, pues que saltaban, se retorcían hasta formar canutillos, aleteaban con la ligereza de un ave, para luego ir a caer, una vez que los astrales rugidos se desvanecían, como dos hojas muertas sobre las barbas del quiromante. El liberto no supo cuánto duraron aquellos prodigios. Pero en un momento dado, Silofa se situó, de un salto, en el centro del círculo inscrito en el interior del triángulo que conformaban los cerillos agoreros y, una vez allí, sus pelambres se fueron erizando con orden y concierto, comenzando por la sensitiva cola para terminar por los pelillos de orejas y bigotes, hasta quedar toda ella como un alfiletero bien aprovechado. Entonces, clavó sus pupilas de azul intenso en las niñas huidas y relumbronas de al-Tamayib y abrió las fauces cuan anchas eran en actitud desgañitada, deduciendo el vascón enseguida que lo que de allí escapaba no eran sino ultrasónicos rugidos, pues, aunque él no escuchaba nada, los pulpejos del amigo campanearon con brío y el arúspice despertó del encantamiento súbitamente. El sótano se inundó de silencio. Y otra vez fue la zapirona quien, única dueña de la situación, devolvió a los amigos a la común realidad, emprendiendo el ascenso hacia las estancias principales de la vivienda, sin dejar de volver, de vez en vez, su airosa testa para asegurarse de la obediencia de aquellos hombres.

Una vez arriba, la gata y sus dos acompañantes se acomodaron junto al fuego que ahuyentaba de la estancia el aterimiento de aquella noche fría. La micifuza se mantuvo vigía hasta que ambos iniciaron la charla, luego se tumbó boca arriba pegadita a las llamas, permitiendo que éstas calentaran sus innúmeras tetillas y evidenciando descarada, con resoplidos y ronroneos sin cuento, el placer que las cálidas caricias le procuraban. El geomántico tenía el rostro grave y durante algunos segundos respondió con el silencio a los apremios de Mayus que le instaba a ponerle en antecedentes de lo que sucedía. El vascón, aunque desconfiaba no poco de los poderes del músico, tras las adivinaciones de al-Tamayib al Califa, sin querer reconocerlo, concedía un cierto crédito a los augurios de su amigo y, como ocurriese que éste estaba ya al tanto de todo lo concerniente a Oría, al fin y al cabo paisana del mago pues ya hablamos de su origen medio vascón y medio salmantino, y como desde el escrutamiento de las manos del monarca, de quien el quiromante se hacía lenguas por su sabiduría y temple, todos sus auspicios estaban en relación con la familia real, temía Mayus que lo averiguado por aquel, y que tamaña circunspección pintaba en su semblante, tuviera algo que ver con los destinos de la joven de la que hacía tanto tiempo que nada sabía.

Por fin habló al-Tamayib. Sus palabras debieron ser espinosas y atinadas, pues el vascón, al escucharlas, adoptó un aire tan circunspecto como el del geomante.

Grandes cambios se habían obrado en la vida de la joven vascona desde el día en que, huyendo a su entender de males mayores, se entregó a los brazos del Califa. Las relaciones entre el monarca y la esclava, desde un principio, fueron tiernas y sinceras. Al-Hakam ofreció a la muchacha la protección que tanto necesitaba, le rodeó de lujo y distinciones, puso a su disposición la inconmensurable colección de manuscritos que poseía y eligió para maestros de aquella a los sabios más sobresalientes de la corte. El mismo se prestó también a este cometido y, como los conocimientos y saberes del soberano nada tenían que envidiar a las sapiencias de ningún erudito, pronto sus enseñanzas se convirtieron en las más ponderadas por la concubina, ya que el amor que inspiraba al Califa prestaba imaginación a las explicaciones de éste, poesía a la más árida de las argumentaciones, música a los números, claridad y transparencia a la filosofía, redivivía la historia, hacía crecer ramos de flores en la botánica, recreaba paraísos en la zoología, ponía a Dios al alcance de la mano en las lecturas que juntos hacían del Corán, convertíale en musa de cuantos poetas inmortalizó la literatura, en la diosa de cuantas artes existían, en la mejor mezquita de la arquitectura, en el remedio más milagroso de la medicina, en la más sutil estrategia de la ciencia militar, en fin, en la más delicada pieza de la cinegética. ¿Y qué decir de la caligrafía?, todas las letras del alfabeto se curvaban y enredaban con el más exquisito ligamiento para escribir su nombre: Djafar o Djafari, pues de ambos modos le llamaba el enamorado Califa. El soberano, en pago a tanta adoración y entrega por su parte, exigió solamente de la muchacha el cumplimiento de una única claúsula y fue ésta que la joven no debía abandonar los atuendos de varón. Oría, desde entonces, se esmeró en darle gusto en aquel capricho y, poco después, su indumentaría, estilo y maneras fueron imitados por los efebos y los adolescentes cortesanos, también por aquellos dignatarios y nobles ya maduros e, incluso, por las mujeres pertenecientes a las familias de más alcurnia del reino, que no tardaron en remedar sus modos y atavíos al ver el sumo placer que estos causaban en el monarca. Como era de esperar en relación tan estrecha, no escaseaban, entre lección y lección, las muestras de afecto, los amorosos choques, las ternezas y zalemas, por lo que con el correr de los días ocurrió lo que tenía que ocurrir. Oría, bien porque no se le escapaba que las manifestaciones de amor formaban parte del negocio y, habiendo sido ella la única responsable de su decisión apechugaba ahora con las consecuencias, bien porque, si no consumida por la pasión, grande era el afecto y la admiración que desde el primer momento sintió por su sabio y considerado amigo, respondió a los requerimientos del soberano. Y ahora sucedía que la joven se encontraba embarazada.

Los días subsiguientes al baile que selló la unión entre el Califa y la esclava, al-Hakam no se apartó de su enamorado, tal era el contento que le embargaba por el reencuentro del amor perdido. Zobh, pues, dejó de avecinarse a Córdoba para continuar las clases con Lubna o para proseguir las prácticas en el taller de las calígrafas, provocando esta ausencia a Mayus, que en aquellos días aguardó inútilmente el palanquín de la amiga, un enorme desconsuelo. Tiempo después, los doctores confirmaron el estado de gestación en que se encontraba la joven y los viajes a Córdoba le fueron prohibidos de modo categórico. Por entonces fue cuando el liberto, lleno de amargura, concluyó que Oría le había definitivamente olvidado. Lubna, por el contrario, dada su favorecida posición en la corte, tuvo el privilegio de ser de las primeras en enterarse del hallazgo y de la identidad de Djafar, pero, como sus relaciones con el Califa desde la recepción otorgada al monstruo andaban a la virulé, esperó que fuese la vascona quien recabase su presencia en el palacio de Madinat al-Zahra, confiando en que la muchacha sabría limar las asperezas que le separaban del soberano. El encuentro entre las dos mujeres fue tierno y emocionado. Esta vez le cupo a Oría la honra de agasajar a la maestra. Con la autoridad y la desenvoltura que su nuevo rango le permitía, hizo a los esclavos aderezar una mesa con cuantos manjares sabía deleitaban a su protectora. Luego, ella misma adornó la estancia con las más delicadas flores, seleccionó también las melodías que debían arropar la ocasión y designó a las músicas más expertas del serrallo para que les amenizaran, poniendo cuidado de situar a aquellas a prudente distancia de las dos amigas con el fin de que sus sones no entorpeciesen las confidencias, ni las tañedores pudieran escuchar la conversación. El Califa, aquel día, accediendo a las súplicas de Djafar, se acercó a la alcoba en donde ambas compartían secretos, restableciéndose de este modo el entendimiento entre el soberano y la sutil poetisa. A partir de entonces, muchas tardes Lubna se encaminaba a al-Zahra para visitar a Oría, asiduidad que hizo que al-Hakam la tildara de cargante e, incluso, llegara a sospechar turbias y escondidas intenciones en la literata, pero es que el enamorado no duda que las perfecciones y maravillas que él advierte en el amado son apetecibles para cuantos frecuentan el trato con el elegido. Por su parte, Walada y las calígrafas desatendieron un tanto sus minuciosas tareas para entregarse al vicio de chismear, enredar, intrigar y comadrear sobre las nuevas llegadas del palacio Califal. Zobh no salió muy bien parada en el traer y llevar de aquellas mujeres. De todas ellas, Walada fue la más cruel en sus juicios y consideraciones, casi todos calumniosos y patrañeros. El origen de esa conducta innoble estaba en que a la perspicaz funcionaria no se le escapaban las favorables circunstancias que rodeaban ahora a Lubna, su rival poética, en tanto que ella poco podía esperar de la nueva favorita, su actitud con la vascona durante los días que pasó la joven en el taller había sido desconsiderada y antipática. Mas, ¿quién hubiera dicho que aquella mosca muerta llegaría tan alto?.

Y así transcurrieron los meses, hasta que en los primeros días de octubre, Oría hizo llamar a Lubna con un mensaje que dejaba ver el desasosiego y nerviosismo de la muchacha. La poetisa, siempre atenta a los deseos de la antigua alumna, corrió en socorro de su amiga que le puso en antecedentes de una pertinaz ausencia, de las ñoñeces, simplezas e irritabilidades que le acosaban, de las tarantas, descomposturas y vértigos que le martirizaban no bien despuntaba la mañana, de los caprichos y extravagancias que apetecía, ella, a quien, por haber carecido de todo, cualquier fruslería servía hasta entonces para contentarle, le describió sus pechos colmados y enormes, le contó llorosa el desvanecimiento de sus curvas y, por último, asaltada por mortal palidez confesó, trémula y estremecida, el formidable susto que le embargaba y la dulce felicidad, que en extraña mezcla con aquel, calentaba su corazón. Lubna abrazó y acarició a la muchacha cuando escuchó aquellas palabras, nada había que temer, ¿acaso no había visto nacer ternerillos, corderos, gatitos, hasta camellos y pasearse, al poco, tan airosa la madre con las crías?, ¿no han nacido de mujer todos los hombres que en el mundo habitan, sin que por ello nosotras hallamos fenecido en la aventura?, debía hacerle caso, ahora era importante establecer un régimen de vida al dictado de la tranquilidad y el sosiego, paseos, buenos alimentos y descanso, mucho descanso, ella se instalaría en palacio para cuidarle. Zobh agradeció en el alma las atenciones y el cariño que Lubna le prodigaba, pero, conociendo la opinión que la constante presencia de aquella le merecía al Califa, dijo que una de sus rarezas de estos días era preferir la soledad, mas, en cuanto las chaladuras tuvieran a bien desaparecer, le haría llamar sin tardanza. La poetisa aceptó la voluntad de Oría a regañadientes y, luego, se interesó por la reacción del monarca ante la noticia, confesándole entonces la joven que aún no había comunicado el prodigio al soberano, pues, siendo ya el Califa padre de un buen puñado de hembras, temía que el evento no fuera a llenarle de regocijo, si no todo lo contrario, eran muchos los inconvenientes que la maternidad entrañaba para sus relaciones. Aquí Lubna se explayó sobre el natural egoísta y desconsiderado de los hombres, peroró sobre las humillaciones y sometimientos a los que se veían domeñadas las de su condición, para terminar soltando tres o cuatro juramentos, dichos los cuales pareció más calmada. Djafar rió con las ocurrencias de su amiga que mucho tenían de verdad e invitó a la literata a disfrutar de todas las delicias que allí aguardaban, apetitosas y seductoras.

La muchacha se equivocaba en parte respecto al efecto que la noticia iba a producir en al-Hakam. El Príncipe de los Creyentes, verdad es, había sido ya padre en repetidas ocasiones y tampoco era menos cierto que las apetencias propias de la edad del monarca se encaminaban en mayor medida a apurar los últimos placeres que a enternecerse ante un nuevo retoño, por consiguiente, desde esa perspectiva, el feliz acontecimiento tenía facha de convertirse más en una fuente de conflictos y malhumoraciones que en otra cosa. Ahora bien, la joven olvidaba en sus reflexiones, la maternidad acaso ofuscaba su hasta entonces claro y certero instinto, que, a la edad del Califa, preñar a una jovencita en tan escaso espacio de tiempo era un mérito del que el monarca haría no poco alarde pues decía mucho de los poderíos de que aún disfrutaba y, por otro lado, si, por un azar, el fruto del amor resultaba ser varón, al-Hakam vería por fin cumplido un íntimo deseo, aspiración a la que, tras la machacona insistencia de la naturaleza en otorgarle, una vez y otra también, descendientes femeninos, se había resignado a renunciar, pero que era la causa de no pocos insomnios del soberano y de todos los suspiros, que en soledad, escapaban de su trabajado corazón. Este anhelo no era otro que poder asegurarse, con la llegada de un hijo varón, la sucesión en el trono del califato, que, hoy por hoy, de no ocurrir el milagro, iría a parar a manos de sus tíos, los hermanos de Abd al-Rahman III.

Zobh, la misma tarde de la charla con Lubna, comunicó la buena nueva al monarca, tímida y aprensiva. La joven, a la que la preñez sentaba de perlas, había más profundidad en sus pupilas azules, tenía la boca encendida, llenos los pechos, suave la piel, se encontraba, como cada día a esa hora somnolienta y voluptuosa de la siesta, en el dormitorio de al-Hakam, el mismo que había sido espectador del primer encuentro del soberano con Djafar. Al-Hakam, acaso por verle tan hermosa, acaso exaltado su sensible espíritu por los intensos dorados de aquel otoño que ya languidecía, atrajo hacia sí a su singular efebo. El monarca abrazó muy fuerte al enamorado, abarcándole toda, cobijándole en su corpachón. Djafar se dejaba hacer sin mucho entusiasmo por tener las mientes ocupadas en atisbar la oportunidad idónea para comunicarle la noticia, pero éste, inmerso en sus ardores, no se percataba de las ausencias de la esclava, aumentando la dejadez de aquélla sus ansias de poseerla por entero. El soberano buscó, pues, los labios de la muchacha con los suyos, viajó nocturno y rapiñero bajo las sedas de la blusa, se sumergió en la jugosa caverna que escondían los atuendos de varón, tan preciosa y cálida envuelta en aquellos disfraces, lamió la piel blanca de su vientre, besó sus manos, sus muslos, sus ojos, hasta que estuvo tan lleno de amor, que se le sobró gozoso abriéndose paso por las tiernas puertas de las entrañas de la mujer. El hombre cayó luego, tristón, desmadejado y solo, sobre el diván de la alcoba, mientras Zobh se componía de nuevo, decidida a aprovechar el sopor que invadía al monarca, no bien se aliviaba de ardores, para anunciar la noticia que tantos quebrantos causaba a su cuerpo y tan asombrosas sensaciones en su espíritu. Gustaba el soberano sanar del vacío, que el abandono de la pasión arrima al ordinario de los hombres, dejándose acunar en los brazos de la concubina hasta que caía en dulce sueño que venía a repararle de los ajetreos coronados pocos instantes ha, momento del que se valió Oría para desahogar su corazón. No fue pequeña la sorpresa de al-Hakam al escuchar la novedad que Djafar le susurraba al oído. Al punto se despabiló de torpores e, incorporándose en la tumbona, contempló a la vascona con mirada escrutadora como la de quien pretende descubrir algún oculto secreto, pero aquellas suspicacias no tardaron en desaparecer y los ojillos del Califa se fijaron con ternura en el ventrecillo de su adorada a la que acomodó enseguida entre almohadones, haciendo no pocas bromas sobre el reposo y cuidados indispensables para una mujer en su estado. Oría, entonces, cubrió de besos y abrazos el rostro y las barbas del soberano, dichosa al comprobar que los temores que le embargaban habían sido tontos y malvados y que de al-Hakam no otra cosa cabía esperar sino amor y atenciones. Luego el Califa preguntó a la muchacha sobre los miembros que conformaban su familia allá en la lejana Vasconia y, al conocer que ella era, junto con su madre, la única hembra de la poblada casa paterna pues que los ocho hijos restantes eran varones, al-Hakam lanzó un grito de júbilo que alertó a los guardianes negros y a Yafar, quien no tardó en personarse en los aposentos reales con el susto pintado en el rostro. Mas pronto se disiparon los miedos del fiel eslavón porque el monarca, ufano y engallado, le puso enseguida al corriente de nuevas, había que traer al adivino, aquel que supo aventurarle el reencuentro con Djafar, y ordenó al eunuco que marchase ligero en busca del quiromante, le daba en la nariz que Oría, Zobh o Djafar no era sino un aguinaldo de Allah que quería honrar a su servidor y representante en la tierra otorgándole un descendiente varón y solamente el hechicero de los crótalos poseía los poderes necesarios para confirmar los felices barruntos que, tras conocer la noticia, habían asaltado al monarca. Yafar voló a cumplir las órdenes del soberano, aunque opinaba que aquellas alegrías de su señor iban a desvanecerse en pocos meses, un hombre que hasta tan avanzada edad sólo tuvo redaños para sembrar varonas, parecíale muy difícil fuese a estas alturas a variar de moldes, pero como el que no se consuela es porque no quiere y en donde manda patrón no manda marinero, escoltado por una docena de jurs, se dirigió en busca de al-Tamayib.

Mudos quedaron mago y gata al ver su humilde morada invadida por tan vistosa y encopetada muchedumbre. Silofa, comprendiendo que el número de intenciones escondidas que le tocaba desenmascarar aquel día era excesivo dado lo nutrido de la troupe, se retrotrajo a la vulgar sicología de cualquier gato y optó por alejarse de aquel espectáculo que humillaba sus dotes de penetración, yendo a escabullirse en uno de los muchos escondrijos que los desordenados útiles de al-Tamayib le ofrecían. El músico, informado por Yafar del motivo de la visita, no olvidó a su amigo Mayus a pesar del orgullo y de la suficiencia que el requerimiento del Califa le procuraba y, pretextando que, para realizar a conciencia el trabajo que se le había encomendado, era indispensable la presencia del vascón, propuso al gran eunuco ir en busca de su amigo que se encontraba a aquella hora apostado en la expendeduría de pasajes que tenían él y su antiguo amo abierta en el zoco. Yafar, aunque no de buena gana, tuvo que doblegarse a la petición de al-Tamayib a quien dio no más de un cuarto de hora para volver con su compañero, luego se desparramó por uno de los asientos que allí había, momento que aprovechó Silofa para reconocer los efluvios del alto personaje, mas, no bien los hubo catado, salió escopetada hacia el interior de la morada, pues los briosos perfumes con que aquel se acicalaba repugnaron su olfato, amante siempre de esencias naturales aun si estas pertenecían al elenco que los humanos catalogan como hediondas, en esto la michina no se distinguía de los de su raza. Minutos después regresó el adivino con Mayus, ambos sofocados por la carrera, y, protegidos por la guardia como dos altos mandatarios, emprendieron el camino de Madinat al-Zahra. Durante el trayecto, Mayus, dada la gravedad de los pronósticos que el día anterior le comunicó el agorero después de la mágica sesión de la que fue testigo, preguntó a al-Tamayib hasta qué punto su amigo sería veraz en los vaticinios que iba a anunciar al soberano y a esto respondió el percusionista que su oráculo estaría al servicio de la prudencia, en primer lugar porque nada de lo que le había relatado afectaría a la vida del monarca y, ante la sorpresa de Mayus por esa respuesta, contestó con un, para el vascón indescifrable, tabaleo de crótalos, en segundo lugar, a su entender y por la posición, altura y grosor del humo de los cirios consultados, aún faltaban unos cuantos años para que todo aquello ocurriese así que, como cada día lleva su afán y no eran poco sabrosas las noticias que sospechaba iba a anunciar al Califa, opinaba que ahora tocaba disfrutar del presente, tiempo habría para preocuparse por lo a venir.

Sin contratiempo alguno que merezca la pena reseñar, llegaron los dos hombres a la ciudad califal e, inmediatamente, fueron conducidos en presencia del soberano. Al-Hakam, acompañado de la esclava vascona, aguardaba impaciente al adivino. Entraron Mayus y al-Tamayib en una de las alcobas de invitados que se abren a ambos lados del salón oriental de Mayalis al-Xarki y allí encontraron al Príncipe de los Creyentes y a Oría. La muchacha, fue tanta la emoción que le produjo la presencia de su viejo amigo, que, descuidando todo protocolo, corrió hacia él y se arrojó en sus brazos. Mayus apretó a la joven contra su corazón confundido por los contrapuestos sentimientos que le embargaban tras conocer el feliz estado de Oría. Estas efusiones de Djafar causaron gran malestar y roedura en el ánimo del monarca que se preguntaba cuál podía ser la relación que unía a su concubina con aquel hombre cuyo rostro le resultaba familiar y ya se disponía a exigir explicaciones en tono airado, cuando al-Tamayib, quitando hierro al asunto, le relató a grandes trazos el origen de tan manifiestos amores, atribuyendo a Mayus el mérito de haber salvado a la muchacha de la enfermedad en los primeros días de cautiverio así como identificándole con el instrumento utilizado por Allah para unir las vidas del Califa y de su enamorado, pues fue Mayus, inspirado sin duda por los cielos, quien condujo a Djafar, aquel día y en aquella hora, a la gran Mezquita Aljama. Al-Hakam pareció sosegar los celos que en el momento menos sospechado habían irrumpido en su corazón y, sin perder de vista la gozosa charla de la esclava y de aquel hombre, apremió al arúspice para que iniciase la sesión. La mano del Califa no hizo sino confirmar las adivinaciones que al-Tamayib conocía, así que, rodeándose del misterio y de los laberintos que el consultante espera en conciliábulos de esta índole, comenzó a desgranar los acontecimientos que en el futuro aguardaban al monarca. Entre tanto, Mayus y la vascona pusiéronse al día de sus mutuos avatares. La muchacha creía que en poco tiempo podría convencer a al-Hakam de que le era imprescindible contar con una persona de confianza a su servicio y Mayus, entonces, se instalaría en Madina al-Zahra libre de cuidados y de preocupaciones. Pero Mayus rechazó la oferta de su amiga, su situación ahora era próspera, los intríngulis de los negocios le divertían y bajo ninguna circunstancia quería perder de nuevo su libertad. Oría le habló, entonces, de las espléndidas posibilidades que a un hombre de su penetración y talento podrían ofrecérsele viviendo en la corte y, por ende, bajo la protección de la esclava favorita, pero al liberto no parecía tentarle aquel mundo por el que tantos suspiran. De todos modos coincidieron ambos en que la actual coyuntura permitiría una mayor frecuencia y comodidad de sus encuentros, lejos ya los malabarismos a los que se habían visto obligados, y, como vieran que el Califa y al-Tamayib, finalizada la sesión quiromántica, se acercaban hacia ellos, los dos vascones apretaron sus manos en esta postrer confianza.

Aquel invierno discurría áspero e inclemente. Sin embargo, Abu Amir-Muhammad ibn Abi Amir al-Ma`afiri, a diferencia de otros compañeros que excusaban su asistencia a las lecciones pretextando destemples y resfríos trincados en las desprotegidas galerías de la Mezquita por las que timoneaban vientos carambanados e irrumpían las lluvias, acudía todos los días puntualmente al templo para escuchar a los grandes maestros que allí sentaban cátedra. Abu Becr ibn Moawia, el coreicista, explicaba las tradiciones referentes a Mahoma. El anciano Abu Alí al-Qalib, preceptor que fue del propio Califa, dictaba lecciones sobre lengua y literatura, salpicando éstas con curiosos relatos de anécdotas inéditas referidas a los poetas más famosos, con el recitado de fragmentos, en verso y en prosa, de obras olvidadas y con el recordatorio de antiguos proverbios árabes. Todos estos conocimientos los publicó más tarde en la magna compilación, dedicada a su protector Abd al-Rahman III, titulada, Kitab al-Amali o Libro de los Dictados. El historiador y lexicógrafo Ibn al-Qutiyya, bisnieto de Sara, nieta que fue del godo Witiza, explicaba la historia de la conquista del al-Andalus y resolvía cuestiones relacionadas con el significado de las palabras y de las frases. Era autor de diversas obras históricas y de un tratado sobre los verbos que más tarde fue continuado por el sabio Ibn Tarif. Pero, sin embargo, la mayor parte de los estudiantes asistían a las enseñanzas del Fikh, disciplina que aunaba los saberes referidos al derecho y a la teología, cuyo estudio era considerado de gran utilidad y estaba muy bienquisto a la hora de alcanzar codiciados cargos en la corte. Entre estos, se encontraba Amir. Este joven llamó bien pronto la atención de maestros y compañeros. Era alto, de magnífica planta, rostro armonioso de noble expresión, barba decidida y voluntariosa y unos ojos negros de mirar profundo y altivo que parecían adivinar cuánto pasaba por la cabeza de su interlocutor quien quiera que éste fuese. Las maneras distinguidas y el elegante porte, que dejaban ver bien a las claras el origen aristocrático de aquel estudiante, contrastaban con la discreción y la pobreza de su indumentaria por lo que cabía deducir que la hidalga familia a la que pertenecía disfrutaba de mermada fortuna. Amir no contaba con muchas simpatías entre sus camaradas. Su natural, en ocasiones silencioso y pensativo, así como la innata autoridad que de él emanaba y la firmeza con que se empleaba en los estudios, abominando de las fiestas y francachelas tan del gusto de otros compañeros de carácter más simple, sin olvidar tampoco la arrogante seguridad con que afirmaba poder alcanzar los más altas responsabilidades políticas en plazo breve, hacía que fuese tachado a sus espaldas, su sola presencia arrugaba a los detractores aunque no lo confesasen, de soberbio, pobretón y vendehumos. Con todo, los maestros admiraban la penetración, sensibilidad e inteligencia de aquel muchacho llegado de provincias, amante por igual del derecho, de la filosofía y de las ciencias y un tanto despreciativo con la literatura a la que tildaba, sin duda influido por el talante eminentemente práctico que le era propio, de superchería infantil y para la que, ciertamente, no estaba muy dotado.

Los Beni-Abi-Amir pertenecían a la tribu yemenita de Ma`afiri. Abd al-Malik, séptimo abuelo del estudiante Amir, combatió en el ejército berberisco de Tariq ibn Ziyad, el glorioso héroe vencedor del rey godo Don Rodrigo. Al mando de sus tropas, a Abd al-Malik le cupo la honra de tomar Carteya, la primera de las ciudades españolas que sucumbieron al poder islamita y, en pago a su hazaña, le fue otorgado el castillo de Torrox, fortaleza en tierras de Algeciras asomada sobre el río Guadiaro. A pesar de tan guerreros orígenes, la bravura de la familia fue desvaneciéndose poco a poco de un descendiente a otro, trocando éstos la espada por la toga y fijando su residencia en Córdoba al ofrecer la metrópoli mayores posibilidades de empleo. Torrox, pues, sólo era habitado de tiempo en tiempo. Sin embargo, entre esos pacíficos Amiríes no faltaron algunos nombres ilustres, así, el biznieto del conquistador, Abu Amir-Muhammad ibn al-Walid, que fue prestigioso magistrado, y el hijo de éste, Amir, que llegó a ser favorito del emir Muhammad, apareciendo su nombre en estandartes y monedas. El abuelo del arrogante muchacho, que ahora estudiaba en Córdoba, casó con la hija del renegado Yahyá, hijo a su vez del cristiano Isaac, médico de Abd al-Rahman III y visir de Badajoz. El padre del joven, Abd Allah, fue hombre muy piadoso que peregrinó a la Meca y teólogo-jurisconsulto distinguido y respetado. La madre, Boraiba, era hija del magistrado Ibn Bartal de la tribu de Temmin. Pero, los descendientes de Abd al-Malik, al desdeñar la carrera de las armas, no lograron nunca formar parte de la alta nobleza ni engrandecer sus posesiones, el castillo de Torrox, mustio y enmohecido, sin más quehacer que ver pasar las aguas del río que le acompañaba, siguió siendo la obligada cuna de algunos miembros de la familia Amiríe. Allí nació el joven Amir y entre aquellas piedras transcurrió su primera juventud, hasta que, empujado por la ambición que desde niño anidaba en su corazón, voló a Córdoba dispuesto a conquistar la corte igual que Abd al-Malik, el viejo guerrero, sometió Carteya. Esta era pues la genealogía completa del estudiante, Abu Amir Mohammed ibn Abi Amir al-Ma`afiri, hijo de Abu Hafz Abd Allah y de Boraiba, éste hijo de Muhammad y de la hija del visir Yahyá, éste hijo de Abd Allah, éste hijo de Amir, éste hijo de Abu Amir-Muhammad, éste hijo de al-Walid, éste hijo de Yezid, éste hijo de Abd al-Malik.

Amir, en Córdoba, residía en casa de unos parientes que le asignaron una pequeña habitación del último piso. A pesar de la opinión de sus compañeros, el joven era hombre de inteligencia y corazón, violento, imaginativo y ardiente. Al dictado de su penetrante entendimiento sabía ser artero y ladino, dúctil y mimbreño, mesurado y precavido, agresivo y concreto. Conocía lo que quería y, en esta seguridad, empleaba su voluntad y fuerza con la perseverancia de un felino y la fiereza de un dragante. Aquel invierno, el muchacho finalizaba los estudios y andaba ya a la búsqueda de alguna ocupación que sanease su precaria economía. Excelente calígrafo, abrió un pequeño despacho a las puertas de la gran Mezquita, ofreciéndose como escribiente de las gentes humildes que, careciendo de estudios, se veían en la obligación o en la necesidad de presentar algún documento escrito ante la administración o el Califa y contrataban por unas cuantas monedas los servicios de uno de tantos letrados que allí vendían sus destrezas. Tan humildes comienzos en nada enturbiaron la fe del joven en el futuro que le aguardaba y, entre escrito y escrito, no descuidaba las lecturas de antiguas crónicas nacionales y aquellas otras que contaban noticias sobre grandes hombres que supieron auparse en la historia partiendo de modestos comienzos, encontrando en todas ellas jugosas enseñanzas. Así fueron pasando los meses del invierno y otra vez fue primavera.

Un atardecer de tantos en que Mayus se disponía a cerrar la expendeduría para encaminarse a casa de al-Tamayib y descendían ya los pasajeros del último palanquín procedente de Madinat al-Zahra, Alí, el mulero parlanchín, le detuvo y, con alarde de gestos y gruños, sin el menor disimulo, señaló a uno de los viajeros que con pasos ágiles y soberbios cruzaba la plaza. El vascón, suponiendo que el jaleo de miembros, que sacudía al que en un tiempo fue ratero, era debido a alguna bribonería por parte del pasaje apuntado, instó a Alí para que, con tranquilidad y antes de que el hombre se perdiese por las callejuelas de la madina, narrase lo que había ocurrido. Y el joven, más sosegado, explicó que la acción llevada a cabo por aquel desconocido era la más bella de cuantas en su vida había visto y los ojos se le llenaron de emocionadas lágrimas. Pues sucedió que, yendo de camino a al-Zahra, uno de los viajeros se jactó del ejemplar castigo que aguardaba a su esclava, motivo por el que se dirigía a la ciudad califal acompañado de un escribiente. Al parecer, el hijo de aquel hombre de ojos obscenos y desagradable aspecto se había encaprichado de una pequeña que servía en la casa familiar. La jovencita, alegando ser esclava del padre del pretendiente y, según el narrador, temerosa de los bastonazos que le aguardaban caso de consentir en las proposiciones, pues a eso, explicaba aquel chabacano, y a otros muchos correctivos tenía acostumbrado a sus siervos por ser de la opinión que los esclavos no entienden sino el lenguaje de la vara, corrió a contarle lo que sucedía y ahí estaba el delito. De hacer caso a este hombre vulgar, la esclava debía de haberse sometido a los deseos de su hijo, el cual, al decir con orgullo del padre, era conocido por sus desmedidas apetencias y brutales tratos, y, después, apechugar con las descalabraduras correspondientes que él en buena lógica le habría propinado. La acción de la esclava, como sin duda todos los viajeros se habían percatado, no había sido, por tanto, sino una artería con apariencias de lealtad para zafarse de un varón de la familia, simulando, a un tiempo, respeto hacia su dueño, y él, prosiguió ufano, no estaba por la labor de consentir astucias de este género a ninguna esclava, ya que, si aquella ahora había maquinado semejante treta para escapar del hijo, bien podía suceder que cabildeara más adelante otras manganillas para sortear sus propios requerimientos, además que las mujeres sólo por aventurarse a pensar merecían ya un buen escarmiento. Por eso se dirigía a al-Zahra con el plumista, y señaló a áquel quien, a pesar del balanceo propio de estos transportes, tenía la mirada clavada en su cliente, quería presentar una denuncia contra la avispada sierva y, como no podía acusarle de nada concreto, el mismo había inventado el delito que le mantendría por un tiempo encerrada en las mazmorras de la ciudad califal, así aprendería esa espabilada cuál de los dos era el más listo. La compañía del copista, terminó, venía exigida por la necesidad de un testigo que confirmase sus palabras y diese credibilidad al invento, este último comentario lo dirigió al escribiente esperando su aprobación. El relato, enseguida, fue acogido con risas de conchabanza, apostillas aprobatorias y palmadas de pláceme por el resto de los pasajeros que ocupaban la caravana. Y entonces ocurrió, Alí se agitó de nuevo al rememorar el suceso. El individuo que ahora cruzaba la plaza, silencioso y tranquilo, acercó su rostro al del soez narrador y, sin dejar de mirar a aquel fijamente, le asió por las orejas hasta levantarle del asiento, luego le propinó una soberana bofetada por considerar, según dijo, que los golpes de otra índole estaban reservados a los hombres y que semejante puerco no lo era, anunciando que, en llegando a Madinat al-Zahra, el que iba a presentar una denuncia, a despecho de ser éste su último cliente, iba a ser él mismo. Miró, entonces, retador a los que antes elogiaron la machada, quienes, acobardados por aquellos ojos penetrantes, no osaron hablar ni moverse durante el resto de trayecto. Y así fue, nada más llegar a la ciudad califal, Alí vio como consolaba a la esclava y conducía al hombre vil, firmemente agarrado por el brazo, ante la justicia, dejando a la agradecida muchacha bajo el amparo de la misma. El ratero estaba emocionado por la nobleza y valentía de aquel acto. Amir doblaba en aquellos momentos la esquina y se internaba en uno de los callizos.

Mayus, ese mismo día en casa de al-Tamayib, refirió esta curiosa anécdota a su amigo que pareció muy impresionado con la historia y preguntó por el aspecto del noble escribiente, extremo al que Mayus no supo dar repuesta. Pero pareció tan interesado el percusionista en conocer esta suerte de detalles que el vascón, al día siguiente, se dio una vuelta por las puertas de la Mezquita tratando de dar con el personaje, a quien no tardó en reconocer tras la apostura de su estampa y la elegancia de sus ademanes. Se detuvo, pues, el liberto en el puesto del calígrafo, y, simulando interesarse por su trabajo, memorizó la mirada, el rostro y el porte del amanuense con el fin de poder aplacar al atardecer la empeñada curiosidad del adivino, que, acaso, comenzaba ya chochear y a sufrir de extraños antojos. Así es que aquella noche, no bien llegó a casa de al-Tamayib, mientras acariciaba a Silofa que se había enroscado en su regazo, Mayus contó el resultado de sus pesquisas, sorprendiéndole el astrólogo al revelarle que, picado por la curiosidad, él había hecho otro tanto esa mañana y que escuchase con atención, pues se disponía a desvelarle el motivo de aquel desmesurado interés por un, hasta ahora, desconocido y oscuro calígrafo.

Por vericuetos bien distintos a los de Mayus y al-Tamayib, Oría tuvo también noticias del nuevo copista que se ofrecía en la Mezquita. Fue Lubna quien, una tarde de aquella primavera en su cotidiana visita a al-Zahra, le habló de los estragos que un chupatintas de enigmática hermosura estaba causando en el ejército de pasantes que gobernaba su rival Walada. La misma Walada, siempre mordaz con cuantas padecían de amorosas fiebres, había sucumbido a los atrayentes encantos del escribiente que por su descarada juventud bien podría ser su hijo, llegando, incluso, a manifestar la pasión que le devoraba en humillantes evidencias sólo propias de hombres y de mujeres, tan pagados de sí mismos o tan cegatos, que apenas se percatan de que el tiempo corre y vuela también para ellos, trocando donosuras y encantos en veteranía y ranciedad, las cuales, aireadas sin discreción, acaban resultando caducas, guiñapas y rídiculas. Walada, pues, desde el mes de enero, entontecida por el amor y no poniendo en duda que aún conservaba el duende y la retrechería de los tiempos mozos, se presentaba, un día sí y otro también, acicalada con juveniles indumentarias que evidenciaban con cruel patetismo sus soledades y hambrunas, ante el tenderete del muchacho. Una vez allí, con fútiles pretextos, llamaba la atención del escribiente, dedicándole mohines, sonrisitas y pícaras miradas. Dicen que una tarde se descolgó en la Mezquita toda envuelta en gasas y que sus cimbreos frente a la mesa del pasante, trágico remedo de las evoluciones de las danzarinas de la corte, hacían oscilar, de un lado a otro igual que las ubres de una vaca anciana, las carnes envejecidas de la poetisa. Lubna no se molestaba en esconder el regocijo que toda aquella historia le proporcionaba. En otra ocasión, prosiguió, simulando una súbita flojedad, solicitó socorro del mozo y, no bien éste corrió a sostenerle, alegando que la causa de aquel desmadejamiento se debía a un ahogo repentino, retiró el velo del rostro, dejando ver unos labios que ahora estaban tan fruncidos por las arrugas como el encogido trasero de un mono. El copista, continuó Lubna, al comienzo soportó con delicadeza y elegancia los atosigamientos de Walada, permitiéndose, eso sí, algún que otro comentario encaminado a manifestar que sus gustos iban por otros derroteros, pero la funcionaria no parecía darse por advertida, muy al contrario, a medida que el galán insinuaba con ahínco mayor su rechazo, ella intensificaba las visitas a la Mezquita, avivada la pasión por lo que calificaba de exquisita timidez de aquel joven que no se atrevía a declarar su amor. Y así continuó la amanuense hasta que, por fin, el muchacho no tuvo otra opción que rogar a la mujer, con educación pero con la suficiente claridad para que no hubiera resquicios a malentendidos y embrollos, que dejase de una vez de molestarle y que hiciese el favor de no volver a aparecer por su puesto. Walada dicen que escapó de allí roja de humillación y de nuevo volvió a ocuparse del taller caligráfico, que, por cierto, con esta idas y venidas andaba manga por hombro, pero, a pesar de tales avatares, la pasión que experimentaba por aquel hombre no había disminuido. Ahora, según referían las calígrafas, la poetisa desahogaba su dolorido corazón componiendo largos y elegiacos versos que hacía llegar al díscolo amado en la inútil esperanza de verse correspondida, sin embargo estos extremos no hacían sino aumentar el empalago y hastío del joven que, al parecer, cambiaba de rumbo no bien avistaba una mujer que, aun remotamente, recordara a la desgraciada amante.

Oría, aunque Walada no era santo de su devoción, se sintió entristecida por aquella historia y recriminó a Lubna su regodeo. Lubna, por su parte, atribuyó al embarazo los caritativos sentimientos que el chisme había provocado en la Favorita, pues, a su entender, Walada no se merecía ninguna compasión, o ¿acaso había olvidado los días amargos que le hizo pasar en el taller?. Djafar recordaba todo aquello, pero, ciertamente, los temores que, día a día, cercana ya la fecha de parto, le atormentaban y que la evidencia de aquella enorme barriga no hacía sino recrudecer, junto con la proximidad del milagro de tener al hijo entre sus brazos y los enternecedores sentimientos que este suceso provocaba en su ánimo, teníanla sumida en un estado de vulnerabilidad y delicadeza que le hacía sentir cualquier sufrimiento como propio. A sólo un mes del alumbramiento, junio tocaba a su fin, la futura madre estaba lejos de compartir las malevolencias que divertían a su amiga y que en otras circunstancias hubieran sido motivo de chanzas, reflexiones y deliciosas cotillerías. Nunca como entonces deseó tanto que el mal no fuera sino una fantasía, que su niño llegase a un mundo del que el dolor estuviese desterrado. Así que rogó a Lubna no hablase más de aquella historia.

Una mañana, en que el calor apretaba y Amir, aburrido, deslizaba el cálamo cumplimentando uno de los trabajos que le habían encomendado, vio aparecer un curioso personaje que, con descaro, plantó su diminuto cuerpecillo frente al tenderete y no quitaba ojo de los movimientos que él realizaba. El hombre, de oronda testa, contemplaba, con admirativa actitud, las destrezas del amanuense y, siempre que los trazos dibujados por el copista le parecían finos, limpios o enérgicos, batía palmas con las enormes orejas de proporciones poco usuales que remataban, a diestro y siniestro, su melondro, el cual estaba protegido por leve pelusilla y algún que otro mechón descolorido. El muchacho aquel día, quizás a causa del sofocante calor que ni la umbría de los cobertizos de la Mezquita lograba, como otras veces, paliar, estaba irritado y enojadizo. Amir, que aún no se consideraba repuesto de la historia con Walada, iba soportando, no sin hartura, aquella presencia, pues sólo faltaba, se decía, que un mochales le tomara ahora afición a sus letras, mas, considerando que al menos a éste no se le desprenderían velos, ni se le zaranderían las carnes, continuó con el trabajo olvidándose del entusiasta y tratando de convivir pacíficamente con su mal humor. Y así hubiese trascurrido la jornada a no ser porque el jareta, en un momento dado, sacó de no se sabía donde unos crótalos y, por el ritmo y repique que infundió a los palillos, el escribiente se dio cuenta de que le llamaba. El chupatintas, con cara de pocos amigos, levantó la vista del escrito y fijó la mirada en al-Tamayib con la intención de inquietarle y predisponerle a la marcha, sin embargo, para su sorpresa, el hombrecillo no sólo sostuvo con arrogancia las negras y airadas chispas que escapaban de los bellos ojos del joven, sino que, al abrigo de las hundidas pupilas de aquel músico, el calígrafo quedó hechizado mientras sentía que su admirador le escrutaba las entretelas. Así permaneció el escribiente un buen rato, inmóvil y tieso a causa de tan misterioso sortilegio, hasta que el enano hizo tabalear por tres veces una de sus castañuelas a dos palmos de narices del sorprendido Amir, que, al ritmo marcado por aquella, volvió a su ser. Cuando el pasante, aún aturdido por el encantamiento, se hubo recuperado de la bufonada y contempló a al-Tamayib, éste, para mayor mosqueo, le dedicó una jovial sonrisa. Amir, entonces, dominando su irritación y el desasosiego que sin él quererlo le embargaba, pensó que era mejor olvidarse del personaje y no darse por enterado, tenía entendido que muchas maniobras de los lunáticos no buscan otro objeto que el de llamar la atención, así que se aplicó al trabajo mirando de reojo a su admirador. Al-Tamayib dejó que el joven continuara con las escrituras durante algunos minutos y, luego, repetió el redoble de atención, el cual produjo en el plumista, muy a su pesar, iguales efectos paralizadores que antes. Esta operación fue reiterada seis veces consecutivas por el mago. Por fin, en una de esas, Amir, intuyendo estar a merced de aquel simple, increpó al estrafalario sujeto conminándole a que se largara de la Mezquita. Al-Tamayib escrutó ahora al amanuense con expresión grave y, rogándole sosiego, dijo que escuchase con atención sus palabras. El era adivino y lo que tenía que anunciarle podría serle de gran utilidad para su propio futuro y para el futuro de las gentes de aquel país, el poder que descansaría en sus manos iba a ser casi tan grande como el del Califa. Amir se sintió halagado por estas palabras pero, como era hombre práctico y consideraba un descrédito a su inteligencia hacer caso de vaticinios, respondió al discurso del geomante con una sonora carcajada. El brujo, sin embargo, no pareció darse por vencido y continuó diciendo que las capacidades que adornaban al muchacho, inteligencia, voluntad, carácter, sensibilidad, agudeza y pasión no podían ser mejores, ahora bien, existía en él una fuerza maléfica que, de no domeñarla, terminaría por hacerse dueña de su corazón y por reinar en su espíritu con siniestros frutos, y era ésta la diabólica pasión de poder que desde niño le acompañaba. Las últimas palabras del adivino hicieron tanta gracia al escribiente que a poco desbarata el trabajo de la mañana, tales eran los palmetazos y contorsiones con que jaleaba su risa. Entonces al-Tamayib, cosa rara, perdió los estribos ante lo que juzgó necia incredulidad hacia sus pronósticos, él que había sido requerido por el propio Príncipe de los Creyentes, y, antes de alejarse, espetó con ira al joven, está bien al-Mansur billah, Almanzor para los cristianos, morirás en Medinaceli, todo cuanto construyas y erijas será destruido, una mujer se convertirá en el peor de tus enemigos y, vociferó con rabia, algunos te llamarán jorobado.

Dicho esto se despidió de Amir, que irguió al instante el tórax, el último vaticinio escupido por el astrónomo, a pesar de las risas y de abominar de augurios no había perdido ni ripio de la perorata del quiromante, le había llegado al alma, él tenía a gala ser uno de los hombres mejor plantados de toda Córdoba. Luego, sin dar mayor importancia al sucedido, pero sintiéndose de un humor excelente en contraste con el que desde la mañana le dominaba, se enfrascó en su trabajo.

Aquella noche al-Tamayib comentó la peripecia del día a Mayus. Ese era el hombre, no le cabía la menor duda. Los rasgos de su pulcra escritura le delataban, eran poderosos, avasalladores, emocionados, magníficos. ¿Y qué decir de sus pupilas?, gracias al irritante tabaleo de los crótalos había logrado escrutar el fondo de aquellos ojos que le miraban airados y esas aguas negras de singular hermosura estaban pobladas de imágenes heroicas, de inteligentes proyectos, de actos justos, pero también de la devoradora ambición, que, de sucumbir a ella, le llevaría a cometer, con la saña y la crueldad que sólo un hombre dotado de tan exquisito entendimiento y espléndido vigor podía ser capaz, las acciones más pavorosas junto a las de sin igual belleza. Mayus escuchó al percusionista con aire ausente. Sus preocupaciones del momento rumbeaban camino de al-Zahra. Oría se hallaba a punto de dar a luz y el parto podía ocurrir en cualquier momento. Toda Córdoba seguía con curiosidad aquel nacimiento pues se comentaba que un adivino había anunciado al Califa que iba a ser padre de un varón. Lubb y Alí, quienes por su ir y venir entre las dos metrópolis y por su convivencia con toda clase de pasajeros estaban siempre al tanto de las nuevas que sucedían, contaban que, al decir de las gentes y de los criados de la corte, durante aquellos días se habían suspendido todas las audiencias del soberano, sólo atento a los menores deseos de la Favorita, que era al-Mushafí, el primer ministro, quien se ocupaba de los asuntos del gobierno y que los más eminentes médicos de Córdoba y las más expertas comadronas estaban alojados en palacio a la espera del acontecimiento. Mayus, sin embargo, no podía evitar un tonto desasosiego. En vano al-Tamayib le recordaba el futuro favorable avistado en sus pronósticos, el vascón sentía renacer el escepticismo en las artes del quiromante ahora que estaba en juego, según él, la vida de su amiga, confesión ésta que enfurecía, y no sin razón, al brujo pues, ciertamente, hasta el momento sus adivinaciones se habían cumplido.

Y, unos días más tarde, llegó la noticia. Los augurios de al-Tamayib resultaron precisos. Poco después del atardecer, Oría había dado a luz un varón. El parto fue duro, deshaciéndose en alabanzas médicos y comadronas por la entereza de la madre que en ningún momento se dejó llevar del histerismo y la nervosidad, loas que hacían sonreír a Oría, bien sabía ella que en la vida hay tragos inevitables ante los que de nada sirven las pataletas y berrinches, en tales casos, lo sensato es emplear las pocas fuerzas de que dispongamos en pasar el trance lo mejor posible. La criatura, a la que pondrían por nombre Abd al-Rahman en memoria de su ilustre abuelo, era rubia como sus padres, de tronco largo, piernas cortas, continuando la tradición de los Omeyas vascones, y de ojos negros muy similares a los del Califa. En zocos, plazas y mentideros volvieron a estar de moda los orígenes norteños de los soberanos y las peculiaridades raciales que de aquellos se derivaban. Desde Abd al-Rahman III, todos los monarcas islamitas eran pálidos y de dorada tez, como los reyes cristianos, sus enemigos. De nuevo se habló de la habilidad de las vasconas para conquistar corazones reales. Hubo quien insinuó, Walada y las calígrafas no andaban lejos de aquellos infundios, que el recién nacido nada tenía que ver con el monarca durante tantos años engendrador de hembras, pero el singular parecido de la criatura con al-Hakam dio poco pábulo a tales hablillas

Mayus, conocida la noticia, tranquilizó sus ánimos y pidió disculpas al amigo por su falta de fe. Pero ahora era el alquimista quien andaba agitado, y no le faltaban razones a al-Tamayib para tal nerviosismo aunque Mayus tratara de aquietarle recordando el sereno carácter del Príncipe de los Creyentes. El hombre era consciente de que, de un momento a otro, sería llamado a palacio para trazar el horóscopo del heredero y esta consulta iba a ponerle en un brete, pues por las manos de al-Hakam sabía que aquel niño moriría en su más tierna infancia, poco después de que Oría hubiese parido un segundo varón. Los deseos de sucesión del soberano se iban a ver cumplidos con la llegada de un nuevo heredero, sin embargo, el asunto no dejaba de ser peliagudo. Mayus estaba tan satisfecho con que la muchacha hubiese superado felizmente el doloroso trance del parto, que apenas se daba cuenta del terrible sufrimiento que el vaticinio de al-Tamayib iba a causar a su amiga y, en su euforia, decía que el segundo hijo aplacaría las angustias de la pérdida del primero, sin percatarse de que para una madre cada hijo es irreemplazable.

Pocos días después al-Tamayib fue llamado a palacio. Y, otra vez, escoltados por la guardia y acompañados de Yafar, ambos amigos se dirigieron a Madinat al-Zahra.

Capítulo VIII

TRES AÑOS DESPUÉS de los acontecimientos relatados, Oría dio a luz a su segundo hijo, que, para regocijo del monarca y honra de al-Tamayib, resultó ser varón, cumpliéndose de este modo los vaticinios del astrólogo. El quiromante aguardaba ahora el trance luctuoso que le habían anticipado sus artes agoreras y, en los últimos días, las tertulias con Mayus, que casi siempre tenían lugar en la vivienda recientemente adquirida por el liberto, versaban sobre la proximidad de tan triste suceso. Mayus había encontrado, al fin, una casa cómoda cerca del río y vecina a la de Abd al-Malik, su antiguo amo y ahora socio. La vivienda disponía de patio y de un huerto pequeño que el vascón cultivaba, nostálgico y con espontánea destreza, en memoria de su infancia y de sus antepasados labradores. La grata brisilla que escapaba del cercano Guadalquivir, junto a la fresca sombra de las arcadas del claustro y a la amenidad y lozanía de aquel plantío, hacían el lugar grato y apacible. La gata Silofa, a la que al-Tamayib transportaba hasta la casa de Mayus sobre el hombro como si de un simio se tratara, amaba no poco aquellos dominios que le permitían ejercitar sus dotes de cazadora, no faltaban ratoncillos, lagartos, saltamontes y otras bestezuelas al arrimo de los cultivos, sucediendo cada anochecer, para desesperación de los dos contertulios, que la zapirona, no bien se percataba, sea por la languidez de la conversación, sea por la entonación propia de las despedidas, de que el momento de regresar al modesto hogar del amo había llegado, corría a esconderse en lugares que resultaban muy difíciles de dar para el adivino y el vascón, debiendo emplear los hombres sus buenos ratos en encontrar a la micifuza, pues al-Tamayib, acostumbrado a la presencia de ésta y a los benéficos efluvios que, decía, se desprendían del animal, no quería ni oír hablar de marchar solo a su morada. Aquella tarde de otoño, los dos amigos conversaban en el huerto. Las rosas blancas, las manzanas y los membrillos en sazón eran un contento para la vista y un deleite para el olfato. Silofa mordisqueaba unos rastrojos que, según al-Tamayib, poseían extraordinarias propiedades curativas y que la minina, con su peculiar instinto, se recetaba por precisar de sedativos a causa de las alteraciónes de talante que el ir y venir entre las dos viviendas le producía. Los dos hombres no hacían sino dar vueltas sobre el mismo tema. Ambos, razón no les faltaba, desconfiaban de la atención que el Califa prestó a las palabras del quiromante aquel lejano día en que, poco después del nacimiento de Abd al-Rahman, fue llamado el brujo a palacio para trazar el horóscopo del recién nacido. Al-Tamayib, verdad es que con muchos rodeos e intrincado discurso, advirtió al monarca que la vida de su retoño iba a ser más bien breve, por no decir casi un relámpago, pero que la llegada de un nuevo vástago, meses antes de que esta desgracia ocurriera, solucionaría el asunto de la sucesión. Sin embargo, el soberano, y en esto convenían los amigos, parecía no haber hecho mucho caso de la primera parte del vaticinio, abrazando y besando al mago en el instante en que escuchó que aquel le anunciaba el nacimiento de otro hijo varón, como, en efecto, había ocurrido, y ahora sucedía que el Califa, a quien el brujo no había tenido oportunidad de recordarle el agüero porque el monarca no requirió sus servicios para trazar el horoscopo del segundón, pareciéndole suficientes en aquella ocasión los augurios y pronósticos de los adivinos oficiales, iba a ver morir a Abd al-Rahman y, en consecuencia, reprocharía al arúspice la pobreza de las adivinanzas que un día éste le anunció. Mayus y al-Tamayib, debido a razones bien distintas, el agorero quería preservar su honrilla profesional repitiendo al monarca el auspicio de aquel día punto por punto, el vascón quería preparar a Oría para el gran dolor que le aguardaba, se estrujaban ahora los caletres tratando de encontrar el modo más natural y oportuno de alertar a los felices padres de la pérdida en su momento presagiada.

Durante aquellos tres años, no habían vuelto, pues, los dos amigos por el palacio califal. Mayus, en su fuero interno, estaba dolido con la muchacha que, tras alcanzar una encumbrada posición, parecía haberse olvidado del vascón. Estos sentimientos, que se cuidaba mucho de traslucir si algún conocido se interesaba por las relaciones del liberto con su distinguida amiga, afloraban en las noches en que Mayus y al-Tamayib decidían sumergirse en las dejadeces y descuidos que proporcionan los buenos caldos, a los que eran aficionados en ocasiones, y, entonces, bajo la luz melancólica de la luna y de las estrellas y al arrullo de la soberana tranca, zorrón o turca que ambos de común acuerdo se pillaban, el vascón caía en desconsolado llanto por el abandono de Oría, en tanto que al-Tamayib, que decía entender las tristezas del liberto, trataba de consolarle, con etílica tozudez, mediante los exquisitos sones que a él le arrancaban las ensoñaciones musicales inspiradas por el vino, combinándose en tales músicas disonantes tabaleos de crótalos, silbidos primitivos y originales gruños, los cuales conseguían aumentar el desconsuelo de Mayus y hacían huir a la gata a otros horizontes más apacibles. Sin embargo, el percusionista, ajeno al particular efecto que sus entusiásticos redobles provocaban en el ánimo del amigo y de la minina, aplaudía esta grillera acompañándola de grandes y jolgoriosos gritos para terminar, luego, él también llorando a moco tendido, emocionado por la sensibilidad de sus propias y sublimes creaciones.

Aquel día se reunieron los dos amigos en casa de Mayus y la parla volvió a recaer en el asunto que les tenía preocupados y al que no terminaban de dar una solución. Hasta que de pronto al-Tamayib hizo sonar las castañuelas con inteligente repique, ordenando silencio a Mayus que en aquel momento se explayaba en un larguísimo discurso, todo él entremezclado de sesudas reflexiones, las mismas que llevaban días repitiendo. Enmudeció, pues, el vascón y esperó a que el músico se explicara. Al parecer, las mientes del quiromante se habían visto saludadas por un plan cuyo éxito venía avalado por la historia y era éste que, siguiendo una ancestral costumbre de los persas, dejasen, por fin, de marear la perdiz y eligieran entre una decisión adoptada en estado sobrio y otra elucubrada bajo los efectos de una borracha espectacular. Una vez consumadas y rematadas las dos deliberaciones, se trataba luego de estudiar ambas pues, al haber sido decididas en tan dispares estados de mente, tendrían la virtud de ofrecer un rico abanico de alternativas, incrementando así las posibilidades de dar con la que fuera más certera. A Mayus no le pareció mal la propuesta, o bien no le disgustó aquello de que, tontamente, un día cualquiera se entregasen al dulce adormecimiento de un buen vino, así es que se dispusieron a la prueba. Un sol calentito despertó por la mañana a los consultantes, llamando suavemente con sus rayos en aquellas testas abandonadas entre los rosales blancos de otoño. Silofa recibió la tibia polvorilla primeriza con placer y se enroscó bajo la luz para dormitar un rato más. A su aliento despertaron también Mayus y al-Tamayib, resecos, áridos, desérticos, la cabeza extraviada y el estómago harapiento. Entonces, sin decirse nada, se incorporaron de entre el vergel, ayudándose para ello en los delicados cuerpecillos de las flores que perdieron muchos pétalos con aquellas sacudidas, y, pronto, se encaminaron torpones a despabilarse cada uno a su manera, al-Tamayib hundiendo la cabezota en el agua fría de la pila del patio, Mayus dando un buen tiento a las escasas sobras del vino de la noche pues decía que este era el mejor remedio para aquellas ofuscaciones, el caso es que, recobrados sus talentos, se dispusieron a comparar las sentencias resueltas, para lo cual acercáronse a la mesa que el día anterior proveyeron de arena con el fin de escribir en ella los dictámenes alcanzados. Y resultó que la resolución tomada en la cordura pareció a ambos dilatoria y timorata, hablaba de esperar, dar tiempo al tiempo, verlas venir y otras consideraciones de esta índole, y, sin embargo, aquella que resolvieron durante la noche, y de la que ahora ninguno de los dos hubiera podido dar razón, fue a su entender de una sensatez meridiana, viniendo a decir que si la montaña no va a Mahoma, es Mahoma quien va a la montaña, o lo que era lo mismo, el no haber sido invitados a palacio no tenía por qué constituir un tropiezo para sus afanes pues que ellos mismos se habían de invitar so pretexto de ofrecer al soberano, como obsequio por el nacimiento de su nuevo hijo, el presente de un horóscopo, ofrenda que el monarca, sin duda, aceptaría encantado. Y dicho y hecho, luego que estuvieron adecentados, caballera Silofa en el hombro de al-Tamayib, aquel día la minina viajera, a buen seguro, tendría que redoblar su dosis de rastrojos, se dirigieron al mercado grande para trasladarse en uno de los transportes del vascón hasta al-Zahra.

En efecto, al-Hakam, no bien le anunciaron que el arúspice y su amigo solicitaban audiencia, dio orden de que dejasen pasar a los dos hombres a quienes recibió con claras muestras de contento, sus malicias respecto a Mayus se habían desvanecido al cabo de tres años y sólo recordaba que gracias a aquel vascón había encontrado a su enamorada y se había derramado sobre su real existencia un chaparrón de beneficios. La felicidad daba confianza al Califa que, sabedor de la alegría que iba a proporcionar a Djafar aquel encuentro, mandó a los esclavos en busca de la Umm Walad, madre del heredero. Este nombramiento, que otorgaba a Oría el puesto de primera dama de la corte y le convertía en dueña de una gran fortuna personal, le fue conferido a la esclava poco después del nacimiento de Abd al-Rahman, al ser reconocido el niño como el único heredero al trono del califato. A aquella dignidad iban emparejadas un sinfín de prerrogativas, entre otras muchas, el curioso y cromático privilegio de poder utilizar el color rosa, símbolo de dicha, reservado exclusivamente a las favoritas que alcanzaban ese rango. El monarca, mientras aguardaban la llegada de la concubina, se excusó, con inusual delicadeza en ayuntamientos de reyes y sultanes, por no haber requerido los servicios del mago tras el nacimiento de su segundo hijo, achacando el hecho a los múltiples asuntos que le tenían absorbido. Al-Tamayib agradeció sinceramente la finura del soberano. Luego al-Hakam se interesó por la michina a la que dedicó carantoñas y bisbiseos que fueron muy bien recibidos por el animalito. Y en estas estaban cuando apareció Oría, los alumbramientos habían dado a su cuerpo serenidad, madurez y asentada belleza que los ricos atavíos de efebo, marcaban pícaramente sus curvas un sí es no es más orondas tras los partos, realzaban, pareciéndole al vascón la más hermosa de las mujeres. La joven corrió como en otros tiempos a echarse en brazos de su amigo que le apretó conmovido contra su corazón. Al-Tamayib, temeroso de que el monarca se sintiese de nuevo alanceado por los achares, cortó en sano aquellas efusiones diciendo que el asunto que les había llevado a palacio era de una gravedad suma y de la sola incumbencia de los soberanos por lo que rogaba a al-Hakam despachase de la sala a cuantos en ella se encontraban, cosa que el monarca ordenó al punto. Yafar, que de un tiempo a esta parte se dolía del cruel destino que le obligaba a desalojar las reales estancias no bien se presentaban ocasiones sabrosas, fue el último en salir, prometiéndose a sí mismo ingeniárselas para, de ahora en adelante, hallar el modo de ser testigo invisible de todo lo que sucediera en torno al monarca, pues le parecía indigno que dos insignificantes como aquellos tuvieran más audiencia que él, al fin y al cabo primer mayordomo, y pudieran estar al tanto de secretos referidos a la corona que a un chambelán le eran vedados. Una vez solos los monarcas, Mayus y al-Tamayib, poniendo éste último un máximo de cuidado en las palabras que invertía, anunció a los padres, la seriedad en el tono de voz del quiromante parecía tenerles escamados, que, según sus pronósticos, negras amenazas se cernían sobre la pobrecita cabeza del primogénito. El mago, aunque en ningún momento habló de irreparables sucesos, supo, con tacto exquisito, hacer temer lo peor a los monarcas, que se abrazaron el uno al otro intentando darse fuerzas en aquel trance. Oría fue la primera en recuperar la cordura. Y entonces, con voz trémula contó a sus amigos que, desde el nacimiento, el niño había sufrido de mil y un alifafes. Su delicada complexión hacía que cualquier nadería, que otra criatura superaba sin contratiempos, se enredase en él con un montón de complicaciones. Y, dirigiéndose a Mayus, continuó que, si en tan largos meses nada había sabido de ella, la causa estaba en aquel hijo desventurado. Nadie podía imaginar las angustias y soledades que, día a día, venía sufriendo. Ella no se dejaba engañar con las tranquilizadoras palabras de los médicos de la corte que aseguraban al Califa, acaso para no causarle pesar, ser frecuente en naturalezas similares a la del heredero el fortalecimiento físico tras unos primeros años de blandenguería y desmedro, pronóstico que despreocupaba al soberano quien me tildaba de melancólica y sombría cuando le abría mi atribulado corazón. Mayus a punto estuvo de deshacerse allí mismo en llanto recordando todos los torpes sentimientos que imaginó en su amiga durante esos años de silencio. Oría prosiguió diciendo que la situación empeoró con el nuevo embarazo pues Abd al-Rahman, acaso agudizada la sensibilidad del infante por los sufrimientos que le deparaba su natural enfermizo, era de una clarividencia y susceptibilidad, yo diría que hasta malsana, a su corta edad pareció darse cuenta del nuevo estado de gravidez en que me hallaba, germinando en él desde entonces torvos celos a cuyo dictado se negaba a probar cualquier alimento. Hoy es el día en que, nacido el nuevo príncipe, Abd al-Rahman apenas tiene fuerzas para sostenerse en pie fuera de la cuna. Dicen los médicos que este empeoramiento remitirá no bien se acostumbre a la compañía de su hermano y al tiempo que comprenda que por haber llegado Hisham no son menores los cuidados y cariños que a él se le prodigan. Sin embargo, algo me dice que mi hijo no va a sanar. Y Oría rompió en desconsolado llanto que aumentó la congoja del Califa y de sus amigos, sabedores de que nada podían hacer por llevar la felicidad a aquel corazón. La joven, viendo el dolor que sus lágrimas causaban, dominó sus dolientes sollozos y dijo a al-Tamayib que, por tanto, no temiese haber sido, con aquella noticia, el perpetrador de su desconsuelo ya que desde el nacimiento de la criatura terribles presagios le atenazaban.

En aquel momento, una figura se coló en el salón a través de una de las puertas que comunicaban la estancia con las alcobas laterales que a ella se abrían, era Muhammad ibn Abi Amir, aquel al que al-Tamayib llamó una mañana al-Mansur o Almanzor, quien, al parecer, alertado por el llanto de la sultana, irrumpió entonces en la sala.

Si en los últimos tres años transcurridos había cambiado mucho la vida de Oría, lo mismo podía decirse del humilde escribiente que prestaba sus servicios a la puerta de la Mezquita. Todavía, algún tiempo después del episodio con el percusionista quiromante, Amir se las seguía apañando con los menguados beneficios que le producía el empleo de copista, amanuense, escribiente, plumista o chupatintas. Pero un día, gracias a una buena estrella o a sus propios manejos, entró a formar parte, como subalterno, en el Tribunal de Córdoba. Ocupaba el puesto de cadí, por aquellas fechas, Muhammad ibn al-Salim, en sustitución del gran Mondhir ibn-Said-Bobluti, muerto en diciembre del 966 según el calendario politeísta, aquel que abandonó la fiesta, en la que Oría fue la elegida de al-Hakam, poco antes de la entrada de las odaliscas. El trato entre el joven Amir y Salim, ya desde los comienzos, fue complejo y tormentoso. Ambos hombres se distinguían por sus caracteres fuertes e indomables, sin embargo, los espíritus que sustentaban tan poderosos temperamentos eran de muy distinta hechura. Al cadí, la vida y sus circunstancias le habían atemperado el carácter, inclinándole, las más de las veces, hacia la perfección, la rectitud y la mesura, en tanto que, hallándose en posesión de uno de los empleos de mayor dignidad de la corte y colmadas, pues, sus ambiciones, solamente aspiraba a conservar aquel puesto durante mucho tiempo, ahora, también es cierto que cualquier tosquedad o desacierto de sus subordinados irritaba al juez con ciega cólera, pues que, a su edad, no admitía que ningún desmañado del servicio deslustrase el buen nombre que con no poco esfuerzo había sabido labrarse. Amir, por el contrario, poco tenía que perder y mucho se le apetecía ganar, en consecuencia, aunque admiraba y respetaba la justeza, rectitud y sabiduría del cadí, su embeleso por aquel no se estiraba hasta el punto de alabar cada una de sus decisiones además, creyéndose elegido para más altos designios y considerando su estadía en el tribunal como simple escala de paso hacia órbitas más encumbradas, la dignidad del magistrado no le infundía la reverencia que a otros, lo que, unido a sus fogosidades y a los ímpetus propios de la juventud, le hacían a los ojos de Salim molesto y puñetero. Al-Mansur, a diferencia de muchos que sólo saben atraer hacia sí el favor de los poderosos mostrándose de continuo serviles, pelotilleros y lameculos, honraba al superior con todo el respeto que el predicamento de aquel merecía pero no dudaba en manifestar sus discrepancias ni en reivindicar los logros, que justamente creía hijos de su buen hacer, a despecho del gran cuestor, muy propenso a considerar cuantos lucimientos allí se forjaban madrigados de cosecha propia, en tanto que los reveses se los sacudía al punto, yendo a caer los malqueridos en el ayudante que más a mano le viniera. Por todo esto, es de imaginar que Salim no viajaba muy complacido contando entre su tropa con aquel avisado aprendiz, empero, recto caballero al fin, no dejaba de reconocer la valía del organizado cerebro del ayer escribiente y, como resultaba difícil achacar negligencia o desatino en la realización de aquellos asuntos que se encomendaban al muchacho, el hombre no veía la hora de quitarse de encima aquel forúnculo que, sin saber cómo, le había tocado en suerte. Amir, con todo, sentíase por el momento a sus anchas en este trabajo que le había permitido escapar de la oscura galería de la Mezquita, en donde tan sólo se codeaba con ignorantes clientes, y que le ofrecía la oportunidad de poner en práctica los conocimientos adquiridos durante los años de estudio, aprender de yerros, ilustrarse en la variedad de casos que en la magistratura recaían, observar a cuantos hombres insignes frecuentaban al cadí y, por último, hacerse notar ante aquellos principales aunque para lograrlo pusiese en evidencia algún descuido o desliz de Salim al que, siempre que esto ocurría, se lo llevaban los demonios. Una tarde, sea porque hacía ya tiempo que llovía sobre mojado, sea porque aquel asunto le pareció al juez que pasaba de castaño oscuro, el alto dignatario se decidió, de una vez por todas, a buscar mejor acomodo para el brillante joven y, sin más dilación, encaminó sus pasos al palacio del gran visir al-Mushafí, primer ministro del Califa al-Hakam, en Madinat al-Zahra.

El suceso que había inclinado a Salim a tomar una resolución tan drástica, aunque parezca chocante, había tenido paradójicamente la virtud de librar al gran árbitro de un desbarro morrocotudo que hubiese puesto en entredicho la sobresaliente reputación de que gozaba, pero, así son las cosas, el reconocimiento de que gracias al plante de Almanzor, contravino éste sus órdenes con el mayor descaro y sin ahorrarse comentarios sobre la inadecuación y la estulticia de la sentencia dictada por el juez, se había salvaguardado su buen nombre, fue precisamente lo que determinó al cadí a desembarazarse del listillo, primero porque la presencia de éste le iba a traer a la memoria, un día sí y otro también, aquel episodio que era preferible olvidar, segundo, porque si el subalterno, ya antes de este asunto, era soberbio y arrogante, no digamos nada del alcance de sus humos a partir de entonces. El espabilado muchacho no tardó mucho en darse cuenta del gran favor que con su desobediencia había procurado a Salim y aquel incidente le sirvió para reafirmarse en la constatación de sus notables dotes, pues que, siendo su experiencia corta y sus años pocos, había sabido ser más astuto que el magistrado más prestigioso de Córdoba. Y como, a causa de tan desagradable caso, Salim no podía prescindir sin más ni más de aquel mozo que, bien sabía él, no tendría el menor empacho en proclamar a los cuatro vientos el ocurrido si caía en la tentación de arrojarle del tribunal bajo cualquier pretexto, concluyó que la única manera de zafarse del impertinente era elevar a éste a un puesto más postinero e importante, para lo cual nada mejor que solicitar el concurso del gran visir al-Mushafí que estaba al tanto de todos los ires y venires de la corte.

Al-Mushafí, visir, poeta, hijo de un berberisco valenciano preceptor de al-Hakam, recibió a Salim con toda pompa y obsequiosidad y, tras las obligadas cortesías interesándose por la familia y la salud del gran juez, preguntó al cadí a qué se debía su agradable visita. Salim, entonces, sin andarse con rodeos, dijo tener entre los subalternos un joven de cualidades extraordinarias, perteneciente a la antigua y noble familia de los Amiríes, aquí se explayó refrescando la memoria del hayib sobre los ilustres antepasados parientes de Almanzor, luego, explicó, en tono de confidencia, que producíale gran pesadumbre ver a un muchacho de tan altos talentos malgastando estas prendas en cometidos oscuros y mediocres, pues el estricto escalafón del tribunal hacía imposible otorgar al aventajado joven responsabilidades mayores que permanecían reservadas para otros hombres con más años de experiencia y con mayor antigüedad en el oficio, este era el motivo por el que, a sabiendas de que de prosperar su gestión iba a perder a uno de los funcionarios mejor preparado y de mente más despierta del Tribunal, venía a informar al ministro para, en el caso de urgirle una persona de valía probada, echara mano de Amir, ya que no dejaba de ser triste ver que la corte, tan empobrecida a veces de mentes cualificadas, desaprovechaba, por falta de información, hombres como aquel al que se refería. Al-Mushafí agradeció mucho al juez esta recomendación que, confesó, venirle al pelo, debido a que se daba la circunstancia de que el Califa precisaba de un intendente que fuese digno de administrar los bienes del heredero, el pequeño Abd al-Rahman, así como los de la Umm Walad, la favorita Zobh. La presentación de los candidatos para el puesto iba a tener lugar la semana próxima y, aunque ya contaba con una docena de aspirantes que ofrecer a los monarcas, a su entender, a ninguno de ellos adornaban todas de las facultades que el cargo requería, destino en extremo delicado pues, amén de tratarse del manejo de dineros ajenos, obligaba a inmiscuirse en la vida privada de las personas reales, exigiendo, como sin duda se hacia cargo el juez, discreción suma, inteligencia y personalidad. Y así quedaron los dos hombres en que Amir, avisado por Salim, formaría parte de los pretendientes a aquella dignidad, confiando en que la Favorita, de quien dependía la elección y podía asegurar Salim que la vascona era de ideas claras y porfiadas, tuviera a bien decidirse por el joven del que tan buenas referencias le ofrecía. Ya en la puerta y con jovialidad, el visir preguntó al cadí sobre los atributos físicos de su candidato, ya sabía la importancia que a tan fútiles cualidades conceden las mujeres, a lo que Salim se apresuró a contestar haciendo una descripción tan detallada y ponderativa de los ojos, boca, manos y talle de aquel joven que el hayib le despidió bajo la sospecha de que los juicios que el muchacho merecían al recto cadí acaso anduvieran un tanto trastocados por amorosos influjos. Una comprensiva sonrisa aligeró el casi siempre adusto rostro del gran visir.

Salim partió de Madinat al-Zahra ligero como el viento, aquel cargo venía que ni pintiparado para las aspiraciones del rebelde subalterno que no se pensaría dos veces la conveniencia de participar en un concurso del que tal vez obtuviera la entrada en la corte y, después, él solo, el muchacho no escondía que picaba alto, encontraría el modo de ampliarse horizontes. Durante el viaje de regreso a la capital, el juez se solazó en la contemplación de los primeros brotes que asomaban ya en los almendros, anunciando el esplendor de la aún lejana primavera, corría el mes de febrero, lento, perezoso, y aquellos minúsculos retoños, que con el tiempo florecerían perlinos, albos y nacarados, como copitos de nieve, fueron para el magistrado anuncio de que, por fin, Muhammad ibn Abi Amir partiría rumbo a la corte con viento fresco, de este modo lograba sacudirse al molesto joven al tiempo que le convertía en su deudor, teniendo en cuenta que la entrada de aquel en órbitas reales siempre le sería debida, así que, de hacer carrera el muchacho en tan elevadas regiones, estaría en débito con Salim.

Al día siguiente a primera hora, el cadí llamó a su vivo empleado. El joven, que sabía de la antipatía que su persona despertaba en el juez, se personó seguro de una nueva agarrada y no fue poca la sorpresa cuando encontró a Salim cordial y hasta sandunguero, alegrías que inmediatamente le pusieron en guardia. Salim le rogó enseguida que se acomodara y, con acento confidencial, le puso al corriente de la nueva plaza de administrador real que iba a ser cubierta en Madinat al-Zahra. De hacer caso al principal, no había sido tarea sencilla incluir su nombre en la lista de aspirantes, aunque estaba mal que él lo dijera, aseguraba Salim, muchos fueron los escollos a salvar pues el cargo era goloso y los interesados más de los deseables, pero él tenía a gala defender siempre a su gente y Amir, admitía el juez, gozaba de privilegiadas capacidades que no era justo conminarlas a las tareas más humildes del Tribunal a la espera de una oportunidad que tardaría mucho tiempo en llegar, en fin, que el gran cuestor había apostado por su persona y esperaba fuera merecedor de todas las alabanzas que, sin tacañear, le había dedicado ante el gran visir al-Mushafí. Los roces últimos entre ellos, divagó luego Salim, bien sabía él que se debían a un exceso de celo por parte del muchacho, fruto éste de la ambición desmedida propia de la juventud y tan frecuente en hombres de talento durante sus primeros e inexpertos años de salida al mundo. El concurso, pues, iba celebrarse la semana próxima y, ahora, el magistrado quería conocer si, en efecto, el joven deseaba pujar por la plaza. Amir quedó en suspenso por algunos segundos, después, agradeciendo en primer lugar al dignatario las pruebas de afecto y confianza que su recomendación al ministro significaba, dijo estar ansioso ya de participar en la elección, añadió que el cadí no se iba a arrepentir de sus ponderaciones y que rogaba a Allah le ayudase a lograr aquel empleo. Salim despidió luego al subordinado que se inclinó cortésmente en repetidas ocasiones mostrando así su gratitud ante el cuestor, quien, para su sorpresa, creyó percibir, entre reverencia y reverencia, unos ciertos destellos maliciosos en las candorosas miradas con que se despidió de él el muchacho. Mas, evitando este pensamiento que le irritaba, el cadí concluyó que, fueran o no figuraciones suyas aquellos vislumbres de trastienda que le había parecido adivinar, el asunto estaba terminado y él también oró a Allah para que Amir tuviera éxito.

El día 26 de febrero, Muhammad ibn Abi Amir tomó uno de los transportines de Mayus y Malik y se dirigió a al-Zahra. Al-Mansur estaba tranquilo y seguro del triunfo. Vestía una elegante túnica de corte impecable, que la misma tarde de la entrevista con Salim adquirió para la ocasión aunque en la compra tuvo que empeñar todos sus ahorros. La barba recortada con esmero, la melena algo más larga de lo que los dictados de la moda aconsejaban, cayendo en suaves ondas tan negras como sus ojos, y un ligero perfume seco y viril hacían su presencia grata y atractiva para los restantes viajeros del palanquín. Cuando llegó a palacio, un puñado de aspirantes hacía rato que aguardaban acompañados de sus padrinos. La aparición del joven causó no poca sensación en aquellos pretendientes pues era tal la arrogancia, la gallardía y la distinción de su porte que los infelices creyeron ver en él al funcionario que iba a dar comienzo el turno de entrevistas. El enredo tuvo la virtud de ahuyentar cualquier temor en el muchacho, si es que alguno tenía cabida en su valeroso espíritu. Por fin, apareció un eunuco muy emperifollado que llamó a gritos al primero de los candidatos, era éste un joven menudo con aspecto de sabelotodo que trotó al instante tras el acaponado ujier precedido por su recomendante, hombre destacado a juzgar por la desenvoltura con que se movía por aquellos territorios. Al cabo de un rato, introdujo al siguiente, al siguiente y al siguiente, hasta que le tocó el turno a Almanzor.

Oría cubierta con todos los velos exigidos por el decoro estaba sentada sobre ricos almohadones en el centro de la estancia, Yafar y una docena más de funcionarios rodeaban a la sultana en actitud consejera y paternal. La mirada azul intensísimo de la vascona, en aquellas fechas la salud del pequeño príncipe era fuente de honda preocupación para la madre, resbaló sobre la soberbia figura del nuevo aspirante que tenía sus ojos negros y hermosos clavados, flamencos y soñadores, en la Favorita. Con aquel eran ya diez los entrevistados y tenía ganas de acabar cuanto antes este asunto. Yafar examinó al muchacho con las preguntas de rigor y luego le ordenó que aguardase en la sala con el resto de los solicitantes el término de la ronda de audiencias tras el que comunicarían el nombre del elegido. Amir dejó pues el salón, y ya sonaba el clamoreo del eunuco convocando al siguiente en la lista, cuando Zobh, antes de que el nuevo peticionario irrumpiera en la sala, se interesó por la ausencia de fiadores que acompañasen al muchacho que acababa de salir, a lo que Yafar y los otros respondieron refiriendo someramente la historia de la familia Amiríe, sus escasas influencias, en fin, lo que hasta aquí conocemos. Luego, dieron paso a los tres últimos concursantes.

Por supuesto, al-Mansur fue elegido para ocupar la plaza de administrador real. Sin embargo las razones que inclinaron a Oría a decidirse por aquel joven estaba muy lejos de sospecharlas el muchacho que atribuyó a su inteligencia, saber hacer y galanura, en definitiva que creyó haber conquistado el corazón de la Sultana, su éxito en aquel concurso. Ahora bien, si Zobh no dudó en decidirse por Amir, el motivo no fue otro que la carencia de inoportunos padrinos que le avalasen, pues Oría no deseaba de ningún modo que uno de aquellos hombres, todos, al parecer, pertenecientes a familias conocidas y prestigiosas, estuviera al tanto de sus cuentas y de las de su hijo y la actitud protectora y suficiente que los mecenas habían mostrado para con sus deudos evidenciaba el interés que tenían en meter las narices en tales asuntos, así que optó por el más desvalido de entre ellos del que le asustaron un tanto su empaque y distinción, justamente las cualidades a las que el subalterno de Salim, con orgullo, atribuía el éxito, pues ella, que provenía de una pequeña aldea y de un mundo tan alejado de estos reales pagos, se recelaba de cuantos mostraban una seguridad sin fisuras. Pero, en fin, como aquel muchacho le pareció, sino el más idóneo, sí el menos malo de los que le habían presentado, nombró a éste intendente real.

Al-Mansur contaba en aquella fecha veintiséis años y el sueldo que iba a percibir por el desempeño de su cargo era de 15 monedas de oro, cifra exorbitante para un hombre de su edad, realmente podía darse por satisfecho. El nuevo intendente, aunque consideró esta dignidad del mismo modo que antes su paso por el Tribunal, es decir, un medio para lograr otros predicamentos de más enjundia que dieran satisfacción a su ambición voraz, bien pronto se hizo merecedor de la confianza de la Sultana, se ganó también el cariño del endeble heredero así como el respeto de Yafar e, incluso, logró granjearse la consideración del propio Califa gracias a sus juicios que resultaban siempre atinados, sabios y prudentes. Y no digamos nada del harén, las mujeres del soberano se disputaban las sonrisas, atenciones y galanterías del administrador que tenía para cada una de ellas, fueran cuales fueran su edad o encantos, una palabra cariñosa, un dulce apretón, un malicioso piropo. Respecto a la Sultana, Amir, sagaz y despierto, comprendió a los pocos días que aquella vascona no se dejaba engatusar con sencillas e ingenuas zalemas, Oría era perspicaz, realista, orgullosa, aunque los constantes arrechuchos, fiebres y reblandecimientos de su hijo le tuviesen ahora melancólica y marchita. Y fue por tan tristes veredas por donde abrió brecha el intendente para hacerse un hueco en el afecto de la soberana. El supo comprender sus angustias y temores sin consolarla con mentiras piadosas, supo también hacer ver a la atribulada madre que de nada servía la desesperanza, el futuro de todos es incierto y, aun reconociendo que la salud del pobre Abd al-Rahman no daba para muchas alegrías, había que saber afrontar esta verdad sin inoperantes duelos, con serenidad y procurando al muchacho un ambiente tranquilo, plácido y luminoso. Debía evitar a toda costa que la criatura sospechara sus preocupaciones así como los excesivos cuidados y mimos que enflaquecían el espíritu del príncipe y le predisponían a enfermizos hábitos y rarezas, con ello no favorecía la felicidad del chiquillo, muy al contrario, si El que todo lo puede decidía llevárselo con El al paraíso, sus breves años en la tierra habrían estado salpicados de terrores, miserias e infelicidades. Con estas y otras razones Almanzor infundía paz y valor en la Sultana que debía enfrentarse en soledad a sus fundados temores, pues al Califa era tal el contento que le embargaba desde el nacimiento del sucesor y eran tan pocos los momentos en que, debido a sus responsabilidades, podía percatarse del delicado estado de su hijo, que consideraba las angustias de la Favorita las lógicas en una madre inexperta y, cuando en algún momento, la palidez, el llanto constante y dolido del niño o la comparación de éste con otros muchachitos llevaban la inquietud a su ánimo, los médicos de la corte despreocupaban al punto al monarca, asegurando que eran éstos achaques propios de la corta edad del infante, el cual, no bien alcanzase la pubertad, se convertiría en un joven robusto y vigoroso.

Siete meses más tarde del nombramiento de Amir como administrador, quedó vacante el puesto de inspector mayor de la Ceca o Casa de La Moneda. Desde que el emir Abd al-Rahman II fundó la primera Casa de La Moneda en Córdoba, muy cerca de la Mezquita Mayor y junto a la puerta de Los Especieros, este organismo había crecido en importancia. En tiempos del emir la Ceca se dedicaba a la acuñación exclusiva de monedas de plata, pero con Abd al-Rahman III, instaurado ya el califato, se procedió a la renovación de la antigua institución, que a partir del año 929 del calendario cristiano, por orden del Califa comenzó a acuñar los primeros dinares de oro junto con dirhems de plata, los cuales llevaban treinta años sin ser emitidos. Las monedas, desde entonces, fueron fabricadas con el metal en toda su pureza, prohibiendo el soberano que cualquier tipo de aleación tuviera lugar en su composición. La dirección de La

Casa de la Moneda, desde aquel momento, se encomendó a un alto funcionario cuyo nombre aparecía inscrito en las piezas, debajo del título del príncipe reinante, siendo las responsabilidades y el poder, inherentes a este cargo, de gran envergadura, dado el manejo de dineros que el puesto suponía. Abd al-Rahman III, en el año 947, trasladó la Ceca de Córdoba a Madinat al-Zahra. Y esta era la codiciada vacante que, en las fechas de las que hablamos, se ofrecía a la ambición de los cortesanos. Al-Mansur, enterado de la nueva oportunidad que se le brindaba de dar un nuevo paso en su ascendente carrera, no dudó en confesar sus aspiraciones a la Sultana. Oría, que tanto consuelo recibía del curador de sus bienes y de los de su hijo y del que empezaba a admirar la inteligencia, firmeza y voluntad, no pudo negar la ayuda que el amigo solicitaba y aquella misma noche habló con el Califa sobre la conveniencia de que un hombre con las cualidades y destrezas del intendente, la labor de éste como administrador era impecable, ocupase el puesto de director de la Ceca. Al-Hakam, sin duda por no contrariar a la Umm Walad que tan decaída andaba desde el nacimiento del niño, prometió a ésta que al día siguiente presentaría su nombre en el consejo y que, de no concurrir ningún impedimento, Amir compaginaría su puesto de intendente con el de director de la Casa de la Moneda. Y así fue como el hasta hace tan poco un prometedor estudiante y oscuro copista accedió a aquel cargo, frustrando las esperanzas de muchos que, acaso con más méritos, le habían echado también el ojo. El administrador comenzaba a ganarse enemigos.

Amir, pues, era ya un hombre rico y respetable. A pesar de su juventud, el talento que mostraba y la madurez de su carácter le hacían ser admirado hasta por sus propios adversarios que envidiaban las especialísimas cualidades que le adornaban. Sin embargo, la nueva dignidad no hizo que el funcionario olvidara a la Sultana con la que le unían extraños y misteriosos sentimientos. A Almanzor le conmovían la fragilidad y la delicadeza de aquella mujer, admiraba la cultura que poseía y el tesón con que se la había forjado, su capacidad para entender lo que él consideraba intrincados problemas de gobierno, la ironía, Zobh reía las penetrantes y humorísticas descripciones que el intendente se permitía, sólo para ella, sobre encopetados dignatarios, y temía también la inteligencia y el carácter resuelto y voluntarioso de la Favorita, capaz de poner firmes a visires, principales y hasta al mismo Califa, si así lo consideraba. Fue por esta razón por la que no mintió cuando solicitó la ayuda de la soberana para la obtención del puesto de director de la Ceca y, desde el primer momento, habló a aquella con claridad de sus ambiciones y deseos de medro, de no haberlo hecho, Oría, que ya había reparado en la pasión de poder que movía al intendente, nunca le hubiera perdonado la poca hombría de un intento de engaño sobre sus verdaderas aspiraciones. La Sultana, por su parte, aunque no permanecía insensible ante la conmovedora expresión con que, en ocasiones, sorprendía a Amir contemplándola, aunque la aburrida tarea de repasar el estado de sus cuentas, desde que el nuevo intendente asumió el cargo, se había transformado en uno de los pocos momentos gratos de aquellos días oscuros, zarandeados por tristes presagios, y para tales sesiones, sin percibirlo ella, se acicalaba con esmero y recuperaba el garbo y la frescura de sus momentos más espléndidos, aunque hacía también burla de las otras mujeres por andar todas ellas encandiladas con el galán y decía encontrar imperfecciones y medianías allá donde las demás no hallaban sino encantos y donosura y aunque el día en que Almanzor le encontró arrasada en llanto, a causa de uno de aquellos desmejoramientos del pequeño Abd al-Rahman, y le rodeó firmemente con sus brazos, sintió, en medio de su dolor, la cálida protección, el cosquilleo del deseo y la virilidad flamante de aquel hombre joven que le arrastraban como un caballo desbocado, a ella que sólo conocía la tranquila pasión de al-Hakam enfundada en el abundoso corpachón del monarca ya bastante desmadejado, no era menos cierto que fue la primera en advertir que ese hombre estaba poseído por una amante tirana y acaparadora, única dueña de su corazón, la sola, la incomparable, la pura y fiel compañera, que un día anidó en las regiones más cálidas y escondidas de su pecho para no separarse jamás de aquel al que había hecho suyo, y era ésta, la avidez, la codicia, la sed, la avaricia, en una palabra, la ambición de poseer dominio y potestad. Y algo le decía a la vascona, pues durante esos años bien pronto supo de las urdimbres, contubernios y tinglados que eran el pan nuestro de aquella corte, que, precisamente, iba a ser gracias a tan irresistible dueña que sus vidas quedarían enredadas.

Como director de la Ceca Amir fue hábil y capaz. Comprendiendo que el logro de la prebenda podía atraer la envidia y el odio de muchos, supo contrarrestar estos negativos efectos ganándose el agradecimiento y la deuda de otros más. Así, empleaba la solvencia y liquidez que el puesto le permitía en sacar de apuros a los poderosos que veíanse entrampados a causa de la mala administración, el despilfarro o la adversa fortuna. Ese fue el caso del mawlá del Califa y zalmedina de al-Zahra, Muhammad ibn Aflach, el que recibió junto al eunuco Faiq al niño prodigioso en Madinat al-Zahra. Este hombre que contaba con una cuantiosa fortuna y pertenecía a las personalidades más destacadas de la corte, tanto él como su hermano Ziyad ibn Aflach, caballerizo mayor, eran tenidos en gran estima por al-Hakam, con motivo de la boda de una hija, se empeñó en un desmedido alarde de suntuosidad y fasto para humillar mediante la costosa celebración, que compitió, por su boato, con las fiestas y saraos del Califa, a la crema de la aristocracia del reino, es decir, a la parentela Omeya del soberano. Aflach, tras el disfrute de aquel gustazo, tuvo que hacer frente al pago de fabulosas sumas en justa correspondencia al pavoneo que se procuró. El dignatario, que lo pasó en grande viendo la envidia que hacía amarillear los rostros de aquellos nobles de abolengo, quienes apenas pudieron disimular la tirria que les reconcomía cuando el zalmedina les fue saludando, uno a uno, alegrándose de la corajina que a todos ellos les mordisqueaba las tripas, pasadas las euforias, constató con pánico que el pecunio empleado en el capricho había superado con creces el contenido de sus arcas y que las deudas amenazaban con ahogarle. El zalmedina, con la poca lucidez que aún le restaba, los nervios y congojas le traían martirizado, pensó que, si había un hombre que contaba con dinero fresco y abundante para sacarle de aquel tremendo apuro, este sin duda era Amir, el cargo de director de la Ceca le permitía disponer de grandes cantidades de dinares. Y a él envió Aflach a su siervo de confianza. El mawlá, por medio del emisario, puso en conocimiento del nuevo director la acuciante situación por la que atravesaba, rogándole que, a cuenta de unas valiosas riendas incrustadas de piedras preciosas que su mensajero tenía orden de entregarle, tuviera a bien concederle un crédito que lo sacase del brete. Al-Mansur tomó, entonces, la guarnición sin hacer ninguna pregunta ni objetar ningún pero. Pesó las macizas bridas, no hubo distingos entre cueros, hierros y pedrerías, todo fue colocado en la balanza. Después, alargó al sorprendido enviado la tara de todo aquel grueso fárrago transformada en oro. Cuando el mensajero llegó al palacio del zalmedina con la preciada carga, Aflach no cabía en sí de gozo, la cuantiosa suma le iba a permitir no sólo pagar los dispendios de la boda sino también iniciar negocios y especulaciones con los que intentar engordar de nuevo sus descabaladas arcas, allí mismo juró que el intendente del heredero, ocurriese lo que ocurriese, contaría desde entonces con su incondicional amistad, agradecimiento y lealtad. Igual que Aflach, eran muchos los hombres importantes que estaban en deuda con Amir, de esta astuta manera lograba el director equilibrar el bando de los enemigos con otro similar o, incluso más populoso, de agradecidos.

Si su privilegiada situación permitía al administrador realizar una política de incondicionales alianzas, también aquel cargo le daba juego para agasajar con largueza al pequeño heredero, a Oría, a las mujeres del harén, al Califa, a Salim, aunque éste, lejos de agradecer aquellas muestras de reconocimiento, sentía reavivarse en él con cada presente la hincha que su antiguo empleado le producía, y a todos los personajes que valoraba como útiles o necesarios. Si con ninguno de ellos Almanzor escatimaba en gastos, en el caso de Oría los obsequios con que mimaba a la Sultana eran de belleza, riqueza y armonía tal que dejaban pasmados de admiración a cuantos tenían ocasión de contemplarlos.

Pero de todos aquellos regalos hubo uno que permaneció durante mucho tiempo en la memoria de las gentes. Un día los habitantes de Madinat al-Zahra contemplaron sorprendidos y fascinados el paso de una pomposa comitiva. El desfile estaba integrado por una doble fila de esclavos ataviados con una curiosa indumentaria. Se componía ésta de unas abrigadas calzas de lana de oveja y unas extrañas pellizas peludas o kapusais, todo lo cual resultaba ajeno y exótico en comparación a los rostros morenos, casi negros, de los siervos y a las babuchas floreadas de los pies, que parecían livianas y frágiles junto a tanto pelo. A la cabeza de la procesión, sobre un soberbio alazán oscuro, nervudo y brillante, cabalgaba el director de la Casa de la Moneda, tras él, escoltados por las dos filas de esclavos, cuatro porteadores transportaban, con cuidado exquisito, la más bella miniatura que jamás había visto hombre alguno. La reproducción representaba un pequeño palacio de plata maciza y purísima, de hechura tan perfecta y lograda que, a no ser por lo reducido de sus proporciones y la riqueza del material en que estaba labrado, se dijera que era de verdad. Las puertas, ventanas, columnitas, patios y fuentecillas del castillo se torneaban de argenta con la delicadeza y la fantasía de un milagro. Hombres, mujeres y niños quedaban boquiabiertos al paso de aquella maravilla, que daba ganas de tocar, de hurgar con los dedos por sus diminutos orificios, de adornar con banderas, de poblar con sultanas y califas de pergamino, vestidos de brocado y orlados con cuentas de nácar. La comitiva caminaba solemne entre la muchedumbre que se iba acercando a su paso, hasta que fue tal el gentío congregado que Amir hizo detener la marcha y sosegó a su caballo que corbeteaba y respingaba asustado por las exclamaciones y barullos del público. El dignatario ordenó entonces a aquellas gentes que hicieran hueco y, abriéndose paso despacito, condujo al séquito hasta los jardines que allí florecían, indicando a los esclavos que depositaran la joya entre las guirnaldas y macetas y custodiaran la pieza que permanecería ahí, expuesta a la admiración de las gentes, hasta el atardecer. Así hicieron los criados y durante toda la jornada los habitantes de al-Zahra y también muchos cordobeses enterados por amigos y parientes de aquella singular exposición, los palanquines de Mayus y Malik no daban abasto con tanto trasiego, pudieron solazarse en la contemplación de la joya y eso que al-Mansur había tenido la precaución de esconder, para el trayecto por las calles, un prendedor de valor incalculable, que, a la espera de reposar tranquilo en el cálido descote de su dueña, aguardaría, tan resplandeciente como el sol, en las puertas del castillo. Esta alhaja simulaba un camello de perfil erguido, apoyado en una esbelta palmera. Todo él estaba tallado en oro y plata. La bestecilla tenía engastada, a modo de vientre y gibas, una enorme esmeralda verde, transparente, digna del tesoro de un monarca, con apenas los jardines necesarios para mejor apreciar su limpidez y rareza. El ojo de aquel camello era una perla negra, suave, perfecta y redonda. La palmera, muy alta sobre la cabeza del animal, abría sus hojas cuajaditas de brillantes blanquísimos y de rubíes de Birmania que se extendían como la cola de un pavo real. Al anochecer, el cortejo se puso de nuevo en marcha. La luz de las antorchas lamía el palacio que resplandecía con mágicos tornasoles de fuego, ardiente, incandescente, intangible, sagrado. Y seguido, aún, por una multitud, alcanzó el palacio califal, yéndose a esconder tras sus murallas.

Oría recibió el presente conmovida y emocionada. La Favorita acarició, una y otra vez, la suave lana que componía las calzas y los kapusais, rió entre lágrimas por el grotesco aspecto que ofrecían los esclavos debido a la combinación de babuchas, vestimentas y cutis morenos, contempló el palacio y lo tomó entre sus manos con cuidado, como se coge a un niño, y se adornó con el prendedor, que comenzó a trotar agitado y contento sobre el pecho de la vascona. Djafar parecía la diosa Mari, aquella que habitaba en los montes y en los ríos de Vasconia. La ocurrencia de un presente tan magnífico le sobrevino a Amir tras una conversación con su señora en la que Zobh habló al intendente de su casa, de los espíritus de su tierra, del rapto, de Mayus, de Córdoba, de sus primeros días en el califato. Fue durante una fiesta palaciega, hubo vino abundante, hacía calor, la noche era oscura. Almanzor conoció así las costumbres de aquellas gentes tan lejanas, supo de sus alimentos, sus vestidos, de las mágicas y familiares presencias que allí residían, entre ellas Mari, espléndida y altiva guardando entre sus manos un palacio de metal precioso, supo también de Abu Salama, de Mayus, de las bellezas de Córdoba y de aquella alhaja tan especial que Oría vio en la qaysariyya o alcacería del zoco. La doliente maternidad y los efectos del vino volvieron aquella noche decidora a la Sultana. Y así fue como el director de la Ceca ideó la ofrenda de esas joyas que sabía representaban para Oría recuerdo, nostalgia y una ilusión.

Pronto corrió por Cordoba y al-Zahra la noticia de aquel fastuoso regalo al tiempo que otra nueva se extendió por plazas y mentideros. Según se decía, había libelos y letrillas que lo atestiguaban, Djafar y el administrador eran amantes. El obsequio del palacio que había encandilado a Madinat al-Zahra y la apasionada mirada que Amir dirigió a la Favorita en el momento de la ofrenda, varios de los que presenciaron aquella escena se escandalizaron del atrevimiento y la osadía del dignatario, fueron considerados pruebas indiscutibles de tales amoríos. Esas historias parece que llegaron a oídos del soberano, el cual, manifestando un fino sentido del humor y evidenciando, una vez más en esta ocasión, la liberalidad de que siempre había hecho gala, comentó ante una concurrencia abundante que no sabía qué era aquello que su intendente daba a las mujeres, pues, al menos las suyas, bebían todas los vientos por él. Claro que otra le quedaba dentro al Califa. Mayus conoció también los comadreos que él aseguraba no ser ciertos, aunque de serlo, decía aparentando indiferencia, no veía en ellos nada de particular, pero por aquella época las zorrunas y borrachas del liberto se sucedían con cierta frecuencia, incluso, sin aguardar la compañía de al-Tamayib.

Sin embargo los enemigos del administrador, que confiaban en que semejantes murmuraciones harían caer en desgracia al engrandecido Amir, viendo con pesar que el Califa no hacía el menor caso de las parlerías, decidieron llevar el asunto más lejos y, sospechando, con razón, que tantos derroches difícilmente podían salir de otras arcas que no fueran las de la Ceca que al-Mansur dirigía, presentaron una denuncia formal ante el soberano acusando al director de aquella institución de malversación y rapiña. Al-Hakam, sea porque consideró la imputación grave y peligrosa, sea porque, aunque no lo confesara, las atenciones de Amir a sus mujeres, especialmente a Djafar, estaban empezando a resultarle excesivas y comenzase a barruntar que acaso las hablillas y decires que por ahí circulaban no andaban muy desencaminados, llamó a su funcionario y le exigió que presentase inmediatamente los libros de cuentas de La Casa de La Moneda pues que se le acusaba de un grave delito. Almanzor escuchó a su señor sin perder la calma, no en vano sabía él que eran muchos los altos dignatarios que le estaban obligados gracias a la ayuda que les había prestado en situaciones apuradas, así es que, mirando a al-Hakam tranquilamente a los ojos, solicitó tan solo unas horas para cumplir aquello que se le ordenaba, quería mostrar las cuentas con la pulcritud y el orden que la dignidad del Califa exigía. El soberano no pudo negarse a petición tan razonable.

Amir, antes de salir de palacio, pensó en explicar a Oría lo que estaba ocurriendo pues, aunque creía contar con el apoyo incondicional de la Favorita, siempre era mejor que ésta conociera la noticia de sus labios y que la primera versión de los acontecimientos fuera él quien se la relatara ya que, si las cosas se ponían feas, tendría que suplicar ayuda a la Sultana, mas juzgando que no era muy prudente ser visto con ella en estas circunstancias, el encuentro podía ser interpretado como claro indicio de que el administrador se hallaba pillado y necesitado de socorro, abandonó sin más el palacio e inició un duro peregrinar por entre los principales que un día socorrió. Sin embargo, la noticia de la acusación se había extendido por al-Zahra y Córdoba a la velocidad de un relámpago, Amir era un hombre conocido debido al cargo que ostentaba y también famoso a causa de sus dispendios. No le fue fácil, pues, al intendente dar con sus deudores que, por no verse mezclados en un asunto tan malencarado, se escabulleron de visitas inoportunas y fueron muchas las mansiones en que, al decir de los esclavos, los amos se encontraban fuera, o enfermos, o atendiendo ineludibles asuntos que les volvían invisibles. Entretanto, las horas iban pasando y al-Mansur perdía, poco a poco, la flema que había causado admiración en el Califa cuando este le comunicó lo que había. Oría, aunque al-Hakam no le adelantó nada en relación a las acusaciones que pesaban sobre el intendente, quizás para evitar su intercesión y súplicas, quizás por temor a que Djafar no ocultase su dolor ante la noticia confirmando de este modo la veracidad de las murmuraciones que, de ser ciertas, él prefería ignorar, amaba a aquella mujer como sólo ama el adolescente cuando es alcanzado por la pasión primera y con la misma desesperación del hombre que, en su madurez caduca, se aferra al que sabe su último querer, ahuyentando con el fuego de ese amor tardío a la vejez y a la muerte, pronto estuvo al corriente de los hechos, siempre hay un buitre caritativo en tales circunstancias que vuela a contar la desgracia, y se dispuso a esperar acontecimientos confiando en el ingenio de Amir para salir del atolladero, a ella también tanta largueza le tenía un tanto escamada. El sol como un ojo acusador, su sombra convertida en soledad, perseguían al intendente durante sus correrías por al-Zahra en búsqueda de ayuda. Por fin, fue el visir Ibn-Hodiar, un hombre poderoso y manirroto que en varias ocasiones tuvo que echar mano de los dineros de la Ceca, quien recibió al director y, enterado de la suma que éste necesitaba para esconder las innumerables lagunas que presentaba la contabilidad requerida por el monarca, prestó al administrador la cantidad que solicitaba, asegurándose así, él a su vez, nuevos préstamos en ocasiones venideras. Almanzor partió, pues, alegre a rendir cuentas al

Califa. El sol era ahora una antorcha que proclamaba su vidriosa honradez.

Cuando el intendente cruzó la hermosa columnata que sostiene el pórtico del Mayalis al-Xarki, un silencio expectante acompañó sus pasos hasta los pies del trono. Allí estaba el Califa, grave e inexpresivo, rodeado de los ministros y dignatarios más respetados, allí estaban también los delatores a los que el monarca había convocado porque los encaramientos en este tipo de asuntos suelen resultar esclarecedores las más de las veces. Si el dignatario pocas horas antes mostró serenidad y hasta arrogancia al conocer la existencia de aquella acusación, ahora su actitud era seráfica y modesta. Se prosternó ante el Príncipe de los Creyentes. Luego hizo entrega de los documentos contables de la Casa de La Moneda que iban a ser revisados por administradores de confianza en una sala contigua. Durante el tiempo en que duró la tensa espera, mientras aguardaban la vuelta de los inspectores con el veredicto, el intendente permaneció solo en el centro del gran salón, frente a él sus enemigos le contemplaban con desprecio, seguros de que el fin político de aquel hombre había llegado. Por fin, volvieron los expertos. La conclusión era clara y sencilla. No había qué reprocharle al Director de la Ceca, las cuentas eran pulcras y transparentes, nada faltaba, todo había sido una calumnia. En ese momento se armó un gran revuelo en la sala. Entonces al-Hakam ordenó silencio. Y, enseguida, con voz de trueno, dictó severos castigos para los detractores que escucharon al monarca entre gemidos y súplicas de perdón. Después, hizo acercarse a Amir y le tendió la mano al tiempo que proclamaba su honradez y le colmaba de dignidades. El administrador agradeció al soberano su largueza y le reiteró pleitesía, homenaje y reverencia. Luego, recogió libros, liquidaciones y documentos y, hermoso y gallardo, abandonó Mayalis al-Xarki. El Califa se sintió aliviado con el resultado de la investigación, pues, si era falsa la acusación de malversación de dinero público presentada contra el funcionario, a pesar de los exagerados y sospechosos dispendios que todos conocían, igual de falsas debían de ser las cotillerías y fábulas que corrían sobre el amoroso entendimiento entre aquel y Djafar, así que, alegre como un niño, fue en busca de su singular efebo para ponerle al tanto de lo sucedido. Oría escuchó a al-Hakam con la misma sorpresa que hubiera mostrado de ser nueva para ella la noticia, sin embargo, gracias a Yafar, conocía la conclusión a la que había llegado el grupo de expertos contables, pero, como también, desde que aquellos malévolos rumores volaban con el viento por calles y plazas, leía en los ojos y en el aliento del monarca los celos y reconcomios que atosigaban a éste día y noche, intuyendo que la probada inocencia de Amir habría llevado el sosiego al atribulado corazón del Califa, pues que acusación y comadreos nacieron a un tiempo, quiso alejar dudas de su enamorado y, haciendo callar a al-Hakam, le cubrió de caricias y besos que confirmaron la falsedad de aquellas habladurías e hicieron que el soberano se sintiera en la gloria.

Por eso Almanzor estaba en palacio cuando el llanto de Oría tenía acongojados a Mayus, a al-Tamayib y al Califa. El intendente se disculpó, un tanto avergonzado, por haber interrumpido una reunión, al parecer, privada y muy personal y, ya se disponía a salir del salón, cuando Oría, secándose las lágrimas y asegurando que el momento de desesperación había pasado, llamó al administrador para presentarle a sus dos amigos. Amir creyó estar perdiendo la razón cuando se dio cuenta de que aquel enano, que departía familiarmente con al-Hakam y que ahora se adornaba con un gato, era el mismo mochales que un día le visitó en la Mezquita, mas, aunque no entendía nada, saludó a éste y a su amigo con respeto y corrección. Al-Tamayib, si las circunstancias hubieran sido otras, habría regalado a al-Mansur con un floreado redoble de palillos, pero el momento no estaba para bromas y respondió al saludo del recién llegado con una inclinación de cabeza que situó a Silofa muy cerca de la barbas del dignatario y, sea porque los cuidados rizos del intendente se le antojaron a la michina apetecibles y mullidos, sea porque descubrió el juicio de jareta que el quiromántico merecía a aquel, la zapirona, de un salto, se enganchó con sus garfios en el poblado mentón del administrador que, a pocas, da con su cuerpo en tierra, enredado en un inútil brinco conjurador del bicho que sobre él se arrojaba. Este pequeño percance tuvo la virtud de aligerar un tanto la tensión y la tristeza que hasta entonces reinaba y no fueron pocas las risas de Oría y de Mayus mientras intentaban salvar a Amir del molesto animal. Al-Tamayib aprovechó aquella confusión para asegurar al Califa que, según los horóscopos, la descendencia del monarca estaba garantizada en

Hisham, su segundo hijo, el cual disfrutaría de una vida larga. Al-Hakam, agradeció al mago sus palabras, confesándole que la noticia le llenaba de consuelo y allí mismo prorrumpió en alabanzas a Allah por permitir que su más íntimo deseo pudiera cumplirse. La vascona, aunque entretenida con Silofa y Almanzor, escuchó las últimas palabras del soberano y no le costó mucho adivinar qué era aquello que tan gran alivio llevaba al corazón de al-Hakam. Entonces Oría sí que supo de su soledad y de la de su pobre hijo enfermo. La boca le sabía a amargura y, sin apenas despedirse de sus amigos, corrió en busca del pequeño al que su padre ya había comenzado a olvidar

Capítulo IX

EL PEQUEÑO ABD AL-RAHMAN sobrevivió varios meses a la entrevista que mantuvieron los monarcas con Mayus y al-Tamayib y que tantas sorpresas y sustos causó a al-Mansur. Durante este periodo, grande fue el calvario de la Sultana que atravesó por rachas de esperanza, en las que la aparente recuperación del pequeño dejaba en mal lugar al amigo agorero, y por otras de profundo abatimiento, en las que el muchacho se veía atacado por perniciosas fiebres, aparatosas convulsiones y terribles delirios que hacían sospechar la proximidad del final. Una fría tarde de invierno, las agitaciones y sudores llevaban dos días atormentando a la criatura, Abd al-Rahman recuperó súbitamente el sosiego, sus descoloridas mejillas cobraron frescura y extraña lozanía, sus ojos, limpios y tranquilos, buscaron los de su madre, quería dormir, Oría le estrechó entre sus brazos para acompañarle en el sueño y el niño, así arropado, descansó para siempre, la cabeza en el regazo de la madre, sus manos entre sus manos. La vascona apenas recordaba qué sucedió después. Durante largos meses creyó estar sumergida en un pozo negro y hondo. El sol no calentaba para ella, las caricias y cuidados que le prodigaban parecían lejanas y de hielo, una espesa indiferencia lo revestía todo, no hablaba, no comía, apenas dormía por temor a los terroríficos seres que poblaban su descanso y pensó, llena de pánico, que ella también se moría. Mayus fue avisado por el Califa de la crítica situación que padecía la Sultana y de la inutilidad de los remedios que los médicos de la corte habían recetado, suplicándole el monarca visitasen él y al-Tamayib a Djafar por ver si, con la presencia del uno y las artes del otro, la Favorita recuperaba la salud y volvía de nuevo la alegría a palacio, aquella oscura ausencia que embozaba a la amada parecía irle corroyendo a él también que no soportaba ya estas soledades y lejanías. Mayus y al-Tamayib, en la grupa Silofa, opinaba el mago que acaso las piruetas y halagos de la minina resultasen beneficiosos para animar a la enferma, corrieron en ayuda de aquella y, candorosos, se apuntaron el milagro. En efecto, después de esa visita, Oría, poco a poco, escapó del destierro en que se hallaba prisionera. El restablecimiento fue atribuido por la corte, igual que por Mayus y al-Tamayib, al saludable influjo de los amigos que menudearon sus idas a palacio hasta que Djafar pudo incorporarse otra vez a las rutinas de la vida de sultana, pero, aunque ella no desmintió tales afirmaciones, la verdadera causa de la curación no había que buscarla ni en amistosas presencias ni en mágicos conjuros sino en un sueño que, la misma tarde de la visita de sus amigos, le hizo comprender era ya llegada la hora de salir de aquel duelo. Sucedió que ese mediodía, Oría, amparada por la luz del sol que parecía ahuyentar los fantasmas que de noche corrían por sus duermevelas y ensoñaciones, aliviaba el cansancio de las vigilias nocturnas sesteando mecida por la claridad. Los claustros y jardines de al-Zahra se ofrecían tibios y floridos. Era primavera. Zobh, acostada sobre un diván, que, con el vano intento de procurarle optimismo y paz, el Califa había ordenado colocar bajo las arcadas del patio cerca de la fuente y de las flores, se durmió dulcemente acompañada por el borbotear del agua. Hisham caminaba sin rumbo por las explanadas de la ciudad califal solas y enormes, llevaba en la mano una soga fina y muy larga que culebreaba por el suelo arenoso con dejadez, mostrando un cabo deshilachado y doliente surcando el polvo al compás de una angustia infinita. Sus pasos eran cansados. Desde una esquina, agazapada, miraba una vieja. Oría despertó de aquellas visiones sobresaltada y llena de congoja. Ni los rumores del agua ni el cercano verdor alejaron las imágenes que tanto horror le habían causado, pero desde el fondo del desasosiego se coló despacito una delicada presencia que, por primera vez después de tantos meses, calentó el corazón de la vascona hasta hacerle llorar. Y aquellas lágrimas fueron bálsamo y caricia, fueron torrente purificador y arrastraron con ellas las aguachas cenagosas de los pantanos mudos y quietos a los que bajó un día a esconder su alma que la sabía partida, rota, endurecida y mala. Hisham, su pobre niño, le estaba buscando por las explanadas de al-Zahra tan inmensas como el desierto, ásperas, deshabitadas, sofocantes, eternas y pensó que, encerrada en su trágica locura, abandonaba a aquel otro hijo del que nunca fue del todo, la enfermedad de Abd al-Rahman no dejó resquicios por donde pudiera asomarse la criatura. La vascona se secó las lágrimas dispuesta, como otras veces, a vencer a la vida a dentelladas y entonces le anunciaron que Mayus y al-Tamayib deseaban visitarle. Los dos amigos con su charla, afecto y mimos hicieron más firme la decisión de Oría que ensayó caricias que había olvidado sobre el lomo de Silofa, a la que aquel diván se le antojó oasis, paraíso y fantasía. Y así fue como, al cabo de un tiempo, al-Hakam encontró de nuevo a su enamorada.

La carrera de Amir, al-Mansur o Almanzor, como al-Tamayib le llamaba, continuaba su curso ascendente. En el último noviembre, 969 para los cristianos, el administrador fue nombrado cadí de Sevilla. A la muerte del pequeño Abd al-Rahman, pasó a administrar los bienes del nuevo heredero, Abu-l-Walid Hisham, con lo que eran ya varios los cargos acumulados en su persona. Sin embargo, el cadí de Sevilla no estaba satisfecho. Aquellas dignidades que recogía sin esfuerzo no causaban en él la saciedad esperada, aflorando en el origen de su descontento la historia familiar de la que era heredero. Almanzor sabía que, si bien estos nombramientos le prestaban consideración y respeto, sobre ellos no lograba auparse hasta los meollos en donde se cocinaba el poder que ansiaba, pues en una sociedad con fronteras siempre amenazadas eran los títulos militares los que otorgaban prestigio, mérito y capacidad de manejo. El bien podía asegurarlo, de toda la parentela Amiríe, solamente Abd al-Malik, su séptimo abuelo, fue quien obtuvo títulos y propiedades luchando junto a Tariq en la conquista de la Península, el castillo de Torrox sirvió de pago a sus hazañas, sin embargo, los descendientes de aquel prefirieron alejarse de las armas y, en consecuencia, sus nombres discurrieron por la historia del califato de igual modo que la querida y melancólica propiedad de Algeciras, empapados de rancia nobleza que escondía con dificultad las estrecheces de un pasar mediano, digno de los burócratas que eran. Pero en los últimos tiempos corrían noticias procedentes de las fronteras del Magrib, que hacían a Amir cobrar la esperanza de que acaso había llegado el momento de meter una cuña por aquellas ciudadelas. Al parecer, allende el estrecho, Yawfar ibn Alí, conocido por Ibn al-Andalusí, gobernador de Masila y sus contornos, andaba enfrentado con su imán, Maadd ibn Ismail al-Sii, señor de Ifriqiya, y buscando la amistad y el apoyo del Califa al-Hakam. Yawfar, que había unido sus fuerzas a los enemigos del imán leales a Córdoba, los bereberes Zanata, se había dirigido contra Ziri ibn Manad al-Sinhayi que parecía querer disuadirle de sus nuevas alianzas, demostrando de este modo el gobernador al Califa la sinceridad de sus deseos de fraternidad. Las cosas, pues, andaban revueltas en Africa y estas ocasiones eran siempre las más propicias para medros y fulgurantes ascensos. Ahora, se trataba de esperar, ojo avizor, y no dejar escapar la suerte.

Los días en que la Sultana vivió escondida bajo las alas negras de la melancolía, Amir, al comienzo, visitaba a diario a la enferma, pero el hombre se sentía tímido, sobrecogido y apocado al ver el poder de la tristeza reflejado en el bello rostro de La Favorita, hogaño demacrado, insípido, inexpresivo. A él, a quien nada ni nadie podía herirle, ni siquiera la quebradura de sus aspiraciones por las que moriría matando pero jamás derrumbado como se encontraba ahora Djafar, el espectáculo de aquel abandono le dejaba vendido, sin saber qué hacer ni qué decir, así que prefirió interesarse puntualmente por ella, conmovido como estaba, pero ahorrándose la violencia de verse allí como un pazguato. Mas, tras la benéfica presencia de los estrafalarios personajes, no había día que no se acercara hasta su señora con libros, perfumes, terciopelos, plumas, velos, chales y joyas, entreteniéndole a un tiempo relatando las últimas novedades de la corte, parodiando ocurrencias célebres de algún alto dignatario y poniéndole al tanto de chismes y jaleos. Amir, en aquellas visitas, no ocultó a la Sultana sus deseos de entronizarse en el mundo de las armas y las razones que a ello le movían. En esta ocasión, como una vez Oría, fue al-Mansur el que abrió su corazón a la vascona y La Favorita supo de su infancia, de los Amiríes, de su vida de estudiante, de los días de copista, de su paso por el tribunal, en una palabra, de todo aquello de que tenemos noticia. Al-Hakam, que conoció nuevamente la comezón de los celos que la asiduidad de Amir provocaba en su ánimo, sin embargo, nada dijo, no fuese a espolear una recaída en el aún débil equilibrio de Djafar que, por otra parte, se decía, no podía estar para comedias, cosa que sosegaba su espíritu de momento.

Así fue transcurriendo la primavera. Y sucedió que los caprichos de la naturaleza fueron a constituirse en fuente de inspiración para Mayus y Abd al-Malik. En el tiempo que siguió al triste vaticinio de al-Tamayib y al arrepentimiento del vascón por las torpezas a las que atribuyó el silencio de su amiga, los negocios de ambos socios bogaron con tanta fortuna que permitieron a Mayus disfrutar de un ramillete de esclavas que le tenían cuidado y placentero. El liberto tuvo la suerte de poder ampliar su hacienda a costa de la finca vecina que, a la muerte del propietario, originó tales trifulcas entre los herederos que optaron éstos por venderla sin dilación y repartirse el montante a partes iguales. Mayus, pues, gracias a esta compra, engrandeció la vivienda, contó con un hermoso jardín y aún le quedó terreno para dignificar el pequeño huerto. Fue entonces cuando se procuró compañía femenina. Dos matronas experimentadas y maduras, tres muchachas zagalonas y dispuestas y dos mocitas, casi niñas, pispas y vivarachas, compusieron su harén. El vascón, durante un tiempo, apenas hizo caso de aquellas mujeres fuera del trato al que obliga la organización de las pequeñas menudencias de la vida cotidiana. Una de ellas, de nombre Marien, pero a la que a al-Tamayib dio por llamarle Almanzora y Alhakana, era cumplida de pechos, fogosa de caderas, apretada de cintura, menuda de talla, risueña de rostro, pícara de mirada, pizpireta de carácter y despierta de talento, comenzó a hacer un cierto tilín a Mayus que se regocijaba dedicándole piropos y chanzas a la espera de escuchar los rápidos y certeros tapabocas con que respondía la descarada. Alhakana o Almanzora, que abrigaba un corazón generoso y tierno, pronto se dio cuenta de la cancamurria que a ratos amustiaba a su amo, sobre todo cuando el nombre o la sombra de la sultana andaba de por medio, por lo que, sin mayor pretensión que consolar al señor, Mayus era pródigo y liberal con estas mujeres, los años de siervo le hicieron saber de tacañerías e iniquidades aun del propio Abd al-Malik, no bien éste se le amohinaba la joven administrábale raciones rumbosas de fiestas y cariños que el liberto se dejaba hacer entre complacido y marchito. Mayus, poco a poco, se fue acostumbrando a la solicitud y a la granujería de la esclava hasta que un día le dio por pensar que sus afectos por la sultana amiga no tenían por qué ser óbice y barrera para saludables contentos, toda vez que el apego que aquella parecía otorgarle en nada entorpecía su dedicación a al-Hakam y su vaya usted a saber qué a Amir, así que reflexionando sobre la brevedad de la vida y sacando a colación algunos refranes y decires que venían al pelo para la ocasión, el hombre, aquella tarde, avisó a al-Tamayib de que no se reuniría con él para la tertulia, alegó para ello un torpe motivo y marchó a casa antes de la hora habitual. Pues bien, decía que los antojos de aquella primavera habían iluminado las ingeniosas mentes de los dos socios con un nuevo proyecto y así fue. Ese año, las lluvias, que por tales fechas regaban los campos y alimentaban los frutos en crecimiento, no asomaron por el califato que comenzó a ayermarse seco y deslucido. El cielo, un día sí y otro también, permanecía impávido y azul para desesperación de los agricultores y del propio Mayus que temía por el huertecillo que tanto amaba. En las mezquitas de Córdoba y sus contornos se iniciaron los rezos istisqa, ad petendam pluviam, para conjurar las aguas, pero nadie parecía escuchar las rogativas. Una tarde, en que Malik se había unido al grupo de los dos amigos en la morada de Mayus, propuso éste último dar un garbeo por la madina con el fin de evitarse la visión de su huerto y del jardín que languidecían. La tarde era calurosa y polvorienta. Silofa, acurrucada bajo las sombras del patio, parecía ella también tan espesa y calma como el aire, sólo entreabrió los ojos en dos oblicuas ranurillas cuando vio partir a los amigos, despidiéndoles con un rebufo de alivio por verse sola. Salieron los tres y, a sugerencia de al-Tamayib, tomaron el camino del paseo que, bordeando las murallas, acompaña al río, el mismo por donde un día ya lejano Mayus condujo a Oría para descubrir la ciudad. Atravesaron, pues, las murallas por una pequeña puertecilla que en ellas se abre y se mezclaron con los cordobeses que, asfixiados por el calor y la falta de lluvias, se habían acercado a los hilillos de agua, que aún corrían por el cauce seco, buscando refresco. Una sofocada multitud abigarraba aquella avenida. Malik, Mayus y al-Tamayib optaron por dirigirse hacia el Puente Romano y cruzar desde allí al otro lado del Guadalquivir que, acaso, tuviese las riberas más despejadas.

Ya en la Bab al-Qantara o Puerta del Puente, que permite el acceso al corazón de Córdoba para los que llegan de la orilla frontera, un gentío irritado por el bochorno y el cansancio de la jornada atropelló a los amigos que escaparon paseo adelante remontando el curso del río. Y entonces ocurrió. El Guadalquivir, enfermo también por la sequía, mostraba su seno arenoso, abochornado y triste, las piernas del puente se aireaban impúdicas, desnudas de agua, y fue cuando Malik observó que los pobres pilares que sustentaban el tan trajinado pasaje estaban carcomidos, limpios de yeso y los cimientos debilitados. El mercader llamó la atención de sus amigos sobre estos desperfectos y, dirigiéndose a su socio, inició un largo discurso con el que, al cabo del tiempo, convenció, al parecer, a Mayus de las excelencias de aquello que pretendía. Y era esto que para Malik el asunto de los palanquines marchaba ya por su propio pie y, a su entender, era hora de que, sin descuidar aquel, Lubb y Alí podrían hacer de tutores prosperando de este modo ellos a su vez, se aventuraran en nuevas empresas, por ejemplo, allí mismo se mostraba un moderno campo en el que ejercitar sus ingenios, pero razón tenía al-Tamayib cuando aseguraba que la Almanzora o la Alhakana, que lo mismo daba un nombre que otro, tenía al vascón atontoligado y embrutecido, no sirviendo éste para otra cosa que no fuesen las sandungas con la esclava, su huerto y las visitas a La Favorita. Y manifestando el hastío que le producía tener que decirlo todo, en otro tiempo hubieses sido tú, Mayus, el que hubiera lanzado la voz de alerta, qué verdad es que más discurre un hambriento que mil letrados, entonces eras un esclavo ansioso por escapar de tu situación miserable y ahora, mírate, eres un pánfilo negociante, harto y cebado, pues bien, Córdoba, de año en año, crece aceleradamente, las calles, plazas, Mezquitas, escuelas, hammam y demás se están quedando chicos para la población que los habita, las obras de mejora y ampliación de las vías principales así como de los servicios públicos en poco tiempo, que puede ser nada si echamos mano de tu amistad con el Califa y la Sultana y vemos el modo de sensibilizarles en estas urgencias, deberán ser emprendidas sin tardanza, fijaos en el puente, su deterioro es tal que de no reforzar los pilares cualquier día ocurre una desgracia de proporciones enormes pues ved el gentío que por él transita, bien, tú y yo, Mayus, bucearemos por el mundo de la construcción y la ingeniería, al-Hakam va a tener necesidad de personas capaces que puedan organizar el barullo de obreros y técnicos indispensables para llevar a buen fin la tarea de adecuar la ciudad a sus exigencias y estos amejoramientos aumentarán su fama de hombre sabio y dirigente capaz en tanto que nosotros gracias a ellos, al tiempo que trabajamos para gloria del soberano, podremos dar satisfacción a nuestra inteligencia, que volverá a trotar ágil y despierta, y a la sana ambición de aumentar nuestra fortuna, acaso hasta puedas hacerte con un espléndido plantío en las laderas de la sierra. Las palabras de su antiguo amo no disgustaron al liberto, ciertamente Córdoba se había quedado pequeña, los cimientos del puente no estaban para esfuerzos y el asunto de los transportines a él también comenzaba a aburrirle, además ¿por qué desaprovechar las ventajas que el apego que por ellos sentía el Califa podía aportarles?. Al-Tamayib escuchó esta conversación un tanto picado de que los dos hombres no le hiciesen hueco en aquella industria, cosa nada de particular teniendo en cuenta que él siempre había proclamado abominar de aquellos manejos por turbios y hasta deshonestos, pero, últimamente, la prosperidad de Mayus y las mejoras a ella aparejadas, casa nueva, hermoso jardín, amplio huerto y mimoso harén, le tenían un tanto envidiosillo y cariacontecido, y eso que el vascón había cedido al mago una parte de la cripta de su nueva casona para que realizara, con mayor comodidad que en la angostura de la vivienda del quiromante, las complicadas investigaciones astrológicas, las elaboraciones de milagrosas pócimas y las composiciones de singulares músicas a las que era aficionado, préstamo del que, por lo demás, ya se había arrepentido el liberto, pues los tentáculos de su amigo se extendían como las riadas y no era sólo el sótano el que hoy se abarrotaba de artilugios sino que los bártulos de al-Tamayib asomaban amenazadores por la cocina y las dependencias de servicio, hecho este que había motivado las protestas de las mujeres y las recomendaciones, un tanto airadas, de Mayus a su huésped para que moderara sus avanzadillas. Al-Tamayib, pues, que hubiera preferido fueran los otros quienes hicieran la oferta para aceptar él luego tras largo remoloneo, tragándose el orgullo, pidió a sus amigos tener participación en aquel negocio y Mayus y Malik, aunque ninguno de los dos se hiciera idea de cuál podía ser la aportación del agorero en aquella empresa, accedieron gustosos, si bien no pudieron evitar chinchar un poco al músico a cuenta de su tan traída y llevada acrisolada honradez, mientras el vascón se decía para sus adentros que, con las ganancias que obtuvieran, al-Tamayib podría disponer de una vivienda más afín a sus necesidades, ahuecando el ala de los dominios de sus mujeres.

Y llegó el mes del ramadán. Al-Hakam que, tras el restablecimiento de Djafar y las adivinaciones que aseguraban la sucesión de su hijo en el trono, rebosaba felicidad y gratitud a Allah, fue pródigo en las limosnas que distribuyó, como era su costumbre, en estos días de purificación, aliviando a muchos menesterosos de Córdoba que no cesaban de loar la piedad del monarca. En esta ocasión, el poeta Farhun ibn Asbag al-Balluti compuso un precioso canto de alabanza en el que se hacía eco de la largueza del soberano y de las miserias que con su caridad había socorrido, este poema fue muy celebrado en la corte e, incluso, en las dos madinas, Córdoba y al-Zahra, porque las gentes escuchaban referidos con palabras hermosas los sentimientos de admiración y gratitud que abrigaban hacia el Príncipe de los Creyentes pero que, en su ignorancia, no sabían expresar de aquella forma lírica y delicada. Los asuntos de gobierno también parecían marchar por derroteros de paz y prosperidad. A finales del mes de junio llegó a Córdoba el conde Bon Filio ibn Sindarit en calidad de embajador del noble Borrell, hijo de Sunyer, señor de Barcelona. Bon Filio, que fue recibido con la pompa que le correspondía como hombre de confianza y adelantado de su señor sobre castillos y ciudades, transmitió al Califa disposición de amistad y vasallaje, haciéndole entrega, en prueba de adhesión y lealtad, de treinta musulmanes, hombres y mujeres, cautivos en Barcelona. Sin embargo, una terrible amenaza vino a enturbiar la dicha del soberano y de los habitantes del reino: los normandos. Estos hombres del septentrión de Europa que a sí mismos se llamaban vikingos, carniceros, rapaces y bárbaros, surcaban con sus naves las costas del norte de la península, despavorizando a los moradores. La alarma había cundido entre los reyes cristianos, vivo aún el recuerdo del desembarco vikingo que en el 858 tuvo lugar en un puerto de Vardulia, logrando los normandos en aquella ocasión adentrarse por los montes hasta Pamplona y tomar cautivo al entonces rey, García Iñiguez, a quien exigieron por rescate 70.000 piezas de oro y la entrega de varios de sus hijos en calidad de rehenes. No hay que olvidar las consecuencias que este hecho tuvo en las posteriores alianzas de los soberanos politeístas, pues, García Iñiguez, rompiendo sus tradicionales lazos con la familia Banu Qasi, poderosos muladíes del Ebro, nobles cristianos convertidos al islamismo en los años de la conquista y que siempre habían estado aliados a la monarquía de Pamplona, buscó la ayuda del rey asturiano Ordoño I y entró a formar parte con sus vascones de la liga cristiana contra el invasor musulmán encabezada por el potente reino astur, compadraje que supuso el fortalecimiento de los enemigos del Islam. El emirato de Córdoba, en aquel entonces, también sufrió los saqueos de ese pueblo sanguinario procedente del norte de la tierra. Los normandos, tras devastar las tierras atlánticas, descendieron, sin cesar en sus rapiñerías y matanzas, camino del Algarve, poniendo en un brete al emir Muhammad I. Por eso no es de extrañar que las noticias de una nueva incursión vikinga a las costas españolas enturbiase los sosegados ánimos del monarca al-Hakam. Mayus vivió una particular experiencia a cuenta del peligro de la invasión pirata, ya que, siendo aquellos salvajes conocidos por el nombre de mayus, payus, paganos o normandos, fueron muchos los que pensaron que el vascón era pariente de los posibles irruptores, mostrándole algunos, desprecio, otros, empalagosos halagos no fuese a ocurrir que necesitasen de su ayuda y recibiendo de la chiquillería del barrio más de un guijarazo, encantados los chavales de contar con un mayus de carne y hueso a quien sacudir de lo lindo en sus bélicos juegos de moros y vikingos. El lunes, 3 de julio, el Califa mandó al almirante Abd al-Rahman ibn Rumahis salir con sus naves de Almería y encaminarse al Algarve. Después conferenció con Galib ibn Abd al-Rahman, el que fuera liberto de su padre, encomendándole la tarea de organizar la aceifa que parecía inminente y nombrándole jefe supremo en las luchas que se avecinaban. El 22 de julio, sábado, llegó a Córdoba Silis, embajador del conde cristiano Gundisalb ibn Munio. Las noticias que trajo este emisario eran inquietantes. Según decía la carta de su señor, fechada en Astorga el domingo 9 de julio, 12 de ramadán, el sábado anterior al mediodía, los mayus habían navegado Duero adentro, irrumpiendo en tierras cristianas. El enemigo, pues, andaba próximo.

Pero la Fiesta de la Ruptura del Ayuno, id al-fitr, estaba al caer y el Califa no permitió que aquel pueblo vandálico asolase el espíritu de sus gentes como asolaba las costas por donde pisaba, así que la festividad se celebró con la grandificencia de otros años, aunque dándose la curiosa circunstancia de que en Córdoba y sus alrededores no hizo aparición la luna nueva el jueves, 27 de julio, como era de esperar, por lo que sus gentes finalizaron el ayuno el 28, en tanto que en el resto del reino el ramadán fue roto el día 27, pues ahí la luna nueva se presentó puntual. Oría, cuya recuperación era un hecho, anduvo triste a lo largo de las celebraciones, en las que, así suele ocurrir, notó más la ausencia del pequeño Abd al-Rahman, pero, firme en su decisión de sanar de aquella pena que llegó a convertirse en malsana, redobló estos días la dedicación a su hijo Hisham que se paseaba orgulloso de la mano de su madre. Al-Hakam, fiel a la tradición, con motivo de esta festividad recibió las felicitaciones del ejército y de todos los grandes del reino. Poetas y oradores hicieron alarde de sus dotes con bellos versos y hermosos discursos.

Al día siguiente de la gran recepción, una terrible e inesperada pérdida llenó de pena al Califa y a la Sultana. El querido Yafar Ibn Abd al-Rahman al-Siqlabi había muerto mientras dormía. El chambelán pareció fatigado y desvanecido durante la recepción de la víspera. Oría, atribuyendo el desmadejamiento a un exceso de celo por parte del eslavón, le aconsejó se tomase unos días de descanso ahora que el ramadán ya había terminado. Sin embargo, Yafar no respondió, como tantas otras veces, con ironía, tono subido o cínicos razonamientos al consejo de la Sultana, el buen hombre tenía la cabeza en otra parte, estaba ausente, ido. La Favorita le dejó allí sentado en un rincón del salón, diciéndose que Yafar acaso se había excedido en reponer fuerzas tras los días de ayuno purificador y tenía el cerebro abotargado por la ingesta en demasía de vinos y manjares. Cuando comentó el asunto con al-Hakam, el Califa aseguró no haber visto nada de extraño en el comportamiento de su mayordomo que se había mostrado dispuesto y rezongón al modo que solía, por lo que Djafar no dio más importancia al asunto. Pero, a la mañana siguiente, uno de los abid preferidos de Yafar se presentó desencajado, lloroso y preso de la histeria en los corredores cercanos a las estancias del monarca, tenía que hablar con al-Hakam, gritaba y gemía a los jurs que custodiaban las alcobas privadas del soberano. Al-Hakam, aunque era de dormir pesado y profundo, despertó con el revuelo y pidió explicaciones de aquella algazara, entonces fue cuando el adib, entre sollozos y lamentos, dijo al Califa que su amo estaba muerto, que cuando fue a despertarle se receló de la excesiva quietud que reinaba en la alcoba, es más, y aquí el pobre adib mezcló la realidad del sucedido con macabros presagios que juró percibir en la estancia, fruto sin duda de su imaginación, pues decía que al aproximarse al lecho un suavecillo perfume a muerte le puso en guardia y que, ayer, mi amo despedía una fragancia a más allá que era notada por cuantos animales se cruzaban con él, caballos, perros, las aves del jardín, todos, prisioneros de súbito pánico, corrían a esconderse a su paso. Al-Hakam dejó allí al adib que tenía encandilada a la guardia con el terrorífico relato y ordenó fuesen llamados los médicos de la corte, luego corrió a ver al fiel chambelán. Yafar, en efecto, estaba muerto. Según opinión de los facultativos la causa de la muerte había que buscarla en el fatigado corazón del eslavón, prueba de ello era la tonalidad púrpura de los labios y de las uñas, quizás anteriormente tuvo algún amago anunciador, pero todos sabían del carácter del mayordomo poco amigo de medicinas y doctores a los que consideraba unos patrañeros ignorantes. Al-Hakam miró al amigo. Yafar, a pesar de los mortuorios tintes que cubrían su rostro, ahora parecía en paz. Y el soberano abandonó la estancia en la que ya nada quedaba. Esta pérdida fue otro duro golpe para Oría que reprochó injustamente al Califa el no haberse percatado el día anterior del extraño talante de su servidor, al-Hakam sosegó a Djafar haciéndole ver que ella misma atribuyó aquel estado a los vinos y manjares e intentó consolar a su amada con la descripción de un Yafar feliz en el paraíso. Pero Oría no podía dejar de pensar que un trocito de su vida había partido con el fiel servidor, que sólo aquel fue testigo de sus dudas antes de entregarse a los brazos del Califa, que Yafar le salvó un día, sin saberlo, del mercado de esclavas y conoció a la pobre y asustada vascona que ella era y concluyó que, cuando muere alguien próximo a nosotros, arrastra con su muerte, también a la muerte y al olvido, una parte de nuestras vidas. Las exequias por Yafar ibn Abd al-Rahman al-Suqlabi revistieron gran solemnidad y fausto. La casa en la que habitó tantos años estaba ahora vacía y silenciosa. Oría evitaba pasar ante ella para no entristecer su corazón.

Por aquellas fechas llegó la noticia de que, por fin, Yawfar ibn Alí, gobernador de Masila y sus contornos en tierras del Magrib, había vencido a Ziri ibn Manad al-Sinhay, partidario del señor de Ifriquiya y enemigo de Córdoba. Yawfar y sus hombres se dirigían ahora hacia el califato para hacer entrega a al-Hakam, el Príncipe de los Creyentes, de la cabeza de Ziri y de las de sus hombres más notables, brindando así aquel triunfo al soberano. Amir, enterado de estas noticias, pensó que no estaría de más ser el primero en honrar a tan bravos guerreros, cultivar luego su amistad e ir así abriéndose, poco a poco, un hueco en el ejército, de modo que, a través de la Sultana, propuso al Califa la conveniencia de marchar a recibir a aquellos valientes y de acompañarles después hasta Córdoba. Al-Hakam estuvo de acuerdo con el sugerimiento, que calificó de acertado y obsequioso, y mando a Amir, cargado de regalos, al encuentro de los victoriosos guerreros. Cuatro corceles de raza, una mula blanca, cincuenta caballos, doscientas acémilas, tiendas, pabellones, ricos tapices, cobertores, vasos y demás utensilios constituyeron los agasajos y el ajuar enviados por el monarca a Yawfar y sus gentes, saludando de esta manera su llegada, a la espera de poder recibirles personalmente con toda pompa.

Los habitantes de Córdoba y de Madinat al-Zahra unos días más tarde fueron espectadores del fastuoso desfile de cuerpos del ejército que recorrió las calles de la capital y los caminos que llevaban hasta al-Zahra, escoltando las cabezas de enemigos con las que Yawfar iba a agasajar a su soberano. Amanecía en la vega cordobesa, la tierra se doraba enverdecida contra un horizonte de raso, trasluciente, claro, opalino. Diversos cuerpos del yund, de los wufud y de los jurs, al mando el mawlá del Califa, Ahmad ibn Sa'd al-Yafari, salieron entonces de Madinat al-Zahra con orden del soberano de recoger, solemnes, a Yawfar y a sus gentes y conducirles hasta el monarca. Un sol primerizo engalanaba de resplandores y brillos aquella vistosa tropa que cabalgaba por el viento, cubriendo la llanura, cuan ancha era, de redobles y estandartes. No bien llegaron a la almunia de Ibn Abd al-Aziz, en donde Yawfar aguardaba el momento de hacer su entrada oficial en la capital del califato, se iniciaron los preparativos del magno desfile que acompañaría a Yawfar, a sus guerreros y a las cabezas arrancadas a los enemigos. Dos fechas después, como estaba previsto por el Califa, se inició la comitiva que se dirigiría a al-Zahra. Abrían la cabalgata los mudos jurs enarbolando, al frente, la cabeza de Ziri, clavada en la más alta de las lanzas y escoltada por otras cien cabezas más, pertenecientes a sus seguidores. Las ciento una cabezas estaban todas ellas sangrentadas y descompuestas, hinchadas por putrefactos humores, cárdenas, tumefactas. Las empaladas coronaban, enhiestas y erguidas sobre los cuerpos de palo, las picas que las sostenían, su risa era macabra y estereotipada. Las sucias pelambres ondulaban al viento otra vez vivas. Caminaban a brincos acompasados de caballo y al son de rítmicos tambores, majestuosas, risueñas, suficientes de tan altas, imagen de muerte, de destrucción y de victoria. Amir y otros muchos funcionarios del gobierno formaban parte de la procesión. Cuerpos y escuadrones del ejército se sucedían organizando una larga hilera. Tras las tropas, vestidos de uniforme militar, Yawfar, su hermano Yahyá y los principales Banu Jazar que habían venido con él. Luego, los cordobeses distinguidos, los hombres más ilustres de las coras y las distintas corporaciones provinciales, todos ellos ordenados en dos filas. Cerraban la comitiva, dieciséis mil infantes, hombres de los arrabales de Córdoba, alineados en perfecto orden y armados por el gobierno con lanzas y escudos. Les seguían filas y más filas de jinetes enlorigados luciendo toda clase de pertrechos de guerra. Después, los arqueros especiales, también caballeros, vistiendo capas blancas, maqarif de pelo, arcos y aljabas sirias. Más allá, los jinetes con coraza y los de puntiagudas lanzas. Por fin, hasta formar un número de ciento, los abanderados, portando un mar de enseñas a cual más caprichosa y singular, las había con dibujos de dragones, de temibles leones prestos al mordisco, de siniestros leopardos, de poderosas águilas.

Salió, pues, esta pomposa procesión camino de la ciudad califal en donde les aguardaba el Príncipe de los Creyentes, magnífico y soberano, rodeado de la corte. Ziyad ibn Aflah, hermano del zalmedina de al-Zahra y caballerizo mayor, fue el encargado de disponer la tropa de esta madina jalonando el camino de Córdoba y también las calles de la ciudad hasta el palacio real. Al-Hakam aguardaba ya en el salón del trono, el de las ocho puertas de marfil y de ébano incrustadas de piedras preciosas, el de la pila de mercurio, el de la perla tan grande como un huevo de paloma. Siervos y eunucos con sus mejores y más vistosos atavíos formaban dos filas desde los pies del Califa hasta los arcos de entrada al salón y, desde ahí, hasta la Casa de los visires. Una selección de infantes y del cuerpo de esclavos del difunto Yafar, cascos dorados, lanzas al modo franco con adornos de astas de colores y de plata, flanquearían a los huéspedes.

Llegaron al fin los guerreros. Al-Hakam no pudo esconder su complacencia y emoción al ver aquellas malditas cabezas. Yawfar se postró cuatro veces ante el soberano, besando el tapiz que él pisaba, después besó también la mano que el monarca le tendía y contestó a las preguntas del Príncipe de los Creyentes poniéndose en pie en cada una de sus respuestas en señal de respeto y vasallaje, ocurrencia esta que fue muy celebrada por el Califa y por toda la corte. Luego, Yawfar y los suyos se vieron favorecidos con el afecto de al-Hakam que les asignó una pensión de 1.000 dinares de dirhemes y 70 almudes de trigo, mensuales, para cada uno.

Oría, aunque en contra de la voluntad del Califa, quien por primera vez en tanto tiempo de convivencia se mostró airado y hasta grosero con Djafar, no participó en tan espectacular acogida. La excusa oficial fue un súbito malestar de La Favorita que, al parecer muy a su pesar, se encontraba postrada en el lecho, sin embargo el verdadero motivo de aquel escabulle fue que, sabedora Zobh del macabro y sepulcral presente que se ofrendaría al soberano, sintió que sus ánimos no estaban a la altura de un espectáculo tan fuerte y espectral, la sola imaginación del nutrido ramillete de cabezas andarinas, los ojos de aquellas clavados en los suyos, los cárdenos labios hablándole a la oreja, se le hacía insoportable y perturbaba sus sueños. Al-Hakam no entendió las razones de la Sultana, a la que afeó su conducta recordándole las obligaciones inherentes a la alta jerarquía de que disfrutaba, aquellos hombres venían a honrarle junto a sus hijos y mujeres y ella debía salir a recibirles, también dijo estar ya harto del abandono que, desde el nacimiento de los príncipes y no digamos nada desde la muerte del pobre Abd al-Rahman, soportaba él cuando para algunos otros siempre tenía tiempo y le amenazó con el olvido, pues eran muchas, decía, sin tantos dengues y remilgos, las que perderían un dedo de la mano por ser sus elegidas. Djafar escuchó estas duras palabras en silencio, después se dio media vuelta, pero, antes de salir, confesó al monarca el dolor que estos comentarios, a su entender inicuos, le habían causado, ahora bien, si ciertamente la soledad que padecía era tan grande como su discurso manifestaba, en aquel mismo instante iba a abandonar las estancias reservadas a la Umm Walad y esa noche podría disponer al-Hakam de las alcobas para aposentar en ellas a cuantas mujeres se le antojasen. Dicho esto se marchó. El Califa despidió a su amada con un exabrupto y, aún no parecía faltarle nada para emprenderla a patadas y mandobles con cuanto se ofrecía a su alcance, cuando recordó al fiel Yafar, que hacía tan poco tiempo les había dejado, él, en ocasiones como aquella, agazapado tras cualquier esquina o personándose en la estancia bajo un pretexto fútil, hubiese seguido la escena, entretenido y afectado, templando ánimos, ayudando con razones a su soberano o corriendo tras la Sultana después de la airada salida de ésta. Rememoró entonces al-Hakam aquel día en que su eunuco le despertó de la siesta trayéndole el regalo del efebo amado, las pesquisas por palacio cuando el que creía un muchacho desapareció como por encanto y el monarca volvió a revivir todo el amor que sentía por aquella mujer, así que, más tranquilo y achacando el infantil comportamiento de la Sultana a los trastornos ocasionados por la pérdida del hijo, se tragó el orgullo y las razones que, sin duda, le asistían y fue en busca de Djafar, aunque todavía su ánimo bullía de enojo al recordar la airada situación en que le colocaba su esposa a causa de unas cuantas cabezas cuyo objeto no era otro que servir de certificado, patente y credencial de la victoria habida. El altercado, pues, no fue más allá del disgusto y Oría se libró de aquella visión que imaginaba tan terrorífica.

Un tiempo después del espléndido recibimiento a las dichosas testas y de la trifulca que a su cuenta se organizó entre los monarcas, buenas nuevas vinieron a consolidar aquel periodo de prosperidad y sosiego. Fueron estas que con fecha de sábado, 12 de agosto, se personaron en al-Zahra varias embajadas procedentes de los distintos reinos cristianos con el fin de comunicar a al-Hakam el manifiesto deseo de esos reyes de prolongar el periodo de tregua que ahora vencía. Entre ellos se encontraban el abad Bassal y Velasco, juez de Nájera, que venían en calidad de comisionados del monarca García Sánchez de Navarra. El Califa aceptó gustoso aquella propuesta de paz que no redundaría sino en el bienestar de los reinos y despidió a los emisarios cargados de dádivas y presentes. Oría, en esta ocasión, solicitó del soberano estar presente en la audiencia que se concedía a sus paisanos, hombres estos tan próximos al rey navarro, a quienes, por el rango y la dignidad que ostentaban, nunca antes hubiera soñado en tratar y, como el monarca dudase sobre la oportunidad de la concurrencia de una mujer a ese tipo de recepciones de marcado carácter oficial, Djafar le convenció diciendo que podría servirle de útil observadora pues que conocía la lengua de esas tierras y, si aquellos cristianos se permitían hacer un comentario indescifrable para el Califa y sus interpretes por tratarse de basqiya, ella podría traducir tales discursos. Al-Hakam consintió, al fin, tras estas razones, exigiendo a la Sultana se mantuviese en un lugar discreto, y así hizo Oría. Bassal y Velasco apenas se percataron de la presencia de una figura enmascarada tras oscuros velos que permanecía, muda e inmóvil, en un ángulo del salón. La vascona, pues, nostálgica y emocionada, escuchó desde su escondite la conversación de sus compatriotas mientras aguardaban estos la comparecencia del Príncipe de los Creyentes. Su corazón, entonces, cabalgó hasta las queridas y lejanas tierras sobre las dulces entonaciones, los familiares giros y las cadencias amigas que escapaban de los labios de los embajadores. Aquellos sones flotaron por el aire devolviendo al palacio de al-Zahra, al Califa y a cuanto rodeaba a la vascona la rareza de los primeros días de cautiverio. Sin embargo, hubo un hecho que quebró para siempre tan tiernos sentimientos. Ya en la puerta, terminada la entrevista y cerca de donde Oría se encontraba, el juez de Nájera confesó al abad, en un vascón claro y perfecto, sus esperanzas de que los belicosos normandos diesen guerra al Sultán, pues, de ser así, al-Hakam, confiado en aquella tregua que venían de pactar, no tendría empacho en enviar el grueso de sus tropas contra los barcos vikingos, circunstancia propicia de la que los reinos cristianos podrían obtener provecho atacando a una las fronteras del califato que se encontrarían desprotegidas y descuidadas. Las palabras de Velasco parecieron a la Favorita ruines y despreciables. Los emisarios, a los que el Príncipe de los Creyentes había recibido con toda cortesía y a quienes había cargado de regalos como prueba de sus deseos de paz y de la confianza que en el mensaje enviado por sus reyes depositaba, eran unos traidores. Pero, al punto, la clara mente de la vascona no ahorró a ésta el frío dolor de la evidencia. Una figura, digna y majestuosa, surgió de pronto de un escondido rincón y cruzó entre los cristianos, que le miraron desconcertados. Era ella. La madre del futuro Califa. Había comprendido de golpe que, si la astucia de los delegados se le antojaba ahora una vileza, semejante juicio en modo alguno tenía por origen una valoración sincera sobre la moralidad y rectitud de las palabras que acababa de escuchar, la verdadera causa de que el comentario le hubiera llenado de indignación se debía a que ella era la Favorita del Príncipe de los Creyentes y su hijo el heredero al trono del al-Andalus. Los intereses de Oría, desde el nacimiento de los príncipes, habían pasado a ser los mismos que los de los moros. Y admitió que, de no concurrir esta última circunstancia y ser ella una más en el harén del monarca, las palabras del juez de Nájera le hubiesen llenado de esperanza y hubiese tachado de ladinos y avispados políticos a los embajadores cristianos. Córdoba era su patria y Oría lloró la definitiva pérdida de las lejanas tierras del norte a las que, hasta ahora, aún creía pertenecer. Se acercó luego Djafar al Califa y contó al soberano todo lo que había escuchado. Al-Hakam nada dijo, sólo acarició la mano del efebo comprendiendo la tristeza que ahora embargaba a Oría al verse en la necesidad de inclinar sus afectos hacia uno de aquellos bandos, precisamente, hacia el que, oh paradoja, convirtióle un día en cautiva.

Sin embargo, los deseos de los embajadores se vieron frustrados, pues el 26 de agosto llegaron noticias de que las naves de los mayus, hostigadas por las fuerzas cordobesas, se habían dado a la fuga. La armada real y el general Galib ibn Abd al-Rahman volvían a casa victoriosos. Aquel año, el día de la Fiesta de los Sacrificios, id al-adha, la gran fiesta en que hasta en los hogares más humildes se sacrificaba un cordero, las gentes abarrotaron las calles de Córdoba y de Madinat al-Zahra regándolas de perfumes, de flores, de naranjas, de limas, de cánticos y de danzas. Vivían en un reino próspero, el Príncipe de los Creyentes era sabio, prudente y magnánimo, los poderosos ejércitos del reino sembraban el temor entre los enemigos del al-Andalus, sólo podían dar gracias a Allah.

Mayus, Malik y al-Tamayib, entretanto, apenas se percataron de las celebraciones y fiestas que tanto impresionaban a la población, ni fueron presos de los temores de desembarco que tan asustadas tenían a las gentes, a no ser por las pequeñas molestias que sufrió Mayus en aquellos días y que ya he relatado. Los tres amigos, después de recibir el visto bueno del Califa como promotores de las obras de mejora y adecentamiento de la ciudad, vivían ensimismados en la magna tarea de restaurar el puente, que, en buena lógica, debía de ser concluida antes de la llegada del invierno cuando las lluvias eran abundantes e, incluso, torrenciales. No fue labor sencilla desviar las aguas del Guadalquivir para dejar, durante el tiempo en que duraron estos trabajos, los pilares del puente secos de agua. Para ello hubo que construir una presa con ramajes de jara traídos de la sierra, encuadrados por enormes piedras y por arena mezclada con arcilla pura. También fue necesario, con el fin de airear las pilastras erosionadas y poder emprender la restauración, abrir grandes brechas en las paredes de roca que contenían el agua necesaria para los molinos y que se encontraban en la zona llamada del Arrecife, al occidente del Puente Romano. Una vez conseguido este propósito, se iniciaron los trabajos que consistieron en reforzar los pilares con cajones de madera, barras de hierro muy gruesas y grandes bloques de piedra revestidos con cal. Al-Tamayib sorprendió a sus amigos por la habilidad que demostró para tratar con aquellos obreros avezados a los que sabía entusiasmar en la tarea, reprender con severidad cuando era necesario y atender sus quejas y peticiones con rapidez y sin avaricia. Mayus, a su vez, supervisaba los suministros y Malik llevaba las cuentas y estaba al tanto de los últimos adelantos en ingeniería y construcción, de él fue la idea de aquella presa que tanta admiración causó a los cordobeses y al propio Califa. Los ingenios contra las aguas fueron tal novedad en Córdoba que el soberano gustaba observar, desde la azotea que coronaba la Puerta de la Azuda, al-kabir, la más principal del Alcázar, los avances de las obras y comprobar su perfección y envergadura e, incluso, llevó a Oría y a Hihsam a pie de puente para que ellos también pudieran admirarlas. Estas visitas llenaban de contento al vascón y a la Sultana que tenían ocasión de charlar sin las ataduras del protocolo. Al fin, el 18 de noviembre, se dieron por terminadas las tareas de restauración. Al-Hakam inauguró personalmente el puente rejuvenecido. Desde primeras horas de aquella mañana la multitud se agolpó en las inmediaciones de Bab al-Qantara, ocupando ambas orillas del Guadalquivir para ver a su monarca y festejar la liberación de las aguas del río, que como dijo al día siguiente el cronista, "es la madre que amamanta a la ciudad, el punto de confluencia de sus diferentes caminos, el lugar de reunión de sus variados aprovisionamientos, el collar que adorna su garganta y la gloria de sus monumentos insuperables". Y entonces se dio suelta al prisionero, ¡cómo corrieron las aguas, precipitadas, hasta el lecho seco!, ¡qué caracoles y burbujas no dibujaron en su atropello!, ¡cómo cantaba el río de contento!. El Califa celebró gozoso la perfección de los trabajos, luego, majestuoso sobre su caballo, cruzó el puente y loó allí mismo a Dios por haber permitido que éstos finalizaran con bien antes de la llegada de las lluvias. Las gentes le acompañaron en su alegría y sus alabanzas.

Tras la muerte de Yafar, el puesto de jefe de la casa civil del soberano estaba vacante, pero, sin que mediara nombramiento alguno, dos eunucos llenaron el vacío dejado por el fiel servidor. Fueron estos, el gran fatá eslavón, Faiq al-Nizami, sahib al-burud y al-tiraz, gran maestre de guardarropa y tapices, al que ya conocemos, y el también eunuco y eslavón, Chawdar, gran orfebre y halconero mayor. Faiq, que, desde el primer día del fallecimiento del chambelán, se ocupó con esmero y delicadeza de que al-Hakam no echase en falta al servidor y al amigo, a fines del mes de octubre recibió del soberano, en recompensa a su celo, la entrega de la amplia vivienda que Yafar había ocupado en el ala oriental del Alcázar de al-Zahra, normalizándose de este modo el servicio del monarca y llenando este beneficio de sano orgullo al nuevo chambelán que vio su labor reconocida. Oría tardó en aceptar aquella ocupación, en su fuero interno no dejaba de considerar a Faiq un intruso oportunista, además este eunuco nunca había sido santo de su devoción. Mas con el paso del tiempo la Sultana se acostumbró a ver de nuevo las estancias de Yafar habitadas.

Aquel invierno, cayó agua abundante y benéfica, perdiéndose en el recuerdo la terrible sequía del año anterior. En diciembre, hicieron su aparición las nieves así como un viento fuerte de nordeste. El Guadalquivir discurría potente y crecido. Y el miércoles, 19 de diciembre, Córdoba vivió alarmada un estremecimiento de la tierra. Gracias a Dios el terremoto fue de escasa intensidad, lo que no evitó los consiguientes sustos, salidas despavoridas a las calles, rogativas, aparición de iluminados que anunciaban el fin del mundo, así como expoliaciones de comercios y viviendas. Los rateros y ladrones, por entonces muy abundantes en Córdoba, no desperdiciaron la ocasión para manejarse a sus anchas mientras la población se entretenía en pánicos y comentarios. Los rumores que circulaban en la capital aseguraban que el visir Yafar al-Mushafí, el que libró al cadí Salim de la engorrosa presencia de Almanzor, se dejaba untar por los gremios de facinerosos a cambio de hacer la vista gorda a sus fechorías. Al-Tamayib, que ya había anunciado a Mayus y a Malik la posibilidad de un sacudimiento de aquellas características pero al que sus amigos apenas prestaron atención, decía que los cuerpos celestes en sus continuas danzas estaban enroscados de manera tal que favorecían la aparición de fenómenos singulares, él lo había visto en las estrellas pero Silofa lo había percibido sin necesidad de examen ninguno, andando la micifuza aquellos días, nerviosa, inquieta, agitada y huidiza, sin embargo, si sus conocimientos no le engañaban, nada había que temer, pues la tierra iba a sufrir solamente un ligerísimo meneo. Según el mago, éste no era un hecho aislado, ya la última sequía respondía a la sin igual conjugación de los astros del universo que aún permanecerían un tiempo en aquella caprichosa confluencia, por lo que no era de extrañar que las convulsiones terrestres se repitiesen. El día del remezón, Mayus y Malik, ellos también asustados y supersticiosos, corrieron a casa de su amigo, anhelantes de los razonamientos y sabias apreciaciones que un día desdeñaron. Al-Tamayib los recibió distante y conocedor, haciéndose de rogar por aquellos incrédulos que, miedosos y sobresaltados, gritaban más que hablaban lo que provocó la ira de la zapirona que, ella también acobardada por el bamboleo, a punto estuvo, a pesar del cariño que por los socios de su amo sentía, de clavarles las uñas o dedicarles alguna caricia molesta para que se fuesen con aquellas músicas a otra parte. Al fin, al-Tamayib atendió a las preguntas de los dos hombres, defraudando a Malik, que, más sosegado, dióle en imaginar los beneficios que todo un señor terremoto, de producirse, podría suponerles en sus nuevas actividades de ingeniería, pero el astrólogo aseguró que, si bien era muy posible que este pequeño seísmo se repitiera, sus proporciones no superarían a las de aquel día, tras lo cual puso de vuelta y media a Malik por la mala entraña y la avaricia enfermiza que mostraba con su comentario.

La naturaleza, como pronosticó al-Tamayib, anduvo por entonces bastante revuelta. Hasta el 5 de febrero de ese año, las tormentas, vientos y granizos se sucedieron sin cesar sobre el califato. A poco del seísmo, sea porque al-Hakam pasaba temporadas en Córdoba al ser sus fríos más benignos que los de la sierra, hecho este que le obligaba a transitar con más frecuencia por las calles de la madina siempre abarrotadas y henchidas de cordobeses, sea porque el día de la sacudida terrestre fueron innumerables los golpes, estrujamientos y apretones que sufrieron los habitantes de la capital cuando presos del pánico quedaron atrapados en la angostura de sus calles y muchas voces alzáronse quejosas contra las incomodidades que soportaba la primera ciudad del mundo, el soberano dio orden de que se realizaran obras de ampliación allí en donde el imperativo era más urgente, es decir, en el arrabal de Furn Burriel, al oriente, y en la calle principal del zoco de la madina. El sahib al-surta y zabazoque, Ahmad ibn Nasr, fue el encargado de ponerse en contacto con Mayus, Malik y al-Tamayib para ver el modo más conveniente de organizar las labores de mejora. Ya en la primera reunión, los tres hombres y Ahmad llegaron a la conclusión de que era necesario comprar algunos de los comercios que entorpecían, por su ubicación, el ensanche deseado, para lo cual no se debía reparar en gastos, entregando a los propietarios aquellas cantidades que exigiesen por la venta de sus viviendas y comercios. Ni que decir tiene que a Mayus y a Malik los dedos se les hicieron huéspedes, con un poco de vista podían hacerse ellos antes con algunos de los tropiezos para luego cederlos al gobierno a cambio de un goloso pago, logrando de esta forma un beneficio limpio y descansado. Pero esta vez, al-Tamayib no se dejó tentar por el retiñir del oro y amenazó a sus socios con organizar un escándalo si se les ocurría tamaña villanía. Mayus reconoció que el músico tenía razón e hizo ver a Malik que ya las ganancias que estas nuevas obras les iban a aportar eran suficientemente jugosas, con lo que el comerciante pareció convencerse, sin embargo, aunque nada se puede probar, hay quien dice que alguno de aquellos bazares cambió de mano de forma harto precipitada y misteriosa. El 7 de enero comenzaron las obras.

Al-Hakam, pues, no desaprovechando el periodo de paz que su reino disfrutaba aunque los asuntos de Marruecos parecían de nuevo estropearse, se decidió también a emprender, junto con los trabajos de mejora que la ciudad exigía, la difícil tarea de poner fin a aquella oleada de robos, saqueos y asesinatos que tenían amedrentada a las gentes de Córdoba y a cuantos a ella se acercaban, empobreciendo el auge y el comercio de la metrópolis. Verdaderamente eran numerosos los mercaderes que evitaban detenerse mucho tiempo en la capital, temerosos de los atracos y muertes que por la noche se sucedían. Las pérdidas que soportaban los habitantes y que, según algunos tenían por causa la falta de autoridad y de castigos ejemplares, eran cuantiosas. De noche la madina permanecía ahora intransitable. El Califa, entonces, sin dar mucho crédito a las voces que señalaban al gran visir Mushafí reo de soborno y responsable interesado de la anarquía pero creyendo que acaso careciese aquel, como delicado poeta que era, del carácter duro e inflexible necesario para terminar de una vez por todas con el desgobierno, púsose a buscar a la persona idónea para esa tarea. Y otra vez fue Djafar la que, viéndole caviloso y pensativo y enterada del asunto que preocupaba al monarca, dijo que el hombre indicado, sin lugar a dudas, se llamaba Muhammad ibn Abi Amir, en una palabra, al-Mansur, pues si bien era grande la ambición de poder que alimentaba, no lo era menos su clara inteligencia, su talante justiciero y su frío corazón que no temblaría al aplicar el castigo. Al-Hakam, aunque se dijo que el gaditano le perseguía como una obsesión, confió en la agudeza y penetración de Djafar y, a los pocos días, Amir fue ascendido al cargo de responsable de la surta o policía de la ciudad, que acumuló a sus nombramientos anteriores. Esta dignidad fue muy del agrado de Amir, ya que, a pesar de no tener nada que ver con el ejército, sin embargo, nadie podía dudar de que aquello era, a su modo, una guerra de la que obtendría no pocas enseñanzas y de la que se juró a sí mismo salir victorioso.

No se equivocó la Sultana en sus juicios. A los pocos días de acceder Almanzor al cargo, un gran desconcierto cundió entre los expoliadores, ganzúas y pirañas que por allí merodeaban. Las patrullas de policía, como las hormigas de un hormiguero, invadieron la ciudad, nocturnas y silenciosas. Las detenciones, noche tras noche, se multiplicaban, las ejecuciones, día tras día, entretenían a los cordobeses que empezaron de nuevo a respirar tranquilos. Las sentencias de Amir, primeros envites de aquella guerra, fueron desproporcionadas, por su severidad, respecto a la talla de los robos cometidos, lo que hizo cundir el terror entre los ladrones. En un abrir y cerrar de ojos, el nuevo jefe de la surta mudó la noche aventurera, acechante y peligrosa, en otra pacata, mansa y bonachona, las gentes se hacían lenguas de aquel milagroso cambio. Este nuevo éxito en su carrera hizo que al-Mansur recibiera una lluvia de alabanzas y, más aún, de cuantiosos y lucrativos beneficios de manos del Califa que se admiró de la fiereza y claridad de ideas del jefe de la surta así como de la perspicacia de Djafar que había columbrado en aquel hombre el temperamento exigido para tan engorrosa tarea. Pero, los enemigos de al-Mansur seguían agazapados en la sombra. Aquella ascensión del envidiado Amir no había hecho sino aumentar el encono contra él y nada digamos el reconocimiento oficial de su buen hacer y el prestigio que le otorgaron los cordobeses por ser el artífice de la paz ciudadana durante tanto tiempo apetecida, con ello envidias y odios se alborotaron como una mar arbolada. De nuevo libelos, letrillas y poemas maldicientes volvieron a circular por Córdoba y al-Zahra. Otra vez corrieron de boca en boca los amorosos tratos entre Amir y la Sultana, a cuya solícita protección atribuían los pérfidos estos vertiginosos ascensos del de Algeciras. El corazón de al-Hakam cayó de nuevo prisionero en las angostas mazmorras de los celos.

El día 12 de abril, de aquel año de 972, fue sábado. Muhammad ibn Aflah, aquel al que Amir socorrió prestándole el oro que necesitaba a cuenta de unas bridas incrustadas de piedras preciosas, pudo, por fin, echar el guante a un grupo de jóvenes, que, sintiéndose rebeldes y vanguardistas por denunciar en sus escritos los especiales tratos de la Sultana con el prestigioso dignatario que era Amir y, por ende, dejar en situación poco airosa la honorabilidad del Califa, creíanse profetas elegidos para llevar la salvación y la verdad a aquel reino, sin percatarse, en su juventud, de que carecían de cualquier fundamento ideológico que sustentase y diese forma a lo que ellos pensaban contestatarios pronunciamientos y que, a diferencia de los jóvenes masarristas que en tiempos de Abd al-Rahman III defendieron con ardor y valentía las teorías del filósofo contrarias a los postulados oficiales, ellos no eran sino unos infelices alcahuetes al servicio de unos cuantos resentidos que, bien pertrechados bajo los mantos de sus dignidades, lanzaban a aquellos bisoños a jugar a machitos, suministrándoles chismorreos bajo el disfraz de subversión, al menos todo esto se decía Aflah, que, por otra parte, al ser hombre de honor, fiel a la palabra que un día se hiciera de sacar la cara por el que tan generoso supo ser con él cuando estuvo en apuros y hombre también prevenido, aún le quedaban hijas por casar, puso todo el empeño en la misión. Por tanto Aflah, enterado de que aquella tarde se reunían en al-Zahra los poeticastros de marras, se dispuso manos a la obra. Entre estos muchachos se encontraban el poeta Isá ibn Qarlaman, apodado Sabarico, Munis, liberto del Hermano al-Mondhir, tío del Califa, y Ahmad ibn al-Asad, conocido por Saddam. Los versos de todos ellos eran indecentes, bajunos y plebeyos. La redada policial sorprendió a los rimadores en plena cocción de uno de aquellos espantajos de que tan orgullosos parecían, siendo inmediatamente apresados y trasladados a la cárcel de Madinat al-Zahra. Sin embargo, aquel día no acudió a la reunión Yusuf ibn Harun al-Batalyawsi, llamado Abu Ceniza, cerebro poético del grupo. Aflah, empecinado como estaba en acabar con los deslenguados, lanzó a los hombres en su búsqueda dispuesto a invertir todo el tiempo que fuera necesario y a emplear toda la fuerza a su mando para dar con el cabecilla. La porfía del zalmedina debió de llegar a oídos del poeta huido que, acaso aconsejado por alguien que le quería bien, decidió entregarse aún a sabiendas de que con su acción podía encontrar la muerte, pero en la confianza de que este acto aplacaría el corazón de su perseguidor y, sobre todo, el del Califa, al que sabía, a pesar de lo que pregonaban sus escritos, hombre generoso y cabal. Así que a los pocos días de la captura de los vates, un hombre con el rostro desfigurado para que nadie pudiera reconocerle, la cintura bien ceñida y una alfombrilla de fieltro en la cabeza, se llegó hasta las puertas de los calabozos de al-Zahra, presentándose con su verdadero nombre al centinela que corrió a dar aviso al superior y éste al zalmedina. Aflah hizo, entonces, que llevaran a aquel blasfemo a su despacho de la surta, en el Alcázar, pero dio órdenes de amarrarlo antes como se amarra a las bestias, no fuese a desaparecer de nuevo, y así hicieron los guardias. Cuando Abu Ceniza compareció ante el zalmedina, no había parte de su cuerpo que no estuviese retorcida por sogas, grilletes o cepos. Sin embargo, la actitud de Yusuf ante Aflah fue dócil y arrepentida, así que éste mandó encerrarle y escribió al punto al Califa contándole los pormenores del apresamiento y la buena disposición que mostraba el poeta.

Por debajo de estas peripecias, nadie sabía cuánta verdad cabía en los versos maldicientes, al-Hakam tampoco, enigma este que entristecía profundamente su corazón. En vida de Yafar, el chambelán seguro que hubiese hallado el modo de conocer la verdad de aquellas historias, pero Yafar estaba muerto y Faiq y Chawdar, los sustitutos del eslavón, no contaban con la confianza de la Sultana, en consecuencia, poco podía esperar el Soberano de estos servidores que, por otro lado, aún enterados de una verdad dolorosa, sabedores también de la antipatía que despertaban en la Favorita, se guardarían muy mucho de poner en antecedentes al Califa sobre cualquier sombra o sospecha que empañase la conducta de la vascona, pues, antes o después, descubriría éste a Djafar la fuente de información de la que se había nutrido, con lo que la simple prevención que ahora manifestaba la Sultana se trocaría en inquina, y Dios les librase de una mujer poderosa con deseos de venganza. De este modo se debatía el monarca. La verdad sobre todo aquello, si es que algo había de verdad, Oría y Almanzor la guardaban bien escondida.

Capítulo X

LOS SENTIMIENTOS QUE unían a Oría y a Almanzor eran una compleja maraña de intereses, atracción, repulsa, rivalidad, afecto y soledad. La prevalencia de uno de aquellos lazos sobre los demás dependía del momento y de las circunstancias. La Sultana se sentía atraída, como dije, hacia el garrido cuerpo del administrador, no sólo porque la ya vetusta madurez de al-Hakam le hiciese apetecer de prendas más frescas, sino también porque, incluso, de haber sido el Califa un hombre joven, difícilmente hubiera podido competir éste, sin salir mal parado del litigio, con la airosidad, la arrogancia y la marcialidad del funcionario, él que encaramaba su cuerpo ancho y desmedido sobre unas piernas cortas y chatas, que frente a la piel morena y los ojos negros, vivos, cameladores y profundos de Amir, careaba una tez más que pálida, blanca o clara, otra mustia, deslucida, marchita, y a aquellos ojos negros oponía los suyos, negros también, pero atristados y languidones aunque, eso sí, se volvían oníricos y hasta bellos a la vista de un manuscrito, de un poema y de Djafar. Por tanto, que Oría se estremeciera algunas veces cuando la presencia de Almanzor le cogía por sorpresa, no tenía nada de extraño, muchas eran las mujeres de aquella corte que experimentaban tan dulces sobresaltos ante el administrador. Además el funcionario se daba arte y maña para realzar los atributos con que la naturaleza le había adornado, así que, haciendo gala de un exquisito gusto, unas veces buscaba resaltar la oscuridad y la profundidad de su mirada con túnicas oscuras de rica seda que le prestaban un aspecto imponente, sobrio, enigmático, arcano, sibilítico, otras, sin embargo, prefería el color blanco, con el que el endrino de su barba y de sus bucles, la tez cobriza, azabachada, tibia, se volvían cálidos, apetecibles, pasionales, o bien, eligía tonos verdes y azules para su aderezo, que le hacían parecer sensible, resbaladizo, acuático, sinuoso y perverso. En fin, que, hasta en los días en que el joven cadí se hallaba aquejado de algún malestar o de una gran fatiga, fuentes siempre estas de afeamiento y de desfiguración, aquel rostro exangüe, trasojo y macilento removía las entrañas de las damas que sentíanse madres, abuelas, tías de un desvalido tan hermoso. Sin embargo, ocurría también en ocasiones que Oría descubría al intendente abusivo, despótico, avasallador y tiránico. La Sultana, entonces, despreciaba al funcionario y su tez se le hacía olivácea como el verde de la avaricia, la oscuridad de su mirada y de sus cabellos eran ocultación, lobreguez y penumbra, su porte gallardo era maligno, pérfido y satánico, la elegancia de sus túnicas era ladronería, pillaje y miedo. Pero aquellos fieros impulsos, que de tarde en tarde escapaban del frío talante del administrador y que tanto decía abominar la Favorita, habían sido precisamente los artífices del respeto y del temor que Amir despertaba en cuantos le conocían y el fundamento de la seguridad que inspiraba a Zobh el saberle de su parte. Oría y al-Mansur estaban solos en la corte. La vascona, igual que el cadí, congregaba más odios que afectos. Su condición de extranjera y preferida hacía que fuese mal vista por la mayor parte de los dignatarios y por todas las mujeres de la principalidad. El nacimiento del pobre Abd al-Rahman y del actual heredero, Hisham, no había sino encrespado la inicial prevención con que fue recibida la noticia del favor que le otorgaba el monarca. En torno a al-Hakam se arracimaban un nutrido grupo de familias descendientes de los Omeyas, todas ellas poderosas e influyentes, que acogieron a estos inesperados legitimarios con mal disimulado disgusto, pues, de fallecer el Príncipe de los Creyentes sin descendencia, el nuevo Califa hasta entonces hubiese sido elegido entre esos mismos parientes y, ahora, las fundadas aspiraciones de éstos se habían visto frustradas. La Favorita poco podía oponer a los odios que hacían peligrar la legítima sucesión de Hisham, ya que, si la muerte del soberano venía a producirse antes de la mayoría de edad de su hijo, los prepotentes consanguíneos aducirían la inocencia del heredero para reclamar el trono, a no ser que diese con el hombre inteligente, cruel, astuto y ambicioso que saliese en valedor de aquel hijo y éste, sin duda, era Almanzor, sólo alguien carente de fiadores pero con sueños de poder en aquel mundo insidioso, conspirador y traicionero, podía apostar por la concubina vascona y su hijo, aún niño, a cambio de ver cumplidas las ambiciones que la orfandad de apoyos le birlaba. Por eso Oría aupaba a al-Mansur tan alto como su influencia alcanzaba, por eso Almanzor le colmaba a ella de regalos y de atenciones, por eso también la Sultana bendecía, aún sin admitirlo, aquellos rasgos de Amir que le atemorizaban y hasta juzgaba despreciables y por eso la soledad y el afecto, que manaba de la consciencia de tenerse sólo el uno al otro, venía a unirles para siempre. Pero Oría, sea por las duras circunstancias en que su vida se había visto envuelta, sea por su natural, no carecía de talentos ni de fuerza para defender lo que era suyo, temía que el poderoso temperamento de Amir, viéndola mujer y sola, quisiera abarcar también los ámbitos que como Umm Walad, madre del califa o futuro califa, le correspondían y a los que nunca pensaba renunciar pues para ello tuvo que hipotecar su libertad y más de algún sueño. Este choque de intereses, tan tiernamente enlazados, hacía que la rivalidad formase también cuerpo en la relación de los dos amigos.

Amir, por su parte, advertía un delicioso revoltillo en presencia de la Sultana no menor al embelesamiento de al-Hakam ante su efebo, sin embargo, los atractivos de Oría que encandilaban a Almanzor eran justamente los opuestos a aquellos que descubría el Califa en Djafar. El monarca admiraba en Zobh la desenvoltura de movimientos, extraña en la mujer musulmana, la fuerza de su carácter, los pies grandes de muchacho, la nariz potente de vascona y aquella sonrisa pícara y suficiente que parecía esconder los miles de amorosos rostros que habitaban las pobladas ensoñaciones del soberano. Almanzor admiraba en Oría su cuerpo redondo y cálido que intuía pasional e insaciable, su brioso temperamento que enardecía el espíritu avasallador del gaditano y, también, la soledad y delicadeza que se adivinaba en aquellos ojos claros, a veces hirientes y orgullosos, otras dulces y pensativos. El intendente, que con su perspicaz penetración pronto supo de los entresijos que embarullaban la cortesana república, aceptó enseguida el papel que Oría le había designado y por el que, al poco tiempo, vio que comenzaban a lloverle prebendas. Su soledad en la corte estuvo desde entonces acompañada por la soledad de la amiga a la que honraba con caprichosos obsequios, con el fin de halagar a su protectora y dar salida a un tiempo a los intrincados afectos que sentía hacia ella. Pues bien es verdad que este hombre y esta mujer, orgullosos y precavidos como eran, se cuidaban muy mucho de demostrarse los amorosos desfallecimientos que la presencia del otro les provocaba, no sólo porque la confesión de afanes tales implica de algún modo el descubrimiento de una debilidad en quien los confiesa, sino también debido al peligro que, de conocerse aquellas inclinaciones, ciertamente correrían el prometedor futuro de Amir y la privilegiada posición de la vascona, quien se vería repudiada por al-Hakam y, lo que era peor, caso de sucederle al Califa una desgracia, su hijo apartado del trono pues que ella no podría ayudarle desde el deslucido paradero al que sin duda el soberano le habría relegado. Sin embargo, alguna vez a Almanzor se le iban los ojos tras la Sultana, alguna vez también y en presencia de la corte, como el día en que regaló a la Favorita el precioso palacio de plata, las miradas de ambos se encontraron lo suficiente para que algunos envidiosos, que pecoreaban con frecuencia entorno a los amigos por ver de descubrir lo que la edad pareja y el estrecho trato al que se veían obligados hacía previsible, vocearan el cuento de sus amores y una vez, tan sólo una, sucedió aquello que dieron en proclamar los poetas maldicientes, pero, aunque parezca mentira, esto ocurrió después de que los pregoneros estuvieron encerrados en la cárcel de al-Zahra y acaso el origen del desliz, espoleados los sentimientos de Amir y Oría al escuchar el relato de lo que tanto se guardaban en demostrar, estuvo provocado, precisamente, por aquellas murmuraciones rimadas.

Fue de noche. Al-Hakam esos días residía en el Alcázar de la metrópoli en busca de un preceptor para Hisham que iniciase al muchacho en los conocimientos necesarios a un futuro califa. El soberano, que andaba preocupado por la elección del maestro más conveniente, se trasladó a la capital para mejor gestionar este asunto. Era mayo, otra vez primavera, sin embargo, el calor apretaba ya anunciando un verano sofocante. Oría deambulaba desvelada por las alcobas del monarca, tan frescas, y desde las que podía contemplarse, al fondo, la ciudad de Córdoba. Djafar reflexionaba en la conveniencia de que el nombramiento de preceptor recayera sobre el alfaquí Ahmad ibn Muhammad ibn Yusuf, apodado al-Qastalli, del que tan buenas referencias tenía. El soberano, a pesar de estar de acuerdo con su esposa, cuyos criterios estimaba, había preferido entrevistar a varios candidatos para asegurarse una designación certera y, en aquellas lucecitas que a lo lejos se veían, le hacía Djafar al Califa, ensimismado en la delicada tarea de elegir entre tantos sabios. De pronto, alguien entró precipitadamente en la estancia. Era al-Mansur. Su figura recortada en la noche, negra, pues que oscura era la túnica que vestía, desconcertado y sorprendido de encontrar sola a la Favorita, espesó el aire y acalló los ruidos. Al parecer el cadí traía noticias sobre una nueva incursión normanda a las costas cristianas. Los plantones de la puerta, acostumbrados a la presencia del intendente y temerosos de excitar sus iras si detenían la presurosa carrera con que irrumpió en palacio, nada habían dicho al dignatario sobre la ausencia del monarca. Y allí estaban ahora Oría y Almanzor. La vascona rompió el tenso silencio que reinó en la estancia tras las explicaciones de Amir justificando su presencia, haciendo un comentario banal sobre la belleza de la noche y señalando desde la ventana Córdoba, en donde contó a Almanzor se encontraba al-Hakam y el motivo que a la capital le había llevado. Amir, siguiendo la indicación de la Sultana, se acercó al mirador, un dulce almizcle aromaba el aire, o, al menos, esta deliciosa fragancia creyó percibir el funcionario cuando se asomó junto a su protectora a la noche de mayo. Y, entonces, se encontraron los dos, apretados uno junto al otro bajo el labrado arco de aquel alféizar. El silencio lo llenaba todo. Oría escuchaba su corazón cabalgar desbocado, estaba arrebolada, tímida, confusa por la emoción. Al-Mansur tragó saliva y el bocado de Adán del intendente subió y bajó presuroso, viril, conmovido. Córdoba, allá a lo lejos, tan pequeña, evidenciaba la impunidad de los amantes, el mutismo de ambos clamaba su turbación y la ardorosa pasión que les dominaba. La mano de Almanzor rozó entonces sin querer los dedos de la Sultana y sus brazos, impulsados por el contacto, tibio, amoroso, inflamado, rodearon el talle y los hombros de Oría que quedó cautiva en aquel abrazo, abandonando su cuerpo en el cuerpo de Amir, sus labios en los labios del amigo que, febriles y vehementes, bebieron del manantial que aquella les ofrecía y dejaron que ella se saciase también en el de él. Una luna delicada y cómplice acompañó con sus débiles rayos los amorosos tratos en que quedaron confundidos uno en otro hasta el amanecer. Al-Mansur poseyó a Oría con dominio y pujanza, la Sultana requirió los enamorados cuidados del cadí una y otra vez, hasta que, al fin, los dos vencidos y exhaustos, avisados por el claror de la noche que empalidecía, corrieron a esconderse de la mañana. Almanzor, antes de escabullirse de palacio, besó a la Sultana caballeroso y romántico. Oría atrapó con sus manos aquel cuerpo altanero y lo apretó contra sí, risueña, pícara y protectora.

Si después de aquel día menudearon los encuentros entre el administrador y la vascona nadie puede afirmarlo ya que, sabedores los dos de los riesgos que entrañó aquella temeridad y habiéndose percatado de los peligros que encierra la pasión, pues que obnubila, igual que el vino, la mente más clara y torna insignificante y sin sentido todo lo que hasta entonces apreciábamos, pudiendo el amante jugarse en una sola apuesta cuanto hasta ayer consideraba sagrado e intocable, huyeron el uno del otro aprensivos de caer de nuevo en tan arriesgados escarceos y recelosos de que, sin ellos quererlo, un gesto, una palabra, delatase lo que, antes de que fuera a suceder, ya otros habían intuido. Oría se dijo que por encima de cualquier otro sentimiento o pasión estaban su hijo, cuyo futuro mil peligros acechaban, y al-Hakam, a quien no deseaba hacer ningún daño, amaba a aquel hombre como se quiere al más tierno amigo, admiraba su carácter sensible, considerado, respetuoso, exquisito, agradecía su afecto, su dedicación, sus cuidados. Así que, aunando estas reflexiones con aquellas otras que le hacían temer un posible retorno a las sombras del harén desde donde nada podría oponer a las maniobras y cubileteos de la nobleza ansiosa de hallar el modo de librarse de Hisham, se propuso a sí misma evitar cualquier situación que fuera a dar lugar al más mínimo rumor de entendimiento entre ella y el administrador. Amir, por su parte, esa mañana, cuando apagados los ardores corrió a despintar de su rostro y vestiduras los atisbos que en ellos hubiese de la noche de amor pasada con la Sultana, fue preso de nervios y agitaciones, poco frecuentes en su frío temperamento, al imaginar las desgracias que le aguardaban si alguien había sido testigo de lo ocurrido. Y mientras se aseaba con esmero, juró no volver a caer en tan locos desvaríos que podrían dar al traste con la encumbrada posición de que disfrutaba y con las ensoñaciones que alimentaba sobre su futuro, una vez, siendo director de la Ceca, gracias a su astucia y finas artes, se había librado del escarnio y de la miseria, jugar otra vez sería tentar la suerte.

Un mes después de estos sucesos, el domingo 16 de junio, al-Hakam nombró a al-Qastalli, el alfaquí Ahmad ibn Muhammad ibn Yusuf, preceptor del príncipe Abu-l-Walid Hisham, su hijo. El Califa no ahorró al sabio recomendaciones y advertencias sobre el modo y las materias en que debía de ser instruido el heredero. Las lecciones iban a tener lugar en el salón oriental del palacio de al-Zahra, por considerar el monarca que esta orientación aseguraba la presencia constante de favorables agüeros. Para facilitar el acceso de Hisham desde sus aposentos hasta aquellas dependencias fue abierta una pequeña puerta que permitiese al príncipe salir y entrar con comodidad. El jueves 20 de junio tuvo lugar la primera lección. Al-Hakam, que ese día se reconoció un poco más viejo, habían pasado los años sin dejarse sentir y ahora aquella criatura a la que tanto amaba y creía aún tan chica estaba ya en edad de iniciar su instrucción lejos del harén y los cuidados maternos, quiso asistir, sin ser notado, a la primera de las clases y así lo hizo. Hisham, junto a otros muchachos de la corte, escuchaba con atención y aprovechamiento las palabras e indicaciones del maestro Ahmad y al-Hakam le contempló tan arrobado como si fuera un abuelo. Luego abandonó silenciosamente la sala y ordenó a los criados que repartiesen golosinas y manjares entre los niños, cosa que así se hizo cada día de lección. Inmediatamente después, era tan grande su contento, que entregó al sahib al-surta y zabazoque, Ahmad ibn Nasr, una bien repleta bolsa para que distribuyese limosnas entre los pobres y caminantes, quería dar gracias al Altísimo por aquel hijo que vino a colmar el más ardiente deseo de su corazón, y, además, fijó también un espléndido sueldo para el preceptor Ahmad, asignándole caballería en sus traslados hasta al-Zahra e incluyendo una pensión alimenticia para el maestro durante su estancia en palacio. Oría en aquella jornada, igual que el monarca, sintió el paso de los años cuando vio partir a Hisham, ilusionado y contento, hacia su primera clase. El muchacho, al que su madre había puesto buen cuidado en ataviar con la elegancia que la ocasión merecía, estaba hermoso y sus mejillas, encarnadas por la excitación de la novedad, le prestaban un aspecto saludable y rozagante. El niño, si bien no heredó la débil complexión del hermano fallecido, no por ello disfrutaba de una naturaleza vigorosa. Tenía el cutis pálido, la piel blanca y transparente, los cabellos rubios, los ojos azules y apagados y un talante sensible, malva, obediente y sumiso. Muchas eran las precauciones que debían ser tomadas con la llegada del verano y del inclemente sol cordobés para librar a la criatura de insolaciones y resquemes. Sus pupilas claras y delicadas se resentían fácilmente con la luz. No se libró de ninguna de las dolencias propias de sus pocos años que parecían engarzarse a su cuerpecillo con fiereza desmedida. Pero de todas ellas salió triunfante. Así que no es de extrañar la emoción de aquellos padres que, tras perder al primero de sus retoños y tras los muchos desvelos sufridos por ver pelechar al único hijo que les quedaba, contemplaban ahora al muchacho, superados los difíciles años de la infancia, adentrarse, risueño y confiado, en la primera juventud.

La Fiesta de La Ruptura del Ayuno, aquel año de 972, se celebró con toda pompa y fastuosidad. Al-Hakam estaba gozoso y optimista, las noticias sobre incurrimientos normandos, que una noche vino a traer Amir a palacio, no parecían quitarle el sueño, tampoco las guerrillas y discordias de Marruecos turbaban su excelente humor, el hombre andaba pletórico y complacido, tenía a Djafar, un hijo a quien legar la corona y el reino más próspero y pujante de cuantos se conocían, no se podía quejar. Aquel verano, el monarca distribuyó el tiempo entre la supervisión de las obras de mejora de la metrópoli, que con tan afilada visión pronosticó Malik a sus socios y amigos, y el disfrute y solaz en la almunia de Guadarromán, regalo que el gran fatá Durri el Chico, tesorero eslavo del monarca, tras invertir todos sus ahorros en la construcción y embellecimiento de esta finca para honrar con ella a su señor, había regalado al Califa quien allí se trasladó ahora con Hisham, Djafar, sus mujeres y sus esclavos. Oría agradeció aquel alejamiento de la corte y aquellos días de descanso a recaudo de politiquerías e intrigas. Los beneficios de las umbrías y follajes que amenizaban la hacienda sentaban bien a Hisham, que correteaba en aquellos frescos senderos, feliz por la constante presencia de sus padres. La vascona aprovechó esos días de sosiego para poner orden en su trajinado espíritu, para reparar fuerzas y para regocijarse con la lectura de picarescos maqamat y delicadas composiciones recogidas en los diwan o recopilaciones poéticas, añorando, nostálgica, aquellos días en que junto a Lubna se adentró por el mágico mundo del saber. Amir visitó en varias ocasiones al Califa y a la Sultana, mas, como ya dije, no hubo indicio que dejase entrever lo que ellos sabían. El intendente obsequió a la Favorita y al pequeño Hisham con mil fruslerías que todos alabaron, pero al ser ésta una costumbre habitual en él a nadie causó extrañeza. También al-Hakam dio audiencia una de aquellas tardes plácidas de agosto a Mayus, Malik y al-Tamayib, el pretexto fue la encomienda a los activos socios de las obras de ampliación del cementerio de Bab al-Yahud, junto a Puerta de los Judíos de Córdoba, llamado maqburat Umm Salma, y las reformas urbanas consiguientes, mas la intención del monarca era proporcionar una alegría a Djafar con la presencia de su amigo Mayus y regalarse él mismo con algún buen augurio de al-Tamayib, tan seguro estaba de tener la suerte de cara. El soberano, tras los cumplidos de Amir a la Umm Walad y acaso para no ser menos, regaló a Zobh un precioso perfumero de marfil labrado con motivos animales, majestuosos pájaros del paraíso y deliciosos cabritillos que brincaban entre ramajes y hojarascas tan frondosos como aquellos que se disfrutaban en la quinta. Oría, que cayó pronto en la cuenta de los rumios que habían predispuesto al monarca a feriarle aquella inesperada joya, ponderó mucho la belleza del recipiente, asegurando al Califa que era éste el regalo más delicado de cuantos había recibido en esos días de descanso y ordenó al punto que el frasco fuese colmado de esencia de ámbar, la preferida de al-Hakam. La tarde de la audiencia a Mayus, Malik y al-Tamayib, Oría mostraba a un grupo de mujeres de dignatarios el magnífico presente del soberano, cuando, de pronto, vio cruzar por el jardín el familiar perfil de Mayus, seguido de la singular disposición de al-Tamayib que protegía su cabezorro del sol de agosto envolviéndolo cuidadosamente en blancos paños. El aspecto de agitada momia que ofrecía el mago no dejaba de producir sorpresa y susto a cuantos se cruzaban con el personaje, pues que el músico, bajo aquellas sayas de las que sólo se adivinaban sus ojillos penetrantes, tabaleaba las castañuelas con alegre repique. Una docena de chiquillos, hijos de algunos cortesanos que acompañaban a los monarcas durante su estancia en la finca de recreo, corría tras la aparición y muchas eran las criaturas que buscaban amparo en los brazos de siervos y criados ante tan sonora presencia. Al-Tamayib disfrutó con la expectación y curiosidad que levantó a su paso. Malik, apenas se percató del barullo organizado por su amigo, entretenido como estaba en admirar la grandiosidad y el lujo exquisito del cortijo y en calibrar los apetitosos rendimientos que de éste se podrían obtener con una explotación inteligente y alejada de tanto boato. Oría, cuando vio a aquellos, poco faltó para que diera en el suelo con la preciosa arquilla de marfil de al-Hakam que en aquel momento ponderaba ante sus amistades, pues, aparcándola precipitadamente en las manos de las sorprendidas damas, corrió despepitada en busca del liberto. Huelga decir que las señoronas también se olvidaron del pobre perfumero y, cerradas en corro, comenzaron a despellejar a la ausente contando los últimos rumores que circulaban sobre la vascona y eso que no fueron testigos del morrocotudo abrazo que Mayus y Oría se brindaron, caricia esta que hubiese añadido el aliciente de una mayor confusión entre las tertulianas y hubiese provocado también comentarios de más sabor y riqueza.

Tras la conversación técnica en relación a las obras a emprender, al-Hakam solicitó de al-Tamayib un exploración quiromántica de su futuro que con tantos vikingos, mauritanos, cristianos, terremotos y otros enguajes tenía hacía tiempo olvidado. El mago aceptó de mil amores y se retiró junto al Califa a una estancia en donde no fuesen estorbados, momento que aprovecharon Oría y Mayus para poner a punto al amigo en los últimos sucedidos de sus vidas. El vascón confió a la Sultana los gratos cambios que para él había supuesto el disfrute de la amplia vivienda en que ahora habitaba y la compañía del pequeño harén que se desvivía por tenerle atendido, mencionó además la gracia y donaire de la Almanzora e, incluso, alabó sus salidas y dicharachos pero nada confesó a Oría de los glotones afectos que le unían a la muchacha, debía ser ella quien le recibiese en casa tras los agobios de la jornada, ella quien le sirviese la cena, ella también quien permaneciese a su lado las noches de insomnio y quien le curase sus pequeños achaques, en fin, que aquellas costumbres se habían convertido en necesidad. El liberto sondeó a su amiga, con delicadeza y tino, respecto a las parladurías que zarceaban sobre las inclinaciones amorosas de ésta, pero, aunque ningún indicio observó en las respuestas de la Favorita, permaneció firme en la opinión de que aquel Amir era un arribista sin escrúpulos y la charla no fue suficiente para alejar la comezón de los celos que picoteaba el corazón de Mayus, allí, junto a Oría, la pobre Alhakana volvíase tan prosaica e imprescindible como el pan. La Sultana disfrutó de la compañía del amigo a quien comentó sus últimas lecturas, los progresos de Hisham con el sabio preceptor, se interesó por Lubb y Alí, quiso saber de los nuevos negocios del vascón, de la prosperidad de su finca, curioseó en la composición de su harén, pero calló sus intimos acuerdos con el administrador y el intrincado laberinto de politiquerías y conspiraciones que amenazaba el futuro de su hijo, Mayus no era tonto, soledades y conjuras pronto hubiera puesto en relación con necesidad de afecto y de apoyo, en una palabra, con Amir, y Oría no quería ni causar daño al liberto ni implicar a éste en la compleja y espinosa historia de la sucesión que, quién sabe si, llegada la hora, se produciría sin contratiempos. Los dos vascones se solazaron aquella tarde de verano en la mutua compañía, encontrando Mayus a Oría, hermosa, serena y discreta, regocijándose la Sultana por el saludable aspecto de aquel, por la elegancia de su porte y por ese humor socarrón y cuco de que siempre había gozado el amigo. Al atardecer, abandonaron los tres hombres la almunia de Durri. Malik no dejaba de hacerse lenguas de la riqueza de la finca y de las posibilidades, ahora desaprovechadas, que decía tener la propiedad. Mayus ponderaba la fina inteligencia de su amiga, la naturalidad con que se movía en un mundo tan áspero, su adoración por el hijo y su dedicación a al-Hakam, a quien decía haber encontrado algo más desmejorado y envejecido. Al-Tamayib permaneció silencioso todo el trayecto de vuelta, mas ninguno de sus dos socios reparó en el detalle, bastante tenían con expresar la impresión que la almunia y las personas reales les habían causado. Al llegar a Córdoba, cada uno partió hacia su casa. A Mayus le esperaba la Almanzora y a al-Tamayib la avispada Silofa. Malik se las prometía felices elaborando el proyecto de compra de una propiedad a la que, aunque fuera sombra de aquella que hoy habían visitado, con su talento pudiera sacarle un provechoso jugo.

Y en estos plácidos divertimentos transcurrió el verano. Para el 22 de septiembre, fecha de la celebración de La gran Fiesta de Los Sacrificios, volvieron el monarca y sus gentes a al-Zahra dando así por terminado el esparcimiento estival. Un nuevo año comenzaba ahora que al-Hakam, tras el vaticinio de al-Tamayib, aguardaba con un cierto recelo, pues, aunque el adivino no pronosticó ninguna desgracia digna de preocupación y aunque aseguró al monarca que la salud de su hijo era excelente, el escaso entusiasmo que infundió a sus palabras dejó al soberano un tanto escamón, asomos que procuró alejar achacándolos al natural hipocondríaco de la senectud hacia la que él se acercaba sin remedio, aquel año de 972 el monarca contaba cincuenta y siete años de edad.

Ciertamente el 973 se inició enredado y hosco. Los asuntos de Marruecos se esquinaron ya en los primeros meses de aquel año. En junio al-Hakam había enviado a tierras africanas a Muhammad ibn Qasim ibn Tumlus, visir inspector de las tropas mercenarias, en calidad de caíd de los destacamentos del ejército regular. La misión de Muhammad era hacer frente a Hasan ibn Guennun al-Hasani. Partió el visir el sábado 29 de junio y pronto los éxitos de sus campañas fueron conocidos en el califato. Sin embargo, en diciembre, llegó la inesperada noticia de su muerte, junto con la de los quinientos jinetes y la de los mil infantes que le acompañaban, a manos de Hasan ibn Guennun en el Fahs Mahran. Estas pérdidas entristecieron grandemente al monarca y, todavía se entristeció más, al enterarse de que los caídes de Marruecos, acaso atemorizados tras el desastre sufrido por Muhammad y sus gentes, acababan de iniciar tratos vergonzosos con el rebelde Hasan. Los meses de octubre y de noviembre habían trascurrido lentos y taciturnos para el soberano que se hallaba alicaído y mustio sin mediar un motivo que lo justificase, negros presagios parecían rondarle contra los que resultaban inútiles los desvelos y atenciones de Djafar que veía con preocupación el decaimiento que consumía al monarca. Los médicos de la corte atribuyeron esa flojedad al desánimo que la entrada en los sesenta aniversarios, de los que el Califa andaba frontero, suele provocar en la mayoría de los hombres, también al debilitamiento corporal y anímico que producen los cambios de estación, siendo los meses de otoño y de primavera los más proclives a melancolías y duelos, y, además, a las últimas y fastidiosas molestias por las que se había visto aquejado. A Oría no le faltaron ganas de llamar a al-Tamayib e informarse, a escondidas, de aquello que el brujo leyó en las manos del soberano, más reflexionando que sería muy difícil ocultar la presencia del astrólogo al Califa y concluyendo que, si éste llegaba a enterarse de que una entrevista de esa índole había tenido lugar a sus espaldas, el estado de depresión y abatimiento no haría sino acrecentarse, decidió dar tiempo al tiempo y, por el momento, seguir las indicaciones de los doctores de palacio. Y en estas andaba la Favorita cuando se conocieron las tristes nuevas africanas. Sin embargo, aquellas noticias, aunque causaron un gran dolor al monarca, parecieron acabar con la astenia que le atormentaba, pues, a partir de entonces, sin duda empujado por la necesidad de atención que el cariz que tomaban estos asuntos exigía, recuperó el vigor e inició junto a Galib los preparativos de una campaña contra el rebelde Hasan, a emprender no bien el tiempo fuera propicio con la llegada de la primavera. Oría dio gracias a Dios por aquel restablecimiento del esposo que alejó los menudeos de familiares Omeyas, como buitres que olisqueasen a muerto, cerca del Califa. Amir, cuando supo de los preparativos que se estaban llevando a cabo para aquella ofensiva, reanudó sus diarias visitas a la Sultana, olvidado, ante las posibilidades que le ofrecían estas aceifas de sentar plaza en el ejército, de los motivos que le aconsejaron un trato más discreto con Zobh y tranquilizando sus ánimos al considerar el largo tiempo transcurrido desde su asunto.

El 13 de abril, dos días después del gran incendio de Dar al-qawama, la casa de los servidores en la Mezquita Mayor, que tuvo en vilo a toda Córdoba y cuatro días más tarde de la partida de Galib y sus fuerzas contra Hasan, fueron conducidos ante Muhammad ibn Aflah, el zalmedina de al-Zahra, los poetas Ahmad ibn Hasim ibn Muhammad ibn Hasim, Ibn Muqim e Ibn al-Así, acusados de ser autores de las nuevas calumnias que circulaban acerca de Djafar y de Amir. Aflah, por orden del monarca, reprendió y afeó el comportamiento de aquellos, arrestando luego a Ibn Hasim en su propia casa y encerrando en la prisión de al-Zahra a Ibn Muqim y a Ibn al-Asi. La historia se repetía de nuevo. Almanzor erraba al pensar que las audiencias con la Sultana, espaciadas y parcas de los últimos meses, acabarían con hablillas y murmuraciones, pues, no bien se reanudó la frecuencia de estos encuentros, los comentarios brotaron de nuevo. Eran muchos los interesados en que aquellas noticias llegaran a oídos del Califa y causaran en el ánimo del monarca el efecto apetecido, es decir, el repudio de Djafar y la caída estrepitosa de Amir. Pero tampoco esta vez lograron su propósito los resentidos y envidiosos, bastante tenía el Príncipe de los Creyentes con su hipocondría y con la enredada situación de Marruecos para hacer caso de calumnias que, de creer en ellas, le hubiesen obligado a alejarse de Djafar para siempre.

En efecto, las nuevas venidas de Africa eran alarmantes. Durante todo el mes de abril corrieron mensajeros de uno al otro lado del Estrecho llevando y trayendo misivas entre los caídes cordobeses que allí se encontraban y el propio monarca. El día 23 partió el sahib al-majzun Salma ibn al-Hakam para Berbería junto con un fuerte envío de oro destinado a gratificar a las tropas del califato. El 7 de mayo al-Hakam envió cartas al almirante Abd al-Rahman ibn Rumahis, a los caídes que con él estaban y a Sa'd, a Qaysar y a Abd Allah ibn Marwan, reprendiéndoles duramente por no haber fortificado la ciudad de Tánger con la prontitud y celo que se les había encomendado. Pocos días después, eran enviados refuerzos y 80.000 dinares para el pago de las tropas de Tánger y Arcila. A finales del mismo mes, una comisión de inspectores desembarcó en aquellas tierras para realizar una investigación sobre lo que estaba sucediendo.

Pero, por entonces, hubo dos acontecimientos de arcano significado que alejaron por unos días la atención de los cordobeses y la del propio soberano de los asuntos de Berbería. Y fueron éstos, el nuevo temblor que sacudió la ciudad y sus alrededores en la noche del 20 de mayo y la aparición, pocos días después, a las tres de la madrugada, de una voluminosa estrella de luz rutilante en el cielo que surcó las alturas de sur a norte, iluminando el horizonte con tal claror que cuantos la vieron creyeron, deslumbrados y temerosos, que, de pronto, había nacido un nuevo día. A al-Tamayib el luminoso evento le pilló desprevenido o, acaso, sus últimos y afanosos trajines en los mundos de transacciones y empresas en los que ahora se movía le restaban venteo y olfacción para las adivinaciones y barruntos, el caso es que aquel día y a aquella hora el mago estaba atareado en la fabricación de una pócima milagrosa que protegiera su cabezón y su entristecida tez de los rigores del verano que se acercaba, fue mucho lo que llevó sufrido el año anterior a causa de las insolaciones que sus nuevos quehaceres, siempre a la intemperie, le habían provocado y, siendo, como era, finales de mayo, había llegado el momento de dar con una solución a tan ardientes molestias. Silofa, adormilada y gatuna, merodeaba en el patio de la vivienda a la espera de que su amo tuviese a bien retirarse a descansar, los vapores y humos, que el preparado del músico despedía, resultaban dañinos y desagradables a su sensitivo hocico. Así que en estas andaba la zapirona, haciendo tiempo mientras el astrólogo daba por terminada la mágica elaboración, cuando, sin saber cómo, un sol andarín e imprevisto apareció en el cielo. La michina, por un momento, pensó era cosa del original quiromante que pronto aparecería risueño para comprobar la consternación que su inventiva provocaba en el vecindario. Mas no fue así, al-Tamayib no daba señales de vida y, sin embargo, aquel astro cabalgaba y cabalgaba, corría y corría, alumbrante, lúcifero, espectral, aproximándose de tal modo a la pequeña cabeza de la minina que ésta no dudó que venía en su busca y, temerosa, abrió la boca despavorida y emitió uno de aquellos mudos sonidos tan solo perceptibles para los pulpejos de al-Tamayib, que iniciaron al punto contorsiones y meneos alertando al mago de que algo pasaba. Cuando el brujo apareció en el patio, no dio crédito a lo que sus ojos veían, un lucero, el más lumínico y fulguroso que jamás contemplara, atravesaba el horizonte, silencioso, solemne, mágico. Silofa, encaramada en el hombro de su amo y protegida por el abundoso cerebro del tañedor, miraba boquiabierta la estrella. Al-Tamayib, él también cara al cielo como la michina, sonreía beatífico a la luz. Amo y gata componían un extraño cuadro extasiados al claror de aquel mañanear milagroso. Durante varios días después del evento no se habló de otra cosa por toda Córdoba. Malik estaba indignado con el quiromante al que calificó de impostor, camandulero y engañabobos, pues que no había sabido predecir con antelación semejante prodigio del que podían haber obtenido una buena tajada o, al menos, él, de saberlo, se habría mantenido velante esa noche, cosa harto difícil, pensó al-Tamayib, ya que el cerebro de aquel, ajetreado con las operaciones y los cálculos que el mercader le encomendaba durante la jornada, caía rendido al anochecer. Lo cierto es que probablemente fue Malik el único cordobés que no presenció el suceso. Mayus y la Almanzora sí fueron testigos de la visita luminosa. Ovillados en el lecho de la alcoba del vascón, que se abría holgada a la fresca nocturna, admiraron entusiasmados el resplandeciente fenómeno. Aquella luminaria provocó cariñosas excitaciones en la Alhakana que se arrebujó mimosa contra el cuerpo del liberto y le prodigó cuidados de una calidad y mérito hasta entonces desconocidos para Mayus por lo que el hombre guardó grato recuerdo de aquella noche. El Califa, dicen que observó con no poca aprensión los signos del cielo que atribuyó a encrespados avisos del Altísimo. De nada sirvieron los ajustados razonamientos de Djafar que le recordaba otras apariciones de esta índole relatadas en los libros como meros hechos naturales sin otra semántica, el monarca estaba empeñado en que la estrella anunciaba su fin o, en el mejor de los casos, era claro indicio de derrotas y muertes en Berbería por lo que poco tiempo después, el 5 de junio, día de inicio del mes del ramadán, el Príncipe de los Creyentes fue prolijo en limosnas y recomendó a sus súbditos encarecidamente el ayuno y la oración para alcanzar la ayuda de Allah. Aquel año, por consiguiente, el periodo de ramadán fue testigo de un especial recogimiento de la corte. Al término de aquel, un mes más tarde, el 5 de julio, La Fiesta de la Ruptura del Ayuno se celebró con la solemnidad habitual. Sin embargo el soberano no depuso su actitud taciturna y Oría, observando con preocupación al monarca, decidió tomar cartas en el asunto. En primer lugar, si una de las causas de su tristura eran las turbias noticias que llegaban de Marruecos, era necesario enviar a Berbería un hombre capaz de poner orden en aquel desconcierto y nadie mejor que Amir para llevar a buen fin tan complicada misión en la que cuantos fueron designados para realizarla habían fracasado, que recordase si no cómo limpió éste Córdoba de criminales y ladrones después de que otros muchos se estrellaran en la tarea, en segundo lugar era hora ya de no dejarse llevar por pretendidos sombríos agüeros, o el monarca se decidía a hacer un esfuerzo y alejar de una vez aquellas imaginaciones o recababan de nuevo la presencia de al-Tamayib, pero había que acabar con aquella melancolía que iba a terminar por acarrearle una enfermedad y bien real por cierto. Al-Hakam escuchó las atinadas palabras de Djafar y permaneció silencioso durante un tiempo, luego concluyó que la Favorita tenía razón y, sopesando que la designación de Almanzor para la empresa ofrecía la ventaja de alejar de palacio al hombre del que se decía era el amante de su esposa, estuvo de acuerdo en el nombramiento. En relación a sus negros presentimientos, aun reconociendo que aquellas corazonadas no provenían sino de imaginaciones sin fundamento, últimamente se encontraba cansado, insomne, desasosegado, quizás fuera buena cosa solicitar el consejo de al-Tamayib que, no en vano, colaboró con Hasday ibn Shaprut en la elaboración de la triáca y acaso diese en el clavo, hallando un remedio para sus males. Luego tomó la mano de la esposa y se lamentó amargo por haber tardado tanto tiempo en conocerle, ahora era él un anciano y ella estaba espléndida en su madurez.

Pocos días después de la Gran Fiesta, un Amir exultante y agradecido a la Favorita partía para Marruecos. Al fin, había llegado la oportunidad de dar a conocer su valía a las gentes del ejército. Oría, con el nombramiento del intendente, atendió a las peticiones que el administrador le había dirigido en este sentido, considerando también que era bueno que su hombre de confianza entrase en contacto con la tropa, los últimos barruntos del monarca habían acabado por hacerle temer una desgracia inesperada.

El talento del que fuera humilde escribiente en las puertas de la Mezquita Mayor de Córdoba bien pronto fue reconocido por cuantos le trataron en Mauritania. Aun siendo la misión que el Califa le había encomendado harto esquinada para los fines que él pretendía, pues mientras tenía por objetivo ganarse a los prestigiosos generales que allí guerreaban, la encomienda real era vigilar el comportamiento de aquellos mismos, posición nada airosa para sus planes y tarea que en buena lógica debía de acarrearle la enemistad de los militares, Amir, que era inteligente, fiero, sibilino y capaz, supo aunar tan dispares propósitos logrando llevar a cabo al pie de la letra las instrucciones del monarca al tiempo que se ganaba, gracias a su estilo conciliador, lisonjero y prudente, la amistad de los jefes del ejército que, engatusados por los razonamientos del cadí, se apresuraron a reorganizarse según las órdenes del Califa, sabedores de tener en el emisario del soberano un valedor que hallaría el modo de suavizar sus errores anteriores ante los ojos de al-Hakam y, también, un cronista amigo pronto a alabar la buena disposición con que ellos habían recibido su visita. Al-Mansur, pues, desde el mismo día de su llegada a aquellas tierras, se empeñó con entusiasmo en sus dos objetivos y, discurriendo que el oro abundante barre escollos y lima asperezas, solicitó del Califa el envío de dinero y de alhajas, asegurando al monarca que por estos medios iban a ser muchos los enemigos que podrían ser convertidos en aliados. A al-Hakam el recibo de esta petición le hizo muy poca gracia, cuantos marchaban a aquella guerra, no bien llegaban a Berbería, comenzaban a pedir y a pedir sin que por ello los resultados que luego obtenían fueran satisfactorios, mas, confiando por esta vez en el astuto temperamento del administrador, organizó un espléndido envío de regalos y de reservas del tesoro que acompañó con un escrito de su puño y letra en el que se podía leer textualmente: "El Príncipe de los Creyentes no duda de tu lealtad, ni de tu esfuerzo, ni de tu gratitud por el beneficio que te circunda y que te abarca. ¡A Dios es a Quien hay que pedir ayuda!". Aquella referencia a la gratitud, reflexionó Almanzor, dejaba bien claro que no habría excusa que justificase su vuelta a Córdoba sin el cumplimiento de la misión que le habían encomendado, había llegado el momento de corresponder a la confianza y a los beneficios recibidos y sólo el éxito le sería aceptado como moneda de cambio, no habría lugar a buenas razones, en cuanto a las últimas palabras también ellas eran tajantes y expeditivas, hora era de cesar en peticiones y de encontrar recursos menos gravosos, que para eso había sido enviado a Berbería. El 25 de julio se recibieron dos misivas del visir generalísimo Galib ibn Abd al-Rahman relatando dos brillantes victorias de los ejércitos califales así como la ignominiosa huida del rebelde Hasan tras ser acosado por las tropas cordobesas. Al fin, parecía que aquella engorrosa beligerancia comenzaba a dar la vuelta, por primera vez, pensó al-Hakam, las reservas enviadas daban frutos y alabó la elección de Djafar, Amir estaba logrando cohesionar a los mandos militares y reorganizar a aquellos hombres en torno a Galib. Sin embargo, aún recibió el monarca alguna que otra misiva del fiel visir comunicándole nuevos desastres, las cuales fueron contestada en tono severo, firme y disgustado. El 25 de agosto hubo otra vez noticias del generalísimo confirmando la toma de Yabal al-Karama, posición inexpugnable y punto de elevado valor estratégico. La victoria causó honda satisfacción en el soberano que contestó a Galib a vuelta de correo expresándole su alegría, la confianza que en él tenía depositada y dándole sabios consejos para los días duros de invierno que se avecinaban, recomendándole se armase de paciencia pues no podría volver a casa "antes de que Dios extermine de raíz a los criminales y deshaga el grupo de los extraviados herejes que forman el partido del equivocado Hasan y andan coaligados con él contra los musulmanes." Y continuaba " .... sin inferir por ello perjuicio ni producir trastorno a los habitantes del país, sería una de las cosas más de acuerdo con los proyectos del Príncipe de los Creyentes cuyo propósito no es otro que conseguir la prosperidad de esas tierras y la seguridad de sus pobladores, que deben estar informados de que el Califa no abandonará la partida hasta que todos piensen de la misma manera y se ayuden mutuamente, y hasta que la verdadera religión esté establecida y la Zuna entre en vigor, por el poder y la fuerza de Dios".

Estas nuevas sosegaron el ánimo de al-Hakam que, ya más tranquilo, volvió a ocuparse de los asuntos domésticos y, así, aquellos días, supervisó los estudios de Hisham, que, con tantos dimes y diretes, había tenido olvidados, comprobando con alegría el florecimiento del saber en su vástago y la buena disposición que éste manifestaba para iniciarse en el conocimiento profundo de la lengua árabe. Entonces, el prestigioso gramático Muhammad ibn Hasan, llamado al-Zubaydi y, más tarde, al-Isbili, fue llevado a al-Zahra para ser el maestro del príncipe heredero. Muhammad, que había terminado de abreviar el "Kitab al-ayn" de al-Jalil ibn Ahmad y, a sugerencia del propio Califa, puesto orden y adiciones en aquel magno compendio, se personó en la ciudad califal halagado y agradecido. Desde ese mismo día, el sabio formó parte del personal afecto al Califa y a su hijo, beneficiándose su carrera con tan nobles protectores. No fue raro, después del nombramiento, encontrar al sabio al-Zubaydi y al erudito visir Yafar ibn Utman discutiendo acaloradamente sobre alguna cuestión de lexicografía, gramática y poesía, junto a ellos al-Hakam se regocijaba escuchando las sabias argumentaciones de uno y de otro con manifiesto placer al comprobar que, ante su presencia, ambos rivalizaban en emitir los juicios más sagaces y los discursos más eruditos.

Como en años anteriores, el monarca y su familia disfrutaron de unos días de solaz y descanso en la almunia de Guadarromán. Al-Hakam, de nuevo, para contento de Djafar y disgusto de la parentela Omeya a la que aquellas melancolías hacían alimentar esperanzas sobre una posible y rápida sucesión en el trono, parecía recuperado y optimista. Mayus, Malik y al-Tamayib, también esta vez, visitaron a los soberanos. Oría, aprovechando el buen estado de ánimo de que disfrutaba ahora al-Hakam, llamó a sus amigos a escondidas de éste, rogándoles ingeniasen algún pretexto para solicitar audiencia pues andaba necesitada de la ayuda del quiromante a quien suplicaba que, el día del encuentro, manifestase al Califa el deseo de consultar de nuevo sus regias palmas para luego simular un vaticinio en donde sólo tuviera cabida la felicidad, la salud y la gloria del reino, exhortando al brujo a insuflar con sus comentarios en el Príncipe de los Creyentes la seguridad, el optimismo y el entusiasmo indispensables para el definitivo fortalecimiento del equilibrio que ahora reinaba en su espíritu, aún a sabiendas de que lo que te pido, querido amigo, puede llevar el descrédito a tu buen nombre, pues de ocurrir una desgracia luego de tu feliz pronóstico, el haber complacido mi petición no servirá sino como prueba de tu impericia, te ruego, si alguno es el afecto y la gratitud que sientes por el Califa, que accedas a esta instancia, ya que su ánimo ha estado enfermo y, en estos momentos en que parece haber escapado por fin de los sombríos y negros pensamientos que le atemorizaban, sé que el anuncio de vaticinios favorables y el disfrute de tu persona, en la que tanto confía, asentarán, por fin, el sosiego en su corazón y se librará de angustias y aprensiones. Al-Tamayib no pudo negarse a la desconsolada súplica de la Sultana, aunque, ciertamente, aquello de correr el riesgo de poner en entredicho sus dotes adivinatorias no era como para saltar de contento, pero allá se fue con Mayus y Malik a tranquilizar al monarca. Antes de la visita, el adivino tomó la precaución de echar una ojeada a los astros, a los que con su agitada vida tenía un tanto arrinconados, y no se arrepintió de la cautela. Las estrellas consultadas anunciaron al quiromante que exactamente el día 15 de septiembre, fecha al caer, tendría lugar un eclipse de luna. Al-Tamayib se alegró mucho con esta noticia que, al profetizarla, daría credibilidad a las lindezas con que iba a consolar al soberano, solvencia a sus augurios, estos fenómenos naturales eran siempre muy agradecidos para magos y astrólogos, y también una alegría a Malik, el mercader podría en esta ocasión organizar una de esas farándulas de que tanto gustaba fijando su vivienda como el punto más óptimo para contemplar la ocultación y cobrando así la entrada a los ilusos. Pero

Malik fue mucho más lejos de lo que el músico imaginaba, pues, no bien se enteró del próximo oscurecimiento, comentó con entusiasmo que la finca de Guadarromán era el lugar más adecuado para reunir espectadores, dada la amplitud de sus campos que permitiría una recaudación, a su entender, razonable, y, puesto que a los pocos días iban a visitar al Califa, qué mejor que lograr del Príncipe de los Creyentes el consentimiento para la utilización de la propiedad. El pobre Malik fue duramente reprendido por sus socios ante aquella peregrina ocurrencia. Vascón y astrólogo aunaron sus voces afeando el propósito del comerciante al que hicieron ver las perogrulladas a que conduce la avaricia y el peligro que corren de ponerse en evidencia y hacer el más estrepitoso de los ridículos cuantos, cegados por fantasías de oro, caen en sus garras. El regaño fue tan fuerte que Malik no volvió a hablar nunca más del asunto, aunque en su fuero interno se dolía de aquel espíritu mediocre, torpe y poco emprendedor de sus amigos.

La astucia urdida por Oría para tranquilizar los ánimos del soberano fue todo un éxito y al-Tamayib estuvo en lo cierto con respecto a los beneficios que engendraría el anuncio del eclipse, dado que el Califa aún dio más crédito a los felices augurios del quiromante y quedó muy agradecido con aquel pues, de no haber sabido lo de estas próximas negruras, ellas se le hubieran antojado signos lúgubres anunciadores de desgracias para él y su reino. En prueba de gratitud el monarca invitó a al-Tamayib y a sus amigos a contemplar el anublamiento desde al-Zahra en donde prometió instalar para la ocasión los más modernos artilugios astrológicos. Oría paseó aquel atardecer con Mayus, a quien esta vez sí confesó las preocupaciones que le atormentaban. El vascón no pareció sorprenderse con las historias de intríngulis y conspiraciones, según decía, no había en el mundo una corte libre de tales manejos y recomendó a la Sultana serenidad y espabile. La Favorita nunca supo si fue por casualidad u obra de la penetración de su amigo el interés que éste, tras conocer los temores que sobre el futuro de la corona le rondaban, manifestó por Amir, luego, como al hilo de la conversación anterior, aconsejó a la Sultana no fiarse de nadie, eran muchas las concernencias que se rustían alrededor de un trono.

En la madrugada del lunes 15 de septiembre, como pronosticara al-Tamayib, hubo eclipse de luna. El pálido astro sufrió tal entenebrecimiento que desapareció del cielo casi como por encanto, no asomando de nuevo hasta la llegada de la aurora. Al-Hakam y Djafar, que se encontraban de vuelta en al-Zahra desde el 2 de septiembre, día de la celebración de La gran Fiesta de los Sacrificios, presenciaron la privación lunar junto a sus amigos y ayudados de un montón de cachivaches de alta precisión que, tras la oscuridad, el soberano regaló al brujo. Aquel mismo día se habían recibido, desde Berbería, noticias del administrador. En su carta el cadí relataba el fervor con que había sido celebrada por la tropa la Fiesta de los Sacrificios, hecho este que llenó de regocijo al monarca. Al parecer, según contaba al-Mansur, antes de la oración se había pronunciado el sermón con toda la rigurosidad que el rito exigía y los soldados se habían mostrado jubilosos ante la pulcritud de los actos, dando gracias a Dios por ser súbditos del Príncipe de los Creyentes que velaba con celo exquisito por el alimento espiritual de los que se encontraban tan lejos de su tierra. Al-Hakam comentó esta grata nueva a sus invitados y el adivino solicitó del monarca poder ver aquel escrito, pues confesó su debilidad por curiosear la letra de los hombres de prestigio. El Califa hizo, enseguida, que trajeran la misiva de Almanzor y dejó que el astrólogo la examinara a sus anchas, nada había en ella que constituyese un secreto de Estado, y así se solazó al-Tamayib con aquellos trazos, los mismos que un día escudriñara en la Mezquita después de no pocos afanes y piruetas que terminaron por encolerizar a Amir, en los que reconoció perfección, belleza, voluntad, delicadeza, fuerza e inteligencia. El músico, cuando marcharon de palacio, entre alabanza y alabanza a la prodigalidad del monarca y a la avanzada técnica de los trastos con que le había obsequiado, dijo a su amigo vascón que aquel al-Mansur tenía en mente a alguna dama cuando escribió sus noticias, no había más que ver los adornos, contorsiones y florituras con las que había embellecido las letras y juraría él que la destinataria de tales dibujos era la Sultana, teniendo en cuenta que a ninguna otra le estaba dado acceder a aquel escrito. Mayus torció el gesto pero no hizo ningún comentario a estas consideraciones de al-Tamayib.

En los primeras días del año, las noticias de victoriosas campañas llevadas a cabo por el visir generalísimo Galib y la buena disposición de los generales tras la ida de Almanzor llenaron de alegría a la corte. El miércoles 9 de octubre, llegó a Córdoba Qand, fatá del visir caíd Galib ibn Abd al-Rahman, con la buena nueva de la toma de la ciudad de al-Basra, plaza fuerte del rebelde Muhammad ibn Guennun, yerno del hereje Hasan ibn Guennun, quien, desobedeciendo órdenes, había abandonado la ciudad, dejando a su propia esposa, la hija de Hasan, bajo la autoridad de Ibn Abd al-Salam, su tío. La población, que odiaba a Salam, pidió ayuda a Galib que sitió al-Basra, alcanzando una rápida victoria, decapitando también al tío de Muhammad y tomando cautiva a la esposa de éste. Ahora el general solicitaba instrucciones del Califa para con aquella mujer. Al-Hakam agradeció al Altísimo este nuevo triunfo y ordenó, dando prueba, una vez más, de su caballerosidad y abundoso corazón, que la joven fuese respetada y honrada junto con sus doncellas, Galib debía enviarlas al palacio de al-Hayar en donde se encontraba Hasan. Después, dispuso que la cabeza de aquel enemigo de Córdoba recibiese el trato que merecía y fuera trasladada, enarbolando una alta pica para que todo el mundo la viera, desde la almunia de al-Naura, en donde debía ser depositada a su llegada a Córdoba, hasta la Puerta de la Azuda del Alcázar de la capital. Oría se alegró de que esta vez el despojo no fuera paseado hasta al-Zahra. Según supo la Sultana, por el relato entusiasmado de algunas damas que presenciaron la exhibición, el pueblo saludó a aquella testa lanzando maldiciones contra la muda chola de Salam que contemplaba impasible, desde las alturas, el caluroso recibimiento con que era acogida, clamores que, según contaban aquellas, no cesaron en todo el trayecto hasta el poste que para tales menesteres está clavado en el arrecife, junto a la Puerta de la Azuda, en donde Muhammad, hijo del visir Yafar ibn Utman, ordenó que fuera incoada.

El nuevo año que acababa de comenzar parecía, pues, iba a ser generoso con los cordobeses. Desde los primeros días de octubre, las lluvias, ellas también pródigas, se sucedieron abundantes y benéficas para contento de los labradores y de las gentes del reino. Aquellos chaparrones anunciaban fértiles cosechas que aliviarían los elevados precios de los alimentos y harían huir la miseria de muchos hogares. Oría, como aquellos, disfrutaba con esas lluvias, tan prolijas en su tierra y que en Córdoba eran raras perlas de invierno siempre recibidas con regocijo. La Sultana gustaba de aventurarse fuera de las arquerías de los patios en días así y dejarse mojar por las vivificantes aguas. Sin embargo, a lo largo de aquel año, las tormentas persistieron durante demasiados meses, llegando a desbordar al sorprendido Guadalquivir y causando más de una muerte, pero, aún era octubre, y la primera visita de estos chaparrones no fue motivo sino de contento. Al-Hakam que, tras la simulación quiromántica de al-Tamayib, andaba más sosegado y optimista a pesar de que el resquebrajamiento de su salud era innegable y muchos los trastornos y alifafes que le atormentaban, durante los meses de octubre y noviembre vivió entretenido y ocupado con los asuntos de Africa que parecían al fin encarrilados. El 27 de octubre se recibieron noticias de Galib comunicando al Califa la buena nueva de la sumisión de Rahuna cuyos habitantes se habían rendido a Córdoba antes de iniciar la batalla. Según escribía el visir generalísimo, la situación de Hasan era ahora desesperada, apenas quedaban partidarios a su causa por lo que la victoria final estaba a la vuelta de la esquina. A primeros de noviembre, llegó a Córdoba, acompañado de sus mujeres e hijos, Taban ibn Ahmad, el que fue artífice de la muerte de Muhammad ibn Abd al-Salam cuya cabeza, ya consumida, requemada y mondongo aún ondeaba junto al Alcázar de la capital. Taban fue tratado con espléndida hospitalidad y regalo. Quince días más tarde, se recibieron de nuevo noticias de Galib, Hasan ibn Guennun y los mil hombres fieles que le restaban se habían guarecido en el monte Yabal al-uyun, cercano a al-Hayar, encontrándose sitiados por las tropas califales. Por otra parte, el 17 de noviembre, tuvo lugar una solemne audiencia a los embajadores de la monja Elvira de León, hermana de Sancho el Craso, aquel nieto de Dª Tota de Pamplona que fue curado por el eminente Hasday ibn Shaprut y que había muerto en el 966. Elvira desempeñaba la función de tutora y regente de aquel reino por ser Ramiro III, hijo del difunto rey, todavía menor de edad. Actuó de traductor Asbag ibn Abd Allah ibn Nabil, cadí de los cristianos de Córdoba, y mucho le pesó su tarea, pues careciendo de la astucia y de la delicadeza de que deben dar prueba los intérpretes, siendo misión de aquellos hacer comprensible el discurso de los extranjeros, guardándose mucho de que su recitación sea correcta y respetuosa sin por ello desviarse ni un ápice de las declaraciones que se pretenden, este Asbag no ahorró al Califa la vergüenza de escuchar de sus labios las ignominiosas y airadas frases que los mensajeros de la cristiana tuvieron la descortesía e insolencia de proferir, lo que indignó tanto al soberano que expulsó al intérprete, despojándole en aquel mismo instante de su cargo de cadí por haber tenido la desconsideración de traducir punto por punto aquellos desvergonzados términos en lugar de afear la conducta de los embajadores y negarse a trasmitir semejantes torpezas. Luego mandó retirar a los delegados, a quienes Ziyad ibn Aflah, caballerizo mayor, hizo saber que, de no haber disfrutado de la inmunidad inherente a su condición de emisarios, hubiesen sido castigados duramente por su actitud. Después Aflah despidió a esos nobles, que partieron hacia su reino en compañía de Ahmad ibn Arus al-Mawruri, sabio conocedor de derecho canónigo, al que el soberano hizo marchar a tierras leonesas como enviado suyo, llevando en calidad de traductor al cordobés Ubay Allah ibn Qasim. Por último, se dio orden a Muhammad ibn Mutarrif, por entonces en el Algarve, para que se uniera a esta comitiva.

El invierno de aquel año pasó deprisa, siempre a la espera de las alentadoras noticias que se recibían de Berbería y jalonado de recibimientos a embajadores berberiscos que ofrecían su respeto y sumisión al monarca tras el avance triunfante de la tropas califales. Las lluvias del otoño, como ya dije, no cesaron con la llegada del invierno, antes bien, se recrudecieron y adornaron con truenos, relámpagos, vientos y granizos, mas el Califa estaba optimista a la espera de una segura y definitiva victoria y no hubo inclemencia que enturbiara su regocijo por el cercano fin de aquella guerra que tantos quebraderos de cabeza le había ocasionado.

Por fin, el 27 de marzo llegó la ansiada noticia, Hasan ibn Guenun al-Hasani había sido sometido, loado fuera Allah. Galib y Almanzor volverían a casa. Este último había cumplido con los objetivos que se propuso a su marcha, había dado satisfacción al Califa y él era ya un hombre conocido y admirado por los generales del ejército, que además se habían convertido ahora en sus deudores.

Capítulo XI

NADA MÁS CONOCERSE la buena nueva de la victoria habida en tierras africanas, al-Hakam dio orden a Durri ibn al-Hakam, conocido por al-Hammaz, de partir para Berbería provisto de oro abundante, el monarca deseaba gratificar a las tropas sin aguardar las fechas establecidas para el pago de los sueldos, mostrando de este modo el contento que le embargaba y el orgullo que sentía por todos aquellos hombres que tan bien habían guerreado. Durri, pues, cruzó el Estrecho a la cabeza de una singular caravana de mulas y acémilas a cuyos lomos era transportada la generosa soldada de la tropa vencedora así como un rico cargamento de telas preciosas, alhajas, sillas de montar de cuidada elaboración, bridas finísimas incrustadas de pedrería y un sinfín de objetos a cual más valioso, destinados a Alí y al-Mansur, los hijos de Hasan ibn Guennun, también al primo de este rebelde, Ibrahim ibn Hasan al-Hasani, llamado el Viudo, y al hijo de Ibrahim, Muhammad, quienes se hallaban a la espera de cruzar el mar para, por orden de su padre y pariente, postrarse ante el Califa en prueba de sumisión. El monarca cumplía ahora con bondadosa largueza las reglas coránicas de respeto a los vencidos, dando prueba con estos agasajos de que el odio y el resentimiento no tenían cabida en su corazón.

Oría dio gracias a Dios por el fin de esta guerra a la que atribuía muchos de los males que en los últimos tiempos aquejaban al soberano. La Sultana había aprendido del difunto Yafar al-Siqlabi que el cuerpo y el alma del hombre constituyen un todo indivisible, razón por la que cualquier dolencia o acontecimiento, capaz de perturbar el equilibrio de una de las dos mitades de que estamos compuestos, desbarata esa armonía, fuente de salud, e, inevitablemente, caemos prisioneros de la enfermedad. Zobh se decía que una vez de saldada con éxito aquella contienda, habiendo desaparecido, por tanto, la causa de tantas preocupaciones y desvelos como atormentaban a al-Hakam, éste sanaría del espíritu y, en consecuencia, su cuerpo recobraría fuerzas. Desde el mes de febrero, el Califa sufría ligeros vértigos y desmayos que, según los médicos, eran debidos al exceso de tensión y de trabajo, asegurando los galenos que aquellos trastornos irían remitiendo en cuanto el enfermo se viera libre de los engorrosas asuntos que de un tiempo a esta parte le traían tan ajetreado. Pero con la llegada de la primavera una nueva complicación vino a sumarse a los aturdimientos y pasmos y fue ésta que las pobres piernas del monarca, ya desde su juventud surcadas por hinchazones regulares al ser mucho y desproporcionado el peso que debían de soportar aquellos miembros cortos en un cuerpo tan rechoncho y cuadrado, comenzaron a inflamarse y a enrojecer, alcanzando caprichosos tintes cárdenos según zonas y mostrándose, a un tiempo, pesadas, plomizas, doloridas. Sabido es que el calor favorece las inflamaciones y engorda los humores malignos, pero aquel año la primavera se presentó fría, trajo lluvias, vientos huracanados, que descuajaron árboles y desentrañaron cultivos, y pertinaces aguaceros. Prueba del destemple atmosférico fue el gran diluvio que el viernes 10 de abril descargó sobre los cordobeses que en aquel momento se disponían a entrar para los rezos en la Gran Mezquita Aljama. Las gentes, en su afán de guarecerse del torrente que de pronto se precipitaba sobre sus cabezas, corrieron en tropel al interior del templo, provocando con el barullo caídas, despachurres, trituraciones y moliendas. Por tanto, las congestiones y enconos del soberano no podían ser achacados a un verano prematuro. Los médicos entonces recetaron al Califa una total quietud y al-Tamayib, al que Oría pidió consejo, facilitó a la Favorita un ungüento por él ideado para aliviar el infinito cansancio de las piernas reales, recomendando sobriedad en los alimentos y tranquilidad en el espíritu. La tarde del 30 de mayo, viendo los doctores que la hinchazón y las molestias no remitían, decidieron realizar una sangría para liberar a aquellos torturados miembros del regajo de sangre espesa que pugnaba por desbordarse desde el interior. Al-Tamayib, que también fue consultado, a pesar de ser poco amigo de violencias y hendiduras, admitió que la gravedad del caso aconsejaba la aplicación de un remedio expeditivo y, así, todos los sabios de común acuerdo, se dispusieron a la operación. Oría fue la encargada de anunciar al Califa la prescripción de los médicos. El hombre, que andaba ya harto de la inmovilidad a la que estaba sujeto y de los sordos dolores que padecía, escuchó la noticia de la milagrosa panacea, Djafar había sabido disfrazar la decisión de taladrar aquellas carnes calificándola de asunto de magia, con alegría y consuelo, mas cuando conoció que el ingenio consistía en hendir mediante un fleme las extremidades lastimadas con el fin de dejar manar la sangre por su agujereada humanidad, empalideció primero mientras su boca, muda de palabras, se tòrcía en terrible rictus, luego, preso de frenética agitación y decidido a echar a correr, se incorporó con grotescos movimientos del diván en el que se hallaba postrado, no logrando el infeliz otra cosa, a pesar de los empeñados intentos, que dar con aquel cuerpo suyo en tierra de donde fue recogido por siervos, sabios y criados, quienes, avisados por los gritos de Oría, se habían precipitado en la alcoba regia. Y no le faltaba razón al monarca para aquel frenesí, pues, tras oír relatar a Djafar el intríngulis del curalotodo del que el restablecimiento dependía, el Califa recordó al punto que su bisabuelo Abd Allah hizo asesinar con la ayuda de una lanceta, fleme o escalpelo a al-Mondhir, el hermano mayor y heredero al trono, y, pues una cosa lleva a la otra, vínole luego a las mientes la muerte de su abuelo Muhammad en manos de su tío abuelo al-Mutarrif, rememoró más tarde la ejecución de su propio hermano, Abd Allah, por orden de su padre, el Califa Abd al-Rahman III, y, entonces, pensó en Amir y en la desmedida ambición de éste, en Djafar y en los rumores que hablaban de adulterio, en Hisham, su sucesor, que con tanta aplicación se sometía a disciplinas y estudios, pareciéndole aquella entrega al saber exagerada y sospechosa, e hizo, por último, un repaso a la larga lista de parientes Omeyas a quienes un accidente real llenaría de contento, tras lo cual, concluyó que había llegado su hora, y esta trágica certeza, que con el prólijo recordatorio se apoderó del ánimo del monarca, fue la causa del insensato brinco, postrer intento de escapar a su destino, que le hizo caer con estrépito, provocándole el batacazo la consiguiente privación de los sentidos en la que quedó abismado para alivio de los médicos que manipularon, entonces, en el cuerpo del monarca cómodamente, trepanando aquí y allá con manifiesta delectación.

Durante los meses de abril y mayo, al-Hakam fue obligado por los facultativos a llevar una vida calma y ordenada, debiendo permanecer la mayor parte del tiempo recostado en divanes y triclinios que, a tal efecto, fueron instalados en patios, claustros y jardines para solaz del Califa que se lamentaba de aquella jorobada inmovilidad. Djafar, durante este periodo, no se separó de su enamorado al que leía versos, distraía con canciones, administraba jugos de albahaca cuyo aroma de limón era muy del gusto del soberano, aliviándole así de las dolorosas consecuencias de un pertinaz estreñimiento y contrarrestando además los efectos perniciosos que esta planta produce en la vista gracias a ricos caldos de verdura y portulaga sin sal. Al anochecer, la Sultana le preparaba para una noche tranquila ofreciéndole jarabes de violeta, que también están indicados para la evacuación de la bilis, y atendiéndole con el mismo cariño y desprendimiento que un día tuvo para su pobre Abd al-Rahman. Las rosas y las violetas estaban ya en flor, ciruelas, albaricoques y manzanas tempranas adornaban los campos espléndidos en aquellas fechas. La salud del Califa, poco a poco, fue restableciéndose con la ayuda de estos cuidados y de tres sangrías más que le fueron recetadas y a las que el enfermo se sometió con mayor resignación que a la primera de ellas, aunque nunca las tuvo todas consigo. Al-Tamayib visitó con frecuencia al soberano en esta enfermedad, pues su presencia ahuyentaba temores y fantasmas del ánimo del Califa, por lo que Oría tuvo ocasión de hablar a solas y sin tapujos con el adivino. Al decir de éste, la dolencia que padecía el monarca, hoy por hoy, no podía calificarse de crítica, mas grande era el deterioro de los caminos y senderos por los que, según el mago, circula la sangre en hombres y animales y no menor la maligna tendencia de la sustancia real a cuajarse y a engordar, así que, teniendo en cuenta la edad del Príncipe de los Creyentes, ya avanzada, y sus naturales inclinaciones corpóreas que no parecían querer cejar en su afán de espesarse, bien podría ocurrir que aquel organismo sufriese una avería irreparable. Mayus, que estaba presente cuando el brujo expuso con franqueza la situación, preguntó al astrólogo sobre la inminencia de un accidente de ese calibre a lo que al-Tamayib respondió que la malandanza de la que hablaba era imprevisible, pero recomendó a Oría, de aquí en adelante, ir haciéndose a la idea de que al-Hakam se había convertido en un anciano. La vascona agradeció la sinceridad del quiromante y se dijo que era llegada la hora de que el Califa dejase bien atado el asunto de la sucesión para lo cual, con delicadeza y tacto, ella le haría ver la necesidad de organizar el futuro de su hijo.

En junio, la salud del monarca parecía restablecida. La Fiesta de la Ruptura del ayuno, correspondiente a aquel año, cayó en el miércoles 25. Al-Hakam presidió los actos habituales de conmemoración con manifiesta alegría. Los festejos, en los que participaron también los vencidos Alí Mansur y Hasan, hijos del rebelde Hasan ibn Guennun, revistieron una gran solemnidad y pompa. Muchos fueron los poetas y oradores que honraron al soberano con sus poemas y discursos, congratulándose en ellos por su restablecimiento. Tampoco faltaron en las composiciones referencias a la victoria habida en Berbería, dándose la circunstancia de que el poeta Muhammad ibn Sujays, acaso inflamado por un exceso de celo mal entendido, atacó de modo virulento y descortés a los Banu Hasan, olvidando la generosidad debida a los vencidos cuyos representantes eran aquel día huéspedes del Príncipe de los Creyentes. Estas fueron sus palabras, entre otras de igual rigor:

"Son unos necios que pretenden descender de Hasim,
cuando no merecen entroncar con ninguna tribu."

La crudeza de estos términos causó no poco disgusto a al-Hakam, que, por lo demás, disfrutó con la festividad, aunque a nadie se le escapó su aspecto cascado y achacoso.

Pocos días después de la solemne Fiesta de la Ruptura del Ayuno, el Califa y su familia partieron para la finca de Guadarromán, el calor apretaba y los médicos aconsejaron al soberano anticipar el periodo de descanso estival en beneficio de su salud. Así que, ya en los primeros días de julio, la familia real pudo disfrutar de la frescura y el verdor de aquella espléndida finca. Oría, que continuó prodigando durante su estancia en el cortijo una constante dedicación al monarca, entre lectura y lectura, entre jarabe y jarabe, con fineza y miramiento, fue sembrando en el espíritu de al-Hakam sugerencias encaminadas a hacerle ver que había llegado el momento de poner en orden el futuro del califato. A la vascona no le costó mucho este empeño, pues si ella era consciente de las intrigas y conspiraciones que hacían peligrar el reinado de su hijo, no lo era menos el Califa al que no se le escapaba ninguna de aquellas maniobras. Al-Hakam sosegó, pues, a Djafar respecto a estos extremos. Más allá de esas preocupaciones, los días se fueron sucediendo lentos y apacibles. Por prescripción de los facultativos pocas fueron las visitas que importunaron el descanso de los monarcas. Amir se encontraba todavía en Berbería, lo mismo que Galib. Mayus y al-Tamayib se resarcían de los muchos trabajos habidos en los últimos tiempos disfrutando del verano en la hacienda que, al fin, Malik había adquirido en la Cora de Córdoba, satisfaciendo sus deseos de probar suerte como propietario agrario tras el impacto que causó en el comerciante la visita a la finca de Durri el Chico. Por tanto, al-Hakam pudo beneficiarse de la constante presencia y los cuidados de Djafar, se solazó la Sultana en la paz de aquellos parajes e Hisham se fortaleció llevando una vida saludable, alejada de estudios y protocolos.

A finales del mes de agosto, volvió la familia real a al-Zahra para la celebración de la gran Fiesta de los Sacrificios que este año revestiría especial ceremonia ya que, tras las conversaciones veraniegas mantenidas entre el monarca y Djafar, por decisión del Califa, el príncipe Abu-l-Walid Hisham, recibiría, por primera vez en tan señalada fecha, a todos los dignatarios en calidad de heredero al trono. El lunes 1 de septiembre, día de id-al-adha, pues, Hisham fue presentado oficialmente en sociedad como legítimo heredero del Califa al-Hakam al-Mustansir billah. El Príncipe de los Creyentes, según tradición, recibió en el Salón oriental, en tanto que Hisham ocupó un estrado similar al de su padre en el Salón occidental. Ambas dependencias estaban situadas en la azotea Alta sobre los jardines. Ese día Oría deambuló por el palacio emocionada y ajena. El niño, que se mostró tranquilo y grave durante la recepción, causó admiración por su temple a cuantos le rindieron homenaje. Fue sentir general de los cortesanos más ancianos el manifiesto parecido entre la actitud serena y solemne del heredero y aquella otra de que hizo gala su padre al-Hakam el lejano día en que el Califa, entonces niño, recibió junto a su propio padre, Abd al-Rahman III, las felicitaciones de la corte al entonces heredero al trono. Ministraron en la Fiesta a Hisham, por la derecha, su tío Raiq ibn al-Hakam, y, por bajo de él, el sahib al-surta al-wustá Abd al-Rahman ibn Yahyá ibn Hasim al-Tuyibi y, por la izquierda, el sahib al-surta al-ulya Yahyá ibn Ubayd Allah ibn Yahyá ibn Idris, y, por bajo de él, el sahib al-surta al-ulya y al-Hasam Qasim ibn Tumlus. También acompañaban al príncipe un grupo de diferentes funcionarios y los hijos de los visires, entre los que se encontraban los hijos del zalmedina de al-Zahra, Muhammad ibn Aflah. A la derecha del heredero se situó su servidor y gran fatá el fiel Maqil y, a la izquierda, el también gran fatá Sukkar y, después de él, su servidor Murtah. Todas las personalidades que asistieron a la celebración saludaron en primer lugar al soberano, yendo luego a cumplimentar al hijo. Aquel fue un día grande y lleno de regocijo para los dignatarios fieles al monarca.

Sin embargo, este septiembre trajo nuevas preocupaciones al Califa que resintieron su endeble salud y enturbiaron la alegría de Oría tras la presentación oficial de Hisham en la corte. Ocurrió que los cristianos, enterados de las dolencias y quebrantos que minaban las fuerzas del Príncipe de los Creyentes, traicionaron la tregua pactada atacando las fronteras medias del califato. García ibn Fernando ibn Gundisalb, señor de Castilla y de Álava, hijo del fallecido Fernán González, fue el promotor de aquella violación. Fernando supo convencer a sus aliados de la oportunidad de esta empresa, argumentando que los trastornos de salud por los que atravesaba al-Hakam no permitían ni a éste ni a sus ministros ocuparse de otros asuntos que no fuese el del restablecimiento del soberano y, en consecuencia, el al-Andalus carecía en aquel momento de las energías precisas para contestar con el ímpetu necesario una arremetida que le iba a coger por sorpresa. En la mañana del jueves 2 de septiembre, las fuerzas politeístas castellanas asaltaron el castillo de Deza, perteneciente a la jurisdicción de Amril ibn Timlit. Los hijos de Amril, Zirwal y Mada, gobernadores de estas tierras, salieron valientemente, para entablar batalla, al encuentro de las tropas enemigas. En la refriega murió el caíd Zirwal a causa de una lanzada que le atravesó el corazón. La incursión, que, apesar de la dolorosa pérdida, el ejército islamita supo rechazar, dejó patente que de poco servían los pactos con los reyes cristianos pues que éstos no dudarían en romper su palabra en cuanto se presentase la ocasión propicia. Al-Hakam, a quien los consuelos de Djafar y los tranquilizadores diagnósticos de los médicos de palacio no llevaban a engaño, sabedor de que la decrepitud que padecía nada tenía de pasajera, comprendió que el final de su vida iba a verse envuelto en enfrentamientos y sangre. Los enemigos del Islam, como hicieran durante los últimos años de su padre Abd al-Rahman, avanzarían sobre las fronteras del califato, beneficiándose del lógico debilitamiento que las prolongadas enfermedades de los monarcas originan en los reinos. Si era de Dios llamarle a su seno, reflexionaba el Califa, no iba a ser fácil la tarea que recaería sobre los aún tiernos hombros de su hijo.

Por estas fechas tuvo lugar la vuelta de Amir de Berbería. El intendente regresó enfermo a su patria, así que durante un tiempo vivió alejado de la corte. Oría, a la que el enfrentamiento con los politeístas había puesto también sobre aviso de las difíciles circunstancias que concurrirían en los comienzos del reinado de Hisham, el pequeño tendría que guardarse de los conspiradores de dentro y de los enemigos que acechaban fuera, rogó a Dios para que conservase con vida al Califa y a al-Mansur, ella era el único respaldo fiel con el que, llegada la hora de la sucesión, contaba el heredero y temía no estar en posesión de las capacidades y de los conocimientos que se requerían para guardar con mano firme el poder hasta que el príncipe estuviera en edad de gobernar por sí mismo. La enfermedad de Almanzor, en aquellos momentos, aumentaba las zozobras de la vascona que sólo tenía al intendente de aliado en la defensa de sus intereses.

Un hecho con arcana significación para aquel reino, y que pasó desapercibido, si exceptuamos a al-Tamayib, a todos los magos y adivinos que en él habitaban, sucedió una apacible tarde de septiembre. Al-Hakam, en estos breves años de reinado, había dominado con firmeza y brío las tierras de allende el Estrecho y siempre se había mantenido fiel a las enseñanzas de su padre y de sus antecesores respecto a las relaciones de despego y autoridad que debían de ser observadas con las gentes berberiscas. El Califa, por consiguiente, había sido cortés y obsequioso con los bereberes sometidos a Córdoba pero nunca permitió ni a sus siervos, ni a las tropas mercenarias, ni tampoco a los ejércitos regulares que se asemejaran en nada a aquellos africanos, llegando, incluso, en este su celo por preservar al-Andalus de injerencias extrañas, a castigar duramente a uno de sus pajes, ocurrió esto en vida del chambelán Yafar, por permitirse el mozo ir caballero sobre una silla de montar de hechura claramente berberisca. No obstante, las últimas guerras victoriosas en Berbería habían acercado al califato un gran número de guerreros de indiscutible valor procedentes del norte de África que, una vez domeñados, se ofrecieron a al-Hakam, quien, rompiendo con su tradicional actitud y como empujado por un misterioso aliento, les admitió a su servicio. De este modo, una poderosa fuerza de cerca de 700 jinetes formaba ahora parte de las tropas Omeyas. Estos hombres, muchos de los cuales veíanse adornados de magníficas virtudes, poco a poco, iban ocupando puestos de gran responsabilidad a pesar de haber sido no ha mucho enemigos de la patria. Aquella tarde de septiembre, al-Hakam acababa de recibir carta de Galib, todavía en Berbería, en la que el general le ponía al corriente del manifiesto descontento que se había apoderado de los mandos del ejército al ver a esos antiguos enemigos ahora encumbrados y, por ende, ostentando jugosas dignidades. Galib, él también, molesto con esta situación de la que, afirmaba, podían derivarse grandes desgracias para el reino, suplicaba al soberano apartase a las tres facciones berberiscas, los Banu Hasan, los al-Andalusí y los Birzal, de los puestos de mando, recomendando al monarca continuar con la política que aprendió de su padre. Al-Hakam releyó la carta y se recostó en el triclinio que Djafar había ordenado colocar en los partales o pórticos de Dar al-Rujam, el palacio de mármol, desde donde gustaba distraerse con las maniobras de la tropa. Un sol tibio y sensual consolaba de padecimientos y quebrantos al soberano que se dejaba acariciar por él con dejadez y despreocupación como cuando era un niño. El fiel Galib estaba en lo cierto, los últimos avatares le habían alejado de las sabias directrices que un día le enseñara su padre Abd al-Rahman III, pero, hoy que negros indicios indicaban la necesidad de poner orden en todos sus asuntos, había llegado el momento de deshacer este error. Allá abajo, en el llano, la explanada utilizada para las maniobras del ejército estaba desierta. El aire era tranquilo y melancólico. De pronto, en la solitaria llanura surgió la figura de un jinete. El joven, erguido a lomos de un caballo negro, galopaba ligero sobre el animal, su cuerpo rozaba apenas el brioso cuerpo de la cabalgadura que corría libre y soberbia. Caballo y jinete cabrioleaban ahora abrazados, formando una espléndida estampa. El Califa cayó al punto cautivo del berberisco y de su montura. La juventud de aquel muchacho hízose hueco, entonces, dentro del cansado corazón del monarca que se sintió zarandeado por una emoción profunda. Al-Hakam permaneció mudo y conmovido deleitándose en la belleza del guerrero hasta que el sol se escondió y el cielo fue de un intenso azul de plata. Luego, el hombre y su corcel brillaron en la llanura mientras los cascos del caballo resonaban pausados, calmos, perezosos, confundidos con la oscuridad, a medida que los dos se alejaban. Al-Hakam dejó un trocito de su anciano corazón prendido allí en la explanada. La carta de Galib, ayudada de un viento misterioso que de pronto revoloteó en la atardecida, huyó protegida por la noche. Desde aquel día el monarca se olvidó de los sabios consejos de su mawlá y de las recomendaciones que le hiciera su padre. Muchos fueron los berberiscos que, a partir de aquel suceso, formaron parte de su séquito y del de su hijo.

El mes de octubre discurrió sin sobresaltos. Amir se fue recuperando de la dolencia que tan demacrado y febril le trajo de Berbería. Oría estaba ansiosa por encontrarse de nuevo con su aliado para comprobar que aquellos largos meses, lejos de la corte y en contacto con el ejército, no habían hecho cambiar los rumbos de las manifiestas inclinaciones de al-Mansur para con el partido de Hisham, así que acogió las nuevas de la mejoría del cadí con claro alivio. Galib también había vuelto de Africa escoltando a los vencidos Banu Idris y los Hasanies. El general fue recibido con toda la pompa que merecían sus victorias y los jeques magrebis, escoltados por brillante cortejo, fueron conducidos hasta al-Zahra para ofrecer pleitesía al Príncipe de los Creyentes y a su hijo. Estas recepciones, antes tan amadas por el Califa, ahora, le fatigaban enormemente, viéndose obligado, los días que siguieron a los recibimientos, a guardar reposo y a limitar su actividad a tranquilos paseos por los jardines de palacio.

El 9 de noviembre, poco después de la oración del mediodía, estaba Djafar junto al soberano administrándole uno de los muchos preparados que los doctores habían prescrito desde los inicios de su enfermedad, cuando el Califa y la Sultana, ambos al unísono, fueron presos de singular turbación, pues que los objetos parecían bailar ante sus ojos. Mas pronto otras voces, que al punto se escucharon por patios y correderos, denunciaron que aquellos extraños vaivenes eran padecidos por cuantos se encontraban en palacio, griterío que confirmó a los monarcas en su sospecha de que un nuevo meneo terrestre se estaba produciendo. La contorsión fue breve y de escasa violencia, pero los sobresaltos y sustos que produjo a todos aquellos que se percataron de la vibración fueron comentados durante varias jornadas por cortesanos y cordobeses. Días después se conoció que este mismo sacudimiento había afectado a la mayoría de las coras del al-Andalus, alcanzando los temblores incluso a las tierras de Coria. A pesar de que el Califa conocía por al-Tamayib que semejantes remezones del suelo son hijos de los contoneos lógicos de la tierra cuando, de vez en vez, busca mejor acomodo, no constituyendo los tales, al decir del astrólogo, signo anunciador de nada que no sea la vitalidad propia de la naturaleza, al-Hakam, fue tan grande el sofoco con que soportó su ánimo el terremoto imprevisto que, bien a causa de la tremenda nerviosidad que le acometió durante los segundos que duró el fenómeno, bien porque Allah así lo había dispuesto, cuando ya la tierra estuvo calma, él continuó estremecido por oscilaciones y temblores al tiempo que sus palabras volviéronse chapuceras, indescifrables y de sus labios, que se inclinaban fijos en risueño rictus, comenzó a manar un regatillo de tonta baba. Djafar, comprendiendo enseguida que algo poco común ocurría al esposo, tranquilizó al Califa simulando entender los remedos de voces que éste, una tras otra, profería y, so pretexto de ir en busca de una pócima que dijo faltarle, corrió a pedir socorro. Llegados los doctores, el diagnóstico fue tan sencillo como grave, al parecer la sangre de al-Hakam, empeñada, como sabemos, en espesarse, había tropezado ahora en algún recodo corpóreo poco elástico u obstruido por oscuros humores, circunstancia que, sin duda, impedía el riego de una de las partes del cerebro real y provocaba la consiguiente paralización de los nervios y facultades que en ella habitan. Resultado de este chandrío era la pérdida del habla y la parálisis que agarrotaba al soberano. Los remedios con los que contaba la ciencia para tales casos no parecían ser muchos, mas, en ocasiones, la naturaleza, ella misma, obraba milagros. Ahora pues, sólo restaba tranquilizar los ánimos del monarca, el cual, aunque carente de palabra, era consciente de lo que en su cuerpo estaba sucediendo, y suministrarle la escasa medicación que se conocía, luego había que esperar, rogando a Allah para que la restauración de las facultades averiadas fuera pronta y sin complicaciones. El Califa, al que los médicos administraron pasado un tiempo prudencial un suave jarabe que calmara sus angustias y agitaciones, poco a poco, fue asumiendo con serenidad y entereza esta nueva y engorrosa situación. Unos días después de ocurrido el ataque, Djafar llamó a su presencia a Mayus y al-Tamayib. La noticia de la enfermedad real había corrido como la pólvora por todo el reino y los amigos, no bien fueron reclamados por la vascona, partieron sin demora a palacio. Al-Tamayib, tras reconocer al monarca, fue de la misma opinión que los doctores de la corte. Respecto a la causa que precipitó el mal había que ir a buscarla en la súbita sofocación sufrida durante el seísmo. El mago se inclinaba a pensar que ésta no iba a ser la postrer dolencia del soberano y que, a su entender, si no del todo, al-Hakam lograría recuperarse del arrechucho, sin embargo, aquello era un aviso de lo que el día menos pensado sobrevendría con categoría de catástrofe. El veredicto de al-Tamayib dio un respiro a la Favorita. La infeliz, con estos zarandeos, íbase haciendo a la idea de lo inevitable. Mayus también sirvió de no poco consuelo a la vascona, consiguiendo el liberto hacerle sonreír en medio del dolor al ver la buena voluntad de su viejo amigo que juró empuñar las armas en defensa de Oría y de Hisham aunque fuera el único dispuesto a defenderles y al escuchar los rocambolescos planes que allí mismo comenzó a confeccionar el vascón para en el caso de que el Califa les abandonase. Zobh quedó muy sorprendida por el interrogatorio, referente a posibles cambios en la actitud del monarca hacia las gentes berberiscas, al que, tras el diagnóstico, le sometió el brujo. Entonces el quiromante, dándose cuenta de la sorpresa de la Sultana, viró de tercio la charla y dejó sin respuesta la curiosidad de la amiga que se preguntaba por las razones de esa indagación.

El enfermo, como pronosticó al-Tamayib, logró recobrarse de aquel susto, si bien sus labios conservaron un cierto torcimiento en recuerdo de la embestida que los agitó el día del terremoto, pareciendo que el seísmo había removido aquellas carnes con tal violencia que las fijó con sorna para siempre. El 15 de enero del 975, por primera vez después de su enfermedad, concedió audiencia. El visir katib zalmedina de Córdoba, Yafar ibn Utman, tuvo la honra de ser el primero de cuantos dignatarios recibió el monarca convaleciente. Después siguieron a éste, los fatás jalifas eslavos y, a continuación, el resto de la corte. La buena nueva sobre la salud del soberano se extendió bien pronto por todo el reino y el pueblo dio gracias a Dios. Los poetas también manifestaron su alegría componiendo hermosos versos. El sahib al surta al wustá Ya'lá ibn Ahmad ibn Ya'la expresó su contento, entre otras, con estas rimas:

"¡Loado sea Dios, el Alto, el Grande!
Ya se alejó la tristeza y vino la alegría.
Regocijóse la religión, cobró bríos la ortodoxia,
equilibróse el imperio, brilló el trono,"

y continuaba:

"Con tu salud Dios me ha renovado la vida
Y me ha sacado de entre los muertos".

Al-Hakam, aunque agradeció en el alma aquellas muestras de amor y veneración, esa misma noche llamó a Djafar, quería tratar con la Sultana un asunto de gravedad suma. Faiq fue el encargado de ir en busca de Oría que se encontraba en el harén, por primera vez, desde el día en que el Califa sufrió aquel terrible ataque, tranquila y confiada, al-Hakam había soportado la jornada de incorporación a sus deberes reales con fortaleza y ánimo. Zobh se encaminó, pues, a los aposentos del esposo, intrigada respecto a las razones por las que el monarca le reclamaba con tanta presteza pero disfrutando de un ánimo sereno. Entró la Favorita en las alcobas reales y el soberano hizo salir a Faiq con impaciencia. El eslavón abandonó la estancia sin poder ocultar el disgusto que las premuras del Califa, siempre cortés y considerado, le ocasionaban. El eunuco, que tenía sus propios planes sobre el peliagudo asunto de la sucesión al que debería enfrentarse el reino caso de que el fallecimiento del Príncipe de los Creyentes se produjera antes de la mayoría de edad de Hisham, en los últimos tiempos revoloteaba en torno al soberano en cuanto iba a tener lugar un conciliábulo que él sospechase relacionado con ese tema, sobre todo, si Oría, a quien catalogaba de despierta, práctica y tenaz en sus anhelos, andaba de por medio. Ahora el chambelán, mientras se alejaba, remedó las impacientes palabras de despedida que su señor le había dirigido, imitando con crueldad el gesto poco avispado que el torcimiento pintaba en el rostro del soberano. Salió Faiq y al-Hakam hizo señas a Djafar para que se acercara. La vascona le contempló y su corazón se arrugó con amargura. Ciertamente, como le anunciara un día al-Tamayib, el Califa era un anciano, nunca hasta aquel momento había sido totalmente consciente de esa verdad. El monarca, abandonado a sí mismo, tenía el rostro surcado por pliegues, bolsas, perigallos y encarrujamientos. Su semblante era indefenso y cansino. La barba reposaba canosa sobre el pecho, ya despintada de los tintes que con tanto esmero habían aplicado los servidores en su afán de dar a su aspecto la juventud y frescura de antaño. Los pobres pies reales, panzones y aberenjenados, yacían mustios sobre los almadraques. El resuello era bronco, pesado y lento, hambriento de aire. Los ojos entornados por la apatía dejaban asomar tras las ranurillas dos pupilas oscuras, cegadas. Y Oría pensó que la estampa que ofrecía el esposo, de estar muerto, no sería muy distinta a ésta de ahora. Entonces, el Califa habló. La jornada, que Djafar creía había sido tan llevadera, le había extenuado, sin embargo no quería dejar correr el tiempo, ya antes del último ataque pensó en tratar con Zobh un extremo que le urgía pero durante la enfermedad ni sus ánimos estaban en situación de asumir lo irreparable, el espíritu se le revelaba contra la muerte, ni sus condiciones físicas eran las más apropiadas para hacerse comprender. Hacía dos días consideró que la coyuntura era oportuna para la confesión y el consejo a la amada, mas estando a la vuelta de la esquina el retorno a sus quehaceres concluyó era mejor esperar la respuesta de su cuerpo a este próximo reto, incluso, llegó a decirse que aquel su afán de poner todo en orden, previendo una próxima partida de este mundo, era fruto de la mala racha por la que había atravesado, pudiendo suceder que, viéndose de nuevo entre los súbditos y dignatarios, sus ánimos cobrasen vuelos y pudiese dejar esta penosa charla para más adelante, pero Djafar, mírame bien, no soy sino un viejo al que Allah puede llamar de un momento a otro, hoy lo he comprendido. A duras penas he soportado las entrevistas y las ceremonias del día. Las alabanzas de mis poetas se deslizaban por mi mente como nubecillas huecas y sin sentido. A ratos me costaba entender los torrentes de palabras que escapaban de todos aquellos labios. Y he sabido que esto se acaba. No, no temas, no quiero decir que ya haya llegado el fin, sin embargo sé también que en cualquier instante puede suceder y doy gracias a Allah que, en su misericordia, ha hecho nacer dentro de mí una gran paz. Por eso debemos hablar hoy cuando aún conservo clara la mente. Y el monarca secó las lágrimas que corrían por el rostro del efebo, experimentando por aquella mujer, apesar de la triste circunstancia, la misma pasión que abrigó su corazón, un día, hacía tanto tiempo, en la Gran Mezquita Aljama. Pues bien, al-Hakam dijo a Oría que, en previsión a una inevitable conjura de sus parientes para hacerse, tras su muerte, con el poder, había que ir pensando en dejar ese asunto definitivamente zanjado. Las normas y tradiciones que regían la sucesión al trono del califato impedían que éste fuese ocupado por un príncipe menor de edad, mas sus muchos años y la quebrantada salud de que disfrutaba le hacían sospechar con fundamento que ésas y no otras iban a ser precisamente las circunstancias que rodearían la herencia de su hijo, por tanto, aunque la ocasión no parecía la más indicada para exigir de los nobles un comprometedor juramento que les obligase a la lealtad para con Hisham, la debilidad no invita al acatamiento, transcurrido un periodo cauto, había que hacer creer a estos principales que la vulnerabilidad del Califa había sido pasajera y, simulando entonces la suficiente fortaleza y vigor que les mantuviese amedrentados, forzar el juramento de que le hablaba con el que quedarían resueltos de una vez por todas los problemas sucesorios que la corta edad del heredero pudiera plantear caso de ocurrirle a él la eventualidad de una desgracia prematura. El monarca hizo luego que Djafar rebuscase en un arcón que allí había y le acercase un cofrecillo de marfil y oro. Así lo hizo la Sultana y de aquella arqueta sacó un manuscrito. Era el documento que empeñaría a la corte en la aceptación del príncipe heredero como Califa, pero, por si viniera a suceder un accidente antes de que el propio al-Hakam sometiese a sus nobles a aquel compromiso, Oría debía de guardar el escrito a buen recaudo. En ese caso sería ella la responsable de hacer valer su última voluntad, la tarea que le encomendaba nada tenía de sencilla, mas quién mejor que la madre del heredero legítimo para luchar hasta el fin por lo que le correspondía a aquel hijo, ¡ojalá el Altísimo le concediese vivir hasta lograr la aceptación de los cortesanos!. Zobh escondió en su túnica el pergamino y luego acarició a al-Hakam, no quería aumentar las preocupaciones del soberano confesándole sus verdaderos temores. Luego sosegó al esposo diciendo que la agotadora jornada que había soportado, penosa siempre para un convaleciente, era la causa de los negros pensamientos que deambulaban por su cabeza, ahora debía descansar, ella velaría su sueño y, en pocos días, el talante del Califa sería proclive a considerar un futuro más prometedor para él, bien distinto al que aquella noche le había anunciado. Y el monarca, protegido por la serena presencia de la vascona, se durmió dulcemente.

Al día siguiente, al-Hakam quiso poner orden en su alma como creía haberlo hecho en el reino tras la conversación mantenida con Djafar la noche anterior. Muchos fueron los actos de piedad que se sucedieron en el califato por mandato del monarca. El 16 de enero fueron manumitidos más de cien esclavos y esclavas. Oría reflexionó que, de no haberse entregado al Califa hacía casi quince años, acaso ella sería ahora uno de los siervos a los que el soberano concedía la libertad y en el día de hoy, sonrió, hubiese corrido a casa de Mayus para hacer competencia a aquella Marien de la que el vascón se hacía lenguas. El documento de manumisión se realizó con toda pulcritud. Firmaron las actas como testigos, Hisham, el heredero al trono, los Hermanos, tíos paternos de éste, y, a continuación, los visires según sus categorías, cerrando la lista el cadí mayor Muhammad ibn Ishaq, los hukkam, los alfaquíes jurisconsultos y los adules. El 17 de enero ordenó el soberano que, a partir de entonces, los impuestos sobre las rentas de los silleros del zoco, artesanos estos de sillas de montar, fueran reservados para pago de aquellos maestros a quienes se les encomendase la tarea de dar instrucción a los niños pobres de la capital. El acta que recogía esta pía decisión fue firmada por el cadí Muhammad ibn Ishaq el 23 de enero. Ese mismo mes se hizo pública la resolución real de rebajar a los súbditos en una sexta parte el obligado tributo de reclutamiento, aliviando de este modo al pueblo de una contribución que gravaba muchas economías.

Aunque la salud del monarca no parecía revestir gravedad y al-Hakam se había incorporado ya a sus actividades habituales, durante los meses de enero y febrero y hasta bien entrado marzo, los médicos le prohibieron salir del palacio al-Zahra. En febrero murió el fiel Muhammad ibn Aflah a causa de un extraña dolencia que iba minando al zalmedina desde hacía tiempo. Fue el propio Califa quien personalmente nombró a Ziyad ibn Aflah, caballerizo mayor y hermano del difunto, nuevo prefecto de la ciudad califal, determinando honrar póstumamente a Muhammad concediéndoles a sus hijos, Hisham, Abd al-Rahman y Abd al-Malik, la dignidad de adires y designando al primero de los hermanos para el cargo de lugarteniente del nuevo zalmedina, su tío. El invierno, ese año, estaba siendo muy crudo, hubo muchos días en que nevó copiosamente y otros tantos de lluvias e inclemencias por lo que los doctores opinaban que era mejor reservar las comparecencias públicas del soberano para días más benignos. Y así se hizo. Por fin, el viernes 26 de marzo el Príncipe de los Creyentes, acompañado de su hijo Hisham, se dirigió, por primera vez después de mucho tiempo, a la Mezquita Aljama de la ciudad califal para asistir a la oración solemne. Luego dio audiencia al visir generalísimo, Galib ibn Abd al-Rahman y al visir katib zalmedina de Córdoba, Yafar ibn Utman, que departieron con él acerca de los últimos movimientos de tropas cristianas en las fronteras del califato. Según el general se habían detectado extrañas maniobras en los ejércitos politeístas que hacían sospechar la inminencia de un ataque por sorpresa, era muy posible, decía Galib, que los herejes, enterados de la enfermedad del soberano, quisiesen aprovechar esa desgraciada circunstancia lanzándose de improviso contra las posiciones islamitas. A al-Hakam aquellas noticias le causaron onda preocupación y tristeza y volvió a palacio destemplado y pálido. Oría, que fue quien le recibió al regreso de esa su primera salida, observó con desasosiego el mal semblante que traía y, sin hacer caso de las protestas del esposo que decía encontrarse de maravilla, convocó a los médicos que recomendaron a éste partir inmediatamente hacia Córdoba, el frío azotaba la serranía con más virulencia que la capital y el Califa debía preservarse de las inclemencias que endurecían los caminillos por los que circula la sangre y empantanan el rojo elemento. Inmediatamente se iniciaron, pues, los preparativos del viaje. El 27 de marzo, al-Hakam, a resguardo del duro invierno bajo una larga capa de pieles de zorro, acompañado de Djafar, Hisham y rodeado de los fatás Faiq y Chawdar así como de un grupo de leales, cabalgó camino de Córdoba, pero, antes de partir, giró sobre su montura para contemplar el hermoso espectáculo que ofrecían los siervos, los esclavos, los cortesanos y los súbditos que se habían congregado para despedirle. Amir formó parte del cortejo. Durante el tiempo en que el soberano estuvo enfermo Almanzor no descuidó prodigarle similares atenciones a las que en su día tuvo con la Sultana, poniendo así freno a maldicientes comparanzas. Por consejo de los facultativos, la comitiva pernoctó en la almunia de Arha Nasih para continuar, al día siguiente, hasta el palacio de al-Naura en donde el monarca realizó los rezos del mediodía, partiendo luego hasta Córdoba. Grande fue la acogida que la capital prodigó al Príncipe de los Creyentes y a su hijo. Enterados los cordobeses de que el Califa iba a residir durante una larga temporada entre ellos, recibieron a su señor con entusiasmo y alegría. Los poetas recogieron en hermosos versos el fervor que los creyentes mostraron hacia su Imán.

A los pocos días de estar instalado en el Alcázar cordobés, al-Hakam se libró del destemple que le sobrevino en la mezquita de al-Zahra. Oría, después de tanto tiempo, pudo saludar de nuevo a Aixa, a Fatima, al copista Abul Fadal el Siciliano, al calígrafo Zafr al-Bagdadi, al administrador, el eunuco Tarid, y a la querida Lubna con la que sólo se había reunido de ciento en viento durante estos años por no ser la escritora persona grata al Califa. Para la vascona aquel reencuentro con los paisajes de su juventud fue fuente de nostalgia, rememoración y alegría. La biblioteca se conservaba espléndida y pulcra, los anaqueles rebosaban de manuscritos y legajos, en ella el paso del tiempo no había causado deterioro alguno, no así en Lubna y en las otras mujeres a las que el constante contacto con los pergaminos parecía haberles contagiado de su singular textura, concluyendo Oría que parecidas apreciaciones debía de haber provocado su aspecto en las calígrafas después de la larga ausencia. Al-Hakam disfrutó y gozó de la proximidad de aquella biblioteca a la que tanto amaba y los monarcas, igual que en los primeros años de su encuentro, juntos, releyeron escritos, estudiaron tratados y se regalaron con delicadas composiciones. Alguno de aquellos días, la Favorita y Almanzor, que también se distinguía por su amor a las ciencias y al saber, coincidieron sin pretenderlo en las tranquilas estancias de la biblioteca y, aunque el comportamiento de ambos fue todo lo discreto que cabía esperar, Lubna, siempre al acecho, creyó percibir no pocos emocionados tropiezos, una extraña y conmovida atmósfera cuando Amir se inclinaba de vez en vez sobre el hombro de Oría para comprobar un dato en el manuscrito que esta manejaba y una mañana, según comentó con el eunuco Tarid a quien estas historias causaban gran deleite, escondida en el libro de poemas que la Sultana leía por entonces, apareció una flor bellísima que Oría guardó con precipitación en el pecho. Hisham, por su parte, continuó su instrucción en el Alcázar a donde el soberano hizo acudir al eminente alfaquí y tradicionista Yahyá ibn Abd Allah ibn Yahyá ibn Yahyá al-Layti para que iniciase al príncipe en la ciencia jurídica y en las tradiciones de su pueblo. Las lecciones tenían lugar dos días por semana, los jueves y sábados, en la llamada Casa de los Infantes, Dar al-awlad, consistiendo éstas en la lectura de la Muwatta o Libro de la oración de Malik ibn Anas, a través de la recensión efectuada por Yahyá ibn Yahyá, para, enseguida, llevar a cabo la corrección, a dictado de la misma, del propio libro de oraciones del príncipe heredero, ejemplar que antes fue de su padre el Califa al-Mustansir bi-llah y, aún antes, de su abuelo el Califa al-Nasir li-din Allah.

Sin embargo los días de esparcimiento y sosiego no duraron mucho. A finales del mes de abril se recibieron tristes noticias procedentes de la frontera media, el castillo de Gormaz había sido sitiado. Gentes gallegas, vasconas y castellanas nutrían el ejército politeísta que continuaba con el cerco de Gormaz y mantenía sus posiciones sobre el Duero a pesar de la valiente defensa de los islamitas. Las sospechas que abrigaba Galib sobre un ataque sorpresa desgraciadamente se habían confirmado y al-Hakam hizo llamar al Generalísimo pues sólo en él confiaba para una pronta victoria. La entrevista entre el liberto y su señor se llevó a cabo en la cámara real del Alcázar. Al-Hakam estaba cansado y viejo. La ruptura de la tregua, ahora que los cristianos le sabían enfermo y débil, era una bajeza que irritaba y dolía terriblemente al anciano. La charla con Galib, empero, sosegó un tanto al monarca que hizo suya la confianza del general en una victoria relámpago. Galib, viendo al Califa tan abatido, narró a éste, como se cuenta a un niño, la cobarde desbandada que sin duda iban a emprender los enemigos no bien divisaran asomarse por tierras de San Esteban a las tropas califales y a él, el general Galib, a la cabeza de ellas. La descripción del mawlá fue tan colorista y real que al-Hakam vivió entonces la ignominiosa huida de los cristianos y el triunfo de sus tropas como si estos hechos se estuvieran produciendo en aquel instante y, allí mismo, igual que hiciera en otra época el emir Abu Ahmad al Muwaffaq de Mesopotamia con el fiel Ishaq, nombró a Galib "du-l-sayfayn", el de las dos espadas, haciéndole entrega de sus alfanjes más preciados, unos de hoja y empuñadura de oro ricamente labradas. También honró al guerrero regalándole vestiduras y bonetes de alvexi así como una valiosa tela roja traída de Irak. Galib abandonó esa tarde el palacio lleno de júbilo por todas aquellas distinciones y con el ánimo dispuesto a hacer realidad el relato fantaseado para consuelo del soberano. Al llegar a casa, el mawlá aún recibió otro presente del Califa, un bellísimo caballo tordo enjaezado con silla muarraqa y bridas mufarraga le había sido enviado desde el Alcázar. Enseguida, el general quiso que toda Córdoba supiera de aquellos obsequios que le honraban y distinguían y, entonces, muy ufano, salió a la calle acicalado con las ricas vestiduras, llevando las dos espadas al cinto y caballero en el magnífico corcel, causando su presencia la admiración y la envidia de cuantos le contemplaron. El día 24 de abril partió el nuevo du-l-sayfayn a la cabeza de las huestes camino de la guerra. Toda la ciudad salió a despedir al ejército. Al-Hakam, desde la azotea de la Puerta de Azuda, presenció, junto a su hijo Hisham, el paso de la tropa ante los muros del Alcázar. El monarca deseaba ver partir a los valientes y darles ánimos. Aquel mismo día, las fuerzas califales llegaron hasta Guadajoz Armillat en donde acamparon para pasar la noche. Por la mañana, Galib apretó el paso de sus hombres por los caminos que conducían a Gormaz.

La misma fecha de la salida de Galib, el Califa dio orden de organizar los refuerzos que debían dirigirse hacia la frontera norte. Abd al-Rahman ibn Yahyá ibn Muhammad al-Tuyibi fue al mando de estas tropas de apoyo y el gran fatá Sahl tomó a su cargó un ejército compuesto de mercenarios, de esclavos negros o jamsiyyin y de arqueros, que también marcharía como soporte de Galib. Muhammad ibn Ahmad ibn Umayya ibn Suhayd fue comisionado para partir con grandes cantidades de oro que hicieran frente a los gastos de la guerra.

Poco tiempo después, el 7 de mayo, llegaron a Córdoba las primeras noticias alentadoras procedentes de Lérida que causaron el natural júbilo en la capital. Al parecer, el Caíd de esa tierra, Rasiq al-Bargawati, había capturado al renegado Man ibn Abd-al-Aziz al-Tuyibi, más conocido por Kunya de Abu-l-Ahwas, que desde hacía seis años guerreaba al lado de los politeístas. El apresamiento de este indeseable y el de sus afectos más sobresalientes llenó de alegría a al-Hakam que ordenó fueran inmediatamente enviados a Córdoba para que la visión de aquel traidor y de los suyos cargados de cadenas levantara el ánimo de los cordobeses. Rasiq, el caíd, cumplió sin tardanza el deseo de su señor y, pocos días mas tarde, una pomposa comitiva hizo su entrada en la ciudad. Abrían el cortejo el despreciable Ahwas y los suyos, arrastrando, todos, sus cuerpos miserables atrapados en mil herrajes, detrás, dieciséis cabezas en lo alto de otras tantas lanzas, luego las tropas leridanas. Los cordobeses aliviaron sus espíritus del rencor que las noticias de los padecimientos de sus hermanos sitiados en Gormaz habían hecho crecer en sus corazones, insultando y maldiciendo a aquellos enemigos de la patria, acompañándoles también con su desprecio hasta la cárcel subterránea del Alcázar y regocijándose en la contemplación de las dieciséis cabezas que, como era costumbre, fueron colocadas en alto junto a la puerta de Azuda del palacio real.

El monarca estuvo en lo cierto al considerar que el espectáculo de aquellos prisioneros llevaría el optimismo y la confianza a sus súbditos. Poco días después del triunfante desfile, un ejército de voluntarios salió a defender la patria para vergüenza de algunos militares que, so pretexto de hallarse enfermos, se hacían los remolones en cumplir con su deber y permanecían aún en Córdoba. Amir, sin embargo, que ya el día de la partida de Galib solicitó del monarca tomar parte en la contienda, veía lleno de enojo como otros marchaban a la guerra en tanto que él, por orden del soberano, debía permanecer inactivo dejando escapar aquella magnifica oportunidad de alcanzar honra y méritos, mas al-Hakam, sea porque tampoco a él se le escapaba el papel relevante que al-Mansur podía jugar en el asunto de la sucesión de su hijo y no quería exponer la vida del intendente, sea porque consideraba peligroso que el administrador adquiriese excesivo prestigio, obligó a éste a permanecer en la capital y, en esta ocasión, ni los consejos de Djafar, que abogó como siempre por el cadí de Sevilla, lograron apartarle de su decisión.

El 21 de mayo llegaron las primeras noticias de Galib dando cuenta de victoriosos encuentros y al-Hakam pareció recobrar el sosiego, volviendo a frecuentar la biblioteca y solazándose desde la azotea del Alcázar en la contemplación de inocentes torneos entre guerreros berberiscos. Después de aquel día en que en al-Zahra quedó subyugado por la bella estampa de un joven africano y de su caballo, los juegos y cabriolas de estas tropas hacían arder de entusiasmo su viejo corazón. La Fiesta de la Ruptura del Ayuno de ese año fue celebrada con la pompa habitual ya que el desarrollo de la guerra se inclinaba, con la ayuda de Allah el misericordioso, hacia la victoria islamita. Al día siguiente de la Fiesta, el Califa convocó en las puertas del Alcázar a todos los pordioseros de Córdoba y, junto a Hisham, presenció la distribución de limosnas entre estas pobres gentes, quería que el príncipe heredero aprendiese también a ser pródigo y generoso.

Por fin, el 29 de junio, tuvo lugar la gran victoria. Galib entró triunfante en Gormaz, liberando a sus moradores. El conde de Castilla, García ibn Fernando, había sido derrotado. Y otro tanto ocurría en la frontera norte, Abd al-Rahman ibn Yahyá ibn Muhammad Ibn Hasim al-Tuyibi, sahib al-surta caíd de Zaragoza, vencía a Ramiro ibn Sancho. Treinta y tres cabezas de enemigos fueron cercenadas en esta batalla, entre ellas las de destacados politeístas como Fortún ibn Lope, Fortún Mahunis, Iñigo ibn Velasco, Iñigo ibn Galindo y García ibn Salit. Córdoba aguardaba ahora la llegada de las odiadas testas, una bandera de gran valor y un cuerno plateado que había sido arrebatado a los enemigos. ¡Qué Allah fuera loado!.

A los pocos días de estos acontecimientos, partieron, los monarcas, como en años anteriores, a la finca de Guadarromán. Los médicos, esta vez, hicieron hincapié en que nada perturbase el descanso del Califa ya que la contienda habida con los reyes cristianos, a pesar del triunfo, había supuesto un nuevo quebranto en la delicada salud del soberano. El gran visir al-Mushafí, en tanto el monarca se recuperaba en su retiro y siempre que la gravedad de los asuntos no exigiese la obligada presencia del Califa, sería el responsable del gobierno del reino. Nadie visitó, pues, a los soberanos aquel verano en el que Oría se esmeró por atender a su anciano esposo. Al-Hakam, durante las largas tardes que permanecía inmóvil en su triclinio, evitando de este modo sobrecargar sus fatigados miembros, o durante los breves paseos que los doctores recomendaban, relató muchas anécdotas de su vida a Djafar y a Hisham, que escuchaba embelesado las hazañas de su padre, eso que nunca fue el soberano proclive a las exageraciones y adornos. Por entonces los esposos fijaron la fecha del 5 de febrero del año próximo para exigir el solemne juramento a sus súbditos que confirmara la sucesión en Hisham, caso de que el fallecimiento del monarca viniera a producirse antes de la mayoría de edad del heredero. La elección de un señalamiento, aún tan lejano, era debido a que, según el Califa, no iban a ser pocos los escollos a vencer y se necesitaba tiempo para persuadir sin prisas a los altos dignatarios de las coras y de la corte sobre la conveniencia de este compromiso. El monarca tenía a su favor la existencia de la antigua profecía, conocida por alfaquíes y hombres piadosos, que auguraba el fin de la dinastía Omeya y la consiguiente ruina del califato en el instante en que se produjera una sucesión alejada de la línea directa de parentesco, sin embargo muchos eran los pretendientes que, apesar de carecer de una consaguineidad próxima, se consideraban con derecho a ocupar el trono y que, por consiguiente, no dudarían en calificar de falso este oráculo, de ahí la exigencia de plantear el asunto a sus súbditos con tranquilidad y astucia.

En los meses que mediaron entre la Fiesta de los Sacrificios de aquel año y la fecha fijada por el Califa para la celebración de la sesión solemne de juramento, los monarcas permanecieron en el Alcázar de Córdoba prolongando el sereno ritmo de vida observado en Guadarromán y que tan beneficioso parecía para el soberano. Desde comienzos del otoño y en los primeros meses del invierno, emisarios de al-Hakam recorrieron el reino asegurándose de la lealtad y del sometimiento a la voluntad del Califa de nobles, gobernadores y altos dignatarios. En Córdoba estas gestiones le fueron encomendadas a Amir. Oría hizo ver a al-Hakam la utilidad de implicar al intendente en la causa real, el cadí era un hombre poderoso y temido cuya presencia evitaría deserciones y titubeos. El monarca hizo caso de la recomendación de Djafar como tantas otras veces, pero, antes de dar su consentimiento, habló largamente con la Favorita previniéndole de las funestas consecuencias que un privado con excesivo poder puede acarrear precisamente a aquel que, necesitado de su fuerza, un día le aupó. Djafar, que admitió ser consciente de este peligro, objetó que, a su entender, hoy por hoy, la carrera del gaditano dependía de la sucesión en Hisham, por lo que el cadí pondría toda la carne en el asador para lograrla, otra sería ella una vez consolidada su posición, entonces las prendas del administrador, que hoy tan útiles iban serles, podrían convertirse en enemigas, más Zobh tranquilizó al soberano asegurando que Allah estaba de su parte y, llegado el momento, siempre habría fórmulas para poner freno a la ambición desmesurada. Al-Hakam concluyó que no le faltaba razón a su esposa, bastante complicado era el asunto que les tenía ocupados para enredarse ahora con presunciones y llamó a Almanzor que allí mismo juró fidelidad a la voluntad del monarca y puso sus bienes y su persona a su servicio.

El 5 de febrero de aquel año de 976, tuvo, pues, lugar la ceremonia de juramento. El Califa, emocionado, presidió la sesión en la que se dio lectura a la solemne acta en que se reconocía, a pesar de su corta edad, a Hisham como único sucesor del Príncipe de los Creyentes. A partir de aquel momento el nombre del príncipe Abu-l-Walid Hisham sería pronunciado en las oraciones públicas. Asistieron al acto todos los nobles del reino. No hubo uno que se atreviera a contrariar la voluntad de su señor. La parentela Omeya también estaba presente. Finalizado el protocolo, al-Hakam se retiró a sus aposentos. El monarca no escondió la felicidad que la aceptación oficial de Hisham le procuraba, Allah había escuchado sus plegarias.

Inmediatamente después, bajo la supervisión de Amir y del liberto de Djafar, Mansur, este hombre honesto y afectuoso se había ganado el favor de la Sultana desde que los monarcas trasladaron su residencia a Córdoba, fueron realizadas copias del documento para ser enviadas hasta los últimos confines del reino con el fin de dar la debida publicidad al acto y facilitar la firma de los pliegos del juramento a todos aquellos notables que no habían podido desplazarse hasta la capital para rubricar con su nombre la aceptación. Oría, como al-Hakam, esa noche respiró aliviada

Tras la confirmación de Hisham en el trono, el Califa, contra todo pronóstico, pues que los médicos y Djafar no dudaban de que una vez de desaparecidos los temores sobre su sucesión el monarca ganaría en vigor y alegría, se fue marchitando como una florecilla.

El día 1 de octubre de aquel año, al-Hakam al-Mustansir billah entregaba su alma al Altísimo. Con él se cerraba una época de la historia del al-Andalus. Nunca hubo un Califa tan sabio, cultivado, piadoso y prudente. Murió siendo noche cerrada a consecuencia de una nueva sacudida que le sobrevino con brío inusitado. El Alcázar dormía. Solo Faiq y Chawdar acompañaron al Príncipe de los Creyentes en su postrer viaje. Oría, que llevaba varias noches velándole en la agonía, se había retirado a descansar, momento que aprovechó el monarca para entregar su espíritu a Allah. Al-Hakam, siempre considerado con Djafar, ahorró a esta el espectáculo de su aliento definitivo y, evitando a la amada el dolor de la despedida, aprovechó la ausencia del efebo para dejar que su alma enamorada volara al cielo.

Capítulo XII

AMANECE SOBRE CÓRDOBA. El sol se acerca perezosamente por el horizonte. El pálido reflejo que da color a los árboles y a las nubes, el jolgorio de los pájaros, la tibieza del aire y de la luna que se apaga abrumada por tanta luz anuncian ya la mañana. Djafar duerme en el serrallo un sueño velado por el brebaje que, en los últimos días, le administran los médicos para aliviar, gracias a los beneficios de una dormida reparadora, la tristeza y el cansancio de la Sultana. Aquella mañana, Oría despertó al alba, no hubo indicios que indicaran a la Favorita la partida silenciosa de al-Hakam. Se acercó a las alcobas del soberano. Los corredores y los patios de palacio estaban calmos y tranquilos, aún era temprano para dar comienzo la nueva jornada y siervos y esclavos disfrutaban todavía de sus sueños. Cuando hubo llegado a las habitaciones orientales, en donde desde hacía demasiados días agonizaba el Califa, los plantones de la guardia le rindieron armas ceremoniosos y atentos. Entró con los sentidos afinados a cualquier cambio que pudiera haberse producido en el moribundo durante las pocas horas de ausencia, pero no tuvo tiempo de percibir nada, el brazo del eunuco Faiq le detuvo con sorprendente firmeza, al-Hakam, al parecer, dormía sosegadamente, era mejor no hacer ruido ni perturbar su débil reposo con cambios de acompañante, podía marchar tranquila y disfrutar de un baño en el hamman, él se lo aconsejaba y el cuerpo, sin duda, iba a agradecérselo, Chawdar y Faiq permanecerían en su puestos y, de ocurrir algo, Allah no lo quisiese, correrían a buscarla. El aire denso de la habitación sofocó con su espesura a la Sultana que escrutó al monarca en la penumbra. Yacía quieto sobre el lecho. El cuerpo, menudo y frágil, consumido por la enfermedad, era una cosa pequeñita entre almohadas, almadraques y sedas. Chawdar, encogido junto a la cama, se le antojó a la esposa sombrío y rozagante hasta el insulto. Olía a ungüentos y a pócimas, a padecimiento y a muerte. Dijo al eunuco que, siguiendo su consejo, pasaría primero por el hamman, luego, visitaría a Hisham, a quien el tránsito del padre tenía tan acobardado y alicaído, y que volvería más tarde.

Oría se dirigió, pues, al hamman acompañada de un par de esclavas. Antes llamó a Maisur y dijo a éste donde podría encontrarla, ordenando al liberto que no dudase en darle aviso ante el menor indicio de que el esposo despertaba.

El hamman estaba tan solitario como su alma, pero, a la vista del agua clara, quieta y transparente, la tensión, en la que Djafar vivía presa, pareció ceder e intimidarse. Las esclavas, que laboraban silenciosas respetando su dolor, tras organizar los frascos, los tarros, los botellines y las frascas de perfumes, jabones y esencias, desnudaron a la Favorita con delicados y expertos movimientos. Oría se dejaba hacer mientras su mente galopaba desbocada reviviendo la historia pasada. La muerte del pobre Abd al-Rahman tuvo que ver con su propia muerte. Le arrancaron el corazón y las entrañas. Sintió que la cordura escapaba presurosa de su espíritu, cosificándola, insensibilizándola para el mundo y para la vida. Su hijo había muerto y ella con él. Aquel hijo tejido, poco a poco, con su carne y con su sangre cavó, al partir, un gran pozo negro en su alma que nada ni nadie podría llenarlo. Las carnes de Oría se miraron desmayadas en los espejos que sostenían las esclavas, lejos la frescura y lozanía de aquel primer baño en la casa de Abu Salama. Sin embargo, Zobh tan solo rondaba los treinta cinco años y, bajo el desmadejamiento de la fatiga y el dolor, se adivinaba el cuerpo armonioso de la mujer que era. Ella pareció también reconocerlo en la silueta que dibujaban las manos de las mujeres que ahora aliviaban la violencia de sus músculos aplicando fricciones y masajes que le consolaban el alma. La agonía de al-Hakam tenía sumida a la Favorita en el indescifrable intríngulis que esconde la muerte bajo sus alas. Oría contemplaba, perpleja y dolorida, los ultrajes a que nos somete la taimada antes de arrastrarnos con ella. Empero, la muerte del monarca no era la suya como sucedió con la del hijo. Sentimientos contrapuestos poblaban estos días el universo de la vascona. El fin de al-Hakam, a pesar de la evidencia, se le hacía muy lejano. Oría, acostumbrada al orden nuevo configurado por la enfermedad, hubiese afirmado que el esposo sobreviviría en ese ten con ten entre la vida y la muerte muchos, muchísimos años y, ella al resguardo del soberano enfermo y mudo, regentaría el califato, sostendría a Hisham hasta el día en que éste pudiese ejercer el poder, disfrutaría de libertad y de gobierno. Luego, estos pensamientos trocábanse en lúgubres consideraciones sobre el paso de la vida. La madurez había llegado sin darle tiempo a despedirse de una juventud que creía eterna y, de igual modo, llegaría la vejez y con ella la muerte. Oría se introdujo en el agua y ordenó a las esclavas que le dejasen sola. Cerró los ojos y recordó a Mayus, y deseó a al-Mansur, buscando en la pasión el retorno a una realidad más tibia, mas el nombre del intendente conjuró a los confabuladores e intrigantes y, por alejarse de aquellas visiones, Djafar se soñó en Guadarromán entre olivos y naranjos, en el regazo un poema, una flor.

Pero al-Hakam estaba ya muerto cuando la Sultana dejaba brincar su espíritu bajo el arrullo del agua. Faiq y Chawdar, respiraron con alivio al ver salir a la Favorita de las alcobas regias. Querían ganar tiempo. Los eslavones, poderosos como eran, se creían con derecho a decidir en el negocio de la sucesión. El juramento prestado al monarca aceptando a aquel niño como único heredero, muerto el Califa, no les comprometía. Las relaciones entre estos eunucos y la Sultana, ya se sabe, eran tirantes y protocolarias. La ascensión de Hisham equivalía a la regencia de la madre y, en consecuencia, al validazgo de Almanzor que, de momento, cumpliría hasta el último de los deseos de la extranjera quien, a su vez, prescindiría sin empacho de los servicios del gran maestro de guardarropa y del orfebre y recortaría el poder de éstos con alegría. Por eso, antes de hacer pública la muerte de al-Hakam, había que encontrar un pericón al legitimo heredero, dispuesto a hacerse con el trono y dispuesto también a auparles a ellos allí donde fuesen inexpugnables, ganando de este modo por la mano a Djafar y a al-Mansur a quienes catalogaban como enemigos, igual que al gran visir al-Mushafí. Mas aquel plan, que durante la noche se les antojó a los servidores sencillo y factible de llevar a cabo, a la luz de la mañana pareció enmarañarse y mostrar los escollos que las tinieblas habían velado. La Sultana, Amir y al-Mushafí eran algo más que tres nombres que se dejaran de pronunciar al antojo de los mayordomos, tras ellos se izaba, fiero y firme, mucho poder ante el que el dominio de los eslavones quedaba cojitranco y endeble. Poco después de partir Oría hacia el hamman engañada por Faiq, ajustaron el plan a posibilidades más realistas, esto es, llamarían a al-Mushafí al que harían ver los peligros que para la conservación de su alta dignidad encerraba la proclamación del Califa Abu-l-Walid Hisham, que calibrase quienes iban a ser de facto los soberanos a la sombra de una criatura de once años, innecesario nombrar a la Sultana y a Almanzor, que sopesase las ventajas que para él se derivaban de contar con ellos como aliados, eran muchos los siervos y esclavos que poseían y enorme la extensión de sus tierras, y que valorase asimismo los beneficios que sobre él vendrían a derramarse, sin duda, por el hecho de ser el nuevo Califa su deudor eterno. Luego, anunciarían al visir que ellos se inclinaban para el desempeño de tan alta jerarquía sobre al-Mugira, último hijo de Abd al-Rahman III y, por tanto, hermano de al-Hakam, tío de Hisham y descendiente directo de los Omeyas, quien, a sus 27 años, hacía gala de un carácter dúctil, medroso y carente de ambición, ni pintiparado para la feliz consecución de sus maquinaciones. El príncipe Hisham, por lo demás, sería designado sucesor de al-Mugira con el fin de aplacar ánimos y contentar al pueblo que consideraba al muchacho el heredero legítimo, cumpliéndose con esta estrategia el antiguo y sabio principio que impedía a un menor alcanzar la primera dignidad del califato, neutralizando también la ambición de Amir y de la Favorita y sosegando a un tiempo los recelos de los súbditos.

Oría aliviada por el baño, se encaminó a las habitaciones del hijo. El príncipe saludó a su madre sin apenas mirarla, se avergonzaba de las lágrimas que en los últimos días afloraban a sus ojos con descaro. La delicada piel de Hisham estaba irritada y enrojecida por los persistentes llantos. Pequeñas ulcerillas e imperfecciones, producto de los restriegos continuos, afeaban el rostro del niño que pareció a la Sultana más desvalido que nunca. Oría abrazó a su hijo e hizo salir de la estancia a servidores y esclavos. Quería estar a solas con él y prodigarle las caricias y atenciones con las que le consolaba cuando infante y de las que, ahora, tan necesitado estaba a pesar de hallarse a las puertas de la pubertad. La madre y el niño se reconfortaron mutuamente. El carácter de esta criatura preocupaba a Oría. El muchacho era delicado, débil y manejable en tanto que el destino que le había tocado en suerte, ojalá se equivocara la vascona, exigía la bravura de un dragante, mas no era tiempo de complicar la situación con agüeros pesimistas y, tomándole de la mano, le invitó a dar un paseo por el jardín, consiguiendo al poco, ayudada por la corta edad de Hisham que predisponía el espíritu del heredero al contento y al divertimento, alegrar el corazón del hijo que correteó junto a su madre, al parecer, olvidado de los graves momentos que ensombrecían su vida. Cuando la Sultana se dirigió de nuevo a las alcobas regias, extrañada de que nadie hubiese ido en su búsqueda avisándole del despertar del soberano, el sol estaba muy alto en el cielo de al-Zahra.

El gran visir al-Mushafí acudió a la llamada de los eunucos una vez de aseado minuciosamente como solía. Faiq y Chawdar recibieron al hayib misteriosos y excitados. La alcoba permanecía en penumbra y un cierto olor dulzón y desagradable alertó al dignatario que sospechó el fallecimiento. Los espadones, a preguntas de al-Mushafí, confirmaron la noticia y rogaron al primer ministro que prestara atención a lo que tenían que proponerle. Al-Mushafí no titubeó en la respuesta que, tras escuchar con interés la maquinación que aquellos le refirieron, brindó a los eslavones, a los que tranquilizó asegurando su participación en los manejos. Luego partió sin detenerse en comadreos y comentarios, era necesario, según dijo, anunciar cuanto antes a al-Mugira su nuevo papel en aquel teatro y los eunucos estuvieron de acuerdo. Ellos ya podían revelar la muerte de al-Hakam a la familia real, los llantos y duelos de los primeros momentos le concedían a él el tiempo necesario para dejar cerrado el asunto de la sucesión.

La Sultana, a diferencia de tantas otras ocasiones durante la enfermedad del esposo, no sospechó la triste nueva que le aguardaba mientras se encaminaba a las habitaciones de al-Hakam, hacía poco el Califa dormía y Maisur no había ido en su busca para anunciarle ningun cambio en el enfermo. Al cruzar uno de aquellos patios floridos, cuya amenidad se ofrece dulcísima en contraste con la austera hechura guerrera del Alcázar, creyó distinguir al gran visir al-Mushafí, pero la figura se escabulló con tal premura que Oría pensó haberse equivocado. Enseguida escuchó un gran barullo proveniente de las alcobas regias, dos jurs, con los rostros descompuestos, se dirigían corriendo hacia ella, mas, cuando le hubieron alcanzado, continuaron pasillo adelante, apresurados, sin protocolo, había que avisar a los médicos. Entonces Djafar, ella también, precipitó sus pasos hacia las estancias califales, en la puerta Faiq y Chawdar esperaban a la Sultana alertados de su presencia por el ruido de la carrera. No fue necesario decir nada. Djafar el deseado, aquel al que el Califa amó más que a nada, se acercó al lecho del monarca y le llamó quedamente, una, otra vez, extrañada de no obtener respuesta. Pero aquello sí era la muerte. Y todas las reflexiones que en los últimos tiempos se había hecho la vascona sobre la brevedad de la vida, la fugacidad de la juventud y las pesadumbres de la vejez, ante aquella gélida y real presencia, se mostraron frívolas, banales, epidérmicas, fútiles, huecas. El rostro, rubicundo y colmado como las toronjas del zoco que en tiempos tuvo al-Hakam, estaba ahora lívido y descolorido, la barba, que Djafar acariciaba tras las amorosas fatigas, yacía rala sobre el pecho muerto, las manos del monarca, blancas y heladas, eran marmóreas y quietas tallas, los ojos estaban vidriados de turbia fijeza, la montañosa nariz, afilada, y los labios, entreabiertos en amoratada mueca, reían, sin vida, con cara de eternidad. La Favorita permaneció allí silenciosa y muda. Luego, sin derramar una lágrima, tan seco estaba su corazón, se inclinó sobre el cuerpo del esposo y besó con cuidado los despojos. Después, sin esperar la certificación del óbito, la muerte era allí casi más real que el sol de aquel mediodía, recogió, de una pequeña mesita que había al lado de la cama, la insignia suprema, el sello real de oro que llevaba grabada la divisa del monarca: "al-Hakam acepta el decreto de Allah" y que, durante el último mes de enfermedad, hubo que retirar de los menguados dedos del Califa, pues su debilidad soportaba mal aquel fardo. Faiq y Chawdar, cuando vieron a la Sultana hacerse con el símbolo regio, se miraron y el orfebre se acercó rápido a la vascona para evitar que tomase el atributo, pero Faiq le detuvo a tiempo, aquello hubiese delatado sus intenciones. Oría salió, pues, de la estancia en busca de Hisham, quería ser ella quien comunicara la triste noticia al príncipe heredero. Mientras se alejaba de la alcoba mortuoria, un pensamiento cruzó por sus ofuscadas mientes, al-Hakam en su larga enfermedad, en la lenta agonía, aunque débil y minado, era él, estaba con ella, ahora, sin embargo, ya no quedaba nada, la soledad de la Sultana en la corte era perfecta y Djafar quiso gritar socorro. La guerra, pues, había comenzado. La Favorita, en medio de su dolor, interpretó correctamente el gesto nervioso de Chawdar. Había que obrar con astucia, inteligencia y firmeza. El anillo real reposaba holgado en su dedo índice. ¡Qué al-Hakam desde el paraíso les protegiese!.

El gran visir y hayib al-Mushafí abandonó el Alcázar y se dirigió con prisa a la residencia particular del curador de herencias vacantes, cadí de Sevilla, jefe de la surta wustá, Muhammad ibn Abi Amir, al-Mansur. El hayib, que ante los eunucos había simulado compartir el plan de los eslavones, opinaba que aquellos hombres se confundían respecto al poder que decían corresponderles y, mucho más aún, menospreciaban la fuerza de Amir y de la Sultana que, en estos momentos, contaban con el apoyo de todo el ejército, pues el general Galib ibn Abd al-Rahman, hombre de indudable prestigio entre la tropa y sus mandos, siempre estaría del lado de quien apoyase al heredero legítimo, cumpliendo así la voluntad de su señor al-Hakam. Al-Mushafí podía haber adelantado estas razones a Faiq y Chawdar pero, astutamente, prefirió ocultar su parecer simulando acuerdo y delatar luego a los traidores, apuntándose de este modo un tanto del que sin duda sacaría provecho ante los futuros Califas. En esto no se equivocaban el gran maestre de tiraz y el orfebre, la Sultana y Amir iban a ser ahora los dueños del reino. Así es que, ya en el palacio de al-Mansur, hizo que le anunciaran con urgencia y puso al cadí en antecedentes de lo que estaba sucediendo. Luego ambos se dirigieron al Alcázar.

Oría acariciaba la cabecita de Hisham que se apretaba en el pecho de la madre sacudida por sollozos y suspiros. La noticia del fallecimiento de al-Hakam había sido un duro golpe para el infante que, a pesar de los pesares y al igual que la Sultana, se había acostumbrado a la enfermedad paterna. Ahora el niño parecía se iba calmando y la mujer le consolaba de la dolorosa pérdida hablándole de Allah y de los mil disfrutes que aguardaban al soberano en el cielo. Maisur apareció entonces avisando de que Amir y al-Mushafí habían llegado y Oría dejó al muchacho al cuidado del liberto y fue en busca del amigo, reconfortada con aquella presencia.

Las palabras de pésame de los dos personajes fueron breves, pasando enseguida a tratar del extremo que hasta allí les había traído. La Sultana se hizo cargo al punto de la situación y agradeció a los dos hombres su fidelidad. Luego indicó la conveniencia de convocar en consejo urgente a Ziyad ibn Aflah, el zalmedina de al-Zahra y caballerizo mayor, a Camin ibn-Muhammad, hijo del general Ibn-Tomlos muerto en Berbería, a Galib, a los capitanes de las tropas y a los jefes de los regimientos africanos de los Beni-Birzer, todos leales a la causa del heredero, también determinó que el príncipe Abu-l-Walid Hisham estuviese presente, había que abortar la conjura antes de que las familias Omeyas se aglutinasen en aquella conchabanza. La insignia suprema relumbraba en el blanco dedo de la Sultana.

Poco tiempo después tuvo lugar el conciliábulo en la Nave del Viento de palacio, en el Balat al-rih. Todas las opiniones fueron unánimes, al-Mugira, el hijo de Abd al-Rahman III a quien los eunucos proponían como sucesor de al-Hakam, debía perecer sin tardanza, descabezando de este modo a los partidarios de la conspiración que no tendrían tiempo de dar con un nuevo candidato que se opusiese a Hisham. Un silencio tenso zumbó por la sala. Oría miró uno a uno a los hombres alentándoles a ser los ejecutores del usurpador, sin embargo, los ojos de aquellos se escabullían de la mirada azul, avergonzados y temerosos. Por fin, Amir, postrándose ante el príncipe heredero y tomando la mano del niño entre las suyas, se ofreció él mismo para aquella triste tarea. Un murmullo de admiración por esta muestra de coraje acogió las palabras del intendente. Entonces Hisham, que a pesar de su corta edad se había dado cuenta de la gravedad del momento, en un gesto espontáneo, rodeó con sus brazos el cuello del cadí y besó el rostro del funcionario lleno de agradecimiento. La emoción puso lágrimas en los ojos de los guerreros y en los de la madre que se acercó a Amir e, izándole del suelo, le condujo a una pequeña estancia contigua. Allí, apartados de todos, la Favorita se dejó consolar entre los brazos del administrador que confortó a la vascona con caricias y cuidados, prometiéndole estar pronto de vuelta en palacio, sano y salvo, una vez cumplida la engorrosa misión. Luego, Amir ordenó ensillar su caballo y partió con un puñado de hombres hacia la residencia de al-Mugira, en tanto que al-Mushafí fue en busca de los eunucos para asegurarse de que aquellos no daban la voz de alarma, los demás volvieron a sus obligaciones, había que simular normalidad como si nada fuese a suceder. Oría, apretando contra sí el cuerpecillo de su hijo, vio marchar a al-Mansur desde la azotea del Alcázar, la misma desde la que al-Hakam disfrutaba en la contemplación de los jinetes bereberes.

El gran visir, pues, se encaminó a las habitaciones del Califa. Los eslavones, que aguardaban al hayib deseosos de noticias sobre el desarrollo de la confabulación, recibieron al ministro glotones de novedades. Cuando las puertas de las estancias regias se cerraron tras ellos y el visir, un cuerpo de guardia armada reforzó, junto a los jurs, la vigilancia, tenían orden de no dejar entrar ni salir a nadie que no fuese al-Mushafí. El gran visir, entonces, hizo saber a los eunucos la verdad de cuanto estaba sucediendo. Luego, sin escuchar sus súplicas de perdón y las disculpas que escapaban de los labios de aquellos como torrentes, salió dejando al gran maestre de tiraz y al orfebre en aquel encierro.

Córdoba estaba encapotada la tarde de estos sucesos. El palacio de al-Mugira se recortaba en el horizonte con aspecto entristecido. Nadie detuvo al cadí cuando atravesó la puerta principal de la morada, ventaja esta que disgustó al administrador quien hubiera querido que el frenesí de la camorra acompañase su faena evitándole de este modo la frialdad de la muerte premeditada. Pero al-Mugira fue siempre un joven tranquilo que nunca anduvo mezclado en intrigas, prefiriendo una existencia gris y complacida a los bríos de la corte. Cuando Amir compareció ante el príncipe, éste le recibió sin ocultar la sorpresa que aquella visita le producía, mas sospechando que la presencia del funcionario estaba en relación con la salud de su hermano al-Hakam, se interesó por el Califa, derramando conmovido llanto al conocer la nueva del fallecimiento. Amir contemplaba al príncipe sin saber a qué atenerse, al-Mugira parecía desconocer las intrigas que se tejían bajo su nombre, su aspecto y trato eran delicados y sinceros y esto y su juventud hizo que Almanzor abominara aún más del encargo que hasta aquí le había traído. Así que, pretextando fatiga y solicitando de su anfitrión un tiempo para el descanso, que al-Mugira se ofreció a aliviar ordenando trajeran manjares y bebidas, envió un mensajero a al-

Mushafí pidiendo consejo. La respuesta del visir no se hizo esperar. La sentencia estaba dictada. Y esta vez Amir se dejó llevar por las flaquezas que alimenta el temor a perder poder y privilegios y, cual siervo obediente, ordenó a sus hombres dar muerte a al infeliz de al-Mugira, que, percatado de pronto de lo que estaba ocurriendo, comenzó a clamar piedad y clemencia. Al-Mansur dejó la estancia perseguido por los gemidos del Omeya que allí mismo fue ahorcado, simulando luego un suicidio irrogado por el fracaso de la conspiración que le iba a llevar al trono. Al día siguiente tapiarían la estancia en la que pendía el cuerpo del pobre al-Mugira que reposaría ahí por los siglos. Amir, desde aquel momento, como no era hombre que se lamentase de sus acciones, prefirió abrigar en su corazón sentimientos de odio contra al-Mushafí al que consideró el único culpable de lo ocurrido.

Una vez que el cadí retornó al Alcázar, se hizo pública la noticia del fallecimiento del Califa. Partieron, pues, mensajeros a las coras llevando la triste nueva. En todas las mezquitas del califato, desde el anochecer, se oró por el alma de al-Hakam y se proclamó el nombre del nuevo Príncipe de los Creyentes, Imán y Califa. Las exequias por al-Hakam al-Mustansir billah tuvieron lugar a la mañana siguiente. Oría acompañó las angarillas untadas en aceite de algalia sobre las que, al dictado de una vieja tradición, fue transportado el cuerpo del monarca, rodeado del cortejo de tíos, hermanos, hijos, visires, altos dignatarios y juristas. Tras la Sultana y las mujeres del harén, una delegación de la amma, compuesta de comerciantes y artesanos, cerraba la procesión que serpenteaba blanca y fría, pues blanco era el color del duelo en la corte Omeya. Los llantos y gemidos de las plañideras llenaban la mañana de octubre de patéticas fragancias. La comitiva se dirigió al jardín de la Rawda, la necrópolis del Alcázar en donde yacía Abd al-Rahman III. Y, allí, no lejos de la biblioteca que tanto amó, descansó al-Hakam, el cuerpo recostado, el rostro mirando en dirección a la Meca por toda la eternidad. Una lápida funeraria, grabada en relieve y que había sido litografiada durante la noche, indicaba en escritura andaluza el nombre y los títulos del ilustre difunto arropados con alabanzas dedicadas al muerto y protegidos por citas del Corán. Oría despidió a su esposo desde el silencio del corazón, sola en aquella corte que le consideraba extranjera, y, ahí, ante la tumba de su enamorado, juró cumplir la voluntad del monarca, el hijo de ambos ocuparía el trono que el padre le había legado.

Poco después del entierro, sin disimular la premura exigida por las circunstancias adversas que habían surgido, en el maylis garbi, cámara occidental del Dar al-Rawda, La Casa del Jardín, no lejos de donde reposaba al-Hakam, tuvo lugar la solemne sesión de investidura del nuevo Califa. Abu-l-Walid Hisham, el Califa Hisham II, ministrado por el gran visir al-Mushafí, el generalísimo Galib ibn Abd al-Rahman, el cadí Muhammad ibn Abi Amir, sus tíos, primos, los visires, los funcionarios principales, sus servidores, el gran fatá Maqil, Sukkar y Murtah y los nobles de la capital, recibió el juramento de fidelidad de la corte. En su dedo lucía ya la insignia suprema con la inscripción "Hisham b. al-Hakam encuentra su apoyo en Allah". El cetro, un largo báculo de bambú con el extremo curvo, parecía entre las manos del niño el emblema de gobierno de un gigante. Siguiendo un estricto orden jerárquico, los nobles, colocando la mano sobre la palma del monarca según enseña la tradición, pronunciaron estas palabras: "Alabo pensando en ti a Allah, único Dios, y reconozco que te demostraré sumisión y obediencia según la norma de la Sunan de Allah y de su Profeta, en toda la medida de mis fuerzas." Como sucedió el 5 de febrero, nadie se manifestó contrario al acto. Faiq y Chawdar también estuvieron presentes, uno a cada lado del hayib al-Mushafí, pues tanto el visir como al-Mansur consideraron más prudente perdonarles la vida y mostrar a éstos en amor y compañía junto a los más fieles partidarios de Hisham. Los implicados en la conspiración, si los había, se sentirían traicionados y la conjura, en consecuencia, abortada. El juramento del pueblo tendría lugar los días posteriores en las mezquitas del califato, allí, magistrados y funcionarios recibirían, por delegación del soberano y en su nombre, la declaración de obediencia de aldeanos y ciudadanos. Tras la ceremonia, partieron, pues, los mensajeros a cada una de las coras del reino para que en todas ellas se iniciara la cumplimentación del juramento. Comenzaba una nueva época. La vascona Zobh realizaría de facto las funciones de regente durante la minoría de edad del Califa. Galib y al-Mushafí serían hayibs, primeros ministros de este gobierno. Al-Mansur fue nombrado visir al-dawla, consejero mayor, y wali al-madinat, gobernador de Córdoba. Era el 2 de octubre de 976.

Esta vez, a diferencia de lo acontecido tras la pérdida del pobre Abd al-Rahman, no hubo en el ánimo de Oría tiempo para duelos por la muerte del esposo, tan graves fueron las circunstancias que se sucedieron después del fallecimiento del Califa. Al día siguiente de la sesión de juramento, se celebró un conciliábulo entre Oría, Mushafí y Almanzor a petición de la vascona que no las tenía todas consigo respecto al fin de la conspiración. Zobh, a la que no se le escondían los ambiciosos talantes de los dos artífices de la abortadura y aunque reflexionaba que la competencia y rivalidad entre estos hombres salvaguardaba de momento los intereses de Hisham ya que ambos lucharían por ser cada uno el más querido por el Califa, porfiando sin duda en ganarse la confianza real, consideró que no estaría de más una demostración pública del afecto que los súbditos abrigaban por el soberano, matando de este modo dos pájaros de un tiro, es decir, mostrando a los confabuladores la esterilidad de sus intrigas que nunca serían secundadas por un pueblo tan amante del monarca y dando una lección de humildad al primer ministro y al nuevo gobernador de Córdoba que se lo pensarían dos veces antes de querer suplantar a su señor. Oría, por tanto, aquella tarde en el Alcázar habló al ministro y a al-Mansur de la necesidad de que el pequeño Hisham se exhibiera ante los ciudadanos cordobeses ostentando todos los atributos que ahora le correspondían, permitiendo así a las gentes honrar al monarca y regalarse con su presencia. Zobh encomendó a Mushafí y a Amir los preparativos de un paseo real por la ciudad que debía de llevarse a cabo con la mayor diligencia, justificando la premura ante la intuición, nada descabellada, de que Faiq y Chawdar, aprovechándose de las circunstncias especiales que les habían permitido conservar la vida, intentasen de nuevo sustituir al Califa por un candidato acorde con sus aspiraciones, explicando la Sultana, que una vez de venerado Hisham por el pueblo, los intrigantes cejarían en sus intentos. Tanto el visir como el consejero mayor no parecieron en un principio muy entusiasmados con la idea, sea porque los barruntos de Oría referentes a la ávida catadura de los dignatarios no iban desencaminados y no querían éstos dar alas al joven Príncipe de los Creyentes o, lo que es más probable, a la porfiadora y astuta Umm Walad, sea porque muchos habían sido los trabajos de los últimos días para inventarse ahora nuevos trajines, mas como la vascona parecía firme en su decisión, muy pronto, deseosos de no ser ninguno de ellos el primero en desairarla, dijeron ponerse, a partir de aquel momento, manos a la obra.

El 7 de octubre tuvo lugar la pomposa comparecencia pública de Hisham II. La Sultana, unos días antes de este acontecimiento, reclamó la presencia de sus viejos amigos, Mayus, al-Tamayib y Malik, que fueron conducidos a palacio escoltados por un vistoso cuerpo de guardia. Oría pudo disfrutar de la compañía de los socios desde la oración de mediodía hasta la de la puesta del sol. La Regente agasajó a sus convidados con delicadeza y abundancia dentro de la seriedad a la que el luto obliga y que su propio corazón le dictaba, pues muchos eran los momentos en que Zobh echaba en falta al esposo siempre solícito, prudente y sabio. Los tres hombres escucharon, sin interrupciones lastimeras, el relato que la vascona hizo de los últimas días del soberano. Con ellos revivió Oría, minuto a minuto, los pormenores que se sucedieron la mañana del fallecimiento de al-Hakam, desahogó también su corazón confesando los temores y soledades que invadieron su ánimo tras la certeza de la pérdida, con lágrimas en los ojos narró el desconsuelo de su pobrecito hijo al conocer la noticia y, sin detenerse en muchos detalles, confió a Mayus, a al-Tamayib y a Malik la existencia de una maquinación que felizmente había podido ser desentrañada. Después, la Sultana condujo a sus amigos a un hermoso patio o sahat en donde les aguardaba una mesa magníficamente aderezada al abrigo de curiosos y merodeadores. Allí, la mujer solicitó el concurso de aquellos en una empresa, cuya singularidad, tras conocer lo relatado por la Regente, no causó estupor ninguno en los hombres, y era ésta que, siendo de capital importancia que la acogida a Hisham por parte del pueblo fuese especialmente calurosa y nutrida, Oría, recordando el éxito de público alcanzado por sus amigos en la lejana exhibición del niño prodigio, el jovencito de Málaga, requería de ellos pusiesen en funcionamiento todos sus recursos para interesar a las gentes en el recibimiento al soberano, confiando en que con su ayuda todos los cordobeses, sin dejar uno, presenciarían el desfile. Los socios tranquilizaron el ánimo de la Sultana no bien terminó ésta de exponer sus cuidados, iniciando allí mismo, llenos de entusiasmo, los preparativos de la estrategia a seguir. Oría agradeció mucho a los amigos aquella desinteresada disposición, mas, queriendo disfrutar de su compañía sin empañaduras de ningún género, les rogó dejasen los pormenores para más tarde, este asunto le traía a las mientes los trabajos que su pobre hijo Hisham debería de arrostrar ya a los comienzos del reinado, e invitó a los hombres a catar de tantos manjares y finas fruslerías como allí había, instándoles a que le pusiesen en antecedentes de sus nuevas industrias. Zobh se solazó escuchando los últimos donaires engendrados por las industriosas mentes de sus convidados, que ahora repartían el tiempo entre los negocios de construcción y de transportes en los que al-Tamayib, él también, al fin participaba y las espléndidas plantaciones y cultivos que adornaban la extensa propiedad comprada por Malik, quien había arrendado a los otros dos las hectáreas suficientes para que aquellos dieran cumplido escape a sus aficiones, Mayus en un fructífero vergel, al-Tamayib en el plantío más singular y esotérico de todo el califato así como en un magnífico observatorio del firmamento que había hecho instalar con los modernos artilugios que le fueron obsequiados por al-Hakam el día del ocultamiento lunar. Lubb y Alí, según relataron, prosperaban día día, dándose la chirene circunstancia de que sus mentes despertaban en idéntica proporción que su florecimiento en los negocios. Luego, caía ya la tarde cuando la Sultana solicitó del brujo una sesión quiromántica de las manos del hijo, a lo que el adivino se ofreció gustoso. Oría, entonces, hizo a los esclavos ir en busca del Califa que se alegró de ver allí a aquellos amigos y, advertido por su madre del examen presagioso al que iba a ser sometido, ofreció sus palmas, regocijado, curioso y lleno de inocencia, a al-Tamayib. El sol declinaba por el horizonte, apagado y cansino, las rosas de otoño y las palmeras del jardín se recortaban oscuras contra el cielo cuando Oría y sus invitados oraron ante la tumba de al-Hakam en el Rawda florido de palacio. Después, la vascona acompañó a los socios hacia la entrada principal del Alcázar. Al-Tamayib adelantó entonces a la Sultana los resultados de la exploración. Las manos de Hisham eran de una encarnadura débil, blanda y manejable, sus aspiraciones tenían por fronteras los límites de los palacios califales, era sensual, acomodaticio, carecía de voluntad y vigor, acaso en lógica respuesta a la vida muelle de que siempre había disfrutado, acaso debido a su propia naturaleza o acaso también moldeado este su carácter por la excesiva protección de la madre o por las peligrosas comparaciones en las que suelen caer los hijos de padres fuertes, talentosos y bien dotados, mas el trono del califato le pertenecería por muchos años, eso sí, otros ostentarían el poder por él, y al-Tamayib rogó a la Regente le permitiese consultar sus manos para rematar como gustaba el vaticinio, mas Zobh declinó la oferta, prefería desconocer cualquier pista que iluminase los derroteros de su futuro y luchar con el corazón y la cabeza por todo aquello que considerase de justicia, temía que la sospecha del fracaso o la certeza del éxito restase fuerzas a sus ánimos. Respecto a la valoración del carácter del Califa ofrecida por el adivino, estaba de acuerdo con ella punto por punto, Oría, a veces, también se achacaba el haber sido la artífice del frágil espíritu de su hijo, en otras ocasiones, sin embargo, viéndole solazarse con fútiles divertimentos más propios de criaturas de menor edad o remolonear ante el menor esfuerzo, concluía que eran estas las hechuras que a su vástago le habían caído en suerte desde el nacimiento, no eran pocos, por tanto, los quebraderos de cabeza con los que el muchacho, sin saberlo, regalaba a la Umm Walad, pero la Sultana dijo no estar dispuesta a rendirse ante ningún rompiente así que lucharía por enderezar aquellas perversas tendencias del retoño, ¡qué Allah le diese fuerza y talento en tan engorroso quehacer!. Mayus despidió a su amiga enternecido y emocionado, ahora, sin la presencia de al-Hakam y olvidado de al-Mansur, rodeó entre sus brazos a Oría que se dejó amparar por el vascón. Luego partieron todos expresando sinceros votos de volverse a ver en breve. La Sultana se dirigió entonces a sus habitaciones. La silueta de aquella mujer atravesó patios y corredores, reflejándose su sombra solitaria en los muros del Alcázar. El canto de los muezzines voló mágico desde los alminares anunciando la última oración del día. Era una noche oscura.

El paseo de Hisham II ante el pueblo cordobés fue un éxito de inimaginables proporciones. El muchacho, al que la emoción y el halago prestaron brillo y donosura, fue cariñoso y cordial con sus súbditos que desde la amanecida colmaban las vías principales y las inmediaciones del Alcázar. Los transportines de los industriosos amigos de la Regente, dijeron las malas lenguas, ese día habían multiplicado sus viajes desde al-Zahra, prestándose a cubrir gratuitamente el trayecto hasta la capital de todos aquellos que deseasen saludar al ahora Califa. Pronto el primer valedor del monarca, el ahora consejero mayor y gobernador de Córdoba, Amir, dejó descubrir, con torpeza impropia de su carácter, los celos que las muestras de afecto para con el monarca habían despertado en su ambicioso corazón, pues, habiéndose abolido con motivo de la ascensión al trono del nuevo Príncipe de los Creyentes, a propuesta de la Sultana, el impuesto que gravaba el aceite y que tan penoso resultaba para las gentes por tratarse de un producto de consumo habitual, al-Mansur hizo correr la voz de que la feliz iniciativa había sido suya, ganándose de este modo el favor popular que le nombró, inmerecidamente, protector de los pobres. Oría, cuando al-Mushafí le relató la usurpación, el visir, no bien conoció la noticia de boca de sus confidentes, corrió a ilustrar a la Sultana contento de restar méritos a su competidor en pretensiones, afeó ante el primer ministro la conducta del gobernador pero nada reprochó personalmente a éste, prefería que el dignatario bogase por aguas tranquilas y sin recelos que inclinasen al astuto administrador a la despreocupación y a la imprudencia, así ella podría estar al tanto de todos sus manejos. El asunto del aceite era un pequeño desliz que, de discurrir sin contratiempos, haría creer a Amir que su promoción no presentaba obstáculos.

Un mes después de estos sucesos, otra vez la estabilidad del reino se vio amenazada por movimientos de baraúndas y traiciones. De nuevo la Sultana estuvo en lo cierto al desconfiar del tan cacareado arrepentimiento de Faiq y Chawdar. Los eslavones, pasados los primeros momentos y considerando que la liberalidad para con ellos había sido fruto más del temor y de la delicada situación por la que atravesaba la sucesión a al-Hakam que de la magnanimidad, volvieron de nuevo a la carga en sus trapicheos y arterías, sembrando el descontento en calles, plazas y mercados. El Alcázar se pobló entonces de extrañas presencias que franqueaban sigilosamente puertas y pasadizos al amparo de la noche. Pero los castrados no tuvieron en cuenta en sus cálculos cuán odiados eran por su prepotencia, tiranía y atropellos entre el pueblo cordobés y, pronto, las artimañas de éstos fueron conocidas en palacio, siendo Faiq despojado de todos sus bienes y Chawdar desterrado a las Islas Baleares. Al-Mushafí hizo, entonces, tapiar la Bab al-Hadid, Puerta de Hierro, que facilitaba el acceso al Alcázar por uno de sus costados, permitiendo esta entrada lateral burlar la vigilancia de los centinelas que guardaban la puerta principal de palacio. El castigo a los eslavones, con la consiguiente separación de los cargos que ostentaban, obligó a una nueva organización de los eunucos de la corte quienes, siendo ajenos en su mayoría a los ardides de aquellos, permanecieron al servicio del monarca. El gran fatá Sukkar, hombre del séquito del Califa, fue nombrado jefe de palacio y guardia de corps. Oría, que desde la muerte del fiel Yafar miró con malos ojos a los mayordomos, esta vez respiró tranquila.

Sin embargo los acontecimientos se precipitaban. Desde el fallecimiento de al-Hakam los enemigos politeístas, que ya durante la enfermedad del monarca intentaron aprovecharse de las adversas circunstancias por las que atravesaba el califato, una vez muerto el Califa, enterados de las intrigas que se estaban sucediendo, de la corta edad del soberano y de la obligada pleitesía al nuevo monarca a que fueron forzados los nobles de la corte, atacaron las tierras fronterizas. Al-Mushafí, hombre de letras, apegado al lujo y a los placeres e incapaz para la guerra, soslayaba precavidamente la amenaza cristiana sabedor de que Amir no desaprovecharía una ocasión como aquella para dar muestras de su arrojo y valentía y dejarle atrás en la carrera en la que ambos andaban empeñados, en una palabra, suplantar en el poder al Califa y a su madre. Mas las noticias que llegaban del frente eran desalentadoras. El pueblo no entendía el porqué de aquella inacción que abandonaba a su suerte a muchos musulmanes habitantes de pueblos estratégicos. Zobh, entonces, viendo con alarma que de nuevo peligraba el trono de su hijo, esta vez desafiado por gentes de sus lejanas tierras, hizo llamar a al-Mansur, había que poner remedio a aquella situación indigna y humillante. El encuentro entre estos dos viejos aliados tuvo lugar en los aposentos privados del Califa. Hisham II, por expreso deseo de su madre, estuvo presente en la entrevista. Oría deseaba que el hijo fuese aprendiendo, poco a poco, el oficio para el que estaba destinado al tiempo que la comparecencia del soberano evitaba las posibles efusiones que Amir, sin duda, pensaba prodigarle al ser ésta la primera audiencia, tras el fallecimiento del esposo, concedida al consejero mayor sin que concurriesen otros dignatarios. La vascona no estaba para jaranas y era muy posible que Almanzor considerara la coyuntura favorable para reavivar recuerdos que Zobh prefería mantener dormidos de momento.

El gobernador de Córdoba, aquella mañana de enero, ofrecía un aspecto magnífico e imponente. Una rica capa de plateadas pieles de zorros cubría su erguida silueta en contraste con el manto, la túnica y el tocado oscuros. No brillaban joyas en aquella indumentaria sobria y exquisita, a no ser una gruesa cadena de oro, que el funcionario llevaba al cuello, y de la que pendía la imagen de una reina finamente labrada en oro. Los ojos del intendente refulgían con más brío aún que en su juventud, oscuros, posesivos. La melena abundante, la barba cuidada, suavizaban la firmeza de los rasgos de aquel rostro. Olía a hombre limpio y a aire fresco. Si Amir ante la presencia de Hisham tuvo que mudar los planes que se había trazado, la vascona no pudo advertirlo. Al-Mansur saludó a la madre y al hijo con reverente cortesía, luego se acomodó en el asiento que le indicó la Regente y escuchó en silencio las razones por las que había sido requerido. Oría, entonces, se sorprendió a sí misma ante la pasión, carente del menor sentimiento de nostalgia y benevolencia hacia las tierras y hacia los hombres a los que ella había pertenecido, con la que expuso al consejero su preocupación por la inexplicable inactividad militar, en respuesta a las agresiones de los cristianos, que mantenía el califato. La Regente quería conocer la opinión del gobernador y las razones a las que éste atribuía aquella cobarde actitud del ejército. Amir no hizo esperar su respuesta. Según relató, las relaciones entre el intendente y el gran visir al-Mushafí andaban en los últimos días seriamente deterioradas, la causa de tales diferencias había que ir a buscarla precisamente en el desinterés que el gran visir parecía mostrar por la creciente amenaza politeísta, de poco habían servido las argumentaciones que, con el mismo ardor y con la misma vehemencia que ahora manifestaba la Sultana, él le había expuesto, de poco también las invocaciones a la patria, a Allah y al Profeta, el visir hacia oídos sordos al fragor de la batalla, negando la realidad con terco empecinamiento. Almanzor prosiguió que, a su entender, el extraño proceder del ministro estaba dictado por su natural pusilánime y venal, que una contienda ahora ponía a al-Mushafí en el brete de tener que ocuparse de un negocio para él complicado y poco rentable, teniendo en cuenta que debido a la guerra se vería obligado a desatender los enjuagues que, según aseguraba más de uno en la corte, se traía entre manos. En fin, que si el administrador llegó empujado por amorosos vientos que, de ser correspondidos por Oría, amén de dar salida al afecto que sin duda sentía por la vascona lograrían auparle al rango de predilecto en las preferencias de tan poderosa mujer, estos cálidos sentimientos hallaron igual cauce en la oportunidad que se le brindaba de propinar un fuerte varapalo a aquel compañero de gobierno. Amir, de no haber sido interrogado, hubiese dudado mucho antes de desvelar él mismo a la Sultana aquellas supuestas tropelías del visir por temor a que los repetidos discursos en contra del ministro fueran a identificarse hijos de la ambición y de los celos, desprestigiándole más a él que a su rival. Pero ahora satisfacía su apetito de poder asestando un golpe, acaso irreversible, a al-Mushafí, aliviaba sus amores dándoles cumplido escape mediante el gozoso vislumbre de un futuro que se ofrecía brillante, sabido es que el amor y el poder no son sino pasiones que se solapan y atropellan, olvidándose el amante de poderíos e imperios, insensible el dominador a tentaciones amatorias, cumplía también con la lealtad debida al Califa y, al fin, veía realizada la vieja aspiración de guiar las tropas califales a la victoria, pues nadie sino él iba a dirigir la aceifa que en este momento aseguraba al Califa y a su madre era urgente emprender. El pueblo de Córdoba aclamaba ya, en las mientes del consejero, al nuevo general, que en breve sería Amir, con mayor fervor que en días pasados al joven soberano. Oría escuchó las palabras del gobernador, que hermoseado su rostro por el placer de saberse el único candidato a las altas dignidades que ambicionaba, se le antojó a la Regente más apuesto que nunca. La pasión que infundía a sus palabras y que nacía de su corazón prestaba a su rostro juventud y belleza. La Sultana se arrepintió, entonces, de la presencia del hijo.

En efecto, al día siguiente el Califa convocó el consejo de visires que fue presidido por el primer ministro al-Mushafí y al que también asistió Amir en calidad de visir al-dawla o consejero mayor y wali al-madinat o gobernador de Córdoba. El asunto a tratar no era otro que el envío de un ejército contra los cristianos. En presencia del Califa y de su madre, el gran visir al-Mushafí no osó aventurar pegas. Al-Mansur, a petición propia, fue designado para ir al mando de las tropas. Solicitó ser él quien escogiera uno a uno a los hombres que formarían parte de la expedición y también un subsidio de 100.000 monedas de oro.

Al mes de estos sucesos, una mañana fría de ese febrero de 977, Almanzor partió con sus gentes hacia la guerra. La Regente y su hijo despidieron a los hombres desde la azotea del Alcázar. A su paso por el mirador, Amir, a despecho de comentarios y calumnias, lanzó una rosa blanca al balcón en donde Oría se encontraba, entrelazada en el tallo de la flor, había una hermosa cadena de oro de la que pendía la figura de una reina, en una esquina de la talla estaba inscrito un nombre, Amir, y, junto a él, se apretaba una enigmática O, muy chiquitina.

Al-Mansur realizó una campaña tan brillante como él mismo había imaginado. El ejército islamita sitió Baños y sembró el temor entre sus enemigos. En primavera tuvo lugar el regreso de los vencedores. Córdoba entera acudió a recibir a aquellos hombres, el pueblo andaba necesitado de victorias que levantaran el ánimo de las gentes un tanto desorientadas tras la muerte del Califa. El nombre de Amir corría de boca en boca, ¡qué Allah derramase sus gracias sobre el guerrero!. El recibimiento ofrecido por el Príncipe de los Creyentes y su madre al caudillo revistió la pompa que las hazañas de éste merecían. Zobh, aquel día, se adornaba con una hermosa cadena de oro de la que pendía la figurilla de una reina. Al-Mushafí estaba tocado de muerte.

Y con la llegada de la primavera la Sultana decidió organizar el retorno del monarca a al-Zahra. El calor empezaba a apretar y sus agobios no eran convenientes para el soberano que temía por su delicada piel y por los trastornos digestivos e intestinales que aquel le provocaba. Oría, ella también, ansiaba la vuelta a la ciudad califal, el Alcázar se le antojaba adusto y hostil tras los sucesos acaecidos en la fortaleza durante los últimos tiempos, quería verse otra vez en los que fueran los escenarios de sus tiernos amores de juventud y de su única aventura amorosa en vida de al-Hakam. La Regente necesitaba descansar en los floridos patios de al-Zahra, deleitarse con el vientecillo fresco de la sierra, recuperar la salud del ánimo y del cuerpo regalándose con la visión de tanta belleza como allí había. Y así fue, poco antes del inicio del mes de ramadán, la corte regresó de nuevo a Madinat al-Zahra. Sólo la ausencia de al-Hakam hacía sentir el tiempo transcurrido.

La Fiesta de la Ruptura del Ayuno de aquel año se desarrolló con la solemnidad correspondiente. Hisham II fue pródigo en limosnas los días anteriores a la celebración, que, como era costumbre, consistió en una gran recepción ofrecida por el Califa a los nobles y a los altos dignatarios de la corte. El joven Príncipe de los Creyentes presidió los actos con rostro grave y sereno. Ministraron al soberano, a derecha e izquierda, según jerarquía y rango, los visires, tíos, primos y los funcionarios más encumbrados. Oradores y poetas rivalizaron también en esta ocasión con sus poemas y discursos, en los que no faltó el recuerdo emocionado al Califa fallecido. Los ojillos de Hisham se humedecieron más de una vez con estas rememoraciones

Y fue a su vuelta a al-Zahra cuando Djafar pudo entregarse al duelo, a la meditación, a los recuerdos de su vida con al-Hakam y a rendir, por fin, homenaje a la memoria del Califa, que los apretados acontecimientos que se habían producido a la muerte de aquel habían hecho imposible. Oría, ahora, tras la Fiesta de la Ruptura del Ayuno, anunció que permanecería retirada un tiempo y dio orden de que, salvo el hijo, nadie perturbara su soledad. Antes de aquel voluntario aislamiento, la Regente convocó a al-Mushafí y a Amir para delegar en ellos los asuntos de gobierno, sólo en el caso de que corriese grave riesgo la seguridad del estado debían de romper el retiro del que tan necesitada andaba. Entonces, a sugerencia de Almanzor, la Sultana cambió sus planes y decidió trasladarse a un lugar en donde nadie pudiera importunarla, eligiendo para ello la quinta de Durri el Chico. Así, acompañada de Maisur y de una tropa de esclavos y sirvientes, se trasladó Oría a la querida almunia a orillas del Wadi Ruman o Guadarromán. Según el gobernador, de permanecer la Regente en palacio, el retiro se vería sobresaltado, a pesar de los pesares, con los mil y un aconteceres propios de la trajinada corte, su consejo era que pusiese tierra de por medio y, aunque a Zobh le dolía separarse del Califa, concluyó que las razones aducidas por el consejero mayor en favor del alejamiento eran atinadas y prudentes. Hisham se reuniría con ella un mes más tarde para disfrutar de las vacaciones estivales.

Una soleada mañana de junio, Oría emprendió el camino hacia el cortijo de Durri. Componían la caravana real, amén de la servidumbre, media docena de mulas llenas las alforjas de escritos, pergaminos, así como de todos aquellos útiles necesarios en las artes caligráficas. Poco antes del mediodía dejaron atrás la rica almunia de Arha Nasih y, un tiempo después, llegaba la comitiva a la finca.

Los primeros días de aislamiento, la Sultana se dejó llevar por una gran melancolía. Durante el revoltijo de acontecimientos que se precipitaron unos a otros desde el momento de la muerte de al-Hakam, Djafar no fue del todo consciente de la gran pérdida que acababa de sobrevenirle. La Sultana, inmersa en la resolución de las espinosas circunstancias que hacían peligrar la sucesión del hijo, no dio cabida en su espíritu a cosa alguna que pudiera distraerle del objetivo que se había propuesto y cuya resolución feliz había jurado sobre la tumba del esposo. Fueron aquéllos días de actividad frenética, de angustias y sobresaltos. Después llegaron las amenazas cristianas. Parecía que el mundo entero conjurase contra Hisham. Luego, por fin, se hizo la calma. Habían sido tiempos duros para el reino y para la Regente. El joven Califa, en su inocencia, apenas se percató de lo que ocurría. Zobh en aquellos meses casi se hizo vieja. Mas, cuando superados tantas obstrucciones y conflictos, al fin vióse rodeada del silencio y de la paz que tanto necesitaba, su cuerpo y su espíritu, sostenidos hasta entonces por la tensión que exigía la dureza de las pruebas por las que tuvo que atravesar, cedieron de golpe, desmadejados, rotos, hartos ya de aguantar el tipo y Oría, que en la refriega había hecho alarde de arrojo y férreo temperamento, cayó en brazos de la tristeza. Aquellos días de junio, la vascona deambuló errante por el verdor y los vergeles de la finca. De nada sirvieron la insistencia de Maisur y de los otros servidores que le acompañaban para que dejase atrás llantos y suspiros y se solazase en la amenidad del cortijo. Oría rechazó con firmeza tales recomendaciones y su alma vagó, como su cuerpo, tras la sombra de al-Hakam que le aguardaba en las hojas de los árboles y en los pétalos de las flores que habían sido testigos de tantos veranos transcurridos por los esposos en esta heredad. Después, poco a poco, fue recuperando el ánimo y, durante las semanas que siguieron, disfrutó de viejas lecturas, aquellas con las que se inició en las artes de las letras, alternando éstas con delicados trabajos de caligrafía que llenaron de contento su corazón. Entonces volvió a disfrutar con la contemplación de la espléndida naturaleza que le rodeaba. Y de nuevo la Regente fue ella misma. Al anochecer, sentada junto a Maisur en el jardín, endulzados por la noche tibia y el perfume de mil flores, un poco embriagados por el vino y serenados por la música de las esclavas, Zobh desahogaba su corazón desgranando recuerdos. Los días, pues, transcurrieron sin sentir y, cuando Hisham llegó a la finca pasado un mes de este retiro, una madre serena, reconfortada y bella le estaba aguardando

La llegada del Califa a Guadarromán rompió el ritmo lento que pautaba la jornada de la vascona y, aunque era tiempo de descanso para la corte, no faltaban noticias puntuales sobre los asuntos del reino. Oría aprovechó estos días de convivencia más estrecha con su hijo para ir aleccionando al monarca sobre los entresijos de su quehacer, poniendo buen cuidado en no sembrar en aquel joven corazón el temor y la inseguridad pero haciéndole ver que en el oficio real no todo eran fiestas y boatos y que había que andar con los ojos bien abiertos. También dio pie la Regente para que el muchacho le abriera su corazón y dejase escapar con las confidencias el dolor que por la pérdida del padre sentía, cosa que no le costó gran esfuerzo, pues, dúctil y obediente como era el soberano, relató a la madre con simpleza e inocencia todos los malos sueños, los miedos y sinsabores que la muerte del padre le habían acarreado, sintiéndose al punto aliviado con esas expansiones.

Las visitas, que durante el tiempo estipulado para el retiro se abstuvieron de personarse en la finca, no bien éste hubo finalizado comenzaron a menudear. Al-Mansur fue el primero en querer saludar a la reina. El consejero mayor llegó hecho un brazo de mar, túnica y manto claros, frescos, ligeros, suaves. Amir y Oría pasearon por los jardines mientras el gobernador le ponía al tanto de lo ocurrido en el tiempo de su alejamiento cortesano. Al parecer, al-Mushafí continuaba dando pruebas de ineficacia. Sus oscuros negocios eran de todos conocidos y el propio general Galib, el más leal y sabio de cuantos militares tenía el ejército, había confesado al consejero su malestar y disgusto por la mediocridad y las turbias actitudes del visir. Según Almanzor, Galib se dolía de que un dignatario tan corrompido e infiel ostentase el cargo más elevado de la corte, en tanto que a él, que siempre estuvo dispuesto a dar su vida por el Califa y por su hijo, se le mantenía relegado en la frontera. En opinión de Amir, no estaría de más honrar al viejo general mediante algún nombramiento, un hombre como aquel, curtido en la guerra, no entendía de sutilidades ni de circunstancias, Galib siempre había odiado a al-Mushafí y ahora se creía vejado por la constante presencia del visir junto al nuevo Califa, temiéndose el administrador que el encono del general le llevara a cometer alguna locura, en una palabra, fuese a buscar aliados entre los cristianos y se lanzara a destituir a al-Mushafí por su cuenta. Zobh, allí mismo, decidió dar a Galib una prueba del gran aprecio que el Califa sentía por su persona elevándolo al cargo de jefe de la administración militar y civil así como generalísimo de todo el ejército de la frontera, Dzhu-l-viza, con lo que esperaba librar al leal liberto de resquemores y agravios. Fueran o no exageraciones del gobernador los sentimientos que decía abrigaba el militar, probablemente al-Mansur buscaba la amistad del guerrero al interceder en su favor ante la Sultana, Oría pensó era bueno y beneficioso para los intereses de su hijo dignificar al hombre que contaba con el apoyo del ejército. Respecto a la inoperancia y venalidad del primer ministro, la Regente no sabía a que carta quedarse pues no se le escapaba la rivalidad entre los dos dignatarios, prefiriendo, por el momento, dar tiempo al tiempo e informarse por otros conductos, menos interesados en la caída del visir, sobre la verdad de estos extremos. Estaban la vascona y Almanzor en un senderillo que serpenteaba entre naranjos y olivos, lejos quedaba el rumor de la pequeña corte de verano, Amir, de pronto, cayó su discurso y tomó las manos de Oría entre la suyas, pero la Sultana le rogó no prosiguiese por aquellos derroteros, su espíritu se hallaba sereno y complacido en la paz y no quería que nada lo alterase por el momento. El gobernador, entonces, besó con cuidado aquellas manos y continuó el paseo en silencio. Hisham y algunos dignatarios les esperaban al final del camino.

El plan que Amir se había trazado parecía iba a cumplirse punto por punto. Almanzor ansiaba el puesto de primer ministro que estaba en poder de al-Mushafí desde tiempos de al-Hakam y, conocedor de la opinión que el gran visir merecía al general Galib, éste menospreciaba el talante afeminado y ramplón del hayib, abominaba también de los manejos que habían llevado a muchos de sus familiares a puestos de responsabilidad y se sentía humillado por las dignidades de que disfrutaba un hombre que jamás había arriesgado su vida en una batalla, se ofreció para ser valedor del militar ante la Sultana y el Califa, de este modo, el general, agradecido, le apoyaría a él como sustituto de al-Mushafí. Entretanto el gobernador, ladinamente, había sabido ganarse la confianza del primer ministro a quien hizo creer que

Galib se disponía a levantar las armas contra su persona, aconsejando al visir la conveniencia de otorgar algún cargo al militar para aplacar sus ánimos enfurecidos y ofreciéndose él mismo como intermediario para obtener de la Sultana la dignidad que sosegase a Galib ibn Abd al-Rahman. Al-Mushafí tenía, pues, a Amir por amigo sin percatarse de que la traición le hacia guiños desde las oscuras pupilas del nuevo consejero mayor.

Unos días antes de la Fiesta de los Sacrificios retornaron el Califa y su madre a al-Zahra. Otro año, que la Sultana quería soñar colmado de bendiciones, se abría para el califato.

Capítulo XIII

EL OTOÑO Y el invierno del 978 discurrieron ligeros para Oría que anduvo entretenida supervisando los preparativos de las nuevas aceifas que se iban a llevar a cabo contra los cristianos con la llegada de la primavera y siempre a la espera de noticias procedentes de las coras fronterizas ahora amenazadas. El Califa, a pesar de la porfía de su madre por inmiscuirle en los asuntos del reino y aunque escuchaba con atención las intervenciones de los visires en los consejos que presidía, marchaba luego hacia sus juegos y diversiones completamente olvidado de los peligros por los que atravesaba la patria. Hisham era feliz en el harén rodeado de los cuidados y de los mimos de las mujeres.

Los meses de octubre y noviembre, ese año, se presentaron lluviosos y, desde diciembre, hubo nieves y desapacibles fríos. Fueron muchas las ocasiones a lo largo de aquel invierno en que Oría sorprendió a su hijo, arrebujado junto a un puñado de esclavas bajo cálidas mantas de lana, jugando a no ser encontrado por la Regente y escabulléndose de este modo de algún deber para él engorroso, mientras, entre risas y chanzas, disfrutaba de los encantos de las siervas más jóvenes y hasta de los de alguna ya madura. A veces, la Sultana perdía los estribos ante semejantes jolgorios que ponían de manifiesto el carácter inmaduro y simplón del Califa, precisamente, en vísperas de las duras batallas que se iban a librar contra los cristianos, pero, entonces, Hisham, lloroso y entristecido, buscaba otra vez refugio en las mujeres del serrallo que corrían a socorrerle al tiempo que comentaban el sañudo y destemplado temperamento de la madre, insensible para con aquella criatura. Las mujeres del gineceo, la mayoría, envidiosas del rango y del poderío que a lo largo de los años había ido acaparando la concubina vascona, disfrutaban ahora con el distanciamiento que, poco a poco, parecía ir surgiendo entre la madre y el hijo, coincidiendo casi todas en achacar el nulo carácter, que admitían mostraba el joven monarca, a perversos manejos de la extranjera quien, según afirmaban, deseaba ser la única dueña y señora del reino. Los parientes Omeyas, que vieron volar sus aspiraciones al trono tras el juramento al que les obligó al-Hakam antes de morir y tras el golpe fallido maquinado por los eunucos Faiq y Chawdar, carentes de otras armas de que servirse para desprestigiar al nuevo Príncipe de los Creyentes, daban ellos también pábulo a comentarios y murmuraciones. Según el decir de éstos y de muchos cortesanos celosos de la vertiginosa carrera del antiguo escribiente, que unían sus voces a los familiares resentidos, Oría y al-Mansur, en su afán de poder, habían moldeado con sutilidad y astucia el talante del pobre Hisham con el fin de hacer de él un ser incapaz, iniciándole para ello prematuramente en indecentes tratos y aficionándole con desmesura a torpes placeres que terminarían por minar la voluntad del muchacho. Zobh conocía por Maisur todas las historias que circulaban en la corte y esas patrañas, hijas del resquemor y de la codicia, alimentadas por enemigos inicuos y miserables, no dejaban de causarle un dolor profundo. Muchas noches, en las tertulias con el fiel Maisur, que desde los días del retiro en Guadarromán habíanse convertido en costumbre, se preguntaba la Sultana por las causas engendrantes del blando espíritu que parecía conformar al Califa, ella no ocultaba que la enclenque naturaleza del pequeño Abd al-Rahman y, más tarde, su muerte le habían mantenido apartada de Hisham en los primeros meses de vida de la criatura y que, después, sintiéndose culpable por aquel abandono, quiso resarcir al niño de ausencias teniéndole siempre junto a ella. Acaso fue entonces, cuando, trastornada por la tristeza y los remordimientos, volcó un amor exagerado en aquel hijo, sembrando las simientes de lo que ahora era. Podían, pues, censurarle el haber arropado a Hisham en exceso sin darse cuenta de que con su solicitud enflaquecía y debilitaba el ánimo del futuro monarca, pero nadie podía acusarle de voracidad y avaricia,

¡qué poco sabían los que le atribuían un temperamento ambicioso y posesivo cuánto echaba de menos la paz y el sosiego de la finca de Durri, sus libros tan amados, una vida tranquila y satisfecha sintiéndose vivir!. Maisur consolaba a la vascona de estas preocupaciones haciéndole comprender que las cualidades y defectos que configuran la naturaleza del hombre no siempre son fruto de la educación recibida, muchas de las peculiaridades que le son propias forman parte de su ánima ya antes del nacimiento, habida cuenta que las operaciones que realizan las miles de partículas, que se entrecruzan y enlazan para constituirse en una nueva vida, resultan siempre caprichosas e inexplicables, olvidándose del poder de Allah y de sus designios todos los que achacan a hechos probados y comprensibles cuanto nos acontece. Por otra parte, aunque el talante de Hisham hubiera sido el idóneo para el desempeño del ilustre cometido que el destino le había reservado, los enemigos hubiesen inventado también historias, no menos hirientes que las que ahora fabulaban, con el fin de socavar la autoridad y el poder que aborrecían, así que recomendaba a la Sultana hacer oídos sordos a esos cuentos y aplicarse en enmendar las inclinaciones indolentes y regalonas del hijo, ya que, si éstas eran fruto de perversas influencias, acabarían cediendo gracias a una vigilancia firme, constante y correctora, ahora bien, si persistían a pesar de cuantos intentos se realizasen por domeñarlas, es que estaba de Dios y no había sino aceptar su voluntad.

Amir en aquellos meses anduvo alejado de la corte. El motivo de sus continuos viajes a las coras fronterizas se debía a los preparativos de los ataques y las contiendas que tendrían lugar, como sabemos, en primavera y que al-Mansur quería organizar minuciosamente pues él iría de nuevo a la cabeza de las tropas. Galib se encontraba en Madrid y el gobernador, en varias ocasiones durante los meses de aquel invierno, se entrevistó personalmente con el general. Oría, por tanto, con la sola ayuda de al-Mushafí manejaba los asuntos del reino. Una de las tardes en que el gran visir y la Sultana repasaban, como solían, los negocios cotidianos del gobierno, el primer ministro se mostró más alegre y comunicativo de lo que era su costumbre y, antes de que la Regente se interesara por el motivo de su buen humor, contó a la Sultana que en fechas muy próximas un feliz acontecimiento iba a tener lugar, pues que su hijo Othman se había comprometido en matrimonio con Asma, la hija del general Galib. Oría, entonces, felicitó de corazón al dignatario por aquel enlace que suponía, a no dudar, la reconciliación entre el militar y al-Mushafí, hecho este que tranquilizaba el ánimo de la Regente quien veía las rencillas que enfrentaban a los dos hombres con inquietud por considerar que las trifulcas no beneficiaban la paz del reino ni la aún precaria situación de Hisham. La boda, según adelantó el ministro, se celebraría dos meses más tarde y, entretanto, se estaban redactando ya los documentos del contrato marital con rigor y mimo. Aquella noche Zobh comentó a Maisur esta buena nueva que ponía fin a viejas desavenencias. Asma, al decir de Maisur que conocía a la muchacha, era una joven hermosa, discreta y culta que sabría templar gaitas entre los dos consuegros. Y la vascona se dijo que el regalo de bodas del Califa a los nuevos esposos habría de ser espléndido en prueba de la estima que las dos familias merecían al soberano.

Los asuntos del reino transcurrían pues con sosiego a la espera de la réplica, que con la llegada del buen tiempo, iba a llevarse a cabo contra los ejércitos enemigos en justo pago a la insolencia de los reyes cristianos. Mayus, Malik y al-Tamayib visitaron en un par de ocasiones a Oría, departiendo con la vascona sobre el fluir de sus negocios, la pericia alcanzada en sus laboriosos pasatiempos, charlando también sobre los últimos trabajos de sabios y poetas a los que el liberto, el brujo y la sultana eran muy aficionados, relatando los lances domésticos del harén del vascón y describiendo las gracias y donaires de la gata Silofa cuyo animalesco cerebro, al parecer, estaba alcanzando las más elevadas cotas de perfección y sutileza. En estos dos encuentros, por más que el quiromante insistió para que la Regente le permitiese visionar el futuro de la vascona en la palma de la mano, Zobh se negó rotunda y terca, diríase que barruntaba sucesos que prefería no conocer, y al-Tamayib, para el que esta adivinación empezaba a convertirse en necesidad, salió de palacio un tanto enfurruñado y desabrido.

Era una noche de enero fría y oscura. Oría se encontraba retirada en sus habitaciones. Tres braseros de metal, apoyados cada uno de ellos sobre un trípode de hierro, caldeaban la estancia ya tibia gracias a los tubos de barro por los que circulaba el agua caliente que, durante los meses de invierno, templaba las dependencias de palacio. Zobh, recostada en un diván y abrigada bajo una manta de piel de ardilla, reflexionaba, como tantas otras veces, sobre el carácter de su hijo y los aconteceres del reino mientras aguardaba la llegada de Maisur para la tertulia nocturna, el liberto siempre regalaba a la Sultana con alguna anécdota, un chascarrillo o algún sucedido de interés. Oría tenía entre las manos un delicado manuscrito que le había sido enviado por Lubna. La poetisa, a la muerte del Califa, reanudó sus visitas a la Sultana, pero ésta, que en su nueva calidad de regente veíase obligada a la discreción y a la soledad, supo espaciar con tacto los encuentros con la amiga. Lubna, mujer de espíritu despierto, entendió enseguida los deberes que ahora pesaban sobre la Sultana y, dando muestras de elegancia y finura, interrumpió, no sin pesar, las reuniones con su antigua alumna, permitiéndose solamente el envío a aquella de algunas lecturas y composiciones que ilustraba con pequeñas notas en las que manifestaba todo el cariño que sentía por la vascona.

En estos pensamientos andaba Zobh, cuando por fin entró Maisur en la estancia. Oría se animó al verle e hizo acomodarse al liberto cerca de donde ella se encontraba. Maisur parecía cansado esa noche y su señora le obsequió con un rico vino que aseguró le levantaría el ánimo. La charla, como siempre, discurrió por los sucedidos del día. Al cabo de un rato de comentarios banales e intrascendentes, nada de especial interés parecía haber acontecido durante la jornada, Maisur condujo la conversa hacia la figura de Amir, todavía en tierras fronterizas. Según se decía, el gobernador profesaba una gran admiración por el general Galib del que recibía asesoramiento para la guerra. Oría asintió a las palabras de Maisur y, al hilo del nombre de Galib, expresó la satisfacción que le producía la próxima boda de la hija del militar con el hijo de al-Mushafí, nuevo vínculo que, confiaba, pondría punto final a la malquerencia entre los dos hombres. Maisur no contestó a este último comentario y continuó entretenido en la contemplación de la brasillas encarnadas que adornaban el interior de los tripudos braseros. Luego de un rato, el liberto bebió un sorbo de vino y habló. La noticia que traía hoy no dejaba de ser peliaguda de referir pues, al igual que toda la corte, él también conocía los rumores que circulaban desde hacía muchos años sobre el especial entendimiento entre el consejero mayor y la Sultana. El caso es, dijo Maisur procurando que el tono de su discurso no desvelara la desazón que desde aquella tarde le corroía, que Galib ha roto el compromiso de matrimonio con Othman, el hijo de al-Mushafí, al parecer, un nuevo pretendiente de más enjundia que el desdichado joven es quien contraerá nupcias con la hermosa Asma. Oría quedó perpleja al oír esta novedad y más aún cuando supo de labios del liberto la identidad del novio desconocido, es decir, al escuchar que Amir, y no otro, era quien iba a desposar con la hija del general, el cual mediante aquella maniobra rompía de manera alevosa el contrato de matrimonio anteriormente firmado. Zobh, en un principio, negó la veracidad de la historia, la distancia, Galib y al-Mansur se encontraban por entonces en la frontera media, hacía correr ignominiosos bulos, el gobernador era incapaz de una bellaquería semejante y Galib era un hombre de palabra. Pero Maisur, tras dejar que la Regente desahogara su corazón, extendió ante los ojos de la vascona un documento, era la copia literal del nuevo compromiso matrimonial sellado entre los dos hombres, un letrado amigo se lo había facilitado tras no pocos ruegos y solemne juramento de silencio, hacía tiempo que rumores de esta índole corrían por la corte, él no había querido adelantarle nada hasta asegurarse de que las murmuraciones andaban en lo cierto. Oría leyó el contrato que devolvió luego al servidor. Después, mirando cara a cara al amigo, tranquilizó a éste con su serena actitud. Deseaba para el consejero tanta felicidad como ella había gozado en su matrimonio, no dejaba de resultarle extraño aquel trajín de pretendientes, mas confiaba en sus hombres y, si el general Galib estaba de acuerdo con el cambio, suponía habría razones de peso para ello. Enseguida preguntó a Maisur cuales eran los comentarios de los nobles y de los dignatarios sobre este acontecimiento, a lo que el liberto contestó explayándose, ya mas sosegado, en los mil comadreos surgidos a raíz de la historia.

Cuando Maisur se retiró a descansar, Oría, protegida por la soledad, dio rienda suelta a la indignación que la noticia le había provocado, se sentía dolida y engañada por la falta de lealtad de Almanzor que debía de haberle adelantado los planes que se traía entre manos, además el parentesco entre estos dos poderosos dignatarios le causaba temor y desasosiego. Se entristeció también por al-Mushafí, en el que al-Hakam confió toda su vida aunque, según algunos, fueran muchos los manejos y turbiedades del hayib, con esta alianza se podía asegurar que el futuro del visir estaba en jaque. Y, entonces, sin saber por qué, la vascona se encontró muy sola. Los sentimientos que Zobh experimentaba hacia el administrador eran confusos pero, sin embargo, apasionados. El amor de aquel hombre, al que tantas mujeres deseaban, le halagaba y enorgullecía. Ahora los celos, por más que ella se empeñase en negarlo, se habían adueñado de su corazón y el recuerdo de la noche pasada junto a Almanzor, solos, protegidos por la oscuridad, Córdoba lejana en el horizonte, hizo que las lágrimas asomaran a los ojos de la Sultana arrastrando con ellas sollozos y suspiros que tuvieron la virtud de refrescar su ánimo, pues, tras la llantina, Oría se sintió como nueva, admitiendo, al poco, que el matrimonio del consejero en nada variaba la relación que hasta ahora mantenía con Amir y que la tristeza que le embargaba era fruto de un ñoño orgullo herido impropio en una mujer de su edad tan vapuleada por la vida. Así que, más serena, decidió darse un baño a pesar de lo intempestivo de la hora, el agua borraría de su mente los atormentados sentimientos que la noticia había despertado y, como antes las lágrimas, sería un bálsamo para su cuerpo y para su corazón.

En efecto, el primer día del año cristiano se celebró el casamiento entre Asma y al-Mansur a indicación de los astrólogos que, como era costumbre, fueron consultados sobre la fecha más propicia para el enlace. Al-Tamayib con gusto hubiera metido la cuchara en estos augurios, pero sus relaciones con el gobernador nunca habían sido amistosas así que se contentó con husmear en el futuro de los novios desde la soledad de su cripta, Silofa le miraba hacer con irónicos meneos de rabo. Las semanas anteriores a la boda, la novia recibió la visita de parientes y amigos que llenaron la mansión de Galib de valiosos presentes. Y el primer día del año cristiano, festividad pagana celebrada también por los musulmanes, Asma, sentada en un emperifollado trono y rodeada, según costumbre, por el rico ajuar de novia, compartió, con las mujeres de la familia y con sus amigas, dulces y golosinas mientras todas admiraban la riqueza de vestidos, joyas y equipo. Luego, se formó el cortejo que conduciría a la joven hasta el palacio de Amir. La comitiva estaba compuesta por un nutrido grupo de músicos y por las amigas y parientes de la muchacha que acompañaban a la desposada. Asma iba oculta entre velos, mantos, rebozos y sedas. Tras ella, un largo cortejo de mulas y acémilas transportaban el ajuar. Una vez llegada la procesión al palacio de Almanzor, la novia fue conducida por las mujeres de la casa del esposo a unas habitaciones reservadas, allí saborearía manjares y disfrutaría del gran día con sus amigas. Amir, por su parte, recibió en las dependencias privativas de los hombres las felicitaciones de los invitados. Toda la corte estaba presente. El banquete fue de una suntuosidad pocas veces conocida. Era regalo del Califa y de la Sultana a su fiel servidor. Sobre aquel despilfarro circulaban comentarios para todos los gustos, había quien opinaba que la magnificencia del presente no era sino una tapadera que escondía los celos de la vascona, para otros el obsequio probaba que aquellas viejas historias no habían sido sino embustes inventados por los resentidos. El día fue espléndido, frío, soleado, claro. Sería mediodía cuando una soberbia comitiva se detuvo ante las puertas de la mansión de al-Mansur. Los jurs, la guardia personal del monarca, formaron un pasillo, solemnes y estirados. El Califa y la Regente venían en persona a cumplimentar a su funcionario. Oría estaba espléndida, rubia, blanca. Los claros tonos de la túnica y del manto, ribeteados de oro y de perlas, hacían que la Sultana pareciese de nácar. Inmediatamente Hisham fue conducido a las estancias de los hombres en donde recibió el homenaje de los invitados y del novio que se prosternó ante su señor agradeciendo la honra de su presencia. Zobh fue acompañada a las habitaciones de las mujeres. Un silencio expectante y un murmullo de admiración acogió su entrada en aquellas salas. Asma corrió a recibir a la Sultana que alabó la belleza de la novia, oscura, racial, femenina. Oría hizo entrega a la joven de un presente, según dijo, muy querido, era una gruesa cadena de oro de la que pendía la figurilla de una reina finamente labrada, la inscripción, en la que podía leerse el nombre de Amir y junto a él, apretada y misteriosa, una "o" chiquitita cuyo significado Asma no se atrevió a preguntar por no parecer quisquillosa con el regalo, había sido hecha grabar por la Regente con el fin de que nadie nunca pudiera atribuirse la pertenencia de la joya. La novia, emocionada, se adornó al punto con la alhaja. Luego, Oría probó de las golosinas que le ofrecieron y charló con la muchacha que, como ya le había adelantado Maisur, hizo alarde de un carácter refinado y culto. Era media tarde cuando el Califa y la Sultana abandonaron la fiesta. Almanzor y todos los invitados salieron a despedir al monarca y a su madre. Zobh, ante una corte fisgona, hizo votos por la felicidad de los novios. Amir agradeció las palabras de la Regente, los ojos en los ojos de su señora, era la primera vez que se encontraban después de mucho tiempo pues el gobernador había permanecido en la frontera media junto a su suegro hasta pocos días antes de la boda. Oría sonrió a su consejero tierna, burlona, afectuosa. Luego la Sultana dio la enhorabuena a Galib a quien ponderó las cualidades del novio. Después Hisham y su madre marcharon a palacio.

Como supuso la Sultana al conocer la noticia de las bodas de Asma y al-Mansur, la suerte de al-Mushafí estaba echada. En efecto, el 26 de Marzo de aquel año, el ministro, acusado de malversación y de mil fechorías más, fue conducido desde su almunia de la Ruzafa hasta la prisión de al-Zahra y todos sus bienes fueron confiscados. La causa iba a ser instruida por el consejo de Estado. Oría, a quien le llegó por sorpresa la noticia del apresamiento pues la operación estuvo rodeada del mayor sigilo, convocó inmediatamente a Galib y a Amir que se personaron al punto en palacio. De hacer caso a los dos hombres, el asunto presentaba un feo cariz. Durante un tiempo, el gobernador había dado largas a las denuncias que llovían sobre la conducta del primer ministro, pero eran ya muchas las voces que se alzaban acusando a aquel desaprensivo, los mismos visires exigían justicia, no era cosa que pudiera soslayarse, pronto, de no hacerlo, serían los cordobeses quienes acusarían al Califa y a los dignatarios de ocultamiento. Galib era de la misma opinión que Almanzor, el juicio esclarecería la verdad de las acusaciones. Si era inocente, al-Mushafí nada tenía que temer, sus bienes le serían reintegrados y su nombre y títulos restituidos. El general opinaba que entretanto era Amir quien debía de hacerse cargo del puesto de hayib o primer ministro, la inoperancia de al-Mushafí había obligado al gobernador a realizar esa función antes de estas tristes circunstancias, los demás visires respetaban al consejero y el conocimiento que éste poseía de la guerra, su espíritu resuelto, hacían de él la persona más idónea para el cargo. Poco podía oponer la vascona a aquellas razones, ante ella se encontraban los dos hombres más poderosos del califato, tras ellos estaba todo el ejército, frente a ellos, solos, el Califa y la Regente. Oría asintió a la propuesta y despidió a los dignatarios, necesitaba tiempo para sopesar en soledad lo que estaba ocurriendo. Aunque era primavera, un viento helado se coló por las arcadas del patio. Aquel día se iniciaba un proceso que iba a durar cinco largos años.

Al día siguiente, al atardecer, Oría paseaba por los antiguos aposentos de al-Hakam, los más orientales de aquel oriental palacio. La Sultana gustaba de refugiarse en aquellas estancias ahora solitarias. Hisham no quiso trasladar a esa ala de la residencia sus dependencias reales, prefiriendo permanecer más cerca del harén. La quietud y el sosiego que en ellas reinaba, junto a los recuerdos, que aún permanecían allí, del esposo muerto, transmitían calma y prudencia en el ánimo de la vascona. En el horizonte, Córdoba se recortaba por los arquillos de las ventanas. El firmamento de un azul intenso se iba haciendo de noche. Zobh no se dio cuenta de que alguien había irrumpido en la estancia, ensimismada como estaba en sus meditaciones y remembranzas. De pronto, sintió en el aire esencias de ámbar y, cuando, sorprendida por la intensidad del perfume, giró sobre sus talones para hallar la causa de tan deleitoso aroma, halló tras de sí a al-Mansur. El nuevo hayib estaba de pie junto a la puerta, quieto, absorto, su mirada fija en la Regente. Oría, tras el primer momento de turbación, invitó al ministro a tomar asiento, interesándose a la vez por el motivo de su inesperada visita. Pero Amir pareció no escuchar aquello que la Sultana le indicaba, permanecía mudo junto a la puerta. Luego, en silencio, se dirigió hasta el lugar en donde se hallaba su señora y le tomó por los hombros, el aliento entrecortado, la frente ardiente, los labios húmedos. Cuando Zobh hizo el gesto de apartarse, Amir le apretó contra sí con violencia y le besó apresurado y torpe. Hecho esto, pareció sosegarse y se derrumbó en uno de los asientos que allí había. La Regente miró al hayib iracunda y resentida. Desde la muerte de al-Hakam las relaciones entre ellos se habían limitado a las estrictamente exigidas por los asuntos de estado pero el protocolo no había impedido las muestras de afecto entre los dos amigos. Sin embargo, Amir, después de tantos años de amistad, había cometido la indelicadeza de no anunciarle personalmente su próxima boda y, ahora, llegaba allí sigiloso como un gato a robarle caricias que ella no deseaba otorgarle. Zobh, entonces, fría y distante, le ordenó que abandonara la estancia. Almanzor tampoco esta vez pareció escuchar. Luego, como si su voz se escapara desde los profundos abismos del corazón, habló a Oría. Su boda con Asma había sido un asunto de conveniencias. Al-Mushafí quería ganarle terreno aliándose con Galib a través del matrimonio de su hijo. Había tenido que impedir aquel pacto que supondría el fin de su carrera política pues que el antiguo visir no hubiese tardado en enemistarles a él y al general. El puesto de primer ministro le correspondía, nadie como al-Mansur había servido con tanta dedicación a su patria y a su soberano. Entonces las palabras del hayib se escaparon broncas, heridas, recordaban la muerte del joven al-Moghira, yo no hubiese matado nunca a aquel infeliz, sin embargo al-Mushafí, aprovechándose de su rango y de la agitación que me dominaba, tan graves eran los momentos por los que atravesaba el reino, despachó a mi mensajero que solicitaba indulgencia para el inocente y, sin el menor escrúpulo, ordenó su asesinato. Ahora era él quien clamaba el perdón desde las mazmorras. Allah es justo, lo ves Oría, El ha guiado mis pasos, El quiere que lleve a este pueblo a la victoria para que el mundo alabe su nombre. Mira las estrellas, mira cómo relucen celebrando mi destino. Recuerdas aquella noche, sé que no la has olvidado, me lo dicen tus ojos, tu cuerpo, ven aquí, juntos haremos de este reino el más poderoso, el más fuerte. Y Amir tomó la mano de Oría y la acarició con ternura mientras su discurso volaba hacia el espléndido futuro que decía aguardarles. La Sultana mimó la cabeza del hombre que soñaba despierto recogido en su regazo, siempre pensó que la ambición era la única dueña de aquel corazón y los confiados razonamientos que ahora se le escapaban a Almanzor confirmaban sus intuiciones. El hayib permaneció durante largo rato desgranando proyectos y aspiraciones olvidado de la presencia de la Regente. Al fin, más sereno, miró a la vascona al tiempo que le hacía entrega de un pequeño envoltorio con autoridad y malos modos. Era la hermosa cadena de oro con la estatuilla grabada que Oría había obsequiado a Asma el día de la boda. No quería ver a su mujer adornada con algo que no le pertenecía. Ella era dulce, ingenua, hermosa, debía permanecer alejada de este asunto. No me gusta lo que has hecho. No me gusta, repitió airado y amenazador. Después, la mirada del hayib se perdió en el horizonte oscuro para luego intensa, negra, detenerse otra vez en la Sultana. Parecía dubitativo, indeciso. Al fin, como quien teme ceder a un fuerte deseo, salió precipitado de la estancia.

Aquella agitada entrevista con al-Mansur dejó a Oría confusa y entristecida. La confianza y la superioridad con que el primer ministro había aireado sus reflexiones más ocultas hacía pensar a la vascona que el equilibrio de fuerzas entre los hombres más poderosos del reino, aquel con el que creía haber protegido a su hijo, estaba comenzando a romperse. La aún fiel permanencia de Galib entre el grupo de hombres leales al juramento hecho a al-Hakam sosegaba los temores que las confidencias del hayib habían despertado en su espíritu, pero el general era un hombre de edad y, antes o después, Amir iba a convertirse en el único primer dignatario del califato. La Regente, agitada por mil pensamientos, se acercó a la ventana buscando en el aire de la noche la serenidad que aquel inesperado encuentro le había arrebatado y la noche se le antojo tan negra como la boca de un lobo. Hisham, su hijo, hacía alarde de un carácter simplón e indolente, pronto al placer pero ciego a cuanto a su alrededor ocurría. Los últimos acontecimientos, como la detención de al-Mushafí, no habían servido para despertarle del ramplón letargo en que se empecinaba en vivir. Las mujeres del serrallo y los cortesanos se hacían lenguas de su dulzura y buen humor, halagándole con comentarios que no servían sino para que el joven se mantuviera firme en aquella actitud abúlica, huidiza a problemas y sinsabores. En este ambiente, todos los intentos de la Sultana por cambiar el rumbo del Califa resultaban inútiles y eran tachados de crueles y malintencionados hasta por el propio Hisham. Oría echaba de menos a al-Hakam, la mano de un hombre obra a veces milagros en este tipo de naturalezas, pero al-Hakam había muerto y debía de encontrarse en el más escondido rincón del paraíso pues que Djafar, por más que suplicaba ayuda al esposo para que iluminase su proceder y el de su hijo, hallaba la callada por respuesta. La vascona revivió la escena con Almanzor. El desparpajo con que le había hecho entrega de la cadena de oro, que un día él le regaló, era propio del hombre que se sabe poderoso y seguro. Asma, la joven desposada, no carecía ni de talento ni de gracia. Según Lubna, que también conocía a la muchacha desde hacía tiempo, era discreta, inteligente y culta, su cuerpo esbelto y flexible como el de una palmera, su juventud fresca y lozana. Oría estaba celosa. Sólo el enamorado es capaz de defender con la energía con la que lo había hecho Amir la intangibilidad de la esposa legítima. La vascona reflexionó que debía alejar los achares de su universo, las circunstancias obligaban a analizar la realidad con tino, mesura y frialdad, y los reconcomios y resquemores no parecían ser el camino más indicado para enfrentarse a las complicadas situaciones que sin duda le aguardaban. La ambición del visir no iba a detenerse en el puesto de primer ministro, él mismo lo había confesado hoy cuando, borracho de placer al saberse junto con Galib, tras el nuevo nombramiento, el hombre más poderoso después del Califa, había corrido en busca de la Sultana con el pretexto de hacerle entrega de la dichosa cadena que Zobh reconocía regaló a Asma cediendo a una maliciosa tentación. Sin embargo, no había sido la supuesta ofensa a la esposa legítima la que había conducido al hayib hasta las alcobas reales, se dijo Oría, sino la vieja costumbre de compartir su soledad y sus sueños con la vascona, la extranjera que, como él, carecía de amigos en la corte. Y también la pasión. Asma sin duda era joven, prudente y hermosa, más no se borran en tan sólo unos meses los complicados sentimientos que, durante años, guardó el visir para la Sultana. Oría, igual que Almanzor, con gusto hubiera reclinado la cabeza en el hombro del hayib y se hubiera desahogado de todas las preocupaciones que le abrumaban, pero Amir, como imprudentemente había puesto de manifiesto en su charla, iba camino de convertirse en el mayor rival de su hijo, por tanto, nunca más podría abrirle su corazón. A la Sultana le quedaban ahora Maisur, de cuya fidelidad y entrega no había dudas, y Mayus, bien pobres apoyos contra un enemigo tan hábil e influyente. Así que Oría respiró hondo, ella sola debía enfrentarse a lo que se avecinaba y, decidida a defender hasta el último aliento los derechos de su hijo, así se lo prometió a al-Hakam, abandonó las antiguas estancias reales, las nostalgias enflaquecían el ánimo y no andaban los tiempos para derrochar energías.

Tras el ramadán, como otros años, Hisham y su madre partieron hacia la finca de verano. Mayus, Malik y al-Tamayib visitaron a la Sultana, a la que alegró mucho aquel encuentro. El mago, también en esta ocasión, inspeccionó las manos del monarca, confirmándose en los vaticinios que ya antes adelantó a la Regente. Las posibilidades de alterar la naturaleza acomodaticia y promiscua del muchacho eran escasas, la complexión de Hisham, floja y sin vigor, era una prueba más de cuanto al-

Tamayib anunciaba. La piel transparente y femenina, la mirada desganada, los labios carnosos, sensuales, pálido reflejo de los de Oría, el triste mentón, caído y sin brío, delataban el talante desmadejado del Califa que el quiromante aseguró procedía, sin duda, del caprichoso juego de sustancias que le habían caído en suerte a Hisham en el momento de la concepción. Estas afirmaciones, aunque no dejaron de causar tristeza en la Regente, sin embargo aliviaron su corazón de culpables sentimientos, pues, aun no siendo favorables para la confortación de aquel carácter los aconteceres que rodearon sus primeros años de vida, de no haber mediado éstos, la idiosincrasia del joven no andaría muy distante de la que ahora era. Empero, Hisham ocuparía el trono del al-Andalus durante muchos años, de esto no cabía la menor duda. Oría no contó nada a Mayus de las inquietudes que de un tiempo a esta parte perturbaban su horizonte, no quería añadir preocupaciones a las que por entonces apuraban al vascón que, junto a sus amigos, atravesaba una racha no muy boyante. Los socios, tras la muerte de al-Hakam, habían visto un tanto mermados sus ingresos por estar paralizadas las obras de mejoramiento de la capital. Eran tiempos de guerra que no dejaban lugar para florituras. Además, Almanzor prefería encargar las tareas de esta índole a cualquier otro y no les distinguía con sus bendiciones. Con todo, el negocio de los palanquines se mantenía próspero así que, de momento, la sangre no llegaba al río. Sin embargo, Mayus pareció intuir los desasosiegos que atormentaban a su amiga a la que recomendó tomarse las cosas con filosofía y no descuidar la salud. Al-Tamayib tampoco esta vez consiguió echar una ojeada a la mano de la Sultana que prometió al músico sería el primero en realizar un vaticinio sobre su persona, si es que algún día se decidía a fisgonear en el futuro.

Al-Mansur pasaba la mayor parte del tiempo en la frontera media, junto a su suegro Galib, preparando las próximas campañas de primavera. La unión del hayib con Asma, a pesar de haber transcurrido varios meses del casamiento, no se veía saludada con la llegada de un heredero. Al parecer, Amir no se mostraba muy preocupado o entristecido por este motivo, él contaba ya con dos hijos varones, Abd Allah, del que las malas lenguas aseguraban que el primer ministro no era el padre, y Abd al-Malik, nacido en el 975, a quien el visir, sin duda influenciado por las hablillas que corrían sobre Abd Allah e insensible a los celos y al dolor que causaba con su actitud en ese hijo, mimaba con los privilegios reservados al primogénito. A ellos, decía el hayib, legaría un imperio. Esos comentarios que se le atribuían no dejaron de causar malestar en la Regente, pues los imperios y los reinos los heredan sólo los reyes y Amir no era sino un funcionario que había medrado gracias al padrinazgo de la Sultana y a la fuerza de su ambición, pero, como en ocasiones las palabras se distorsionan y eran muchos también los interesados en enemistar a Zobh con el ministro, pudiendo ser estos mismos los artífices intencionados del falseamiento, prefirió no hacer caso de parlerías.

En primavera se iniciaron las aceifas contra los cristianos, que de nuevo fueron derrotados. Córdoba y el califato entero alababa los nombres de al-Mansur y de Galib y daba gracias a Dios por haber adornado a éstos de tantas virtudes y de tanto valor. El hayib volvió a finales de verano a al-Zahra. El recibimiento, con el que le acogió el pueblo, fue grandioso y sincero. El trayecto desde Córdoba hasta la ciudad califal estuvo jalonado de cordobeses ansiosos por vitorear al héroe que les había librado de la humillación y de la miseria. Al-Mansur recibió el agasajo con lágrimas en los ojos. Ya en palacio, Amir fue llevado ante el Califa que le aguardaba rodeado de toda la corte. El joven Hisham ensalzó públicamente al dignatario y le colmó de honores.

Oría, aprovechando la triunfal vuelta del visir y su favorable estado de ánimo, Maisur le había descrito la imagen de aquel Amir emocionado por las alabanzas del pueblo, habló a Hisham para que intercediese ante el hayib en favor de al-Mushafí. El antiguo visir, anciano y hundido, suplicaba clemencia desde la cárcel de al-Zahra. Ningún tribunal había sido capaz hasta el momento de obtener pruebas que demostrasen su culpabilidad. Muchas de las acusaciones, que continuaban lloviendo sobre él, eran fruto de la ruindad de algunos cortesanos que ansiaban hacerse caros a los ojos de Amir, sabedores del odio que el ahora primer ministro alimentaba contra aquel. El proceder de Almanzor en este asunto se le hacía a Zobh cruel, arbitrario, perverso. Hora era ya de que a al-Mushafí se le otorgase la libertad y pudiese morir en paz. Estaba viejo y muy enfermo. El Califa cumplió los deseos de su madre y terció en favor del infortunado prisionero, pero Almanzor supo convencer al monarca de que el anciano era merecedor de aquello y de mucho más e Hisham no quiso volver a hablar más del asunto.

En noviembre, un hecho sangriento avivó el temor y el respeto que el primer ministro despertaba entre los nobles y el pueblo. Sucedió que, en una de esas fiestas con que se festejaron las victorias obtenidas sobre los cristianos, una joven cantadora quiso deslumbrar al dignatario haciendo alarde de ingenio, de valentía y de pícaro talante, entonando para ello unas coplillas en las que se insinuaban los amores entre Almanzor y la Sultana. Cara pagó su necedad la muchacha, pues Amir ordenó al punto que fuera decapitada. Dicen que, en el silencio frío que envolvió la sala cuando al-Mansur dictó la sentencia, sólo se escucharon los gritos desgarrados de la infeliz mientras era arrastrada a una estancia contigua. Luego, poco antes de que aquellos cesaran, se pudo oír el seco tajo del alfanje. Este suceso fue comentado por toda Córdoba y al-Zahra. La interpretación, que dio Oría a comportamiento tan desmedido y cafre, poco tenía que ver con los pareceres que sobre él mismo corrían en la corte. Según la vascona, el visir veía llegada la hora de volar por sí solo, en consecuencia, cuanto hasta hace no mucho fuera para él sustento y necesidad, ahora se le antojaba un pesado lastre que le traía a la memoria toda la historia de sus comienzos. El hayib debía la destacada posición de que disfrutaba, en gran parte, al favor y a la confianza que Zobh le había otorgado y esto humillaba su vanidad y su omnipotencia, por eso aquella esclava había pagado con la vida el descaro de haber recordado al gran hombre que él también era deudor y la torpeza de haber creído que con tan chabacana coplilla, a cuyo ritmo simplón los dignatarios que la escuchaban sonreían maliciosos y enterados, podría ganarse el favor del principal. Amir, entonces, que conocía la contundencia de la fuerza, mediante aquella sentencia desmesurada quiso acabar de un plumazo con tan molestas murmuraciones. Y otra vez acertó el ministro. Luego de este crimen, nadie osó nunca más remover viejas historias ni dedicar risas solapadas a ningún asunto relacionado con el visir. La luz de al-Mansur comenzaba, pues, a brillar con luz propia. De aquel Amir, que un día salvó, ante el admirado Alí, a una pobre esclava de las calumnias e iniquidades de su amo, ya no quedaba nada.

Era una noche de enero, Oría descansaba de la jornada charlando con Maisur como cada atardecer. De pronto, se escucharon golpes, gritos de socorro y jadeos. El liberto obligó a la Sultana a permanecer en la estancia y corrió a ver lo que sucedía. Zobh salió tras él sin hacer caso de sus recomendaciones. La chillería les orientó hasta las habitaciones de Hisham. La Regente se precipitó en aquella dirección pálida y sin resuello, algo le ocurría al Califa. Cuando Oría y Maisur entraron en los aposentos reales, el Príncipe de los Creyentes se recuperaba de no se sabía qué, reclinado en un diván. Tenía el rostro amoratado, la barba temblona y las manos desvanecidas. El muchacho, no bien vio a su madre, rompió a llorar con gran jaleo de sollozos e hipidos, pero, entre los brazos protectores de la vascona, su rostro fue recuperando el color natural y el tembleque de los labios cesó. Inmediatamente se llamó a los médicos, que administraron al monarca un calmante. Entonces Oría pidió explicaciones. El asunto era de suma gravedad, Hisham II acababa de sufrir un atentado que, con la ayuda de Allah, había podido malograrse. Una gran angustia se apoderó de la Regente al escuchar estas palabras mas, tras unos segundos, logró dominar su ánimo y exigió los detalles del suceso. El que fuera gran fatá Chawdar, escapado de su destierro en Baleares y, sin duda, empujado por deseos de venganza contra aquellos que un día desbarataron los planes que él y Faik alimentaban respecto al califato, había intentado dar muerte a puñaladas al monarca, el cual se había salvado milagrosamente gracias a que Ibn Aruz, hombre fiel al soberano, no andaba lejos y, alertado por los gritos de Hisham, entró en la sala e impidió el crimen. Sin embargo, nadie entendía la misteriosa desaparición de la guardia personal del Califa, por lo que allí mismo no se descartó la existencia de un complot en el que fueran muchos los implicados. La Sultana ordenó entonces que compareciese Ziyad ibn Aflah, zalmedina de al-Zahra, él era el responsable de la seguridad de palacio. Ziyad no se hizo esperar y, ya desde la puerta, proclamó su inocencia y la lealtad que, desde tiempos lejanos, él y toda su familia habían profesado para con los califas. Cuando Oría vio el desencajado semblante de Aflach y sus arrebatados clamores de inocencia antes de que nadie le hubiera acusado, sospechó, con dolor, que el leal zalmedina había tomado parte en el asunto. Y así fue, el presidente del tribunal de alzada, Abd al-Malik ibn Mondhir, Ziyad ibn Aflach, el poeta Ramadí, enemigo de Almanzor y ferviente partidario de al-Mushafí, los jueces, los sabios y los intelectuales más destacados de Córdoba eran los autores de la conspiración que, a primera vista, pretendía dar muerte a Hisham y llevar al trono a Abd al-Rahman ibn Obaidallah, también nieto de Abd al-Rahman III. En los días siguientes se instruyó el proceso. La sentencia dictaminó crucifixión para los principales partícipes. Al poeta Ramadí le fue aplicado un sutil castigo que el propio al-Mansur concibió personalmente. Nadie, so pena de ser condenado a muerte, podría dirigir la palabra ni escuchar a aquel hombre. A partir de entonces, Ramadí vagó como un fantasma por las calles de Córdoba, él mismo llegó a creerse un sueño en la pérfida mente de Almanzor, se sintió imaginario, irreal, muerto. Durante mucho tiempo las gentes le conocieron por este sobrenombre, el Muerto, pero se sabe que años después, cuando el visir gustó rodearse de poetas y rimadores que alabasen sus hazañas, Ramadí fue perdonado.

Esta conjura fue un toque de atención para Amir que descendió de las lejanas moradas de su soberbia, en donde los últimos éxitos le tenían recluido, y volvió a contemplar la realidad con la clarividencia que le caracterizaba. Durante tres días y tres noches el visir vivió preso en atormentado pánico, temía perder el poder que creyó eterno, el intento de regicidio le había hecho comprender la banalidad de su ufanía. La talla de los conspiradores no era desdeñable, todos ellos hombres de ciencia y de prestigio, y el objetivo que pretendían aquellos con su acción, se decía al-Mansur, en modo alguno era dar muerte al Califa, el muchacho simplón y abandonado al primer placer que se le pusiese al alcance de la mano, el objetivo era derrocarle a él que, sin la tapadera de Hisham y los favores que creían le otorgaba la Sultana, sería confinado al anonimato y enviado de vuelta a Torrox, tan marchito y lacio como a su llegada a Córdoba. Al tercer día de permanecer reflexionando, Amir decidió recuperar el talante discreto, fino y sutil del que siempre hizo alarde y tomar el toro por los cuernos. Durante dos jornadas había permanecido apartado y en soledad, ahora salía del retiro hecho otro hombre. Un orden nuevo iba a regir a partir de este momento en el califato.

Oría bien pronto barruntó que algo se cocía en el favorecido cerebro de Almanzor. Supo del alejamiento del hayib, de sus días de reflexión y se preparó para la embestida. A la vascona tampoco se le escapó que la conjura de los sabios iba dirigida contra el ministro y tenía una cierta curiosidad malsana por conocer la respuesta de aquel, Hisham, su pobre hijo, no desataba iras ni enconos a no ser los de su madre. Los días siguientes al atentado el muchacho se había resarcido del tremendo susto arrimándose a cuantas mujeres habitaban en el harén y buscando el olvido en generosas libaciones a las que últimamente se estaba aficionando. El Califa, a pesar del tremendo trance vivido a causa del frustrado atentado, no se vio en la necesidad de recapacitar sobre las soterradas confabulaciones que discurrían por las entrañas del reino y que la conspiración había puesto de manifiesto. El era feliz así mientras a su madre se la llevaban los demonios.

Pero las resoluciones que al-Mansur adoptó tras su pequeña crisis de nervios no tardaron en ponerse en práctica. Un mes más tarde del fallido intento de regicidio, Maisur fue en busca de la Sultana que se hallaba entretenida entre los bártulos caligráficos a los que no abandonaba desde los días de recogimiento en la finca de Durri. Febrero discurría frío e impertérrito camino de la primavera. Los brotecillos rosados de los almendros, se abrían paso, aquí y allá, tercos y retadores, bajo un cielo plomizo, gris, triste y aburrido. El liberto, sin aguardar el permiso de cortesía, entró en la estancia en donde la Regente se hallaba habilidosa y atareada. Estaba agitado, colérico, consternado, entristecido. Llevaba apretado en el puño un papel que entregó a Oría antes de pronunciar palabra, indicándole con gestos que lo leyera. Zobh extendió el manuscrito y rogó a Maisur que se sentara y procurara calmarse. Luego, mientras leía, de su boca escapó un gemido bronco y doliente y de sus ojos brotaron gruesas lágrimas. La misiva era de Lubna. En ella la poetisa, con trazos inseguros y precipitados, contaba que la guardia de Amir, bajo las órdenes del erudito filólogo al-Zubaydí, el que fuera maestro de árabe de Hisham, aquel que gozó del respeto y de la protección de al-Hakam, estaba purgando la amada biblioteca califal de todos aquellos libros y legajos que las mentes estrechas de algunos santones consideraban impíos. Una gran hoguera ardía en la explanada del Alcázar. Los estudios y trabajos, condenados por la estulticia y la intolerancia de aquellos, alimentaban las voraces llamas mientras muchos cordobeses elevaban rezos al Altísimo suplicando castigo para los herejes y larga vida para el piadoso Amir. La carta terminaba con un escueto, apenas he logrado esconder unos cuantos volúmenes. La vascona ante estas noticias no pudo contener el llanto, sus lágrimas eran amargas, ácidas, desentonadas, hirientes. Al-Mansur se había atrevido con aquello que al-Hakam más quería. Su hambre y sed de poderío carecían de freno. Temeroso de caer del pedestal al que estaba encaramado tras muchos años de trabajos y de espera, quería conjurar peligros, protegiéndose, ladino, bajo el manto de la religión y de la fe. El escribiente provinciano, inteligente y culto, renegaba, ahora, de su amor por la ciencia e, hipócritamente, se mudaba a ortodoxo y fanático, ávido de atraerse la bendición de la jerarquía espiritual, sabedor de que ellos eran los guardianes de la voluntad del pueblo y de que teniéndoles de su parte ya no correría nunca más ningún peligro. Oría recordó entonces su primera jornada en aquella biblioteca cuya fama era conocida en todo el mundo, la pulcritud de sus anaqueles, el orden exquisito de los legajos, el silencio que reinaba en las salas, repasó, una a una, todas las joyas que al-Hakam logró almacenar enviando embajadores por el mundo y sintió que sus fuerzas flaqueaban. Si algún día experimentó amor y deseo por el hombre que ahora se erigía en feroz enemigo, tan dulces sentimientos hoy habíanse trocado en el desprecio y el odio más profundos. La Sultana rogó a Maisur que se retirase, quería estar sola para regodearse en el dolor y en la rabia.

Almanzor consiguió una vez más su propósito. En la oración de ese mismo viernes el nombre del hayib fue pronunciado en las mezquitas con veneración y respeto. Sus enemigos, que abrigaban todavía la esperanza de poder derrocarle en un segundo intento, tras esta última maniobra del ministro, se vieron obligados a desistir de sus propósitos, ahora Allah era el valedor del visir y contra Dios nada se puede. Por lo demás, Amir, no satisfecho con aquella demostración de religiosidad y celo que la quema de los volúmenes impíos había supuesto, afianzó aún más su fama de hombre piadoso haciendo saber que, entre batalla y batalla, él mismo, fiel al precepto del Profeta, con aquellos trazos hermosos, ligeros, firmes y pulcros que al-Tamayib tan bien conocía, se afanaba en la copia del Corán, el libro sagrado que, a partir de ahora, siempre le acompañaría adonde fuese. El primer ministro, hombre culto, curioso, refinado, tolerante, había sabido crearse en pocos días, con astucia y tino, fama de santo, de intransigente y de elegido de Allah.

El hayib, además, exprimió hasta la última gota la coyuntura favorable que la conspiración propiciaba a su ambición, así que, alegando motivos de seguridad, rodeó el palacio califal de guardias y soldados, dicen que fue entonces también cuando comenzó a gestar el proyecto de fortificar el Alcázar de Córdoba mediante un foso, jandaq, que lo convertiría en inexpugnable prisión, según opinaba Oría quien se barruntaba que tales preparativos estaban pensados para acoger y vigilar celosamente al Califa y a ella misma. Lo cierto es que, ahora, Hisham y su madre, sin que ésta pudiera oponer argumentos que desenmascararan las verdaderas intenciones del ministro, quedaron prisioneros en las regias dependencias al-Zahra, nadie podía entrar ni salir de palacio sin una orden de Almanzor, que aseguraba conocer la existencia de nuevas conjuras. El pueblo, los dignatarios y la nobleza alabaron esta medida extrema que velaba por la seguridad del monarca y así, de pronto, Oría se vio encerrada en la untuosa red tendida por el visir y sin armas capaces de librarle de aquella cárcel. Al-Mansur, por otra parte, alegando las mismas razones que justificaban el encierro soberano, inició la construcción de una nueva ciudad administrativa que gozaría de la protección de la que, según él, carecía al-Zahra. A esta ciudad serían trasladadas las oficinas del Estado y el tesoro real. El complejo oficinesco llevaría por nombre, al-Zahira. Zobh no pudo menos que sonreír al conocer este extremo que se desbordaba de la bien escondida ambición de Amir. El visir quería ser Califa y la soterrada rivalidad que le enfrentaba con el pobre Hisham por disfrutar éste de una dignidad, que, ella sí, le estaba vedada al ministro, se le escurría a través de la puerilidad de un nombre del que no podía abstenerse si pretendía mostrar al mundo que el poder que ostentaba era ahora mayor que el del soberano, de ahí la similitud en la denominación de las dos ciudades, la creada hacía tiempo por Abd al-Rahman III y la que ahora construía Almanzor. Al-Zahira iba, pues, a elevarse en puja con al-Zahra. Sin embargo, el pueblo admiraba demasiado a aquel hombre para sospechar las intenciones que tan claros indicios dejaban desvelar y la nobleza y los dignatarios de la corte le temían de tal modo que ninguno osó denunciar su pretensión.

Corría el año 981. El ejército califal, engrosado por fuerzas bereberes arrimadas a la protección de Córdoba tras la política abandonista de Almanzor en aquellas tierras y reforzado con gentes cristianas, entablaba batallas de las que las más de las veces salía vencedor. El hayib había preferido reservar los tesoros reales para la guerra contra los cristianos y dejar que los jeques de Berbería, leales al califato, se las arreglaran como pudiesen, siendo muchos los que hubieron de buscar refugio en Ceuta, último reducto del poder cordobés en Ifriquiya, desde donde, por carecer de otros recursos con los que ganarse la vida, solicitaban la entrada en el ejército de Almanzor. A su vez, castellanos, leoneses y vascones, seducidos por las abundantes pagas que Amir concedía a la tropa y tranquilizadas sus conciencias por la respetuosa actitud del ministro para con los preceptos religiosos de aquellos, al-Mansur decretó que el domingo fuera día de descanso por deferencia hacia los soldados politeístas, habían corrido a alistarse en las filas enemigas. Pero no todo le salía a pedir de boca al ministro. Las relaciones entre el visir y su suegro, Galib ibn Abd al-Rahman, después de las exageradas y sospechosas providencias de seguridad adoptadas para el Califa, andaban un tanto frías y distantes. Al general la reclusión de Hisham le tenía amoscado y receloso, él nunca permitiría que un advenedizo, por muy yerno suyo que fuese, se arrogase poderes que por derecho divino le correspondían al soberano, el nieto del gran Abd al-Rahman III cuya memoria aún veneraba el militar. Aquella mañana, Galib y Amir, que se hallaban de nuevo en tierras fronterizas, discutieron acaloradamente. Los dos hombres, buscando alejarse de las miradas de los soldados que observaban perplejos la riña entre estos altos dignatarios, escaparon de la indiscreción de la tropa subiendo a una de las elevadas terrazas de las torres defensivas de la fortaleza en que se encontraban. Hay quien asegura, porque jura haberlo visto con sus propios ojos, que Galib hostigó a su yerno con una espada y que éste, asustado, se precipitó torre abajo, salvándose de milagro de una muerte cierta al quedar el manto que le cubría enganchado en uno de los salientes del muro de donde tuvo que ser descolgado con no pocos trabajos. Si este hecho ocurrió en realidad o fue una invención elaborada tras la noticia de la batalla que días después libraron el uno contra el otro y en la que el general Galib perdió la vida, nadie puede afirmarlo. Dicen que el liberto de Abd al-Rahman avanzaba con empuje de triunfador contra las fuerzas de su yerno cuando dio con la cabeza en el arzón de la silla, cayendo muerto en el acto. Con la desaparición de Galib no había nadie, a excepción de al-Mushafí que seguía pudriéndose en las mazmorras de al-Zahra, capaz de obstaculizar el camino que se había trazado el ministro. La versión sobre el fallecimiento del prestigioso general, que Almanzor hizo propalar, atribuyó la muerte de éste a los enemigos de la patria contra los que, se dijo, Galib se enfrentó valientemente como solía y a los que los guerreros del militar lograron vencer a pesar de que él perdiera la vida en la lucha. Oría, gracias a la red de humildes confidentes domésticos a su servicio que pronto se pusieron en contacto con Mayus y al-Tamayib cuando, tras los primeros meses, el rigor del encarcelamiento real pareció suavizarse, supo la verdad de lo ocurrido. Ahora era ella la única a oponerse al victorioso Almanzor. La empresa iba a ser difícil. Debía de prepararse para la gran batalla con paciencia, sin prisas, aguardando el momento más propicio que, acaso, tardaría años en presentarse.

Amir, después de la muerte de su suegro, todavía permaneció durante un tiempo en las coras fronterizas. El poderoso ejército de al-Mansur atacó primero León en castigo por el apoyo que prestaron los leoneses a Galib en la postrer batalla del general contra su poderoso yerno. Luego se dirigió a Zamora, a la que saqueó y en donde obtuvo un gran botín. Ya en agosto, Ramiro III se alió con el hijo de Fernán González, Garci-Fernández, conde de Castilla y de Álava, y con Sancho II Abarca, rey de los navarros, querían acabar de una vez con el invencible IbnAbi Amir. El encuentro entre los ejércitos politeístas y las fuerzas cordobesas tuvo lugar en Rueda, al suroeste de Simancas. Los cristianos sufrieron una terrible derrota. Sancho II, temeroso de una razzia de castigo contra su reino, mandó emisarios a al-Mansur, buscaba aplacar al musulmán entregándole en matrimonio a una de sus hijas. Amir aceptó el presente. Pocos días después, Abda, la nueva desposada, era conducida por su padre a Simancas. Sancho Abarca y Almanzor sellaron entonces un pacto de amistad beneficioso para los dos reinos.

Amir había desbaratado la alianza cristiana con esta paz unilateral. Sabía que en el reino de León soplaban malos vientos para la monarquía, Ramiro III tenía a los nobles esquinados y pedigüeños, en tanto que su rival, Bermudo, alimentaba descontentos, codicioso de la corona, y Almanzor quería saborear el pastel que estas propicias circunstancias parecían brindarle. Sin precipitación ni apuros, primero pensaba hacerse con el reino de León, luego le llegaría el turno a Cataluña y, por fin, engulliría satisfecho el reino de Navarra que gracias a este pacto, mientras él diese la espalda a los reinos del norte en su avance hacia Cataluña, le aseguraría una retaguardia desunida, pues que al navarro no le convenía ahora aliar sus fuerzas con Ramiro o con Bermudo, confiado en la impunidad que el matrimonio de su hija le había ofrecido. Sancho, por su parte, observaba con desconfianza las borrasca que se cocían en León y que ponían en peligro la fuerza de la alianza cristiana. Si sus observadores no le engañaban, no habría obstáculos para Almanzor y él quería salvaguardar su reino, tiempo habrá de andar a la greña cuando la situación sea más favorable, se decía el navarro. Amir, pues, cerrado este trato, se encaminó victorioso hacia Córdoba, deseaba estar en la capital para La Gran Fiesta de los Sacrificios, escenario pintiparado para recibir el homenaje del pueblo.

Así fue. A su llegada, las tropas del Islam desfilaron por las calles de Córdoba en medio del entusiasmo y el fervor de las gentes que no recordaban otros tiempos tan gloriosos. Luego se encaminaron a al-Zahra entre la multitud que orillaba jubilosa todo el trayecto hasta la ciudad califal. Allí, Hisham II recibió a al-Mansur con la pompa que el dignatario merecía. El Califa esperaba a Amir en el salón del trono, el de la perla y el del mágico estanque de mercurio. Toda la corte aguardaba con el monarca la entrada del héroe. Amir curtido por el sol de tantas batallas, maduro, vigoroso y viril entró con desenvoltura y desparpajo en la amplia sala, lejos quedaron, con el guerrear, las maneras delicadas de alto funcionario. Las damas admiraron su hombría y galanura, también Zobh que se encontraba entre ellas. El monarca, con la mirada perdida por las muchas libaciones con las que había celebrado las victorias de sus ejércitos, hizo que su hayib se le acercara y le abrazó emocionado mientras unas lágrimas simplonas resbalaban por las regias mejillas rubicundas. La vascona tuvo que apartar la mirada del hijo, tal era la rabia que le mordía las entrañas. A sus dieciséis años, Hisham continuaba siendo un niño mimado y endeble capaz de conmoverse por los éxitos de su enemigo, perezoso hasta para saborear la ira que la visión del carcelero debería despertar en él. Pero era inútil volver siempre sobre las mismas reflexiones, el Califa era feliz dando gusto al cuerpo, rodeado de mujeres, de vinos y de delicados manjares, su débil carácter sólo conocía, de tiempo en tiempo, el dolor del arrepentimiento cuando algún santón afeaba su conducta y le hablaba de la cólera de Dios, entonces, el soberano caía en un rapto de misticismo que le hacía buscar la soledad y lloriquear sus faltas por quicios y escondrijos para, saciados los fervorosos ardores, retornar de nuevo a una plácida existencia. Oría se decía que tanta dejación y farangana tenía que ser voluntad de Allah, difícilmente nadie, aun poniendo todo el empeño, hubiese podido educar al monarca en aquella pigricia con la que parecía amasado. Amir, como intuyendo los correimientos que acometían a la Regente ante las efusiones del hijo, buscó con la mirada entre la multitud cortesana el rostro de Zobh y, cuando lo halló, sus ojos quedaron, sin querer, encandilados durante unos segundos en el semblante de la mujer, luego, repuesto de aquella debilidad, le dedicó una irónica sonrisa al tiempo que se desasía, no sin dificultad, del cálido abrazo del monarca.

Al atardecer de aquel mismo día, Maisur se presentó risueño a la habitual cita con la Regente, traía noticias sabrosas. Almanzor, amén de prisioneros y un botín cuantioso, vino de la guerra con una nueva esposa, la hija del rey de navarra. El hayib, con la caballerosidad que le caracterizaba, había preferido respetar la intimidad de la nueva desposada hasta la llegada a Córdoba, haciéndose lenguas del delicioso instante en que podría contemplar los blancos y delicados rasgos de la joven, de quien aseguraba tenía los ojos zarcos, los cabellos rubios y cálidas y tiernas formas. Pues bien, aquella tarde había tenido lugar el encuentro entre el ministro y la navarra, resultando ser la joven rechoncha, de pupilas de un marrón indefinido y tan orgullosa de su condición real, que inmediatamente estableció comparaciones entre aquella y el rango inferior del que iba a ser su dueño. Por cierto que Asma, dando pruebas de una inteligencia exquisita, no había mostrado la menor contrariedad por la llegada de la cristiana, es más, decían que recibió a ésta con cortesía y delicadeza. Las mujeres del harén que ayudaron a vestirse a la navarra, prosiguió Maisur, aseguraban que tenía las piernas cortas y tan peludas como las de un guerrero, pechos menguados, oronda cintura y un bigotillo pardo más que mediano. Oría se resarció con estos cuentos del agrio sabor de boca que el recibimiento al hayib le había dejado, aunque nada dijo al liberto, estaba segura de que el motivo que había decidido a Almanzor a aceptar el obsequio del rey navarro, razones políticas aparte, era su enfermizo afán de competir con el Califa muerto, el sabio al-Hakam, siempre recordado por el pueblo. El visir, en su deseo de sentirse él también Príncipe de los Creyentes, emulaba hasta en los detalles más intimos a los Omeyas, quería tener una vascona entre sus mujeres y deseaba que ésta fuese más blanca y rubia de lo que era la Regente. Si con la construcción de al-Zahira había puesto de manifiesto para el observador menos avispado aquel su empeño en obtener todo cuanto el Califa poseía, de nuevo este malsano sentimiento le había llevado a la infantil aceptación de aquella mujer, pero esta vez el ministro, de hacer caso a Maisur, se había llevado un chasco.

Durante los dos años que siguieron a la llegada de la nueva vascona, Almanzor vivió absorto en la guerra, en la supervisión de las obras de la ciudad administrativa que se estaba construyendo a marchas forzadas a orillas del Guadalquivir y en el seguimiento de los trabajos de oradación del foso con el que iba a quedar ceñido el Alcázar de Córdoba. La edificación de al-Zahira dio al traste con la sociedad formada desde hacía tantos años por Mayus, Malik y al-Tamayib. El comerciante, que vio en estas empresas un modo de amasar una fortuna más que respetable, habló a los socios sobre la conveniencia de lisonjear al dignatario para poder entrar en esas industrias. Mayus y al-Tamayib, sin embargo, consideraron la participación en los proyecto una traición a su amiga y protectora, los rumores sobre los aires que gastaba ahora Amir y la enemistad con la Regente, aunque ésta no había podido darles aviso de la nueva y engorrosa situación dada su actual condición de cautiva, habían comenzado a circular por la ciudad. Mayus seguía amando a Oría con la pasión y la ternura del enamorado y del padre y al-Tamayib, desde el día en que conoció al antiguo escribiente, sentía por aquel un repeluzno que le nacía de muy dentro, además los dos afirmaban encontrarse ya cansados de trajines, viejos, tener más que suficiente con las ganancias de los transportes y sentirse felices con el huerto, las músicas y la astrología. Malik, que dijo entonces ser el sentimentalismo mal mentor en asuntos de dineros, ofreció a al-Mansur su experiencia y sabiduría para dirigir aquellas obras, parece ser que también dejó claro ante el ministro la veneración que por aquel profesaba, profiriendo sutiles comentarios no muy halagüeños sobre Oría, vileza que, enterados los amigos, acabó definitivamente con la larga amistad mantenida con el mercader, la cual, tras la negativa de estos a entrar en el nuevo negocio, andaba ya muy enfriada.

Por aquellas fechas ibn Abi Amir, a imitación de los califas, tomó el sobrenombre con el que pasaría a la historia. A partir de ese momento iba a ser conocido por al-Mansur billah, el victorioso con la ayuda de Allah. Los cristianos le llamaron Almanzor. El vaticinio, que un día al-Tamayib adelantó al escribiente de la Mezquita, se había cumplido.

Capítulo XIV

LAS VICTORIAS CONTRA los cristianos continuaban sucediéndose una tras otra. Al-Mansur era el hombre más venerado del califato y el peor azote de los herejes. Su nombre provocaba espanto en el territorio enemigo. El pronóstico hecho por Amir, en relación a la suerte que parecía iba a correr el reino de León, fue certero. El 15 de octubre del 982 en Santiago de Compostela, los nobles leoneses depusieron al rey Ramiro y consagraron en el trono a Bermudo, hijo bastardo de Ordoño III. El enfrentamiento entre ambos príncipes no se hizo esperar y Bermudo II gracias a la ayuda que le prestó Almanzor, el cristiano se comprometió al pago de un fuerte tributo anual a Córdoba y aceptó también la presencia de tropas moras en su reino, logró salir vencedor. En el interior del califato las cosas marchaban para el hayib auspiciadas por iguales vientos favorables. La ciudad de al-Zahira se terminó en el plazo previsto. La corte entera y todas las dependencias administrativas iniciaron el traslado a la nueva sede. Al-Zahra, día a día, se iba desvaneciendo como un sueño, despoblada, decadente, sola. El Califa y su madre debieron también abandonar la ciudad califal y trasladarse a su vez al Alcázar de Córdoba, el sonsonete de la seguridad real así lo aconsejaba. Y la vascona, haciendo de tripas corazón, como tantas otras veces, no se rebeló contra la orden del mandatario. Sabía que la maraña tejida por Almanzor era perfecta. Al-Zahra, deshabitada y fantasmal, ciertamente no parecía el lugar idóneo para que residiera el soberano y ella debía seguir junto a su hijo aunque éste continuara inmerso en el sueño en el que quedó atrapado un día allá en la infancia. Pero Zobh, a pesar del tiempo transcurrido, no perdía la esperanza en la victoria. La batalla final no se había librado aún y ella iba a luchar porque Hisham ocupase el trono con la dignidad que le correspondía. La víspera de la partida hacia Córdoba, se supo la noticia del asesinato de al-Mushafí. El anciano apareció muerto en el interior de la prisión en la que todavía continuaba confinado. Cinco años de soledad y de penalidades no habían podido con el antiguo visir, al que, según las gentes de Almanzor, la muerte le sobrevino de forma misteriosa, en tanto que su cuerpo fue enterrado por aquellos mismos sin testigos y con equívoca premura. Se dijo que Allah había hecho al fin justicia, castigando los grandes crímenes que cometió el ministro a lo largo de su vida. Sin embargo La Regente sabía que ninguna de aquellas acusaciones se había logrado probar y que Amir era el único interesado en esta desaparición. A la Sultana no le cabía la menor duda de que la orden de asesinar a aquel desgraciado había partido del primer ministro

Oría marchó de al-Zahra sin muestras de pesar, no quería dar a su enemigo el gusto de saberle entristecida. Veinte años después de recorrer aquel camino en compañía de Abu Salama, desandaba lo andado. Llegó joven, inexperta, asustada y con toda la vida por delante, ahora volvía a Córdoba talluda, resabiada, escéptica, desencantada, pero también serena, madura y sin temor. Atrás quedaba aquella ciudad primorosa en la que algún día quizás, próximo el fin, buscaría sosiego y paz. El canto del muezzín, llamando a los fieles a la oración del mediodía, se hizo chiquito a medida que la caravana real se alejaba camino del destierro.

Ese mismo año nació el primer hijo de Almanzor y de la navarra Abda. El pequeño recibió el nombre de Abd al-Rahman, pero desde los primeros días fue conocido con el sobrenombre de Sanchol o Sanchuelo por ser nieto de Sancho Abarca. Las relaciones entre Oría y Abda, a pesar de la común procedencia, nunca fueron estrechas sino todo lo contrario. Abda, que a poco de la boda con Almanzor dejó bien sentado era hija del rey de Navarra y pariente directo del Califa, veía con desdén y rivalidad la superior jerarquía de que disfrutaba la

Sultana, sobre la que no escatimaba juicios despectivos. Por su parte Oría consideraba a aquella mujer un pozo de chabacanería, torpeza e incultura, no había más que verle comer, comentaba con frecuencia a Maisur. Así, entre estos y otros dimes domésticos, transcurría el pasar de la corte. La vida de la Sultana en el Alcázar apenas se diferenciaba de la que durante los últimos años llevó en al-Zahra, a no ser porque los jardines de esta fortaleza se le antojaban estrechos y miserables. Hisham, sin embargo, no parecía percibir mengua alguna en su nueva existencia, contento, ganduleando en medio del harén y despreocupado de todo aquello que no fuese el entorno placentero en el que moraba.

El 26 de junio de 984 llegó la noticia de la muerte del depuesto Ramiro III de León. El fallecimiento del rey derrocado en nada alteró la relación de vasallaje de aquel reino cristiano para con Córdoba. Bermudo II continuó necesitando del apoyo islamita. Las intrigas de los nobles amenazaban la corona como antes lo hacía Ramiro, así que León permaneció siendo tributario del califato. Ahora el ministro tenía las manos libres para lanzarse sobre el nordeste de la Península, por consiguiente, durante todo ese año se llevaron a cabo los preparativos de la gran aceifa contra Cataluña. Amir se esmeró en rodear este acontecimiento de un ambiente propicio de fervor y de patriotismo. Para ello, inició los trabajos de ampliación de la Mezquita Aljama de Córdoba. Y, otra vez, en esta ocasión, el hayib se dejó llevar por su incurable rivalidad con al-Hakam, muerto ya hacía ocho años, pero que todavía era recordado como el Califa más sabio y prudente del al-Andalus. En el magnífico engrandecimiento de la Mezquita que realizó ese monarca, la austeridad y la sobriedad del conjunto sólo se veía quebrada por el sutil juego de simetrías conseguido mediante una caprichosa combinación de fustes y de capiteles, fustes de mármol azul para los capiteles de orden corintio y capiteles de orden compuesto sobre fustes de mármol rosado. al-Mansur, sin embargo, no pudo evitar dejar su huella en esta conjugación armónica, quería patentar las mejoras por él realizadas y desbaratar a un tiempo la estética de su rival, por eso, en este agrandamiento, serán las pilastras rosas las que soportarán los capiteles corintios mientras que las columnas azules servirán de sustentáculo a los de orden compuesto. Ahora bien, salvo Oría, nadie se percató de la pueril pataleta del dictador, ofuscamiento que no extrañó nada a la vascona, pues Amir supo deslumbrar y enardecer al pueblo mediante el piadoso espectáculo que ofrecieron unos cuantos hatajos de cristianos encadenados aliviando de escombros la gran obra y el alarde de religiosidad que protagonizó el mismo ministro colaborando con sus propias manos en la construcción del templo. El pueblo no cesaba de alabar la piedad del visir.

Y el 5 de mayo de 985 tuvo lugar la gran ofensiva contra Cataluña. El conde Borrell, el que fuera tributario de al-Hakam, sufrió una estrepitosa derrota. El 1 de julio, miércoles, Almanzor sitió Barcelona. El lunes entró en la ciudad vencida, que fue arrasada y sus habitantes muertos. El reino de Navarra contempló alarmado el empuje musulmán, pero al-Mansur, fiel a su palabra, respetó este territorio.

Los acontecimientos que se iban sucediendo no hacían, pues, sino aupar al dignatario cuyo prestigio y fama crecían de día en día. La reclusión de Hisham en el Alcázar persistía bajo el pretexto de conspiraciones fantasmas que nunca tenían lugar. Pero Hisham, ya se sabe, no echaba de menos la calle ni parecía sentir menoscabo alguno en su autoridad real, así es que nada podía la Sultana contra aquel héroe voraz, siempre hambriento de poder, sobre el que ya circulaban leyendas de hazañas prodigiosas. El pueblo veneraba a Al-Mansur, el ejército quería y respetaba a su general, los jueces y magistrados loaban su piedad y rigor, y los nobles le temían y le adulaban.

Durante los dos años que se sucedieron a la victoria sobre Cataluña, el ministro, barruntándose que la escasa comparecencia del Califa ante el pueblo podía dar lugar a rumores y parlerías, alimentadas sin duda por Zobh y propiciadas también por el grupo de insatisfechos y descontentos que nunca falta en ningún gobierno, hizo que Hisham saliese en dos ocasiones de su encierro y paseó al soberano por las calles de Córdoba. Aquellas farsas, a las que el monarca se prestó sin rechistar, fueron una dura prueba para Oría. El Príncipe de los Creyentes, ataviado con vistosas prendas, elegidas personalmente por Amir, desfilaba entre los súbditos como un monigote, la sonrisa idiotizada a causa del alcohol, el cuerpo tambaleante y embrutecido, la mano, con la que lanzaba torpes saludos, temblona y desquiciada. Estos espectáculos, que contradecían cualquier sospecha sobre el confinamiento que sufría el soberano, resultaban tan grotescos y humillantes para Oría que en ambas ocasiones su salud se resintió, siendo atacada de vértigos, desfallecimientos y otros achaques para los que los médicos de palacio no encontraron receta. La vascona, en medio de la congoja que como una mano invisible le estrujaba la garganta hasta hacerle perder el resuello y le arrugaba el estómago volviéndolo inútil y desmañado, sonreía ante los esfuerzos de los galenos por curar aquel cuerpo al que se le revolvía el alma. La superación de tales pruebas fue un duro aprendizaje del que su espíritu salió fortalecido y su voluntad aún más firme en el propósito de asestar un duro golpe a la buena estrella del ministro aunque para ello tuviera que aguardar toda la vida.

Por lo demás, la soledad de Oría en la fortaleza de Córdoba era helada y perfecta. Sólo Maisur permanecía a su lado y, a través del liberto, logró ponerse en contacto con Mayus y al-Tamayib. Los mensajes de los amigos en estos dos últimos años le tentaban insistentemente con la huida, ellos hallarían el modo de sacarle del encierro y luego partirían los tres a algún lugar de la costa mediterránea en donde al-Tamayib profundizaría en sus investigaciones alumbrado por la clara luz de levante, Mayus, en tan fértiles tierras, se dedicaría con deleite a sus cultivos, Silofa se doraría bajo los soles espléndidos que por allí habitaban y Oría, lejos las intrigas y sinsabores que iban a terminar por minar su salud, podría disfrutar de lecturas y caligrafías así como de una vida plácida y cómoda. Pero ella no se resolvía a abandonar a aquel hijo a quien seguía considerando tan desvalido y simple como un infante. La promesa hecha a al-Hakam en el lecho de muerte pesaba demasiado en el ánimo de la vascona, además todavía abrigaba la esperanza de que se obrase el milagro de un súbito despertar de la adormecida alma del Califa. Así que los días se iban sucediendo para Zobh iguales los unos a los otros, tan solo las escasas lecturas de que podía disponer y los primores caligráficos hacían soportable la ignominiosa reclusión.

El año 987, sin embargo, las coyunturas favorables que durante tantos años venían sucediéndose para el hayib, parecieron ir a tomar otros rumbos. Bermudo II, de forma inesperada, logró expulsar del reino a las fuerzas califales. Almanzor corrió a escarmentar la osadía, sometiendo al rey y a los nobles leoneses y extendiendo sus dominios hasta Coimbra, a la que asoló de tal modo que durante siete años la hermosa ciudad que otea el tranquilo transcurrir del río Mondego permaneció solitaria y desavecindada. Pero, a la sombra de esos aconteceres que obligaban al ministro a ausentarse del Califato, se fraguó una conspiración contra el dignatario encabezada por su propio hijo Abd Allah, el joven sensible y bien dotado a quien siempre menospreció al-Mansur por sospechar que su paternidad no le correspondía, y que, harto ya de que el amor y la admiración que profesaba por el padre esquivo fueran despreciados, a los 22 años, junto al virrey de Zaragoza, se levantó en armas contra el dictador. Otros muchos apoyaron aquella iniciativa que hacía tambalearse todo el poderío acumulado por el ministro.

Oría, cuando supo por Maisur del levantamiento, sintió renacer las esperanzas que, poco a poco, parecían ir abandonando su ánimo. Zobh, aunque no dudaba del éxito de Amir en sofocar la rebelión, saboreó las mieles de la venganza, conocía que la traición de aquel hijo humillaba doblemente el soberbio corazón de al-Mansur, pues que mostraba las desavenencias familiares que el hayib, celoso de su buen nombre, siempre había ocultado y además daba pie a que otros descontentos se sacudieran el sagrado temor que el visir les infundía. Acaso, a partir de ahora, se abriese una brecha en la sólida posición del hayib y se acercase la hora de actuar en favor de Hisham. Las noticias que durante aquellos días llegaban a la corte, a pesar de la estricta censura impuesta, eran alentadoras. Al parecer, Abd Allah había logrado el apoyo del conde de Castilla, Garci Fernández, quien avistó en la traición del hijo de Almanzor un foco de desunión dentro del reino enemigo del que él podría sacar tajada. La guerra, pues, era ya un hecho.

El año 989 fue testigo de los constantes enfrentamientos entre las tropas califales y las huestes del de Castilla. Sin embargo, la buena estrella que Oría creyó había comenzado a menguar en el horizonte de Amir, volvió a brillar con todo esplendor y las derrotas que el ejército cordobés infligió al enemigo se sucedieron de nuevo una tras otra. A finales de este mismo año se firmó la paz y Almanzor exigió que su hijo le fuese entregado.

Era 9 de setiembre. El verano había transcurrido para Oría manso y quedo. Hisham, al que cada vez se le hacía más cuesta arriba salir del Alcázar, con empecinada tozudez se había negado a partir, como a otras veces, a la finca de recreo. La vascona, al atardecer, charló con Maisur disfrutando de la fresca, había sido un día caluroso. A tenor de las noticias que corrían en los últimos días, el derrotado Abd Allah estaba ya camino de Córdoba. Había quien opinaba que el ministro, amante de teatrales gestos, iba a perdonar a aquel hijo dando una muestra más de su piedad y misericordia. Otros, sin embargo, aseguraban que al hayib no le quedaba otra alternativa que castigar al rebelde Abd Allah con ejemplar dureza para escarmiento de intrigantes y levantiscos. En estas andaban Zobh y el liberto, compartiendo pareceres sobre lo que, según cada uno, le aguardaba al hijo de al-Mansur, cuando el visir en persona asomó por el arco de entrada de aquel claustro. Su aspecto era cansado y viejo, el porte desaliñado y perezoso. Hacía mucho tiempo que la Sultana no veía al dignatario y aquel rostro endurecido por la guerra, la barba canosa y raída, el cuerpo más lento y torpón de lo que ella recordaba, Amir contaba cincuenta y seis años, le sorprendió tanto como su intempestiva presencia. Maisur se levantó al punto y, antes de que nadie se lo indicara, abandonó el patio, dejando allí a tan altos personajes. Al-Mansur, una vez que el liberto hubo desaparecido, se desplomó en el asiento que éste había dejado libre, luego, con desgana, acarició la mano de Oría, parecía perdido y confuso, ajeno, olvidado de tantas cosas como les separaban. Entonces, tres esclavos se acercaron con luces hasta el patio y los ojos de Amir, iluminados por aquellas llamas, se le antojaron a Zobh velados, oscuros, muertos. Los esclavos, a los que el ministro ordenó trajeran vino, desaparecieron en el interior del Alcázar para volver al punto con jarras y copas. Luego, ellos también se alejaron. El claustro estaba quieto y solo. Almanzor trajinó con la vajilla y se sirvió un vaso cumplido que bebió precipitado y a borbotones. Después, retornó a acariciar mecánicamente la mano de la mujer, mientras comentaba sentirse gastado, marchito. El poder de Allah se extiende firme y seguro sobre los reinos de España. Yo he sido su instrumento. El polvo de las muchas batallas en las que he puesto tantos empeños será mi testigo y valedor. No tengo nada, Oría, sólo la vieja hacienda de Torrox constituye mi única propiedad. Mienten los que me acusan de crueldad y de codicia. ¿Sabes que me llaman el Jorobado?. Infames, necios, espíritus pobres y mediocres. Dios conoce cuán dura es a veces la vida para aquellos quienes, como yo, hemos sido sus elegidos.¡Ambición!, ¡ambición!, ¡ambición!. Mi corazón hierve de ira al escuchar esta palabra. Tú también formas parte del grupo de detractores ruines y envidiosos. Pero ¿de qué me acusas?. ¿Acaso soy yo el culpable de las miserias que adornan a tu hijo?, ¿de su abandono?, ¿de sus excesos?. ¿Qué hubiera sido de este reino de ceder a los caprichos del Califa?. ¡Dime!. Callas, callas, te cobijas en tu silencio, resentida, enconada, vengativa. Pues bien, yo te lo voy a decir. El hambre, la miseria y la humillación serían hoy los emblemas de nuestro pueblo. La rapiña de los reyes cristianos no hubiese tardado nada en enseñorearse del Califato, alertados por el tufillo a laxitud y desidia que bien pronto hubiesen olisqueado, amparados por las luchas intestinas que un poder huero y desvanecido siempre alienta, tentados por las riquezas y dones que Allah generosamente nos ha concedido. Y hoy voy a pagar con mi sangre un duro tributo por guardar para Dios y para el Califa la dignidad de esta tierra. Porque esta angustia negra que me roe las entrañas grita cruel e inmisericorde que Abd Allah, el que debe morir, es mi hijo, las sospechas y las dudas que durante tantos años me impidieron amarle, se desvanecen hoy, chacoteras y jetonas, haciendo más difícil y despiadada la sentencia de muerte que me he visto obligado a dictar. Y mientras tú, ¿qué?, fíjate bien, mírate, lloriqueas el encierro del tuyo sólo porque pasea dentro de este palacio, de aquí para allá, su alma sobornada por tantos placeres y regalos, contento del confinamiento que le exonera de las obligaciones que debieran corresponderle. ¡Oh al-Zahira, mi al-Zahira!, florida y hermosa, ¿qué va a ser de ti cuando yo falte?, ¿qué va a ser de Córdoba?. Hisham II, Príncipe de los Creyentes, Califa adormecido y pueril, bajo tus ojos perdidos en dulces torpores se deshará este reino, la joya más preciosa y cara pues que por ella murieron grandes hombres. La guerra civil aguarda agazapada, pronta a saltar a la menor ocasión. Bien lo he comprendido al ver a mi propio hijo empuñar las armas contra mí, emponzoñado por el odio, destructor, iracundo, fiero. Los nobles de esta corte tienen también la mirada turbia, ansiosos de hacerse con el poder, dispuestos a destrozarse a dentelladas los unos a los otros por ser dueños de esta tierra. Sólo Abd al-Malik, mi segundo hijo, posee la voluntad y la perseverancia, la firmeza, la generosidad y el espíritu de justicia necesarios para ser la roca en la que vayan a morir las inquinas, ruindades, codicias, egoísmos y vanidades que pugnan por despedazar el califato. Pero quién sabe si Allah le conservará la vida para que continúe la tarea de engrandecer el reino y de extender su nombre que yo he iniciado o, harto, El también, de tantas podredumbres como se esconden en las almas de sus fieles, nos abandone a nuestra mísera condición. Observa a mis mujeres, Oría, veo las miradas hostiles y pendencieras que se dirigen las unas a las otras, luchan ya porque el hijo que me dieron sea quién ocupe a mi muerte el puesto de hayib. Abd al-Rahman apenas ha cumplido siete años y, sin embargo, su madre ya le alecciona y le enemista con su hermano. Pero Abd al-Malik será mi sucesor, de ello depende la prosperidad del reino y el engrandecimiento de Allah.

Al-Mansur, dicho este largo parlamento, volvió a beber tan ruidosamente como si llorara. Luego, buscó en el rostro de Oría consuelo y alivio para tanto dolor como parecía pesarle aquella noche. Pero los ojos de Zobh estaban secos, fríos, dañinos. Cuando la vascona habló, sus palabras, musitadas en un susurro, corrieron cual espadas finísimas en busca del corazón de Almanzor.

¿A qué has venido Amir?. Tú eres el único artífice de las desgracias que sin duda asolarán esta tierra. Tu ambición acaparadora, posesiva y dominante ha roto el delicado equilibrio sobre el que se sustentaba la fuerza del califato. ¿Acaso no has sido tú quien ha propiciado la laxitud y molicie del Califa, esa que ahora tanto te duele, satisfecho de hacer sólo tuyo este reino?. Entonces, ¿de qué te quejas?. Abd Allah, según dices, va a morir y tu corazón de padre llora acongojado. Pues bien, mi hijo, Amir, hace mucho tiempo que está muerto. Sin embargo, lucharé hasta el final por volverle a la vida, porque sea él quien neutralice odios y pasiones y garantice una paz duradera. Allá por donde tu ambición navegaba has sembrado el temor, has ayermado, matado, mentido sin piedad, sin medida. Recoge pues los frutos que con tanto mimo y cuidado hiciste crecer. Sin que tú te percatases, tan embebido andabas en dominar más y más, han ido multiplicándose, prosperando a tus espaldas y a tu imagen, avaricias que están aguardando que faltes. El Califa no existe, la sabiduría y el poder de Allah carece de un representante que temple ánimos y atempere voracidades. Tan ciego estabas por dominarlo todo que, debido a la sola sospecha de que Abd Allah no te pertenecia, le negaste amor y afecto, poco te importó que desde muy niño buscase tu aprobación, esmerándose en ser como tú querías que fuese, hasta que un día su corazón endurecido optó por enfrentarse a ti y relevarte en tu puesto. Es una triste historia. Quizás en este momento, bajo las mismas estrellas que nos contemplan ahora, la cabeza de tu hijo haya caído gritona y muda bajo la hoja de un alfanje, mientras, como bien decías en tu discurso, el mío duerme, ajeno, entontecido. Vete Almanzor, vete a la guerra, pues tan solo la gloria de esas batallas podrá justificarte ante Dios y ante la historia.

Oría se levantó pálida y temblorosa dejando allí a al-Mansur que le suplicaba caricias y consuelo. La silueta de la Sultana se perdió en la oscuridad del Alcázar. Poco más o menos a esa misma hora, Abd Allah era ejecutado por uno de los guerreros que le trasladaban a Córdoba, cumpliéndose así las órdenes de su padre.

Meses después de este encuentro, Amir dimitió del cargo de hayib, que durante tantos años le había pertenecido, en favor de su hijo Abd al-Malik que contaba por entonces 18 años. A partir de este momento, él, a semejanza de los califas sería simplemente llamado al-Mansur billah, el que vence con la ayuda de Dios. La cesión al hijo de aquel título no suponía merma o dejación de poder en el hasta entonces primer ministro, bien al contrario, ahora al-Mansur se erijía de facto en el único y solo rey, el Califa era un títere a su servicio y, además, la abdicación en Abd al-Malik daba fe de los nuevos privilegios que desde entonces se arrogaba y de su firme voluntad de constituir una dinastía con su descendencia.

Almanzor se recuperó muy pronto del quebranto que la orden de ejecución de su hijo Abd Allah le había producido, continuando en su loca carrera y constituyéndose en dictador. En el 992 hizo público un decreto según el cual solamente figuraría el nombre de al-Mansur en el sello oficial utilizado por la cancillería, usurpando de este modo al Califa otra más de las prerrogativas reales. Esta medida, vano alarde de poderío, junto a la visita a Córdoba del soberano navarro, Sancho Abarca, que fue recibido con todos los honores por su yerno, encrespó ánimos y recelos, pues, aunque el anciano desde que descabalgó de su montura no escatimó las muestras de reconocimiento y reverencia para con el califato, su presencia hizo recordar a los cordobeses que Abd al-Rahman, el hijo de Almanzor, llevaba sangre enemiga y bien pudiera ocurrir que aquel muchacho, que por entonces ya contaba diez años, pretendiera un día ejercer el mismo poder que su padre, en cuyo caso sería un extranjero quien suplantase al legítimo Califa. Así que éstas fueron las señales que desataron un rumor de descontentos que bien pronto se propagó por todo el reino. Amir, sin embargo, hacía poco caso de aquel malestar que comenzaba a dejarse oír y, desdeñando consejos y pareceres que le recomendaban mayor cautela en el tratamiento de los asuntos relacionados con el Príncipe de los Creyentes y una más prolongada presencia del dignatario en Córdoba, prosiguió con las batallas, quería vengar el apoyo prestado por el conde de Castilla al desgraciado Abd Allah, empujando a Sancho, hijo de aquel noble, a usurpar el condado a Garci Fernández, su padre, de esa manera probaría el castellano de la misma amargura que él había saboreado.

La noticia de la incipiente marejada que parecía alzarse en contra de al-Mansur fue conocida en el Alcázar. Las alentadoras nuevas, que durante tanto tiempo llevaba aguardando la Sultana, pusieron a ésta en pie de guerra, al fin había llegado el momento de actuar. En los largos años que había durado el confinamiento real, Oría tuvo ocasiones sobradas para planear estrategias, idear proyectos y dar con la persona idónea que pudiera venir en apoyo de sus aspiraciones. Ahora, llegado era el momento de poner en práctica los rumios elaborados tan minuciosamente.

En Berbería, Ziri Ibn Atiyya era el jefe musulmán de la tribu de los magrawa. Este hombre había visitado Córdoba y causado una honda impresión en Almanzor que reconocía en él vigor, inteligencia y ambición. Ziri, durante un tiempo, fue aliado del califato, llegando a alcanzar la dignidad de visir. Pero, astuto y lagarto, supo servirse del apoyo cordobés para consolidar su autoridad entre el pueblo magrawí, declarándose, luego, independiente de Córdoba y enfrentándose a al-Mansur que envió contra él a Abd al-Malik, el ahora primer ministro. Abd al-Malik no defraudó a su padre y venció al valeroso jeque que se vio forzado a refugiarse en el desierto del Sahara. Ziri, a pesar de esta derrota, era uno de los pocos hombres a quien el dictador admiraba, acaso porque percibiese en el bravo guerrero las mismas cualidades que configuraban su propio carácter. Oría conoció a través de Maisur, siempre al tanto de los aconteceres de la corte, la opinión que el jeque merecía a su enemigo. Amir era un sagaz conocedor del alma humana y, si decía que el africano se parecía a él, Zobh podía estar segura de que no se equivocaba y de que, por lo tanto, la ambición de aquel hombre, como un día la de Almanzor, tenía un precio que ella podría pagar con las arcas del tesoro que aún seguían depositadas en el Alcázar.

La tarea a la que se enfrentaba la vascona era ardua. Oría carecía de aliados. Vivía aislada y sola en aquel palacio. Hisham permanecía hundido en dulces letargos. La nobleza Omeya, poco a poco, había sido expoliada por al-Mansur y languidecía sin poder y sin fortuna. La Sultana, pues, para librar la batalla definitiva contaba tan solo con sus propias fuerzas y con el apoyo que sin duda le brindarían los eunucos, los esclavos y las mujeres del serrallo, hartos ya del apático transcurrir en el Alcázar. Fuera, bullía el pueblo a quien las últimas afrentas de Amir al Califa parecían haberle abierto los ojos. Allí estaban también Mayus y al-Tamayib.

Por entonces, Almanzor andaba empeñado en la guerra contra el conde de Castilla. La victoria, tras una corta lucha, fue para el ejército cordobés que se hizo muy pronto con las fortalezas de San Esteban y de Clunia. El 30 de mayo de 995 expiraba Garci Fernández dando cumplida satisfacción a los deseos de venganza de Amir, pues que el conde moría con el corazón destrozado por la traición de su hijo. Sancho, entonces, en pago a la valiosa ayuda musulmana, se declaró tributario de Córdoba. Luego, Almanzor marchó contra Bermudo que había osado poner en duda la fuerza del poder del Islam.

Entre tanto, Oría inició una difícil operación que, de tener éxito, acabaría con su enemigo y otorgaría a Hisham la dignidad que le era debida, cumpliendo la vascona de este modo con el juramento hecho a su esposo. Maisur fue el encargado de realizar las gestiones iniciales, la libertad de movimientos de que disfrutaba el liberto para entrar y salir del Alcázar le permitía poder obrar sin levantar sospechas, y él fue el emisario entre Mayus, al-Tamayib y la Sultana, que, a través de una muy breve misiva, rogaba a los amigos escucharan el mensaje que por mediación del fiel servidor les enviaba.

No le fue difícil a Maisur dar con la casa de Mayus, un repicar de crótalos cadencioso y amable, que escapaba de una de las villas que se extendían en el barrio residencial cordobés próximo a las murallas y a la Mezquita, le hizo comprender que había llegado. En efecto, Mayus continuaba habitando la misma morada de sus primeros años de libertad, aquella que amplió gracias a la adquisición de la finca vecina. El vascón, que gozaba de un saneado pasar, distribuía el tiempo entre el cuidado del hermoso jardín de su casa y la explotación de una mediana propiedad en las afueras de Córdoba, allí Mayus experimentaba en los cultivos caprichosos enjuagues que causaban la admiración de no pocos, pues lograba obtener especialísimas naranjas enanas y muy jugosas, albaricoques gigantes y de sin igual dulzura, calabazas de colores, en una palabra, una rica variedad de frutos a cual más antojadizo y singular. El liberto, que andaba rondando los sesenta y cinco años, continuaba ágil, ligero y rubicundo, él atribuía su buena salud y planta a los cuidados de la Almanzora que todavía permanecía a su lado. Al-Tamayib, desde hacía muchos años, era vecino de su amigo, siendo el hogar del astrólogo, ya en su estructura, insólito y particular, los más originales boquetes, por los que asomaban tubos, complicadas lentes y extraños artilugios que servían al quiromante para inspeccionar los astros y los planetas, se abrían en la fachada de la casa. Esta morada, no bien despuntaba la mañana, comenzaba a sonar con curiosas melodías porque al-Tamayib no sólo no había abandonado con los años la antigua costumbre de tabalear castañuelas sino que el amor que siempre experimentó por los instrumentos acústicos se había acrecentado, gustando de tañer extraños tamboriles africanos, flautas llegadas del lejano Oriente, esquilas, changarras, zumbas, címbalos, gongs, cascabelillos y tantanes. El mago, con el pasar de los años, había abandonado los descuidados atuendos de la madurez, convirtiéndose en un personaje atildado y pulcro. Sin embargo, su cabezón, ahora adornado de dos únicos cabellos, seguía siendo el mismo, sus ojillos refulgían como antes y sus orejas, aún más grandes a causa de la edad, pendían y rebullían igual que antaño aunque la textura de los cartílagos fuera pellejosa y mustia. Silofa disfrutaba con la holgada posición de su amo. Era la reina de aquella amplia mansión tan rica en escondrijos y recovecos por los muchos mecanismos que encerraba como bien abastecida de nuevos olores, no había día sin que un moderno instrumento o un flamante aparato fuese a aterrizar allí para contento de la minina que disfrutaba olfateando y curioseando la recién llegada adquisición. Cuando los trajines del amo disgustaban a la micifuza, pasaba ésta a la casa de Mayus en donde buscaba solaz por el jardín o dormitaba en los almadraques del liberto, además, la Alhakana siempre le festejaba con algún delicioso bocado.

Maisur, pues, se acercó a aquella sonora finca y se presentó al adivino que al punto fue en busca de Mayus, presintiendo que algo muy grave ocurría. Una vez que Mayus estuvo en la casa de al-Tamayib, Maisur extendió la breve nota que, de parte de la Sultana, traía para ellos. Luego, explicó a los amigos el motivo de la visita y el plan elaborado por su señora, quien contaba con el concurso de aquellos, dijo, para poder llevarlo a feliz término. Y este era el ardid. De sobra sabían la humillante situación en la que se encontraban el Califa y su madre a causa de la desmedida ambición de al-Mansur. Sin embargo, en los últimos meses, Amir había cometido el temerario error de atribuirse públicamente prerrogativas que sólo correspondían al Califa. Esto, junto a los lógicos descontentos que un mandato tan férreo y prolongado como el del dignatario suele alimentar, había encrespado los ánimos de la población, dejándose oír las primeras voces disconformes que reclamaban al soberano. Oría, por tanto, veía llegado el momento propicio para hacer valer los legítimos derechos de su hijo. Ahora bien, para poder asestar un golpe mortal a su enemigo, necesitaba la ayuda de alguien tan ambicioso, valiente e inteligente como aquel a quien pretendía derrotar y aquí entraban ellos en danza. Sólo Ziri Ibn Atiyya, el fiero jeque magrewi, poseía las cualidades que la empresa requería. Ziri, por entonces enfrentado a Córdoba, se encontraba refugiado con sus tropas en el desierto y allí deseaba dirigirse la vascona, en compañía de Mayus y al-Tamayib, para convencer al africano de su participación en el complot a cambio de una fuerte suma de oro y a cambio también de la concesión de tantas dignidades o privilegios como éste reclamase. Mudos se quedaron los dos hombres tras escuchar la propuesta de Maisur. Aquello era arriesgado y temerario, había que pasar el Estrecho con el consiguiente peligro, las aguas del Atlántico y del Mediterráneo se entrelazan con mucho jaleo de remolinos y trombas, además, ¿cómo justificaría la Sultana la ausencia de palacio?,

¿qué ocurriría de ser descubiertos?. Maisur tranquilizó ánimos. Zobh, alegando hipocondría y achaques, partiría a la finca de Durri por una temporada, escapando de este modo de la vigilancia que soportaba en el Alcázar, siempre más estricta que la de la quinta de veraneo. En el caso de que fuesen descubiertos, nada tenían que temer, al-Mansur, dadas las circunstancias por las que entonces atravesaba, no osaría tomar medidas ni contra la madre del Califa, ni contra Mayus y al-Tamayib, personajes muy conocidos en Córdoba, de eso podían estar seguros. Ahora, si es que aceptaban tomar parte en aquella aventura, sólo restaba fijar una fecha para el viaje. Los dos hombres rogaron al liberto les permitiese celebrar un conciliábulo antes de responderle. Luego, se encerraron ambos en una alcoba contigua. Maisur no tuvo que aguardar mucho, minutos después volvieron, la respuesta era afirmativa. Ellos se iban a encargar de los preparativos necesarios que calculaban podrían ultimar en un mes. La vascona al cabo de quince días debía partir hacia la almunia de Guadarromán, a donde irían buscarla. Era indispensable que se hiciese con ropas de varón para no levantar sospechas. Entonces Maisur sacó de la faltriquera que escondía en el interior del albornoz un bonete de fieltro verde que enseñó a Mayus con una sonrisa. Al vascón le asomaron los recuerdos a la mirada.

Oría, tras conocer el consentimiento dado por los amigos a participar en la conspiración, inició el teatro de su enfermedad. Hisham, entre sopor y sopor, se mostraba preocupado por la tristeza que embargaba a su madre y por el aspecto alicaído y meditabundo de que alardeaba. Los médicos de la corte andaban desorientados con aquel malestar sin fundamento que por fin diagnosticaron fruto de la naturaleza de las mujeres a esa edad, Oría contaba cincuenta y dos años, pareciéndoles muy aconsejable se diera gusto a la enferma en su necesidad de descanso y partiera ésta sin tardanza a la finca de Durri. A los quince días de la entrevista habida entre Maisur, Mayus y al-Tamayib, Zobh, junto a un reducido número de servidores fieles y un menguado destacamento de guardia, salió del Alcázar hacia el cortijo de recreo. La operación estaba en marcha.

La noche del 23 de abril, discurría el Guadarromán lleno de sueño. El campo, el cielo, el aire estaba calmo. Los esclavos que acompañaban a Oría dormían. Los centinelas que le custodiaban se habían dejado comprar por unas cuantas monedas de oro y la firme promesa de jugosas prebendas. De pronto, dos jinetes se acercaron hasta la puerta de la casa y llamaron con precaución y sigilo. Eran Mayus y al-Tamayib que llegaban en busca de la Sultana. El encuentro fue emotivo y lleno de ternura. Luego, Oría se vistió en un santiamén con aquellas queridas ropas que habían jugado un papel tan trascendente en su vida. Después, hizo que le ensillaran un hermoso alazán y los tres partieron. Los esclavos sabían cómo debían actuar durante la ausencia de su señora, nadie bajo ninguna concepto, ni aun el mismo Califa o al-Mansur, podían perturbar el retiro.

Tres jinetes galopaban a buena marcha al amparo de la noche. Las tierras fértiles y los ricos plantíos que se extienden hacía el sur, lejos aún las serranías, estaban oscurecidos y silenciosos. El río Genil, lleno de lunas y de estrellas, navegaba poco crecido a pesar de ser primavera. Vinieron luego las llanuras tranquilas que se prolongan hasta los comienzos de las serranías de Ronda y de Málaga. Oría, Mayus y al-Tamayib se intrincaron entonces por bosques de encinas, de castaños y de alcornoques. Atravesaron umbríos abismos. Se refrescaron en claros torrentes que iban a precipitarse con mucho estrépito en el fondo de aquellas montañas. Recorrieron senderos escarpados, escoltados de picachos y de rocas. Hasta que, al fin, ganaron tierras más serenas, adornadas de viñas y de almendros, de naranjos y de limoneros, de cerezos, de granados y de higueras. Luego, el vientecillo que se levantaba con el trote de los caballos comenzó a oler a mar y, poco tiempo después, Africa, misteriosa, sibilina y rara se ofreció a los ojos de los viajeros que quedaron mudos al contemplar tan mágica hermosura. Era un día claro. Enfrente, un continente arcano y luminoso les estaba aguardando. Abajo, a los pies del acantilado, el mar, engañoso, seductor, azul y profundo.

Oría, Mayus y al-Tamayib llegaron a Fez a la puesta del sol. La travesía del Estrecho la realizaron sin contratiempos en una cómoda embarcación que los dos amigos habían contratado gracias a la complicidad de un comerciante malagueño que mantenía una estrecha amistad con los dos hombres y que fue, a su vez, quien les facilitó el contacto que les conduciría hasta el campamento del bravo Ziri. En esa ciudad descansaron aquella noche y, de madrugada, a fin de evitar los agobios del sol, se dirigieron en busca del desierto a lomos de ligeras camellas y lo encontraron. Jamás en su vida, ninguno había admirado paisaje más hermoso y recóndito. Un amanecer, rojo, azul, dorado, silencioso, insondable y hondo tiñó la inmensidad hecha arena que se extendía lejos, muy lejos, por el horizonte. Los dos hombres y la mujer, olvidados del grave asunto que hasta allí les había traído, dejaron que sus corazones se conmovieran en la contemplación de aquella belleza intensa y fuerte. Sus almas, fundidas con tanta hermosura, se perdieron entre la arena, enredadas, engrescadas con el infinito.

Ziri Inb Atiyya recibió a los huéspedes con todos los ritos y ceremonias que su tribu prodigaba a los visitantes de abolengo. Oría pudo descansar del largo viaje en la tienda que el jeque tenía preparada para la Sultana y disfrutar de los cuidados y atenciones de un puñado de mujeres de la tribu. Al atardecer tuvo lugar la entrevista. La vascona, engalanada con un rico manto de seda oscura que hacía resaltar su pálida piel, ya algo marchita, y tocada con velos de oro, causó la impresión que pretendía en el guerrero. Mayus y al-Tamayib, por expreso deseo de Oría, también estuvieron presentes. El antiguo liberto pudo así disfrutar del encanto de aquella mujer que, a pesar de su edad, era capaz de cautivar a un hombre más joven que ella, pues que el jeque magrewí la contemplaba con claras muestras de complacencia. Y el trato quedó cerrado con éxito. Ziri, a quien al-Mansur parecíale fatuo y vano, aceptó de buen grado participar en un complot que tenía por objetivo derrocar al dignatario, a cambio, las exigencias del bereber se concretaban en 80.000 monedas de oro de las que andaba muy necesitado y que le debían ser entregadas antes de que se llevase a cabo la empresa, extremo este con el que Oría estuvo de acuerdo. Una vez sellada la negociación, los amigos disfrutaron de la hospitalidad de su huésped que les agasajó con un convite a la usanza de la tribu. Los amigos degustaron con gran placer y curiosidad aquella variedad de manjares desconocida para ellos. Al día siguiente, partieron camino de Córdoba.

El viaje de regreso al califato no presentó contratiempos y, unos días después, la vascona se hallaba de vuelta en Durri donde supo por los criados que su ausencia había podido mantenerse en secreto.

A poco del regreso de Oría, Hisham se trasladó con sus mujeres a la finca de Guadarromán. Ahora comenzaba la difícil tarea de hacer comprender al Califa que había llegado el momento de hacerse con las riendas del gobierno y la no menos complicada de insuflarle el valor y la dignidad necesarios para luchar por lo que era suyo.

Día tras día, durante aquel agosto, la Sultana, con serenidad y firmeza, recordó a Hisham su jerarquía, la deuda debida a los gloriosos antepasados que le habían precedido en el trono del califato desde Abd al-Rahman I hasta su propio padre, el sabio y prudente al-Hakam, habló al joven del descontento de los súbditos que reclamaban su autoridad y su presencia, le tildó de pelele de al-Mansur, denunció su cobarde dejación del reino en manos del funcionario que, cual reyezuelo, había ya nombrado a Abd al-Malik heredero de dignidades que no eran suyas, en fin, que no hubo hora en que la vascona no espolease el pusilánime espíritu del hijo para hacerle salir del letargo que le dominaba. A Hisham, aunque las respuestas de éste a las peroratas de la madre eran rezongonas, desabridas, hurañas, otra debió de quedarle dentro, pues, cuando días más tarde Almanzor les visitó en la finca de recreo pretextando un motivo fútil, el Califa le trató con inusual frialdad que fue comentada por cuantos presenciaron la entrevista. Hisham, decían, era otro hombre, digno, autoritario y soberano. Aquella actitud causó gran alegría a Zobh, los discursos y sermones, con los que había regalado al hijo, parecían haber hecho mella en el débil espíritu del monarca y rogó Allah para que aquel cambio de talante fuera duradero. Amir, según le contó Maïsur, había partido de Durri extrañado y ofendido por el distante recibimiento del Califa.

En septiembre, volvieron madre e hijo a Córdoba. La Gran Fiesta de los Sacrificios se celebró con la solemnidad habitual, pero de nuevo Hisham mostróse arisco y desconsiderado con al-Mansur. Sin embargo, el dignatario, desoyendo las voces que le aconsejaban prudencia, algo parecía estar cambiando en la cabeza del monarca, hizo público, pocos meses después, otro decreto según el cual sólo él, a partir de ese momento, sería designado con el título de seyid, señor, honor hasta entonces privativo del monarca, autonombrándose a su vez noble rey. El descontento del pueblo por la asignación de tales dignidades pronto se hizo notar. Empero, Almanzor estaba borracho de poder y despreciaba la fuerza de sus enemigos así como los apoyos con los que parecía contar el soberano, que, bien sabía él, se limitaban a los de su madre, al fin y al cabo, decía, una pobre mujer extranjera y dos jaretas, brujo, uno, y campesino, el otro.

Oría entonces se dispuso para la gran batalla. Con ayuda de Maisur, de Mayus y de al-Tamayib entró en contacto con cordobeses descontentos a los que hizo saber que el monarca estaba retenido contra su voluntad por el funcionario quien impedía a Hisham ejercer la dignidad que por derecho divino le era debida. Las noticias sobre el nuevo y férreo talante que ahora mostraba el Príncipe de los Creyentes se extendieron por todo el reino. Poco a poco, fueron alzándose voces que denunciaban el aislamiento del monarca y las intimidaciones a las que era sometido por al-Mansur con el fin de arrebatarle el poder. El serrallo se preparó también para la lucha, hastiado ya del mangoneo del reyezuelo. Y el dictador terminó por admitir que no hay enemigo pequeño. Una mujer sola, pero decidida a la guerra, estaba haciendo tambalearse el tinglado que, desde hacía tantos años, había ido construyendo el dignatario y sobre el que se sentía soberano.

El poder de al-Mansur cayó entonces como un rayo sobre las gentes del Alcázar. Amir desbarató de un plumazo al grupo del harén partidario de la Sultana, decretando traslados, ordenando detenciones so pretexto de falsos delitos y acobardando a mujeres y eunucos con crueles medidas. Pero nada podía contra la vascona, al fin y al cabo, la madre del Califa. Oría, entretanto, valerosa y gallarda, se dispuso a enviar al magrewí, como quedó acordado en su encuentro con Ziri Ibn Atiyya en Africa, las 80.000 monedas de oro que éste exigía por prestar su apoyo a la causa del monarca cordobés. La operación estaba fijada para los últimos días del mes de febrero.

El 26 de febrero, Zobh, con ayuda de Maisur y de dos o tres mujeres fieles que aún permanecían en el Alcázar, acarreó sigilosamente cántaros y vasijas de barro hasta sus propias alcobas, disimulando la ausencia de estos receptáculos con plantas y cachivaches que colocaron en el lugar de aquellos. Era la hora de la siesta. Los guardias y funcionarios descansaban completamente ajenos a la trama. Los corredores y claustros de palacio parecían dormidos de tanto sosiego. El día transcurría lento y nervioso. La vascona deambuló toda la tarde de un lado para otro incapaz de entretener su espíritu. Al atardecer, como siempre, se reunió con Maisur para evitar sospechas. Departieron sobre mil fruslerías a cual más vanas, haciendo tiempo hasta que llegara el instante de apoderarse del tesoro. Serían las nueve cuando dieron por terminada la tertulia. Había que apresurarse. Oría y Maisur se dirigieron a las dependencias del Alcázar en donde se encontraban las arcas califales, el jefe de la guarnición que custodiaba el oro del califato solía retirarse entonces a tomar un refrigerio. Cuando la Sultana y el liberto entraron en la alcoba, los guardias presentaron armas a la reina. La vascona, enseguida, ordenó con autoridad a los plantones que les dejaran solos, quería contemplar las valiosas joyas que desde hace varios siglos formaban parte del patrimonio real. No admitió las protestas de uno de los soldados quien, con todo respeto, dijo tener órdenes de custodiar las riquezas e impedir que nadie, a excepción al-Mansur, se acercase a ellas. Zobh replicó con tal indignación y soberanía a las palabras del centinela que éste obedeció al punto. Luego que hubieron abandonado la sala los custodios, ella y Maisur rebañaron con precipitación la suma requerida por Ziri, ocultándola bajo los mantos. Después, salieron tranquilamente parloteando sobre la magnificencia de las joyas. La noche se escurría por el Alcázar densa y negra. El liberto y la Sultana se dirigieron a buen paso hacia las habitaciones de ésta. Allí les aguardaban las tres mujeres leales.

No fue liviana la tarea de esconder aquella enorme cantidad de monedas de tal modo que el brillo del oro no levantara sospechas. Entre todos introdujeron las piezas en los cántaros y jarros de los que se habían provisto por la mañana y cubrieron las bocas de estos recipientes con miel, licores y otros alimentos. Luego, la vascona llamó a unos cuantos esclavos a los que ordenó trasladaran las valiosas vasijas hasta la puerta principal, eran provisiones para gentes necesitadas de los arrabales. Una carreta llegaría muy pronto en su busca.

En efecto, poco después, un carro, conducido por un hombre alto con el rostro escondido en el capuchón de su albornoz y acompañado de otro de menguada talla y cumplida cabeza, se detuvo ante la entrada del Alcázar. Los dos hombres, mascullando palabras soeces y quejas por tener que trabajar en horas tan avanzadas de la noche, ayudaron a los esclavos a cargar los tarros en la trasera del carruaje. Estaban ya finalizando la operación, cuando un ruido de tropa y la luz de unas antorchas anunciaron la llegada de algún alto personaje. Y allí estaba al-Mansur. Amir desmontó del caballo y, apartando de un manotazo a los siervos que faenaban, se dirigió con paso decidido hacia el interior de palacio. Mayus y al-Tamayib redoblaron las pestes y los reniegos tratando de ocultar la turbación y el susto que la visión de aquel les provocaba. Pero antes de cruzar el portón, Almanzor grito al jefe de su escolta que investigase qué era aquel trajín de cántaros, luego se perdió por el Alcázar. El guerrero se acercó entonces a los esclavos. Una a una olisqueó las garrafas, evitando así el pringue con el que el escarceo del primer vaso, colmado éste de miel, había correspondido a su curiosidad. Después, tras dictaminar lo inofensivo del trasporte, entró él también en palacio. Segundos más tarde, partían Mayus y al-Tamayib camino de Berbería. Ziri ya tenía su paga.

Sin embargo, a pesar de los sigilos y cuidados de Oría, alguien había alertado a al-Mansur sobre lo que ésta tramaba, pues Amir, una vez dentro del Alcázar, encaminó sus pasos a las dependencias del tesoro en donde no tardó en percatarse de lo ocurrido. El dignatario ordenó entonces el registro de la fortaleza. El tiempo que se empleó en esta operación fue precioso para Mayus y al-Tamayib que andaban ya muy lejos cuando el de Algeciras estableció la relación entre el carro de vasijas y la mengua del tesoro. Oría no cabía en sí de gozo por el éxito de la empresa.

Amir estaba ahora atrapado, la información de una conspiración que contaba con el apoyo de aquel jeque magrewi, uno de los pocos hombres a quien Almanzor admiraba y temía, le había llegado tarde. Las fuerzas berberiscas del africano pronto cabalgarían hacia Córdoba y aquella gente brava, adiestrada en guerras continuas, se vería respaldada por orquestaciones de cordobeses rebeldes. El dignatario tenía que actuar con presteza pero no sabía cómo hincarle el diente a tan comprometida situación. Durante varios días al-Mansur buscó la soledad, necesitaba meditar sin aturullamientos la actuación más conveniente para romper el cerco enemigo. Al fin creyó haber dado con la fórmula. Por la mañana, mirando porque Oría no estuviera presente, se entrevistaría con el Califa, de sobra conocía él el espíritu endeble del monarca que terminaría por tronzarse, sin lugar a dudas, ante las astutas palabras que le pensaba dedicar. La rememoración de tiempos pasados, las sentidas muestras de afecto, las sutiles dudas sobre el sano juicio de la madre a edad tan peligrosa para las mujeres, las tentadoras promesas de caprichos y las más dulces lisonjas, mezcladas todas ellas sabiamente con terribles amenzas de desgracias enormes, negros vaticinios de catástrofes y desdichas que, a ciencia cierta, recaerían sobre el reino si él, al-Mansur, abandonaba las riendas del poder, en fin, la realista descripción de horrendos males, darían el fruto apetecido. La guerra civil, decía ahora Amir al soberano, está a la vuelta de la esquina. Sanguinarios masarristas exigen tu cabeza, Hisham. Es el momento de que me concedas plenos poderes. Sabes que sólo yo puede salvarte a ti y al califato de las calamidades que nos acechan, aquí bajó la voz que voló suave y acariciadora hasta el Príncipe de los Creyentes, la Sultana, prueba de la debilidad de juicio de que te hablo, ha entrado en tratos con un sanguinario bereber que ya está en camino, dispuesto a hacerse con el trono. Hisham se había estremecido como un pajarillo ante aquella noticia. Al-Mansur, entonces, arropó al monarca entre sus brazos. Y así, mientras le acunaba, espantó monstruos y terrores, le contó viejas historias, le habló también de la ingratitud que en los últimos tiempos parecía dedicarle el soberano y del dolor que tantas hosquedades y malos modos le causaban a él que le amaba como a uno de sus hijos, a él que era el único que sabría defenderle, el único dispuesto a dar la vida por su señor. E Hisham cayó en tan pérfidas redes. Entre hipidos y gimoteos suplicó al dignatario que no le abandonara, allí mismo se sometió a su autoridad, Amir era como un padre para él, nunca había ocultado los profundos lazos que le unían con el que fuera durantes tantos años primer ministro. El Califa decía la verdad. Los sentimientos que abrigaba para con el funcionario desde la muerte de al-Hakam, a una edad en que andaba más que nunca necesitado del consejo y la tutela paternos, estaban marcados por toda la complejidad que entreteje los afectos entre un padre y su hijo. Hisham, blando como la cera en manos del hábil al-Mansur, repudió, pues, a su madre, mendigó el cariño y la protección del mandatario y se comprometió a la firma de un documento en el que rubricaba la autoridad de Almanzor y le otorgaba, a voluntad propia, plenos poderes. Cuando Amir salió de palacio, un sol, tan redondo y ardiente como el que le persiguió el día en que siendo jefe de la Ceca fue acusado de malversación, le acompañó hasta al-Zahira. Era un triunfador.

Aquella tarde Oría soñaba con sus amigos de vuelta a casa una vez de cumplida con éxito la delicada misión que les había encomendado. La vascona estaba feliz, se acercaba el día en que iba a ver realizada la promesa que hizo a al-Hakam. Su hijo reinaría en el califato. La tarde era hermosa. Aquellos primeros días de marzo olían a primavera colmada y espléndida. Dio un paseo por los jardines que comenzaban a florecer. Luego, encontrándose con el talante necesario para visitar a Hisham en aquel paraíso de molicie donde vivía encerrado con sus mujeres, se dirigió a las dependencias califales. Poco a poco quería ir adiestrándole en las nuevas tareas que debería atender de ahora en adelante y darle consejos encaminados a variar aquellos hábitos que entontecían aún más su espíritu. Sin embargo, no bien puso los pies en los aposentos del Califa, un cuerpo de guardia desconocido para ella le salió al encuentro y le impidió el paso, Hisham, al parecer, descansaba y no quería ser molestado. El jefe de los centinelas rogó a Oría con toda corrección y delicadeza que aguardase hasta el día siguiente. La vascona abandonó las estancias ciertamente asombrada por la presencia de aquellos extraños y por el retiro de su hijo que nunca hasta entonces le había impedido la entrada en sus alcobas. Salió, pues, de allí y decidió esperar a Maisur para comentarle el hecho. El liberto durante todo el día no había dado señales de vida pero sin duda llegaría para la tertulia diaria. Empero, Maisur no compareció a la hora habitual. Y Oría comenzó a sospechar que algo estaba ocurriendo.

Esa noche fue interminable para la Sultana. Imágenes atroces poblaban sus ligeros duermevelas. Maisur, torturado y crucificado. Su hijo, muerto. Mayus y al-Tamayib, perseguidos. Ziri, derrotado. Muy de mañana Oría abandonó el lecho, se vistió sin ayuda de esclavas y se dispuso a aguardar acontecimientos. Una enorme angustia le enturbiaba la vista y agarrotaba sus movimientos. Se dirigió de nuevo a las dependencias del hijo. Allí estaban los centinelas de la noche anterior que, esta vez, con la misma y corrección y cortesía que la víspera, le hicieron esperar en una pequeña alcoba ciega. Ellos le conducirían ante el Califa cuando éste pudiera recibirle. Oría se dio cuenta de que ella también estaba prisionera. No cabía duda de que sus planes habían fallado.

Al mediodía, se abrió la puerta de la sombría estancia en la que la guardía había confinado a la Sultana y ante ella apareció al-Mansur. Apenas hubo palabras en este último encuentro entre Amir y la vascona. Oría, vieja, cansada y vencida, preguntó por la suerte de su hijo y las palabras del dignatario fueron más amargas que la hiel, Hisham se había sometido blandamente, el escrito que Almanzor traía en la mano así lo demostraba, el Califa está feliz de poder evitarse engorros y responsabilidades, quiere seguir viviendo como hasta ahora y, con el fin de poner término de una vez a los desagradables incidentes ocurridos en los últimos tiempos, se está organizando un gran desfile que, dentro de dos días, recorrerá las calles de Córdoba para que el soberano se muestre ante el pueblo, así podrán los insatisfechos contemplar a un Hisham feliz cabalgando entre las gentes, los cuentos que han circulado por ahí no son sino patrañas forjadas por la calenturienta imaginación de una madre demasiado vieja y ambiciosa que además tiene trastornadas las facultades. Maisur ha logrado escapar y nada se sabe de los cómplices que, sin embargo, han conseguido hacer llegar el oro hasta África, pero el ejército marcha ya contra el traidor. No temas por tus amigos, Oría, no quiero escándalos, interesa que este asunto se olvide cuanto antes. Tú vas a partir lejos de la corte, marcharás a alguna de las propiedades reales, a aquella a la que elijas, ya ves que no soy rencoroso, y allí fijarás tu residencia. La vascona miró a Almanzor. Eran dos viejos vapuleados por la vida. Secos de amor. Partiría a al-Zahra. En ella habían transcurrido los mejores años de su vida y en ella deseaba morir entregada al saber y a la meditación. Pero antes quería despedirse de su hijo.

Al-Mansur estuvo presente en la despedida. Desconfiaba de las artimañas de la Sultana. Hisham no fue capaz de mirar a su madre y, como un niño enfurruñado y temeroso, le besó sin apenas rozarle la mejilla y corrió luego a esconderse en sus habitaciones. Horas después, tornaba Oría a al-Zahra. Un largo capítulo de su vida acababa de cerrarse.

El trayecto de vuelta a casa, después de tantos años, resultó ser un bálsamo para los muchos sufrimientos acumulados por Djafar. Aunque sin éxito, había cumplido con la promesa hecha al marido. Ahora iba a vivir para ella. Al-Zahra, tristona y vieja, aún conservaba su antigua belleza. Las calles estaban casi desiertas, solamente habitadas por un puñado de campesinos. Atardecía cuando la comitiva llegó a palacio, el más oriental de cuantos allí se alzaban. El muezzín llamó entonces a la oración de la tarde y su cantó voló suave, calmo, sobre los tejados y alcanzó las nubes oscurecidas. Oría, sin escolta, sin esclavas, por primera vez en libertad, acudió a aquella llamada. La inmensidad de la mezquita fue un oasis para su soledad. Su corazón, sereno y sabio, se abandonó entonces en el Altísimo. Al fin saboreaba la paz.

Epílogo

CINCO AÑOS DESPUÉS de los sucesos relatados, la noche del 10 de agosto del año 1.002, murió al-Mansur, el ayudado por Allah. Amir expiró tras la última batalla victoriosa contra los cristianos. Unos días antes, las tropas islamitas habían penetrado en tierras riojanas hasta el pueblo de Canales, al sur de Nájera, y habían destruido el monasterio de San Millán. Su cuerpo, junto con la copia del Corán que siempre le acompañaba, fue enterrado en Medinaceli. Durante los catorce días que duró la agonía del dictador, nadie escuchó a éste proferir una queja. Abd al-Malik, su hijo, le acompañó en el trance y aquel hombre inteligente, soberbio y ambicioso invirtió las pocas fuerzas de que aún disponía instruyéndo y aconsejando al que iba a ser su sucesor. Dicen que, momentos antes de expirar, escapó de su pecho un sollozo, un gemido cavernoso, llamando a Oría.

La vascona supo de la muerte de Almanzor unos días después. Oría, que vivía en el retiro de al-Zahra entregada a la meditación, al estudio, a la educación de un puñado de niños y mujeres campesinas que habitaban aquellos contornos y para los que había improvisado una escuela, dedicada también al cuidado de los animales exóticos que aún poblaban las jaulas y redes de la ciudad califal y de los que ya nadie se acordaba y entretenida en tareas de jardinería que realizaba con gran placer, recordó aquella mañana a aquel hombre al que tanto había amado y sintió, a pesar del dolor que en los últimos tiempos Amir le procuró, que su corazón se arrugaba de tristeza. Almanzor se llevaba con él la memoria de muchos años juntos. Y Zobh reflexionó que cada vez eran menos los que formaban parte de su vida y todavía estaban vivos. El rigor del destierro, que hacía cinco años impuso al-Mansur a la Sultana, le había impedido a ésta continuar con las visitas y los tratos de Mayus y al-Tamayib, de los que sólo sabía que permanecían en Córdoba y gozaban de buena salud. Maisur, tras el desentrañamiento de la conjura en favor de Hisham, escapó del califato y Oría no volvió a tener noticias del liberto. Su pobre hijo, los comentarios que escuchaba a los hombres de la guarnición que custodiaban el palacio de al-Zahra le ponían al tanto del disoluto transcurrir de aquel, seguía adormecido por el alcohol, entregado a los vicios y lloriqueando sus miserias y sus culpas de vez en vez. Aquella mañana Oría oró por Almanzor en la mezquita.

Abd al-Malik, tras las exequias celebradas por al-Mansur, volvió a Córdoba y rigió los destinos del al-Andalus sin apartarse de las recomendaciones hechas por su padre en el lecho de muerte. Nunca osó suplantar en el trono a Hisham. Tomó el sobrenombre de al-Muzzafar, el vencedor y, durante los siete años en los que se prolongó el mandato de este Amiríe, el califato gozó de la mayor prosperidad de toda su historia. En octubre del año 1.008 murió Abd al-Malik. Fue un guerrero enérgico y valeroso y un hombre corrupto, borracho y sin escrúpulos. Muchos aseguraron que el hijo preferido de al-Mansur había muerto asesinado por su hermano Abd al-Rahman, Sanchuelo, que le sucedió en el poder.

Tras la muerte de Abd al-Malik, Córdoba inició un vertiginoso declive. En cuatro años el esplendor del al-Andalus se precipitó sin remedio. Sequías, inundaciones, incendios, hambres, pestes y calamidades se sucedieron unos a otros.

Abd al-Rahman, el nieto de Sancho Abarca, soliviantó odios y descontentos. Carecía de las cualidades que adornaban a su padre y a su hermano. Era bebedor, lascivo, irreverente, amigo de francachelas y escándalos que protagonizaba en compañía del propio Califa Hisham, su primo. Muchas noches los cordobeses contemplaron escandalizados el lamentable espectáculo que ofrecían aquellos dos vascones, rodeados de mujeres y efebos, recorriendo borrachos las calles de la capital.

Sanchol, como despectivamente le llamaba el pueblo, era hombre de escaso talento y menguada astucia. Quebrantó las normas políticas seguidas por Abd al-Malik y aconsejadas por su padre. Ciego a los movimientos soterrados que, poco a poco, se iban fraguando contra su mandato, exigió que Hisham le legase el trono. El Príncipe de los Creyentes, como siempre falto de voluntad, cedió ante la presión de consejeros interesados y nombró sucesor a Abd al-Rahman.

El nombramiento de Sanchuelo recordó la profecía que auguraba el final del califato tras la ascensión al trono de un advenedizo. Pero Abd al-Rahman apenas se percató de la indignación del pueblo que le consideraba un extranjero y un usurpador.

Por otra parte, al abrigo de estos descontentos y de la lucha de clases que iba enconando más y más los odios entre los cordobeses, surgieron sectas revoltosas. Los masarristas, partidarios del filósofo y eremita ibn-Masarra que ya fuera condenado por Abd al-Rahman III, eran cada vez más numerosos.

Con la llegada de Abd al-Rahman al poder, el cautiverio de Oría fue más benigno. Al-Tamayib, acompañado de Silofa, la minina estaba espléndida, para ella no pasaban los años, visitó más de una vez a la vascona. Zobh disfrutaba con la charla del amigo que le ponía al tanto de lo que acontecía en Córdoba, le traía también noticias del hijo y le hablaba de Mayus. El vascón en estos últimos años había ido perdiendo, poco a poco, el talante avispado y cuerdo que siempre tuvo y, ahora, vivía retirado al cuidado de la Alhakana que no se apartaba de él y le seguía la corriente en los desvaríos. Mayus, según contaba al-Tamayib, por momentos se creía al-Hakam, Almanzor o el rey de Navarra y la Almanzora era para él Oría. Pero a al-Tamayib, que también estaba viejo y achacoso, aquellos viajes hasta al-Zahra, aunque Lubb o Alí, hoy prósperos comerciantes, le trasladasen con sumo cuidado y en el palanquín más cómodo de cuantos poseían, le ocasionaban no pocos alifafes, así que estas visitas se fueron espaciando. Sin embargo, a pesar de la soledad, la vida de Oría discurría plácida y cumplida. Su rostro anciano conservaba belleza y dignidad. Los movimientos de la vascona eran ágiles. Aquella existencia laboriosa, entregada a procurar mejoras e instrucción las gentes de al-Zahra, le sentaba de perlas.

El 14 de enero de 1.009 se produjo el detonante que sublevó al pueblo. Sanchol, que había decidido lanzar una aceifa contra los cristianos leoneses, partió a la guerra, vestidos él y su tropa con turbantes. Córdoba entera se indignó ante aquella afrenta. Sólo a los juristas y a los teólogos les estaba permitido la utilización de ese atributo.

El 15 de febrero de ese mismo año, Muhammad ibn al-Chabbar, biznieto de Abd al-Rahman III y perteneciente, por tanto, a la casta de los Omeyas, entró en el Alcázar dispuesto a liberar a Hisham. Pero otra vez el Califa rogó le dejasen tranquilo y se olvidasen de él para semejantes zarandajas, así que el Príncipe de los Creyentes abdicó en Muhammad que adoptó el sobrenombre de al-Mahdi billah, el guiado por Dios. EL pueblo, entonces, celebró el derrocamiento de Abd al-Rahman y el fin de la soberanía Amiríe dando cumplido escape a tanto odio acumulado, pues que entró en al-Zahira y saqueó, incendió y devastó la ciudad de Al-Mansur hasta que de ella no quedó nada. Abd al-Rahman, enterado de lo ocurrido en Córdoba durante su ausencia, decidió volver al Califato y someterse a la voluntad del nuevo Califa. Pero ya era tarde, en el viaje de regreso fue ajusticiado y su cuerpo, luego, expuesto en el Alcázar.

Oría supo que, apesar de los graves acontecimientos que se estaban desarrollando, su hijo se mantenía a salvo y, por primera vez en la vida, agradeció a Allah el carácter acomodaticio de Hisham que había inclinado a éste a la abdicación sin condiciones, evitándose así no pocas malandanzas.

Al-Madhi era un hombre sin talento, sanguinario y cruel. Los berberiscos, que habían acumulado un gran poder desde el día en que al-Hakam quedó prendado de un jinete bereber, se levantaron contra Muhammad y proclamaron a Suleyman, otro príncipe Omeya, nuevo califa del al-Andalus. El enfrentamiento entre los dos pretendientes al trono no se hizo esperar. Una guerra civil virulenta y cruel asoló al califato. El 23 de julio de 1.010 los eslavones, contrarios a Suleyman y a los africanos, restituyeron las dignidades a Hisham. Al-Madhi fue decapitado.

La situación en al-Zahra, durante estos años de contiendas, había sido tan calamitosa como en el resto del reino. La Sultana, entonces, alivió el hambre de los campesinos gracias a unos singulares panecillos elaborados con agua y un poco de grano, que, por su consistente textura, ayudaban a matar el hambre. A aquel condumio Oría le llamaba talo y decía ser el alimento común de los labriegos pobres de su lejana Vasconia. Zobh, una vez más, volvió a dar muestra del férreo talante del que ya hizo alarde en la juventud y en la madurez. Las angustias y amarguras que soportaba temiendo por el futuro de aquel pobre hijo no le impedían socorrer a las gentes y sosegar sus asustados corazones.

Pero los bereberes cabalgaban hacía Córdoba para imponer a su Califa. Y entonces se cumplió la maldición que un día intuyó al-Tamayib en las manos de al-Hakam. La muerte y la destrucción cayeron implacables sobre las espléndidas tierras del al-Andalus. El infierno y las fuerzas del mal reinaron poderosas en el califato. Por entonces, un mendigo, que pasó por al-Zahra y al que las gentes atribuían dotes milagreras, contó que desde hacía unos días una nueva constelación, con figura de brujo, en el hombro un zapirón, se asomaba en el cielo las noches de luna llena. Oría conoció así que al-Tamayib también le había abandonado.

El 4 de noviembre de 1010 los berberiscos sitiaron al-Zahra, apenas se les opuso resistencia. Un oficial de la minúscula guarnición que custodiaba la ciudad califal les abrió las puertas del recinto. Enseguida, estos hombres salvajes incendiaron, degollaron a cuantos habitantes encontraban a su paso, cazaron los animales exóticos, mataron y exterminaron sin piedad.

Oría se refugió en la mezquita con un grupo de mujeres y de niños a los que logró alertar de lo que sucedía. Pero para aquellos diablos no había lugares sagrados. La mezquita estaba silenciosa y oscura, sólo se escuchaba algún sollozo de los niños más pequeños que era sofocado aprisa por las madres. De pronto, la puerta del templo se abrió de para en par y un hermoso guerrero berebere, montado en un soberbio alazán, el alfanje en la mano, escudriñó la oscuridad cegado por la luz de la mañana. Cuando descubrió al grupo de mujeres, que, protegiendo con sus cuerpos a sus criaturas, se apretaban junto al mihrab, de la garganta de aquel escapó un grito salvaje mientras espoleaba al caballo, que caracoleó a contra luz y se precipitó en brioso galope contra los indefensos. Pero entonces, algo se cruzó en su camino cortando la loca carrera del corcel. Una mujer anciana, elegante y hermosa, impedía con valentía el paso del jinete. El berberisco miró a la mujer, incrédulo de lo que estaba ocurriendo, luego asestó un tajo mortal en la garganta de la anciana que cayó al suelo, blanca, digna, serena, y prosiguió en busca de más sangre. Oría apenas tuvo tiempo de darse cuenta de que el hermoso bereber le había matado. El cuerpo de la vascona, poco después, se confundió en la eternidad consumido por las llamas que destruyeron la ciudad de al-Zahra. Un niño de corta edad, que sobrevivió a la matanza, contaba años más tarde que la bella sultana habló antes de morir en una lengua extraña y que, mezclados en aquel jeroglífico, él creyó entender el nombre del sabio al-Hakam, el Califa, o el del valiente al-Mansur, pero este extremo no alcanzaba a recordarlo con nitidez.

Hisham logró salir con vida de aquellos sangrientos acontecimientos y desapareció del califato con ayuda de la Alhakana que le escondió en la casa del vascón. Mayus, cuando vio al hijo de Oría que, tras las hambrunas y necesidades de los últimos tiempos, limpio de libaciones exageradas y de enormes comilonas, se había quitado varios años de encima, creyó hallarse ante la madre en los días de la juventud, sufriendo la salud del vascón un grave quebranto a causa de la emoción y recuperando con el sobresalto la cordura. Aún sobrevivió Mayus varios meses a aquel arrechucho durante los cuales hizo ver a la Almanzora cuánto le había amado aún sin saberlo. Una noche que las constelaciones andaban revueltas, llenas de gatos, brujos, califas, Amiris y sultanas, Mayus entregó su alma a Allah, arropado en los brazos de aquella mujer que nunca dejó de quererle y a la que legó todos sus bienes.

Con relación a Hisham se cree que el desventurado Califa terminó sus días en algún lugar de Asia en donde, al fin, pudo disfrutar de una vida plácida sin los ajetreos de la corte.

Bibliografía consultada

ANTOLINI, PAOLA: Los Agotes. Historia de una exclusión. Istmo, 1989.
ARIÉ, RACHEL: España Musulmana. T. III. Labor, 1982.
BARANDIARAN DE, JOSÉ MARIA: Mitos del Pueblo Vasco. Ceca.
BEAULIEU, MICHELE: El vestido antiguo y medieval. Oikos-Tau, 1971.
BRICE PARAIN: Historia de la Filosofía. T. III. Siglo XXI. 1971.
BURCKHARDT, TITUS: La civilización hispano-árabe. Alianza Universidad, 1989.
CAMPION, ARTURO: Nabarra en su vida histórica. Buenos Aires, 1971.
CARO BAROJA, JULIO: Los Vascos. Istmo, 1986.
CASTRO, AMÉRICO: La realidad histórica de España. Mexico, 1954.
DOZY, REINHART P.: Historia de los Musulmanes de España. T. II, T. III. Turner, 1988.
DUFOURCG, CHARLES-EMMANUEL: La vida cotidiana de los árabes en la Europa Medieval. Temas de Hoy, 1990.
ESTORNES LASA, BERNARDO: Historia general de los vascos. Auñamendi, 1960.
GARCIA GOMEZ, EMILIO: Traducción de «Anales Palatinos del califa AlHakam II, por ISA IBN AHMAD AL-RAZI». Sociedad de Estu-dios y Publicaciones, Madrid, 1967.
GARCIA GOMEZ, EMILIO: Notas sobre la topografía cordobesa en los «Anales de Al-Hakam II» por ISA RAZI.

HERNANDEZ GIMÉNEZ, FÉLIX: MADINAT AL-ZAHRA. Arquitectura y decoración. Patronato de la Alhambra, 1985.
IBN HAZAM DE CORDOBA: El collar de la paloma (versión de Emilio García Gómez). Alianza, 1990.
LACARRA, JOSÉ M.ª: Historia del Reino de Navarra. Navarra, 1976.
MARTIN, JOSÉ LUIS: La Península en la Edad Media. Barcelona, 1984.
MARTINEZ DIEZ, S.L.: Álava Medieval. T. I, T. II. Diputación Foral de Álava. Consejo de Cultura, 1974.
MUJICA PINILLA, RAMON: El collar de la paloma del alma. Hiperión, 1990.
MUÑOZ MOLINA, ANTONIO: Córdoba de los omeyas. Planeta, 1991.
SANCHEZ ALBORNOZ, C.: Orígenes de la Nación Española, T. III. Ovie-do, 1975.
TORRAS BALBA, L.: La Mezquita de Córdoba y las ruinas de Madinat al-Zahra. Madrid, 1952.
ZABALA DE, FEDERICO: Historia del Pueblo Vasco. Auñamendi, 1971

ÍNDICE

Esta obra
se imprimió sobre offset ahuesado
de 80 gr/m² en Gráficas G.T.O., S.A.,
el 1 de junio de 1995.
Estando al cuidado de la edición
Sagrario Fierro Madrid y
Antonio J. Huerga Murcia, editores.

FINIS CORONAT OPUS